文治
© wénzhì books

更好的阅读

# 一郎二郎
## 南方大作战

サウスバウンド

[日]奥田英朗 著

章蓓蕾 译

四川文艺出版社

图书在版编目（CIP）数据

一郎二郎：南方大作战 /（日）奥田英朗著；章蓓蕾译. -- 成都：四川文艺出版社，2023.1
ISBN 978-7-5411-6556-6

Ⅰ. ①一⋯ Ⅱ. ①奥⋯ ②章⋯ Ⅲ. ①长篇小说—日本—现代 Ⅳ. ①I313.45

中国版本图书馆CIP数据核字（2022）第236885号

《SAUSUBAUNDO》
©Hideo Okuda 2014
All rights reserved.
Original Japanese edition published by KODANSHA LTD.
Publication rights for Simplified Chinese character edition arranged with KODANSHA LTD. through KODANSHA BEIJING CULTURE LTD. Beijing,China.
本书由日本讲谈社正式授权，版权所有，未经书面同意，不得以任何方式作全面或局部翻印、仿制或转载。

版权登记号：图进字 21-2022-429 号

YI LANG ER LANG：NANFANG DA ZUOZHAN

# 一郎二郎：南方大作战

[日] 奥田英朗 著　章蓓蕾 译

| | |
|---|---|
| 出 品 人 | 张庆宁 |
| 策划出品 | 磨铁图书 |
| 责任编辑 | 邓　敏 |
| 责任校对 | 段　敏 |

| | |
|---|---|
| 出版发行 | 四川文艺出版社（成都市锦江区三色路238号） |
| 网　　址 | www.scwys.com |
| 电　　话 | 028-86361781（编辑部） |
| 印　　刷 | 河北鹏润印刷有限公司 |
| 成品尺寸 | 145mm×210mm　　开　本　32开 |
| 印　　张 | 17.75　　字　数　430千 |
| 版　　次 | 2023年1月第一版　　印　次　2023年1月第一次印刷 |
| 书　　号 | ISBN 978-7-5411-6556-6 |
| 定　　价 | 59.00元 |

版权所有·侵权必究。如有质量问题，请与本公司图书销售中心联系调换。010-82069336

# 目录

## 上 部
## 东京大夜逃

001

## 下 部
## 南方大作战

315

# 上 部
## 东京大夜逃

# 1

中野百老汇商业大楼正好在上原二郎每天上下学必经的路上。

这栋高四层的建筑里，杂乱地经营着各类商店，如玩具店、旧书店、电玩中心、西式餐厅、中式饭馆等，全都是小本经营的个体户，一年到头像在赶集似的热闹非凡。

尽管二郎的班主任南老师再三叮嘱大家上下学一定要走学校规定的路线，但高年级男生几乎没人遵守这条校规，只有那些刚从乡下来的转学生才会站在中野百老汇商业大楼门外翘首仰望。二郎跟其他男生一样，从五年级开始，几乎每天放学都要绕到这栋商业大楼逛逛，这已经成了他的习惯。

进了商业大楼，二郎搭上电扶梯，直奔三楼那家专卖漫画的旧书店。门外的走道上并排着几个书架，上面全是定价百元的旧漫画书。站在这儿读免费书是不会有人来赶他走的。这家书店里总是挤满了漫画御宅族[1]，而且不知怎么搞的，空气里也总是弥漫着一股酸臭味，不

---

[1] 广义上指热衷于各种亚文化，并对该文化有深入了解的人；狭义上指沉溺、热衷或精通于动画、漫画及电子游戏的人。

像在这走道上,不但空气比较好,还可以蹲在地上读,也不会挡着别人的去路。

二郎把背包放在地上用两腿夹着。他早就不背那种黑牛皮书包了。班上大多数同学现在也都改用手提袋或是背包了。

他仰起脑袋,在书架上搜寻漫画集《小拳王》。这是一套年代久远的漫画书,不过从翻开第一集的那刻起,读者就会着迷得爱不释手。故事的舞台是在昭和时代(一九二六年至一九八九年)的东京,整套书里令人印象最深刻的,就是那些人物似乎整天都有滋有味地吃饭,让读者看了都想跟着饱餐一顿。

"喂,二郎,找到第七集了!"

楠田淳说着,把手臂伸向书架。他是二郎的同班同学,放学时总是和二郎结伴回家。今年十一岁的阿淳家里开干洗店。有一次在学校写作文,题目是"将来的职业",阿淳写:"将来长大之后,我自己也要开干洗店。"

"他这是被父母洗脑了!"向井说。向井这家伙也是二郎的同班同学,据说他那里的毛差不多都长齐了。

"我找到第九集了!"二郎说。

"要是能再找到第八集,就太棒了!"

百元书架上的货不齐,或许因为这里是专门陈列零头货的吧。二郎到现在一直都没法按顺序一集一集读下去,比如主角矢吹丈和力石相遇的那一段,他就始终没机会看到。

他找了块空地蹲下身子,很快地,他的精神全被漫画给吸引了。书页里陆续出现各式各样的陌生景象:三轮货车、穿夹脚拖鞋的女孩……昭和时代似乎是段相当有趣的时光。

二郎的背部不时被那些同样站着读免费漫画的顾客撞来撞去。当然他蹲在路中间也不对，不过那些漫画御宅族撞到别人连一句抱歉都没有也实在说不过去。从外表来看，他们不像高中生，应该都成年了吧。他们身上都背着背包，面无表情地在书架上搜寻着漫画。

"上原君、楠田君，不可以在回家路上鬼混哟！"

耳边突然传来说话声，回头一看，原来是班上的佐佐和长谷。

"啰唆，滚开！"二郎挥着手。

"那我去告诉南老师喽。"简称佐佐的佐佐木香织抬起下巴狠狠地说，"我就说，上原君他们放学没走学校规定的路线。"

"那你们还不是在这里？"

"我们已经回家过了，现在是要去阳光广场上游泳课。"简称长谷的长谷川纪子说着将运动包在他们眼前晃了晃。

升上六年级之后，班上女生变得很爱找男生麻烦，经常是两三个人一起挤过来，忸怩作态地批评男生的作为。

"你敢告诉老师，我明天在你们午餐里放臭樟脑！"阿淳尖着嗓门恐吓道。

两个女生朝他挤挤鼻子。"笨蛋！""白痴！"两人骂完便一溜烟地跑走了。

二郎重新栽回漫画的世界里，他和阿淳交换各自手里的书，埋头读起主角力石因为减重而变得越来越瘦的那一集。其实这段故事的结局他早就知道了，因为阿淳事先跟他说过。阿淳说："我问过我爸。"不过二郎心里还是不太敢相信，主角的对手怎么能先死掉呢。

大约读了一个钟头，两人便离开了书店。剩下的部分留到明天再说吧。说来漫画这玩意儿也很奇妙，如果分量多到无法立刻看完，反而让人很容易放手。

离开旧书店之后，二郎和阿淳到玩具店看了一下二手电玩，接着又到运动用品店欣赏一直想拥有的足球鞋。总之，从没有一个小学生会在百老汇商业大楼里感到无聊。

接着，两人朝电梯走去，走到电玩中心门口突然看到一张熟识的面孔，是六年级四班的黑木，他和一群染了头发的中学生在一起。黑木凶恶地瞪了二郎一眼，转头装得很亲热地跟身边的中学生聊天。看来他是想向二郎他们展示自己跟这些中学生交情匪浅。耀眼的电光和震耳欲聋的音响，层层围着黑木和他身边的那些人。

"黑木那家伙好差劲。"阿淳一边走下楼梯一边不屑地说，"他常跟低年级的同学要钱哟。"

"哦。"二郎不置可否地应着。

黑木是二郎三、四年级的同学，他父母离了婚，现在和母亲一起住在一间公寓里。二郎曾到过黑木家一次，当时有个脸上化着浓妆的中年妇人出来招待客人，就连小学生也看得出那打扮像个酒吧女。

出了商业大楼之后，两人继续朝小巷走去。这条路真是名副其实的小巷，连迷你车都开不进去，整条路总是湿答答的，路边水泥地上还长着青苔，显然路面已经好多年都没晒到阳光了。

小巷角落有家肉店，门口挂着"今日特卖"的红旗子，二郎和阿淳走进店里，各买了个可乐饼。他们俩固定每星期到这儿光顾两次。

"来，一个八十。"

头上夹杂黑、白两色发丝的肉店老板额头上绑着一条毛巾，他们进店之后，便不时听见老板重复着相同的话。老板知道他们每次都是站在店里当场吃光，所以交给他们只用一张纸包着的可乐饼。

"我们不要调味酱，只有乡下土包子才加那玩意儿。"

这也是二郎他们每次必念的台词。但不管他们要不要，老板还是在收银台旁放了一罐调味酱。

一口咬下去,嘴里立刻溢满土豆和洋葱的香甜。"味道真棒,好好吃啊!"二郎和阿淳连声赞美起来。老板脸上露出了笑容,堆得满脸皱纹。

一辆自行车突然从路边飞驰而过,车上坐着同班的间宫,外号"林造"。

"喂,林造,去补习啊?"二郎大声问道。

"是啊。"林造回头看他们一眼,全新的山地车继续飞快地向前奔驰。

升上六年级之后,班上那些准备考私立中学的家伙都开始去补习了,总共十人左右。林造算是代表人物,他家里有人当医生,所以升学压力似乎挺大的。

"你们俩不去补习吗?"肉店老板问道。

"我才不去呢。"二郎说。

"我也不去,我家开干洗店。"阿淳接着说,一脸毫不在意的样子。

"原来如此。"老板微笑着点点头,像是很欣慰般。

二郎把手指上的油污往牛仔裤上抹了一下。裤子好像有点短了,衬衣也有点紧,四月时量过身高,他已经有一百五十厘米了。"再过一年,你就要超过妈妈喽。"妈妈说这话时像是被光线照得睁不开眼似的望着他。而阿淳的个子相当矮小,他们俩真是一对外貌极不相称的朋友。

两个男生再次走回小巷,路旁的小吃店都忙着准备开门营业了,空气里弥漫着烤鸡肉串的香味。他们一边走一边聊起刚才看的漫画。

"那个勾拳,手臂太短的人大概打不出来吧?"阿淳说。这也是他们俩心中共同的疑问。

"听我爸说,《小拳王》和《巨人之星》的原作者是同一个人哟。"

"《巨人之星》是什么呀?"

"我也不知道,好像是很有名的漫画。"

两人一路走到小巷尽头,在楠田干洗店门口分手道别。二郎透过干洗店的窗户往里望,看到身穿运动服的老板正满头大汗地熨衣服。

十年后,阿淳也会在里面做同样的事吗?十年,多遥远的未来啊,真叫人无法想象。

走出小巷,从路口转个弯,路上人烟渐渐稀少,车站前的繁华气息也越来越稀薄。这段道路紧邻着轨道,电车驶过时带来惊人的声响和震动。不一会儿,一栋老旧的公寓出现在眼前,二郎的妈妈在这儿的一楼开了家咖啡店,叫阿格哈塔[1],二郎曾听过大人解释店名的含义,不过因为意义太深奥,他根本记不住。

推开店门,装在木门上的铜铃响了几声。

"我回来了。"看见店里有客人,二郎立刻压低音量。

"回来了?"妈妈从柜台里笑着对他说。

二郎的妈妈名叫阿樱,今年四十二岁,她不爱化妆,总是把头发一股脑儿地全绑在脑后。阿淳的奶奶曾对他说:"二郎的妈妈看起来好年轻啊!"后来二郎将这话转告妈妈,她一整天都显得很高兴。

妈妈的家居服都和姐姐混着穿,甚至偶尔还会穿件姐姐的露脐衬衫。像她今天穿的就是一件夏威夷花衬衫。

二郎走进柜台,从冰箱里拿出牛奶为自己倒了一杯。可乐和罐装咖啡在上原家是违禁品,从小爸爸就告诫他们:"那些东西都有毒,那是美国的阴谋。"

---

1 传说中的地底世界。

"哥,教我一下数学吧。"

妹妹桃子坐在柜台角落的位子上,她今年升上四年级,每天放学之后就坐在这个位子上写作业。

"自己写。"二郎不假思索地说。桃子脑筋老是转不过来,每次教她都让他急得发火。

"小气!"桃子噘着嘴低声说。

"你才小气,哪有免费的家庭教师啊。"二郎也小声地反驳。

他们兄妹俩要是在店里吵架,马上就会被妈妈赶出去,所以两人都养成了低声说话的习惯。

远处传来阵阵校园钟声,声波从学校一直穿过周围街道,再飘进咖啡店。这钟声告诉大家:已经下午五点了。

"二郎、桃子,你们可以准备回家了。"妈妈说。

二郎的家就在公寓后面,是一栋老旧的两层木造楼房,二郎听姐姐说过,这房子每个月的房租要十万日元。

妈妈说完交给他一个锅,锅里飘出来的香气告诉他里头是红烧鱼。回家之后把这锅稍微热一下,就是他们今晚的主菜。桃子也拿到一个塑料盒,里面装着土豆沙拉。妈妈每天都像这样利用空闲做好全家的晚餐,但她自己要等到晚上八点咖啡店打烊之后才能用餐。

出了咖啡店,二郎和妹妹拐个弯走向公寓后面。一只乌鸦站在电线上面,懒洋洋地叫了几声。五月了,白昼越来越长,西方天空的夕阳还没做好登场的准备。

走到家门口,门前站着一个陌生的中年妇人,手里提着黑色皮包,正连摁着门铃。

妇人很快地发现身后的小孩,便转过头来。

"你们两个是这家的小孩?"她看着二郎问道。

二郎沉默着点点头。

中年妇人涂满白粉的脸上露出了微笑。"那,这个叫上原一郎的人,是你们的爸爸喽。"

"嗯,是的。"二郎心不甘情不愿地回答。

爸爸的名字叫一郎,而身为长子的自己却叫二郎,任谁听了都忍不住说声:"好怪哟。"

"能不能叫你爸出来?我从刚才就一直在这儿按铃,也报了自己的名字,他就是不肯出来。我看里面电灯开着,也听到里面有声响,你爸一定在家吧。"

二郎抱着锅拉开玄关的木门,桃子紧跟在他身后。

"以前也派其他人来过,我想他应该知道我们是来做什么的。"响亮的话音从二郎背后传来,"我是中野区公所国民年金科派来的。"

走进家门,穿过走道,二郎朝着屋后的厨房走去。爸爸正坐在饭桌前,桌上摊着晚报。他那两道眉毛又浓又粗,双眼圆溜溜的,满头泛红的自然卷,想必不论谁看到他这模样,都会觉得很难忘吧。这也是大多数人对二郎爸爸的长相留下的印象。

"爸,有客人。"二郎说着把锅放在炉台上。

"那不是客人,是来强迫推销的。"爸爸挖着鼻孔说。

"她说是从区公所来的。"

"那是区公所派来强迫推销的。"

说完,爸爸在椅子上盘起双腿,再把手肘撑在报纸上,用手指一根根拔着自己的鼻毛。"你就跟她说:'我爸出远门了,到南方某个小岛上去了,他跟家里人说过,要在小岛海滨的山丘上造房子,还要垦地种田,然后在秋收的时候,就会来接全家人。'"爸爸像在朗读作文似的念着,"你就这样去告诉那老太婆!"

"上原先生！"中年女人的嗓门很大，厨房里也听得很清楚，她似乎已经站在玄关里的三合土¹地面上了。

"讨厌！这女人真啰唆！"爸爸的嗓门也很大，似乎故意要让女人听到，"二郎，快把她赶走！就说你爸不在家，要是她再不滚出我们家，我就要告她非法侵入！"

"我听到喽。你人在里面吧。"

"爸，你出去看看吧。"二郎对父亲说。

附近是密集的住宅区，像这样大呼小叫的，邻居一定都听得一清二楚。

"我不打算跟政府雇用的走狗说话，因为我觉得公家的人比虫子更讨厌！"爸爸的嗓门越来越大了，"我就是瞧不起这些靠税金残渣生存的家伙！他们这种压榨是最要不得的！"

"公家"和"压榨"这两个字眼，二郎上小学一年级的时候就知道它们的含义了。

"喂，桃子，我们到楼上去。"二郎说着推了推妹妹的后背，因为他看到爸爸的脑门有些发红，喷火爆发的迹象已然显现。

"那你会教我数学吗？"妹妹很小声地问。

"好吧，等下我帮你。"

两人跑过走道，来到玄关。中年女人正满脸不解地打量着贴在鞋柜上那张切·格瓦拉的海报。二郎也不知道格瓦拉是谁，他只听大人说过这个名字。"你说有事，到底什么事？"二郎问道。

"你不懂，我是要跟你爸谈。"女人毅然的表情有点像老师，"以

---

1 一种建筑材料，由石灰、黏土和细沙组成，具有一定强度和耐水性，多用于建筑物的地基或路面垫层。

前来的那些老头儿都说不过他,我可没那么容易打发。我今天要跟他说个清楚。"

女人究竟说些什么,二郎一个字也听不懂。

"这家的老爷死了,你给点丧葬费吧。"爸爸的大嗓门从屋里传出来。

"别胡扯了!在小孩面前讲这种话,你不觉得害臊吗?"

"你说什么?!"

一声怒吼,接着传来一阵"咚咚咚"的脚步声,爸爸突然出现在玄关。天花板看起来变矮了,因为爸爸是个身高一百八十五厘米的大个子。他一把抓住二郎的肩膀,将他推到一边。

二郎心头一沉,越过女人肩头,他看到住在对门的中年妇女正在门外的小路上偷窥,二郎急忙跳到玄关的三合土地面上,把大门拉上。

"喂,干吗?你是想帮政府啊?"爸爸涨红着脸问二郎。

"爸爸,你太大声了。"二郎想用手制止爸爸,却被一把甩开。

"你快走吧!我说过了,什么国民年金,不缴就是不缴!"

"上原先生,这是国民应尽的义务。"女人的口气突然变得很柔和,脸上甚至还露出一丝浅笑。

"什么义务?你说明一下。"

"说明?"

"就是提出证据来证明。"

"这是法律规定的……"

"什么狗屁法律!谁规定的?我可不承认!再说年金制度都快破产了,不是吗?"

"没有的事!年金制度会根据时代的变化随时修正方向的。如果日本现在是个政情不安的国家，那或许有可能，但日本的经济基础那么稳定，只要我们继续维持有关规定，年金制度就不可能出问题。因为这是维系国家颜面最深层的部分。"

"啊，提到颜面了！"爸爸睁大眼睛发出响亮的声音。他的声音真是响得惊人，连附近的猫都被吓跑了。

"如果破产的话，那就是最严重的违约行为。政府怎么会允许这种事发生呢？"

"嗯，你跟上个月来过的那个小公差是有点不同。你是催缴班的王牌吧？"

"请不要顾左右而言他，我今天来是想跟您谈谈年金的意义。"女人毫不停顿，继续往下说，看来她曾受过相当的训练，"年金是社会最基本的互助系统，由社会全体携手协助退休人士。上原先生，你不喜欢互助合作吗？"

"你是在用反问法。"

"啊？"

"就是一直向对手提出否定问题，比如说：你不喜欢吗？不对吗？不允许这种事情吗？用这种方式引诱对手回答'不'。这种辩论法主要是为了一步步切断对手的退路。"

女人听到这儿，皱起了眉头。

"我跟你开玩笑呢。哈哈哈。"

女人深吸一口气。

"总之，上原先生将来也会上年纪，我虽然不想用《蚂蚁和蟋蟀》的故事来比喻，不过人老了却没储蓄，日子过起来会心慌的。你何不当作是为将来存一笔钱呢？"

"多事！这种问题，我自己会负责。"

"话虽这么说，但国家能放着饿肚子的国民不管吗？最后还是得由国家来负责照顾。"

"什么傲慢的态度！谁要国家负责了？你说！"

"但人道主义是构成国家向心力的要素啊。"

"说得真好听！这就跟美国的霸权主义一样。假借人道之名强迫全世界接受统治阶层的价值观。"

"请不要转移话题。"

"连我要死在路上的自由，国家都要剥夺吗？"爸爸唾沫横飞地说。

"上原先生是说您将来想死在路上？"

"对，我真想将来倒在路上死掉。最好是在新宿中央公园，早上起来一看，已经全身冰冷了。"

"那谁来处理尸体呢？还不是您觉得比虫子还讨厌的公家机关？为了某人的任性行为，却必须耗费税金来处理。"

"本来就是你们多事！尸体放在路上让乌鸦吃掉就行了。"

"真是胡扯，那岂不是满街都是尸体了？总之啊……"女人说着从皮包里拿出一张纸，"我把缴纳单放在这儿，上原先生已经超过四十岁了，请连保险费一起缴。如果有人不缴费，就对其他的人很不公平，这就是年金制度。"

"少来！要真是这样，你们干吗不干脆像收税金那样征收算了？是你们自己心虚，才采用这种任意缴付的方式。"

"我说过了，不是任意，是义务，这是国民应尽的义务。"

"那我不做国民了。"爸爸挺起胸膛说。

"什么？"中年女人猛地伸长脖子问道。

"日本国民这身份，我不要了。本来我就没想要过。"

"……那你是要移居国外吗？"女人的音量突然降低了。

"为什么我非要移居国外？我就住在这儿，可是我不当国民了。"

女人看起来似乎不知该说些什么，她紧皱眉头，没再做出任何反应。

卖豆腐的小贩摁着叫卖的喇叭从门前骑车而过。不知为什么，黄昏一到，各种声响听起来都那么悦耳。

二郎悄悄地离开了玄关。这类争吵以前也有过，那次来的是税务局的人，爸爸跟他争论了两个多钟头。

"您这是在开什么玩笑啊？"女人有些迷糊了。

"不是开玩笑。我早就不想当日本国民了。就从今天开始吧。"

爸爸的声音一定连门外的人也听得清清楚楚。

二郎走回厨房，把电锅的电源接上。锅里的米是妈妈早上洗好的。二郎又用锅装了点水，放在瓦斯炉上，然后点燃炉火，开始煮味噌汤。

"上原先生是日本人吧？"

"是啊。但你不能说日本人就等于日本国民，没有这道理！"

这么大声，邻居一定觉得很讨厌。二郎忍不住关上窗户。以前邻居的太太就曾抱怨二郎的爸爸要是嗓门小一些就好了，她好像被爸爸吵得连电视的声音都听不见了。

二郎先在水里放些鱼屑取鲜味，然后把萝卜丝放进汤里。每次帮妈妈做一锅味噌汤，就能得到一百日元零用钱。二郎又打开冰箱搜寻一番，刚好有些快过期的猪肉，他便拿出来切丝丢进汤里。

"不是说了吗，我不当日本国民了。"又在讲这一套。爸爸似乎很讨厌日本，有事没事总喜欢拍着二郎的肩膀说，学校这种地方不是非去不可的。按照爸爸的讲法，义务教育等于是国家在强迫推销，国民应该有拒绝的权利。

二郎把这些话告诉过班主任南老师。老师听了绷着脸说:"你爸是开玩笑的。"由于爸爸在自己的职业栏里写的是"自由作家",所以老师这时忍不住追问二郎,"你爸究竟从事什么职业啊?"

二郎还有个二十一岁的姐姐,已经踏入社会了。她几乎从来不回家吃晚饭,所以二郎每天只需准备四个人的晚餐。爸爸通常是等妈妈回来以后才吃,二郎则和桃子两人一起吃。最近二郎都要吃四碗饭才够,只吃三碗的话,等到睡觉时肚子实在饿得不得了。

"自作主张把大家当成国民,然后再从人家身上压榨税金。难道人一生下来就得受统治?少做梦了!"爸爸仍在继续怒吼。中年女人想必已经被他喷得满头口水了。要不要端杯冰麦茶出去请她喝呢?二郎想。但这当然只是他半开玩笑的想法。

煮饭做菜对二郎来说已是驾轻就熟的事情。红烧焖煮之类他还不太能掌握诀窍,不过油炸和烧烤是他最擅长的。

锅里的味噌正逐渐融化,厨房里顿时充满了美味的气息。

# 2

在二郎的心目中,学校是个能让人玩得很开心的地方。二郎的运动神经很发达,在学校里,他就有机会在大家面前表现一番。就拿前几天那次跳高来说吧,当他跳过一百四十厘米的那一刻,所有的女生都把视线集中在他身上,二郎觉得自己立刻变成了一名英雄。

"每天都去上学,你可真辛苦啊。"爸爸摸着脸上的胡楂对他说。

"你可以隔一天去一次啊。"爸爸也对二郎说过这话。可能爸爸的运动神经比较不发达吧。

其实学校之所以这么有趣,主要因为班主任很年轻,她和学生的关系就像朋友一样。班主任南爱子还是新手教师,她大学毕业还不满两年。不过去年一年里,南老师就哭过三次,有一次是因为教室里饲养的小鸡死了,班上女生都在哭,老师也陪着一起掉眼泪。南老师就是这样一个泪腺发达的女生。

不过南老师有时也会跟大家开玩笑,比如她分发家庭作业时就会故意宣布:"今天老师有礼物要送给大家。"等学生看到习题"啊"地大声抗议,南老师又故意装傻说:"呀,大家这么喜欢老师的礼物,老师好高兴哟!"南老师还没结婚,有些女生问过老师有没有男朋友,老师马上红着脸摇了摇头。

南老师整天挂在嘴上的口头禅是"来，大家注意！"她会一边说一边"啪啪啪"地拍着手掌。

这天级会的时候，说的是关于家庭访问的事情。南老师发给每人一张通知单。"时间不方便的话可以告诉老师，不用不好意思。还有，妈妈上班的话，可以写出两个自己希望的时间，不管是晚上还是周末都没关系，老师无论什么时候都会去拜访。大家回去告诉家里，不要端饮料出来招待老师。我要是到每家都喝一堆东西，肯定会把肚子胀坏的，而且还会一直想上厕所。"

二郎看了一眼自己手里的通知，上面的日期写着"五月十五日下午四点左右"。

"老师现在正在减肥，请大家不要端甜点出来。哦，还有，也不要给我看相亲的照片哟。"听到这句话，教室里突然爆出一阵笑声。

级会结束之后是大扫除时间，二郎被分配到体育馆后面。其实清扫校园的工作主要就是每个月清一次排水沟，其余的时间大家都拿着竹扫帚打来打去。

二郎和班上男生玩踢罐头游戏正玩得起劲儿，突然看到同班的长谷在叫他。

"喂，过来一下！"长谷一边叫一边向他招手，她身边站着表情有些僵硬的佐佐。

二郎丢下铁罐走到两个女生的身边。

"这星期天是佐佐的生日，我们想在她家开个庆生会，上原君要不要来？"

虽说是邀约，但这话听起来显得非常傲慢无理。"随便啊。"二郎也不客气地答道。

"那你就来吧。"长谷说。

"嗯，好啊。"

听到二郎应允了，一旁的佐佐有些害羞地露出微笑。

"我们还会邀请楠田君、向井君。"

"还有尚美和贵子。"佐佐紧接着说了两个同班女生的名字。

"好了，没事了，你走吧。"长谷向二郎挥挥手说。

真是没礼貌！二郎想，不过他心头感到一阵暖意。女生邀他去参加庆生会，这可是打从出娘胎以来第一次啊。

放学之后他把这件事告诉了阿淳，阿淳也已收到邀请。"真麻烦！"阿淳说，但他脸上完全不见厌烦的表情。

"不带个礼物去不太好吧？"二郎说。

"我可没钱。"阿淳噘着嘴说。

"我还不是一样没钱。"

"送一盒臭樟脑怎么样？不行吧？"

两人说着笑了起来。

和阿淳分手之后，二郎和平常一样走进阿格哈塔，把老师发的通知单交给妈妈。

"糟糕！那我得找人帮忙看店。桃子的老师也是同一天要来呢。"妈妈两手捧着自己的面颊说。桃子坐在柜台的一角，握着铅笔的手停了下来。二郎默默地喝着牛奶。

可以叫爸爸帮忙啊——这句话谁也没说出口。不论是看店还是负责接待老师，全家人都知道，那只会招来无穷的麻烦。

"妈，有问题吗？"桃子不安地看着妈妈。

"嗯，没问题，我会找人来看店的。"

听到妈妈这么说，二郎总算放下心中的一块大石头。妈妈大概已经对这种事习以为常了，老师来家里那天，她一定会找个理由支开爸爸。

"我说……妈，"桃子突然低声说，"你为什么跟爸结婚呢？"

妈妈垂着眼皮苦笑起来："因为他要娶我啊。"

说完，妈妈不断摇着上身，来来回回摇了好半天。

桃子嘟起嘴，似乎不能接受妈妈的理由。

二郎从来没想过这种问题，或许因为他是个男生吧。他对这类问题还是谨守十一岁的分寸，只是在心里对自己解释着：大人也有大人的苦衷吧。

佐佐生日那天，二郎穿了条米色的棉布长裤去参加庆生会。长裤是妈妈在中野百老汇买的，因为之前妈妈就唠叨过："哪儿能穿牛仔裤去呢？"二郎的上身穿着一件深蓝色的运动衫，胸前有个骑马人像的刺绣图案。"要是有人问起，你就说是真的！"妈妈对他说。这话让他觉得有点不安。

二郎送给佐佐的生日礼物是个凯蒂猫小摆饰，这是他和阿淳商量之后买的。阿淳送的是存钱罐，二郎选的小摆饰是一个笔筒。

佐佐的家在早稻田大道对面那片幽静的住宅区里。两层建筑的白墙看起来跟新的一样，大门周围放满了盆花装饰。二郎听到阿淳咕噜一声吞了一口唾液。真想不到同样都是中野区，这里的气氛却跟自己家和阿淳家附近完全不同。二郎举起手，打算按门铃，不料身后突然有人向他们喊了一声："喂！"

回头一看，原来是四班的黑木，只见他两眼眨个不停，似乎很紧张的样子。

黑木今天穿得比较正式，看起来跟平时不太一样，头上显然还抹了发胶。二郎和阿淳这才意识到黑木也是受邀来参加庆生会的。

"是佐佐木叫我来的。"黑木说,表情似乎不太高兴。

不过佐佐跟黑木应该从来都没同班过才对。

"干吗请你来啊?"阿淳不客气地问。

"我怎么知道?你去问佐佐木啊。"黑木恶狠狠地瞪着阿淳。

"哎呀,你们在门外干吗呀?"大门突然打开了,家里开图章店的向井从门内向外张望着,"别站着说话了,快进来吧!"向井一副大人的口吻。站在一边的佐佐和长谷忍不住笑了起来。

女主人出来邀请二郎和阿淳进屋,十叠大小的客厅里早已挤满了其他客人。总共有男生五人、女生五人,似乎是事先安排好的男女比例。男生里还包括那个爸爸当医生的林造,他穿了件白色运动衫,胸前绣着跟二郎一样的图案。这才是真的吧?二郎想,还好两件的颜色不一样。

女生们今天都精心打扮了一番,长谷还在头发上绑了条丝带,大家都是第一次看到她这模样。

男生们分别把带来的礼物送到寿星手里,大家选的都是精致小饰物。黑木的手里拿着一个史努比皮夹。难道是这家伙自己选的?想到这儿,二郎不禁觉得有些可笑。

女主人开始把食物端上桌,眨眼之间,桌上就摆满了炸鸡和三明治。

"大家尽量吃啊。"

"伯母,上原君会当真的。在我们中央小学,'大食汉二郎'可是无人不知无人不晓的。"

听到向井这么说,众人都忍不住大笑起来。向井这么能说会道,一方面是因为他常在家里开的图章店帮忙看店。他家附近的婆婆妈妈们没事就喜欢到店里闲聊,向井整天陪着这群妇人,不知不觉就被训练成善于言辞的小学生了。好在向井的性格稳重，使得他的能说会道反而成为一种别具特色的少年气质。另一方面，向井的父亲早逝，或许对他多少也造成了影响。

"黑木君是四班的啊？"佐佐的妈妈问道。

"啊，是。"黑木低着头说。

"你看起来比较成熟，我还以为你上中学了呢。"

黑木眨眨眼，一言不发地揉着鼻子。

"对了，你跟香织是游泳教室的同学吧。"

"不是的，妈！"佐佐插嘴说，"是去年区运小学部的游泳比赛时一起比赛过。黑木君没去游泳教室上过课就被学校选为选手了。"

原来如此，二郎想，是因为黑木的游泳技术很棒，所以才跟佐佐认识。原来他们只接触过一次而已啊。那这次请他来庆生会，应该是想跟他更进一步交往喽。

不一会儿，佐佐的妈妈离开了客厅，二郎和其他人自在地闲聊起来。众人都比平时放松，女生们甚至还热心地把菜夹到男生的盘子里。

"对了，林造，你要去报考麻布中学啊？"向井带头换了个话题。

"嗯，打算去试试看。"

"间宫君好厉害哟。"女生们不约而同地发出赞叹。

"有个医生朋友挺方便的呢。"向井挤着鼻子说，"万一生了病，还会帮你介绍技术精湛的医生呢。"

"我就不能帮你看吗？"林造瞪大眼睛问道。

"那当然，像你这种拿雕刻刀都会割到自己手指的家伙，我怎么能让你拿手术刀帮我割盲肠呀？"

众人齐声发出一阵爆笑声。黑木也露出了牙齿，不过他笑得有点勉强，不像他跟那些不良少年在一起时那么神气，而且他今天很少说话，似乎跟大家有点格格不入。

"黑木君，你都跟中学生一起玩啊？"长谷转脸问他。

"嗯，是啊。"

"我弟弟很害怕那些人呢。"

"那你把他带来。他们认得他之后，会很爱护他的。"

"哎呀，听起来好像会教他做坏事似的。"

"喂，你认识的是些什么人啊？"

女生们纷纷向黑木打探他的交友圈。"……有个叫阿胜的，把第五中学的一年级搞得天翻地覆。"黑木低声向大家说起一个轰动的八卦。

二郎似乎有点明白佐佐为什么邀黑木来参加庆生会了。因为女生都对那种看起来坏坏的男生很感兴趣啊。

吃完饭，众人一块儿玩扑克牌。虽然平常在学校里男女生很少玩在一起，但今天从头到尾大家都表现得很友好。二郎不禁暗想，其实偶尔办个像这样的活动也蛮不错的。

"上原君的生日是什么时候？"众人正在闲聊，佐佐突然问二郎。

"六月二十号。"

"那是下个月喽。"

"我是三月二十三号。"阿淳等不及佐佐问他，就先说出了自己的生日。

"我是一月八号。""我是九月十号。"接着，其他男生也争先恐后地报上日期。

二郎觉得有点得意，因为佐佐只问了他一个人的生日。

马上就要满十二岁了。二郎对自己的十二岁生日一直很在意，因为很久以前姐姐曾对他说过:"等你满十二岁那天,我有话要告诉你。"

姐姐的话让他很不安,因为他记得姐姐上高中的时候,有一天跟爸爸吵了起来,她大声嚷着:"你又不是我的亲生爸爸。"说完,姐姐便跑回自己的房间大哭起来。

那时二郎还是小学低年级学生,他在自己的房里听到这话之后,既不敢向父母或姐姐追问真相,也不想把这件事告诉桃子。按照本能的判断,他决定把这事深深埋藏在心底。

姐姐要告诉他的,一定不会是什么好事。二郎甚至还暗自期待,十二岁生日这天要是可以跳过去就好了。

"喂,大家一起到中野公园打羽毛球吧?"

玩了一会儿扑克牌,佐佐突然做此提议。大家立刻表示赞成。

男女生十个人步履悠闲地朝公园出发。"联谊"这字眼突然浮现在二郎的脑中,他感觉心情很愉快,而且觉得自己要是继续活下去,一定还会遇到更多更美好的事情。

正在这时,一阵手机铃声响起来,是从黑木的口袋里发出来的。

"好棒啊,黑木君都有自己的手机了!"女生们连连发出羡慕的赞叹声。

"我也有啊。"林造得意地对大家说。

"是你妈硬塞给你的吧?"向井反唇相讥地问道。

"现在不太方便呀。"黑木对着手机说。从他的话里来听,电话那头似乎是个中学生。"我们现在正要去中野公园呢。"黑木的脸色看起来有些阴沉。

一行人来到公园,便拿起球拍打起球来。十个人分成两组,进行羽毛球对抗赛。

五月的晴空下，娇嫩的莺声燕语不断回响。平日参加比赛都拼命抢第一的长谷，今天被人打败也只是连连作态地嚷着"哎呀"。

二郎在木椅上坐下来，不一会儿，佐佐走到他身边。二郎觉得她今天好像特别喜欢跟着自己似的。

"上原君的家里，是开咖啡馆的吧？"佐佐向二郎问道，她紧紧并拢着膝盖，两只脚摆成"八"字形。

"嗯，店名叫阿格哈塔。"

"是你妈妈开的啊？"

"嗯，我家做的饼干很好吃。"

"哦，那真想尝一尝呢。"

"下次放学后可以来我家啊，我请你。"

佐佐露出愉快的表情，脸上红红的，看她这副模样，二郎的脸颊也跟着热起来。

"那你爸爸是做什么的？"

"我爸是作家。在杂志上发表一些文章，他名字都会署上去哟。"

"这么厉害！"

爸爸曾把自己的文章拿给二郎看过一次。爸爸对二郎说："你老爸的名字会署上去哟！"那杂志叫《世间评论专页》，二郎虽然从没听过本刊物，但他还是觉得爸爸的名字被印在纸上很伟大。

"还有，我爸还会写小说。"

"哇，那他是作家了？"

"他说马上要出书了呢。"

"等他的书放在书店里时，你一定要告诉我。"

"好，我会告诉你的。"

每天晚上，爸爸都在厨房的餐桌上写作。"阿樱啊，等我写出畅销书，就能让你过好日子喽。"二郎听过爸爸对妈妈这么说，他一边说还一边伸手摸摸她的屁股。妈妈脸上露出微笑，再伸手敲一下爸爸的脑袋。

爸爸从来没在哪家公司上过班。从二郎有记忆起，爸爸就整天待在家里。二郎一直以为天下所有的爸爸都这样，直到上了小学，认识同学之后，他才知道别人家好像并不是这样的。但他对这事倒也不在意，因为反正爸爸整天在家也没什么不好。

佐佐也说了些自己家里的事情。她爸爸在银行上班，是赤坂分行的行长，姐姐在一所私立女中上学，佐佐明年也要去上那所学校。

"女校很无聊的。"佐佐噘着嘴唇说，两条腿不停地来回踢着。

不一会儿，远处公园的角落突然出现一群骑自行车的中学生，即使隔了一段距离，也能看出那些家伙不像善类，一伙人都穿着宽宽松松的长裤，并恶狠狠地盯着二郎他们这边。

中学生们很快就发现了黑木，一群人面无表情地从远处瞪着他。这时其中一人抬起下巴一努，示意黑木到他们面前去。黑木见状，只好离开身边的同伴，转身朝着那群人走去。

这时，几个女生注意到情况有些不对，都露出不安的表情。黑木跟那群人交谈几句，又转回头，慢吞吞地往二郎他们这边走来。

"喂，间宫！"黑木朝林造招招手，把手臂搭在林造肩上，拉着他往银杏树下走去。

"干吗呀，那些家伙？"阿淳低声在二郎耳边问着。

"就是每次在电玩中心的那些人吧？"

"其中有几个去年还在我们学校呢。"向井也走了过来。

银杏树下的林造脸色看起来很不好，黑木好像正在数落他。二郎觉得自己不能"见死不救"，便朝两人走去。

"黑木，究竟在干吗呀？"

"哦，上原，你也借点钱给我！"黑木气鼓鼓地说。

"为什么？干吗借钱给你？"

"以后会还你的。这样总可以了吧？"黑木的表情跟刚才完全不一样，他瞪着二郎，显得很烦躁。

"你是被他们逼的吗？"

"少看不起人！我干吗被他们逼？"黑木用力在二郎肩膀上推了一把，脸一下子涨得通红。

"怎么回事？"阿淳和向井也一齐跑过来问道。

"讨厌，通通跑来了！我只不过是向间宫借钱。他家不是很有钱吗？一千日元应该不算什么吧。"黑木紧抓着林造的衣领，林造像是马上就要昏过去了。

"喂，不要这样！"二郎连忙上前，试图扳开黑木的手。

"不关你的事！"黑木朝二郎胸部用力一推，他被推得连退了好几步。

二郎转头看了一眼那群中学生，只见他们站在远处，一边讪笑一边悠闲地看热闹。

"喂！你身上有钱，对吧？"

黑木用力摇晃着林造的身子，或许因为过于激动，他的嘴唇不断地颤抖着。这家伙就是这么容易情绪失控，说生气就生气，气得连自己是谁都忘了。

"我借你好了。"向井突然开口说，"本来我打算等一下回家的路上去买漫画，现在身上有一千日元。"

"不要借给他！"阿淳用鄙视的口吻说。尽管他个子很小，勇气倒是不小。

"没关系,没关系。"向井说着从裤子后面的口袋掏出皮夹来,"不过啊,黑木,不要忘记还我哟。我也不是很有钱,而且我家跟你家一样,都没爸爸。"

黑木松手放开了林造,他的视线避开大家,不敢抬眼看任何人。

"这里的三个人就是证人,这个月底之前你要还钱哟。"向井说着把一千日元纸币交出去。黑木抢一般地一把抓在手里,转身朝那群中学生一步步缓缓而去。

走了几步,黑木往地上吐了口唾沫,然后高高挺起胸膛,似乎极力想挽回刚才失去的颜面。

女生们这时都肩并肩地聚在一处,每个人的眉头都皱得紧紧的。

"你们都不知道吧,黑木跟我是老朋友了。从幼儿园起,我们在中野区主办的母子家庭众会里一起玩过好几次。"向井的目光看起来很冷静,"后来还一起到高尾山远足过呢。"

二郎和阿淳静静地听着,林造的脸色仍是一片铁青,他们看到黑木把钱交到一个中学生的手里。

"后来是在上小学以后吧,他才得了妥瑞症。"

"妥瑞症是什么呀?"二郎问。

"那家伙的眼睛不是成天都乱眨吗?那是一种神经上的病。是我妈告诉我的。"

远处的黑木这时跨上一个中学生的自行车后座,一行人很快离开了公园。

阵阵微风吹来,吹得四周树木沙沙作响,接着,空气里扬起漫天尘土。

# 3

老师来做家庭访问的那天,姐姐决定请假帮妈妈看店。

"店里有洋子照顾,妈妈到那天就可以在家了。"妈妈一边洗衣服一边说。

洋子是姐姐的名字。高中毕业后,姐姐曾在簿记学校上过一年课,然后在惠比寿一家广告公司的会计部找到一份工作。好像是进了这家公司之后,姐姐也慢慢地学会了设计,像她最近自我介绍的时候,总爱说自己是设计师。

"要是有人问起你姐姐是做什么的,就说她是设计师。"上个月,姐姐捏着二郎的面颊对他说。每当姐姐要吩咐二郎做什么的时候,就喜欢捏他的脸蛋。"我这是跟你亲热哟。"姐姐解释。

姐姐今年就要满二十二岁了,换句话说,二郎的姐姐比他大十岁。

向井第一次听二郎说起这件事,还不怀好意地问他:"那你是老蚌生珠的成果啊。"

"可是我下面还有个妹妹比我小两岁呀。"二郎说。

"啊?那你姐姐是年轻时犯下的错误喽?"向井露出不解的神

情说。

向井这家伙常常让二郎觉得纳闷儿。二郎总不免怀疑他真的只有十一岁吗？尤其是听说他"那里的毛已经长得像密林一样"之后，二郎更是期待学校快点带大家去毕业旅行，因为到时候大家一起洗澡，向井的那里肯定会成为全年级男生的焦点。

"姐，我可以喝可乐吗？"

这天的午饭是一大盘西班牙炒饭，二郎把整盘炒饭塞进胃里之后，向姐姐问道。每到家庭访问的时期，学校都只上半天课。

"不行，喝牛奶吧。"

姐姐二话不说就拒绝了二郎的请求。这时的姐姐真有点像妈妈。她边说边熟练地为客人准备咖啡。

"爸出门去了。"

"嗯，妈帮他斡旋了一份工作。"

"斡旋是什么？"

"就是帮他找了一份工作。这里有个老顾客刚好是杂志编辑，妈就请他把杂志介绍电影的专栏让爸来写，爸今天就是去参加试映会。"

"哦。"二郎说着用毛巾擦擦嘴角。

"妈可真是糟糠之妻啊。"

"什么是糟糠？"

"自己查字典。"说完，姐姐端着咖啡走向客人桌边。如果从一个弟弟的角度来看，二郎觉得姐姐算是个美女，她身材很棒，那条贴身牛仔裤把她的身材包得曲线玲珑。不知道姐姐有没有男朋友？二郎想，希望她男朋友不会是个讨厌的家伙。

"爸爸说要出书了，是真的吗？"二郎问姐姐，同时又给自己倒了一杯水。

"谁知道。前阵子有一天半夜,爸还嚷着说自己写出一本杰作了,要拉妈妈一起跳舞,不过妈根本不想跟他跳。"

"什么小说?"

"不知道。"姐姐说完,低头削起苹果来。

"姐没读过吗?"

"以前被爸逼着念过,可是我看不懂,是说一个男人去炸国会大厅的故事。"

"那很棒啊!好像侦探小说。"

"才不呢。"姐姐摇着头说,"爸自己认为是纯文学作品,因为男主角以前是搞社运的,可能原型就是他自己吧。"

二郎听不懂姐姐在说些什么。

"故事里还有个跟妈很像的女主角呢。她是一个革命组织的圣母。"

二郎越听越不懂。反正这是给大人看的小说,想必书里写的都是些深奥难懂的事情。

"那什么时候出书呢?"

"我也不知道啊,不是跟你说了,出书可不是那么简单的事情。"

"可我一不小心就告诉班上的女生了。我跟她说,咱爸马上要出书了呢。"

"不行!"姐姐睁大了眼睛说,"以前也有过一次,那时爸只是去应征新人赏,就以为自己一定会被选上,还到邻居面前去吹牛,说他马上要当作家了,结果害得妈很尴尬。"

"哦。"二郎咬了一口姐姐放在他手里的苹果。

"我们的爸爸太喜欢吹牛了。"姐姐也咬了一口苹果,嘴里发出沙沙的声音,"从我上小学起,就一天到晚听他说要到南边的小岛买一块地,搬到那儿去住,还说他跟北美的某个大人物是好朋友。"

"那是谁啊?"

"反正是个名人,住在加勒比海的岛国上……啊,欢迎光临。"正说到这儿,有客人进店来了,姐姐马上抬高音量招呼客人,同时忙着洗手,为客人倒上一杯冰水。二郎端起自己刚才吃完的盘子走进柜台。从他上小学一年级开始,每次吃完饭都会主动帮忙收拾餐具,因为这是上原家的家规。

下午四点,二郎的家庭访问时间到了,他匆匆朝家里走去。一踏进玄关,就闻到一阵香味,原来是妈妈和桃子在厨房里烤饼干。

"这是要拿到店里去的。"桃子把烤好的饼干往自己面前拉过去。

"有些掉到地上了。"二郎指着地面说。桃子连忙低头在地上寻找,二郎趁这空当,迅速地抓起一块饼干。

桃子这才发现受骗,忍不住叫嚷起来。"就只吃这一块哟。"妈妈转头对二郎叮嘱着。

"桃子的家庭访问结束了?"二郎问。

"嗯。桃子被选为四年级作文比赛的代表了。老师还称赞她呢,妈妈好高兴啊。"

"哦?数学这么糟糕的人会被选上?可见每个人都有可取之处。"

"哥,讨厌!"桃子说着往二郎身上打了一下。

三人正闲聊着,不一会儿,南老师来了。老师今天穿着一身深蓝色套装,脸上还化了淡妆。早上在学校的时候,老师脸上可是什么也没擦。眼前的南老师看起来有点像一位陌生人。

"我姓南,请多多指教。"老师说着朝妈妈深深一鞠躬,也不知是不是太紧张的关系,她的额头上挂着不少汗珠。

妈妈把老师请进六叠大的房间,两人隔着餐桌面对面各自就座,二郎也紧靠着妈妈身边坐下来。

因为老师事先已经交代不喝饮料,所以妈妈今天真的什么都没准备,只端了一台电风扇出来。"洗手间在那儿,走出去向左转。您别客气啊。还有,您要是觉得热,我就开风扇。"妈妈说。

"那就请您开风扇吧。"南老师像是很不好意思地笑着说,"因为我是骑车到每家访问的。"说着,她掏出手帕在脸上摁来摁去。

电风扇开始转动,老师的头发随风飘来飘去。

窗外传来中央线电车通过的声音,屋子也跟着一块儿轻轻颤动起来。

"这儿离车站很近,生活挺方便的。"

南老师说的是客气话。当然,她怎么可能说这电车的声音真吵啊。

"二郎在学校表现不错,也很积极地参与课外活动,尤其这次为了纪念毕业,学生自己建造一座花坛,二郎担起了领头的任务……"

二郎听着南老师用敬语向妈妈叙述,心里升起一种奇妙的感觉。以前一直觉得老师是大人,今天听她这样讲话,感觉上似乎跟自己更接近了。

"如果二郎在理科方面再下点功夫,他的五科成绩看起来就比较平均了。"老师一边看着笔记一边说。三天之内要拜访三十个家庭,不看笔记可能会弄得一团糟吧。

"关于家庭作业方面,不知您有没有什么意见?因为有些同学去补习,他们的家长希望学校少给些习题……"

"请您尽量给二郎多出点作业。"妈妈有意开着玩笑说。

"妈!"二郎忍不住发出抗议。妈妈和南老师不约而同地笑了起来。

就在这时，忽然听到玄关的大门被打开了。十分粗鲁的开门动作。紧接着，又是一阵"咚咚咚"猛力踏着地板的声音。二郎心里浮起不祥的预感。

"喂，阿樱！在厨房啊？"只听爸爸在外面大声嚷着。

糟了！二郎心中暗暗叫苦。怎么这么早就回来了？不是去电影的试映会了吗？南老师的视线在空中游移着，一副"发生了什么事？"的表情。

纸门一下子被拉开了。"都在这里，干吗呢？"爸爸的声音响彻六叠的房间。

"孩子的爸，这是南老师，二郎的班主任。"妈妈倒是表现得处变不惊。

"啊，初次见面，请多指教。"南老师坐正了身子向爸爸点头招呼着。

"搞什么鬼啊？那个试映会！把人当傻瓜也不能太过分嘛！"爸爸不理会老师，继续扯着嗓门大嚷着，"我在电影开始前半小时就到了，可是根本没位置坐，因为大部分的座位都贴了'招待席'的条子。"

"孩子的爸，向老师问好啊。"妈妈说。

"哦，欢迎光临。"爸爸只有下巴转向老师，随意问候了一句，"怎么了？二郎干了啥？跟人吵架？还是偷东西？"

"怎么可能嘛，老师是来家庭访问的。爸，你到那边去。"二郎低声说。

"是吗？那就好，只是那个试映会呀，"爸爸重新朝妈妈抱怨起来，"我找不到座位，只好到处乱逛，逛到开演前几分钟，突然来了一堆像是大出版社的家伙，居然对电影公司那些人招呼着说：'嗨，阿山，帮我留位置了吗？'然后他们就被带到招待席去坐了。更过分的是招待席最后来了一群民营电视台的女播音员,一边嚷着'哎呀,迟到了,真不好意思'一边跑上去坐了一大排,简直欺人太甚了嘛!我气得抓住一个电影公司的家伙责问他究竟是怎么回事,谁知他竟然说:'请你站着看吧。'我在开演前三十分钟就到场了,他们居然叫我站着看!"爸爸额上的青筋历历可见,显然他这一路回来都处于暴怒状态。

"所以啊,我就没看电影!"

"这样啊?"妈妈皱起了眉头。

"废话!还有啊,我当场把一个电影公司的家伙打倒了。"

妈妈叹口气,垂下眼皮轻轻摇着头。

"这可不是抗争,这是教训!老子给他们一个教训!"

南老师露出讶异的表情,抬头望着这个突然出现在眼前的高大男人。

二郎逐渐感到心中充满了灰色的气氛:老师看到我们这种家庭,真不知会怎么想。他不免有些担心。

"对了,老师是来家庭访问啊?"爸爸转身在榻榻米上坐下来,一双眼睛肆无忌惮地上下打量着南老师,"你好年轻哟,几岁了?"

"啊,哦,二十三了。"

"那跟我们家洋子差不多嘛。"

"爸,你到那边去吧。这里有妈就行了。"二郎皱着眉头对爸爸抗议。

"怎么对自己老子这种态度?"

"孩子的爸!"妈妈也忍不住指责说,"儿子的老师到家里来,应该有礼貌一点嘛。"

"哦,是吗?那要不然我把身子坐正一点。"爸爸半开玩笑地答道。说完,他便坐直了身体,接着又问:"你哪里毕业的?"

"这个……"南老师有点不知所措。

"我是问你哪个大学毕业的。"

"城东,教育系。"老师降低了音量说。

"城东?好怀念啊!那儿有个叫室田的,你认识吗?一九七八年学费上涨的时候,就是他站出来抗议的,是个受人传颂的英雄人物哟。"

"孩子的爸,老师怎么可能知道嘛。时代完全不同啊。"

"说得也对。"爸爸毫无顾忌地扬起嘴角笑起来。

"对不起,时间也差不多了……"南老师很过意不去似的要从椅上站起身来。

"要走了啊?吃了晚饭再走嘛。"

"不不,还有其他的家庭要访问。"老师拼命摇着双手。

"哎呀,那真可惜。"爸爸瞪着大眼珠看着老师说,"我想问个问题,可以吗?"

"好,什么问题?"

"如果我儿子说他不愿唱国歌《君之代》,老师,你怎么办?"

"啊?"老师站起一半的身子停在半空中。

"我是说,学校有什么典礼的时候,要是我儿子拒绝跟大家一起唱国歌,老师会怎么处理?"

咕噜一声,南老师吞了口唾沫,额上的汗珠重新冒了出来。"啊,哦,我会跟二郎好好地沟通,尽量帮助他理解。"

"理解什么?"

"因为,升国旗、唱国歌都是学校里规定的活动。"

"可是学生不见得全都是日本人啊。"

"这个……请问上原先生家是不是……？"

"是日本人啊！不过要不要加入国家这种团体，这可是个人的自由，对吧？"

老师脸上露出严肃的表情，可能她心里正在纳闷儿，家长里怎么会有这么啰唆的家伙吧。

"生在这个国家，就被认为应该无条件、无选择地做一个国民，而且接受随之而来的义务和权利，你不觉得这很奇怪吗？这样被迫接受不是等于被人统治吗？难道我们就是为了被人统治才生到这世上来的吗？"

"孩子的爸，这种事情下次再说吧。老师还要去别家访问呢。"妈妈突然在一旁插嘴说。她看着爸爸的眼光有点像在对孩子说教。二郎觉得很难为情，他的脸颊不禁热了起来。

"那我再问最后一个问题。你简单回答就好。你赞成天皇制吗？"爸爸盯着南老师的脸说。

老师停顿半晌，深吸一口气，然后毅然决然地说出了她的答案："我赞成。"

"哦？那你申论一下。"

"申论？"

"就是叫你申述一下自己的想法。"

"我觉得……如果没有皇室，日本就会变成一个没有风格品位的百姓社会。"南老师轻甩一下头发，红着脸正视着爸爸说，"天皇家跟我们同样是人，但他们生来就无法自由选择自己的将来，我认为这很不公平，所以心里多多少少对皇室是很同情的。但是像日本这种组成分子极端雷同又充满了忌妒的社会，不管牺牲多少人，忌妒还是不会消失，所以在这种情况下，某种庶民永远都无法接近的阶级是有必要存在的，这就是皇室，更何况……"

老师说到这儿，轻轻咳嗽了一声。爸爸用手抱着膝盖，眼神里充满了愉快的光辉。"嗯嗯，更何况什么？"

"更何况皇宫和赤坂的皇家林园是靠谁维护呢？"

听到这儿，爸爸突然发出一阵笑声，同时还高兴地拍起手来。"太好了！老师啊，我赞成你的想法！"

真没想到事情竟会变成这样！二郎不禁目瞪口呆，他觉得自己见识到了南老师的另一面。或许因为对方也是大人吧，所以老师的表现也跟平日不一样。

"你真是个演员呢，当老师太可惜了！"爸爸笑着说。

"孩子的爸，说话注意点。"妈妈叉着腰说，"真对不起，老师，孩子的爸就是这样。"

"不，我也增长不少经验。"

"其实我常常跟我儿子说些有的没的，不过我觉得小孩不是那么容易就会被大人洗脑的。二郎有些看法很客观，说不定能比别人更冷静观察自己的父母呢。"

南老师或许不像刚才那么紧张了，她的嘴角浮起笑容，默默地点着头。

二郎悬在半空中的一颗心总算放下来了。尽管他还没搞懂原因，但他知道老师没生气。

"那我就告辞了。"南老师站起身，露出裙子下方修长的双腿，空气随之掀起一阵骚动，甜美的香气飘进大家的鼻孔。二郎这才注意到，老师今天竟然还喷了香水。

妈妈一直把老师送到玄关门口。

"喂，这女孩不错嘛。"爸爸躺在榻榻米上低声说。

二郎有点吃惊,爸爸怎么用这种口气说自己的老师?!

"下次家庭访问是什么时候啊?"

"哪里还有下次?一年只有一次。"

"是吗?那真可惜。"爸爸嬉皮笑脸地摸着满脸的胡楂说。

"那教学参观日是什么时候?"

"不知道。"

"啊,对了,你那学校,爸爸还从来都没去过呢。"

参观日的时间绝对不要告诉爸爸,二郎在心底做了决定。

肚子咕噜咕噜叫了起来。也不知是不是因为今天消耗掉太多精力,还不到下午五点,二郎就觉得肚子已经饿得受不了了。

# 4

优华从漫画杂志的彩色画页里跳了出来。"你叫二郎?"她凝视着二郎低声说。

二郎觉得脸颊发烫,穿着T恤的优华的胸部完美地向外凸出,阵阵甜美的香气扑鼻而来。

"你六年级了?嘻,好可爱。"优华笑了,露出雪白的牙齿。

发烫的部分逐渐开始扩散,终于扩及全身,尤其是内裤里,简直像放进了一个小暖炉,热得令人难以忍受。

"哎哟,清早起来小弟弟金鸡独立了。"

就在这时候,爸爸意外地出现了,每次他都这样取笑二郎,嗓门大得像在浴室里讲话,声音不断在二郎耳边回响。

"爸,你走开啊!"二郎竖起眉毛向爸爸抗议着。

"啊哟,好凶,哇哈哈……"转眼之间,爸爸又不知跑到哪儿去了。

二郎重新回到和优华的二人世界中。

"好想跟你到哪儿去玩玩。"优华风情万种地望着二郎。

"要不要去中野百老汇?那儿有玩具店,还有电玩中心。"二郎的声音里充满了兴奋。

"嗯,好啊,走吧。"

二郎推出自行车让优华跨坐在身后。"出发喽!"优华发号施令的模样真惹人怜爱。自行车载着两人在小巷间奔驰,迎面而来的物体都像在玩电玩似的自动向两旁让开。

"哇,二郎君,你好厉害哟。"优华高声欢呼,二郎把自行车踩得更快了。

肉店老板大张着嘴站在店门口,阿淳突然跑出来,一边跟在车子后面追赶一边嚷着:"我也要去,我也要去。"二郎当然不理他,拼命踩踏板把他甩到一边儿去。

进入中野百老汇之后,两人在走道上向前奔跑。"等我嘛!"优华拉住二郎的手。"这里,这里。"二郎带着她跑向仓库。

"这里不会有人看到。"

转眼之间,二郎和优华玩起捉迷藏了。爸爸和阿淳就是要来抓他们的坏人。

两个人躲进仓库存货的空隙里,优华的脸庞近在眼前,二郎感到全身越来越热,心怦怦乱跳,差不多要从喉咙里跳出来了。

他的手臂碰到优华的手臂,好柔软啊!简直就像刚出锅的年糕一样。

优华的脖颈就在眼前,二郎心里升起一股想亲亲她的冲动。

他感到腰围深处发出阵阵酥麻,这感觉既像痛楚又像赛跑冲刺前的悸动,更像在校园玩单杠时支起身子之前屁股周围生出的那种奇妙感触,甚至更强烈十倍、百倍。

优华这时转过头来看着他说:"二郎君,你的脸好可怕哟。"

二郎当然不知道自己脸上究竟是怎样的表情。

"啊，优华，我，我……"呼吸越来越急促了，他伸出手臂，想要抱住优华。

优华身子一动，从二郎身边躲开了。"嘻嘻。"她恶作剧地笑起来。

"我，我……"除了这个字，二郎嘴里说不出任何话来。他再度企图拥抱优华。

然而每个动作都牵动着腰部，他身子根本无法向前挪动。二郎觉得脑袋快要爆炸了。这种感觉是他出生以来从没体验过的。

糟糕！好像有什么东西要跑出来了，哎呀，忍不住了。可以放出来吗？行吗？在这儿放出来吗？行不行啊？

二郎穿着睡衣走下一楼，立刻冲向洗脸台，他先从洗衣机里掏出昨天放进去的内裤，动作迅速地套上，再把脱下来的湿内裤塞进去，为了湮灭证据，他还用手在那堆衣服里乱搅一阵。

清晨那个梦留下的些许余韵仍旧残留在他脑中。他搞不清那种快感究竟是怎么回事。那感觉跟尿尿后的快感有点像，不过两种快感属于完全不同的类型。二郎觉得有点心虚，他觉得这件事应该不能告诉父母。

早晨醒来后发现内裤里的异状时，第一个蹿进二郎脑中的影像，就是向井的面孔。"你们这些家伙都还没有梦遗的经验吗？"他想起向井曾经说过，"那可是一种有如升天的绝妙境界呢。"向井眯着眼望向空中说。难道自己今天这经验就是梦遗？

二郎想起五年级的时候，隔壁班的男老师曾到班上来跟他们讲解过射精。那时全班女生都到家政教室去了，二郎很认真地听着老师的解说，不过心里觉得那件事离自己还很远。今早的经验就是那件事吗？其实这些也不重要，二郎现在更在意的是，老师竟没告诉他们，那件事会给人带来那么奇异的感觉。

今天到学校以后,一定要赶快找向井来问问,二郎想。

"喂,二郎,小弟弟今天早上也很有精神啊!"刚打定主意,不料爸爸却突然走到身边。

二郎心头一震,虽说这是爸爸每天必念的台词,但今天听在耳里,却让他震出一身冷汗。

爸爸转头探视他的表情,他故意不理爸爸,把身子转向另一边,径自刷着牙。

"干吗这么不友善啊。"爸爸说着抓起自己的牙刷。

洗脸台前的空间很小,二郎被爸爸挤得退到墙边一角。

"对了,你们那个班主任南老师啊……"爸爸看着镜子说,"你帮我跟她说,这两天我会去找她,要跟她谈谈教育方针的事情。"

"爸要去学校?跟南老师谈话?"

"是啊,你帮我跟她说,这回我想听听她对宪法的看法。"

"哦。"二郎随口应着。爸去学校肯定没好事,他想,他得想个办法把这事敷衍过去。

早餐时,二郎总共吃了三碗饭。先用烤柳叶鱼配第一碗饭,然后又就着炒香肠吃下第二碗,最后再靠生鸡蛋和香松解决了第三碗。虽然吃了这么多,每天上第四堂课的时候他还是会饿得眼冒金星。

吃完饭,二郎抱着书包跑出家门,妹妹桃子被他远远丢在身后。她走路慢吞吞的,老是让二郎等得很不耐烦。

走到半路,二郎碰到家里开干洗店的阿淳。

"中田的任意球踢得好棒啊!"

"日本代表队还是非得中田当司令塔[1]才行呢。"

---

1 指中场核心球员,一般是球队的指挥官,他拿球后其他球员跑动会很积极。

二郎和阿淳边走边聊着昨晚电视上的足球赛。阿淳可能因为是三月生的吧,就是显得比较幼稚,二郎觉得跟他说梦遗这事不太好。好不容易走进教室,二郎上前一把抓住向井,把他拉到走廊上。

"干吗呀?二郎,要借钱啊?这个月我可不太……"

"不是。"

"那是要定做图章?我家象牙现在有货,可以帮你做个上好的图章呢。"

"小学生要这种东西干吗?"

"但是很值钱啊。"

"别说了,跟我来。"二郎拉着向井一直走到逃生梯前,用力把他压在楼梯扶手上。

"干吗?没规矩的东西!换个时代,我可要毙了你。"向井整天陪他祖母看时代剧,一开口就很自然地冒出这类戏词。

"喂,向井,你上次说过梦遗,对吧?"二郎小声地说。

"梦遗?嗯,好像是说过。"一瞬间,向井脸上露出十分严肃的表情,但立刻又换上了笑容,"哦,原来如此。"说着,他用手戳了戳二郎的胸膛,"二郎终于也要进入第二性征期了?"向井用手摸摸自己的下巴微笑着说,"那么,今天早上有白色的东西跑出来了?"

"我没看颜色。"

"气味呢?"

"谁会去闻啊?"

"二郎你还是欠缺一点研究精神哟。"

"啰唆,你可不要告诉别人。"二郎瞪着他说。

"我知道,我知道。"向井忍不住张开嘴大笑起来。

"所以啊……"二郎把音量又降低了一些,"那个啊,像那样可以吗?"

"你这个人,说话要说清楚啊。"

"那个,就是啊……那种感觉,就那样没关系吧?"

"那种感觉,你是说感觉良好,对吧?"

"不太清楚。"二郎答道。老实说,今早发生的那件事究竟能不能用感觉良好来形容,他也无从判断,其实他心里更强烈的感受是:没想到自己竟干了这种事!

"哎呀,这是二郎的第一次嘛,等你有了第二次、第三次,就会习惯那种良好的感觉了。"

大概是吧,二郎想。向井说完在他肩上拍了一下。

"你们两个在这儿干吗?"正说着,背后突然传来阿淳的声音。

"啊,二郎今天早上梦遗了,在这儿向我请教呢。"向井若无其事地答着。

"不是跟你说了,不要告诉别人吗?"二郎作势要动手抓他。

"那可不好,对好朋友不该隐瞒哟。"向井一副无辜的表情。

二郎只得把事情从头向阿淳说了一遍,三个人便一本正经地交换各自对梦遗所知的情报。

"我也有过。"阿淳说着,脸上的肌肉微微牵动了一下,可能是在说谎吧。阿淳的身体发育比较落后,据说小弟弟只有百合花的花蕾那么大,他对这件事一向很在意。

"不过听说啊,勃起这玩意儿,好像到二十五岁以后就没了。"阿淳说。

"真的?"这可是二郎第一次听到的新知。

"我是听别人说的。"阿淳正色说。

"大概是。"向井抱着两臂点点头说,"你们想嘛,变成大人以后,小鸡鸡还一下硬一下软的,多糟糕啊。"

既然连向井都这么说,那应该就没错了,二郎想。

"对了,两位,告诉你们一件事,听说大久保那儿有栋大楼,能偷看到公共澡堂的女生洗澡。"向井说得很轻描淡写,看起来不像在炫耀什么。

"偷看!澡堂里都是老太婆不是吗?"阿淳反问。

"不不,都是年轻女人,而且都是外国人。那附近有很多打工的外劳,都是金头发的外国人。"

"你怎么会知道?"二郎问。

"那栋大楼的二楼有一间补习班,我表哥就在那儿上课,他说只要爬到顶楼,就能把隔壁澡堂里的女人看得一清二楚。"

"听说啊,外国人的头发虽然是金色的,不过那里的毛都是黑的。"阿淳说这话时脸颊有点泛红。

"真的吗?"二郎觉得难以置信。

"真的,我家附近的大学生说的。"

"二郎你觉得怎样?"向井问。

"我怎么知道?光是空想也不会知道啊。"

"所以,我们必须去亲自确认一下。"向井面无表情地说,不过他的眼神里充满了笑意,二郎和阿淳立刻被这念头刺激得兴奋起来。

"去偷看啊?"二郎问。

"如果你们想去,我就奉陪喽。"

"要是被抓到的话,不太好吧。"

"没关系,就说我们是那间补习班的学生嘛。"阿淳跃跃欲试。

"你们俩晚上能出来吗?大白天太引人注意了,还是等到天黑以后比较好。"向井沉着地说,"黑暗能掩盖一切的罪恶,嘿嘿嘿。"

这家伙难道就不能讲点像小学生讲的话吗？二郎想。

"我可以啊，就跟家里说我要到区民游泳池去练习游泳。"阿淳立即露出兴奋的神情，两眼甚至还布满了血丝。

"那我也说去区民游泳池。"二郎也点着头说。既然他们两人都要去，自己就不能缺席，他可不愿意落在向井和阿淳之后。

"好，那晚上七点，在阳光广场集合。这是我们三个人的秘密哟。"

没想到眨眼之间，晚上的约会就说定了，真是快得令人有点反应不过来。

三人说着围成一个圈，同时伸出手掌，叠在一起。

"保守秘密哟。"

"好！"

他们像棒球比赛前宣示团结似的同声唱和着。

马上就能看到女生的裸体了！二郎对自己说。这念头让他的心脏怦怦跳个不停。今晚的计划肯定是一项划时代的创举！"初体验"这个名词突然浮现在他脑海中，不知怎么搞的，他觉得连屁股都有点火辣辣的感觉。

这天学校的课堂上教了些什么，二郎一个字也没听到。"今晚我要去看裸体女生喽！"看到身边那些正在听课的蠢蛋男生，他真想上前去讥笑他们一番。

班上男生要是知道了今晚的计划，一定会把自己当成英雄人物吧。想到这儿，二郎脸上忍不住露出得意的表情。

"上原君，你脸好红哟，感冒了吗？"佐佐特意跑来问他。

这天晚饭吃得比平时早，吃了饭，二郎匆匆骑上自行车赶往阳光广场，向井和阿淳早已在那儿等他了。

"你迟到喽，二郎。"阿淳说着瞪了他一眼。

"乱讲！不是才六点四十五分？"

这两个家伙一定是在家里待不住了，二郎想。三个人都按照原先约好的，背上背着背包，里面装了掩人耳目的游泳裤和大毛巾。

"九点半以前要回家。还有，过马路要小心车辆！"向井叉起腰对另外两人发号施令。

"好啰唆，像老师一样。"二郎虽然嘴里抱怨，脸上却挂着微笑，因为马上就能看到裸女了，"那就出发吧！"

"等一下！"不料向井却打出制止的手势。

"林造也要去。都是阿淳这大嘴巴告诉他的。"

"你这家伙，不守信用。"

"没关系嘛，反正只有林造。"阿淳撇着嘴说。

不一会儿，林造骑着山地自行车出现在众人面前。只见他头戴黑色棒球帽，身穿黑色T恤，也不知他是不是想用黑色掩饰罪行，总之，一眼就能看出他充满了期待。

"喂，林造，你补习班怎么办？"二郎问。

"翘课喽。"林造一脸不在乎的表情。

"那你就考不上麻布中学喽。"

"没关系，嘿嘿嘿。"

没想到林造竟是个闷骚型人物，二郎想，他觉得似乎看到了林造不为人知的另一面。

"快点出发吧。"林造说。

"还轮不到你来指挥呢。"二郎忍不住大声对林造说。

四辆自行车排成一列，沿着铁轨向前奔驰。中野到大久保的距离不算远，但他们平日很少自己跑到大久保去玩，一方面是因为学校规定只能在学区内活动，越区去玩多少需要些勇气；另一方面，在路上碰到其他学校的小学生，他们都会有点紧张，更别说是到陌生的繁华区，那简直就是一次冒险了。

太阳早已下山，遥远的前方隐约可见副都心的摩天大楼闪烁着灯光。二郎向来最喜欢欣赏这幅画面，因为远处那栋最高的都厅大楼，在周围众多建筑的环抱下，看起来就像《特搜战队刑事连者》中刑事连者每次打倒坏人之后摆出的姿势。

大马路上往来的车辆太多，他们决定从小巷穿过去。领头的向井骑的是他妈妈的淑女车。

"奶奶说过要给我买一辆新的自行车，但我比较想要小型音响。"向井说，他好像一点也不在乎自己的车与众不同。"二郎，开灯！"向井又说，二郎马上按照指示开了车灯，不知为什么，他从来都没想过抗拒这家伙的吩咐。

大约骑了十分钟，大久保车站已近在眼前，他们从来不曾在这时段来这里，要说起繁华的程度，中野车站比这儿可热闹多了，只不过这附近的气氛跟中野完全不同，不仅霓虹灯招牌的种类不一样，闪耀的灯光也似乎特别刺眼。

更糟糕的是，路上来来往往的行人里，有好多看起来很可怕的大人。二郎很快就发觉这实在不是他们该来的地方，因为这时候根本没看到还在外面玩的小学生。

四个人脸上的表情渐渐严肃起来，彼此也不再交谈了。

到了车站前面，四个人都下了车，分别推着自行车前进。因为走在这条街上，他们实在不敢随便按车铃，路上挤满了挡住去路的外国人，他们只好小心翼翼地把车子推到大马路上。

直到穿过繁华区，他们才重新跨上自行车，骑了一会儿，沿途灯光逐渐变暗,这才看到前面出现一座高大的烟囱。

"啊,在那儿!"向井说,"女人身体的秘密终于要揭晓了。"

四个人不约而同地笑起来,沉重的心情总算暂时一扫而空。

"我把我爸的望远镜带来了,德国制造的哟。"林造说。

二郎觉得应该修正一下自己从前对林造的看法。他想,这家伙的房间里一定有很多色情杂志。

不一会儿,大伙儿来到目的地澡堂门口。正如向井告诉大家的,澡堂隔壁就是那座有补习班的大楼,门前停放了许多孩童自行车。抬头仰望大楼,只见二楼整面窗户都亮着电灯。"这儿环境不错嘛。"向井低声说。

四周的街道寂静无声,但是二郎他们很快就发现这儿并不是住宅区,因为从大马路跨进小巷几步,就看到满街的宾馆。

向井一马当先走进大楼,众人都跟在他身后,经过补习班那层,继续顺着楼梯往上爬。脉搏跳动的速度越来越快,马上就可以看到女人的裸体了,千万不要有大人经过这儿!二郎在心底暗暗祈祷着。

好不容易爬到顶楼阳台的门前,向井抓住门把转过头。"出去喽!"他用目光向众人宣示着。其他三个人无声地向他点点头。

推开门,一股潮湿的空气立刻扑过来,呈现在众人眼前的,是宾馆的霓虹灯招牌,它正不停地向他们眨着眼。二郎感到汗水正从背脊流过,似乎他们脚下这块地面积了大量而浓郁的湿气。

踏进阳台之后,四个人都低头弯腰,尽量压低自己的身子。

他们小跑着朝烟囱那头的栏杆奔过去。"啊!"只听阿淳首先发出一声轻呼。

四个人从栏杆探出身子,朝着下方张望,楼下确实有一面属于澡堂的大窗,窗内亮着灯光,只是玻璃上笼罩着水雾,根本看不出窗内是不是澡堂。

"怎么搞的？"二郎皱起眉头，转脸看着向井说，"怎么跟你说的不一样？"

"奇怪！我表哥说他真的看到了。"向井倒是一点也不着急，不慌不忙地回答着。

"什么能把女澡堂看得一清二楚，骗人！"二郎竖起眉毛，用手戳戳向井的手臂。

"不过，那边的确是女澡堂。"站在一边的林造这时发话了，他手里拿着望远镜，"这些人的头发都比较长，而且从屁股的形状也能看出来。"

听他这么一说，其他三人立刻露出兴奋的表情。

"那里的毛也看得出来。"林造说。

"让我看看！"阿淳伸出手，二郎自然也不甘示弱地伸出手。

"这可是我的！"

林造抗拒着不肯交出手里的东西，他平常倒是很少这样。三人立刻陷入一场争夺望远镜的混战。

"等等，安静点！"向井插嘴说，"大家轮流看，一人一分钟，林造有手表，就用这个计时吧。"

众人一致地点点头："那就照座位号轮番上阵喽。"

二郎第一个抓过望远镜。

他把望远镜压在眼前，努力按捺胸中的波涛起伏。调近了焦距，的确看得出那儿是女澡堂。窗内的人影虽然模糊，身体的曲线却跟男人不一样。总之，在镜片那一端走来走去的，是一些温和又柔软的东西，隐约还可以看到那个部分都是黑色的。

"哎哟，看得蛮清楚的呢！"

看不清楚的部分反而更能诱发想象。二郎感到自己的性器官正在裤子里逐渐发热、膨胀。

"哇，胸部还会摇晃！"这回他说的是事实，因为他看到女人从浴池里走出来。

"在哪儿在哪儿？"阿淳兴奋得把脑袋挤了过来。

"还没到一分钟呢！"二郎把他的脑袋推回去。

一分钟很快过去了，他把望远镜交到阿淳手里，转过头，正好跟向井四目相会，二郎不自觉地露出微笑。

"喂，向井，原来外国人那里的毛是黑的呀！"

"哦，是吗？"

刚才看到的，一定是个年轻外国女人！二郎在心底对自己说。

阿淳显得非常激动，一个人对着望远镜不断发出"哇！""啊！"的惊叹声。

轮到林造拿望远镜了，他专心地盯着镜片，就凭这股全神贯注的精神，怪不得考试成绩总是那么好。

"日耳曼民族真了不起！"向井对望远镜的性能赞不绝口。这家伙还真会顾左右而言他。

望远镜在四个人手里来回转了五圈，二郎觉得刚开始偷窥时的兴奋渐渐消失了，这时他心里不免升起几分遗憾，因为那些人影的面孔根本看不清。他想，其他三个人一定也有一样的感觉。

不过他们谁也没把这想法说出来。大伙儿花了这么大功夫才达成目的，怎能在这儿浇别人冷水呢？四个人都怀着相同的情绪，经过这次共同的经历，他们已经成了战友。

大约过了半小时，他们决定撤离阳台，向井建议大家到澡堂门口去瞧瞧。

"究竟哪些女人在里面洗澡，到门口去看看走出来的客人就知道了。"

这小学生可真会动歪脑筋。二郎不禁打从心底叹服。

他们把自行车推到澡堂门外的自动贩卖机旁，站在那儿等待洗完澡的女客出来。可是等了半天也没看到人影，反而口渴得要命，只好从贩卖机里买了果汁喝起来。

不久，终于有人拨开布帘走了出来，大多数都是老太婆，也有些看起来像是从事特殊行业的年轻女孩，每当看到女人从店里走出来，二郎的心脏就急速跳动起来。不一会儿，他看到一个曲线玲珑的外国女人走出来，她满头金发，身上穿着吊带背心，而且里面居然没穿胸罩。

刚才是看到这女人的裸体吗？二郎觉得兴奋极了，身旁的阿淳和林造也是一脸红晕。

今天真是不虚此行！二郎想，同时感到两腿中间逐渐热了起来，真想立刻跑到学校去翻一阵单杠，一定要拼命翻个过瘾才行。

二郎转头抓住林造的手腕，看了他的G-shock[1]表面一眼。八点半了，众人一致认为应该打道回府了。

"喂，阿淳，到了学校可别提这件事哟。"二郎特别叮嘱阿淳。

"不会说的。"阿淳挤了一下鼻子向他说。

其实二郎心底倒是有点期待阿淳回去宣传一下。当然如果被班上女生知道了，可能会有点麻烦，但如果是班上男生知道这件事，他们可就太有面子了。

四个人重新骑上自行车，一路悠闲地踩着踏板前进。

---

1　指卡西欧的一款手表，具有强悍耐用、防水等特点。

二郎的车紧跟在众人之后。猛然间,他看到前面十字路口正好有一对男女走过。

二郎不免一愣,因为他看到了姐姐的脸。

路旁的灯光照耀着四周,眼前那张侧面正是姐姐。

姐!二郎差点喊出声来。

心脏猛烈地跳动着,他不知所措地看着那个男人。

那是个中年男人。虽然没有爸爸那么老,但至少不是一个能跟二十一岁的姐姐匹配的年轻男子。

难道是自己看错了吗?姐姐怎么可能出现在这条全是宾馆的小巷里呢?

二郎在十字路口停下车,紧紧盯着那对男女的背影。那件衣服跟姐姐今早穿的一样。两个人的手臂紧紧地挽在一起。

姐姐抬头看着男人笑起来,雪白的牙齿从她嘴里露出来。多么动人的笑脸!这是二郎在家从来没看过的。

"喂,怎么了?"向井突然把车停在前面十米的地方转头问他。

二郎赶紧骑向前去。"没什么。"他说,背脊感到有些发冷。

刚才的兴奋一下子都不见了,不祥的感觉正在心底膨胀。

二郎支起腰身,用力踩着自行车的踏板,心脏的跳动越来越快、越来越强。

# 5

　　星期日这天，二郎全家难得地一起吃了顿午饭。阿格哈塔的固定休息日是每个星期天，所以这天妈妈才能在家给大家做炒面。上原家的炒面盘子里一定要放个半熟的荷包蛋。以前二郎一直以为外面的炒面都是这样，后来学校营养午餐第一次提供炒面时，二郎问周围的同学："荷包蛋呢？"反而引来一阵讪笑。

　　除了荷包蛋与众不同外，上原家吃炒面时还会煮一锅饭，因为他们家是用炒面当菜来配白饭吃的。二郎喜欢在炒面上浇一大堆酱汁，这样配起饭来吃得更香。

　　这天好不容易全家团聚，连平日难得在家的姐姐也坐在饭桌上。平常姐姐回到家来只是为了睡觉，即使碰到放假的日子，她也忙得不见人影，连妈妈也拿她没辙，只能叹息着："洋子简直像个投宿的客人。"

　　姐姐现在就坐在二郎对面，她脸上没化妆，头发一股脑儿地束在脑后，默默地吃着炒面。

　　那天晚上回家以后，二郎一直都睡不着。姐姐居然跟一个陌生男人手挽着手走在路上！她还对着那男人撒娇似的微笑！那景象印在他的眼里无法抹去，也让他感到相当沮丧。更糟糕的是，那男人还是个老头,二郎觉得他看起来大概三十五岁。因为文具店的老板就是三十五岁,那人看起来跟老板差不多。

如果说姐姐跟那个人是男女朋友,他们两个看起来实在很不相配;但除了恋人之外,二郎实在想不出还有其他的可能;而且,他根本就不愿多想这个问题。

那天晚上,他裹着被子躺在床上,十一点多的时候,姐姐回来了,二郎听到她在楼下简短地向妈妈说了声"我回来了",然后就是一阵"咚咚咚"上楼的脚步声。二郎禁不住绷紧全身的神经。

他正竭尽全力承受着某种东西。二郎想,人生在世,肯定不能事事如意,即使是同一家人,每个人也有自己该走的路……

"喂,洋子,有空的话,要不要看看我的小说?"爸爸嘴里塞满了饭问道。

"不要。"姐姐简单明了地回答。

"文学舍的总编辑看了之后觉得很好,决定要拿去排版了。"

"排版是什么?"桃子问。

"就是印在纸上。你爸的小说终于要变成书了。"

二郎惊讶地抬头看着妈妈,妈妈正垂着眼皮微笑。

"真的吗?"二郎问妈妈。

"真的。"妈妈说,她的口气像是正式宣布一件重大消息,"编辑很喜欢他的作品,想帮他出书呢。"

文学舍可算是一流出版社,就连二郎都听过这名字,它也出参考书和漫画书。

"爸,你好棒哟。"

"嗯。"爸爸说着仰头喝光杯里的麦茶,"这世界上还是有伯乐的。再说,我也一直都在努力创作杰作啊。总之,我只是没碰到伯乐罢了。"

"那你马上就要当作家了!"

"是啊,等书出来之后,一定会有很多人找我写稿,到那时候啊,我就要搬到南方的小岛去住喽。"

"南方的小岛?"

"有个那样的小岛哟。比冲绳的波照间岛[1]还远的海上,有个秘密的小岛,地图上都没有。"

爸爸故意降低音量。二郎看到妈妈脸上露出苦笑,他认为爸爸是在开玩笑。

"作家不需要待在东京。现在这年头,传真什么的那么方便,我们应该到空气更新鲜的地方去,不是吗?"

"我可不去。"姐姐突然插嘴,声音里似乎夹着刀枪,"你们自己去吧。我会到外面去找间房子一个人过。"

"不行,全家一起去!"爸爸的声音响彻整个厨房,"田里需要人手。再说,你在人家公司帮别人管钱,也没什么乐趣吧?"

"我已经不做会计工作了,我现在是平面造型设计师。"姐姐翘起下巴说。

"不管怎么说,反正都是资本家的手下,不都是叫你做讨好顾客的工作?"

"那爸爸呢?"姐姐睁大眼睛说,"自由作家还不是要听命于出版社?"

"那只是暂时的,以后我就是作家了。以前那些看不起我的编辑,以后都得给我提鞋!"

---

1 指日本最南端岛屿,面积约 12.4 平方公里。

"谁知道？现在只是说要排版而已。"

"排版的意思就是要出书。"

"就算出书，销路不好也没用呀。"

"蠢货！肯定是畅销书！什么文学赏，通通都能拿下来。"

"说得好听。"姐姐不再理爸爸，径自站起身，走到水槽前洗好自己的餐具后，立刻回到二楼去了。

"喂，二郎，你是赞成搬家的吧？南方小岛的生活很棒哟！"

二郎转头用求救的眼神看着妈妈。"不用跟他认真。"妈妈耸着肩膀说。

"什么？我可是很认真的。跟你结婚的时候就说过吧？我的理想就是过自给自足的生活。不受任何压榨，全家人一起过日子。"

"可是我不喜欢转学。"桃子说。

"我也是。"二郎接着说。

"你们俩喜欢学校吗？"

"嗯。"两人同时答道。

"怎么搞的！你们可是我的小孩！不管在什么时代，学校都是矫正行为的地方。从前是教大家'精忠报国'，现在教大家努力工作，多多缴税。"

"孩子的爸，跟孩子说这些，他们也听不懂。"妈妈在一旁埋怨起来。

"我现在就是要让他们懂！听好，二郎、桃子！"爸爸讲得唾沫横飞，声音比刚才更响了，"所谓的国民三大义务，全都是骗人的！记好，教育、工作、纳税，这些本来应该是个人自由。"

"二郎，今天不出去玩了？"妈妈突然转头问二郎。

"等下要去跟阿淳玩。"

"我说你呀,我在跟他们讲这么重要的事情……"爸爸把矛头转到妈妈身上。

二郎跟桃子交换一下眼神,两人匆匆把餐具拿到一旁,动手清洗起来。二郎本想再添一碗饭的,也只好作罢。

"人类的不幸啊,就是从贪欲开始的。"

"对的,对的。"妈妈漫不经心地随口应着。

听着爸妈的对话,二郎和桃子的心底不约而同地冒出相同的疑问:妈妈为什么会跟爸爸结婚呢?爸爸年轻的时候也这么奇特吗?

厨房里,身躯庞大的男人像要占领整张餐桌似的正在大放厥词。妈妈却一副不为所动的模样,默默地在他面前泡着茶。

"我爸快要当作家了。"

这天下午,二郎终于忍不住把这消息告诉了阿淳。不过他是装着若无其事的样子提起了这件事。两人这时正好走在中野百老汇的走道上,二郎像是突然想起什么似的对阿淳宣布了这个消息。

"好厉害哟!"阿淳立刻露出惊讶的表情,"那你们家会变得很有钱哟。"

"不会太快的。"

二郎嘴里虽这么说,心里倒并非完全不抱任何期待。从他还是婴儿的时候起,就一直住在现在这栋租来的房子里,每当电车通过时,这栋老房子就跟着摇来晃去。二郎心底一直有个梦想,哪天自己家也能像佐佐那样,在安静的住宅区里拥有一栋全新的洋房,那该多好啊。哪怕是只住一天,他也心满意足了。

对啊,说不定搬到豪宅去住不再是梦想了,因为爸爸要变成作家了!要是真的有么一天,二郎想要一间属于自己的房间,还要一张软绵绵的小床。

"你可不要告诉我,你要去上私立中学啊。"阿淳说,他似乎很怕被二郎抛弃似的。

"我才不会去上什么私立中学呢。"二郎回答的同时,很惊异地发现,自己居然也有可能去上私立中学,期待之光在他心底悄悄亮起,要是爸爸成了作家,以后跟那些有钱人的孩子在一起的时候,也不用那么畏首畏尾的了。

二郎很难得地得出一个结论:除了那个搬到南方小岛的计划之外,自己的爸爸还是挺不错的。

这天跟阿淳约好见面,是因为阿淳想买一个比赛用的篮球,二郎答应陪他一块儿去买。阿淳决定上中学以后要参加篮球队。"我希望长高点。"很久以前他就把这句话挂在嘴上。

结果阿淳在运动用品店买了一个橡胶篮球,因为真皮的篮球价钱贵得吓死人。

"二郎你上中学以后,要参加什么课外活动?"

"还没决定。"足球和棒球已经被他排除在名单之外,因为很多人从小学就加入了这类活动,他可不想从一开头就被别人比下去。其实田径活动倒是很不错,二郎心想,既不用买器材又不用花钱。

买完篮球,二郎和阿淳决定到附近区公所前练习运球,假日的区公所周围,完全看不到一个人影。

篮球撞击地面的声音发出回响,阿淳的动作灵敏得出人意料,不一会儿,他就懂得利用停车场地面的分线练习换手运球了。

"要是我的手掌再大一点,就能打得更好。"

"马上就会长大了。"

练完运球之后,两人决定继续练习投球,于是便朝着区公所后面的停车场走去,因为那儿有一边墙,墙上没有窗户。

刚走到停车场,就看到一辆中型巴士停在那儿,几个中学生正蹲在巴士的阴影下抽烟。

二郎和阿淳尽量不把视线转向他们,但这时突然改变前进方向也有点怪,所以他们俩故意绕着弯,打算伺机离开那里。

"喂!"不料,身后传来一声呼喊,逼得两人不得不硬起头皮面对。

回头一看,是几张见过的面孔,就是上次佐佐生日那天,在公园里碰到的那群人,总共四个。

"今天没跟黑木一起啊?"一个咖啡色头发的家伙用低沉的声音故作声势地问道。

这话才是我们想问的呢。二郎想,黑木又不是我们的朋友。

"借你手机,马上把黑木给我找来!"咖啡色头发的家伙说着在柏油路上摁灭香烟,站起身来。他的眉毛被剃成尖尖的锐角,整张脸看起来很可怕。

"我们不知道号码。"二郎说完迈步往前走。

"别走!"咖啡色头发的家伙又低吼起来,"用不着跑嘛,干吗要跑?"

"喂!阿胜!别逗他们小学生了。"这时其他几个中学生插嘴说。

"他们明年就是我们的学弟了,从现在起得好好教育一番!"

那个叫阿胜的男生一边吧唧吧唧地嚼着口香糖,一边慢吞吞地走到二郎他们身边。阿胜的身高看起来大概有一百七十厘米吧,腿上穿着一条宽宽松松的大长裤。

"哎呀,不用那么害怕,我们都是好人。"他拍拍二郎的肩膀,皮笑肉不笑地翘了一下嘴角,"哦,对了,请你们喝果汁吧。中野百老汇一楼大厅有贩卖机,去,去买来!"

其他几个中学生脸上露出不怀好意的笑容。阿淳的脸色一下子变得苍白起来。

阿胜伸手在裤子后面的口袋里掏了半天。

"啊，糟糕，忘了带钱包。"其他几个中学生听他这么说，同声大笑起来，"所以，先帮我垫一下吧。我们要四罐，你们两罐，总共六罐。"

"我们没钱。"阿淳说，面颊上肌肉痉挛着。

"钱这玩意儿，只要去想办法就会有的。上了中学以后，光说'没有'是不行的哟。"

"那你们干吗不自己去想办法？"阿淳忍不住反驳。

阿胜的脸色唰地变了，但又马上扮出笑容说："哎呀，这家伙的篮球很不错嘛。新的啊？"他大声说着，伸手想抓阿淳手里的篮球，"让我摸摸看嘛。"

阿淳死命抱紧篮球，半扭着身子想把篮球藏起来。

"不要那么小气嘛。明年我们就是学长、学弟喽。"

"不要！"阿淳尖声嚷起来。

就在这一瞬间，阿胜猛地抬起右脚，往阿淳的大腿踢过去。"看不起人啊，这小鬼！"说完，阿胜的拳头也跟着打在阿淳的肚子上。

二郎打从出生以来从没看过这种真枪实弹的拳法，这一拳，就像图片里的动作，是他们小学生打闹时绝对看不到的。

阿淳弯下腰蹲在柏油路上，篮球滚到一边，被阿胜捡了起来。

二郎呆站着不知如何是好。他完全没想要帮阿淳讨公道。不，他甚至觉得自己两腿发软，一想到自己也可能被打，他的手指就不听使唤地颤抖起来。

"这篮球，我借走喽。"阿胜俯视着阿淳说，"听好，只是向你借，不是抢你的。可别弄错了!"接着,他转头对二郎说:"你就是证人,这是我借的。"

二郎下意识地点点头。

"借用的时间呢,就到黑木还钱为止吧。你们跟黑木是哥们儿,对吧?所以你们也要负连带责任。黑木欠我一千日元,等他的债还清了,就把球还你们。要不然还有一个办法,你们也可以帮他还钱。"

阿胜"哼"地从鼻孔里发出笑声。这家伙才比他们大一岁,但感觉上就像个大人。"去转告黑木吧。"说完,他缓缓倒退几步,然后才转身走开。

一群中学生摇晃着萝卜腿大摇大摆走远了。

二郎赶忙奔到阿淳身边,只见他两眼通红,嘴唇发青。

"简直乱来嘛。"阿淳气愤地说。

向来争强好胜的阿淳,碰到了这件事,也只有自叹倒霉的份儿。谁叫他们碰到的对手这么恐怖呢。

"真不敢相信!"阿淳手按着肚子,皱着眉。

二郎不知该说些什么。他的心里充满了无奈,好朋友被打了,他却帮不上忙,只能呆呆地站在一旁看着阿淳被人打。

阴暗的情绪在二郎的胸中翻腾不已,明年升中学,会跟那个叫阿胜的上同一所学校吗?一想到这儿,他就觉得心里郁闷得要命。

第二天,二郎和阿淳一块儿到四班去找黑木。把黑木叫到走廊之后,两人把昨天发生的事情向他说了一遍。

黑木听完马上涨红了脸。"我才没向他们借钱呢,"他不高兴地说,"那家伙真过分!每次都拿我当借口。"说着,黑木朝地上吐了一口唾沫。

"那到底是怎么回事?"二郎问。

"那个阿胜每次都是用这种手法。他想从你手里弄钱的时候,就会跟你说,你们学校的谁谁谁向他借钱,然后把你手里的自行车或是棒球手套抢走。而且他从来不说'给我',只是说'借我',这是为了防止被学校知道才这么说的。"

"那我们现在怎么办?"

"我怎么知道?只是一个篮球,算了吧。"

"乱讲!我刚买的呢。"阿淳瞪着黑木说。

"干吗?你这家伙!"黑木立刻变了脸,一把抓着阿淳的衣襟。

"等一下!"二郎赶紧从中间插进去,拉开黑木的手,"黑木,你去帮我们拜托一下嘛。请他们把球还回来。"

"浑蛋!你自己去说说看就知道了。他一定会叫我付那笔钱的。"

"你不敢拒绝啊?"

"我不想跟他扯破脸。"黑木毫不考虑地摇着头说,"阿胜凶得很呢。他一生起气来,不知道会干出什么事,这家伙根本不像初一的学生,而且他还有个初三的哥哥,全校都怕他,他在学校可是所向无敌,连初二那些家伙都躲着他呢。"

"那可是我花了两千日元买的呢。是我把零用钱存起来买的!"阿淳尖声叫着。

"那你还是付一千日元把球赎回来吧。就算你用三千块买的嘛。"

"能这么算吗?"

"还是乖乖付钱比较好。"黑木咯咯地笑着说,"阿胜又不是真的想要你的球,再说,要是不付这笔钱,他还不知会找你其他什么麻烦呢。"黑木像平时一样乱眨着眼皮,他这毛病就是向井说过的妥瑞症,"对了,要是你们想通了,就把一千日元拿到我这儿来,我可以去帮你们要回来。嘿嘿嘿。"黑木说完便走回教室去了。

"要不要告诉老师?"二郎问。

"嗯?"阿淳沉默着没说话,过了一会儿,他叹了口气,"不必告诉老师了。"阿淳用干涩的语调说。

如果告诉老师的话,整件事都会变得更麻烦。这是他们俩完全能够预料到的结果。

眼前这个难题,是他们有生以来从没碰到过的。上五年级之前,他们从没想到这世界上竟会有敌人这玩意儿。

二郎也跟着叹了口气。不知为什么,他突然想到爸爸。要是自己的手臂也像爸爸那么粗壮就好了。

# 6

阿淳的篮球还没要回来。要他们凑一千日元出来，不是那么容易的事，而且要是那么听话就把钱交出去，那些人以后很可能就吃定他们了。

那天回家之后，阿淳骗他父母说："没在店里看到自己喜欢的。"要是换了自己，大概也会说那样的谎，二郎想。

二郎觉得不能不管阿淳，因为那天自己也在场，虽说他根本不想和那些不良少年扯上关系，但他却不愿抛弃自己的好朋友。而且那天眼睁睁地看着阿淳被打，这事让二郎很内疚，所以他对这件事就像自己的事情一样烦恼。

这天下了课，开完级会之后，南老师叫二郎到办公室去一趟。

"上原君，你来一下！"老师向他招招手，微笑的脸上带着一丝忧虑。

什么事呢？二郎一边跟在老师身后一边纳闷着。南老师今天穿着白色牛仔裤，上身是一件粉红色衬衫，平常都不化妆，看起来有点像大学生。

走进办公室，一股成人和香烟的气味钻进二郎鼻孔。南老师拉张椅子让他坐下，二郎发现老师桌上有份稿件的复印件，一看到那上面的特殊字体，他心底就升起一种不祥的预感。

"是这样的，昨天放学以后，上原君的爸爸到学校来了……"

天哪！二郎在心里叫喊起来。

"你爸爸说，他的小说马上要出版了，希望我在付印之前看一下，然后把感想告诉他。"

二郎羞得满脸通红，爸爸居然一个字也没跟他说，回家以后一定要向他严重抗议："为什么没告诉我？！"

"所以啊，昨天晚上老师躺在床上看了一些，不过老实说，老师实在看不懂。"

二郎简直不敢抬眼看老师。他感觉汗水正不断从脸上冒出来。

"老师平常倒是会读些推理小说，纯文学我不太了解，所以也没办法说什么感想……"

"是。"二郎听到自己的声音微弱得几乎听不见。

"不过，我还是写了一篇心得，来，就是这个。"老师说着交给他一个信封，"你爸爸说还要到学校来，可是我想，也没这个必要了。"

信封上，娟秀的笔迹写着"上原样"三个字。

"还有，请你转告你爸爸，有事到学校来的时候，请他事先打个电话，因为万一老师不在，他可能就白跑了。"

二郎一言不发地点点头。脑中浮现出爸爸的身影，他想爸爸那时一定"砰"的一下，用力推开办公室的大门吧。

"不过，上原君的爸爸好厉害哟！马上就要变成小说家了。"老师脸上带着温和的微笑，"而且还是文学舍出版，这家出版社可是一流的！虽然老师觉得文学很艰深，不过出版社编辑对小说一定很在行，既然他们决定要出书，肯定是具有文学价值的。说不定将来你爸爸还会变成名人呢。"

"是……"真会变成名人吗？二郎觉得有点疑惑。

"好了，你可以回家了。"

老师把那份稿件的复印件装进纸袋交给他。二郎向老师行个礼，走出办公室。真受不了爸爸，竟让他这做儿子的这么难堪！二郎在心底埋怨着，妈妈一定也不知道这件事吧，否则一定会阻止他到学校去的。

"上原君，你干了什么坏事了吧？"走回教室，正在玩沙包的佐佐和长谷向他问道。

"怎么可能？"

"那到底怎么回事呀？"

"跟你没关系吧？"说着，二郎把装着稿件的纸袋塞进书包里。这时，他突然想向两个女生炫耀一下："喂，佐佐，上次不是跟你说过，我爸的小说快要出版了吗？那计划真的快要实现了。"

"真的吗？"

佐佐睁大了眼睛，长谷也探出身子看着他。

"还是文学舍帮他出版的哟。"

"好棒哟！"

二郎觉得很得意，因为两个女生表现出的惊讶远远超出他的意料。

这天放学之后，二郎没经过阿格哈塔就直接回家。一进门，他就急着去向爸爸抗议。

"爸，听说你昨天去过学校了？"

"哦，南君说了什么吗？"爸爸正坐在厨房的餐桌前拔鼻毛，他跟平日一样光着脚，身上穿着白色T恤和老旧的牛仔裤。

"她叫你以后不要事先也不通知一声地就跑到学校去。"

"是吗？那你叫她把手机号码告诉我。"

"不跟你说了。"二郎叹口气，一言不发地把信封拿出来。

爸爸摊开信纸，身子靠在椅背上，一边搔着脑袋一边看着那封信。

"怎么，不懂文学？"爸爸皱起眉头说，"我还以为这女人稍微能跟我沟通呢。"

"南老师说她比较喜欢推理的。"二郎打开冰箱，把牛奶拿出来喝。

"无聊！什么抢劫银行、放火事件，看这种小家子气的犯罪小说干吗？又不能启蒙社会。"

"这话跟我说也没用啊。"

"我需要和她好好谈一谈。"

"老师说不用了，她很忙的。"二郎忍不住偷吃一根冰箱里的香肠。

"对了，有个叫黑木的，是你朋友啊？"

二郎转头看着爸爸，他又开始修剪起脚指甲了。"只是认识而已了。"

"刚才打电话来了。我告诉他你还没回来，他说那就算了。"

"哦。"二郎有点担心。黑木以前从来没打电话到家里来过。

"这个叫黑木的，家里有没有大人啊？"

"干吗问这个？"

"因为他讲话不像小学生嘛。感觉上，他好像是一个人过日子似的。"

二郎一下子不知该说什么，难道这种事也能从声音里听出来吗？

"这样的朋友,你可要好好珍惜哟。"

"……"二郎没有回答。

放下书包之后,二郎便转身跑向阿格哈塔,一进门,看到桃子正在柜台的一角写功课,妈妈则在柜台里面清洗着什么。

"我回来了。"二郎对妈妈说,他决定不把爸爸到学校去的事告诉她。反正也不是什么值得去报告的大事,二郎想。

"回来了?二十分钟以前,阿淳来过哟,问我二郎君在不在。"妈妈回头对二郎说。

究竟发生了什么事?黑木找他,阿淳也找他,二郎的心里七上八下的。

阿淳家就在附近,他决定立刻过去瞧瞧。

骑上自行车,二郎一路穿过小巷,来到楠田干洗店门前。从窗外看进去,穿着运动服的老板正在烫衣服。

"伯伯,阿淳在家吗?"二郎大声问道。窗户打开了,老板伸出头来告诉他:"刚才有人打电话找他,然后就出去了。"

"是不是一个叫黑木的?"

"不太清楚啊,是个声音很粗的小孩。"

二郎确信那通电话一定是黑木打来的。他向老板道了声谢,重新踩上自行车踏板。一时间,他不知该上哪儿去找阿淳,所以决定先到中野百老汇的电玩中心去碰碰运气。但阿淳不在那儿,他又想到另一个可能,便转身赶往区公所的停车场,谁知还是没有看到阿淳。

阿淳被黑木叫出去,肯定不会有什么好事,而且也一定跟那个叫阿胜的不良少年有关。不安的情绪几乎要从二郎的喉咙里溢出来了。

想来想去,二郎不知该到哪儿去找阿淳,只好朝着向井家的印章店骑去。向井正在店里看店,只见他靠在椅上正阅读漫画。

"哦,二郎,想要做图章啊?"向井悠闲地向他招呼着。

"不是。我在找阿淳。"二郎把事情从头到尾说了一遍,星期天碰到那群中学生的事,还有后来被黑木找去的事,二郎全都说了。

"不妙哟,那个叫阿胜的,家里开建筑行,全家人都很凶悍。"

"你怎么知道?"

"他们是我们家的顾客呀,之前定做过好多昂贵的图章呢。只要把名册找来看看就知道他家在哪儿了。"说着,向井从架子上抽出一个档案夹,一页一页翻阅着,"有了,中央六丁目,就在超市后面。"

"怎么办呢?"二郎无奈地问道。

"反正你现在就算去了,阿淳和黑木也不会在那儿的。"向井抱着手臂不断地摇着头,"只能在这儿等阿淳自己回来。"

二郎突然觉得非常疲倦,不自觉地在店里的椅子上坐下来。

"哎,向井。"

"干吗?"

"我们并没做坏事,却有人跑来攻击我们,你说怎么会有这种事?"

"那是因为这世界上并不是所有的人都是好人。"

"我无法理解。"二郎用手掌擦着自己的脸颊说。

"所以才会有警察和法院啊。上社会课的时候不是学过吗?日本是法治国家呀。"

"这么说,国家是有必要的?"

"嗯,没错啊。要是没有国家,社会就会变成弱肉强食的世界。"向井苦笑着说,"怎么回事,问这种怪问题?"

"没什么。"二郎叹了口气。

那爸爸一定讲错了,还说什么不需要国家。

"还是告诉老师比较好,去跟老师说阿淳被中学生欺负了。"

"但你觉得那个叫阿胜的会改邪归正吗?他一定会来报仇的。"

"到那时候我们就去报警。"

"可是警察也不能把一个中学生立刻关进牢里去吧。所以他还是会回来报仇的。"

"那我们就一直报警,看谁撑得久。"

"要是这段时间里被他们杀了,怎么办?"

"这……"向井说不出话了。

"所以法治国家也不能指望。"

说了半天,二郎觉得自己越来越搞不懂了。

黄昏的时候,二郎回到家里。这天的晚餐他煮了一锅海瓜子味噌汤,然后就着汉堡肉吃了三碗饭。因为心里一直担心着阿淳,所以他比平日少吃了一碗。

"对了,二郎,听你妈说,学校毕业旅行预先定存的基金好像很贵。"餐桌上,爸爸一边喝着啤酒一边对二郎说。

"这种事,我不知道。"

"两天一夜的富士箱根旅行,每人要三万五千日元!这年头花上那么多钱的话,都可以去关岛玩一趟了。"

"跟我说这个也没用。"

"嗯,难道是学校和旅行社联手赚钱……这可得好好调查一下!"爸爸皱着眉头说。

"拜托你别再惹事了。"二郎瞪着爸爸抗议说。他希望爸爸再也不要到学校去了。

玄关的门铃突然响了。二郎家是那种老旧型的门铃,音量完全无法调节,所以铃声一响,整栋木造的两层楼房都听得一清二楚。说不定是他？二郎一边猜一边往玄关跑去。

果然是阿淳，只见他面带愁容呆站在门口。

"黑木找你？还是那个叫阿胜的中学生？"

"两个都来了。"阿淳不屑地说，然后，用下巴示意着说，"到外面去讲吧。"

于是两人一块儿往附近的神社走去。天色还没完全变黑，但因为神社周围种满了树木，所以感觉上好像夜幕早已低垂。阿淳弯下身，在装香油钱的木箱上坐下来。

"叫我们在两星期之内给他们准备一万日元。"阿淳猛地开口说。

"什么？！"二郎大吃一惊，"为什么要一万日元？"

"我怎么知道？反正中央小学要给他们一万日元，叫我们俩去弄。"

"我也要去？"

"是啊，说是看你不顺眼。那个阿胜说的。"

"乱来嘛。"

"那些家伙干的勾当，全都是乱来。"阿淳从裤子口袋里掏出一把卡片说，"这个，他们给我的。总共一百张，叫我们一张一百日元拿去卖，总共能卖一万日元。"

二郎拿起一张看了一眼，是卡通人物的收藏卡，不过都是早就不再流行的东西，谁看了都不想要，而且每张卡片都脏兮兮的，四个角早已磨损，二郎想，这一定是从哪里捡来的，或是在哪个旧书店以相当于免费的价格买来的。

"那我们怎么办呢？"

"只能照办喽。"阿淳红着脸说，他的声音里充满了怒气。

"不太好吧？"

"那你说怎么办?"

"去告诉老师吧。"

"要是去告状,他们就对我们施暴,然后,还会去找我妹和你家桃子的麻烦。"

二郎简直说不出一句话。他一想到桃子的面孔,背脊就忍不住发抖。

"连兄妹关系都调查清楚了,这是初一学生干的事情?简直是魔鬼嘛!"

"黑木当时在干吗?"

"在一边冷笑啊。我绝对不会原谅黑木,等这件事解决之后,我一定要找他算账。"阿淳说着蹲下身子,开始清算卡片的数目。

"一、二、三……"

"你干吗?"

阿淳没有回答。"二十三、二十四……"他专心地继续数着。

"……四十九、五十。"阿淳终于站起身来,"一半给你。"说着,他交给二郎一把卡片。

"不会吧?"二郎不敢相信这是事实,但他的手被阿淳强拉着接过卡片。

"我去找那些在中野百老汇游荡的五年级学生,叫他们买,你去找向井或林造,卖给他们吧。"

"我可做不出这种事。"

"那就去找阿胜,自己拒绝他!"

"不要了。"

"别想得那么美,我的球被抢了,人被打了,然后又遭到恐吓,我真是受够了。难道你想把一百张卡片全都推给我一个人去卖?"

"那倒不是。"

"那是什么？"

"想想其他的办法嘛。"

"没办法了。还有什么办法？五千日元这种大数目，到哪儿也挤不出来呀。"阿淳急促地喘息着。

二郎从来没看过阿淳这种表情。去卖给五年级的学生？阿淳做得出这种事？

"就这样吧。"

阿淳三步并作两步地跳下石阶，头也不回地从神社跑出去。

二郎低头看着手里的那堆卡片。他感到喉头有什么东西在耸动，晚饭刚吃的汉堡肉好像快要溢出来了。

忧郁的情绪占据了全身。二郎今天已经不想再做什么，他只想赶紧钻进被子里躲起来。

# 7

阿淳拿来的那些卡通人物收藏卡越看越不值钱。不只是四角都已磨损，就连颜色也已经褪得差不多。更糟的是，卡上的人物早就不流行了。这种卡片，就是丢在路上也不会有人要。

第二天一早，二郎像平常一样到阿淳家去找他一起上学。虽然他曾考虑过不如自己一个人上学，但马上又想到反正到了教室还是会看到阿淳的，所以决定暂时摆脱自己的情绪，走到阿淳家大门外喊一声："楠田君！"

阿淳走出来，脸上表情不像平日那么开朗，却像没发生任何事似的径自讲起了昨晚看的电视节目。

干吗不表现得悲惨一点啊？二郎心里有点不满。他知道阿淳并没做错什么，但对于自己目前陷入的窘境，他觉得很难接受。

二郎是不可能靠卖卡片凑齐那五千日元的，就算他跑去跟向井和林造这些朋友诉苦，最多也只能弄个一千日元，剩下的部分，他非得向朋友以外的人推销卡片才行，而那些人肯定会拒绝他的。

阿淳说要去卖给低年级的同学，这等于就是去抢钱啊。虽说自己从上幼儿园就认识他了，但从来看不出他做得出这种事。

"哎，昨天晚上，我仔细想了一下。"二郎主动提起了这事，"叫我们两个凑一万日元是不可能的了。去跟阿胜说一下吧。"

"你去说？"

"我们俩一起去说。"

"我才不要！"阿淳说着朝电线杆踢了一脚，"二郎你没有真的被他们要挟过，所以才会这么说。"

说完，阿淳就沉默着没再说话，一直到学校为止，他都没再开口。

早上级会的时候，南老师提到了最近发生的国际恐怖组织事件。"暴力是没法解决事情的。"老师说。

那谈话就能让对方了解吗？希望能吧。二郎暗自祈祷着。

下课的时候，他把事情跟向井说了一遍。不，应该说，除了向井，他也不知道该去跟谁商量。

"嗯。"向井为难地沉吟了半天，又抬头凝视着空中。

难道连向井都没办法吗？二郎不禁叹了口气，转过头，他发现林造也站在他们身边，正专心致志地听着他俩的交谈。

"首先，让我们来想想可行的解决方案。"向井总算说话了，说着拿出纸张和铅笔，"第一，想办法去弄五千日元交给阿胜。"

"怎么弄啊？"二郎噘着嘴说。

"所以包括弄钱的方法在内，也一起动脑筋想一想。"向井用手制止二郎继续说下去，二郎只好不情愿地闭上嘴。

"第二，向老师报告。先不管他们会不会复仇这件事。第三，拒绝他们的要求，就是被打也坚决拒绝到底。"

二郎心底还有千言万语想说，但他静静地听着向井分析。

"第四，离家出走，等事情平息了再回来。第五，雇个保镖……"听到这儿,二郎抬起脸。

向井吸了一下鼻子继续说下去。"上次陪奶奶看了黑泽导演拍的《七武士》录影带,故事是说一个村庄里,农民为了抵抗山贼,雇了七个武士来保卫他们。很棒的电影哟。"

"我也看过这电影,那我们要雇七个人吗?"

"我们只要一个就够了。找个比阿胜更壮的中学生来当我们的保镖。"

"那有没有适当人选?"

"没有!"

二郎听到这儿,把脸埋在桌上。

"长谷的哥哥,他是五中的柔道队长哟。"林造突然插嘴说,"我住他家附近,看过他,正方形的。"

"什么意思?"二郎问。

"外观给人的感觉嘛。身体的幅度宽宽的,整个人看起来像个正方形。"

向井转脸朝教室里的长谷问道:"长谷川,你哥是柔道队的队长啊?"

长谷回过头答道:"是啊。"

"借用一下可以吗?"向井的口吻就像要跟别人借橡皮似的。

"什么意思啊?"

"想跟他见个面,因为发生了一些事。"

"一些事是什么事?"

"反正,尽快给我们介绍一下好吗?因为我们想帮二郎。你就跟你哥说:'我要把男朋友介绍给你认识。'"

"哎哟,你是说上原君啊?"长谷皱着眉头反问。她身旁的佐佐脸上则露出了尴尬的笑容。

二郎这时也合掌向长谷做出"拜托"的动作。他觉得跟女生说不清这件事，所以就想出一个借口，说他想要打听中学课外活动的情形。好不容易，总算约好周末跟长谷的哥哥见面。虽说还不知道是否能有帮助，但眼前的二郎就像个掉进水里的人，即使是一根稻草，他也会伸手去抓的。

"能不能把黑木拉过来帮我们？"向井出人意料地说。

"不可能了。他是阿胜的手下。"

"分化敌人，这一手很有效哟。"

"我才不要黑木来帮我们呢。"

"那家伙心地其实很善良的。"

"善良的家伙怎么会做出这种事？"

向井噘起下唇，用手在下巴上搔来搔去。

中午休息的时候，二郎去找黑木，倒不是因为听了向井的话，而是他自己觉得有话非对黑木说不可。

"干吗啊？"黑木像平时一样不停地眨着眼对他大声吼道。

"有件事想问你一下，为什么那个叫阿胜的要我也去给他弄钱？"

"我怎么知道？"黑木口气很冲，"他就是那样，碰到稍微看不顺眼的外校中学生，就上去噼里啪啦乱打一顿。哪里需要什么理由？总之他就是看你不顺眼，眼睛、鼻子、嘴巴都不顺眼。"

"那他看你顺眼吗？"

"嗯，大概吧。"

"你是他手下？"

"少侮辱我！"黑木气呼呼地说，"我才不是谁的手下。"

"那你将来可不要让那个叫阿胜的替你报仇啊。"

"你在说什么?"

"这件事结束之后,我和阿淳要找你算账。"

黑木的脸呼的一下红起来。"现在!立刻就可以。"他说。

"等这事完了以后。"

"你们可以两个一起动手。"

"那就按你说的办吧。"

"浑蛋!"黑木说完打算转身而去。

"喂!那不是二郎吗?"就在这时,忽听有人在外面叫嚷。一听这声音,二郎觉得心脏都要吓破了。

"要打架?不要打输喽。"只见一个全身浅黑的高大男人正伸着脖子张望,那两道眉毛又粗又浓,整头泛红的头发。

"爸……"二郎叫了一声,再也找不出其他的话可说。

"小学里到处都是小孩的气味。这种味道,就好像正在拼命散发着生长激素。就连汗水都不臭,爸爸好喜欢这种味道哟。"爸爸微笑着深呼吸了一下。

"你这样随便跑进来,不行啊!"

二郎终于发出了声音,他一边说一边拼命挥着两条手臂。转过头,他看到教室里那些已经注意到爸爸的同学,正用讶异的眼光打量着这个午休时间闯进学校的怪人。

"为什么?这里是公立学校不是吗?又不是私立女子高中。"

"反正你快点回家吧。"二郎低声恳求着,他拉起窗帘想把爸爸遮住。

"干吗?你把自己爸爸看成麻烦人物啊?"爸爸用手拨开了窗帘。

黑木呆呆地站着,有点像一只不知该对谁吼叫的小狗。

"你不能去找南老师哟。"二郎的声音变得更低了。

"放心吧。我是来找校长或教务主任的。上次跟你说过毕业旅行的预存基金,这件事,我怎么想都无法接受。"

听到爸爸这么说,二郎的心情立刻跌到谷底。

"那个少年郎!"爸爸突然转头朝着黑木叫道,"要跟他打架的话,就打吧,不必客气。就算二郎被打得全身是血,我也不会帮他的。"

"啊,不是的……"黑木不知所措地说。

"哦,昨天打电话来的是你吧?听你声音我就想起来了。小孩就算没爹没娘,也照样会长大的。而且反而不会有反抗行为,能长得又直又正呢。"

"啊,是。"黑木像是好不容易才想起来似的低头行了个礼。

"那我走了。"爸爸说着举起一只手臂挥了挥,转身离去了。只见他趿着拖鞋跨过阴沟,大摇大摆地朝着校园深处走去。

"爸,拜托你了,快回去吧!"

二郎怀着祈祷的心情对着爸爸的背影喊道。黑木无言地站在一旁,似乎还不了解究竟发生了什么事。

"所以,我们另找一天吧。"二郎对他说。

"嗯。"黑木低声答道。

回到三楼教室之后,二郎重重地坐在椅子上。平常的这个时间,他都在校园里玩躲避球,可是今天他实在没那个心情。

阿淳不在教室,是跟大家一起去外面玩了吗?要是真的还有心去玩,那他脑筋一定有问题。"上原君!"二郎忽然听到佐佐叫他。她似乎正在跟她那组同学编写年级通信录。

"你找长谷的哥哥干吗?"佐佐从同伴身边走过来问道,"你上中学以后要参加柔道队啊?"

"不，不是的。"

"那为什么找他？"

"没什么，什么理由有关系吗？"

佐佐沉默着，半天没说话。"我当然是没什么了。"她说着嘟起嘴，露出不高兴的表情，"反正你就是要去当长谷的男朋友吧。"

"那是向井开玩笑。我怎么可能当她的男朋友？"

"搞不好，你们两个很合得来呢。"

"不会的。"二郎挤了一下鼻子反驳着。

"哼！"佐佐轻声说着垂下面孔。"我也去，可以吗？"她向二郎问道，脸上泛起红晕。

"去哪儿？"

"你不是星期六要去长谷家吗？"

"可以啊。不过我们是有事去找长谷的哥哥，也不是去跟长谷聊天，到时候可没人理你。"

"嗯，没关系啊。"佐佐说着，手指在桌上无聊地画来画去。

"那你就来吧。"

"好，我会去的。"说完，佐佐甩着头发转过身，重新走回同伴身边。

干吗呀？这女生真怪！二郎抓着头发重重吐了口气。他把两条腿架在桌上，闭上眼睛。

一想到未来，二郎就觉得很郁闷。到昨天为止，他还能无忧无虑地玩耍，现在想起以前那些日子，就感到特别珍惜。眼前这种灾难是他从来没有遇到过的，从前不论发生什么事，他都可以一哭了事，只要他哭了，大人就会原谅他，然后帮他想办法解决。

他用手摸摸鼻子下面，已经长出几根小小的胡须，最近这部位的汗毛开始变黑了。

校园里传来一阵小朋友的喧闹声，接着，孩童的嘈杂声突然消失了，四周换上一种奇妙的宁静，大家好像正在观察着什么。

佐佐跟她的同伴站起身，走到窗边察看究竟发生了什么事。

二郎也跟着站起来往外看，同时心底升起一种不祥的预感。

越过敞开的窗户往楼下看去，办公室前的树丛里，几个大人正在那儿推来推去。

而爸爸就在那群人的正中央。

天呀！二郎不禁抱住自己的脑袋。不是叫他快点回家的吗？

他像一只逃脱的兔子似的冲出教室，一步跳过四级楼梯朝楼下奔去。刹那间，他犹豫着是否应该躲起来，像这样不顾一切地跑出去，就等于是到全校学生面前丢人现眼。

不，反正终究是瞒不住的，至少全班同学一定会知道的。

可恶的爸爸！二郎在心底怒骂着。

跑到一楼，刚好碰到桃子。"哥！"桃子像是快要哭出来似的叫了他一声。

"你留在教室里，不用出来！"

二郎推开她往校园奔去。他拨开人群，笔直地朝着前方跑过去。

爸爸已经被一群男老师抓住无法动弹，不过因为他身材最高大，比众人都高出一个脑袋，所以眼前的光景有点像一群士兵拼命押着一匹发疯的大马。

"我不是说了吗，我要见校长。"爸爸大声嚷着，"他被税金养着，竟对要求见面的市民置之不理！"

"别乱动！我已经叫警察了。"六年级的年级主任说。

警察？二郎感到一阵眩晕，他简直没有勇气开口叫爸爸了。因为他知道，只要他一开口，全部在场的师生都会把视线集中在他身上。

"上原君的爸爸！"

就在这时，突然有人喊起来。转头一看，发出声音的人是南老师。她一脸惊讶地和保健室的女老师并肩站在一起。

"爸爸？"年级主任重复着，"原来你是家长……？"

四周一片沉寂，南老师这时发现站在一旁的二郎，于是便用询问的目光看着他，周围的人看到老师的视线，也一齐把目光转到二郎身上。

"喂，二郎，你来跟他们评评理。"爸爸说。

"我不是叫你快点回家吗？"二郎皱起眉头低声向爸爸抗议。

"我只是推开办公室的门，然后问了一声校长在不在，他们就紧张成这样。"

"既然是家长，一开始就说清楚嘛。"年级主任说着，两根眉毛变成了倒"八"字形。男老师们也赶紧放开了爸爸。

爸爸把肩头来来回回扭动了几下。

"是因为你这家伙不肯先报姓名啊。"爸爸瞪着年级主任说，"自己一副多了不起的样子问别人：'你是谁？'我只不过说了一句：'问别人名字之前应该先报上自己的姓名！'结果你们就这样围上来。不觉得很没礼貌吗？"

"哎呀，是这样的，上原先生，这年头治安这么坏，有陌生人跑进学校来，我们当然应该小心戒备啊。"

"这跟你这家伙不肯报姓名有什么关系？"爸爸居然叫学校的老师"你这家伙"！别的不说，光凭爸爸这长相，大概任何人看了都会心生警戒吧。

"爸！"二郎走到爸爸身边，伸手想把他拉到校外去。

"干吗？二郎，你也来骂骂这个没礼貌的老师。"

爸爸才没礼貌呢。你这样一闹，要是桃子以后吵着不肯上学了怎么办？

二郎的脸涨得通红，他心里充满了羞耻和愤怒。

"怎么回事？生气了啊？你应该气的不是爸爸。听着，学校和旅行社同流合污，叫我们家长付那么贵的旅费，他们当然要付出代价了。"

"这种事不要在这里说了。"二郎转到爸爸身后，用手去推他的屁股。

"你们校长不肯见我，是他不对。"爸爸说。

"讨厌！"二郎终于忍不住发出一声怒吼。在场的老师都带着困惑的表情凝视着这对引起骚动的父子。周围的学生叽叽喳喳地低声交谈着，佐佐的身影也夹在人群当中。

妈呀！二郎好希望妈妈在这儿帮他一把。真搞不懂，她为什么会跟爸爸结婚啊？

南老师脸上满是忧心，但她的眼睛盯着二郎，而不是爸爸。二郎知道老师在怜悯自己。"快点出去！"他低吼着，心底的愤怒更加高涨，甚至还掺杂着几分悲伤。

爸爸好讨厌！二郎深深地这么觉得。

我只要一个普通的爸爸，一个每天去公司上班的爸爸就够了。

为了不让爸爸看到眼中的泪水，二郎把脸埋在爸爸的背脊上。

# 8

爸爸被带到警察局去了。

其实爸爸当时若是肯向赶来抓他的警察说一声"对不起,让大家受惊了",警察一定会当场就释放他的。这点道理,就连小学生二郎都明白。

但谁知,爸爸竟抓住这机会把警察骂得狗血淋头。"你们这些走狗,给我就地跑三圈,再汪汪叫几声!"他两眼通红地大嚷大叫,还跳到警察面前口水四溅地怒骂不已。

这态度跟他对付国民年金催缴科的时候完全不一样。面对公务人员的时候,爸爸有点开玩笑的成分,他观察着对手的反应,心里觉得很有趣,但是等到对手变成警察的时候,那份闲情逸致就不知跑到哪儿去了。

而警察呢,面对爸爸这种反应,态度当然表现得很强硬,就连最初只是扮演和事佬的年长警官,到最后也忍不住竖起眉毛对他怒吼道:"再不收敛点,就要逮捕你喽。"

"有本事就来抓吧。"爸爸不服输地嚷着。

警察之所以没有当场把他带走,是因为南老师站出来说了一句话:"请不要在孩子面前亮出手铐!"这句话总算让警察收起了手铐。

一群人后来便走进会客室,继续之前还没结束的争执。二郎并不清楚详细情形,但从爸爸最后被警察逮捕这个结果来看,他一定是跟警察发生了激烈冲突。

二郎觉得身体很不舒服,那天下午的几堂课,他都躺在保健室的床上休息。

他似乎看到了自己父亲不可理喻的一面,那种疯狂的模样,即使对骨肉亲人来说,也是很难接受的。

"上原君,振作点,你已经是个大哥哥喽。"南老师不断安慰着他。二郎这时想起了桃子,还好桃子一整天都照常在教室上课。回家后,二郎向她问起学校的事。桃子回答说:"没关系,班上女生都对我很好。"看来她在班上深受同学喜爱。

接着,二郎向妈妈提出了严重抗议。"你去告诉爸爸,叫他再也不要到学校来了!"二郎说。

妈妈低声说:"知道了。"她脸上带着几分忧郁,接着又说,"真对不起。"

那天晚上,爸爸不知跑到哪儿去了。可能是去看电影了吧。

爸爸不在家,二郎觉得心头非常轻松,他从来没像现在这么羡慕那些父亲每天都晚归的上班族家庭。

阿淳真的把卡片拿去卖给五年级的学生了。

这天放学后,二郎在中野百老汇的楼梯转角处,看到阿淳正逼着一个看起来有点胆小的五年级学生拿钱出来。

"你真的在卖?"二郎用关心的语气问道。他实在不忍对阿淳表达任何责难的意思。

"一个礼拜之内要弄五千日元呀！就算一天能卖给三个人，也才三百日元，十四天只有四千两百日元。照这结果来看，每天的业绩应该是三点五个人。"阿淳的口气简直像个业务推销员。

"那你赚到钱了？"

"今天已经卖了三个人，再卖一个就回家。"阿淳说着，用手指把头发往上梳了一下。二郎一眼就能看出他头发上抹了发胶，是为了让自己看起来更具杀气。

"你去卖了吗？"

"没啊，没去卖。"

"那你打算怎么办啊？难道要跟阿胜干起来吗？"

"我倒是还没想那么多。"

"长谷的哥哥，究竟可不可靠啊？"

"不知道。还没见面啊。"

"说实在的，我也在指望他呢。"

"嗯，是啊。"二郎叹口气说。

老实说，阿淳这模样实在让人无法恨他。不，应该说，二郎甚至对阿淳这种面对现实的行动能力感到佩服。因为他自己对于不想去做的事就只会一味地逃避。

"但你怎么叫他们买呢？"

"我就直截了当跟他们说：'不买的话，我要你好看！'"

自己说得出这种话吗？二郎想。

"我可花了好大的功夫呢。我长得这么矮，人家看我这样子根本就不怕。所以，我就用发胶把头发弄得站起来，然后还故意斜眼往上瞪着对方。"阿淳说着，实地表演了一下，"我还在想，是不是该去把眉毛也剃一剃，不过这样到了学校，可能会被南老师骂吧。"

二郎决定不再责备阿淳,不管阿淳的做法是对是错,至少他是很认真在做这件事,而且他真的很了不起。

"别被学校发现喽。"

"嗯,我知道。那个叫阿胜的家伙真会动歪脑筋,他知道一百日元对五六年级的学生来说,算不了什么。"

"所以才叫我们去弄五千日元?"

"是看人要价吧。他早就看穿我们不会去跟老师或家长报告了。"

"知道我们会想办法私下解决?"

"要是数目超过了五千就比较麻烦。"

"说得也对。"二郎说,他突然觉得阿淳很成熟。

"唉,还要再找一个,看看还有没有冤大头。"阿淳说着走下楼梯去了。

一百日元的交易对小学生来说大概是件小事吧。这数目算是在能够打马虎眼混过去的范围内,而且也不至于牵扯出正义或良心之类的问题,所以阿淳才能毫不犹豫地付诸行动。如果是叫他去扒或偷这笔钱,想必他是不肯干的。

"那我要不要也来试试看?"一瞬间,二郎的脑海里掠过了这个念头。

不,抢钱就是抢钱,这个事实是不会变的。

二郎心中布满了阴郁,那些不良中学生,还有家里那个像地雷一样的爸爸,他真想向老天爷祈求,至少把其中一个解决了吧。

星期六的黄昏,二郎见到了长谷的哥哥。赴约时,向井陪他一块儿去的,佐佐和长谷也跟在一边凑热闹。

大家约好在长谷家旁边的公园里见面。长谷的哥哥正如林造所形容的,长得四四方方的,连脖子都很难找到。长谷哥哥的名字叫雅美,想必他父母当初也没料到他会长成这样。

"这是我哥哥,大家都叫他箱子。"长谷介绍说。怪不得,她哥哥那长相,不论是谁看到都会联想到箱子。

"让我们男生自己谈吧。"箱子说着,把佐佐和长谷赶到公园一角的秋千前面去了。

"听说你要打听课外活动的事?"箱子深深地靠在公园的木椅上问道。隔着这么近的距离看过去,只见他脸上长满了青春痘。

"对不起,那是借口。"向井坦白地对他说,"我们只是想认识一位强者。"说着,向井和二郎正立站在箱子的面前。

"啊?"箱子讶异地说。

"我们在寻找一位能对我们伸出援手的对象。"向井直截了当地说。照他的想法,反正二郎也没钱雇用保镖,不如把话说清楚才能博取对方的同情,而二郎对向井的看法当然也是赞成的。

"五中的一年级,有个叫阿胜的,你认识吗?"

"阿胜?哦,古田的弟弟,就是那个有点滑头的小鬼吧?"

"那你也认识那个叫古田的哥哥喽?"

"认识啊。"

"跟你是好朋友吗?"

"不,只是因为同校才认识。那对兄弟怎么了?"

"不瞒你说,这家伙啊……"向井说着指了指二郎,"那个弟弟阿胜威胁他,塞给他一堆破卡片,叫他拿去一张卖一百日元,还要他总共弄来五千日元。"

"真有这种事!"箱子的眼神突然变得很吓人。

"其实还有另一个叫阿淳的,也被他威胁呢,要他们两个一起去弄一万日元呢。"

"居然对小学生做出这么卑鄙的事!"箱子的脸涨得通红。二郎觉得很振奋,箱子生气了,说不定肯为他们打抱不平呢。

"阿胜还说,如果他们告诉老师或父母,就要找人对付他们,还要欺负他妹妹,这家伙现在都不知怎么办才好。"向井一股脑儿地全说完了。二郎只需要在一旁不断地点着脑袋。

"好,我去帮你警告他。"

箱子已经气得鼻孔冒烟了。二郎不禁转头和向井彼此对望一眼。多么富有正义感的大哥!二郎心底升起了雀跃三丈的冲动。

"那个一年级的阿胜,我早看他不顺眼了。以为自己有个三年级的哥哥,就跟着贱了起来。"箱子一边说一边把手指掰得咔吧咔吧乱响,"还有他那个哥哥也不是好东西,这两个家伙专门欺负弱小!"

这世界上还是有好人的。二郎想,四海之内必有正义之士。

"星期一我就去警告那个弟弟,这样他就不敢找你麻烦了。"

"啊,太感谢了。"二郎高兴得连声音都有点发抖了。他向箱子深深一鞠躬。

"没什么。"箱子有点不好意思。

"学习武道修行的人,到底与众不同,你的为人多么热情、多么温厚啊!"向井学着大人的语调赞叹着,"我们真想称你一声'大哥'呢。"

"啊,可以啊,可以叫我大哥呀。"箱子笑着说,看来他似乎是个性格单纯的家伙,"哈哈哈!"箱子接着发出一连串笑声。

箱子离去之后,二郎又向长谷道谢。

"喂,上原君,你问了他什么?"

"我请他教我进攻肘关节的技术。"

"那是什么啊?"

"你哥真是最棒的大哥!"二郎说。长谷脸上露出不好意思的神情,跟她哥哥刚才的表情一模一样。"反正他是有点蠢力气。"长谷不知所云地答着。

二郎也对向井道了声谢。"我不会忘记你的大恩的。"他说。

"那你来定做图章吧。"向井露出牙齿笑着说。

当天晚上,二郎打电话向阿淳报告会面结果。他感觉得出听筒那端的阿淳雀跃万分。

"长谷哥哥他人这么好啊?"

"嗯,而且还是正正方形的呢。"

阿淳已经凑到四千两百日元左右。"那这阵子放学回家的路上,都让我请你吃可乐饼吧。"他很不好意思地说。

二郎并没叫他把钱退回去。因为他觉得,这个数目应该是可以留下的。

那天的晚餐,二郎吃了四碗饭,他已经好久没吃那么多了。

盛第四碗的时候,他把饭盛得满满的,再浇上一颗生鸡蛋,然后把整碗饭倒进自己的胃里。

深夜,爸爸和姐姐在楼下吵了起来。爸爸的怒吼和姐姐的尖嗓门连二楼都听得见。

其实当时二郎已经睡着了,他对争吵的内容并没听得很清楚。

但二郎知道那不是自己做梦,因为两人的声音偶尔会很清晰地传进他的耳朵里。

"真不敢相信!人家下班回家的路上,你居然偷偷跟踪。"

"是因为关心你,才那么做的。"

"就算是一家人,有些事可以做,有些事也不该做啊。"

"我一定不会放过那个男的。"

"你凭什么那么说啊?"

"一定不会平白放过他的。"

"别这样了。"

二郎记得好像是这样的对话。

妈,叫他们别吵了,又吵到邻居了……蒙眬中,二郎的脑中飘过这个念头。

到了第二天早晨,二郎却对昨夜的事不太有把握了。

清早起来,他发现姐姐不在家,爸爸摊着报纸的神态和平时一样。

"姐姐呢?"他问妈妈。

"大概到朋友家过夜了吧。"妈妈回答。

这么看来,昨夜听到姐姐跟爸爸吵架一定是做梦吧。

二郎又去问桃子。桃子摇着头说:"不知道啊。"

等他把第三碗早饭吃下肚的时候,昨夜的事早就被他抛到九霄云外去了。

星期一放学后,南老师把二郎和阿淳叫了去。"上原君、楠田君,你们到办公室来一下。"

什么事啊?二郎和阿淳彼此看了一眼,紧跟在老师身后走向办公室。

进了办公室,他们看到一个陌生人在里面等着。"你们是上原君和楠田君啊。"陌生人态度温和地对他们俩打着招呼,"真对不起!我们学校的学生对你们不礼貌。"

我们学校的学生？二郎的心底升起一阵阴霾。

"这位是第五中学的生活指导部长高桥老师。"南老师向他们俩介绍着，"我说啊，这件事你们两个为什么不告诉老师呢？"南老师脸上露出不高兴的表情。

难道是那件事？但怎么会这样呢？

"我们学校三年级的长谷川雅美君来告诉我的。"高桥老师说，"因为我也是柔道部的顾问。"

天啊，是箱子！二郎觉得眼前一片黑。

"至于古田克志，我们会召开职员会议来决定怎么处罚他。至少会让他停学几天，同时校方也会严重警告他，以后绝对不允许再发生这种事情。"

高桥先生滔滔不绝地说着，阿淳脸色铁青，二郎也跟他一样。

只有严重警告的处分，那个不良少年不可能变安分的。而且他怀恨在心，一定会来报仇的。为什么大人对这种事一点也不了解呢？

"上原君，楠田君，你们俩放学以后常跑到中野百老汇的电玩中心去吧？那种地方是坏孩子聚集的场所啊。"

接着，南老师也对他们说了许多，不过二郎一个字也没听进去。这下可糟了！阿胜现在一定气炸了。

二郎脑中浮现出阿胜凶恶的模样，那天阿淳在区公所停车场被他一拳打倒在柏油路上，同样的旧戏即将重演，这次连他也会一起遭殃。

怪来怪去都怪那个箱子！说什么"这样他就不敢找你麻烦了"！长得那么方正，竟然不顾别人死活就去报告老师！

"你们俩可能很害怕对方来报仇吧？不过这种事情，老师是绝对不会允许的。我们会把家长找来，叫他们也要严重警告自己的孩子……"

这些大人对自己的孩童时期究竟还记得多少呢？如果他们真的相信这样就能解决问题，那只能说，从前那个时代实在太无忧无虑了，对诚实的少男少女来说，从前那时代肯定像个乐园。

阿淳一脸严肃地咬着唇，垂下脑袋。他一定也跟自己想的一样吧，这下他一定会来责怪自己了，二郎想，阿淳本来是打算凑齐了钱，早点把问题解决，结果反而是自己多事害了他。

接下来，五中的高桥老师又问了一大堆问题，有点像警察问案做笔录，二郎觉得很无奈，只好从阿淳的篮球被抢走这件事开始，从头到尾叙述了一遍。

"以后不论发生什么事，都要来告诉老师。"南老师似乎对班上学生有事瞒着自己感到很震惊，"你们觉得老师很不可靠吗？"她带着悲伤的表情问道。

两个人沉默着摇摇头。不是南老师的问题，而是大人全都无法应对孩子的世界发生的问题，就连爸爸也没办法吧，二郎想。

回家的路上，二郎向阿淳表达歉意。

"没关系。"阿淳有气无力地答道。二郎觉得自己亏欠这个好朋友太多了。

回家之后，二郎越想越生气，所以等到黄昏的时候，他一个人跑到长谷家附近去等箱子。

"你没去警告阿胜吗？"一看到箱子，二郎就不客气地责问他。

"有啊。我把他从柔道场叫出来，结果你猜那个小鬼怎么跟我回嘴的？"箱子的眼眶四周泛起了红潮，"他说：'学长，你这是看不起我吧！'我一听，火冒三丈，打算把他打个稀巴烂，谁知他又接着说，'跟我打，就等于跟我哥打。'这下子我可真的气昏了。"箱子说着，用拳头在自己掌中猛敲一记,二郎等待他继续说下去。

"所以我想啊,柔道部的顾问刚好也是生活指导的老师,跟我们关系很不错,要是我去把这件事告诉老师,那小鬼一定会怕吧。"

听到这儿,二郎失去了全身的力气。自己真的太笨了,居然会去拜托这家伙!看来他的脑子也是正方形的吧。

二郎似乎看到阿胜那残酷的笑容又浮现在眼前。

今天晚上,大概只能吃三碗饭了。

# 9

阿胜动作很快,第二天他就有了反应。

看来要在不良少年里混出个名堂,似乎跟反应速度有着密切关联,那些只会说"走着瞧"的家伙,肯定是会被同伴耻笑的。

这次阿胜并没有亲自出马,而是派手下来传话。那个手下就是黑木。趁中午休息的时间,黑木把二郎和阿淳一起叫到逃生梯。"干得不错啊,你们两个!"黑木嘴里吧唧吧唧地嚼着口香糖。说完,他满脸幸灾乐祸地靠过来。

"阿胜真的气坏了。他说,居然被小学生欺负,简直白活了。他还说,干脆重新上山修行去吧。"

去啊,上山修行去吧!这句话差点就从二郎嘴里脱口而出。

"他头发被剃光了。"黑木伸出两手拢着头发说,"停学处分的人要剃光头,昨天才老大不情愿地到理发店被电动剃刀修理了。那家伙一向很注重发型,剃发这件事让他很光火。"黑木说着把嘴里的口香糖嚼成一团,连唾液一起吐在花坛里。

"这是我的错吗?"阿淳低声抗议着。

听到"我的"这两个字,二郎觉得很难过,阿淳似乎觉得这事跟自己一点关系也没有。可这件事是被二郎给搞砸的。

"你有连带责任啊。老师不是常说吗,做人做事不能只顾自己啊。"黑木涨红着脸吼道,二郎觉得黑木这家伙最近越来越凶恶了,"不要再想其他的花样了。不管你们找什么柔道黑带、别校的小头目,阿胜都不会放在眼里的。就算找老师也一样,阿胜从来就没怕过哪个老师。"

"不会了。"二郎从鼻孔里喘了一口气。

"还有,你们听好啊,现在一个人五千日元已经不能解决问题了。"

"什么意思啊?"

"要加收利息了,因为你们干了这种好事啊。"黑木翘起下巴,"首先,你们俩也要剃光头。今天或明天,都去剃成光头。"

"饶了我们吧。"阿淳皱起脸说。

"不行!先去剃头,然后到阿胜家去请罪。钱的事在那之后再说。"

"不要这样了。"这次换二郎说话了,"我和阿淳要是剃了头,老师会起疑心的,万一老师去跟五中联络的话,就麻烦了。"

"这关我什么事?你们两个自己想个借口吧。"

"你为什么这么帮着阿胜啊?"

"是啊,这事跟你黑木无关吧?"阿淳也大声问道。

"阿胜平常请我喝果汁,吃章鱼烧啊。"

"骗人!你不是也受到他的压榨?佐佐生日那天,不是被他抢走一千日元?"

"其实你是他的手下吧?"

两人你一言我一语轮流责问起来,黑木的脸更红了,他一把抓住阿淳的衣襟说："你再说一遍试试！"

阿淳正要开口骂回去，二郎赶紧插进两人的中间。

"反正这样吧，"他拉开黑木的手说，"一个人五千日元，我们会去想办法的，不要再想更多了。"

"这话你跟我说干吗？反正你们俩先去剃头。目前阿胜叫我传达的命令就只有这个。"黑木恶狠狠地说完，转过身，趿着拖鞋走远了。

二郎和阿淳不约而同地叹口气。几个低年级的学生正在他们身边跳绳，一下、两下……看他们玩得那么无忧无虑，两人都羡慕得要命。

"二郎，你家有没有电动剃刀？"阿淳突然开口问道。

二郎忍不住转脸看着阿淳说："开玩笑吧？"

"那要不然怎么办？"

二郎不知该怎么回答。他怎么会有办法？

"我认输。"阿淳有气无力地说，"就说我们为了省钱，两个人彼此给对方理发，结果把头发剪坏了。"

阿淳似乎打从心底就很怕阿胜的样子。"……我很抱歉。"这是二郎唯一能对他说的。

"二郎也照他说的做吧。"

"嗯。"二郎垂着肩膀说。其实他对自己的发型怀着一丝喜爱呢。

"说真的，花钱理发太可惜了，去找个电动剃刀来吧。少棒队那些人不是有好几个都是光头？问问他们吧。"两个人决定分头去找电动剃刀。

但如果两个人都照指示剃头，下面还会要求他们做什么呢？肯定还会出些难题吧。一想到这儿，二郎觉得心里好烦，真有点"想立刻转到别的学校去算了"的念头。

他去找向井，把事情叙述了一遍。

"二郎，还是去向老师报告吧。这太过分了。"

"不行！阿胜一定还会来找麻烦的。"

向井脸色深沉地抱着两臂喃喃自语了半天。"不跟老师说，就没别的办法了。"他低声说，"不过你们可不能全都听他摆布。要是被他看扁了，以后很可能还要给他钱。你可以试着跟他交涉看看，就说，五千日元你们认了，可是剃头就免了吧，或者说剃头可以，但钱的数目减半。"

要是有胆子去跟阿胜交涉，现在就不会这么痛苦了，二郎想，那个凶暴的阿胜，他怎么会允许别人跟他讨价还价？

越过三楼的窗户望向户外，校园那棵银杏树的树叶正在五月的阳光下闪耀，而在树梢的更高处，则是一大片令人憎恨的蔚蓝天空。

二郎回到家，看到爸爸坐在厨房的餐桌前。

"喂，儿子，你老爸的小说终于印成铅字喽。"

二郎闻言从旁偷瞄了一眼。爸爸手里握着一沓厚厚的印满铅字的纸张。

"这下可以去南方小岛了。先去西表岛怎么样？"

南方小岛？二郎现在是满心的愿意，而且最好一直住到麻烦过去为止。

"这本书一定会获得好评。上原一郎就要一鸣惊人变成名人了！"爸爸的目光望着远处，看起来他今天心情特别好，"不过在那之前，右翼一定会来找麻烦吧。我得先想好对策才是。"爸爸换上一副认真的表情，重新把视线转向那沓稿子。

二郎不太了解爸爸在说些什么，只好暧昧地点点头。他打开冰箱拿出牛奶，给自己倒了一杯。喝完牛奶，他用手抚着嘴边，手上沾着一些皮屑，可能是嘴唇太干燥了吧。

"哦，对了，听说你曾经被不良少年欺负。"爸爸没看他自顾自地说着，"你妈告诉我的。说是南君到店里去向她报告了。"

二郎没作声。这件事还不是过去式，是现在进行式呢，他想。

"你去告诉南君，这种事以后不要报告母亲，应该来向父亲报告。"

二郎叹了口气。他对自己儿子的困境一点都不在意吗？

"是从正面迎战，还是逃避？下决心吧。"爸爸说，二郎忍不住抬起头来看着爸爸，"这样下去问题是不会解决的吧？上原二郎，你现在面临着人生的转折点哟。"

"转折点？"

"就是检验自己的机会。"爸爸的眼睛看着稿子说。

"哦。"

"脑袋是不能去动的。"

"脑袋？"

"我是说，如果用铁管从背后偷袭的时候。脑袋比较容易出问题。我建议从膝盖后面下手。那部分其实很脆弱，因为根本无从锻炼。运气好的话，打断那里的筋，三个月都得拄着拐杖走路呢。从前我参加内部斗争的时候，就是用这方法让对方首领退出的。因为突袭已经起到了恐吓作用，所以就要避免造成致命伤害，让对方了解这是一种警告，这样才有效。"爸爸继续说着，"下手之后什么都不说比较好。沉默最让人害怕了。对方就会胡乱猜想。"

二郎这时发现橱里有一袋煎饼，便伸手拿了出来。

"把对方一拳打倒，然后沉默地看着他。这样对方会觉得加倍恐怖。"

二郎咬了一口,有点受潮了,但他还是把整袋煎饼都吃光了。

"还有,挖陷阱也是个好办法。当然如果弄得像漫画那样,反而会惹人笑话。不过掉进陷阱的瞬间带来的惊吓,可不是开玩笑的。以前我当学生的时候,有一次,正在想办法躲起来,不料却掉进骏河台秘密总部前面的一个陷阱。我简直把魂都吓掉了。那一瞬间,我根本搞不清发生了什么事。更恐怖的是,那个陷阱是个粪坑,吓得我一个多月都不敢出门。"

爸爸似乎曾拥有多姿多彩的青春时代呢,二郎想。

回到二楼自己的房间,二郎把书包放在榻榻米上。桃子的桌上有一把小镜子,二郎拿起来看着镜中的自己,又用手指梳了梳两鬓的头发。

阿淳现在正到处找电动剃刀吧。这家伙总是在出其不意的时刻显露自己的干劲儿,说不定这次会找来一把最新式的剃刀。

二郎的视线转到走廊对面姐姐的房间。最近很久都没看到她了。姐姐从来没在二郎上床之前回来过,而每天早上她又睡到很晚才起床。

他轻轻拉开纸门走进房间,同时留意着不让声响传到楼下。

其实他并没什么目的,只是偶尔偷偷跑进姐姐的房间,有时是想偷窥别人的秘密,有时是想闻闻成年女性的气味。

姐姐的四叠半日式房间被她当成西式房间使用。虽说是西式,墙壁上却挂了一块印度挂毯。她这房间究竟算什么式,二郎也说不上来,而且房里还能闻到烧香的气味。

二郎在床上坐下来,顺手想要拉开书桌抽屉,谁知上头却挂着一把小锁。以前从没看她上过锁。还有桌上那个小盒子,今天也被锁起来了。

难道姐姐已经发现自己常常偷跑进来？

不会吧，自己应该从来都没留下什么证据的，而且姐姐的房里也没什么见不得人的东西，更何况自从她买了电脑之后，房里连一张信纸都看不到。

唉，算了，反正乱猜也没用。

姐姐大概觉得全家人都很烦。不只是爸爸妈妈，还有弟弟妹妹，都令她厌烦吧。

不想姐姐的事了，二郎回过头来想自己的事。用铁管吗？还是陷阱呢？

他吸了一下鼻子，都不可能了。

他翻身倒在姐姐床上望着天花板，那上面贴着一张世界地图。图上只有三块大陆，没印出日本列岛。

# 10

"喂，怎么还没剃头？"

下课的时候，黑木特地跑到二郎的教室外面来。只见他上身穿一件醒目的衬衫，下面穿一条又宽又松的裤子。佐佐和长谷手挽手站在一旁，远远观察这个从别班闯来、面带凶相的家伙。

二郎和阿淳走到教室外的走廊。

"我们正在打听谁有电动剃刀，你再等一下吧。"二郎说。

"到理发店去，理发店！"黑木用焦躁的语气说。

"那要花钱的。我们哪有那个钱啊？"阿淳跟平日一样，一开口就像要跟对方吵架似的。

"真受不了你们这两个家伙。难道就找不到一家可以记账的理发店？"

"有人肯让小学生记账吗？笨蛋！"

"骂谁笨蛋？"黑木立即露出生气的表情，最近他几乎每天都是这样。

"哎，黑木，你帮我们去跟阿胜说一说吧。"二郎想起了向井的建议，"就说我们会把钱凑齐，剃头就不用了吧？"

"少废话!今天之内就给我把头剃光。"

"那这样好了,我们答应剃头,可是钱的金额减半。"

"又不是买侬特利¹汉堡,哪能这样?再说,你跟我说也没用,自己去跟阿胜说吧,去找阿胜。"黑木瞪大两眼说。这家伙的面相真的越来越坏了。

"你不是使者吗?"

"不行就是不行!我也去问问谁有电动剃刀,你们俩今天就给我剃光。"不知为何,黑木竟表示愿意协助他们了。

"为什么非得今天不可呢?"

"速战速决比较好,不是吗?"

二郎无意识地把目光转向黑木手边,突然发现他手里握着一个带照相机的手机。

"是不是等我们剃光之后,你还要拍照,再用短信发给阿胜啊?"

"对,正是!阿胜在家等着呢。我跟他约好今天发去。"

"怪不得你这么急。"

"不是约好,是他命令你的吧?"阿淳插嘴说,"你就要变成他的手下了吧。"

"你说什么?喂!"

"很可能是他威胁你吧,'今天不能让他们剃光的话,就让你先剃光'!对吧?"

黑木立即变了脸色,两颊还在不断地抽搐着。

"嘿,说中了!"阿淳睁大眼睛说。就在这一刻,黑木的拳头击中了他的面颊。阿淳立刻扑到黑木眼前。

---

1 日本连锁速食品牌。

"等一下！"二郎赶紧走到两人中间，不知谁的手肘这时刚好打中他的面颊，二郎只觉眼前一片金星飞舞。

"冷静点，冷静点！"向井不知什么时候跑过来，拼命地按住黑木。

"我饶不了你，这个浑蛋！"黑木颤抖着声音说。

"试试看！"阿淳大声地反驳。

同学们都聚在远处观望，女生似乎吓坏了，全都紧紧挤在一块儿。就在这时，校园的钟声突然响起，走廊上的学生都不约而同地走进教室。

"黑木，我有话跟你谈。"向井说。

"我跟你没什么好谈的。"黑木回答，声音听起来还算平静，"放学以后我去找电动剃刀，然后还会再来。别逃！"说完，他便扬长而去。

"我要让黑木先剃光头！"阿淳呼吸急促地说，他的唇上有少许血丝渗出来，"看他干的好事，怎么能放过他？！"

阿淳的预测大概很准确。阿胜也不会饶过黑木的。残忍的家伙总是把自己的快乐建立在别人的痛苦上。

放学后，阿淳一刻也不迟疑地回家了。

"阿胜虽然很可怕，不过为了让黑木剃光头，我可以忍耐恐惧。"阿淳的口气就像叫他忍一下小便似的，说完，他一溜烟儿地跑出了教室。

二郎继续留在学校，因为今天轮到他打扫兔子窝，扫完以后要让负责的老师盖章才能回家。小学生的行动多不自由啊。

"哦，好吧，只有你一个也行。"黑木又出现了。他皱起眉头，一把抓着二郎的手臂说,"干货店的阿正家里有电动剃刀,现在我带你去。"

"我又不会逃走。"二郎甩开他的手说,"不过,钱的金额减半吧。五千日元,我是死也没办法弄出来的。"

"这话不要对我说。我又不能做主。"

"我可以问你一个问题吗?"

"什么?"

"这种事,是你自己想做所以才做的吗?"

一时间,黑木答不出话来,他沉默着瞪着二郎的胸脯。

"对自己的老同学做这种事,你觉得一点都没关系?"

"讨厌!"黑木低声说,"谁想做了?"

"那你不要再跟阿胜在一起了。"

"不要你管!"

"回到我们这边来。"

"闭嘴!"

"如果你跟阿胜绝交,我就剃光头。"

"干吗说这种话啊?"黑木噘着嘴,不过脸上不像生气的样子。

"因为我很担心你。"二郎条件反射地回答,听到这话从自己嘴里冒出来,他自己都吓了一跳,"再这样下去,你会被迫参加一连串犯罪行为,比如结伙抢劫,或是别人强暴妇女的时候让你在一边压住女人的大腿。最后你会被送去辅导的。"

"那种事,我才不会做呢。"

"可是你现在已经对阿胜百依百顺了,不是吗?"

"也没有百依百顺。"

"已经百依百顺了吧?要是不把我和阿淳剃光头的照片传去,你就会被剃光，不是吗？"

黑木的脸颊肌肉痉挛着，眼底深处的凶暴在一瞬间浮现到了脸上。

"喂，上原，少瞧不起人啊！我也不是那么容易就听人话的。不管是不是中学生，我生起气来可不管对象是谁。"

"那你等下就表现给我看看，我跟你一起去找阿胜。"

"这跟我们原先说好的不一样吧？"

"没有不一样啊。那这样吧，我们两个在阿胜面前一起剃光好了。"

"为什么我要剃啊？"

"也没人叫我剃啊。我们两个只是被他糊弄而已。"二郎正视着黑木说，黑木的两只眼睛不停地眨着，"到阿胜面前去跟他说：'我们俩现在立刻剃光，请你以后不要再找我了。我们断绝关系。'"

"我才不要剃光。"

"我也一样啊。"

"少啰唆！你去给我剃光。"

"不要，要剃我们俩一起剃，我不要一个人剃！"

黑木深深叹口气，伸手拢起自己的头发，焦躁地在周围走来走去。

"黑木，这是机会啊。跟阿胜绝交吧。像从前一样跟我们一起玩吧。"

如果只有自己一个人，二郎也没有勇气反抗阿胜，但跟黑木一起的话，他觉得可能可以。

"向井跟我说过，黑木这家伙其实人很好。我也这么觉得呢。"这种像演戏似的台词居然源源不断地从自己嘴里冒了出来，"头发这玩意儿，很快就会长出来的。"

黑木看着他，似乎正在思考要怎么回答。"阿胜一气起来，就不知会干出什么事呢。"黑木求救似的看着二郎说。

"总不会杀人吧？"

"不知道。那个人激动起来，简直无法控制呢。"

"那我们要不要带只小狗去？一只人见人爱的小狗。"

"你怎么会想到这种主意啊？"

黑木再度陷入沉默。他不自觉地啃咬起指甲，额头上挂着几滴汗珠。

"就去冒个险也没关系。我们俩一定会被一脚踢出来的。"黑木突然翘起下巴说，"阿胜的房间跟他家房子是分开的，早就变成他那伙朋友的聚会场所了，今天一定也有好多人聚在那儿吧。"

"那就不管他了，我要回家了。你也回家吧。"

"那怎么行？我还得把你剃光头的照片传过去呢。"

"你这家伙真爱管闲事啊。"

"你乱讲什么？怎么会得出这种结论来？"黑木皱着眉头说。

二郎背起书包朝着校门走去。"反正我们先去借电动剃刀吧。怎么开口跟阿胜说，等下在路上再想吧。"

黑木很不服气似的跟在二郎身后。"喂，这跟原来说好的不一样嘛。"他大声责问着，来来回回不停地扭着脖子。

阿胜虽然可怕，自己也可以完全不理他，二郎想。他心中只想快快结束眼前这种郁闷的日子，最好每天都能快快乐乐地吃下好几碗早饭。

阿胜家在早稻田大道旁一座小型楼房的后面。楼房的墙壁脏得要命,据说阿胜爸爸开的土木建筑行就在这里面。网球场大小的后院堆满了建筑材料,角落里有间像是仓库的破旧组合屋,窗上贴着骷髅贴纸,一看就知道是阿胜的房间。

二郎听到身边的黑木喉头发出咕嘟一声,他自己也咽下一口唾液。

"你在这儿等着。"黑木用手势阻止二郎再往前走。他自己则跨近几步,伸手在窗台上"咚咚"敲了两下,然后低声说道:"阿胜,是我。"

窗户推开了,光头的阿胜伸出脑袋,立即把视线转向二郎。

二郎觉得心都快跳出来了。他有好一阵子没看到阿胜了,现在才发觉他的样子比从前更吓人了。有些人剃了光头会显得可爱,有些人则会越看越恐怖。阿胜绝对属于后者。更糟糕的是,他连眉毛都剃了。二郎有点想不通,阿胜的父母怎么不骂他呢?

阿胜朝他努了努下巴,二郎按照指示走上前去。阿胜一脸不高兴地瞪着他看了半天,二郎觉得心脏越跳越快,两个膝盖也开始微微颤抖起来。

"怎么搞的?头上怎么还有毛?再不快点剃光,我要拿剃刀帮你剃得一根不剩喽。"

说着,阿胜一只脚踏上窗台,也不管脚上还穿着拖鞋就一下子跳到屋外来。房里还有个同伴,是个眉眼细长的中学生,他紧跟在阿胜身后,从窗里跳出来。

"要是我真的剃光了,你可不可以不再找我们麻烦?"二郎全身僵硬地问阿胜,声音听来有些尖锐刺耳。

"啊?说什么梦话呀!剃光头是起点,其他的才刚刚开始。"阿胜比他尖锐数倍的声音像一把剑,划过空气,直接刺向二郎的耳朵。

"我跟黑木都剃光的话,你可不可以不要再找我们?"

"我跟黑木?"

"放黑木走,不要再找他了。"二郎觉得喉咙干涩难忍,嘴唇开开合合不知说什么好。

阿胜转眼望向黑木。

"哦,不,"黑木睁大眼睛说,"不是的,阿胜。"他抬起双手拼命挥着。

"你干吗?我待你可不薄呀。"阿胜走近黑木身边说。

"所以,不是……喂,上原,你不要乱讲。你是想把我拉下水吧?"

"黑木,快下决心吧!你不是说不想当阿胜的手下吗?"

刚说完的下一秒,阿胜动了一下右臂,黑木立刻弯下腰去。他的小腹被拳头打中了。

"好吧,黑木,那你也剃光!"阿胜又往他大腿踹了一脚,"我告诉你,现在我心情特别不好。尤其看到头上有毛的人,我简直就想一口把他给吃了。"一边说着,阿胜一边又给黑木连吃好几记耳光,清脆响亮的拍击声在空气里回荡。

黑木的表情突然一变,整张脸涨得通红,一双愤怒的眼睛瞪着阿胜。

"干吗?看你那个眼神,还有什么不满?有话就说,说给我听啊!"阿胜连连用膝盖踢出去。黑木弯腰蹲下身子,不断向身后退去。

二郎吓呆了,就跟上次阿淳被打的时候一样,他的脸色变得铁青,两个脚底紧紧粘住地面,全身无法动弹。

黑木的身子被阿胜攻得无法还手,但他两眼露出顽强的神色。阿胜似乎对他的眼神很不满意,一边动手打他,一边还连连念着:"看看你那眼睛，干吗啊？"

黑木被逼到铁丝网旁边，不由自主地跪倒在地，两只手压着自己的胸部。

"哎呀！居然跟小鬼们一般见识起来了。"阿胜说着吸一下鼻子，"我真是越混越回去了。"他懒洋洋地说完，转身朝二郎身边走来。

阿胜缓缓迈步向前，二郎咬紧牙关等待着，阿胜走到他面前，回身一脚踢中了他的腰部。

"本来想让你们一人弄一万日元来就算了，不过现在我改变主意了。"阿胜继续打出一记上击拳，重重地击在二郎肚子上，二郎痛得整张脸都皱起来。

"绝不原谅你们，去用身体赚钱吧！"阿胜一把抓住二郎的头发，把他往堆在一旁的钢筋上压下去，"大久保那里的变态叔叔跟我说过，弄来一个人，就付我五千日元。变态叔叔大概有十个人，你跟黑木，还有楠田，这样你们每人就能赚五万日元了。"

阿胜脸上露出残忍的笑容。这家伙根本不是中学生，二郎想，自己现在看到的，只是一个天生的大坏蛋初一时的形象。

阿胜继续用膝盖往二郎胸部顶了一记。二郎弯下了身子，一股发酸的液体立刻涌上喉头。

"对了，上原！听说你家在轨道边开了一家咖啡店。"他听到阿胜的声音从上方传来，"如果真是这样，那你妈的娘家是在四谷吧？我知道哟。我奶奶的娘家在四谷荒木町，听说你妈是一家知名和服店的千金大小姐呢。"

二郎从没听过这些，从来都没人跟他说过妈妈娘家的事。从小时候起，二郎就以为自己没有外公外婆。

"我还听说，你妈以前进过监狱呢。"

二郎抬头看了阿胜一眼，只见他斜吊着两眼正在微笑。

"乱讲！"二郎叫起来，声音听起来好像不是他自己的。

"去问你妈啊，听说她年轻的时候杀过人哟。"

"骗人！"二郎一边嚷着一边站起身子向阿胜扑过去。

"干吗！想造反啊。"阿胜大声吼道。

"骗人！骗人！"二郎心底所有的情绪一下子都冲了出来。从出生到现在，他从没这么激动过。他一把抓住阿胜的脖子拼命往前推，眨眼之间，就把阿胜推到铁丝网前面。

"这浑蛋！还真的很有蛮力。喂，健二，快把他拉开！"

一直在旁边看热闹的那个小眼睛中学生迅速赶上来，伸手从背后反剪住二郎双手。不过这姿势只维持了几秒钟，因为黑木立刻扑过来加入了打斗。

"阿胜，我还是离开你这儿吧。"黑木的表情像是思考了很久一般。

"你乱说些什么？现在我这么紧急的关头，你这个浑蛋！"

"要我剃光没问题，我们绝交吧。"

"喂，黑木，你先把这小鬼打倒，然后我就升你当干部！"

"不要再打电话给我了。还有，像是叫我去弄钱、去偷口香糖这种事……"

"不要再说了！你们两个，我真的要发火了！"阿胜用力拨开二郎的手，快速冲到旁边那堆建材前，从里面抽出一根钢筋来。

"这些小学生！"阿胜用手一挥，立刻打中了黑木的脑袋侧面，鲜血不断从他耳朵里流出来。黑木呆站着，满脸不可思议地用手压着伤口。

"下个就是你！"

空气里发出"咻"的一声，紧接着，一阵刺痛穿过二郎的左手。他反射性地举起手要保护自己的脑袋，不料钢筋又打中他一次，不过这次他并没感到疼痛，因为全身的感觉已经消失了。

"喂，阿胜，你收回刚才说的话！"二郎大声说。

"叫我阿胜？看我收拾你！"阿胜用力挥着手里的钢筋。二郎并没逃跑，他奋力向阿胜正面扑去，只听"砰"的一声，一下子就把手脚张开的阿胜撞得仰面往后倒下。

阿胜的后脑勺直接撞击到地面。紧接着，二郎突然被人推倒在一旁——原来是黑木！他猛地跳过来骑到阿胜身上。

黑木涨红着脸，两只拳头不断地挥舞。"你这浑蛋！你这浑蛋！"他的声音颤抖着。眼看着鲜血从阿胜耳朵里冒出来，流得他满脸都是。

阿胜连反击的姿势都来不及摆，他只能两手抱住脑袋，低声发出呻吟。

另外那个中学生一脸惨白地呆站着不知如何是好。他大概只是个小跑腿吧。"喂，黑木！"二郎的意识终于回到了现实世界，他快步跑到黑木身边，揽住他的背，把他从阿胜身边拉开。二郎感觉沉重的鼻息不断吹向他的面颊。

低头看去，阿胜仰面躺在地上，一动也不动。

血液早已把他脑袋下面那片沙地染得通红。真没想到血液竟是这种鲜红色！二郎脑中掠过这个不合时宜的感想。天空中传来一阵乌鸦啼叫，早稻田大道上往来车辆的喧嚷听来越来越刺耳了。

黑木的肩头起起伏伏，他一边喘息着，一边迈步向前迈进。二郎也默默地跟在他身后。

走出阿胜家的院子，两人不约而同地加快了步伐。

黑木突然开始向前奔跑起来。

不，也许是二郎先开始跑的。

转眼之间，跑步的速度就升到了最快。他们拨开路上的人群，一路跑过早稻田大道。

心脏的跳动从耳膜内侧发出声响。

二郎无法形容心底究竟是怎样的感觉。

# 11

意识再度清醒过来的时候,二郎发现自己已经来到了公园。从树木的枝叶间望出去,他看到一座老旧的鸟居,这公园的隔壁好像是一处神社。公园的面积很小,连要找一块打躲避球的空地都很困难。四周一片寂静,听不到任何孩童的嬉笑声,是早就过了下午五点的缘故吧。尽管二郎是第一次来到这儿,他却很快就认出了公园的位置。这公园就在黑木家附近,所以,自己是跟着黑木跑到这儿来的吧。

转头望去,黑木正蹲在饮水器前面。自来水哗哗地从水龙头里流出来,溅到地面的水流反弹到他脚边,他的头发上和脸颊上都是水,不知他究竟在喝水还是在冲水。

二郎摇摇晃晃地走过去,试图用身体把黑木挤开。谁知黑木反而用力踩着地面,不肯把水龙头让出来,二郎沉默着又挤他一下,这次黑木总算让开了。

他伸出两手,盛起不断涌出的清水送到嘴边。不知一连喝了多少口,二郎仍旧继续喝着,一时间,他甚至产生一种错觉,自己永远都会这样喝下去。

南风徐徐吹来,树叶此起彼落发出沙沙的声响。二郎回过头,看到黑木正靠在木椅上重重地喘息。

他拧紧了水龙头，反身坐在地上，手臂撑在身后的地面，两腿向前一摊。两个人都没说话。二郎的视线在空中来回游移，不知该看哪儿，整个大地都似乎在摇晃。

天色越来越黑了。东方的天空已有几颗星星开始眨眼。

他的视线和黑木碰到一块儿，但马上又移开了。黑木的眼皮眨得好厉害，比平日不知频繁多少倍。二郎思索着想要跟他说些什么，不论说什么都好，他只想张开嘴听到自己的声音。可是想了半天，实在想不出该说什么，脑袋似乎已经不管用了。

不一会儿，黑木站起身，一脸严肃地往公园出口走去。二郎赶快爬起来跟在他的身后。

黑木顺着大路快步向前，那脚步简直快得有点像在竞走，转入商店街之后，黑木还是没有减慢速度，一路避开路上购物的女人，拼命往前冲。二郎毫不考虑地紧跟在他后面。

两个人在小巷里左转右转，最后总算在一栋木造的二层公寓前面停下脚步。抬头望去，公寓门口的招牌上写着"弥生庄"三个字。二郎才想起这儿就是黑木的家。

就在这时，黑木转头问他："你要干吗？"二郎很高兴终于听到了人的声音。

"你要回家了？"一时间，他脑袋里能够想到的只有这句话。

"别傻了，快逃吧。"黑木急促地喘息着说，"夏天快到了，睡在野地也不会冻死了，不是吗？"

"你到底要干吗？"

"不是告诉你了，要逃走啊。"黑木焦躁地提高嗓门说。

"逃到哪儿去？"

"我怎么知道？你这样到处乱走，会被警察抓走的。"

听到"警察"这两个字，二郎觉得心底像被人刺中了似的一阵疼痛，背脊上也感到一股寒意。

"以前我一个人跑到岐阜的大垣去过一次。搭东海道线去的。路上只要找个睡着的大人，在他身边装睡，列车长就不会怀疑。"

"那学校怎么办呢？"

"笨蛋！要是被抓起来，哪里还需要上学？"

"那我怎么办呢？"二郎朝着正要爬上公寓二楼的黑木问道。

黑木回过头，一脸认真地问："一起逃吗？"听到这句话，二郎心头立刻浮起妈妈的面孔，紧接着是桃子、姐姐，还有爸爸的脸。

"你不管你妈了？"

"反正她也嫌我，我不在，她高兴都来不及呢。"

"是吗？"

"你可真啰唆。我现在回去拿钱，你自己在这儿考虑一下要怎么办。"

"喂，黑木。"

"干吗？"

"他死了吗？"

黑木没有回答，只用红红的两眼瞪了他一眼，然后便转过身，"咚咚咚"地跑上楼去了。黑木一走，二郎立刻觉得有些心慌，他连一分钟也不想独自待在外面。

自己究竟要怎么办呢？想到这儿，家人的面孔又一个个轮流地浮现在他脑海中。他摇了摇头，像是要把家人的面孔挥掉似的。一种既悲伤又想要大喊大叫的情绪正从二郎喉咙深处向外溢出来。

黑木很快就回来了。他身上披了一件横须贺夹克[1],受伤的耳朵贴着创可贴,右手还抓着另一件外套。"来!"他说着把外套丢给二郎。

"你有没有离家出走过?"

"没有。"二郎摇头回答。

"我已经出走过三次了,跟着我吧。"

"要怎么过活呢?我们还不能打工啊。"

"只要跟流浪老人成了朋友,他们会照顾我们的。"

二郎觉得黑木看起来像比自己大上两三岁,而且那老油条的模样也令他觉得安心。

"走吧。"黑木说着迈步向前走。事到如今,二郎已经不能回头了。再说,他早已失去了判断能力,感觉上,两只脚好像踏不着地面,两耳也听不清声音。

他一边紧追黑木,一边伸手掏着口袋,袋里只有几枚硬币。

"喂,我只有五百日元啊。"

"我借你。我有两万日元,从家里偷拿出来的。"

"家里不会骂你吗?"

"你是白痴啊?我们现在是要离家出走,永远不会跟家人见面了。"

二郎不知该说些什么,只好沉默不语。

从路边可以看到便利店里的时钟,已经是下午六点半了。

桃子自己一个人会做味噌汤吗?要是爸爸能帮她就好了。

大路的前方巍然耸立着中野百老汇。二郎抬起头,看到大楼窗里射出的寒冷灯光,他仿佛觉得心底更茫然了。

---

1 一种刺绣夹克,上有东方韵味的图腾刺绣。

东京车站里来来往往的全是下班赶着回家的上班族，不见小孩的身影，往来行人全都直视前方，匆匆向前赶路。

"喂，不要东张西望了！"黑木小声对他说，二郎赶紧挺起胸膛。到了这儿，他们俩的确很引人注目，每当站员从身边走过时，二郎心中就掀起一阵紧张。他和黑木商量后决定各自找个大人，装成那人的孩子紧跟在身后。

"这里！"黑木一路带领着他，来到了东海道线的月台。

"喂，我们只买了一百五的车票呀。"

"钱多贵重啊，哪能浪费在车票上？我们要坐白车了，等一下车长来了就躲起来。"

"躲哪儿？"

"比如厕所、网架。"

"网架？"二郎睁大眼睛问。

"讨厌，我是说比如。"黑木从垃圾箱里找来一份《少年杂志》夹在腋下，"假装刚从补习班出来的样子吧。你那副六神无主的德行最引人怀疑了。"

明明看起来像不良少年，却要假装从补习班出来？二郎觉得有点困难，但他还是照着黑木的指示做了。他也去找了本漫画，和黑木搭上开往小田原的电车。因为到大垣的电车是夜车，他们俩不能在车站里待到晚上，所以黑木提议先想办法离开东京。

就要离开东京了？想到这儿，二郎突然感到一阵汹涌的情感袭上心头，脑袋里好像有人拿着鼓槌正连连敲击定音鼓。

他说不出心中真正的感想。他只知道大脑似乎在拒绝着什么，完全不肯思考未来的事。就在这时，耳边传来一阵嘈杂的电子音乐，电车开动了。二郎不由自主地咽下一口唾液。

车厢里排列着面对面的双人座，乘客清一色全是大人。空气中弥漫着香烟的气味，众多乘客里没有一个聊天的，每个人都板着脸，尽量不把视线跟别人的视线碰在一起。

黑木在走道上找到一个站立的空间，便斜倚在座椅边上若无其事地读起漫画来了，二郎在一旁显得有点不知所措。"不是叫你假装正要回家的样子吗？你现在这表情，一看就知道是要出远门了。"黑木靠过来小声对他说。可能所有离家出走过的人，都是像黑木这样一步步闯过来的吧，二郎想。

他也在黑木身边翻开了漫画。当然，内容一点也没进到他脑子里。汗水从鼻尖滴下来，沾湿了书页，他举起袖子把汗滴擦去，然后转眼望向窗外，视野可及之处尽是高楼大厦的灯光。他看到车窗玻璃上映着自己的脸庞，可能因为被日光灯照着，二郎觉得窗上那苍白的脸看起来有点像死人。

车里的大人都没注意到他们这两个小孩，因为时间还早，如果现在是晚上九点或十点，肯定马上会有人来关心他们了。

当小孩真是太不方便了，二郎想，他实在有点想向老天爷抗议呢。

电车驶过了品川，沿途的住家多了起来，在窗内灯光的照耀下，车厢四周的黑暗显得更加醒目。二郎突然想起他们还没吃晚饭，他不知道几点了，因为自己没有手表。他朝着附近的大人手腕看了一眼，正好看到一个西装袖口里冒出来的表面。已经快晚上八点了。

"喂，"他低声对黑木说，"肚子饿不饿？"

黑木仰起脸想了一下，无言地摇摇头。

二郎也不觉得饿。要是平常在家七点还没吃晚饭的话，他一定早就饿得两眼发黑了。

"下一站是川崎。"车里这时响起了广播。马上就要驶出东京了吧,二郎还从来都没单独和别的小孩一起到神奈川呢。

车到川崎站之后,很多乘客都下车了,车里一下子空出很多座位,二郎便跟黑木并肩坐下。为了不让自己的视线跟那些大人的视线交会,他一直垂下眼皮死盯着手里的漫画。

不一会儿,电车到了横滨,上来几个真的像是刚从补习班下课的小学生,脚上都穿着最新款式的球鞋,一上车就开始大声讨论考试的内容。黑木抬头狠狠瞪了他们一眼,几个小学生立刻闭嘴不敢再吵。

"我们把那几个家伙的手提袋拿过来吧。"黑木悄声对二郎说,"那上面印了补习班的名字,不是吗?拿在手上,就不会有人怀疑我们了。"

"不要了。要是他们向车长或站员报遗失,他们就会开始到处乱找的。"

"说得也对。"

二郎这时才发现,自己竟然两手空空地跑了出来。更惊人的是,他居然一直没注意到这一点。他记得自己每天从学校出来的时候,手里一定拿着背包,照眼前的情况来看,背包大概是在路上弄丢了。

最有可能的结果,就是背包丢在阿胜家了。

脑中一浮起"阿胜"这名字,二郎就觉得非常不舒服。他想起了阿胜倒在地上的模样。那时他仰面躺着,全身一动也不动。

"喂,怎么了?"黑木用手指戳戳二郎腋下问道,"你脸色很不好。"

二郎咬着嘴唇没有回答。

"晕车啊?你可不要吐在这儿哟。"

"先下去一下,怎样?"二郎说。

"很不舒服吗？"

"不是的。"

"那到底怎么回事？"

"这里太挤了。我们去找个宽敞点的地方。"他觉得自己实在没法坐在这儿。

"别说这种莫名其妙的话！"

"而且我也想吸一吸外面的空气。"说着，二郎就想站起身来，黑木赶紧抓住他。

"等一下，到了藤泽再下车吧。我想到一个好主意。"黑木把脸靠近他耳边说，"到了那儿的海滩，会有游艇停在那儿，不是吗？就在那儿住一晚吧。"

二郎点点头。自己一点主意也没有，除了听从黑木指挥似乎没有别的办法。

"我们搭夜车的计划要更改一下。如果只有我一个人还没问题，两个人的话太醒目了，很容易被带去辅导的。"

二郎越看黑木越觉得他像个大人，如果现在只有自己一个人，大概早就有人来问话了吧。

电车很快就到了藤泽站，大部分乘客都下了车。二郎和黑木混在大人中间走上月台。他抬头看了一眼时钟，晚上八点半，妈妈关店回家的时刻。爸爸会有什么心情他无所谓，但至少妈妈现在一定很担心吧，因为他从来都没像现在这样无缘无故到晚上八点半还不回家的。

二郎心里充满了不安，不知自己从现在起会遇到什么事。

穿过站内的通道，他们朝着验票口走去。但他口袋里只有一张一百五的车票。

"上原，随便找个人假装你爸，紧跟在后面出去。"黑木对他说。

这样就能混过自动验票机吗？二郎皱起眉头，只见黑木一侧身，挤进了人堆，"对不起。"他轻轻推着面前的中年胖男人，一眨眼的工夫，黑木就从验票口混了出去。二郎只能茫然地看着他走出去。

站在出口外的黑木把脸伸过来。"来啊。"他朝二郎努了努下巴。二郎听到自己喉头发出"咕"的一声，他向前踏出一步，但就在这时，他感到有谁的视线射向自己，抬起头，站在出口旁边的站员刚好和他四目交会。

糟糕！他想，但脚下仍然继续向前行进。如果现在往回走，那人一定会起疑心的。来到验票机前面，他紧跟着一个年轻上班族，先假装绊了一下，然后便往年轻男人身上靠过去。男人回头看他一眼。"对不起。"二郎小声说。"哎呀呀！"男人噘着嘴说。但他总算跟着男人通过验票机了。

二郎转眼寻找黑木的身影，黑木正在注视别的方向。二郎也顺着黑木的视线往前看，那个刚才和他目光相会的站员站在前方。这时站员推开门，朝着他们这儿跑过来。

"喂，你！"站员喊着。

黑木转身拔腿往前跑，二郎不假思索地也跟着一起跑。

脚步声从背后传来，那个人追来了。"等一下！"站员的声音在车站里回响。赶着回家的乘客停下脚步，好奇地张望着。二郎有点搞不清眼前究竟发生了什么事。他三步并作两步地快步跑下楼梯。

# 12

二郎和黑木跑出了车站。他不知那个站员有没有跟在后面,因为他根本没空回头。黑木直接朝着巴士站冲过去,二郎也紧跟在他身后。

耳边传来出租车的喇叭声,接着,又听到有人骂道:"想死啊!"

走了几步,黑木从路边拉出一辆自行车,那车看起来脏兮兮的,像是被人丢弃在这儿的。黑木朝二郎努努下巴,便转身踩起踏板来。二郎跟在后面跑了几步,跳上去,跨坐在后座。

"海边在哪个方向?"

"不知道。"

"他还会不会追来啊?"二郎立起身子回头看,没看到有人跟在后面,"没事了。"

"刚才真糟糕。"

"是啊。"

"因为是大站,没办法。要是小站的话,我们可以跳进轨道,然后从铁道口走出来。"前方路边遥遥可见便利店的灯光,黑木放慢了速度说,"好渴,喝点果汁吧。"

两人一起走进店里，各买了两个塑料瓶的果汁。"我们得吃点东西。"黑木向二郎提议。于是两人又买了饭团，结账时是黑木付的钱。

走出店外，他们立刻就着果汁把饭团吃了。

然后两人重新跨上车，朝着海边骑去。

"肚子好饿啊。"二郎说。

"我也是。"黑木点点头。

一个饭团吃下去，反倒激起了更强烈的食欲。

所幸这时在前面路旁又看到了另一家便利店。他们决定干脆买个像样的便当吃个饱。二郎选了炸猪排便当和咖喱饭。"要加热吗？"柜台里打工的大学生问道。"要。"二郎小声地答着。

两人从便利店走出来，隐约听到阵阵浪涛声，同时嗅出空气里蕴含着海水的气味。他们把便当放在车前的篮子里，朝着浪潮的方向骑去。天空里云层渐聚，遮住了满天星斗。

不一会儿，就骑到了海边。走上防波堤，放眼望向墨黑的大海，呈现在他们眼前的，是一片辽阔得惊人的水面。强劲的海风迎面吹来，吹拂着二郎的头发。

"喂，这里！"黑木招呼着，二郎跟在他身后，走进防风林里的沙地，两人并排在树下坐下，一齐打开了便当。林子附近并没有路灯，他们只好在黑暗里进食。猪排的油炸香味钻进了鼻孔，二郎埋头专心吃起便当来，连他平常一定会剩下的冻豆腐，今天也被他吃得一干二净。

"从现在起，别人在路上只要看到我们，就会起疑心。"黑木鼓着腮嚼着自己的烤肉便当说，"所以我们决定目的地之后，就要直接朝目标前进。"

二郎沉默地点点头。咖喱饭只花了三十秒就被他全部解决了。他捧起同时买来的乌龙茶罐，一口喝干，然后伸手用袖口擦擦嘴角。

"真讨厌！当个小学生……"黑木又开口说，"晚上也不能在外面游荡。"

"白天还不是一样，上课时间都不能在外面乱跑吧？"

"啊，对。是谁决定的啊，叫小孩都要去上学？"黑木不服地说。二郎也有同感，当小孩真的是一种损失。

上空的风势越来越强，云层像大河般地流动，两人的眼睛现在已习惯四周的黑暗，他们看到一只野猫，正在防波堤上向两人张望着。

"真想搭船到巴西去。"黑木一边叹气一边说。

"为什么去巴西啊？"二郎问。

"我在电视上看过啊，他们那儿有一种小孩叫街童，都不用去上学，整天靠擦皮鞋之类的工作在大街上讨生活。"

"难道你想去擦皮鞋？"

"不是了。我是说他们大白天在街上游荡，也没人管他们。"

"那可真不错。"

"对吧？老师还说日本和平又繁盛，是个很棒的国家，依我看，日本人的义务实在太多了。什么义务教育，简直是找麻烦嘛。"

黑木的话跟爸爸每次说的一模一样。如果他跟爸爸是一对父子，亲子关系一定很不错吧。

"就拿明天来说吧，我们能够自由行动的时间，只有从下午三点到晚上七点左右。"黑木抓起一把沙子朝地面抛过去，"不管走到哪儿，都会有人怀疑我们的。"

"我说啊。"二郎突然开口说。

"嗯？"黑木应着抬起头来。

"阿胜,死了没啊?"整句话刚从嘴里冒出来,二郎就感到小腹下面紧紧一缩。

"别提这个!"

"可是我们是为了这个才逃出来的,不是吗?"

"死了,连动都不会动了嘛。"

"现在大概正闹得不可开交吧。"

"讨厌!"黑木像是有点生气地说,"也要怪你,一下子就发飙……"

二郎脑中这时浮起了另一段记忆。阿胜曾经提到妈妈——"我还听说,你妈以前进过监狱呢"……这是绝不可能的,我绝对不信!

"上原,你为什么会动手打阿胜啊?"黑木的问题完全没进入他耳朵。

"听说她年轻的时候杀过人哟。"阿胜这样说过。不可能!妈妈连他和桃子的屁股都没打过。

妈妈是四谷知名和服店的千金小姐?他从没听人说过这件事。如果是真的,那就表示自己是有外公和外婆的。

二郎现在回想起来,他连爸爸的老家在哪儿也不知道。二郎记得小时候曾问过父母,因为他觉得家里给压岁钱的长辈比别人家少。"没长辈嘛。"父母直截了当地回答。二郎也就没再多问下去了。

"真是的,你这家伙一向不会跟人吵架的,居然一下子就爆发了。"

不管怎样,反正二郎也没法弄清真相了。因为他不会再回家了。

"我们到江之岛去吧?"黑木站起身,掸掉沾在裤子上的沙子,"以前单亲妈妈家庭的聚会到那儿远足过,我记得海湾深处有个游艇专用的港口。"

"偷跑到人家游艇上睡觉啊?"

"难道你想在沙滩或岩石上睡觉吗？"黑木说着便迈步向前走。

"那自行车怎么办？"

"这条路上要是两人共骑一辆车，等于叫别人把我们送去辅导。"

黑木用手指指岸边的公路。那是一条笔直的大路，路上连个藏身的地方都没有。看来他们只能放弃自行车而步行穿越沙滩了。

两人并肩沿着海边前进。现在的正确时刻很难推算，应该早就过了九点。不，说不定已经十点多了。岸边的省道公路上，一群暴走族正响着刺耳的喇叭从他们身边呼啸而过。

二郎感觉得出背脊上冒着汗，腋下也被汗水弄得黏黏的，还有鞋子里面，那双袜子早已臭得不能闻了吧。

情绪的波动已逐渐平静下来，脑袋却仍无法思考；某些感情的通道已被阻断，因为他们心底还不肯接受发生的一切。

二郎下意识地尽量不把视线转向东京的方向。自己的家人和朋友都还留在那片天空下方，他无论如何也不想面对这个事实。

"明天去偷一辆摩托车吧？"黑暗中，黑木的眼睛和牙齿看起来白森森的，"我会骑哟。以前我骑过。而且不是轻型的，是那种要踩离合器的呢。只要戴一顶头盔，别人就看不出年龄了。对吧？而且我跟你身高都有一米六，谁也不会想到我们是小学生的。"

"才没有一米六呢。"二郎看看黑木的头顶，他跟自己差不多高。

"反正也不会有人给你量身高。那要不然，可以穿双高跟的马靴？我一直都想穿穿看呢。哦，还有像墨镜、棒球帽之类的配件，也是需要的。"

二郎讶异得不知该说什么才好。眼前这个时刻，他竟能在这儿细心筹划着一些琐事。

"只要偷偷跑进超市，这些东西全都能弄到手。摩托车呢，可以去修理工厂弄,很多需要车检的摩托车都暂时寄放在那儿。很久以前我听阿胜说过,摩托车钥匙都插在车上,而且还加了汽油,偷起来很轻松。"黑木的声音听来有些兴奋,"双人大逃亡哟!"

二郎不知该怎么接腔,看来黑木真的已经下定了决心。

他们没走渡桥,直接沿着海滩走到江之岛。因为一路上海滩的水位都很浅,岛屿几乎等于跟陆地连在一块儿。

走到半途,两人都脱掉鞋子赤脚,走过海滩。海水浸着脚底,有点刺人的感觉。

"阿胜死了吗?"二郎忍不住又问了一遍。似乎很自然地,这句话就从他嘴里冒了出来。

"不知道,别再想了。"黑木用教训人的口吻说,他真的已经不再想这个问题了吗?黑木像是有意似的换了个话题。

就在这时,黑木后裤袋里的手机突然响了起来。"哇!"两人同时发出一声惊叫,二郎猛地往后跳了两米。

黑木一把抓起手机往空中抛去,那动作有点像在赶走袋里的蜥蜴。闪着荧光画面的手机差不多半个都被埋进了沙里,泛白的蓝光配着电子音乐闪闪烁烁地照耀着四周。

黑木像是非常恐惧般地走过去偷看了一眼。"是我妈。"他不屑地说,然后弯身把手机捡起来,切断了电源。

"你不接她电话,行吗?"二郎问。

"一定是告诉我今晚要在家里洗澡,叫我不要把火全熄了之类的事情。不接也没什么大不了……"

"喂,你用它打到阿胜的手机看看。"二郎没想到自己嘴里竟会说出这样的话,他感到心脏突然快速跳动起来。

"不会有人接的。他都已经那样了。"黑木低声说。

"还是打打看嘛。"

"笨蛋！要是他父母或是警察接了怎么办？会留下通话记录的。"

"可是，你还是打去看看嘛，说不定……"

"别想得美了。那时他都翻白眼了。一定死掉了。"黑木焦躁地踢着脚边的沙子，"除了逃走，我们现在没别的办法。而且要一直逃到风声过去之后。"

"风声过去？什么时候才会过去呢？"

"三年左右总会忘了吧。"

"三年以后，那时我们都中学三年级了。"

"我们不会再去上学了。"

"喂，只是打个电话嘛，打打看吧。"二郎摇着黑木的手臂说，"也可能有万一呀。要是他真的不行了，我也不会再啰唆了。"

"你这家伙真是不见棺材不流泪啊。你可千万不能指望大人。"黑木挥开他的手说。

"你说什么？"

"总之，你是想回到父母身边去吧？"

"不是。我只是想知道真相。从刚才到现在，我一直吓得没法冷静思考，现在想想，只打了那么两下，人就会死掉吗？再说，反正明天看报纸或电视，也会知道结果啊。"

"我暂时不会看的，不管是报纸也好，电视也好。"

"为什么？你害怕知道真相啊？"

"我反正决定不再回中野了。阿胜是死是活，都跟我没关系了。"黑木恶狠狠地说。

"可这件事跟我有关啊。我还想跟阿淳和向井一起玩呢。而且我也还想去上学啊。"

"干吗那么想去学校啊?"

"现在不说这个了。我只是要你打去看看阿胜到底死了没。"

"没用的。"

"对我不会没用。喂,拜托了,你打一下嘛。"二郎恳求道。黑木焦虑地眨着眼,同时伸出拇指啃起指甲。

"反正人都死了,电源一定切断了。"

"要是切断的话就算了。"

静默半晌,黑木叹了口气。海湾远处传来一声船只的汽笛声。岸边的公路上,大型卡车风驰电掣地奔驰而过。

"要是这陆地能一直连到巴西,不管走几个月我都会走去的。"黑木吸了吸鼻子说,"我可以一个人活下去的。所以你不用管我。"

"我知道。"

"离家出走会妨碍到别人吗?"

"没有啊。"

不知从什么时候起,他们的脚已经完全浸泡在水里,涨潮的时刻似乎就要来临。

黑木握紧手机,左手拇指在键盘上连连按了几下。"要是没人接,就表示已经死了啊。"他看着二郎说,面颊微微抽搐了几下。

"我知道。"二郎说,他突然感到背上一阵寒冷,不禁抱紧了双臂。

黑木一脸紧张的表情,把手机贴在耳朵上。

二郎吞下一口唾液。他觉得全身发冷,可是脑袋却有些发热。

寂静中,手机里隐约传来呼叫铃声。二郎突然觉得很恐怖,膝盖不由自主地颤抖起来。真不知刚才为什么能表现得那么平静。他简直不相信自己居然还吃了那么多饭。

就在这一瞬间，黑木像是被人打中了似的直起身子，然后又像反射动作似的切断了电源。显然是有人接了电话。黑木的眉头紧紧皱了起来。

"喂！怎么了？"二郎问，但黑木却没回答。

二郎疑惑地瞪着灯光已经熄灭的手机。

"说呀，是谁接的？"

黑木抬起头，无声地用口形告诉他："阿胜。"

"真的？"二郎大喊起来，"阿胜接的？"

黑木目光涣散地呆站着没动。

"没听错吧？如果是阿胜哥哥或其他人接的，我可不原谅你哟。"

"没听错。他哥哥的声音比较尖。"

二郎向黑木靠去。海水已涨到盖住脚指甲的高度。

"真的没听错？真的是阿胜接的？"

"是阿胜，不过听起来没什么精神。"

听到这句话，二郎失去了全身的力气。也顾不得衣服会被弄湿，他一下子就坐了下去。

"怎么搞的，差点都吓死了！"他听到自己的声音有点变调，"喂，这下我们就不是杀人犯了。"二郎伸手拉拉黑木的长裤。

黑木也坐在地上。"嗯，对。"他苍白着脸色点点头。

"怎么搞的？那家伙！那时都翻白眼了。"

二郎全身颤抖起来，他感到一种从未经历过的情感正从体内深处喷发出来。

他抱住黑木，搂着他的脖子用力摇晃着。"就是嘛，人是不会那么容易死掉的。"

二郎再也无法坐在地上，他站起身，呼吸急促地用脚在水里踢了好几下。

"喂,要回家喽!"他的声音在暗夜的海边响起,"现在几点了?看你手机就知道吧?还来得及赶回去吧?"

黑木沉默着没有说话。他咬住唇凝视着海面。

"怎么了?吓破胆了?"

"不是跟你说过,我不会回去的。"黑木声音里含着怒气,"我要继续往西走。你想回家的话,自己回吧。"

"你说些什么啊?阿胜还活着呢。啊,怎么,怕他来报仇啊?阿胜已经没啥可怕了。我们两个不是已经打败他了?"

"不是这意思。"黑木突然换了干涩的语气回答。他慢慢地站起身,朝着江之岛方向迈步子。

"我知道你不喜欢上学,不过小学生离家出走是没办法撑很久的。"二郎紧追其后。潮水已经涨到脚踝的高度了。

"我去找个港口,然后坐船偷渡到巴西。"

"什么呀?你说的是哪个漫画故事啊?"

"不是漫画!"黑木迈步向前奔跑起来。

二郎也跟着他一起跑。潮水似乎涨得很快,一转眼工夫,水面已经升到小腿的高度了。两个人连讲闲话的时间都没有,只能全心全意朝着对面的岛奔去。

当海水漫过膝盖的时候,他们总算跑过了防波堤。前方不远的地方,可以看到游艇港口的灯光。

两人一直朝着亮光跑过去。附近刚好有一座钟塔。抬头望去,已经晚上十点了,今晚是来不及赶回去了。

跳过栅栏,两人弯下腰向前移动,不一会儿,来到一艘中型游艇旁边,只见甲板上覆盖着一大块塑料布,他们便安静又迅速地跳上甲板。

"喂,里面好像是个房间呢。"黑木一边从玻璃窗外窥视着船舱,一边对二郎说。

二郎走到他身边,看到舱里不但有床,还有桌子。只可惜舱门被锁住了,而那窗上的玻璃非常厚,根本不可能打破。

"好吧,算了。半夜里要是有露水,就把那块塑料布拿来盖着睡吧。"黑木说。

"喂,"二郎向他伸出手说,"借我一下手机,我打电话回家。我妈现在一定很担心呢。"

"不要告诉她我们在哪儿。"黑木说着瞪了他一眼,便把手机抛了过去。

要跟家里怎么说呢?二郎觉得有点心慌。结果是爸爸接的电话。

"啊,是我,我在黑木家。"他的声音有点偏高,"天已经晚了,今天我睡在他家。"

"嗯,知道了。"

"告诉妈一声,说我明天早上从这儿直接去学校了。"

"嗯。"爸爸答得很简短,而且反应平淡得连二郎都觉得有点奇怪。

"哎呀!"爸爸突然大叫一声,震得二郎耳膜发麻。

"什么事?怎么了?"

"都是你多事打来电话。"爸爸生气地说,"我正在跟桃子玩PS[1]呢。"

"妈呢?"

---

[1] 新力(SONY)出产的电玩机 Play Station。

"洗澡，每次都洗那么久。"说完，爸爸切断了电话。真不敢相信天下会有这种父亲。不过也得庆幸是爸爸接的电话。二郎重重地叹口气，总算放下了心里的大石头。

"黑木，不给你妈打个电话吗？"

"她还在店里。而且，哪个笨蛋出走之前还先去报告啊？"

"你妈会担心的。"

"不会的。我们家不会的。"黑木躺在甲板上说。二郎也学他躺了下来。仰望天空，依稀可见柠檬色的月亮从云层的缝隙里探出脑袋。

"春假那次出走，我在京都被警察带去辅导，我妈连报警都懒得去报，警察都觉得不敢相信，还问我：'你妈到底怎么回事？'"

二郎静静地听着。天空的云朵逐渐分散了，圆圆的满月即将露出整张脸来。

"中学毕业以后就得靠自己过活。这是我妈最爱挂在嘴上的话，她还说，想进高中的话，自己去打工上夜间部吧。"黑木若无其事地叙述着。二郎以前从没听过他说起家里的事情。

"我是我妈十七岁的时候生的，她现在还不到三十呢。不过在店里，她都骗人家说自己二十五岁。"

二郎不太了解这段话的意义，因为对他来说二十岁以上的人看起来都是一个样子。

"她说，她现在还是跟人约会的年龄呢。"

二郎连连打起哈欠。他咬着牙想要忍住，眼皮却突然变得很重。

"我对我妈来说是多余的，没有我，最好。"

"不要说这种话嘛……"这句话说到最后，声音有点奇怪。

"我啊，要想办法赶快离开这个国家。"

听到这儿，二郎再也听不见黑木说些什么了，因为他已经进入梦乡。

今天这一整天好长啊！二郎觉得上学的日子好像已经是上个星期的事情了。

# 13

二郎被自己的喷嚏惊醒。转眼看看四周,他的整个身子都裹在塑料布里。一时间,他不清楚究竟发生了什么事。他伸出一只脚去搔另一只脚,却发现脚上竟穿着鞋子。随着身体的移动,肚子发出"咕"的一声,脑袋里麻木的感觉正在逐渐消退。

"喉咙好干啊。"他低声嘀咕着,膀胱也胀得像个气球,他翻了个身,没看到黑木在身边。

二郎站起身,重新打量着四周,远处的海面传来阵阵渔船引擎声,海鸟正在天空啁啾。他站在船缘上,朝着海面撒了一泡瀑布似的小便。

尿完之后,打个寒战,二郎心里不禁纳闷道,黑木究竟跑到哪儿去了?眼前刚好就是钟塔,凝神望去,时针指着清晨六点。

二郎张开嘴,正要大叫黑木一声,却立刻打消了主意。万一被人发现他在这儿就糟了。

他无聊地把手伸进口袋,没想到袋里竟有一张千元钞票,而且叠得整整齐齐的。

他瞪着手里的钞票,看了半天,脑袋里没得出什么结论来。

反正呆站在这儿也不是办法，二郎想，于是他走上了码头。这时他看到地上排列着许多小石子，仔细看过去，才看出石子排着"再会吧"三个字。

最后那个"吧"没排完，可能因为小石子不够吧。

二郎他们被要挟一万日元的事情后来没人再提起了。阿淳打听来的消息说，阿胜没跟任何人提起过那天的事。跟他一起的那个同伴，也被他下了封口令。

"被小学生打败这事要是传出去，他们就完蛋了。"

阿淳已经不再去卖卡片了，而先前赚来的钱，他似乎也不打算退回去。

二郎怀着恐惧的心情去把自己的背包偷偷拿了回来。而更令他惊讶的是，背包跟当初遗忘时一样，一直放在那个堆建材的地方。他觉得好像有点明白阿胜家究竟是个怎样的家庭了。

"你们最好别以为事情已经结束了。"向井对二郎忠告说，"这阵子不要到中野百老汇去逛了。"

说实在的，二郎心里也这么想。如果在外面碰到阿胜，就算他想放过自己，面子上也说不过去啊。

黑木很不幸地在名古屋被警察带去辅导了。其实也不难想到这个结果，两手空空的小学生在车站里到处游荡，就连狗看了都会起疑心吧。

黑木没再到学校来，因为他被送到儿童福利机构去了。"第一学期好像不会来上学了。"四班的学生告诉二郎。

回家后的第二天，爸爸一看到二郎就问："所以，你打赢了？"

"什么？"二郎故意假装没听懂，但那一瞬间，他还是有点吃惊。

而妈妈似乎非常担心。"以后过了晚上七点，就要跟家里联络哟。"她生气地对二郎说。

妈妈的事倒真是二郎心里的一块疙瘩。阿胜说她年轻的时候进过监狱，二郎不想相信阿胜的话，但他却无法把这件事抛到脑后。

二郎坐在阿格哈塔的柜台边看着正在泡咖啡的妈妈。她那么温柔，从来都没大吼大叫过，每次学校远足的时候，妈妈给二郎准备的便当比谁家的都好吃。

"妈。"

"嗯？"

"妈，你从前坐过牢吗？"

"没有啊，你在说什么啊？"

二郎幻想着自己跟妈妈之间的对话。如果事实真是这样，那他就能高枕无忧了。

但他实在没勇气问妈妈。阿胜一定在说谎！大概他也只能这样每天安慰着自己度日了。

不过话说回来，问一下妈妈婚前的旧姓应该没什么关系吧。

"妈，你跟爸结婚以前，姓什么？"

"干吗？怎么会问这个？"妈妈脸上浮起一丝阴影。他没料到自己竟真的开口问了这问题。

"学校里教'旧姓'这个名词，女人结婚前都有另一个姓嘛，对吧？"二郎的心脏怦怦地跳。妈妈没回答他的问题，低头把咖啡倒进杯里，然后用托盘端起杯子，走出柜台，送到客人面前。回到柜台之后，妈妈便动手洗起碗盘来。

"我的旧姓是堀内。"她突然开口说，"不过，那已经是好久以前的事了，感觉上好像跟自己没什么关系呢。"

妈妈脸上挂着微笑，但她却没看着二郎的眼睛。水龙头被扭到了最大，流水声让二郎不得不保持沉默。

四谷知名和服店的千金小姐……这是仅有的线索，二郎想，难道自己的外公外婆现在还在那店里吗？

他到书店看过一些东京地图，光是叫"四谷"的地区就很大。他也打电话到一〇四查号台查过。但查询结果告诉他，新宿区的堀内和服店并不存在。听到这个结果，二郎反而松了口气。因为如果查到了，他就得亲自跑去确认。

然而即使没查到，二郎还是决定这个星期天骑车到四谷看看。

反正自己本来就想到陌生的地方探险。他在心底这样说服着自己。

星期天这天，二郎婉拒了阿淳的邀约，独自踩着自行车往东边骑去。他对四谷完全不熟。其实别说四谷，就连中野以东的地区，也几乎跟他没有任何关联。小时候，妈妈也常带他到百货公司去购物，但不知为什么，妈妈总是去吉祥寺而从不去新宿。对于这个现象，二郎从来就没怀疑过，就像他从来不觉得家里的炒面总要盖个荷包蛋有什么奇怪一样。

自行车骑到曙桥前方向右转，爬行了一段坡路。二郎前一天晚上已把东京地图反复看了好几遍。他直起上身，用力蹬着踏板。一眨眼工夫，他已是满身大汗，汗珠不断从背脊上流下来。

等待绿灯的时候，他把衬衫下摆从裤子里拉出来。自己似乎又长高了，现在这座位是平日的高度，但两个脚已能全部踩到地面。想到这儿，他突然觉得鞋子似乎也有点紧。下次到保健室去量一下吧，二郎想。他很期待在今年之内能长到一百六十厘米。

自行车穿过了四谷三丁目的十字路口，虽说是星期天，路上的行人却不算多。人潮沿着新宿大道，缓缓地向车站移动。二郎觉得这条路的气氛跟中野不太一样。这儿既干净又宽敞，路上看不到一个不良少年。黑木如果生在这儿，会为了找不到游玩场地而烦恼吧。而那些学习院的学生也不喜欢看到黑木那样的小孩吧。

大路两旁并列着许多商店，但是一路看下来，都没看到和服店。这些商店都开设在华丽的大厦楼下，看起来都很有品位。

二郎又到附近的小巷里张望了一番。巷里也有很多商店，数目多得根本无法全数逛完。不过他觉得这样也不错。反正他努力找过了，可惜没有找到。这个结果才是他心底所期待的。

到了四谷车站之后，二郎掉转车头，又朝着骑来的方向出发。这次他决定顺着对面的人行道前进。路上刚好有一家麦当劳，他进去买了一个大麦克汉堡，只花了二十秒就把汉堡解决了。最近他的食欲又恢复得跟从前一样。在学校吃营养午餐的时候，他总是帮着同学吃他们吃不完的那份。

二郎一边喝可乐一边重新踩上踏板。他打了个嗝，接着又放了个屁。

就在这时，一扇展示着和服的橱窗出现在他眼前，二郎连忙刹车。自行车的前轮制动性能很强，他的身子不由自主地向前倾了一下，杯中的可乐泼到手上。

他把车骑过店门，隔着一段距离，再回头打量这家和服店。橱窗只是店面的一部分，从窗外望去，无法看清店内的情形。店进口处是一扇向左右拉开的木门，门上没挂暖帘，看来这家店似乎有意把外观装饰得很不起眼。

二郎抬头望去，只见门上挂着一块木制招牌，上面写着"大黑屋"三个字。好陈旧的招牌啊。木板早已褪色，上面的字体也有些模糊了。店门外的地面才洒过水，门口两旁各有一小堆海盐[1]。

心脏扑通扑通地跳了起来。阿胜说过，妈妈的娘家是一家知名的和服店。尽管二郎没见过什么世面，但如果叫他形容所谓的品位与格调，眼前这家商店正是理想的范本。而整家商店散发出的高级气氛，即使是小孩也能感受得出来。

他一脚跨着自行车，呆呆地站在原处。汗水不知什么时候干了，身体正在微微发抖。

现在该怎么办呢？二郎想，总不能自己一个人走进去啊。人家一定会觉得一个小孩跑进来很奇怪吧。

二郎再度踩起踏板，他想隔远一点来观察。骑到离店二十米外的地点，他又回过头打量起这家和服店来。

门口不见一个人影，店里也没有任何动静。

他转身向着大路前方骑去，经过一家便利店门口时，顺便把可乐的纸杯丢进垃圾桶里。他觉得喉咙很干——虽然他刚刚才喝完饮料，胸口的悸动也一直无法静止下来。

大约骑了五十米，二郎又扭转车头绕回去。他希望是自己看错了。就算阿胜乱说好了，他想，妈妈跟这条街是没有任何关联的。她不可能跟这儿发生什么关系。

原本打算在店门外停下来的，二郎却骑过了头，他一边前进一边审视着店外。橱窗里看不到人影，很难想象这是一家怎样的和服店。但他相信，这里至少跟中野商店街的和服店完全不一样。

---

1　商店门口洒水、堆盐都是为了表达店家虔诚接待顾客的心情。

绕个圈之后，他又从店门口骑过去。连他自己都无法解释为什么要这么做。前前后后，他总共在店外绕了五圈。最后，他的视线在无意间落到和服店所在的大厦进口处，他看到坐落在阶梯最上层的大门旁边挂着一块小小的招牌。

招牌上面写着"堀内大厦"。

二郎不禁倒抽一口冷气，脉搏也急速地跳动起来。

他停住车跳下来，朝着大厦门口跑过去。

这里就是妈妈的娘家吗？四谷知名的和服店……妈妈从前的旧姓正是堀内。

不安的情绪突然涨满了胸膛。

就在这一刻，店门打开了。一个身穿和服的六十多岁老太太走了出来，二郎望过去，刚好跟她四目相会，他当场惊讶得无法动弹。

老太太整个人都跟妈妈长得好像！

老太太也停下脚步，霎时变了脸色，呆呆地站在原处。

两个人都没说话，只是定在那儿凝视着对方。

接着，还是二郎先有所反应。他转身朝自己的自行车跑过去。

"小弟弟！"背后传来一声呼喊，二郎心头又是一惊。

那声音也跟妈妈的声音一模一样。

他飞快地跳上自行车，头也不回地匆匆离开现场。

他使出全身力气拼命踩着踏板。今天真不该来这一趟的，他想。

现在证明了，阿胜说的那一大堆有的没的里面，妈妈是四谷和服店的千金小姐这件事，大概是真的了。

这天晚上，二郎简直不敢正眼瞧妈妈一眼。真搞不懂，自己的妈妈究竟拥有怎样的过去？

他想起有一次，姐姐跟爸爸吵架时曾说过："你又不是我的亲生爸爸!"所以姐姐一定是妈妈生的!因为她跟妈妈长得那么像,这一点是不会错的。而姐姐又曾对自己说过:"等你满十二岁那天,我有话要告诉你。"她要说的,一定是有关这个家的事情。

下个月,他就要满十二岁了。这个家究竟隐藏着什么秘密呢?

二郎越想越觉得这一切有点像少女漫画里的故事。如果换成女生,碰到这情形会怎么办呢?他想。

二郎连连叹息着,却一口气吃了四碗饭。

# 14

家里来了好几个客人,都是些二郎从没见过的叔叔、伯伯。

好像总共来了四五个人。二郎还来不及数清人数,就跟桃子一起被赶到楼上去了。那些人直接叫爸爸"上原",名字后面并没加任何称呼。

"今天晚上不能洗澡喽。"妈妈告诉二郎。她的嘴角虽然挂着微笑,脸上表情却显得不怎么高兴。

最初二郎以为那些人是爸爸的朋友,没想到妈妈也跟他们聊了起来。二郎去上厕所的时候,听到了妈妈讲话的声音。"家里过得也不轻松,而且地方又小。"妈妈用很客气的语气说。

"你别多嘴!"爸爸说,"都是从前的伙伴,我得提供援助。"

爸爸这么彬彬有礼地说话,二郎还是第一次听到。

他躺在二楼榻榻米上翻阅着漫画,桃子忽然跑到身边来。

"姐姐说她马上要搬出去一个人过了。所以,姐姐现在的那个房间,她说可以给我。"

二郎直起上半身问道:"谁说的?"

"姐姐啊。她好像正在代代木那一带找房子。"

"哦？"

"她跟爸的关系不太好。"桃子嘟起嘴来。

"不是以前就那样？"

"可是她念高中的时候还跟爸一起玩啊。"

"那是好久以前的事了。再说你操这个心也……"二郎又躺下来继续翻着漫画。

"姐姐不是爸亲生的吗？"桃子的声音里蕴含着不安。

二郎把漫画放在一边，盘腿坐在榻榻米上。"干吗这么说？"

"姐姐很久以前说过'桃子跟我只有一半的血缘关系哟'。"

"从前是多久以前啊？"

"我刚上小学的时候。"

二郎吃了一惊，他一直认为桃子什么都不知道。其实他自己也从没直接听到过什么。

"那姐姐的爸爸是谁啊？"

"这我就不知道了。"

桃子是自己决定要把这件事藏在心底的吧。以她当时一个小学一年级生的角度来看，这件事是不能随便跟人提起的。

"桃子，我们都没有祖父祖母，你不觉得很奇怪吗？"

"是啊，为什么我们没有呢？"

"不知道，不过啊……"二郎降低了声音说，"我们的外婆好像在四谷。"

他把星期天的事情跟桃子说了一遍，接着还告诉她，妈妈结婚以前的旧姓是堀内，那栋叫作堀内的大厦楼下正好有家和服店，而且从店里走出来一位老太太，长得跟妈妈一模一样。二郎省略了妈妈坐过牢的传闻，他实在不愿意告诉桃子这件事。

"证据呢？"桃子的口气似乎不太愿意接受这个事实。

"没有，没有证据。不过那个老太太，看到我以后脸色都变了，大概是因为我长得很像她女儿吧。"

桃子看起来像是不知该怎么回答。她沉默着，手指在榻榻米的边缘画来画去。

"你想不想跟她见面？"

"正在考虑。"

"嗯，不过就算见了，也不能怎样。"

"说不定明年压岁钱就会变多啊。"

"嗯，说得也对。"

桃子趴在地上，只听她重重地叹口气，手指抓得榻榻米发出嘎啦嘎啦的声响。

这天晚上，客人在二郎家待到很晚。二郎不时听到"需要给新的执行部一个教训……""只有在发生斗争的时候……"之类的谈话声传到楼上来。

在二郎的记忆里，爸妈的朋友从来没到家里来过。

他们的朋友都是怎样的人呢？二郎想，或许每个人长大之后，就不再有朋友了。

整个晚上，二郎都没写作业，只是躺在榻榻米上打滚打发时间。


这天放学之后，南老师叫住了二郎。

"来，我们谈谈吧。"老师的语气有点不自然，她没带二郎到办公室去，而是领着他来到校园花坛旁的木椅前面。

"上原君家里，你妈妈在开店吧？"南老师凝视着花坛里的三色堇问二郎。他们身边有几只蝴蝶来来回回地飞舞着。

"你爸爸是自由撰稿人,马上就要成为作家了。"

二郎简单地答道:"是的。"

"在家里都聊些什么呢?"

老师这问题问得太笼统,他不知道该怎么回答。"聊普通的事啊。"

"是这样啊,对不起。"老师的面颊微微地痉挛着,"老师的问话方式不太好。"

南老师像是正在思考着什么。短暂的静默从两人之间缓慢流过。

"是这样的,每个人都有不同的意见,我们也应该尊重不同的意见,只是我觉得,上原君还只是小学六年级的学生,不该受到不好的影响。"老师终于开口说话了,"我们只靠自己一个人是没办法活下去的,因此才会形成社会,并且连带产生了风俗与习惯。"

南老师这段话,二郎完全听不懂。

"啊,对不起,老师说的有点艰深。"老师伸出两手把头发拢在一起,"上原君的爸爸向学校提出要求,要学校把毕业旅行的费用明细都向家长公开。可是这件事,以前从没家长提起过,而且学校跟旅行社已经合作了好多年。旅行这种东西,不是说肯减价就算好,尤其是学校的毕业旅行,还要注意学生的安全,不能跟普通团体旅行相提并论啊。"

老师越说越快,二郎满腹疑惑地望着她的侧脸。

"你爸爸还怀疑学校是不是拿了回扣。这完全不是事实!上次他还到学校来说,要是学校收这个价,他就不让儿子去毕业旅行了……"

爸爸又到学校来过了?二郎觉得有点头晕。还说不让我去毕业旅行?开玩笑吧。

"我觉得家长说出这种话,本身就很有问题,孩子也有孩子期待的乐趣呀。做家长的竟在这种事情上强调父母的权限……"老师的语气逐渐强硬起来，两眼直视着前方继续说下去，"上原君的爸爸究竟是怎么想的，老师不太清楚，不过对自己小孩的学校做这种事，实在有点过分。而且每天都送传真或是寄信到学校来，真是令人不堪其扰……"

说到这儿，老师脸上露出有点儿后悔的表情。二郎看着老师，但她不肯把目光转向二郎，仍旧绷着脸说："老师曾经给上原君的妈妈写过一封信，请她让你爸爸别再闹下去了。但是完全没用。现在老师简直快要变成神经病了。别的就不说了，什么'那你们搞抗争吧'，现在这时代讲这种话，真的有点不正常，我只是普通大学的教育系毕业生，碰到这种事真是……真是令人受不了……"

眼前的南老师跟平日完全不一样。二郎觉得她比较像个真实的女人。虽然他并不知道二十三岁的女人应该是什么样的，但至少现在南老师脸上的表情不像她站在讲坛上时那么温柔了。二郎觉得胃里沉重得像是吞了铅。

爸爸到底对南老师做了什么？难道有什么事正在自己看不见的地方进行吗？

"我猜想，那封信没送到你妈妈的手里。因为她白天都在咖啡店里，而你爸爸在家收到了那封信，大概就撕烂扔掉了。这样，老师只能说是无计可施了。可是教务主任还跑来命令我'去想个办法'！老师真的快要发疯了。"南老师颤抖着嘴唇说。

二郎全身僵硬起来，他觉得很恐怖。老师好像快要哭了。

"好过分哟，就连年级主任也对我说：'自己去想法子解决吧。'反正他们都不敢去面对家长。"老师像是自言自语地说。

静默再度流过两人之间。老师用力从鼻孔里呼出一口气，然后伸出两手捧住自己的面颊。二郎不知该说什么才好。

"上原君,你千万不要被影响了。一定要多读书,多交朋友,然后长成一个四平八稳的正人君子啊。"南老师有点像在安慰自己的情绪似的缓缓地说。

二郎沉默着点点头,他猜想自己现在的脸色一定是铁青的。

"好了,你可以回家了。"老师说着站起身,看也不看二郎一眼就直接走回办公室。

二郎拖着沉重的脚步离开校园。校园里有几个比他年级低的同学正在玩躲避球,他们是回家之后再度到学校来玩的。二郎心不在焉地听了一会儿他们的欢笑声,然后才独自走出校门。

脑袋里一片混乱。该从什么地方想起呢?他简直厘不出一个头绪。

二郎真的受到了很大的震撼。因为他无意中看到了南老师感性的一面。从现在起,他跟南老师的关系已不仅止于师徒。南老师将她作为一名年轻女性所感受到的困惑与愤慨,全都向二郎发泄了。老师现在大概很讨厌我吧,二郎想,悲哀的感觉从他喉咙深处不断向外冒出来。

照这情形来看,爸爸似乎给老师带来了极大的痛苦。老师也说了,她已经快要发疯了。

爸爸真的给学校写了很多信和发了传真吗?他究竟想对南老师怎样呢?

"上原君。"背后突然传来一声呼喊。他回头一看,南老师正朝他跑过来。

追上二郎之后,老师抓住他的肩膀,走到他面前。"对不起,"老师眼里充满泪水,"把老师刚才说的话通通忘掉吧。那些话,我不该对上原君说的。"南老师语气急促地说，"老师一时糊涂，说错了。"

二郎茫然地站着不知如何是好。老师正努力地想对他挤出一个笑脸。

"回家以后不必对爸爸妈妈多说什么。这种事，可能也不算什么吧。只不过是个小小的误会，或看法不同而已。再说，这事老师也有错。我原本是担心上原君，不知家里平常如何管教你的，所以我提过一些类似质疑的问题，或许因此而被人视为自以为是的新手老师。总之，忘了这件事吧。就当我没跟你讲过这些。"老师越说越快，聚积在她睫毛上的泪水似乎马上就要掉下来了。

二郎始终说不出一句话。大人表现出成人的一面时，他一个小学生真不知该说什么好。

"对了，你负责管理兔子窝的工作，做得很好，连二班的山田老师都称赞你呢。"南老师故意换了个话题，"还有，上星期的年级新闻编得很不错，女生都说非常喜欢呢。"老师又继续跟他说了些不相干的话题，不一会儿，老师的心情似乎比较平静了，脸颊也不像刚才绷得那么紧了。

"好吧，要马上回家哟。"老师对二郎说完，转身小跑而去。

二郎在心底悄悄吐了口气。还好老师没讨厌自己。

但另一方面，他又觉得很不甘，愤怒和悲哀不断在他胸中盘旋。爸爸究竟想干吗？居然干扰起自己小孩的学校生活来了。

他迈开两腿奋力向前奔跑，因为他已经无法忍耐慢慢走回去。二郎竭尽全力地奔过中野的小巷，然后猛地推开阿格哈塔的大门。

"回来了。"妈妈对他说，她正在柜台里面泡咖啡，"二郎！你开、关门的动作轻一点！"

"妈，有没有看到南老师的信？"

"什么？什么信？"妈妈讶异地抬起头。这下答案很清楚了，信肯定是被爸爸扔掉了。

"那就算了。"

"学校来了什么通知吗？"

二郎没有回答，转身跑出店门，用更快的速度往家的方向奔去。

"爸！"他大吼着，"爸，在不在？"

"干吗？吵死了。"爸爸躺在客厅地上，背对着二郎，"大嗓门的家伙！"

你说的是自己吧！二郎想。他把背包丢在榻榻米上，然后走到爸爸的面前。

"你给南老师寄过奇怪的信吗？"喉咙干燥得使他声音听来有些嘶哑。

"哦，你说南君啊？说我的信是奇怪的信也太没礼貌了。我看她对体制过分顺服，所以打算给她'做点工作'，而且威胁她说，收到我的信之后，就要小心，会被公安人员注意。南君怎么了？"爸爸一边拔着鼻毛一边说。

"'做工作'是什么？"

"自己查字典。"

"还有'公安'呢？"

"也去查字典吧。"

"不说这个，南老师很生气，看起来要哭出来的样子。她说她快要得神经病了。"

"什么？这女孩这么容易中计，我还期待她是个会反抗的女生呢。"爸爸转着眼珠看了二郎一眼。

"她说你还给学校发了传真？"

"我只不过认为毕业旅行的费用有问题，叫他们书面答复我。"

"这种事情，不只让南老师心烦，就连我也觉得很烦啊。我真不敢相信，你居然找自己小孩学校的麻烦。"

"找麻烦？"爸爸支起身子说，"不对哟，你们学校那些教师啊，他们是想叫家长负担昂贵的毕业旅行费用，然后再去向旅行社要回扣，让他们自己的慰安旅行费用便宜到近乎免费。爸爸已经完全掌握证据了。只要在人民的眼睛看不到的地方，他们马上就打歪主意。而且还料准了家长不敢对他们怎样，因为有小孩在他们手里啊。这种卑劣的行为，爸爸最不能原谅！"

"这种事我们小孩子听不懂。"

"好吧，这个问题是跟你没关系。对了，二郎，你又长高了。身高多少了？"说着，爸爸突然伸手抓住二郎的脚踝。

"我不想说，放开我！"

"过来！"一只脚被爸爸用力一拉，二郎的屁股立刻坐在榻榻米上，"好久没玩摔角了，来吧。"说着，爸爸躺着伸出手臂，把手腕挂在二郎脖子上，才稍一用力，二郎的脑袋就不能动弹了。虽然爸爸从来不曾动手打过他，但偶尔一块儿玩摔角时的动作却孔武有力，完全不像在开玩笑的样子。

"不要啊，爸！"二郎大声抗议着。

"不，不放手。"一百八十五厘米的巨大身躯朝着二郎压过来。

"好痛，都跟你说很痛了。"二郎拼命挣扎着。

"不服气的话快点长大吧。长得比爸爸更高。"

"话不是这么说的吧？"

"不，就是这样。"

二郎被压得几乎喘不过气来。但他咬紧牙关竭力忍耐着。

讨厌！跟别人家爸爸一样到外面上班去吧！干吗一天到晚待在家里啊……

"来啊！把我扳开试试看！"爸爸手里使出的劲道越来越强，"你要是哭了，我就饶你。"

谁哭啊，以后你要是再让南老师烦恼，我可不饶你！二郎对自己的手无缚鸡之力感到非常怨恨。我一定要长得比爸爸更大，他想，等我长大了，用手腕夹得你脑袋不能动弹。

二郎听到耳膜里隐隐传来上下臼齿摩擦的振动。

# 15

　　站在讲台上的南老师仍然跟往常一样温和，而且脸上挂着笑容。她对二郎的态度也没什么改变。上课时，二郎跟其他同学一起抢着举手，老师指定让他回答问题的那一刻，二郎总算放下了心中的大石头。中午休息时间，他跟女生一起玩跳绳，叽叽喳喳发出欢笑的声音。

　　不过二郎心底还是有点不安。因为他要对付的是爸爸。说不定他现在正在背后搞什么小动作呢。

　　想到爸爸，二郎觉得实在不了解他的为人。可能一方面是因为每天都生活在一起吧，所以很多事就懒得深入多想，不过爸爸跟其他父亲很不一样，即使单从一个成人的角度来看，爸爸也是个很不普通的大人。

　　二郎决定去查询一下最近听到的那几个名词。他走进学校的图书室，从书架上抽出字典。

　　无政府主义——主张完全的个人自由，否定政府或其他一切权力的一种思想。

　　二郎完全看不懂这些解释。

做工作——为了扩大并强化组织或政党，而走进工厂、农村或尚未组织的大众之中。

公安——公众的安全，社会的治安。

字典里尽是小学生无法理解的字眼。二郎不禁摇头叹息。他走回教室，明知可能问了也是白问，但他还是把这几个名词拿去问向井。

"'做工作'啊，简单说，就是向别人推销自己的想法。"向井一副轻松愉快的表情。二朗差点脱口而出要叫他一声老师了，"我在书上看过，那些搞学生运动的常用这个字眼。"

"学生运动？"

"三十多年前，各地大学生都起来造反啊。有各种理由，比如说对政治不满意、觉得世道不正之类的。"

三十年前？爸爸现在四十四岁，那他当时还只是中学生喽。

二郎目不转睛地注视着向井，就跟以往很多次一样，他真想开口问向井：你这家伙到底几岁啊？

"那现在已经没有学生运动了？"

"不是，你到早稻田大学去看看，校门口还是竖着好多告示板啊。那上面写着什么'反对学费涨价'之类的，也算是学生运动啊。虽然现在已经没那么流行了，不过，不管什么时代都还是有的。"

是吗？那么爸爸算是一个过时的学运人士了。

"那公安是什么意思？"

"公安？这我倒是第一次听说。下次我会帮你查。"

原来向井也有不知道的东西，二郎听他这么说，心底反而升起一丝安心。

所以，这么说来，爸爸不只自己信仰无政府主义，而且一直在向周围宣传这些思想，也因此对那些叫作公安的人非常警戒。

真是的，我怎么会有这种爸爸！二郎想，哪天家里得开一次家庭会议，让爸爸把这一切都解释清楚。

放学回家的路上，阿淳告诉二郎一件令人不安的消息。据说阿胜正在伺机而动，一有机会就要向他们两个报仇。

"前几天，我在电玩中心门口被阿胜的朋友叫住。大概就是二郎你以前提到过的，那个上次打架时也在场的家伙。他说：'你是上原的朋友吧，告诉我，他家在哪儿？'"

一听这话，二郎心头立刻罩上一层阴霾。老实说，他心底始终怀着一种自我安慰的期待，希望这件事能够就此结束。

"我当然假装不知道了。"阿淳吸一下鼻子，再用手背擦了擦鼻子，"他说现在要先从黑木开始修理呢。因为早就知道黑木家在哪儿了，而且黑木原本是阿胜的手下，反正，这也是没办法的事了。"

"也不会没办法吧？"

"我可不会去帮黑木。我们被强迫推销卡片的时候，那浑蛋站在一旁偷笑呢。这个仇我一辈子都不会忘记的。"阿淳连连数落起黑木干过的坏事，看来他对黑木已是深恶痛绝。

"我表哥说，打架这玩意儿，只要参加了就得一直打下去，直到自己输掉为止。"阿淳幽幽地说。二郎觉得这话说得很对。

明年他们就要上中学了，而阿胜就是那所学校的学生。比自己低一年的学弟里，居然有人曾经打败自己，阿胜怎能咽得下这口气呢？

想到这儿，二郎垂下肩膀。上次击败阿胜时的那种力气，他觉得再也不可能从自己身上冒出来了。

去学空手道吧。二郎想。夏日的暖风穿过小巷，"咻"的一下把二郎前额的碎发吹得立起来。

走进家门，二郎看到一个陌生的叔叔站在厨房里。

"哎呀，回来了！你是二郎吧？"叔叔回头看到他，立刻对他露出白白的牙齿笑起来。桃子坐在餐桌前，鼓着两腮正在吃一种有点像面包的食物。

"我也做一份给二郎吧。"叔叔正在锅里炸什么东西。

二郎不知怎么回答。爸爸大概出门了吧。家里似乎没听到他的声音，二郎转头看看桃子，她脸上完全没有对外人的警戒，两条腿不住地在椅子下面晃来晃去。

"这东西叫作冲绳开口笑。"叔叔说着把那油炸的玩意儿装进桌上的盘子里，"是一种冲绳的点心，有点像甜甜圈。"

"叔叔，你是谁啊？"二郎小声地问道。

"啊，对不起，才跟桃子介绍过，我叫仲村明，是你爸的朋友，算是他大学的学弟吧。不过我跟他年龄相差很多，也没跟他一起上过学。你就叫我阿明叔吧。"

这个叔叔看起来脾气很好。二郎对大人的年龄没什么概念，但他觉得叔叔比爸爸年轻很多，但又比姐姐年长很多。

"他在冲绳出生的。"桃子说，她似乎对叔叔很有好感，"据说好不容易才在岛上念完中学呢。"

"西表岛，就是那个产西表山猫[1]的地方。"阿明叔说。

学校上自然课的时候学过这地方。二郎想，是一个靠近南边的岛屿，岛上还有丛林呢。

---

1 日本唯一生存在西表岛上的珍贵山猫，目前只剩约一百只，已被指定为"特别天然纪念物"。

"他刚才还教我写作业哟。"桃子笑着说,"分数的题目只花了三秒就解决了。"

怪不得她对叔叔这么亲热,这个现实的妹妹!

二郎拿起那个叫作冲绳开口笑的点心咬了一口,原来这么好吃!他不免暗自吃惊。

"这个要是拿去妈妈店里卖,一定很受欢迎。"桃子说。

"嗯,这主意不错。做法简单,谁都会做。下次我教你妈妈做。"

阿明叔很高兴似的看着桃子和二郎吃点心。

这时,玄关传来开门的声音,接着又传来一阵咚咚咚的脚步声。一听就知道是爸爸回来了。

"哦,看起来很好吃哟。"爸爸走进厨房,指着那堆阿明叔做的点心说,"好怀念啊!从前我妈常做呢。"

二郎不禁抬头望着爸爸。好怀念冲绳的点心?爸爸不是在东京出生的吗?二郎想,而且这还是他第一次听到爸爸提起"我妈",也就是自己的祖母喽……

"为什么你说好怀念冲绳的点心?"二郎一边观察爸爸的表情一边问道。

"我们的祖先住在冲绳的石垣岛。上原这个姓在冲绳是大姓。"爸爸不经意地回答着,"嗯,吃了还想再吃呢。"说着,他又抓起第二块放进嘴里。

"爸爸的妈妈就是……"

"桃子,今晚起你到洋子房间去跟她睡。"爸爸打断了二郎的疑问,"二郎就跟阿明一起睡吧。"

二郎有点摸不着头脑。阿明叔这时转脸朝他微笑着说一声:"对不起了。"

"阿明暂时要在我们家待一阵儿,简单说,就是要住在这儿了。反正家里多一口人也是好事啊。哈哈哈。"

说着,爸爸大声笑起来,并且把手里的纸袋"砰"的一声放在餐桌上。

"换洗衣服买来了。我的衣服给你穿实在太大了。不过我买的是便宜货,将就点吧。中野的商店比优衣库还便宜,也算是这地方唯一的优点吧。"

"不好意思,那我就不客气了。"

阿明叔向爸爸轻轻点了点头,伸手拿起纸袋。他有一双女人般的手指,纤细又苍白,跟爸爸的手指看起来完全相反。

这天晚饭,除了姐姐之外,总共有五个人一起吃。妈妈好像以前也认识阿明叔,但并没对他表现出热络的模样。

"对了,早稻田本部的那个大野,现在在干吗?"

"那家伙改行了,现在回老家开补习班去了。"

"那家伙可真夸张啊!当时把永田町搞成一片火海,而且还在那儿大吼大叫。"

"另外,曾在京都大学摇旗呐喊的山本,也回岛根的老家去了。现在也一样开补习班。"

"开补习班我可不喜欢,等于是给升学产业卖命嘛。"

"没办法,找不到其他工作啊。"

饭桌上,爸爸和阿明叔彼此交谈着。

阿明叔一点也不客气地就着炸猪排吃下三碗饭,就连垫在猪排下面的卷心菜丝也被他吃得一干二净。吃完饭,阿明叔双手合十,恭恭敬敬地低下头说了一声:"谢谢,吃饱了。"

# 16

阿明叔好像没上班。他整天都待在二楼的房里，捧着看起来很深奥的书本在研读。不过偶尔他也会翻翻二郎的漫画。

阿明叔多半会在晚上出门。吃了晚饭之后，一眨眼工夫，他就不见了，每次都要弄到三更半夜才会回来，有时甚至要到清晨，才会蹑手蹑脚地悄悄爬上二楼来。

二郎从没问过叔叔出门去干吗。大人有大人的世界，他想，而且他总觉得开口去问，反而令他觉得恐怖。最近这阵子，二郎养成一个习惯，他不再随便介入别人的世界。

桃子跟阿明叔的关系很亲近，因为阿明叔会讲些有趣的事给她听。

"喂，阿桃，你知道安室奈美惠的祖父叫什么名字吗？"

"不知道。"

"叫作安室波平[1]。"

坐在一旁的二郎听到这儿，忍不住笑了起来。

---

[1] 奈美惠跟波平的日文发音相同。

姐姐对阿明叔的反应却很冷淡，从头到尾都对他摆出一张冷面孔。她现在没事根本不和家人讲话，而对于阿明叔，她决定采取视而不见的对策，即使阿明叔跟她打招呼说"回来了"，她也连看都不看他一眼。

二郎对阿明叔很有好感，因为他每天都做冲绳开口笑给大家吃。二郎现在已经爱上这种有点像甜甜圈的冲绳点心了。

"这是被美国占领之前就有的点心，可不是模仿甜甜圈哟。"阿明叔说。跟二郎他们说话的时候，他总是像唱歌似的拉长了尾音。

被美国占领？二郎皱起了眉头。

"二郎君，冲绳被美国占领的事，你不知道？"

"不知道。"二郎说。学校的历史课现在才教到镰仓时代。

"不过西表岛原本就没有美军驻防，所以好像也没什么特别的改变。"

"冲绳是个怎样的地方啊？"二郎问。

"很好的地方哟。一年四季都暖洋洋的，大海好蓝好蓝。"阿明叔说着，目光望向远方，"更值得一提的是，西表是个亚热带丛林岛屿，那儿有大猩猩哟。"

"真的吗？"

"骗你的。"和阿明叔聊起天来，不知不觉就会被他的话题吸引过去。

"阿明叔今年几岁了？"接着轮到桃子提问题了。

"三十。"

听了这个答案，二郎脑子里也没什么概念。他只知道阿明叔已经不算年轻人。只是三十岁的大人没结婚，也没生小孩，究竟是怎么回事呢？二郎很难想象其中的原委。

阿明叔在家附近街上走路的时候，总是不断回头向后张望。有一次，二郎带他到附近的旧书店去，每个路口转弯时，他都很在意背后，似乎担心有人跟踪。

"怎么了？"二郎问，但阿明叔只是含糊地应付他两句。而且，他还时不时用锐利的目光向四周扫射，二郎觉得这时阿明叔脸上的表情完完全全是一个大人。

不过，最让二郎不明白的还是爸爸。不管阿明叔是他学弟还是谁，爸爸居然让他住在并不宽敞的家里，而且对妈妈一点都不觉得愧疚。一个外人住到家里来，日常花费都要增加的呀。

何况爸爸看起来根本没有个像样的工作。尽管他常常嚷着"马上就要靠版税过活了"，可实际上，爸爸整天都躺在那儿无所事事。这样下去，一家人的日子过得下去吗？二郎越想越担忧。

"二郎，有件事要请你帮忙。"有一天，从学校放学回家，阿明叔突然悠闲地对二郎说，"今天晚上，想请你陪我出去一下。"

"去哪儿？"

"嗯，去朋友家。想请你帮我做一件事。"

"什么事？"

"一点小事。"他只说一点小事，也不知到底是什么事。

"已经跟你爸说过了。"阿明叔指着楼下说，"你陪我去的话，回来的路上我请你吃寿司，不过是回转寿司哟。"

二郎也搞不清怎么回事就答应了。寿司是他最爱吃的食物。小学四年级之前，二郎只吃过稻荷寿司和太卷寿司，他总想着将来有一天，要把以前没吃到的都吃回来。如果是握寿司的话，自己至少能吃五十个，二郎想。

所以这天晚饭，二郎决定故意少吃一点。

"哥，你不添饭了？"

他不理桃子的讶异，吃完一碗就放下了筷子。妈妈还没回来，爸爸正在客厅里挖鼻孔。

出门时，阿明叔一身平日的打扮，一条牛仔裤配上T恤，背上一个小背包，手里还提着一个纸袋。二郎决定把外套放在家里，最近的夜晚已经不觉得寒冷，夏天正迈着大步降临人间，中野百老汇里早开始开冷气了。

"二郎你长大要做什么？"走向车站的路上，阿明叔向二郎问道。

"还没想好。"

"是啊，你才小学六年级嘛。"阿明叔抬头仰望星空，深深吸一口气说，"不必去上什么大学，不如去环游世界。日本这国家总有一天会完蛋的，你还是寻找自己的乐园吧。"

二郎没有回答，因为他不知该怎么接腔。

到了中野车站，阿明叔把车票交给他，两人一起搭上了中央线。电车的终点是郊区的吉祥寺。阿明叔买了最便宜的票，二郎有点纳闷儿，不知他要把自己带到哪儿。结果两人才坐了两站，就在附近的阿佐谷下车了。

沿着中杉大道往北走，路上来往行人尽是赶着回家的上班族和学生，阿明叔频频回头张望着。二郎忍不住慨叹，自己的爸爸已经够怪了，这个叔叔竟像他一样怪！

不一会儿，两人走进住宅区，路上几乎看不到行人。空气里飘浮着一种富裕的气息，跟中野车站附近的住宅区完全不同。住户豢养的大狗站在门扉里瞪着二郎，却一声也不叫，显然是受过良好的训练。

走到一栋墙上贴着红砖的公寓前，阿明叔停下脚步，先转头确认四周没有其他人，才对二郎说："二郎，你到这公寓里的三〇一号去按门铃，然后请他们买这个，好不好？"他低声说着，从纸袋里拿出一个小熊布偶。

二郎不太了解他的意思，沉默着没作声。

"先把这张海报给他们看，然后这样说：'我们为了救济阿富汗难民，正在进行募款义卖，能否请您以底价五百日元的价格购买我们做的布偶娃娃？'"

说着，阿明叔交给二郎一张纸，上面用小孩的笔迹写着"将毛毯和课本赠送给阿富汗的朋友们"，最后的署名是"中杉第二小学六年级一班"。这当然不是二郎所上的学校名字。

"我猜大概是个女人来开门。这阿姨人很好，她一定会买的。拿到的五百日元就给你当零用钱吧。"阿明叔说着，便把小熊布偶塞进二郎手里。布偶很明显是手工做的，而且做工也很拙劣，只是小熊的表情蛮可爱的。难道是阿明叔自己做的吗？二郎想。

"公寓玄关的大门是自动锁，你在那儿等一会儿，看到有居民出来的时候，趁机跑进去。我想你一个小孩，人家不会起疑心的。"

"可是……"二郎犹豫着，他实在不想去。这差事一定不是什么好事，二郎想，阿明叔是在进行什么坏事，要叫自己去当开路先锋吗？这个叔叔到底是干吗的啊？

"你为什么自己不去？"

"因为叔叔是大人。我去卖布偶娃娃很怪吧？"

"这个布偶娃娃，是什么？"二郎觉得手里的东西绝对不会只是一个布偶娃娃。

"不是什么啊，就是你看到的东西啊。"阿明叔装出柔和的声音说。他弯下身子，满脸笑容地看着二郎。

"你不告诉我，我就不干！"二郎抗拒着。吃不成寿司虽然有点可惜，不过现在他心里充满了不祥的预感。

"又不是叫你去干什么恐怖的事，只是去请人家买个布偶娃娃嘛，里面又没放定时炸弹。不信你摇摇看，里面只塞了棉花，对吧？"

二郎举起布偶摇了摇，果然很轻，没什么异常之处，只是听到"炸弹"这个危险的字眼，他心里反而觉得更恐惧了。"可是你一定要跟我说明。"

"出于某种原因，我不能跟你说明。但不会有问题的。我怎么会叫你去做坏事呢？再说也得到你爸的许可了。"

得到爸爸的许可？爸爸才是最最危险的人物呢。

"我还是不想。"

"嗯……"阿明叔抱着双臂沉默半晌，"那只好算了，我找阿桃好了。"

"不行，你不能这样。"二郎忍不住强硬地说，"桃子和这件事又没关系。"其实他自己和这件事也没关系。

"可是这件事一定要小孩来做才行。"

"那是你的事！"

"拜托了。请你帮叔叔这个忙。"阿明叔双手合十说，"要是你帮了我，不管你有什么要求，我都会帮你。"

"不需要你帮我。"

"那我还是找阿桃喽。"

"为什么？"

"那二郎帮我。"

"已经说过了，不行！"

"那我还是找阿桃。"

两人你来我往胡扯了半天，阿明叔始终不肯放弃。他时而想博取二郎的同情心，时而跟二郎再三说好话，甚至像二郎熟识的同学似的摇着他的手臂耍赖。

二郎最后只好屈服了，因为阿明叔又答应另外再找一天请他吃烤肉。二郎一听到牛肉就没辙了。他们家到现在都还只吃得起鸡肉的涮涮锅。这可是二郎心底的大痛。

"不是叫我去做坏事吧？"二郎又追问了一次。

"当然！"阿明叔说着在胸膛上拍了一下。

其实二郎并不相信这话，他只是需要一个理由来说服自己而已。

阿明叔又把刚才教他说的话说了一遍。二郎一边听一边暗自赞叹，真亏了阿明叔能编出这么完美的说辞。

深深吐一口气，二郎走到公寓大门外。阿明叔转身躲到门边的树丛里。二郎从来没走进过这种自动门的玄关。他可没朋友住在这种时髦公寓里。

二郎装着在门外等人的模样，大约等了五分钟，一个提着垃圾袋的中年妇人从门内走出来。自动门应声打开，二郎不看那妇人，径自朝大门里面跑进去。

他决定不搭电梯，直接从楼梯爬上去。穿过三楼的走廊之后，来到位于角落的三〇一号门前。二郎感觉得出心脏正怦怦地猛烈跳动。他把阿明叔刚才教他的话又在心底背诵了一遍。

吞下一口唾液，他伸手按了门外对讲机的按钮。呼叫的铃声从室内传出来。

"请问是哪位？"一个男人的声音在对讲机里问道。

不对吧？阿明叔不是说是一个阿姨吗？

"啊，是这样的。"他有点口吃地说，"我是中杉第二小学的学生，来募款的。"

男人没再说话,似乎在向谁说明的样子。"等一下啊。"知道门外是个小孩之后,男人的声音变得比较柔和了。

接着,他听到门内一阵脚步声,门上的铁链打开了。"什么事?"一个女人露出脸来。女人穿着牛仔裤,上面是一件很合身的衬衫。与其说是阿姨,不如说是一位姐姐。

"小弟弟,什么事?什么募款?"

"哦,是为了帮助阿富汗的小朋友,我们年级的级会讨论之后决定自己制作布偶娃娃,然后把贩卖所得……"

自己的声音有点颤抖。二郎低头看着玄关地面的三合土,地上并排放着五六双鞋。他花了好大功夫才把刚才那段台词背完。

"啊,是吗?真令人感动。"女人看了一眼二郎交给她的海报,脸上露出微笑。二郎把小熊布偶从纸袋里掏出来,女人看了,笑得更开心了。"好可爱啊,多少钱?"她问。

"五百,啊,不,最少五百。"二郎的视线射向屋内走廊的尽头,最里面的房间门敞开着,正好可以看清里面的情形。屋里有很多人,还有办公桌。看来这里不是住家,而是一家什么公司。

"那我出一千日元。"女人说着从皮包里拿出一千日元钞票。

"谢谢您。"二郎接过钱,低头向女人道谢。

"卖了几个了?"

"这个公寓里卖了两个。"他很自然地扯了个谎。

"加油啊。"女人拍一下他的肩膀。

二郎又向女人道谢一次,转过身,朝着走廊跑去。他三步并作两步跳下楼梯,迅速地奔出公寓。

"二郎,多谢了。技术不错嘛。"阿明叔站在门外的路上,看到二郎出来，立刻上来跟他握握手。

"去吃回转寿司吧，车站前面有一家。"

两人立刻小跑步离开了公寓。

"一千日元就给你当零用钱吧。五分钟就赚了一千日元，多好的零工啊！"

"嗯，是啊。"二郎心不在焉地答着。刚才的紧张感还没完全消退，他现在一点也没有高兴的感觉。

两人匆匆穿过寂静的住宅区，二郎突然心头一震，他说一千日元？为什么阿明叔知道金额？而且从公寓走出来的时候，他还说"技术不错嘛"，难道他躲在哪儿偷看了？

不，阿明叔应该一直等在外面才对啊。

刚才发生的一切在他心里越来越不真实，或许因为这次体验太过奇妙了吧。二郎觉得有点像中了邪。

"想吃多少就吃多少哟。"

当然！我原本就是这么打算的，只是现在……想到这儿，二郎不禁皱起眉头。

在回转寿司店里，二郎总共吃了十盘鲔鱼肚寿司，虾仁和鱿鱼寿司各四盘，以及生海胆寿司，这可是他有生以来第一次。二郎完全没碰蛋皮寿司，因为他不想让肚子被这种东西撑饱。

阿明叔只吃了几口，就一直坐在旁边喝茶。

明天阿明叔要带自己去吃烤肉，到时候一定要把牛小排吃到撑死，二郎想。

他用手拭去额头上的汗珠，同时把面前的盘子叠成高高的一堆。

回到家的时候，爸爸在客厅里摊开报纸剪着脚指甲。妈妈大概在洗澡。

阿明叔走到爸爸身边低声说:"对不起,今天让你为难了。"

"啊,没关系。"

"绝对不会给你们添麻烦的。"

"我不是跟你说没关系了吗?"爸爸剪完了指甲,直接把报纸折起来,"对了,电池寿命没问题吧?"

"是,总共放了六块水银电池,可以维持四百小时。"

"哦,真是跟我们从前那时代不一样了。"爸爸说着翻身躺在榻榻米上。

二郎在一旁听着他们的对话,但完全听不懂他们说些什么。

这家里的谜团太多了,二郎根本连问都懒得问了。

# 17

阿明叔仍然继续进行着怪异的行动。也不知他怎么想的，有一天，他突然决定要开始慢跑了。"因为健康对人类最重要啊。"阿明叔顾左右而言他地说明着。

每天洗完澡之后，他还做几下俯卧撑。光着上身的阿明叔，全身肌肉都很结实，绝非隔着一层衣服所能想象的。

二郎不免受到刺激，也跟着阿明叔一起做起俯卧撑。

"二郎，你在班上有没有喜欢的女生啊？"有一次，阿明叔突然问道，二郎马上红了脸。

"没有。"他面无表情地说。

一瞬间，佐佐的面孔浮现在眼前，但他急忙将她甩出脑袋。

"可你看起来很受女生欢迎的样子啊。"阿明叔在身边笑着说。

"这……"二郎无法呼吸了。每次俯卧撑最多做二十下，他就撑不下去了。

阿明叔是那种能跟孩子打成一片，玩在一起的大人。他不只跟桃子玩得很好，也跟阿淳和向井成了好朋友。因为阿明叔非常喜欢恶作剧。

比如区公所前面那座铜像，阿明叔笑嘻嘻地给它穿上一件运动衫。后来阿淳还到学校去大肆吹嘘一番。"当时我也在场哟。"他得意地说。

不过阿明叔有一点很让二郎受不了，就是他经常叫二郎陪着出门。即使只去买个小东西，阿明叔也会嚷着："二郎、阿桃，谁陪我去一下吧。"好在他每次都会顺便请二郎吃块可乐饼，所以二郎觉得也不错，但在二郎心里，阿明叔还是算个奇特的大人。

一天，从学校放学回家，二郎看到门前路上有个陌生的中年男子，正不住地朝家里张望。谁啊？他纳闷着，又是来催缴国民年金的？

二郎疑惑地从男人身边经过，打算直接走进家门。

"你是这家的小孩？"男人问道，他的口气很温和。

二郎站住脚。"是啊。"他转头看着对方说。眼前是个普通的中年男子，脸上戴一副眼镜，年龄大概五十多吧，头上黑发夹杂着白发，手里提着一个黑色手提箱。

"那你妈妈是上原樱喽？"听到妈妈的名字，二郎沉默着点点头。

"爸爸是上原一郎？"那人又问。

"对。"二郎小声回答。

"你爸爸做什么工作的？"

二郎心底逐渐升起警戒。这个人不是从区公所来的。因为那些人来过好几次，早就知道爸爸在干吗了。

二郎拉开玄关大门，朝着里面大喊一声"爸"，却没听到回答。

"好像不在。刚才我已经按了半天门铃呢。"

阿明叔也出去了吗？没锁门就走了？

"我说啊,你爸到底做什么工作?"男人不死心,又问了一遍。

怎么办呢?二郎想,还是不告诉他比较好。要不要跟他说,妈妈就在前面店里,叫他去那里问?不,这么说也不太……二郎的脉搏快速跳动起来。

"伯伯,你是谁啊?"

"我是来做问卷调查的。"

二郎不相信他的回答。"那你等我爸回来之后再来吧。"他说完,转身跑进家门,从里面把门锁起来,然后沿着楼梯跑上去。一上楼,看到一个人影,二郎不禁一惊。

"哇!"他忍不住大叫起来。

原来阿明叔站在那儿!他把手指放在嘴唇上,对他说了一声:"嘘!"

"别吓我啊,"二郎立刻瘫坐在爬了一半的楼梯上,"在家的话就说一声嘛。"他心脏不停地怦怦乱跳。

"是个什么样的家伙?"阿明叔问道。他嘴唇苍白,脸上表情非常紧张。

"不知道。普通的老头子。"

"身边还有别人?"阿明叔耳语似的问他。

"只有一个人啊。"

"电线杆后面有没有藏着其他两三个人?"

"你在说什么呀?没有。对了,我爸呢?"

"到'武藏野剧院'去看电影了。"

二郎叹口气。真是的,居然有这种事。

"真的只有一个人?"

"对啊。"

"那好。"

阿明叔说着抡起拳头走下楼去。他全身紧绷地拉开大门,走了出去,只听他在门外大吼一声:"喂!"

二郎没想到事情会变成这样,也随之下楼,从玄关伸出脑袋偷看一眼,阿明叔正抓着男人的西装领子。二郎大吃一惊,难道他们要打架?

"'社同协'来的?还是阿佐谷来的?"阿明叔突然降低音量问道。

"什……什么?"男人紧绷着脸皮问,"你是谁?"

"少装蒜!你怎么找到这地方的?"

"这到底是怎么回事啊?"

男人扭转身子打算逃跑,阿明叔两脚跨开往地上一踏,两只手紧紧抓着男人丝毫不肯放松。

"我在问你怎么调查到这儿来的?"

"我只是来做问卷调查……"

"骗人!你刚才一直在外面拍照,对吧?我从二楼看到了。"

"不是,那个,是这样的……"

"到底是什么?"

两人的争吵声整条小巷都听得一清二楚,隔壁的女人立刻跑到外面一看究竟。"二郎,怎么回事?"

二郎呆站着不知怎么回答。阿明叔立刻接口说:"没什么,这个推销员太啰唆了。"说着,还勉强挤出一丝微笑,然后用力把男人拉到大门里面。男人也不知是不是太没力气了,居然也跟着一起走了进来。

"喂,你那皮包里面装了什么,给我看!"

"别这样。我又没做什么。"

"管你的,给我看!"

阿明叔一把抢过黑皮箱,挥开男人拼命抵抗的双手,先松开皮箱的纽扣,然后掀开盖子,哗啦一下,箱里的数码相机和录音机都滚到三合土地面上来。"这是什么?你说!"阿明叔大吼起来,他那温和的表情一下子不知跑哪儿去了。

"不是的,所以我说……"男人苦着脸说。

阿明叔又把手伸进男人西装胸前内侧的口袋,一把掏出他的皮夹。

"哎呀!那个……"

"闭嘴!"阿明叔骂了一声,打开皮夹,从里面拿出一张名片。"征信社?"阿明叔的声音变了。

"这下可糟了。"男人像在自言自语地说,"这事要是被公司知道了,一定会被炒鱿鱼的。"

"你是侦探?"阿明叔的态度突然变缓和了。

"哎呀,不管你是干吗的,我只不过是受人之托来调查这家的太太的。"男人垂着眉说。

"谁委托你的?"

"这我可不能说。虽说我才入行没多久,一切都不熟,而且现在还被你抓到了,我这种侦探真的够差劲的,但客户的名字我可不会告诉你的。"

"那我打电话到你公司问吧。"

"别这样。"男人发出悲惨的哀号,双手合十说道,"我经营的超市破产了,好不容易才找到这份工作啊。"

"我才不管你家的事。那要不然,我把这家主人叫出来吧。他这个人很可怕,不会轻易饶你的。"

男人沉默着掏出手帕，拭去额上的汗珠。二郎这时才看出男人只是个庸俗、平凡的老头。

"……那你能不能答应我，不去公司告我？"

"可以，我答应你。"

男人叹口气说："好吧，反正也不是调查外遇，更不是金钱纠纷，我觉得这也没什么大不了的……"说到这儿，他转眼看着二郎。

"啊，二郎，你到楼上去好吗？"阿明叔接口说道。

二郎不想自找麻烦，便顺从地上了楼，只是他并没回到自己房间，而是躲在楼梯上偷听。

"四谷那儿有一家和服店……"

听到男人这句话，二郎不禁倒吸一口冷气。

"是那里的老板娘委托的，希望我们帮她寻找二十年来音信全无的女儿，还想知道她现在过得怎么样……"

二郎心头突然一震。原来那个女人就是自己的外婆，那家和服店就是妈妈的娘家！

脑中很快地转过许多念头。妈妈是离家出走之后跟爸爸结婚的？就是所谓的私奔吗？

"我个人觉得啊，既是亲生骨肉，还是要彼此保持联络比较好……"

"这你跟我说也没用，我只是借住在这儿，他们家的事我也不太清楚……"

阿明叔似乎对这出乎意外的事件感到很困扰，突然降低音量反驳着："人家的家务事，我可不能多嘴。"

侦探男和他在玄关大约聊了五分钟便离去了。

阿明叔并没马上回到二楼来。他转身走进厨房，动手洗起米来。

最近他的表现越来越符合寄人篱下的形象，每天都会帮忙做些家事。

二郎独自躺在房里，眼睛瞪着天花板，心中的震撼仍然余波未平。

都是自己的错，他想。就是因为那天在四谷被那老太太看到了，才会发生今天的事情。

今后还会发生什么事呢？希望不要发生让妈妈难过的事才好。

现在他觉得亲戚什么的都不重要了，只希望家里能够保持风平浪静。而他只是一个小孩，实在无法为家里做些什么。

二郎翻个身，肚里咕咕地响了起来。

那天晚上二郎一直在观察，但他没看到阿明叔向父母报告什么。晚饭时，阿明叔没事似的和全家一块儿坐上餐桌，吃了饭，又跟平时一样出门去了。

是因为阿明叔不想介入别人的家务事吗？二郎越想越觉得难以理解。

接下来的那个星期天，家里来了一位贵客。是在全家刚吃完午饭的时候来的。

大家同时听到门铃响起，接着，玄关的大门被人拉了开来。

"有人在吗？"一个女人的声音传进厨房。

当时妈妈正站在水槽前，一听到那声音，她的脸色唰地变得十分苍白。

是四谷的外婆来了！二郎马上明白发生了什么事。

## 18

"有人在吗?"玄关再度传来问话声,声音里透着沉稳与坚强。

阿明叔第一个注意到妈妈变了脸色,因为他正站在妈妈身边帮忙擦拭餐具。

"我去看看吧?"阿明叔说着把手在牛仔裤上擦了一下。

"不,不用,我去。"妈妈迅速地制止了他。她的声音里带着一丝颤抖。

爸爸正在桌子前面拔着鼻毛,眉头紧紧地打着结。二郎以为他是因为拔毛拔得很痛,仔细看去,才发现他的手根本停在空中没动。

桃子似乎也感觉出气氛不对,转脸望向二郎。二郎不知该怎么回答,故意把视线转到旁边,没想到却立刻碰到了姐姐的视线。真难得,姐姐今天居然在家。

"谁呀?"姐姐无声地用口形问二郎。他紧闭着嘴,姐姐凝视着他,因为她已看出二郎知道来客是什么人。

妈妈快步跑过走廊,啪嗒啪嗒的拖鞋声传进了厨房。

"二郎、阿桃,我们去外面玩吧?"阿明叔很唐突地提议。

"什么意思啊?我已经上小学六年级了。"二郎在心底说。

"嗯,好主意,你们这次可以去给区公所前的铜像穿条内裤。"爸爸低声说。

二郎看得出来,爸爸也知道是谁来了。这时桃子一不小心打翻了桌上的杯子,杯中的牛奶流出来,阿明叔见状想走过去拿抹布,不料却撞到椅子,椅子应声翻倒。这一刻,壁上的时钟突然响起来,全家人似乎都陷入一种紧张的气氛。

"怎么搞的,突然跑到这儿来。还去雇用征信社……"妈妈的声音很轻,但一个字一个字都听得很清楚,因为所有的人都竖着耳朵在偷听。

"阿樱,二十年都没见了,这样讲话实在太……"

"喀喀……"爸爸很不自然地咳了好几声,咳完之后,又扯几句完全无关的话题,"今天好热啊,已经夏天了呢。转角那家中华料理店好像已经开始卖凉面了。"

"是谁来了?"姐姐带着责问的眼神看着爸爸问道,她好像感觉出此刻只有自己一个人还弄不清情况。

"大概又是来催缴国民年金的吧。"爸爸说。

"区公所的人怎么会叫妈'阿樱'啊?"

"那些家伙向来都那么厚脸皮。"

就在这时,玄关传来拉上木门的声音。妈妈和外婆一起走到门外去了。

姐姐紧跟着站起身,朝玄关走去。"喂,洋子,来帮我按摩一下肩膀吧。"爸爸对她说,但姐姐完全不理他。

二郎也站起身来,但他并没走向玄关,而是朝着二楼奔去。马上就有麻烦事了,二郎想,他可不想被卷进去。

走进自己的房间之后,二郎急忙跑到窗边,偷偷瞧着楼下门前的通道。

妈妈站在那儿，另外还有一个人，二郎的视线转到那个头上杂着白发的和服老太太。从他的位置看下去，刚好看得一清二楚。这个人正是上次在四谷和服店看到的老太太，所以，她就是外婆了。

"哥，是谁啊？"桃子也跟着跑上楼来。

"嘘。"二郎把食指竖在唇上对她说。他把窗户推开三厘米，然后蹲在榻榻米上偷看着楼下。桃子趴在二郎背上一起偷听。两人的脑袋上下重叠着，看起来有点像一根图腾柱。

"我今天来，可是需要很大的勇气啊。"外婆说。

"我知道。"妈妈回答。

刚才外婆才说二十年没见面了，但眼前的景象完全不像电视剧里看到的那种骨肉重逢的画面。现实大概就是这样吧，不论谁碰到这种事，一开头都会不知所措的。

"你爸说，一切都可以忘掉。"

"想得真美，"妈妈哼了一声，"我可忘不了。"

妈妈的口气简直就像个小孩，二郎可是第一次看她露出"母亲"以外的表情。

"难道那个人就是哥上次说过的外婆？"桃子很小声地问道。

"嗯，是啊。"二郎说。

"哦？"桃子噘起嘴唇没再说话。

这时，大家听到有人拉开玄关大门。姐姐走了出去，大概她已在门内偷听很久了。

"客人来了？请进去坐嘛。"姐姐客气地向妈妈说，不过她的声音听来像是很生气。

"这是洋子吧？"外婆说着，立刻露出温和的表情，"都长这么大了。"

妈妈转头吩咐姐姐先进去,但她听而不闻,似乎要逼着妈妈当场给她交代。姐姐一定也发现了吧,在这儿的三个女人的脸长得那么像。

楼梯咚咚咚地响起来,阿明叔到楼上来了。他走过来压在桃子身上,原先只有两层的图腾柱一下子变成三层了。

"太重了。"二郎抗议着。

"哎,谁去叫洋子不要这样?"阿明叔像是非常担心的样子。

楼梯又响了起来。这次是爸爸上来了。

"喂,都在干吗?"一向大嗓门的爸爸压低着嗓门说。

"爸你自己呢?干吗呀?"

"不要吵,让开!"爸爸拉开阿明叔,把自己的身子压在桃子上面。

"爸,那个女的是我们外婆啊?"桃子问。

"嗯,是啊。"爸爸爽快地承认了,"不过我也只见过一两次而已。"

"为什么她们会分开呢?"桃子向来都不隐瞒自己的想法。

"因为你妈是私奔啊。"

桃子没再说话。即使才上小学四年级,她也了解这句话的意义吧。

"哎呀,跟阿樱长得一模一样。再过二十五年,阿樱就会变成那样……"爸爸一个人自言自语着。

不一会儿,楼下的三个女人走进家门。大概是不想让邻居看到吧。

"到家里来了?"爸爸皱着鼻子说。

二郎和桃子一齐离开窗边，往楼梯口移动，然后从上面窥视着楼下。二郎不禁纳闷儿，爸爸不用下去打个招呼吗？

"阿明，你去把洋子带到楼上来。那家伙个性太强，不知她会说出什么话来呢。"爸爸说。

"啊？我去吗？"

"二郎或桃子下去的话，会被老太婆抓着不放。"

阿明叔一副不情愿的表情走下楼去，凑到姐姐身边小声地说了什么。"仲村先生跟这件事无关吧？"姐姐沉着脸嚷起来，阿明叔只好闭上嘴退到一边。

"没用的东西！"爸爸不断摇着膝盖，一副魂不守舍的模样，"奇怪，为什么现在突然想找人呢？难道是老爸病危了？"

二郎听了，忍不住满脸发热。真正的原因是自己，上次在四谷被外婆看到了，所以外婆才想要找上门来。

"看来你的日子过得挺幸福，真不错。"外婆的声音从楼下传来。

"你以为我过得很不好吗？"妈妈不客气地说。

"洋子真的变漂亮了。我只看过你学步时的模样呢。"

姐姐没发出任何声音。她并没加入谈论，只是一直坐在旁边。女人可真坚强！二郎想，哪像自己这么慌慌张张就逃走了。

"我今天来并不是想要怎么样。你有你的人生，我们不会干涉了。只是，到底是亲生骨肉，从今往后一辈子都不能再见，实在是太可悲了……"

外婆的声音里带着温柔，从那声音就能想象她生活在怎样的环境。所谓的有气质，大概就是像她这样吧。

"再说，要是你爸过世了，还有分配财产的问题……"

"我不要。"妈妈立刻打断了外婆的话。

"别这么说啊。有钱总不是坏事。雄一也说'希望分给姐姐一份'呢。你还记得雄一吧？"

"当然记得，自己的弟弟嘛。"

"他也是半个老头了。你们路上碰到恐怕都不认识喽。他有三个小孩。最大的今年上中学，下面两个，一个三年级，一个二年级。是你的外甥和外甥女。"

桃子突然站起身。二郎抬眼望去，只见她脸颊泛红，呼吸急促，她一转身便咚咚咚地跑下楼梯去了。二郎根本来不及叫住她，伸出手去抓桃子，却抓了一把空。

"啊，你是阿桃吧？"外婆开朗的声音传上二楼，"你好啊，第一次见面，我是外婆。"

桃子没作声，不知道她脸上是什么表情。二郎十分钦佩桃子的勇气。现在变成四个女生都在楼下相会，而剩下的三个男生却都躲在楼上。

爸爸吸一下鼻子，离开楼梯口，走到二郎的房间，身体摊成"大"字形躺在地上。不过他那模样不像在悠闲地睡午觉，因为地上那摊整年铺着的褥子，已被他拉起来盖住了脑袋。

二郎跟阿明叔彼此对看一眼，他觉得他们这几个男生真没用。

"哥哥呢？在楼上吗？"

听到外婆的声音，二郎感觉胃像是被抽紧了一下，他也希望马上能钻到褥子下面去。桃子踏着楼梯跑上来对二郎说："外婆说想见你。"

爸爸仍旧躲在褥子里没动。二郎深吸一口气，走下楼梯，来到众人围坐的客厅。

妈妈和姐姐的脸上看不出什么表情。外婆的嘴角挂着笑。桃子看起来很愉快，脸颊泛着桃红。

"二郎是六年级吧，身材这么高大，我还以为是中学生呢。"外婆高兴得合不拢嘴，二郎微微欠身向她行个礼。

二郎重新打量身旁这几个人，外婆跟妈妈长得一模一样，姐姐和桃子跟她们长得虽不是完全相同，但任何人都能看得出，这四个人是有血缘关系的。而自己也跟桃子她们一样吧，所以外婆才会一眼看出自己是妈妈生的。

"外婆真抱歉，以前都没办法给你们零用钱。"外婆一个人不停地跟大家说话，她的语气虽然平稳，却夹杂着几丝兴奋，一边说一边端起杯子连连喝茶，而妈妈则不住地往她杯子里添茶。

外婆表示要给桃子和姐姐各做一身和服，要她们有空到店里去一趟，接着，她又转头笑着对二郎说，等他上了中学，要给他买一台电脑。

妈妈始终低着头，也没看二郎一眼。二郎觉得自己似乎不该下来见外婆，因为妈妈显然不太喜欢自己的母亲，虽然二郎也搞不清是为什么。

"这个让你们买些想要的东西吧。"外婆拿出皮包，从里面抽出几张钞票，分别发给三个外孙每人一万日元。妈妈在一旁什么话都没说。

"真是抱歉，在大家休息的日子突然跑来。实在没办法，不这样就没法看到几个外孙，再说，我也真的不知道该怎么做才好……"

"没关系。"妈妈像是自言自语似的回答。

"我在这房子周围绕了三圈呢。"

妈妈脸上露出一丝苦笑。

"还好今天来了。这样就算明天死了，也能瞑目了。"

"别这么说。"

"不,我早就过了六十岁,心里早有准备……那我回家了。"

外婆站起身,先用手温柔地在桃子的面颊上抚摩几下,然后两手捧着二郎的两腮看看他,最后又摸了摸姐姐的手臂。

那动作,似乎是想用两手的触觉来确认眼前的景象都是真的。

妈妈跟在外婆身后,把她送到玄关。

"这二十年来,我可是一天也没忘记过阿樱。"最后,外婆对妈妈说完这句话,便转身离开了。

姐姐一声不响地出门去了。看她身上穿着平日的居家服,大概只是到附近随便走走吧。

阿明叔从楼上走下来。"我去图书馆一下。"他说着,便朝玄关走去。

"我也去。"桃子说。

"还有我。"二郎紧接着也说。

因为大家都感觉得出来,妈妈现在很想独自清净一下。

出了家门,还没走出几步,二郎发现忘了带借书证,他想到图书馆里或许会有自己想看的漫画书,于是决定回家去拿。还没进家门,二郎听到浴室里传来阵阵哭泣。他立刻听出那是妈妈的声音,而且哭得很大声,有点像小孩受到大人责备后那样,哭得非常凄惨。

二郎的心脏快速跳动起来,两个膝盖不由自主地发着抖。妈妈在哭!这对他来说是个很大的震撼。

"喂,阿樱,出来嘛。"接着又听到爸爸的声音。他似乎正在浴室门外对着里面喊话。

二郎打消了拿借书证的主意。他很小心地不发出声响,悄悄离开了家门口，走过转角之后，他拼命向前奔跑起来。

究竟妈妈为什么跟自己的娘家断绝来往呢？二郎实在想不通。这个家里令人无法理解的事情真是太多了。

很快地，二郎就追上了阿明叔和桃子，但他并没停下脚步，而是独自继续向前跑，一直跑到图书馆。

# 19

自从外婆到家里来过之后,桃子的行为发生了一些变化。不论做什么事,她都显得兴高采烈的。

"喂,哥!我们去外婆家的话,她会给我做浴衣吧?"桃子正在念外婆分别寄给三个外孙的明信片。这话她已经反复说过不知多少次了。

明信片上写着"到外婆家来玩哟",文字旁边还好心地附上详细的地图。

"这个星期六就去吧。哥,要不要一起去?"桃子正躺在榻榻米上,两条腿不停地踢来踢去。

二郎最近在学校听到一些有关桃子的八卦。据说她向同班同学编了一个自吹自擂的故事,说她原本是有钱人家的千金小姐,也是四谷一家知名和服店的继承人。她更把新宿大道上那栋堀内大厦形容得像是自己的财产似的。可能桃子早已在心里化身为少女漫画里的女主角了吧。

说到变化,姐姐的脾气最近也莫名其妙地变好了。她不再跟父母顶嘴,对二郎和桃子的态度也变得亲切又温柔。

"有几个亲戚，真是很不错呢。"姐姐把明信片翻来翻去看了半天之后突然说。

二郎觉得姐姐的变化是来自一种安心感，因为她发现自己的血脉和其他某些人是相连的，而她与原本厌恶的父亲之间的血缘关系，则随着外婆的出现而变淡了。姐姐心底现在重新敞开了一扇大门。

姐姐不断提出类似"怎样才能变成和服设计师呢？"这种二郎根本无法回答的问题。

姐姐二十岁过成人节的时候并没有穿振袖和服[1]。至少在二郎的记忆里，不曾看过姐姐向父母要求新和服。那是因为她从来就对父母不抱任何希望。

每个做子女的通常都知道有些事情最好趁早放弃。比如二郎，他就知道自己不可能去上私立中学，也不可能拥有自己的房间，这些都是他给自己预设的框架。

但现在外婆的出现让他心底生出了一线希望：说不定外婆能帮他把那些框架去掉。也因为如此，外婆在他眼里才显得更加无所不能，更加能够依靠。

二郎也觉得在朋友面前小有面子。"我妈的娘家从很久以前就是有钱人家哟。"现在他也可以对阿淳或向井吹嘘自己的亲戚了。这可是他有生以来第一次的经验。

第二个星期六，二郎决定跟桃子一起到四谷的外婆家去瞧瞧。其实也是桃子一直吵着想去，二郎才决定和她做伴的。

---

[1] 和服的一种，根据袖子长度分为大振袖、中振袖和小振袖。大振袖为正礼服，中振袖为准礼服，小振袖则是一般装束。

出门之前，两人并没打电话告诉外婆。虽然桃子缠着他先打个电话，但二郎借口"先去瞧瞧再说"，桃子也只好作罢。老实说，二郎并没有勇气到外婆家玩。虽说心底多少存着一份期待，希望自己走到外婆家门外时，碰巧就能被她发现，但他这种想法，当然不能告诉妈妈。而且事实上，现在全家人都尽量不在妈妈面前提起有关外婆的话题。

上次拿了外婆的零用钱，两人现在手头比较宽裕，所以他们决定搭地铁到四谷三丁目。出了车站，走上新宿大道，两人并不直接往店门走去，而是先到大路对面从远处眺望一番。

"好厉害哟，八层楼呢。"桃子用手指数了数大楼之后对二郎说，"他们住在最上面那层吗？"

"不知道。"二郎说着也抬头往上看。屋顶种着一些植物，可能真的像桃子所说，外婆家住在最上面。整栋大楼跟周围的建筑比起来，既洁净又堂皇，令人很想进去一瞧究竟。

"妈妈原来是个千金小姐啊。"桃子叹口气说。

"嗯，是啊。"

"要是她没私奔，我就是这家的小孩了。"

"笨蛋！要是没跟爸爸私奔，就不会有你了。"

桃子还是小学四年级，好像还不懂生小孩的过程。

"到门口去吧。"

"嗯。"

两人迈步横穿大路。强烈的阳光照得路边树上的叶子闪闪发亮。

周末的路上，往来行人显得很稀疏。外婆家的店面设计不同于一般商店，所以今天还是跟上次一样，从橱窗外面完全看不清店里的景象。

"哥，你去说。"桃子转头对二郎说，"去告诉外婆，说我们来看她了。"

"胡说什么！你想见外婆的话自己去说。"二郎睁大眼睛说，"我只是陪你来的。"

"哥，胆小鬼！"

"你还不是一样。"

"那就打个电话吧。找找看有没有公用电话。"

桃子环视四周。前面的便利店门口刚好有公用电话，两人不约而同地跑过去。桃子掏出硬币投进去，然后又拿出明信片，照着上面的电话号码按了几个按键。"来。"说着，她便把听筒交到二郎手里。

"喂，桃子。"二郎吓了一跳，"太过分了吧。"他想把听筒塞回去，但桃子把手藏到了身后。讨厌，女生都这样！二郎想。

"喂。"听筒里传来应答声，二郎不得已只好接腔。

"我叫上原二郎。"他报上了自己的全名。

"哦。"听筒里不是外婆的声音，"请问你要找哪位？"接电话的人似乎以为他是家里其他小孩的朋友。

"请找外婆……"二郎说。

"是要找大老板娘啊。我帮您转到店里去。"那人说完，听筒里传来短暂的音乐，二郎听到自己的喉咙发出"咕"的一声。

"二郎啊？"外婆开朗的声音突然传进耳里。

"啊，是，是的。"二郎毕恭毕敬地答道。

"哎，给我。"桃子从旁边伸手过来抢听筒，"外婆？我是桃子。"

"啊，阿桃也来了。"二郎站在一边也能听到外婆嘹亮的嗓音。

外婆不知跟桃子嘀咕了什么，只听桃子很亲热地说："现在？就在店门旁边的电话亭。"

说完，桃子放下听筒，看也不看二郎一眼，就径自跑出了电话亭。"怎样了？到底怎么了？"二郎紧追在她身后。就在这一刻，大黑屋的自动门忽然打开了，外婆从店里跑出来，脸上堆满了笑容。

"啊哟，阿桃、二郎，你们总算来了。"她张开双臂，用力地抱住桃子。

二郎在一旁看着外婆，越看越觉得她跟妈妈长得一模一样。爸爸说得不错，二十五年之后，妈妈一定就是这个模样。

二郎和桃子受到外婆的热烈欢迎。她紧紧守在两人身边，半步也不肯离开，同时还再三拍着两人的肩头，反复说着："你们总算来了。"外婆先拿起电话，接连通知了好几个地方，然后便领着二郎他们搭乘店内的电梯来到七楼。外婆家似乎就在这栋大楼的第七和第八两层。

屋子里有一座螺旋形楼梯，二郎有生以来第一次看到这玩意儿。客厅里有一台演奏用的钢琴，地上铺着地毯，厚厚的沙发坐上去好软好软。不一会儿，用人端上红茶和饼干。红茶不是那种用茶包泡的，而是用茶叶泡好装进茶壶里的。

桃子两眼发亮，不断打量着屋子四周。等她回到学校以后，一定会跟同学加倍吹牛的。眼前的她显然已沉醉在公主的美梦里。

这时，一位白发老先生走进屋子，"你们总算来了。"他笑得满脸皱纹，走上前来紧紧抱住二郎。

这位老先生就是外公吧。因为他身边跟着一个像是秘书的人，开口闭口都称他为"社长"。接着，楼梯上走下来一个女孩。外婆在旁边介绍说她叫加奈，是学习院小学三年级的学生。

二郎听说过妈妈有个比她小两岁的弟弟，也就是二郎的舅舅，他总共生了三个小孩，加奈是其中一个。二郎今天可是第一次见到自己的表妹。舅舅另外还有两个小孩，但今天都去补习了，所以不在家。

"欢迎，欢迎。"紧接着，加奈的妈妈来了。她就是二郎的舅妈。

一瞬间，桃子显得有些紧张，闭着嘴不肯再讲话。因为她看到加奈穿得非常淑女，衣服上除了花朵图案之外，还装饰着许多蕾丝，而桃子今天只穿了一件T恤和牛仔裤。

不一会儿，舅舅回来了。据说是从银座的分店赶来的。

"哎呀，跟姐姐长得好像啊。"舅舅微笑着摸摸二郎的脑袋，"好令人怀念啊。光是看到姐姐的孩子都引人怀念呢。"

一屋子的人都在沙发上坐了下来。虽说屋里共有七个人，但是沙发还有好多空位。这屋里的沙发都好大，差不多可供十二个人同时坐在一起。

外婆家看起来就跟电视上那些上流家庭一样。不知为何，二郎觉得喉咙好渴，舅妈一直不断给他倒茶，他也不客气地全都喝了。

事情的发展跟原订计划相差太远了。原以为今天只会被人从和服店后门领进去，然后至多还能从外婆那儿拿些零用钱罢了。而现在，二郎觉得自己好像还没准备好就被人送上了舞台。

"肚子饿不饿？要不要吃'若叶'的鲷鱼烧[1]？要不要来些冷饮？"

外公显得有点兴奋过度，他不断问这问那，想拿更多东西出来招待二郎。

"你沉稳点吧。"外婆轻声埋怨着。

---

1 "若叶"是四谷有名的和果子老店，鲷鱼烧是店内最有名的点心。

外公却抗议说:"以前没能给他们买鲤鱼旗[1]和雏娃娃[2]。以后不管阿樱怎么说,反正我得好好儿照顾他们。"

"今天来这儿告诉你妈了吗?"外婆问道。

"没有。"二郎和桃子一齐摇着头说。

"那就这样好了,以后来这儿也不用告诉她。"

"现在的学校怎么样?要不要转学到学习院去?我去拜托理事长,两个学生应该……"

"你安静点。"外婆说。

听到"学习院"三个字,二郎不免心头一震,因为他一直觉得那种有名的私立学校跟自己是绝对无缘的。但现在看来,如果时光倒流,或许自己也能成为那所学校的学生呢。

加奈领着桃子到她房间参观去了。因为舅妈看出桃子很紧张,所以好心建议她们"两个女孩子"到一边儿去玩。

外婆把和服店的职员叫来给二郎量身。桃子好像也同时在楼上量尺寸。

"二郎皮肤晒得黑,我觉得浅灰色很合适。"外婆拿起一匹匹的布料挑选着,看来似乎是打算给二郎定做一身和服。

众人正忙着,寿司送来了,原来是外公打电话订的。"正在发育时期,多少东西都吃得下吧?"

的确,二郎一个人就吃掉了三人份寿司。这么柔软的鲔鱼肚寿司,他这辈子还没吃过呢。还有那海鳗,一放到舌头上就化掉了。

"哎哟,慢点吃呀。"外婆好不容易才和这两个外孙亲近一番,她

---

[1] 日本节庆物品,五月五日男孩节,家有男孩的,家家挂鲤鱼旗。
[2] 日本节庆物品,三月三日女儿节时拿出来摆设的人偶。

看起来简直高兴极了。

所有在座的人都笑容满面，大人们的视线全都投在二郎和桃子身上。

原来自己生活范围之外还有这样的一个世界！二郎在心底感叹着，而且，这个世界离自己也不远，因为他和他们是血脉相连的。

下次再来玩吧。反正他也是这个家族的一分子。

## 20

桃子更加迅速地变化着。最近她不在榻榻米上盘膝而坐了,也不再张开嘴巴哈哈大笑。她开始在头发上装饰缎带,而且动作、着装都变得非常淑女。她也变得很爱沉思,常常对着少女漫画杂志里那些缝满花边或花朵图案的服装发半天呆,然后一个人偷偷地叹息。

桃子似乎已经沉浸在自己的世界里。只要一看到二郎,她马上露出厌恶的表情,"哥,你好烦哟。"一边说一边挥着手赶他走。

最近桃子对爸爸也有些疏远,每当爸爸闲躺在客厅地上,她看他的目光就像是看到什么脏脏东西似的,立刻就转身跑上楼。而从前她是最喜欢爸爸逗她玩的。

桃子的心里好像正计划着什么。等姐姐搬出去独立生活之后,她打算接收姐姐的房间,然后在房里放一张床。

"姐,你什么时候搬出去啊?"她毫不顾忌地向姐姐问道。

"等拿到奖金以后。"姐姐说。

"什么时候可以拿呢?"

"下个月。"

听到姐姐的回答,桃子显得很高兴,她兴致勃勃地在笔记本里画了一张房间的平面图，然后又添上各式各样的家具。

"那是什么啊？"二郎问道。他正在一旁偷窥桃子画图。

"梳妆台。"

二郎没听过这玩意儿，又问了一遍。桃子说，就是化妆的桌子。

"我们家哪有那玩意儿呀？再说你也没有床啊，不是吗？"

桃子鼓起两腮瞪了二郎一眼，好像怪他破坏了自己的美梦。"去买啊。"

"我们家可没那个钱。"

桃子没再讲话，伸手合上了笔记本。二郎知道她在打什么主意，所以直截了当地告诉她："不要叫外婆买给你哟。"

"关你什么事。"桃子即刻变了脸色，"走开，你走开！"她推推二郎。

"就算你想要模仿加奈的房间，可我们家是榻榻米，不是吗？"二郎忍不住故意刺激她一下，因为他知道桃子最近的变化都是受那新认识的表妹所影响。

转瞬之间，桃子眼中滴下大颗大颗的眼泪。糟了！二郎想，但已经太迟了。"哥讨厌死了。"她推开二郎，一个人跑进姐姐房里塞塞窣窣地哭起来。

看到桃子那样，二郎也觉得有点不忍，但他并没向她道歉。反正兄妹间的争执总是能自然修复的。

二郎认为自己还是跟从前一样。如果硬要在他身上找出什么变化，那至多就是曾在中野周边的自行车行逛了一大圈，拿回来很多山地自行车的简介。

尽管他也幻想过哪天自己能买一辆那样的自行车，但实际上，他从没打算去向外婆要求。因为他很清楚，父母绝不会允许他做这种事的。

在四谷那儿量身定做的和服只花了一个星期就做好了。外婆打电话来通知二郎他们："下星期天过来一趟，到时候就能把新和服拿回去了。"

外婆的电话是成天在家无所事事的爸爸接到的。

"你去过四谷了？"这天二郎从学校回来，爸爸低声向他问道。

"嗯，去过。"去了又怎么样？二郎心底很想反抗，所以直截了当地回答了。再说，爸爸也没资格不让他去外婆家。

"资产阶级的生活怎么样啊？"

"资产阶级？"

"就是有财产的阶级。"

"我不知道，跟我说这么艰深的东西也没用。"

"你是劳工子弟，应该觉得光荣才对。"

"跟你说了我不懂。"

"他们那些人的生活并不是来自本身的努力和才能。如果只是因为碰巧生在资产家庭，就能享受优裕生活，这表示社会制度有所欠缺。"

"是吗？是因为祖先辛勤工作才变成富人的吧，这有什么不好？"

"哦，你现在很会说话。"爸爸眯起了眼睛。沉默半晌，他涨红着脸对二郎说："你听好，那些人是经由压榨人民才得到的繁盛，资本主义原本就是帮助强者的理论……"

爸爸又开始说教了。二郎没理他，径自走进厨房倒了一杯牛奶喝下。现在又有借口到外婆家去了，说不定还会请我们吃寿司呢。他感到体内阵阵甜蜜的感觉不断向外涌出。对二郎来说，寿司比浴衣更重要。上次吃到的鲔鱼肚和海鳗肉，真可说是他这辈子吃过的食物里最美味的了。

"喂，二郎，你来一下。"爸爸的声音从客厅传来。二郎觉得有点烦，但还是走了过去。

爸爸躺在榻榻米上向他招招手。二郎心头升起不祥的预感。

"什么事？"

"到这儿来。"

"我在这儿可以听得见。"

"哎呀，过来。"

无奈之下，二郎只好警戒地走向前。爸爸的手臂突然像变色龙的舌头似的伸出来，一把就卷住他的脚踝，二郎立即应声坐倒在地。

"好久没玩摔角了，来吧。"爸爸粗鲁地笑着。

"不要，才不是'好久'呢。"二郎挣扎着想要逃跑，但眨眼之间，爸爸就用手臂夹住他的脑袋，并且把他压在下面。

"怎么？嘴巴变能干了，身体还像个小孩。"

"废话，我还是小学生啊。"二郎在心底骂道。他拼命扭动身躯，简直快要不能呼吸了。

"这次饶了你，以后不准再拿四谷那儿的东西！"

二郎咬紧牙关承受着爸爸的力量。一瞬间，他突然想起一件事，爸爸接到外婆的电话时，脸上是怎样的表情呢？如果不像平时那么大嗓门讲话，那他究竟怎样把外婆应付过去的？

星期天是个大晴天。二郎和桃子一块儿出发到四谷的外婆家去。这次他们诚实地向妈妈报告了去处，因为如果说了"不回来吃午饭"，很难胡编理由蒙骗过去。而妈妈听说他们要去外婆家，并没转过脸来看他们，只简单说了一句"不要太晚回来"。

桃子今天穿了裙子，脚上套着唯一的那双皮鞋，肩头还挂着一个小皮包。

"里面装了些什么啊？"二郎向她问道。

"手帕，记事本。"

"你还要做笔记啊？"

"你管我！"

二郎没再多说什么，因为他不想再把桃子惹哭。

外婆事先在电话里告诉他们："空着肚子来哟。"想到这句话，二郎的喉咙就忍不住发出"咕噜"一声。现在他的肚子真的是空空如也，如果请他吃寿司的话，可以吃五人份，如果吃比萨的话，可以吃三大块。

两人很快就到了四谷外婆家。虽说是第二次来，两人却没有按门铃的勇气。扭捏半天，桃子按了之后躲到一边，由二郎向对讲机报上姓名。

外婆很快就满脸笑容地走出来，带着他们两个来到七楼的大客厅。上次因为太过紧张也没看清楚，这回二郎比较冷静，经他细心打量之后发现，光是这间客厅就差不多等于他家全部的面积。

今天外婆家全员到齐。外公、舅舅、舅妈和三个表兄妹。除了加奈以外，还有两个表兄弟，二郎今天是第一次跟他们见面。

"这是学习院中学一年级的隆志。"外婆向二郎介绍着年长一岁的表哥。表哥身高跟二郎差不多，是个五官端正的少年，头发有点自然卷。"初次见面，你好。"表哥说完，把脑袋向左右摇了一下。

"你好。"二郎的声音很小，简直像藏在嘴里的感觉，说完，他又向表哥微微点点头。桃子看到表哥长得如此俊俏，不免显出紧张的表情。

"这是学习院小学二年级的笃志。"

面前站着一个像娃娃一样可爱的小男孩,他动作伶俐地低头向二郎行个礼。二郎不禁联想,这下桃子又多一个向人吹嘘的故事了。外婆介绍两个表兄弟时,还特意在名字前冠上了"学习院"三个字。

二郎和桃子被带到隔壁房间去穿浴衣。虽说两人都是生来第一次穿和服,但一穿上身,就明白身上那布料极为高级。因为布料虽是全新的,却非常柔软,不像做风筝的帆布那么坚硬。桃子显得很兴奋,脸颊涨得红通通的。

换好衣服之后,全家人在客厅里拍纪念照,舅舅搬出一个二郎从没看过的大型照相机,用三脚架撑好。一切准备完毕,镁光灯闪起,全家的身影都被摄入了镜头。拍照之前,舅舅跟大家说"笑一下",但二郎却笑得很勉强。

拍完照,二郎和桃子换回原来的衣服,全家坐下来一起吃午饭。可惜今天没订寿司,而是舅妈亲手料理的菜肴,内容十分豪华,有色拉、三明治,还有连着骨头的牛肉。后来听大家说,才知道这道牛肉叫烤牛小排。盘里的牛排不断散发着美味的香气。

二郎立即伸手抓过一块排骨啃起来。太好吃了!他有些惊讶,这么柔软的牛肉,根本不必费力用下巴去嚼,而且作料的味道都渗透进去了。

"哥。"桃子拉了一下二郎的衣服。二郎一惊,抬起头来,只见大家都拿着杯子在看他。二郎的脸颊一下热起来。自己一个人竟没等干杯就啃起牛肉来了。

"没关系,二郎。"舅舅温和地笑着说,"快趁热吃吧。"

"是啊,是啊,烤肉出炉马上吃才符合礼节啊。"外公也忙着替二郎解围，二郎总算避过了干杯这一关。然而桃子却向他投来轻蔑的一瞥。相反地，笃志看他的眼神却夹杂着几分亲热。

二郎一边啃着排骨一边暗中数了一下。总共有十二根。在座的人数是九人。九个人分十二根排骨，这要怎么分呢？假设一人吃一根的话，就会剩下三根，所以，自己再吃第二根应该没问题喽。

"隆志，你这做大哥的跟他们聊聊嘛。"舅妈说。

"嗯？"隆志正在吃三明治，他一副不太情愿的表情说，"二郎，你喜欢什么运动？"

"棒球、足球之类的。"

隆志还没伸手去碰排骨。可能不喜欢吃肉吧？要真的是这样，那自己运气可真不错。

"参加了哪个球队吗？"

"没有。"二郎摇头说。

外公和外婆连看都没看排骨一眼。二郎听人说过，老年人是不吃肉的，因为他们牙齿不好。不过这牛排非常柔软，所以，究竟要不要算他们一份呢？

"我在学校课外活动参加了网球队。"

"哦。"二郎不经意地答道。

转眼之间，他就啃完了一根排骨，而且啃得干干净净，整根骨头看起来白森森的。

二郎决定先吃些三明治，反正里面夹了蛋皮、火腿等好多材料。

"阿桃，会不会弹钢琴啊？"外婆问。

"不会。"桃子一边啃着排骨一边回答。

"加奈从五岁就开始学琴了，还在比赛得过奖呢。"

"好厉害哟。"桃子向加奈投去一个尊敬的眼神。这两个女孩最初都很害羞，现在并肩坐在沙发上，还紧紧靠在一起。

加奈伸手抓起一根排骨，先用餐巾包着骨头一端，然后才很优雅地慢慢吃起来。原来如此，二郎恍然大悟，应该要这样吃的。

舅舅也拿起一根排骨。照这样看来，大人也是吃肉的。当然了，这排骨这么好吃。

二郎吃得很快，一眨眼工夫，三明治也吃完了，两手空下来不知干什么好。他端起果汁喝了几口，决定暂时观望一阵再说。

众人一边吃一边聊天，不过他们说些什么，二郎完全没听见。他想起自己家里要是有牛肉端上桌，连姐姐都会跟他们一起抢，哪像这儿的一家人，大家都那么慢条斯理的，好像顺便拿一块起来吃吃看的感觉。

等了半天，二郎实在忍不住了，终于抓起第二根排骨。桌上谁也没注意到他，二郎松了口气。这排骨真是太好吃了！吃在嘴里让人心花怒放。

转瞬间，第二根排骨又解决了。二郎转眼看看盘子，里面还有五根。

"二郎将来长大想干什么？"这时舅舅突然问他。

"还不知道。"二郎说。

"是啊，还是小学生嘛。"

"隆志说将来要当律师哟。"外婆接口说道，"还说将来不继承和服店。"

"那有什么不好？我有选择职业的自由啊。"隆志有点不高兴。

趁着众人的注意力都在隆志身上，二郎又抓起了第三根排骨。其实应该说，是他的手自己伸出去的。

二郎有点想不通，这家人为什么在排骨面前竟能表现得如此冷静。他觉得这群人简直就像从外星球来的。众人正热烈地谈论着加奈弹琴的话题。

啃完第三根，越吃越香，越吃越想吃，二郎继续抓起第四根放进嘴里。就在这一瞬，桃子看了他一眼，二郎看出她眼神里带着指责。"我也没办法，"他在心底反驳着，"谁叫这排骨这么好吃。"

终于，盘子里只剩下最后一根排骨了。而照一般习惯，谁也不会去动，但二郎不这么想。反正是剩下来的嘛，他对自己说着，又抓起最后一块排骨啃起来。

"天啊，排骨已经没了！"就在这时，隆志突然嚷了起来。

二郎正鼓着腮大嚼特嚼，脸颊再度变热起来。糟糕！吃了这么多，是有点过分。

"我才吃了一根呢。"

"隆志，在客人面前说这种话，太没礼貌了吧？"舅妈责备着表哥，"这是为了请二郎他们才做的呀。"

"二郎，你那是第几根？"隆志问。

"这……嗯，第几根了啊……"二郎身上冒着冷汗。

"第五根。"笃志在一旁插嘴说，"我看他吃得好快，真有趣，就替他数了一下。"

"五根啊，好厉害哟。"隆志嘴角带着讽刺的微笑。

二郎看到桃子满脸涨得通红，可能自己也跟她一样吧。他不由自主地把啃了一半的排骨放回盘里。

"住嘴！我要骂人了。"舅妈开口斥责着自己的孩子，然后转脸向二郎说："你肯吃那么多，我好高兴哟。好吃吗？"说完，还向二郎赔个笑脸。

"啊，是。"二郎低着头回答，他身上正不断冒出冷汗。

"吃啊，来吃啊。"舅妈把整个盘子放到二郎面前，"真抱歉，隆志说那些不该说的话，他上中学以后，叛逆期也开始了。"

二郎没再伸手去碰那块排骨。餐桌上笼罩着尴尬的气氛。

外公外婆赶紧出来打圆场。"男生要多吃点。""对对对。"两人一唱一和地安慰着二郎。

二郎知道自己非得把那块排骨吃掉不可，但他实在办不到。而那根被他啃了几口的排骨，也就只好孤零零地躺在盘子里。

吃完午饭，几个表兄妹举行了一场演奏会，由加奈担任钢琴伴奏，隆志和笃志表演小提琴。"好麻烦啊。"隆志一副心不甘情不愿的表情，舅舅立刻瞪了他一眼，隆志才把乐器拿起来。

老实说，二郎也不想听什么演奏会。刚才吃饭时发生的那件事让他觉得非常羞愧，一心只想快点回家，再说，他对古典音乐根本没什么兴趣。

表兄妹们开始表演一首二郎听过但不知道名称的乐曲，尽管二郎不懂音乐，却听得出他们的技巧十分了得。这时他才发现，表哥和表弟身上穿着西装裤。而这种需要用熨斗烫出折线的长裤，他可是一条也没有。

毕竟他们的世界离自己太远了。二郎有点怅然。以后他还想再看到外婆，但如果每次都要这样全家团聚就不必了。自己绝对不可能跟他们合得来。

演奏完毕，众人一齐发出掌声。

"可以了吧？"隆志一脸不高兴的表情。看来他并不欢迎自己，二郎想。

"二郎也表演个什么吧。"隆志突然扬起下巴说。

"不，我不会音乐。"二郎摇着双手回答。

"那你会什么？"

"……体育还不错吧。"

"会不会翻筋斗？"笃志在一旁问道。

"嗯，会啊。"

"那来翻筋斗，翻一个。"

盛情难却之下，二郎只好在大家面前露一手。一翻身，他在偌大的客厅一角翻了一个筋斗。

"哇，好厉害！"大人们发出赞叹的惊呼。隆志只是微微牵动一下鼻子，笃志却高兴地跳起来。

二郎心头稍微松了口气，总算自己也拿出点东西给大家看了。

就在这一瞬，他感到嗓子里有些什么正要向外涌出。不行，不能吐在这儿！他想，但没过几秒，胃里的东西却一下子全喷了出来，地毯上到处都是他吐出来的东西。

二郎吓坏了，拼命用手捂着嘴，不让嗓子里的污物继续冒出来。但那些流质物体却不断从他的指缝里落下来。舅妈吓得脸色发白，迅速把他拉到厕所去。

二郎简直快要哭出来了。他这辈子还没干过这么丢脸的事。

这时他的余光刚好瞄到桃子，她正用两手捂着自己的脸。

二郎在厕所里痛快地吐了一场。刚才吃下去的所有东西，都像水桶被踢翻似的一口气全吐光了。呕吐让他感到痛苦，两眼充满了泪水。

外婆也跟着一起进了厕所，并且不断用手轻抚他的背部。

"真抱歉，他们勉强叫你做那动作。"

"不要放在心上哟。"

外婆和舅妈轮流安慰着二郎，但他丝毫无法放松心情。等一下要怎么面对大家呢？想到这个问题，他真是羞愧死了，恨不得就这样逃走算了。

呕吐完回到客厅时，隆志已回到他的房间去了。笃志走过来，对他说了一句："二郎，对不起。"然后便回到楼上去了。大概是舅舅命令他向自己道歉的吧。加奈搂着桃子的肩膀，不住地抚摩着她的头发。桃子的脸上则是一片苍白。

二郎向大家表示要告辞了，但外婆不肯立刻让他回家。众人又继续闲聊了大约一小时，外公说起四谷在战时的情景，二郎对这个话题听得很用心。

最后在众人的目送下，二郎和桃子终于回家了。走进电梯的那一刻，二郎打从心底松了口气。

回家的路上，他始终低着头，而桃子一句话也没跟他说。

# 21

在四谷外婆家发生的那件事,几乎对二郎造成了心灵创伤。一想起那天的情景,他就觉得热血沸腾,很想大吼一声"啊!"。

那对表兄弟,自己是没法跟他们变成朋友的。当二郎看到隆志那副冷淡的态度时,他就在心底这样告诉自己,另外,他也很好奇,外婆和舅妈究竟是怎样向几个表兄妹介绍他这个新来的亲戚的?介绍他跟桃子之前,外婆必须先向他们说起妈妈。而从来没见过二郎他们妈妈的隆志,究竟听到了什么信息?说不定是连二郎自己都不曾听过的往事吧。

桃子好像开始跟加奈通信了,她买来成套可爱的信封和信纸,而且她也不像二郎那么自卑、退缩。桃子还是继续做她的梦幻少女,买床的计划也没有放弃。或许,男女生对上流生活的向往程度是有所分别的吧。

有一次,桃子故意对着二郎称呼"呕吐哥",二郎火气一来,用力在她屁股上踢了一脚。桃子立刻哭哭啼啼地跑去向妈妈告状。

学习院有什么了不起!二郎想,区里的公立初中对我来说足够了,这里有阿淳和向井,还有佐佐和南老师。

平凡的日子一天天过去。一日，爸爸竟在中野百老汇演出了一场全武行。

据说是在光天化日之下，阿明叔和爸爸在路上突然和人吵起来，对方共有五六个人，双方当即在路上扭成一团。

妈妈接到警察的通知之后，匆匆关上店门，赶到警察局去接爸爸。尽管爸爸平日常常到处惹麻烦，但他倒是从来没动手打过人。老实说，敢向身高一百八十五厘米的大男人挑战的勇者并不多，而且爸爸一向都是采取"不动手"主义，根本懒得出手打人。

难道是走在路上被不良少年撞到肩膀所以打起来了？二郎暗自纳闷儿着，那些不良少年的运气可真不好。

黄昏的时候，阿明叔先从警局回来了。"你妈还有事，我来做晚饭吧。"

说着，他走进厨房，拿出冰箱里的五花肉动手烤起来。二郎站在一旁帮忙切卷心菜，桃子也忙着把餐具摆放到餐桌上。

"爸跟谁吵架了？"二郎问。

"嗯……"阿明叔沉吟着，思索着适当的说法，"先是有几个人跟踪我，然后他们背后又有其他人跟着。最后大家撞到一块儿，你爸才发火的。"

二郎觉得很难理解，爸爸的世界充满了谜团。

"是公安那些人吧？"桃子插嘴问。

听她这么说，二郎吃了一惊，转脸看着她，阿明叔也转过了头。"你怎么知道？"

"因为有警察来过店里，妈很生气，跟他们说：'我先生已经没理由再被公安跟踪了。'"

"哦?"二郎说着把切好的卷心菜装进盘子里。"公安"这两个字他查过字典,但是没看懂,后来又去问过向井,连向井这么博学多才的家伙都不懂这字眼的意义。

"公安是什么啊?"趁这机会,二郎决定向阿明叔求教。

"你们小学生不需要知道。"阿明叔说着,把芝麻撒在烤好的肉片上。

"讨厌!"二郎做个鬼脸说,"大人不肯说真话的时候,就只会说这句话。"

"因为很难说明。"

"那就给点线索好了。那些人是站在正义这边的吗?"

"嗯……"阿明叔皱起眉头嘀咕了半天,"不是吧,嗯,他们不算是正义这一边的。"说完,他像是要让自己相信似的点点头。

"那他们算是坏人?"

"对,是坏人。这群坏人专门跟那些想要改善世界的人作对。"

"那爸爸既然打的是坏人,为什么还被警察带走?"

"嗯……"阿明叔的脸上露出更加为难的表情,抱着两臂没再说话。

"喂,快来吃吧。"桃子坐在餐桌前催促着,她已把肉片分别装在每个人的盘子里了。

"喂,你自己的肉比较多啊。"

二郎查看一下分好的肉片,向桃子抱怨着,然后用筷子从她盘里夹起两片放在自己盘里。两人立刻为了肉片数目吵了起来,最后还是阿明叔把自己的肉分给二郎才解决了问题。

"你爸爸啊,"三人正吃着,阿明叔突然开口说,"也是为了保护我。我能够先回家,是因为他提出条件说'不准打阿明',然后自己挺身而出，帮我去对付那群人。"

二郎和桃子静静地听着，因为他们也不知该如何回答。

"好笨，那群人只知道跟踪我，居然没发现自己被公安跟踪了。结果因为这群笨蛋，我躲在你们家这件事也被发现了。"

阿明叔自言自语似的说着，叹了口气。

这下谜团变得更多了，二郎想。这个阿明叔，究竟是干什么的呢？

桃子嘴里嘎巴嘎巴地嚼着一块腌萝卜，那声音不断在寂静的厨房里回响。

## 22

爸爸直到第二天的黄昏才回来。他走进厨房时,满脸不悦,自己先从冰箱里拿出冰麦茶倒进杯里,一口气灌下了一大杯。这时,二郎和桃子正跟在阿明叔身后,忙进忙出准备着晚餐。

"可悲啊,一群被时代淘汰的家伙。"爸爸在桌边坐下,也不知在跟谁讲话,"总之啊,他们不知道该跟谁战斗了。大概就像在浓雾里朝着谷底丢石头吧,根本不会有反应嘛。谁也不会理他们的。所以他们脑子里就只想着保护自己的阵地。"爸爸说着伸个大懒腰,脖子向左右转了转,"真是一群没用的东西!现在不管实践理想,只顾着维持组织了。只知道搞运动,而不知本身早已背离世道了。"

"爸。"二郎叫道。

"干吗?"

"你那份炸猪排,要等妈妈回来才炸吗?"

"……不用,把我的一起炸了吧。肚子好饿,不能等你妈回来了。"

"这……"阿明叔走到爸爸面前,用非常慎重的语气说,"真是太对不住了。我以为自己已经很小心背后了。"说完,他又向爸爸深深一鞠躬。

"没关系了。你可不要失去理想啊。目前的斗争还不算真的斗争，只不过是执行部门权力斗争过程里的内部纷争而已，像那些家伙啊，还是早早把他们赶走，重新改造组织才好。"

"是。"阿明叔十分认真地点点头。

"喂，爸。"

"干吗？"爸爸觉得被打扰了似的说。

"你的酱汁里要不要混番茄酱？"

"不要，番茄酱和美帝国主义都是我的敌人。"

"你说什么啊？"

"讨厌，不要打断我讲话。对了，阿明，上次装好的玩意儿，还管用吗？"

"没问题。昨晚我确认过了。那些家伙还没发现。这都要感谢二郎呢。"

"感谢我？"

"你很啰唆。"爸爸竖起眼睛说。二郎不敢再多嘴，只好走到水槽旁，把面包粉裹在猪排上。

"只是没想到……"爸爸叹口气说，"我们'革共同'已经不行喽。以前公安都派第一线来确认我们的行动，昨天那些调查员算什么？都是快退休的老头嘛。连人家打架都劝不住，只会在旁边手忙脚乱凑热闹。"

爸爸说的是什么？二郎在心底问道，但他决定不要开口多问了。

"就是啊。"阿明叔垂着眼轻声笑起来，"不过我在这儿的事既然已被发现，恐怕就不能继续待下去了。"

"管他的，不用害怕。"

"刚才我到门外看了一眼,才一眨眼工夫,已经有两只狗……"

"这些该死的东西,反正到时看谁跑得快吧。"

"这样,事情也能早点解决。"

"是啊。"爸爸有些怅然地说,"我遭遇过的挫折,全要靠你努力喽。"

"哪儿能算挫折啊……上原先生当初不是自己决定退出的吗?"

"不,离世独居等于就是挫折。因为那样就不再具备阶级性的观点。"

"猪排已经炸好了。"二郎说。

"哦,看起来很好吃嘛,我蘸柚子醋吃。"爸爸说。

"炸猪排蘸柚子醋?"

"是啊,把萝卜拿出来。"爸爸站起身来,自己动手磨起萝卜泥,磨好之后,先把萝卜泥放在猪排上,再倒些柚子醋,然后夹起放进嘴里。

二郎看爸爸吃得很香,也学着放了些萝卜泥,果然味道不错。

"二郎,卷心菜切得太粗了。"爸爸说。

"那你自己切啊。"二郎噘起嘴。

吃晚餐的时候,爸爸的态度跟平日没什么两样,不过二郎注意到,爸爸手上有几处小小的伤口。

晚上关灯之后,二郎在被子里向阿明叔问道:"什么是革共同?"刚才他不敢问爸爸,却觉得阿明叔可能会告诉他。爸爸刚才还在这名词前面加上"我们"两个字。

"嗯……"阿明叔停了半晌说,"那是一个团体的简称。"阿明叔躺在二郎身边看着天花板。

"哦。"二郎答道。

"我参加了这个团体。"阿明叔语气平静地说,"我在大学里被革共同吸收,也因为里面有很多跟我志同道合的伙伴,所以就加入了他们。"

"你说志同道合是指什么?"

"就是追求理想的社会啊。我们想要实践一个众人平等、生活富裕、没有战争的社会。二郎,你不觉得这种社会很好吗?"

"我觉得很好。"

"对吧?为了达到这个目的,我们必须进行劳工革命。"

"劳工革命?"

"就是所有劳工阶级都站出来,将资产阶级消灭。"

"哦。"爸爸也说过劳工阶级和资产阶级,"阿明叔,那你跟爸爸是同一个团体吗?"

"以前是的,但我加入的时候他已经不在学校了。不过大学里都知道他是传说中的斗士。据说当年就连右翼学生碰到他都得让路。还有,他也是琉球空手道的高手哟。"

二郎今天可是第一次听说这件事,爸爸现在连慢跑都不会,怎么可能?"那妈妈呢?"

"你妈妈从前也是斗士哟。听说二十年前大家都叫她'御茶水的圣女贞德'呢。而且她又是天生的美女。"

"哦。"圣女贞德?二郎已经懒得再问了,反正阿明叔说的这些都太艰深了,而且他的眼皮越来越沉重。

"现在这世界看似很和平,其实那都是因为媒体没有把事实传递出来。世界各地都在发生纷争,而且大部分都是受到美国霸权主义的影响。"

二郎闭上了双眼。他的脑袋缓缓陷进枕头里。

"再说，日本现在已经完全变成美国的棋子了。美国要多少，日本就给多少，等于是美国的摇钱树。因为政府过于软弱，国民都沉醉在和平的生活里，连自己的正当权利被剥夺了，也没人站出来说一句话。"

阿明叔一个人喋喋不休地说着。不过在二郎的耳里听来，他的声音越来越渺小，越来越遥远。

第二天放学后，二郎立刻跑到向井的位子旁边，他觉得昨晚阿明叔跟他说的那些，说不定向井会知道答案。

"革共同？好像听过。是在新闻里听到的吗？"向井用手抚着下巴说，"那几个字怎么写？"

"不知道。只知道正式全名是什么什么同盟。"

"只说什么什么，我哪里知道？"向井故意粗着嗓门说，之后他在笔记本上写了"革共同"三个字，"走，我们去网上查。"说完，两人一块儿走向学校的电脑室。

升上六年级之后，学校每周都有两堂电脑课，二郎这科成绩不太好，因为他还搞不清怎样用罗马拼音输入促音。

一楼电脑室里有几个学生正在用电脑。二郎他们先在使用者记录本里登记了名字，然后拿到办公室给老师盖章。两人在角落里找了一台电脑，开启电源。

向井先键入"革共同"三个字，再用鼠标按了检索键，荧幕上立刻出现许多线索，前后总共有两千多条。

"喂！这个团体很有名嘛。"向井惊讶地说，二郎也感到有点意外。

看了一会儿，向井问："哎，二郎，这是哪里的网页啊？"

"你问我，我也……"

"那我们来看看吧。"

向井说着按了一下"前往首页"的按键,没想到荧幕上呈现的画面竟然标志着巨大标题"欢迎参观警视厅首页"。

"警察?"向井低声说,"上面写着'警备局公安课'。"

画面上标示着刚才看过的网页来源。

原来如此,这就是那个"公安"。二郎的喉咙里咕噜地响了一下。阿明叔加入的那个团体,还有爸爸妈妈从前都参加过的那个团体,原来一直都受到警察公安部门的监视。

二郎的视线重新转回到网页上,这一页的标题是"再三出现的内部纷争",向井又大声念出来:"各派革命势力的共通之处是,所有的派别都认为只有自己的革命理论、战术方针才是正确的,同时都认为其他派别是妨碍革命、制造混乱的有害势力。基于上游想法,党派之间以暴力抗争的方式所进行的斗争称之为内部纷争。'革共同'从昭和四十年代后半开始,也不断地出现派阀间的内部纷争,尤其是相当于栗山议长左右手的行动队长上原一郎宣布退党,转为阿那基思特[1]之后……"

向井转回头对二郎说:"喂,这是你爸爸?"他的两眼睁得圆圆的。

"好了,不用看了。"二郎不由自主地说,"关了吧。我大概都明白了。"他感到脸上不断有汗冒出来,不禁把手伸向电脑,想要切断电源。

"等一等。"向井挥开他的手继续念下去,"栗山派和副议长冈田派分裂至今已有二十年,内部抗争仍旧继续纷扰不息。"

---

1 即无政府主义者。

"跟你说已经够了。"二郎动手去拉向井的背部。

"什么是阿那基思特？要不要查一下？"

"不用查了，反正跟你也没关系。"

"什么话？不是你自己来问我的？"

"已经问完了。"

他把向井从椅子上拉起来，抢过他手里的鼠标，切断了电脑的电源。尽管向井是自己的好朋友，但二郎还是不想让他知道太多家里的事情。他感到心脏急促跳动着，胸口有些发闷。

向井紧闭着嘴巴，转脸看着二郎。"我可不会去跟别人乱说的。"他柔声对二郎说。

"别再说了。"

"虽说你爸加入过组织，但那已是二十年前的事了，不是吗？是我们出生前好久以前的事了。"

"好了，别说了。"二郎尖着嗓门说。其实他早已想象过各种可能，但当他看到爸爸的名字登在警方网页上时，他还是受到很大的震撼。爸爸似乎比他想象的有名多了，而且不是好的名声。

"喂，二郎。"忽然有人在喊他。二郎转头望去，阿淳正铁青着脸站在教室门口。

"你在这儿啊。我一直在找你呢。"

"干吗？"

"阿胜呗，那个阿胜。"阿淳低声说，"他在校门外等着，还带了好几个手下。"

二郎一下子掉回现实里。还有这个大问题没解决啊！二郎不禁暗自咒骂起健忘的自己。

# 23

"我正打躲避球，突然发现校门口附近有几个像不良少年的中学生，就走过去瞧瞧……"阿淳向二郎报告着。几名不良少年拦住了正要走出校门的六年级学生向他们问话，所以阿淳认为他们一定是在打听自己。

二郎觉得很郁闷，这次他肯定使不出上次那种蛮力了。

"不妙！还是去告诉南老师，请老师把他们赶出去吧。"向井说着便迈步向前走。

"等一下，南老师跟这事又没关系，不是吗？"二郎拦住了向井。因为他不想再给南老师添麻烦，而且这么一来，阿胜一定更加痛恨他们。大人对孩子的世界其实是无能为力的。

"那你打算怎么办？跟他们交涉也不可能解决问题啊。"

二郎想起阿胜冷血的笑声，他的膝盖微微颤抖起来。

"从后门逃走吧。"阿淳说，"要是被抓到了，他也不会饶我的。"

"嗯，说得对。"二郎决定听从阿淳的建议。虽说逃避不能解决问题，但他今天可不想挨揍。

于是，三人背起书包朝着学校后门奔去。二郎感到喉咙好干，或许是因为太紧张了吧。他想,为什么自己会遇到这种事呢?身边尽是些难以解决的问题,比如爸爸,还有阿胜。

走到后门附近时,二郎看到门柱旁有个人影。定睛望去,原来是黑木。只见他身影一闪,走到二郎的面前站住。

"黑木,"二郎大声说,"这不是黑木吗?"

"从大门走出去。"黑木发出沉闷的声音。

"你不是被送到儿童福利机构去了吗?"

"我又没住进去。"黑木仍旧和以往一样不断地眨着眼皮。

"那你在这儿干吗?"

"跟你们说了,从大门回家。"

"你不会是……"阿淳突然插嘴说,"又去当阿胜的部下了吧?"

"不是部下,你说话小心点!"看来黑木很焦躁,他说完,朝地面吐了一口痰。

"那你算什么啊?"

"我是以朋友的身份受他委托,在这儿守着后门。"

二郎的胸中翻滚着阴暗的情绪,但与其说他觉得愤怒,倒不如说悲伤所占的成分比较多。现在回想起来,两人一起逃到江之岛的那个夜晚究竟算什么呢?他以为自己跟黑木之间已经建立了友谊,原来竟是他自作多情。

"阿胜已经答应将我过去所犯的错误全都一笔勾销了。他还说:'你是在单亲家庭长大的,真够可怜的。'其实阿胜这人心地很好。他还请我吃饭呢。"

"狗!"阿淳狠狠地说,"你这家伙简直就是一条狗。不管是谁,只要给你吃的,你就对他摇尾乞怜!"

"你说什么?浑蛋!"黑木的脸色一下子涨得通红,他用力抓住阿淳的胸襟左右摇晃着。

"别这样，别这样。"向井赶紧插进来打圆场，"我说，黑木，今天放过他们吧。你就去跟阿胜说没看到他们。"

"那怎么可以？我还欠他人情呢。"

"所以你就出卖自己的朋友吗？"

"朋友？自己需要的时候就变成朋友了？少跟我套交情。"

"喂，先放开阿淳！"二郎说，"我又不会逃走。"他站到黑木面前瞪着他。

二郎用力吐出一口气，这一刻，他忽然不想再躲了。阿胜虽然令他感到恐怖，但难道以后都要过这种躲躲藏藏的日子吗？他觉得那样更令人郁闷。

"二郎，别跟这些不良少年啰唆了。碰到这种事，走为上策啊。"向井对他说。

"没关系，我已经不怕了。"

"哦，你倒是很想得开啊。"黑木翘起嘴角笑着说。

"不过，这次我一定会跟你绝交。"

"哎哟，我可以收你做部下呀。"

"住嘴！"二郎火冒三丈，大吼了一声。

黑木掏出手机。"喂，阿胜吗？……"

阿胜凶暴的模样浮现在二郎眼前。他咬紧了牙关，努力抑制着唇上即将掀起的震颤。

要来就来吧，他想，反正总不会要了自己的命吧。

来到附近的神社之后，二郎在一块巨大的石碑背后正面迎战阿胜。阿胜今天带来了三个同伙。

二郎抬眼打量阿胜，今天才发现他的模样比实际年龄大上三四岁。阿胜故意高高地挺起胸膛，嘴里嘎唧嘎唧地嚼着口香糖。

"好想你哟，上原君！"阿胜像在演戏似的说着，缓缓走到二郎面前。

二郎的视线落在他的胸前。自己该采取怎样的态度呢？他不想表现出卑躬屈膝的态度，但如果跟他目光交会，又可能让他以为自己充满挑战的意味。

眼下情势令人无所适从，要乖乖地接受教训，还是奋力抵抗？二郎一时无法做出决定。

"真是托你的福哟，这次害我丢大脸了。谣言这玩意儿传得真快啊，现在连外校学生都来问我：'你被小学生打败了？'不过这种浑蛋，我当然都把他们打得头破血流！"说到这儿，阿胜把嘴里的口香糖用力一吐。口香糖在石子路面蹦了几下，滚进草丛里去了。

"其实我也很为难啊，上原君！向小学生复仇这种事，实在也不体面。可我要是什么都不做，也很没面子。你说我究竟要怎么做，大家才能够接受呢？……我想了很久啊，最后想到一个办法，从现在起，你每天骑自行车来接送我上下学。就像那种送牛奶用的，后面有个很牢固的板车那样的自行车，你到哪儿去弄一辆来，在上面铺块坐垫，每天早晨和黄昏来接我。就这样，拜托你喽，司机。"阿胜不怀好意地笑起来，还用手在二郎肩头砰地拍了一下。

"我怎么可能答应！"二郎尖声回答。

"No！No！No！"阿胜像外国人似的摇着脑袋说，"不能拒绝哟。从今天起，我就是你的主人。奴才怎么敢违抗主人的旨意？从现在起，不准你再顶嘴。"

"不要！"二郎用尽丹田的力气大吼。

阿胜的脸色在瞬间发生一丝变化。"喂,上原,把拇指竖起来。"

"……干吗?"

"反正先竖起来。"阿胜突然露出一个很虚假的微笑说。

二郎觉得很莫名其妙,便照他说的做了。

阿胜一把抓住他的拇指,狠命地掰,二郎感到一阵剧痛,不自觉地跪倒在地,他"啊"地大声惨叫起来。

"别小看我,你这个小鬼!"阿胜愤怒的声音震撼着二郎的耳膜,二郎的身子不自觉地扭曲着,仰面摔倒在地上。

"不要动!"一双皮鞋踩在二郎脸上,"喂,俊介,照相,照相!"

被叫到名字的同伙掏出手机,对准之后按下快门。二郎仰脸看了阿胜一眼,只见他举起手指摆出胜利的姿势。怎么会有这种人?简直就是魔鬼!二郎只要稍微一动,拇指立刻就被阿胜掰得更厉害,剧痛一再传来,他的脸也因为疼痛而扭曲。

二郎又转眼去看黑木,只见他露着雪白的牙齿正在微笑。向井和阿淳脸色惨白地站在一旁不知该如何是好。

"喂,站起来。"

阿胜总算放开了他的手。二郎揾着自己的拇指,费尽力气才从地上爬起来。

就在这时,阿胜一抬腿从前方踢过来,正好踢在二郎大腿上,紧接着,又抡起拳头挥过来,正好打中二郎的腹部。

"我会每天都来找你,直到你答应做我司机为止。今天晚上你好好地想一想吧。"

二郎的脸也被击中了。温热的物体流过脸颊,他知道自己的眼皮被打裂了。

"哈哈哈!"阿胜大笑起来。

二郎一点办法也没有，只能蜷着身子承受阿胜的殴打。

要是转学到学习院，就能跟眼前这世界告别了吧？二郎脑海中突然浮现这个念头。

不，除非自己搬家，否则阿胜是不会放过他的。

二郎觉得很厌烦，几乎就要哭出来了。

阿胜狠命一抬膝盖，刚好命中二郎的胸口，他立即应声倒在地上。

回到家里的时候，爸爸正躺在客厅地板上翻阅书籍。他抬头看一眼二郎，脸上一丝惊讶的表情也没有。"哟，俊男！"爸爸向他打个招呼。二郎刚在向井家做完消毒急救，脸上贴了一大堆创可贴。

"爸。"二郎站着叫了一声。

"干吗？"爸爸仍旧躺在地上。

"教我琉球空手道！"

爸爸沉默数秒，凝视着二郎说："这件事你从哪儿听来的？"

"阿明叔告诉我的。"

"……哦？"爸爸说着翻个身。

"喂，教我。"

"免费啊？"

"你说什么啊？我不是你儿子吗？"

"你这家伙真会自找麻烦。上次不是跟你说了，只要拿铁管打他膝盖后面就行了。然后胜利就属于你了。"

"你叫我每天带着铁管到外面去啊？"

"我年轻的时候大家都这样啊。"

"别跟我开玩笑了。"

爸爸支起上身盯着二郎看了半天。"空手道之路可是很艰苦的哟。"他低声说。

"嗯，我知道。"

"就算是父子，我也不会手下留情的。"

"嗯。"二郎满脸严肃地点头说。

"傻瓜，逗你玩的。"爸爸说完又躺下了，"你这家伙还想得真美，又不是漫画故事，临时抱佛脚学来的功夫怎么可能打赢别人啊？"

"搞什么鬼嘛。我可是很认真的啊。"二郎大声吼着。他太气愤了，用力在爸爸的屁股上踢了一脚。

"好痛哟，怎么对自己老爸这样。"

"是你自己一点也没个老爸的样子，不是吗？"二郎简直要气昏了，一下子扑到爸爸身上，并用手臂夹住他的脑袋。

"好痛哟，救命啊。"

什么玩意儿嘛，臭老爸，老是跟我油腔滑调。眼前的视线一片模糊。不知不觉中，二郎眼里充满了泪水。

## 24

　　第二天，二郎上第五节课之前就谎称肚子痛先回家了。尽管他自己也觉得不好意思，因为刚刚才把营养午餐吃得一干二净，但他一心只想躲过阿胜的埋伏，也就顾不得那么多了。

　　南老师看到二郎没精打采的模样，也露出忧愁的表情。"我想起来了，今天一早到现在你都很老实。"老师伸手往二郎额头摸了一下，"没发烧，大概吃坏肚子了吧？"

　　接着，老师又看着他眼睛上的创可贴说："老师很关心你，你是不是跟谁打架了？"

　　"没有，是我摔跤了。"二郎不敢看老师的眼睛。

　　"是吗？摔跤会擦破那里吗？"

　　"我骑车摔倒的，撞到树了。"他勉强找了一个理由，总算蒙混过去。走出办公室，二郎不自觉垂下肩头，心头郁闷得要命。

　　阿淳和向井都没再跟他提起阿胜的事，二郎倒不觉得他们无情，他想那是因为他们的体谅。再说，在他想出对策之前，也不喜欢听那种不痛不痒的安慰。

　　要是能像爸爸那么强壮……这念头在二郎心头转过无数遍。爸爸说得没错，借来的刀是打不赢的，重要的是自己有没有那种带铁管出门的强悍。

为什么自己的性格跟爸爸差那么远呢？老实说，他觉得自己比姐姐更不像爸爸的亲生小孩。

回到家里，爸爸跟平常一样躺在客厅地板上。

"哦，回来得很早啊。"爸爸正在挖鼻孔。二郎不理他，径自走上二楼。阿明叔在他的房间里做俯卧撑。

"在干吗啊？"

"锻炼身体啊。二郎要不要一起来？"

二郎也不理他。这两个大男人，为什么可以大白天在这儿鬼混啊？

"对了，今天晚上又有事要拜托你哟。"阿明叔一边喘气一边对他说。

"不行。"二郎没好气地回答。他现在可没心情装出可爱的模样。

"这么冷淡啊。我还会请你吃寿司啊。"

"不要。"

"怎么了？你看起来很没劲。"

"没事。"

"……真糟糕。"阿明叔的眉毛变成倒八字形状，"拜托了。不管什么事，我都会帮你。"

二郎盯着阿明叔看了半天，阿胜的身影在他脑中转来转去。要不要找个大人教训他呢？不，就连报告老师都没用。就算找大人去教训他也不可能解决问题的。

不知是不是因为脑中的想法显露在他脸上，阿明叔在榻榻米上坐直了身子又说了一遍："无论任何事都对我说吧。"

二郎没有回答。他觉得大人在孩子的世界里无法扮演什么有用的角色。再说，他还没听说有谁跟人打架时找大人帮忙的。他转身面对书桌，用手肘撑着自己的面颊。

不过，他这种死脑筋早就被那些不良少年料准了吧，二郎在心底自言自语着。要是换成阿胜，不论用什么方法，他都会想办法抵抗的。比如找来好几个人，每人手里都抓根铁管。

"喂，二郎，这辈子只求你这次了，我可以为你做任何事。"

"那你帮我去打败那些不良中学生。"二郎嘴里突然说出这句话，"有个叫阿胜的浑蛋，把他赶走！"

这下，换成阿明叔沉默着没话说了。他静静地盯着二郎看了半天。

"不是说可以为我做任何事吗？"

"……先把详细情形告诉我。"阿明叔缓缓开口说，"如果有人欺负你，我一定帮你。"

"欺负"这个字眼让二郎心头一痛，他尖着嗓门嚷着："是打架！有个凶暴的家伙，死缠活缠甩都甩不掉，我已经招架不住了。"

"那我去跟他谈谈，警告他一下。"

"那根本没用！那家伙连老师去说都没用。"

"嗯……"阿明叔的嘴巴紧闭成一条线，低声说，"应该是吧。听说校内暴力的学生还打进教师休息室……"

这件事阿明叔大概应付不了吧。二郎想，他可不像爸爸那么不拘小节。

"走吧，"阿明叔突然站起来说，"把不良中学生一脚踢到西天去。"他皱着眉头抓抓脑袋说。

二郎一时不知该如何反应。他没想到阿明叔会说出这种话。

"有什么办法？我能指望的只有二郎啊。"阿明叔继续自言自语，接着，他看着二郎说，"不过你也要帮我，我的情况有点紧急呢。"

说完，阿明叔走下楼梯，到玄关取来自己的皮鞋，又戴上棒球帽和墨镜。

"现在门外有只狗。"他用下巴指了一下外面，"真是的，他也真不嫌累！这种工作，不管给多少钱我都不干！"

阿明叔一边说一边推开屋后的窗子，打算从楼上跳到下面屋顶去。二郎呆呆地站着，还没弄清楚究竟怎么回事。

"二郎，你出大门以后到香烟铺的转角那儿等我。我们骑车过去。"

"……咦，我们要去哪儿啊？"二郎终于开口问了一个问题。

"到那个不良少年的中学去，先埋伏在门口，然后一脚把他踢到西天。"阿明叔站在窗边回过头来，一副轻松的表情对二郎说。

二郎还不知如何反应。阿明叔今年应该三十岁了吧。他真的会去对付一个中学生？

二郎照着阿明叔的指示走出大门，来到屋后放置自行车的地方。屋顶上人影晃动，二郎抬头望去，只见阿明叔正在邻居家的屋顶上前进。他在干吗呀？这个叔叔，真叫人无可奈何。

来到香烟铺的转角处，二郎静静等待着。不一会儿，阿明叔从小巷里走出来，跳上自行车后座。

"好，走吧。"他捏着二郎的肩膀说。

二郎像是中了邪似的用力踩起自行车。


阿胜的中学正在进行午后的课程。校园里有人在上体育课，远远可见学生打排球的身影。

中学的正门前有个投币式停车场，他们决定在那儿等候阿胜。

二郎心中已经做好最坏的准备，就算事情弄得更复杂，情况也不会更糟了，至多就是原本已经够糟的心情变得更糟而已。

阿明叔弯腰在路边的栅栏上坐下来。"啊……"他张开嘴打了一个很大的哈欠。看他那悠闲的模样，二郎突然想起一个问题。

"喂，阿明叔，你来我们家之前在干吗？"

"在上班啊。"

"在哪儿上班？"

"山谷，有关福祉的工作。不过那只是义工性质，生活费是靠我在廉价旅馆当经理赚来的。"

"哦。"

"那些底层的工人都是予取予求地被人压榨，企业只付很少的工钱，然后还被黑社会抽成。"阿明叔的语气很平淡，"要是不景气，头一个被开除的，就是这些人。什么保障都没有，所以应该有人站出来帮助他们。"

"嗯，对。"

"我们的团体，有时煮饭给他们吃，有时办些赞助活动，我做的主要就是这类工作，有时也要跟黑社会斗争。"

"黑社会？"二郎抬头瞪着阿明叔。他那温文尔雅的态度，令人很难把他跟黑社会联想到一块儿。

"是啊，不过他们最不喜欢跟我们交涉，因为我们不是为了钱跟他们斗争。有一次，有个黑社会人士还问我：'你们不怕被抓到牢里去啊？'因为他们是为了钱，所以最怕被抓进去。"

听到黑社会这类恐怖的话题，二郎不禁哑然，这么看来，阿明叔跟爸爸还是属于同类型的人物。

"哎，阿那基思特是什么啊？"二郎问。上次在网上查询时看到这个名词。

"你知道很多嘛，连这个名词都知道。"阿明叔苦笑着说，"阿那基思特就是无政府主义者，简单说，这些人认为国家和领袖都是不需要的。"

"我爸是无政府主义者吗？"

"嗯？"沉默半晌，阿明叔问二郎，"是你爸说的吗？"

"不是。"

"嗯，大概是吧。二郎的爸爸原本不喜欢跟一大堆人一起混。内部权力斗争让他觉得厌烦吧。"

"那我妈呢？"

"阿樱……我想她跟无政府主义者什么的都无关，她只是不想再参加任何运动而已。"

二郎觉得阿明叔提到妈妈的时候，语气变得特别沉重。

"有人说，我妈坐过牢，是真的吗？"二郎不自觉地问了这句话。问完之后，他感到有点窒息，连他自己也搞不清为何会问这个问题。

"谁说的？"阿明叔转过头，眼中带着窥视的神色。

"就是现在我们正在等的，那个叫阿胜的不良少年。他还说，我妈年轻时杀过人。"

"骗人的。"阿明叔说着露出牙齿笑起来，"阿樱不可能杀人。那个不良少年一定是为了打击你，随便乱说的。"

二郎不太相信他这番话，阿明叔脸上表情一点也没变，这反而令人觉得不太自然。

还有，阿明叔跟爸妈年龄相差那么多，二郎无法判断他对父母的过去到底知道多少。

"喂，二郎。"阿明叔很柔和地说，"要是今晚你能帮我，我把西表岛的那艘船送给你。"

"船？"

"对！不过是一艘渔船。我家好几代都是以打鱼为生。十年前搬到本岛之后，改行开了食堂，才没再当渔夫，不过船还放在西表。"

"我拿你的船，可以吗？"

"可以啊，我爸死后就由我继承了，但我大概不会再回到岛上去了……那船现在系在舟浮的海滩上，船名叫作'它鲁丸'。"

"它鲁丸？"

"冲绳话就是太郎的意思。现在我把这艘船送给二郎，你可以改名为'基鲁丸'啊。"

"所以二郎就是基鲁喽，可是我不会开船啊。"

"叫你爸教你不就得了？"

"我爸会开船？"

"会啊。他还到北美打过鱼呢。"

"北美？这是什么时候的事情？"二郎不禁睁大眼睛。

"那是二郎出生前很久很久以前的事情了。那时他是去当义工帮助当地人收割甘蔗，前后去了半年吧。听说当时他也顺便提供渔家协助，我还看过他掌舵的照片呢。"

爸爸从前究竟有过怎样的经历啊？每当一些新线索传进二郎耳里，都不免令他感到眩晕。

"对了，还有他跟相关人士攀着肩膀的合照呢。你爸和那人身材一样高大，看起来好伟大哟。"

这件事姐姐也提起过！二郎的记忆苏醒过来。姐姐那时是说："爸爸真爱吹牛。"但现在看起来，这件事似乎是真的。真是的，充满谜团的爸爸，他究竟是懒得表现，还是太伟大而不必表现？

正说着，中学的下课钟声响了，第六节课终于结束了。

"哎呀，快出来了吧？"阿明叔站起身来。

"喂，你真的要一脚把他踢走？"二朗仍然有点半信半疑。

"咦，你不希望这样？"

"话是没错……"

"放心吧，我一定让他不敢再来找你麻烦。"

阿明叔这话听来令人安心，但二郎并没抱太大的希望。因为阿明叔还不知道阿胜是个怎样的人，所以才能说得那么轻松。

校门口陆续走出一些没参加课外活动的学生。看了一会儿，二郎大致把学生分为两大类，一类是老实听话型，另一类是不良少年型。经过一番仔细观察之后，二郎得出的结论是，这学校的不良少年似乎都是天生的坏种，几乎就是街上看到的那种小混混。

明年自己就要到这儿来上学了。这个念头让二郎感到很郁闷。说不定还是学习院比较好，他不禁有点退缩了。

两人站在停车场里凝神注视着，不一会儿，阿胜走出来了。他身边跟着两个同伴，三人说说笑笑地走出了校门。

二郎的嘴唇微微颤抖起来。这家伙，就算对手是个大人，他也不在乎吧。

阿明叔注意到二郎的脸色发生了变化。"他？"阿明叔用下巴指了一下，二郎无言地点点头。

"哦，一看就知道是不良少年。这种人就不用对他客气了。"阿明叔自言自语着，"那这样吧，二郎你先去一边，嗯……"说着，阿明叔伸长脖子左右看看，"你到那家便利店前面等我吧，不要让那些家伙看到你。"

二郎听话地推着自行车离开阿明叔身边,他走到便利店门口,远远望着停车场。"喂,你!"阿明叔的声音传过来。他正打算阻止阿胜前进。

二郎屏住呼吸,情不自禁地低下了头。

阿胜站住脚,脸上露出紧张的神色,可能因为眼前这个大人戴着棒球帽和墨镜吧。

阿明叔微笑着对阿胜招招手。"你叫阿胜吧?我跟你说几句话。"他语调温和地说着,转身朝停车场深处走去。阿胜虽然觉得不对劲,却和同伴一块儿跟着阿明叔走过去。一眨眼工夫,几个人就从二郎的视线里消失了。

怎么办呢?二郎思索着,他丢下自行车走过马路。他不是很想亲眼看到阿明叔跟阿胜交涉,但什么都看不到又让他感到不安。他弯腰前行,藏身在面前一辆汽车后头。

"叔叔,有什么事吗?"阿胜的声音传来。他们在停车场最深处停下了脚步。

"体格不错嘛。平常做些什么运动啊?"阿明叔说。

"叔叔,你是谁啊?"

"没什么,只是有点小事。"

二郎从汽车的阴影里伸出脑袋,正好看到阿明叔走近阿胜身边,抓着他的右腕打量起来。

"你干吗?放开我!"阿胜摇晃着手臂想把他甩开。

一瞬间,阿明叔脸上的表情变了。原本挂在嘴角的笑意一下子变成了冷峻。

阿明叔贴近阿胜的身子。紧接着,一声恐怖的声音传来——是骨头折断的声音!有点像木头箱子被压烂时那样。

不可能吧？二郎大吃一惊，不可能吧？这句话在他脑中来回反复地盘旋着。

"小子，你招惹过不少人吧？摸摸自己的良心，好好反省一下！"阿明叔低声说。

说完，他放开阿胜的手腕，阿胜当即弯下了身子。两个同伴苍白着脸呆站在一旁不知如何是好。

阿明叔转头往回走。二郎赶紧跑回自行车旁边，跨坐在椅垫上，两手颤抖着抓紧了把手。

不一会儿，有人推推他的背。是阿明叔的手。"好了，走吧。"阿明叔像是什么也没发生过似的用平稳的语调对他说。

这样可以吗？大人做这种事，可以吗？

二郎不知该说什么，喉咙好干！他低头拼命地踩着自行车的踏板。

# 25

这天晚上，阿明叔在二郎的房里动手整理自己的随身物品。书籍都用绳子捆成一堆，衣物则装进纸袋，看来他好像马上要离开这个家了。

"喂，你在干吗呀？"二郎问道，不知为何，他的语气里带着几分抗议的味道。

"哦，对了，这个送给二郎。"

阿明叔没回答他的问题，却把自己腕上的手表解下来交给二郎。

"国产的便宜货。不过是用手上发条，不需要电池。现在很珍贵哟。"说着，阿明叔露出洁白的牙齿笑起来。他那笑容看起来十分自然，完全看不出中午曾经展露过的瞬间狰狞。

"不，不要。"二郎急忙把手表推回去，"我一个小学生，不需要。而且阿明叔没有手表，不是很不方便？"

"不会。我又没上班。"说完，阿明叔继续动手收拾杂物，手表就这样半强迫性地变成了二郎的东西。他试着把手表挂在腕上，感觉上很有分量，不像是个便宜货。

桃子不知什么时候走了进来。"阿明叔，你要去哪儿？"她有点不安地问道。

"我跟二郎出去一下。"阿明叔带着开玩笑的口气答着,好像有意要转移焦点似的。接着,他便对桃子说:"这个送给阿桃。"说着,从手提袋里拿出一条珊瑚项链。

"哇,好美哟。"桃子的眼中即刻放出闪耀的光芒。项链的前端挂着一根树枝状的红色小珊瑚。即使像二郎这样的男生看在眼里都觉得很美。

"我小的时候啊,常常潜水到海底找珊瑚,那时随便拿多少都没问题。偶尔做小买卖的老头儿会从本岛来收购,我就能赚点零用钱。不过这已经是二十年前的事情了。"

桃子把珊瑚挂在脖子上,脸上露出了兴奋的表情,似乎很喜爱这个礼物。

"好了,二郎,我们走吧。"阿明叔站起身说。

"到哪儿去?"桃子问。

"秘密。"二郎故弄玄虚地回答。其实他也不知道要到哪儿去。

"我也要去。"

"不行,只有男生能去。"

"为什么啊?"桃子一向很听话,今晚却有点执拗。她说着伸手抓二郎的上衣下摆。

"阿桃,我们会带礼物回来给你。"阿明叔说。

"不要,我也要去。"

"说不行就是不行。"二郎挥开了桃子的手。桃子噘着嘴,一副不满的模样。

阿明叔先行下楼。爸爸正在客厅里闲躺着,妈妈还在店里没回来。"我们走了。""哦!"二郎听到他们两人的对话,不知为什么,那声音里似乎包含着些许沉重。

阿明叔手里拿着鞋子又重新走上二楼,背上还有个小背包。"二郎,在白天同样的地点会合。"他微笑着对二郎说完,推开屋后的窗户跳到外面的屋顶上。

桃子鼓起两颊瞪着二郎,似乎想跟他说些什么,但二郎没等她开口,便从楼梯跑了下去。

"喂,二郎,你知道指甲刀在哪儿吗?"背后传来爸爸的声音。

"不知道。"

"竹抓背呢?"

"不知道。从来都没看到过。"二郎没好气地说完,走出了玄关。门外电线杆旁边站着两个老头儿,一副无精打采的模样,看起来年纪比爸爸大很多。两人和二郎彼此对望一眼,二郎没理他们,径自骑上自行车离开家门。

夜风吹来,轻轻抚弄二郎的面颊。温暖的空气黏腻而又饱含湿气。

他微微撑起上身踩着踏板,心中充满着一种近似勇气的东西。或许是中午看到阿明叔轻轻松松就把阿胜打败的关系吧。

虽然不知道阿明叔要他做些什么,但现在该是他为阿明叔做些事情的时候了。

阿明叔带着二郎来到阿佐谷那栋上次来过的公寓前。那次是来假装义卖玩具布偶。二郎还记得那个房间里有很多人,出来接待他的是个年轻女人。

公寓前面有个小公园。这是二郎上次不曾注意到的,不过园里的地面铺着水泥,是个人造公园。

"我们站在这儿什么都不做有点怪,来玩投球吧。"

阿明叔说着从背包里拿出一颗球,二郎抬眼望去,那球竟是个黄色的硬质网球。

"棒球擦到手套的声音会很吵。"阿明叔一边解释一边把球往二郎胸前投来,二郎接到之后又丢回去,虽然感觉上有点怪,但总比两手空空呆站着好一点吧。

不过阿明叔好几次都没接到球,因为他耳朵上插着耳机,似乎正在听着什么。耳机的线连进他的外套口袋里,二郎瞥见阿明叔用手调整开关的动作,而那机器看起来有点像个无线对讲机。

尽管脑中很蒙,二郎却已理解眼前的状况:阿明叔是个即将从事某项革命的社运人士,为了达到目的,他现在正要进行一个计划,而这个计划具有危险性,所以警察才会跟踪他。

反正都没关系,二郎安慰着自己,小学生不必对这些事负责。就像大人对孩子的世界无能为力一样,小孩也无法踏进大人的世界。

他跟阿明叔默默地练习着投球。街灯的照耀下,荧光色的网球闪耀着鲜艳的光彩。

两人练习了一会儿,一辆出租车在公寓前面停下来。一个灰白头发的男人下了车,手里慎重地捧着一个公文包走进了大楼。阿明叔侧目凝视着那个男人,脸上露出严肃的表情。

他迅速地用手压住耳机,低下脑袋。二郎无法向他投球,只好静静地注视着他。

"好,没错。"阿明叔自言自语地说完握紧拳头,迅速转头看着二郎,低声说,"该你出场了。"

说完,他从背包里拿出一张纸。"二郎,这是上次援助阿富汗儿童义卖活动的报告书。"

二郎接过那张纸，上面印着很像小学生手绘的插图。这是阿明叔自己画的？他不免觉得有点滑稽。

"你还记得吧？三〇一号房。就说你是中杉第二小学六年级一班的学生，谢谢他们上次购买布偶，义卖所得已经送到阿富汗，现在报告书印好了，今天特地给他们送来。大致就像这样的意思。总之，只要里面的人把门打开就好了。"

"嗯，懂了。"

"如果用玄关的对讲机叫门，可能会叫你把报告书丢进信箱，所以跟上次一样，先等里面的居民出来，然后趁机混过自动锁这一关。"

"嗯。"二郎一脸严肃地点点头。

"今天我也进去，你进去之后，在原地等我。"

阿明叔伸手推推二郎的背。二郎吞了一口唾液，迈步向前走去。站在玄关门外等了一会儿，刚好有个公寓的居民走出来，他便趁着自动门打开的瞬间钻了进去。那个居民走远之后，阿明叔才出现在门外，二郎从内侧替他打开了门，于是阿明叔也进了玄关。

"走楼梯吧。因为等下回家的时候要从楼梯跑下来。"

啊？二郎讶异地抬头看着阿明叔，但他并没正视二郎的目光。两人顺着楼梯逐步爬上去。

"有件事我要向二郎道歉。"

"什么事？"

"请你吃回转寿司，可能要等一阵子了。"

"……嗯，好啊。"

听起来阿明叔好像要离开我们家了。桃子一定会哭吧。二郎脑中一片茫然，不，她已经小学四年级了，应该不会为这种事哭泣吧。

"还有，听到我说'解散'，你就赶快逃，不要管我，立刻逃回家。"

二郎不太了解这段话的意思，但他还是回答了一声："嗯！"

"真抱歉，原本不想把你牵扯进来的，可是这儿的玄关装了监视器，我就是假装宅急便的送货员也进不去的，所以才需要二郎帮忙。"

"嗯，我知道，没关系。"二郎答着，心底的情绪逐渐高昂起来。

两人来到三〇一号房间门口，阿明叔从背包里拿出一个防风眼镜。看到这玩意儿，二郎不免一惊，因为那很像军队才会用到的东西。阿明叔的右手还抓着一个罐装咖啡似的东西。

不知为什么，二郎觉得眼前的景象很不真实，有点像在梦里的感觉。

"好，你去按对讲机电铃。"

阿明叔说完走到门边，将身子紧贴墙壁，这样大门从里面打开之后，阿明叔刚好被挡在门内看不到的位置。二郎抬起头，看到玄关上方装置着一个小型监视器，他伸出手，按了一下门铃。

不一会儿，里面传来一声夹着警戒气息的回答。"是。"是个女人的声音。

"对不起，我是中杉第二小学六年级一班的学生……"二郎将阿明叔教他的台词背了一遍。

"哦，上次来义卖布偶的小孩啊。"女人好像还记得他，声音也立刻变得柔和。

门内传来锁链被解开的声音。这时，二郎的余光瞄到阿明叔戴起了防风眼镜，全黑的镜片！他感到心脏猛烈地跳动起来，脚下不禁向后退了一步。

大门打开的瞬间，阿明叔立刻把手伸进门缘，用力拉开大门。女人霎时变了脸色。

"解散！"阿明叔大喊一声冲进屋内。就在这时，里面传来震耳欲聋的爆破声响，一阵强光从门缘射出来。二郎顿时感到眼前一片昏花。

"冈田在吧？歼灭革共同冈田派的时刻到了，做好准备吧！"阿明叔愤怒地吼道。

二郎从没听过阿明叔发出这种声音，那声音听来非常美妙，有点像演员在念台词。在这同时，二郎也感觉出屋里正陷入一片混乱。

他转过身往回跑。眼前的景象都变成了半透明状，眼底深处正在隐隐作痛。

跑到走廊尽头时，二郎回头看了一眼，没看到阿明叔的身影，因为他冲进屋子里去了。二郎的心头突然浮起"死亡"这个字眼，这是他有生以来第一次感到自己离死亡这么近。

二郎三步并作两步地奔下楼梯，一个巨大的身影冲过来，紧接着，阿郎的身体承受到一阵撞击，他知道是有人撞到了自己。

"小子，我可不能放你走啊。"一个人抓住他的手臂说。抬头看去，是一个理着平头的强壮男子，他的头顶正中央一片雪白。

"喂！在三〇一号，快把他们抓起来，不能有人送命哟。佐藤，叫支援了吗？山下，厅里那边也报告一下。"男人并非单独一人，身后还有三个人跟着一块儿跑上楼梯来。

"主任，是闪光弹！"这时，又有一个男人嚷起来。

"知道了，叫救护车。"抓住二郎的男人发出指示，"还有，广播一下，叫三楼的居民都不要到走廊上来。"

二郎挣扎了半天，身体丝毫动弹不了。"我们是警察，不要怕。"警察？是刑警吗？为什么会在这儿呢？"好孩子，别乱动。"男人的语气倒是一点都没有高压的味道，他的声音很温柔，有点像老师。他用一只手横抱着二郎，一步步往楼上走去。楼梯上方再度射下一股强光。

"哇！这什么啊？美国制的？机动队也不用这么强的玩意儿呀。"男人用手遮住眼睛，摇着脑袋说，"真是的，这些时代的遗物！二十一世纪了还在玩革命游戏，简直找麻烦嘛！还叫我们警察陪着一起玩。"

"主任，眼睛太痛了，没法进去！"有人叫起来。

"那就算了。挡住玄关。喂，谁来帮我压着这小子？"

一个年轻男子过来抓着二郎的后颈。被人称作主任的男人脱下西装上衣，盖住自己的脑袋，然后沿着走廊前进，走到三〇一号门口，他朝里面大喊着："喂，仲村，不要再放了。反正他们跑不掉了。还有，不要杀生！不值得为这种事杀人。只要你愿意，我们可以帮你把冈田抓起来。我们手里握有太多抓他的证据了。"

公寓里的居民陆续跑到走廊来看热闹。每次有人出来，年轻刑警就忙着叫他们赶紧回去。外面的马路上可以听到警车正在逐渐接近。二郎不再抗拒了，他呆呆地站着。其实他根本不想逃，因为现在两眼都痛得要命，眼泪一直流个不停。

"了解了。你是为了活动经费来的吧？我们并没跟踪你。冈田的行踪我们已经掌握了。"

阿明叔正对着刑警反驳着什么。二郎听不到他说些什么，但看得出来，他脸上并没激动的表情，而是一副豁出去的模样。"革命之火不会熄灭的。"二郎似乎听到他这么说。

几个穿着制服的警察出现在二郎面前，其中还有人手里拿着盾牌，红色灯光照耀着附近道路，二郎从公寓外缘的走廊栏杆缝隙里望下去，路上停着几辆警车和救护车，还有一些看热闹的群众。刚才的强光照射范围似乎远及马路，不少的路人仍用两手遮着双眼。

"喂，佐藤，先把这小子带走。万一发生什么意外，我可不能负责。"

一个刑警拉着二郎的手臂往前走。"你是谁家的孩子？"他一边走一边问。二郎伸手揉了揉眼睛。"算了，等下再慢慢问你吧。"刑警低声说着交给他一块手帕。

走出公寓之后，二郎被带上一辆警车的后座。当然，这是他有生以来第一次坐警车。他看到方向盘周围装置了各式各样的仪器。要是跟阿淳和向井他们提起今晚的事，他们一定会逼着自己巨细无遗地详细描述。不知为何，二郎脑中竟浮起这个不合时宜的想法。

警车穿过看热闹的人群，缓缓向前驶去。人们毫不掩饰心底的好奇，都睁大了眼打量车内的情形。

二郎心中不自觉地升起一种悲凉的茫然。他想，自己恐怕再也见不到阿明叔了吧。

## 26

警车开进了杉并分局,二郎被人带下车来。"你是中学生?"跟他同车戴着眼镜的刑警问道。

"小学六年级。"二郎回答。

"哎哟哎哟……"刑警睁大了眼睛喊起来。

"少年组还有没有人?有的话来一个。把他带到第二侦查室去。嫌犯是个小学生呢。"刑警带他走进一间有点像办公室的房间,向他的同事问道,"未满十四岁的侦查时间到几点为止啊?"

"不知道,大概是二十一点吧。"有人回答。

"先采用辅导的形式吧。就算是'儿童夜间游荡',辅导后就能确认身份。"另一个人大声答道。

"对了,阿佐谷那里怎么样了?"

"嫌犯就范了,好像马上要带到厅里去。"

"厅里?不会吧?他们不是拜托我们去支援?"

"没关系了。这么难搞的一群,让给警备局算了。"

大人们你一言我一语热烈地讨论着。

二郎被人领着走过构造复杂的走廊,来到侦查室。这房间比电视侦探连续剧里的侦查室干净多了，不过看起来也很无聊，因为整个房间里只有一盏像被人遗弃的台灯放在桌上。

"那你就坐在那儿。"戴眼镜的刑警指示着。二郎抬眼望去，这才发现刑警看起来脾气不错，年龄大概跟阿明叔差不多。

"先从姓名开始吧。"刑警在二郎对面坐下来，同时在桌上摊开一些表格。那态度好像认为二郎一定会给他答案似的，二郎不知为何突然很想反抗。他闭紧嘴巴，把脸转向一边。

刑警抬起头看着他。"怎么了？"并用手里的笔在桌上敲了两下。

二郎仍不讲话，脸颊微微地痉挛着。

"不可能吧？"刑警睁大眼睛用十分惊讶的声音说，"小学生要行使完全缄默权吗？难道有人给你灌输过什么思想教育？拜托，不要浪费我们的时间了。"

二郎正眼也不瞧那刑警。虽说他是个大人，但二郎一点也不在乎。他觉得要是自己现在随便开口的话，会很对不起阿明叔。再说，他现在的心情就是不想讨好任何人。

"我说啊，你父母现在正在担心你吧？先把名字和地址告诉我！"刑警的语气变得比较强硬了。

二郎抱着两臂完全不理他。刑警重重地叹口气，把手肘支在桌上撑着脸颊。

不一会儿，又来了一个刑警。此人看起来有点像在区公所窗口办公的老头儿，他听说二郎不肯回答问题，立刻皱起了眉头。"肚子饿不饿？要不要喝果汁？"他蹲下身子细着嗓门问道。那声音有点像猫儿被人抚摩时发出的叫声。

二郎这才感觉肚子空空如也。这天晚上本来期待着去吃回转寿司的，晚饭时他故意没有吃饱。这时，他的肚子发出"咕"的一声。

"那我帮你叫一份猪排饭吧。"看起来像公务员的刑警苦笑着说，"你要是不肯讲话，就不能回家哟，也不能看到爸爸妈妈喽。"

二郎把全身力量都集中在肚子上，现在他有意不想再回答问题了。

"是大人叫你去的吧？谁叫你去的？你跟那个叔叔怎么认识的？"

看来刑警还没查出阿明叔的身份。二郎觉得自己更不能乱讲了。

"你很顽固哟。不过反正到了明天，学校就会找你，还有你父母也会到处找你的……"

二郎不改脸部表情，侧过脸看着一边。

"这小鬼真不讨人喜欢！"戴眼镜的刑警气呼呼地说。

"算了算了，别跟孩子生气了。这种事情要靠耐性，少年组的工作就是比耐性。"

正说着，房门打开了，一个穿着制服的警官伸进头来。"上面来通知，说把小孩转到厅里去。"

"什么？"戴眼镜的刑警大声嚷起来，"看看现在几点了，已经晚上十点了。"

"这……你跟我说也没用。"

"而且，要叫他睡哪儿？暗箱吗？别开玩笑了。"

"你去跟他们说，今晚我们会照顾他。"看起来像公务员的刑警插嘴说，"可以让他睡值班室或后面的单身宿舍嘛。"

"喂，都在干吗？快点把他送走。"这时门口又出现了一个男人，是那个最先抓住二郎的平头刑警。看他那副威严的架势，好像是其他几人的上司。

"拜托饶了我吧，我们哪能整天都听警备局指挥啊。"戴眼镜的刑警说。

"不，是刑事课负责人来通知的。现在变成伤害致死事件了。冈田死了！"

"啊！"戴眼镜的刑警和公务员模样的刑警同时发出一声惊呼，再也说不出话来。二郎也感到背脊霎时僵硬起来。

"他的太阳穴被警棍打中，昏迷过去，被送到了医院，大约在十分钟之前死了。我认为这是杀人罪，因为很明显是故意的。"

阿明叔杀了人？不可能！

"事件变成杀人案的那一秒起，刑事局就和警备局抢着办案，警备局当然很火了。"

大人们的谈话声飘过二郎耳边，他现在脑中一片空白，完全无法思考。

阿明叔温柔的面容浮现在他眼前。浓粗的眉毛、微卷的毛发，还有整齐雪白的牙齿。

恐怖的感觉从喉头涌起，二郎有一种想要放声大叫的冲动。

老天啊，请告诉我这一切都是骗人的，二郎在心底祈祷，他的指尖正在颤抖，而且在转眼之间，震颤就传遍了他的全身。


二郎做了好多梦。梦中出现了好多人物，阿淳、向井、佐佐、南老师，当然还有自己的家人。在梦里，他变成了阿明叔伟大的共犯，脸上也戴了一副防风眼镜，跟在阿明叔身边一起冲进了房间。

阿明叔朝一个有点上了年纪的老头儿大喊一声："歼灭的时刻到了！"接着连连向他开了几枪。二郎抓起闪光弹朝屋里的敌人投去。一眨眼工夫，屋里的那些人全都倒在地上。二郎和阿明叔奔出屋子，一路向外逃。不一会儿，来到一处分岔路口，阿明叔对他说："二郎你向左，我向右。"

"不要，我们一起逃。"

"不行，向左就能回家。你要马上回家哟。"

"那阿明叔也回家吧。"

"我还有事，就在这儿分手吧。"阿明叔转头对他说，二郎这才发现阿明叔的脸上和衣服上全都是血。他赶紧掏出手帕想帮阿明叔擦干净，因为他这样走在路上，一定会引起路人的怀疑。

谁知他越是拼命擦，黏稠的鲜血越是不断涌出来，二郎简直急得快哭了。"没关系，没关系。"阿明叔笑着对他说。

"不行。"二郎使劲地擦拭着。

转眼之间，他们身边就挤满了看热闹的人群，学校的同学，还有老师，都夹在人群里。众人站在远处叽叽喳喳地低声谈论，二郎心急如焚，他必须找个地方把自己藏起来。

就在这时，爸爸突然出现了。"喂，真的杀死了吗？"爸爸向阿明叔问道。二郎的脸色一下子变得很苍白，难道是爸爸的指示？"阿明，你辛苦了。"妈妈也来了，她向阿明叔慰问着。这是怎么回事？二郎觉得脑中一片混乱。

"喂，小子。"有人摇着二郎的身体，"快起来吧。"

二郎缓缓张开眼睛，昨夜那个平头刑警正打量着他。二郎转眼看看房内，终于想起这里是杉并警察局的值班室。

梦醒后的感觉很不好。他感到全身倦怠，喉咙发苦，苦得有点像吞龙角散的时候没喝水。

昨晚他本来应该被送到厅里去的，但后来计划中止了。因为媒体好像已经注意到二郎，所以警察不想让他露面。后来一楼值班室给二郎准备了被子和褥子，让他夹在两名刑警的中间睡了一晚。

"上原二郎啊，你爸马上要来接你喽。"

二郎疑惑地瞪了刑警一眼。他怎么会知道我的名字？我一直努力不肯开口说话啊。

"昨天深夜仲村明招供了。他好像以为你已经平安脱逃了，所以一开始坚决保持缄默，后来听说杉并警察局辅导了一名少年，他马上就开口交代经过了……你这样不行哟，寄居在你家的人一顿寿司就把你骗了。"说着，刑警用力揉了揉二郎的头发。阿明叔的面孔再度浮现眼前，二郎觉得心头十分沉重。

"所以你现在可以回家了。这事你完全没有责任，也不用在意了。"

刑警特别强调二郎"完全没有责任"，这使他觉得刑警很体贴，看来刑警不想让小学生碰到杀人案后受到过分的惊吓。刑警接着还告诉二郎，那个布偶里其实装了窃听器。对于这一点，二郎倒是事先就已经想象过。

"我们这儿还是会发通知给儿童福利机构，不过这跟你都没关系了。你听好，把这件事忘掉，从今以后好好读书，以后要做个堂堂正正的大人。"平头刑警用温和的目光看着二郎。

不一会儿，一名女警走进来，给二郎带来一份牛奶和三明治。二郎安静地吃起早餐，他的目光不经意转向桌面，刚好看到一份摊开的早报——

"革共同内部纷争，对立派系领袖在阿佐谷遇害"

"闪光弹爆炸，住宅区骚动"

"被时代遗忘的革命家们"

看到这儿，二郎的心脏剧烈地跳动起来，他再也吃不下了，脑袋里正试图思考些什么，但头脑无法转动。

就在这时，耳边突然传来爸爸的声音。"我是上原二郎的爸爸，来接我儿子的。"

那音量好像比平日更加响亮,从远处一直传进走廊深处的值班室。

"二郎,你爸来喽。"刑警示意二郎站起来,"来,我也拜见一下传说中的斗士。"刑警像是自言自语似的穿上拖鞋。

二郎实在不想看到爸爸。他很想一个人静静地待一会儿。

# 27

爸爸在警察局里始终摆着一张臭脸。在刑警们办公的那间屋子里，只见他满脸不高兴地坐在桌前，埋头逐项填写警察交给他的一堆文件。平头刑警突然向爸爸问道："你就是以前革共同的那个上原？"爸爸沉默地瞪他一眼，有好一会儿，空气里飘浮着紧张的气氛。

"不要把小孩扯进来哟。"另一个年纪比较大的刑警不客气地说，"我们早料到你不会说实话，所以许多烦人的手续就省了。但厅里有些人是主张要以协助犯人的罪名把你抓起来的。"

爸爸也没理他，只是很用力地在纸上写着，写完就潦潦草草签个名，站起身来，还故意把椅子弄出很大的声响。

"上原先生，有没有带图章？没有的话，就要按手印……你可不要到现在还拒绝按手印哟。"老刑警说。

爸爸皱起眉头。"印泥！"他大声说，然后用食指在女职员端来的印泥上蘸了一些，缓缓盖在那些文件上。

尽管平头刑警说过"忘了这件事吧"，这时却有个身穿西服、看起来地位颇高的男人走到他们面前。"下次再找机会向你问话。"他拍着爸爸的肩膀，说完又自我介绍说他是检察官。

虽说这案子已有人受害，但警察局里一点紧张的感觉都没有。或许因为犯人已经被抓了吧。总之，局里现在飘浮着一种刚破案的短暂宁静。

二郎跟着爸爸走出了杉并警察局，父子俩在进门处领回二郎的自行车。警局门前的路上，有很多小学生正背着书包匆匆赶去上学。看来今天得向学校请假了。不知道学校是不是已经知道这件事了？他知道爸爸不会特别去向学校报告的，但说不定警察已经通知学校了吧？而且少年组的刑警昨晚也来了，学校不可能不闻不问吧。

"喂，爸，"二郎不安地问爸爸，"阿明叔会不会被判死刑啊？"

"不会。他会被判刑七年，入狱三年半后就能假释。"爸爸跨上自行车的后座之后很简洁地答道，"怎么可以判死刑？"爸爸很不屑地继续说着，"这么好的人，不可能被判死刑的。其他该死的人还多得很呢。"

听爸爸这么说，二郎才觉得安心一些。回家以后也这样告诉桃子吧，他想，不过桃子要是听说阿明叔杀了人，一定会受到惊吓吧。

"好了，回家吧。"爸爸拍了拍他的肩膀，二郎用力踩起自行车的踏板。

"今天可以不用上学吗？"

"我可从来都没叫你去上学。"

"话是没错……"

自行车才向前踩了一百米，二郎就已冒出满身大汗。天空一片阴霾，好像随时都会落下雨滴似的。二郎这时才突然想起，梅雨季早已开始了，他的肌肤感受到空气里的潮湿。真正的热天快点来吧，这样自己就能到游泳池游泳。不过，他心里也有点忐忑，不知那时自己的学校生活是否平安无事。

大约骑了十五分钟,二郎和爸爸回到中野,只见自家门前那条狭窄的小巷竟竖起了禁止通行的标示板。一些邻居太太站在黑黄两色构成的标示板前面,正在低声交谈着什么。板子的背后停放着警车,还有白色的面包车和一辆车顶临时放上警报器的普通轿车。

邻居太太们一看到爸爸,马上紧绷脸皮露出紧张的神情,目光也立即转到别处。禁止通行的小巷对面有几名记者,还有几个拿着相机的男人,他们也看到了爸爸,立刻举起相机咔嚓咔嚓地照个不停。

"哼,一群闲人。"爸爸低声说。这话是指警察,也是指那群邻居太太和记者吧。

妈妈站在玄关,脸上表情很阴暗,一副心底混杂着悲伤、愤怒和无奈的模样。

玄关的地面上排列着许多皮鞋,二朗几乎踏不进去。他看到刑警们已经进了屋子,他们都戴着白手套,正随意拉开橱柜和壁橱探视着。这幅景象让二郎感到很震惊,他曾经在电视连续剧里看过,现在警察正在他家进行搜索。

"喂,给我看搜查令!"爸爸高声嚷起来,那声音震得窗上玻璃都在咯咯发响。

刑警们一齐转过头来。"刚才已经给你太太看过了。"其中一人没好气地回答说。

"我是这里的一家之主,给我看!"

一个秃头刑警很不耐烦地摊开一张纸。"看吧,这总可以了吧?"他说着举起那张纸在空中晃了几下。

"念出来,然后你们都把证件拿出来!"

"喂,上原,不要找麻烦,你那个时代早就结束了。"

"少废话,快点拿出来!"爸爸愤怒地吼道。年轻刑警不自觉地缩了一下身子。爸爸看起来很焦躁。

"二郎，你去上学吧。"妈妈把手放在二郎肩上说。

"我的背包，在二楼。"

"那快去拿下来。"

爸爸的怒骂声不断从二郎背后传来，他快步跑上楼梯。

上了二楼，二郎看到姐姐的房门大敞，只见她正坐在床上，二郎觉得好像已经有几个月都没看到她了。姐姐也看到了二郎，但是没理他。桃子好像已经到学校去了。

"喂，为什么开我房间的衣柜？这算越权行为吧？"

这里也有几个刑警正在搜索，姐姐向他们抗议着，声音里充满了厌恶。

二郎走进自己的房间，打算把教科书放进背包。一个刑警叫住他说："小弟弟，对不起，给我看一下背包好吗？"

二郎万分不甘地打开背包，刑警一边窥视着包里，一边像是自言自语地说："只是形式上看一下。"

昨晚阿明叔整理好的物品已被刑警放进纸箱。这就是阿明叔的全部财产吗？二郎想，心头不禁有些不舍。昨晚阿明叔跟他说过，他的父亲已经死了。那么他的老家现在是怎样的情形呢？他有没有女朋友或其他亲人呢？

二郎发觉身上的T恤已被汗水浸湿，就找了一件衣服换上，顺便也把袜子换了，这才抱着背包跑下楼。走到玄关前面，他看到几个不知何时现身的老头儿，正激动地跟警察争论着什么。

"喂，你们这些窃取税金的狗，把警察身份证拿出来给我看，尽你们公仆应尽的义务！"

"别想从这儿带走一根头发！"

二郎记得这几张面孔。他们曾到家里来过，还跟爸爸谈论过什么，然后过了不久，阿明叔就寄居到家里来了。

现在再仔细打量这几个人，二郎才发现他们都比爸爸年纪大很多，身上穿的衣服早已过时，整个外表包括容貌在内都显得很灰暗，这种人如果在学校当老师，肯定会变成女学生讥笑的对象。

刑警们并没理会这几个老头儿，大家都皱起脸露出嫌弃的表情，继续默默进行着手里的工作。这时媒体记者拥上来，团团围住几个老头儿。不过记者们没发问，只是站在一边，似乎正在等待什么事情发生。

"喂，上原，这是你家吧？怎么让检察官在你家随便乱搞？"一个下颌长了山羊胡的老头儿对爸爸说。他看起来有点像这几人的领导者。

爸爸和妈妈这时站在门外。妈妈毫不保留地用责难的眼神瞪着几个老头儿。二郎这时想起，上次他们到家里来的时候，妈妈也是一副很厌烦的表情。

"上原君，这真不像你的作为啊。快把检察官赶出去啊。"

"是啊，有什么事，我们会帮你找律师。"

"……不要叫我。"爸爸呻吟似的说，"我已经不是你们的同路人。"

几个老头儿不约而同地望着爸爸。站在后面的媒体记者也好奇地伸着脑袋张望，只是大家都没讲话。

"你们命令阿明去干什么了？"听到爸爸的问题，几个老头儿的表情霎时间紧绷起来。

"喂，讲话小心点！"山羊胡的老头儿悻悻然说。

二郎呆呆地站在玄关不知该怎么办。

"这跟当初说好的不一样吧？不是只叫他去把活动经费抢回来吗？"爸爸缓慢地走向几个人身边，"我可没听说要把冈田议长干掉啊。"

"是仲村自己决定那么做的吧。"山羊胡挺起胸膛反驳说。他的嘴角正微微地发着抖。

"不对，那家伙心肠很软，一定是你们命令他的！"

"喂，上原，这种话需要在这儿说吗？小心我们叫你自我清算哟。"另一个老头儿说。

"要清算的是你们！这么无聊的运动，还死抓着不放！"爸爸一把抓住山羊胡的衣襟，"为什么你们对年纪最小的阿明下这种命令？要下手的话应该自己去啊。"

看到这儿，记者们立刻兴奋地往前挤，大家都想从最近距离包围目标。妈妈转眼看了二郎一眼。"进家里去！"她发出命令。但二郎的两脚立在原地，一步也无法前进。

"喂，不要这样！现在是搞分裂的时候吗？"

"我已经说过，我早就不是你们的同伙了。"

爸爸用右手抓住山羊胡的腰带，一把将他高举过头。看热闹的人群立即掀起一阵惊呼。

一个刑警看到爸爸的行为，高声大喊起来："上原，等一下！"

爸爸用小碎步向前跨了几步，狠狠地把山羊胡抛向地面。只听一声沉重的撞击，山羊胡根本来不及反抗，就已摔倒在地。

"清算！清算！马上召开公听会清算你！"一个男人大声嚷起来，爸爸一把抓住了这个人。

"喂，大家都出来！等下再搜索，先拉住上原再说。"

刑警们都跑出来冲向爸爸身边。有人跳过去抱住他的腰，但马上被爸爸用手肘撞到一边去。爸爸转身举起第二个男人，将他朝记者群中投过去。一个拿着麦克风的女主播东躲西闪，不知如何是好，周围的人也跟着一阵骚动。

"只靠运动是无法唤起革命的，革命必须在每个人心里进行！"爸爸高声大喊。聚集在周围看热闹的人越来越多了。

"团体反正都一样，只要组成了团体，结果都一样，都只想争夺权力或维护权力。"

"上原，冷静点！"一个刑警说。

"只有能以个人单位来思考的人，才有可能获得真正的幸福与自由。"爸爸又举起第三个男人。他的身材看起来似乎比平日增高了一倍。妈妈站在人群外面，她已经不打算去制止爸爸了。

"再闹下去要逮捕你了。"

"人民革命不可能再出现了。"说着，爸爸把第三个人抛向电线杆。

"现在就以暴力伤害加妨碍公务的罪名逮捕你。"刑警的声音响彻狭窄的小巷。

二郎躲在玄关角落看着热闹。眼前这一幕，他觉得跟自己有一段很奇妙的距离。在他眼里，爸爸和妈妈现在变成了陌生人。自己会不会喜欢这种大人呢？二郎在脑中思索着。

这时，他感到有一双手放在自己肩上。

"二郎，你何不搬到四谷那边去住？桃子好像正在考虑哟。"

"……那姐姐呢？"

"我是大人，就不必了。等拿到奖金，我要搬出去一个人过。"

姐姐说着在他脸上拧了一下。家门口的打斗依然毫不停歇，几个刑警一拥而上抓住爸爸，二郎看到他们给爸爸戴上了手铐。

"带走！还有，谁叫一下救护车吧。"

一名刑警正打算把爸爸拉走，谁知爸爸却弯身坐在地上，再也不肯站起来。

"我只照自己的意志行动。要把我带走的话，来抬我吧！"

"这浑蛋，你们这些家伙老是这样！"刑警涨红了脸骂道，"喂，抬人喽！谁来抓住他的脚？"

五个刑警一齐把爸爸的身体抬了起来。

"把人抬走，这还是头一回。"一名刑警说。

"别废话！"

爸爸没被送进警车，而是跟纸箱一起被抬上了旅行车后面堆货的车厢。可能刑警们认为他身体过于庞大，这样塞在后面可以省去很多麻烦吧。

不一会儿，救护车来了，几个被爸爸打倒在地的人都被扶了上去。可能因为这次丢脸丢大了，每个人脸上都一副愤愤不平的表情。

除了几个刑警留下来处理事情之外，其他人都像一阵风般离开了。

"喂，上学！"姐姐戳戳二郎的脖子说。二郎叹口气，他实在很不想去学校，因为他不知该以怎样的表情到教室上课。

一回头，二郎看到妈妈的脸，她似乎很悲伤地看着爸爸被送上旅行车。

不，妈妈的眼神并不悲伤，二郎想，她眼中所表露出来的，应该是无奈。他不禁想到了妈妈的人生，身为和服老店的千金大小姐，妈妈现在过得幸福吗？

# 28

虽然已经迟到了,二郎还是匆匆赶到学校。同学们似乎还不知道昨晚发生的事件,大家对他的态度都跟平日没什么不同。但是南老师今天不在教室,从第一节课开始,全班都在教室自习。

"怎么回事?"向井一见面就问二郎。

"有点事。"二郎含糊地回答。

"喂,二郎,阿淳这家伙好像终于梦遗了。"向井笑着说。话声刚落,阿淳就跑了过来。"不要那么大声。"他涨红着脸对向井说,同时用手臂夹住向井的脑袋。

"是吗?那不错啊。"二郎垂着眼皮,把教科书从背包里拿出来放在桌上。

"怎么搞的?这么没精神。那我跟你说个好消息吧。阿胜那笨蛋,昨天被飞车党打断手腕的骨头了。"阿淳高兴地说,还轻轻撞了一下二郎的手臂,"我家附近的中学生说的。这下他得老实一段日子了。"

"才不是飞车党。他自己死要面子才那么说的。"二郎说完,把脖子向左右各扭了一下。"是阿明叔打断的。"他叹口气说。

"阿明叔?"两人同时探出身子向二郎问着,"怎么回事?"

二郎犹豫了一秒，还是决定说出来，他压低音量，尽量不让其他人听到。除了自己请阿明叔去教训阿胜的事情之外，还有他帮忙阿明叔攻进敌对团体基地的事情，二郎全都原原本本地告诉了两位朋友。其实，他心底多少也有几分向人倾诉的需求。

"喂，难道就是今天早上电视新闻里报道的，那个阿佐谷的内部纷争事件？"向井问。

"嗯，是啊。报纸上也登了很大版面呢。"

"那是阿明叔跟你干的啊？"阿淳说。

"我只不过找个借口，让里面的人把门打开罢了。"

两人听了这话立刻脸色大变。光是教训阿胜就已经够厉害了，眼前这位同学竟已亲身体验了更伟大的经历！二郎继续描述自己如何被刑警抓走，后来还在杉并警察局住了一晚，两位同学以一种仰望大人的眼光呆呆地看着他。

"……哎，二郎，我记得好像NHK电视新闻里提到，说是有人死了。"向井一脸严肃地说。

"是吗？"阿淳问，他似乎还不知道这新闻。

"嗯，阿明叔好像用警棍把敌人那边的领袖打死了。"二郎的语气很平静。

"打死了……！"向井和阿淳都呆住了，"那就是杀人罪喽。"

"是他打中的部位太不巧了。再说，他只打了一下啊。"

"你看到了吗？"

"没有，我听刑警讲的。"

林造不知什么时候也跑到他们身边来了。阿淳似乎很想向谁转述似的，立刻主动向林造从头说起。"喂，不要到处乱讲。"二郎特别叮嘱道。其实他心里也明白，这种八卦传得很快，一传十、十传百、转眼之间所有人都会知道的。

向井跟阿淳虽然只跟阿明叔见过几次，但他们似乎对自己认识的人杀了人一事相当震惊。

"阿明叔会不会坐牢啊？"向井问。

"我爸说，大概三年半就能出来。"

"日本这国家，杀人只要关三年半就能放出来？"

"我不知道。问我也没用。"

第一节课下课了，阿淳和向井仍旧缠着二郎，要他把事情经过说得再详细一些。这时佐佐和长谷也凑了过来，但二郎他们马上把两个女生赶走了。剩下几个男生继续交头接耳，二郎又把今早警察到家里来搜索的事情也说了一遍。

"第二节课还是自习。"穿着套装的南老师走进教室向大家宣布。

发生了什么事吗？全班同学乱哄哄地吵成一团。老师向二郎招招手说："上原君，你到办公室来一下。"她的表情十分严肃。

二郎当然心里有数。他知道，警察一定把昨晚的事情通知学校了。

走出教室，二郎紧跟在南老师身后，不过老师并没和他说话。原本老师是叫他到办公室去的，结果却领着他走进了办公室隔壁的会客室。一进门，二郎看到教务主任和另一名陌生人坐在沙发上，他们都叫二郎在长沙发上坐下来。

"我想你大概也明白，警察局的人今早到学校来，向我们说明了上原君昨晚的行为。"教务主任首先开口。二郎还是第一次直接跟他当面说话。南老师忧郁地侧身坐在一旁的小凳子上。

"或许你只是受父亲朋友之托，才涉入这个重大案件，但我们身为学校的老师，都对这事感到很遗憾。"

二郎默默地听着。这时他抬眼望向窗外,只见天空飘起了小雨。

"学校并不打算处罚你,这件事是因为上原君的家庭环境有问题,所以我们打算找时间,由老师、家长和学生三者一起好好讨论今后的对策。"

"你爸爸现在在哪儿?"陌生男人问道。

"哦,这位是区教育委员会的斋藤先生。"教务主任向二郎介绍说。

"我爸在警察局。"二郎没好气地回答。

"因为昨晚的事件被带去问话吗?"

"……是。"二郎没说爸爸被逮捕了。不过反正他们马上就会接到通知吧。

"你爸会不会打你?"斋藤先生问。

二郎连忙摇着脑袋。爸爸虽然会跟他玩摔角,可从来没打过他。

"会不会打你妈?"

"不会!"二郎有点生气地答道。他想,这些人可能搞错状况了吧。

"他没工作吧?"

"有。"

"做什么呢?"

"他是作家。"

"作家?"斋藤先生露出有点意外的表情。坐在一旁的南老师赶紧附耳说明"……听说马上就要出书了呢……"二郎隐约听到这几个字,那口气像是在报告一件很稀罕的事情似的。

"如果上原君希望的话,可以暂时离开家,到别的地方生活,你觉得怎么样?"

263

二郎不太理解这段话的意义，所以闭着嘴没回答。

"只要家庭法院下命令，就算亲生子女也可以跟父母分开生活。如果上原君愿意，还可以和妹妹桃子一起搬到像宿舍之类的地方去住。"

听到这儿，二郎忍不住有点生气了，他无言地摇摇头。看来老师们似乎认为症结所在是身为家长的爸爸。

斋藤先生又连续问了一些家里的事，前后大约问了半小时，连家里的经济状况都打听得一清二楚。比如，现在住的房子是不是自己的？家里有没有汽车？"房子是租的。"二郎回答这句话时，不知为何，心底感到有些悲伤。

好不容易，调查式的问话终于结束了，二郎和南老师终于被允许离去。教务主任转脸对南老师说："这种事你没办法对付吧？"南老师答了一声："是。"那模样就像任何一个平凡的年轻女孩。

"你们可以走了。"教务主任用下巴示意着。二郎和老师一起来到走廊，老师深深叹口气，就直接走回办公室去了。临走之前，老师只对二郎说了一句："你回教室吧。"

二郎期待老师对他再多说几句。他希望能跟老师好好儿谈谈，也希望老师给他一些鼓励，或是拍拍他的身体，对他说声"振作点"也好。

二郎一个人穿过走廊，内心感到非常孤单。南老师好像不再愿意站在他这边了，因为他是个会惹麻烦的学生。

第三节开始恢复正常授课，南老师看起来心情不太开朗，不，她根本就没打算掩饰脸上的忧郁。而班上学生也注意到这一点，大家都比平日显得懂事而安静。

昨晚的事件同学们似乎已经知道了。二郎直觉女生都避免看他的眼睛。

桃子没事吧？二郎有点不安。今天他可没法像以前那样安慰自己了。

窗外的雨越来越大了。

放学回家之后，家里一个人也没有。阿明叔虽然才在这儿住了半个月，二郎却已习惯回家就可以看到他。现在二郎觉得心底好像突然破了个大洞。

妈妈好像已经打扫过家里，因为屋里已看不出搜索的痕迹。二郎爬上二楼，阿明叔的物品都不见了，而桃子的东西则从姐姐房间搬了回来。

拉开书桌的抽屉，阿明叔送给他的手表放在里面。二郎找出组装模型飞机的工具箱，自己动手调节金属表链的长度。

扭紧发条之后，他把手表戴在腕上，然后贴耳倾听秒针移动的声音，又试了试码表功能，表面上的三支针一齐转动起来。当初倒是忘了问阿明叔，不过他猜想这手表一定是防水的。

试完手表，二郎重新把它收进抽屉。现在他所拥有的物品里，就数这手表最贵重，价值已远远超过了 Play Station。

二郎丢下背包，又打开门走出去。独自待在家里让人感到心慌，他冒着雨，来到阿格哈塔。妈妈跟平日一样打开了店门，桃子正坐在柜台边写作业，店里一个客人也没有。

"妈，爸呢？"

"还在警察局。"妈妈一边擦拭着咖啡杯一边回答。

"不用去接他吗？不是需要保证人？"

"可是他也没来电话。而且也不会马上让他回家吧？再说他是被逮捕的，还让人家受了伤。"妈妈翘起嘴角叹口气，接着又喃喃自语地说，"不过我想应该不会收押。"

就在这时，店门上的铁铃响了一下，门被推开了，一个客人走进来。"欢迎光临！"妈妈抬起头招呼道。看到客人的脸，妈妈又立刻点点头说："您好。"

"不用给我倒咖啡。"一个矮小的老人站在面前摇着手说。他是附近五金店的老板，也是二郎家现在的房东。老人手里拄着一支收起的雨伞当拐杖。

"上原太太家现在住的那房子，我打算要改建了，所以很对不起，这次到期就不续约了。"老人仍旧站在原地。他半垂着脑袋，完全不看妈妈的眼睛，"到期的时间，应该是今年九月吧。虽说合约里写的是半年前要通知对方，不过，我想这种小事就不计较了吧。再说，还有三个多月的时间，要找房子搬家也很容易吧？"

妈妈脸上一下子布满了阴霾。二郎察言观色，有点了解老人的意思，他也觉得很郁闷。

"其实，我老早就想要改建这房子……而现在银行贷款突然批准了，所以……"

二郎直觉地感到老人在说谎。他一定是因为昨晚和今早的事情，不想再把房子租给他们了。

"我的日子也不多了，总得为儿子想想啊。我听说，只要有负债，将来就能减轻点继承税。我们做房东的日子也不好过啊。"老人涨红着脸越说越快，似乎想要赶快说完就离开这儿，看来他是下定决心才过来通知的，"还有，不管怎么说，这房子已经太老旧了，当初也没使用防火建材，万一发生了火灾，一切都完了。"说到这儿，老人很夸张地笑起来，脸颊上的肌肉不断抽搐着。

"我明白了。"妈妈低声说,"如果因为改建叫我们搬家,那当初的押金会全数还给我们吧?"

"哦,嗯,那当然了。"老人脸上露出了安心的表情,"这么多年了,多谢你们全家。到今年就满十年了呢。记得你最小的孩子还是在中野生的吧。"

桃子听到老人说到自己,抬眼看他一眼,那表情似乎在说,"你知道我出生的秘密啊?"

"那就这样吧,我算是通知过了啊。"说着,老人转过身,逃跑似的走出店外。门上的铁铃发出一连串丁零丁零清脆的声响。窗上的玻璃笼罩着湿气,一眨眼工夫,老人的身影就看不清了。

"一起来吃饼干吧,再配上一杯红茶。热红茶比较好,反正有冷气。"妈妈打起精神对两个孩子说着,便动手拿出三个茶杯。

"我出生以前,我们家在哪儿?"桃子问。

"高圆寺。我们一直沿着中央线搬来搬去呢。"

"对啊。"二郎说。

"二郎那时还是婴儿呢,不记得了。"

桃子从橱里拿出饼干,装在盘子里。二郎忙着把柠檬切成薄片。看来店里不会再有客人上门了。对了,妈妈这家店究竟赚不赚钱啊?这问题突然闪过二郎的脑海,这是他以前从没想到过的问题。红茶很快就准备好了,三个人坐下来一起喝茶。

"我们要搬家了。"桃子很突兀地说。

"嗯,对。"妈妈说。

"会转学吗?"

"不会。我们再到附近租房子。而且还有自己的店啊。不过这次可能不会租独门独院的房子了。姐姐也说过要搬出去住,所以房间少一点也没关系了。"

"我们家有钱吗?"

"有。桃子、二郎,你们都不用担心。"妈妈露出雪白的牙齿笑着,不过那笑容看起来有点勉强。

家里正面临着极大的危机,二郎很恨自己什么忙也帮不上,他也怀疑爸爸究竟是否真心想要守护全家大小。

窗外的雨势更强了。布满了雾气的窗上只模糊地映出往来行人手里雨伞的颜色。

# 29

爸爸直到第二天黄昏才回家。他被留在警察局住了一晚,但所幸像妈妈说的那样,并没有被收押。

爸爸一进家门,家里的电话就紧跟着响了起来。二郎接起话筒,是媒体打来的。

"这里是××新闻,请问你爸爸在家吗?"电话那头的人问道。

爸爸接过电话,脸上露出不高兴的表情。"不是已经说过很多遍了,我跟革共同现在毫无关联。"爸爸粗着嗓门答道,听起来他好像跟这位记者是老交情了。

"对了,你们那新闻写的什么啊?题目还叫作'无敌时代的革命游戏'?这跟以前成田抗争时的态度完全不同啊。搞了半天,原来你们是资产阶级报纸里的墙头草啊?"爸爸一个人喋喋不休地对着电话说。

媒体的人想要跟他打听阿明叔的消息,不过爸爸全都回答不知道,同时还威胁着说:"要是你们敢中伤仲村明,我可不会饶过你们!"

出版社也打电话来了。"这里是文学舍。"听到电话里的人这么说,二郎才想起，就是他们要出版爸爸的小说。

"哦，是吗？……我知道了。"接过电话后，爸爸的表情变得很阴暗，"那你们明天就来吧。还有那个什么新任部长之类的，也一起过来吧。"看来电话里跟他说的不是什么好事。

不过二郎已经习惯接受更坏的消息了。到目前为止，最坏的消息是阿明叔杀了人，天下还会有比这更坏的消息吗？而第二坏的消息是他们必须从现在这个家搬出去。妈妈还说下次可能住不起独门独院的房子了，二郎隐约可以想象，家里的经济正面临着不堪的窘状。

"喂，二郎！"耳边突然传来爸爸的呼唤，"你想到哪儿去？"二郎走过去，只见爸爸盘腿坐在客厅地板上问他。

"什么啊？突然问这种话。"二郎没回答，因为他听不懂爸爸问这话的意思。

"你想搬到什么地方去，说来听听。"

"不知道，干吗突然这样问我？"

"那你现在想一想。"

"……舟浮，怎么样？"二郎低声说。

爸爸抬起头看着他。"你为什么知道这地方？"

"阿明叔告诉我的，他还说，放在那儿的船，要送给我。"

"哦。"爸爸像在盘算着什么似的，一翻身，躺在地上。"西表岛？不错啊。"他自言自语地说。

"哎，爸，我们家有没有钱啊？"二郎问。这问题他早就想问爸爸了。

爸爸转过头瞪了他一眼说："钱这种东西，一点都不重要。"

"是吗？要是没钱，就没饭吃，也没办法买衣服啊。"

"这玩意儿，在人类历史上，也是最近才有的。以前大部分都是自给自足。"

"可是现在又不是原始时代。大家都是用钱买东西过日子啊。"

"二郎,来玩摔角吧?"

"不要!"二郎站起身,赶忙躲到房间的角落,"爸,你有没有工作过啊?我不是说在家当自由作家,是说打着领带到公司去上班,或是在店里向客人低头提供服务,这种工作,你有没有做过啊?"

"哼,无聊!这些工作只是被资本家压榨罢了。真正的劳动,是为人民到田里去耕作。"

"你是指在古巴甘蔗田的工作?"

"……哦,你知道很多嘛。"爸爸翻个身说,"你妈跟你说的?"

"不是,是阿明叔。他还说你跟古巴的卡斯特罗议长一起合照过。"

爸爸爬过来并把手伸向他,二郎很快地逃到走廊上。

"我觉得你最好别让妈太操心钱的事。而且我们这次搬家,好像又要花不少钱呢。"说完这些,二郎快步奔上二楼。他感到心跳得很激烈,因为这是他第一次正面指责自己的父亲。

二郎开始觉得上学是一件很郁闷的事情。因为南老师现在对他很冷淡,她根本不用正眼看他,而且每次警察或教育委员会要她转达什么事情的时候,她都显得非常不高兴。

"为什么学校要当警察的窗口呢?"有一次在二郎的面前,南老师很不服气地向教务主任抗议说。

"因为,哎呀,因为家长是这案子的证人……"

老师像是故意咬着臼齿的说话方式,也表明了她对爸爸的不满。

有一次在上课时间,二郎被学生咨询室叫去,因为学校要将他送到儿童福利机构跟警视厅的刑警谈话。学校问他是否需要家长陪同,二郎拒绝了。他不想再给妈妈找麻烦。原以为刑警会追问有关事件的细节，却没想到大部分的时间只是在闲聊。

"我们上小学的时候啊，除了躲避球之外根本不知道别的游戏呢。"刑警叔叔跟爸爸年纪相仿，他看着远方回忆着，"篮球那时候叫作港球，是由一个人代替那个篮网，站在球门的位置上接球的。"

二郎不知刑警叔叔为何说这些，看来这种讯问只是形式上的作业。

"阿明叔有没有女朋友啊？"

"不知道。"

"没有？他也说不会有人来看他的。"

刑警在一份文件上写了些近似作文的内容。这东西好像叫作口供，是以二郎的身份写的。

"我已把阿明叔看成家里的一分子，所以他叫我做的事情，就没办法拒绝……"

刑警把口供内容念给二郎听。"有没有写错的地方？"他问。二郎摇摇头，刑警便让他在文章最后面签上自己的名字。

在儿童福利机构里面，二郎还看到了黑木。

那时他正在一间叫"学习室"的房间里写作业。二郎经过房间前面的时候，面向走廊的窗户是开着的，两人的视线刚好交会。

黑木恶狠狠地盯着二郎，二郎也不客气地回瞪一眼，黑木苦笑起来，无声地用口形骂他"笨蛋"，二郎也立刻回骂一句"傻瓜"。

到了中午休息时间，二郎坐在食堂里吃着营养午餐，不一会儿，黑木也来了，在离他不远的餐桌前坐下来。

"上原也要被送到福利机构来了？"黑木向他问道，他动作熟练地把芝麻盐撒在白饭上。

"少把我跟你扯在一起。我只是来接受讯问的。"

黑木没再说话，开始默默地吃起午饭。食堂里还有很多其他学生，放眼望去，都是些不良少年，或是被同学欺负的孩子。二郎不免有点担心，要是自己和这些人被归成同一类就糟糕了。

黑木吃完一碗，站起来添饭时顺便走到二郎身边来。"听说你找大人把阿胜的手臂折断了，是真的？"他放低声音向二郎问道。

"你怎么会知道？"

"这世界很小。"

"那下一个就是你了。"

"别乱扯了，那个大人还不是被抓了。"黑木转身把自己的托盘端来，在二郎对面坐下。

"你走开。"二郎冷冷地说。他还没打算原谅黑木呢。

"阿胜那家伙可是跟蛇一样的哟。"

"我知道。"

"他是绝不会主动放弃的。"

"我说了我知道。"

"不过啊，他听说折断自己手臂的那个大人，当天晚上又杀了人，可是吓坏了呢。"

二郎看了黑木一眼，只见对方满脸不怀好意的笑容。

"是吗？"二郎问。

"是啊，外面还流传说，上原的周围有很多激进派大人哟。"

这话听在二郎耳里，并没产生什么特别的感觉。像阿胜那种家伙，他也不在乎了，要来就来吧，他想。

"向井告诉我，说你爸以前是激进派。"

"讨厌！少跟我啰唆。"二郎狠狠瞪他一眼。黑木从鼻孔里发出嘿嘿嘿的笑声，装模作样地伸出手指梳理着头上的发丝。这个不良少年越来越像个大人了。

这天和刑警谈完话，二郎并没回到学校，因为南老师请福利机构传话告诉他，可以不必回学校。态度真冷淡啊！二郎叹了口气。他觉得教师这种职业实在太现实了，只有在确保自己安全的前提下，他们才肯照顾别人。

回到家的时候，二郎看到门前狭窄的巷道里停着一辆黑色面包车。车身很宽，几乎占满整个巷道，车旁仅剩一条很窄的缝隙可供自行车通过。黑色车身上写着几个白色大字：夺回北方四岛。

这是常在街上播放军歌的右翼宣传车，二郎虽不清楚车上那些人的想法，但他知道他们不太好说话，至少对有些事情，不是道歉就能让他们放过的。

"怎样，小子？"站在车旁的一个年轻人对二郎说，"这样瞪着我们看，要收钱哟。"

"这里，是我家……"二郎不客气地回答。

"哦，是吗？是上原家的少爷啊？我们的人正在跟你爸谈事情，你最好先到外面玩一会儿再来。"男人看起来只有二十多岁，操着一口关西腔，神情看起来并不紧张。他手里抓着一把扇子，不断扇着。

玄关外还站着另外两个身穿西服的男人。二郎看了一眼，就知道他们是便衣刑警。对于这类人物，二郎现在已经见怪不怪了。

还是到妈妈的店里去吧，二郎想，桃子应该也在那儿。另外，他也很想知道家里现在的情形。

"我把背包放进去。"二郎对右翼人士和刑警说完，便穿过玄关，跑上了二楼。不过他并没走进自己的房间，而是站在楼梯转角偷听屋里的谈话。

"哎，上原先生啊，二十一世纪已经没有游击队了吧？你这种东西发表出去，不会有人理你的，就连媒体也不会当回事的。"

这个男人的声音二郎从没听过，低沉的声音显得很有身份。

"那你们也不用理我。"爸爸发出了声音。

"那怎么行呢？我们也有我们的立场呀。这种书一出版，右翼阵营一定会认为这简直看不起我们嘛，这是面子问题啊。"

"我才不管你们的面子呢。"

"请看看现在是什么时代了，这是无益的对抗吧？谁都得不到好处啊。我们也不想和你有任何瓜葛了，因为你根本没把右翼放在眼里。"

原来爸爸跟右翼的人也认识？二郎想，不过现在这种事在他看来也没什么了不起了。

"这书就是拿到文学舍以外的地方出版，我们还是会一家家去叫他们打消主意，即使你想要自费出版，等你找到了印刷厂，我们也会施加压力。总之，你一个人是无法对抗我们的，还是趁早打消主意吧。"

爸爸沉默着没说话。"真抱歉。"不知是谁这时低声道着歉，大概是出版社的人吧。二郎心里已经猜出一二，爸爸的小说不能出版了。

"说老实话，我对文学也不太懂，但这小说真的那么有趣吗？"一个震撼力十足的声音问道。

接下来是一阵沉默，没人回答这个问题。沉重的空气一直弥漫到二楼。

不一会儿，楼下那些人告辞离去了。二郎不想单独跟爸爸待在家里，也趁乱匆匆跑出家门。

他决定不去妈妈的店里，而转向中野百老汇奔去。但或许因为心情实在太郁闷了,连平时去玩的几个地方都令他觉得很无聊。二郎真希望自己马上长大成人,变成一个会赚钱又能随便到任何地方去的大人。一个小孩能去的地方真的很有限,而且天一黑就得回家。

他伸手在口袋里掏了掏,有些零钱,于是走进电玩中心。店里有几个不良少年,可是二郎连看都没看他们一眼,而那几个人也没敢用正眼瞧他。二郎不禁有些感谢黑木跟他提到的那些流言。

电子音乐充斥在店里,不断震动着二郎的耳膜。

这天晚上,爸爸和妈妈一直在争论着什么。两人虽没提高嗓门吵起来,但听得出他们的意见是对立的。二郎一时很难入睡,便躲在被子里竖起两耳偷听父母的谈话。两人争执了很久,前后至少超过了一个小时。后来妈妈开始反驳,二郎隐约听到"忍一忍"之类的字句,最后,妈妈似乎屈服了。"好吧,反正只不过是一家人而已。"妈妈用淡淡的语气说。

桃子不断翻着身子,可能她也没睡着吧。姐姐这天直到深夜才回来。二郎听到她进门后用充满女人味的声音对着手机里的人说:"晚安。"

# 30

第二天一早,妈妈突然向大家宣布她有话要说。二郎这时正努力吞咽着早饭。"边吃边说吧,你们听我说一下。"妈妈说着在餐桌边坐下来。桃子坐在二郎身边正搅拌着纳豆。爸爸和姐姐还没起床。

"我们家,决定要搬到冲绳的西表岛去了。"

桃子握着筷子的手停了下来。二郎停止了咀嚼,嘴里塞满了白饭。

"我觉得对你们俩来说,这也是个很好的人生经验,虽说将来如果要上大学、要进公司上班的话,这段经验可能会带来负面影响,但这种谁都会走的人生之路,我觉得也没什么了不起的,所以我们决定要结束东京的生活了。"

二郎的脑袋一时对妈妈这段话反应不过来,他决定先把嘴里的食物吞下去再说。

"当然了,你们也不会永远都当父母的附属品,将来你们觉得自己能独立的时候,就搬出去住,没关系的。但是在十五岁之前,还是跟父母一起过吧。所以啊,你们现在暂时要跟自己的好朋友道别了。"

听到这儿,二郎脑中浮起了阿淳和向井的面孔,紧跟着、林造、佐佐和长谷的脸庞也一块儿出现在他眼前。

"那什么时候搬呢？"二郎问。

"店里的家具和餐具一卖掉就出发。大概就这两三天吧。反正这种事也不能拖拖拉拉的。"

西表岛是阿明叔的故乡，他送给二郎的船也在那儿。

"是爸爸决定的吗？"

"是爸爸和妈妈一起决定的。"

妈妈说这话时表情非常坚定。"喂，吃啊。"听到妈妈叫他快吃，二郎又去添了一碗饭。

"西表岛有多少人口啊？"二郎问。

"不知道。那个岛蛮大的，大概有一千人吧。"

二郎一时不知如何接腔，自己现在上的小学全校就有一千人。

"我们要转去的那个学校，叫什么名字？"

妈妈用手肘撑着脸颊轻松地问道："二郎、桃子，你们觉得学校是必要的吗？"

"……我觉得必要。"二郎答道。

"那桃子呢？"

桃子始终没说话，她把纳豆倒在白饭上面，无精打采地往嘴里拨着。

"你们在学校学的那些东西，其实并不是真的那么重要吧？念书就不用说了，其他像团体生活的规则之类的，比如上学放学只准走规定的路线，这根本就没意义嘛。"

妈妈嘴里说出来的竟是爸爸平常说的话，原来他们之所以结为夫妇是因为两人的想法一样啊。

"我今天就会跟学校联络。二郎、桃子，你们今天就跟自己的朋友道别吧。"

说完，妈妈起身离开餐桌，走到水槽边。"那姐姐呢？"二郎对着她的背影问道。

"洋子已经是大人了，我让她自己决定。"

"姐姐才不会去呢。"二郎低声在嘴里嘀咕着，然后偷偷地叹了口气，他叹得很小声，尽量不让妈妈听到。

我们要搬家了，而且是搬到南方的小岛去！

这一天终于来了。只要有爸爸在，这个家就没有风平浪静的日子。其实在二郎心底的某个角落，早已准备好随时接受这种事实。

桃子只吃了一碗饭，二郎想帮她吃荷包蛋，但是桃子拒绝了。

上学的路上，二郎把搬家的消息告诉了阿淳。

"哦。"阿淳的反应挺冷淡的，"很好啊，冲绳啊？"

"才不好呢。又不是去观光旅行，是要搬到西表岛上去住。"

"厕所是不是那种需要污水车来抽走的？"不知为何，阿淳突然提出这个问题。

"不，不知道啊。"二郎嘴里答着，心里也开始有点担心了，老实说，他也不知道自己将会搬到怎样的地方去。

阿淳又连问了好几个问题："冬天也能游泳？现在有椰子吗？……"二郎一个问题也答不上来，其实这些问题也是他想问的呢。

快走到学校的时候，阿淳像是有点感伤地说："搬到那么远，我就不能去玩了。"阿淳似乎现在才明白即将发生什么事呢。

上课前，二郎也把搬家的消息告诉了向井和林造。

"西表岛？日本唯一拥有亚热带丛林的岛屿！"向井果然很有学问，当场卖弄起知识来，"那儿有西表山猫，还有茂密的红树林，总之是个野生岛。"

"是坐飞机去吗?"林造揽着二郎肩头问道。

向井从自己的课桌里拿出地图,摊开在桌上。"离冲绳本岛很远呢。在石垣岛的外海。"

二郎也跟着大伙儿一起盯着地图。冲绳诸岛有点像从日本列岛泼出来的几点水滴。

"没有机场的标志啊。要先到石垣岛,再从那边搭船去吧。"

原来如此,是个连机场都没有的小岛?二郎在扩大图上找到了"舟浮"的地名。阿明叔送给他的船就停泊在那儿。

"等学校放暑假,大家一起去玩吧。我一直都想搭趟飞机呢。"向井对大家提议说。

二郎觉得只要向井当领队,就算是夏威夷也去得成。

这天在学校,一到下课时间,阿淳和向井就跑来找二郎聊天。时间一分一秒地过去,离别的情绪正逐渐涨满他们的心头。

"把地址告诉我们吧。"这的确是最重要的事情。

"我还不知道。"二郎迟钝地回答。

阿淳挤过来跟他坐在同一张椅子上,身体紧紧靠着他,还用手臂揽着他的肩膀。

"搬家以前,到我家来吃寿喜烧吧。"

"嗯,好啊。"

二郎这才想起,阿淳跟自己从上幼儿园起就认识了。两人一块儿玩过的次数至少有两千回了吧。他真的很难想象竟会跟阿淳道别。

"你有没有想要的东西?"向井问。

"没有。问得这么突然。"

"送你个礼物,象牙图章怎么样?能用一辈子哟。"向井说着露出雪白的牙齿笑起来。

这些朋友都对自己那么好。二郎突然觉得很伤感，他马上就不能跟这些伙伴在一起玩了。

下午的几堂课二郎不用上，因为今天还要到儿童福利机构去接受刑警讯问。最近阿明叔又开始缄默了，所以刑警需要二郎提供证言。二郎并不清楚自己能说些什么，但既然已经有人牺牲，他觉得不该有所隐瞒，应该实话实说才对。

"阿明叔是个好人。"二郎向刑警再三强调着，"他脾气好、喜欢小孩，很会做冲绳开口笑，而且还当我妹妹的家庭教师……"

"知道了，知道了。"刑警苦笑着制止他再说下去。二郎一心只希望能帮阿明叔减轻些刑罚。

"什么时候审判？"

"还早。先要搜齐证据，然后检察官才会起诉，之后还要选定公诉律师，审判是在这之后。"

"是吗？"

"将来检方的人可能还会问你话，请你跟他们合作哟。"

"……可是，我马上要搬家了。"

"是吗？全家都搬吗？"

"是。"

"搬到哪儿？"

"冲绳。"

刑警脸色大变，连声问道："普天间？古座？"

"西表岛。"

"……西表岛？"

刑警露出不解的神情，便把阿明叔的事情放到一边，转头开始追根究底问起二郎家搬家的细节，问完之后，还马上拿起电话向什么人报告了一番。警察好像对爸爸的行动非常关心。

走出儿童福利机构，二郎没再去学校，而是直接回到家里。今天家门外的巷道被大卡车塞满了。穿着工作服的男人们正忙着把餐桌和冰箱搬出来。二郎大吃一惊，已经要搬家了吗？不会吧？

他赶忙跑进家门，只见爸爸正跟一个男人对坐在厨房里，男人手里抓着计算器。

"先生啊，这里大部分都是无法回收的东西。老实说，我还想跟你要运费呢。"

"别跟我讲价，你们这种人的手法，我很清楚，快出价吧。"

爸爸威胁着，男人伸手摁了几个键。爸爸斜眼瞄一下计算机上的数字，然后板着面孔点点头，两人的交易就算完成了。

"爸，已经要搬家了吗？"二郎大声问道。

"哦，儿子，跟朋友道别了吗？"

"怎么可能？这么匆促。我只跟朋友说我快要搬家了。"

"那就到了以后再写信吧。"

"哪有这种事！"二郎简直说不出话来。

"打铁要趁热，这种事情就是要一鼓作气。南方的小岛，很棒哟！"爸爸眯着眼笑得很愉快，"全部家产都要处理掉！船运送过去既费时又花钱，日常必需品到冲绳去买比较快。"

二郎快步跑上二楼，他的书桌和衣橱都不见了，抽屉里的物品全被倒进了纸箱。他连忙翻找阿明叔送他的手表，还好很快就找到了。他把手表戴在手腕上，转身又拉开壁橱，里面也是空的，连被子都没了,今晚要怎么睡觉呢?

二郎再走进姐姐的房间,房里保持着平日的模样。这表示姐姐决定不跟他们一起去冲绳。二郎想,从现在起,姐姐要跟全家分离了。

他回到楼下,向爸爸问道:"妈呢?桃子呢?"

"店里。那边也正忙着处理呢。"

二郎想给妈妈打个电话,这才发现平常放电话的地方看不到电话机。

"爸,电话呢?"

"处理掉了。真不愧是NTT(日本电信电话公司),动作好迅速啊。哈哈哈。"

二郎不知该说什么好,不论如何,这也太性急了吧。就在这时,妈妈回来了。"哎,老公啊,椅子、餐桌再加上餐具,全部才卖了五十万啊。"她噘着嘴唇说,不过脸上表情却显得很高兴。

"妈,阿格哈塔已经没有了?"

"是啊,来喝咖啡的客人都吓了一跳呢。"

"这样好吗?你这么轻易做出决定。"

"二郎你这孩子还真爱操心,究竟是像谁啊?"妈妈说着开心地笑起来。眼前的妈妈似乎已对周围的人世、自己的人生都不在乎了。

"桃子呢?"

"不知道,大概跟朋友一起去玩了吧。"

二郎翻身躺在只剩下榻榻米的客厅地板上,这时他发现连天花板的日光灯都不见了。

好吧!他告诉自己,反正爸妈已经决定这么做了。

"今天晚饭买便当吃。"妈妈说完像是有什么喜事似的哼起小曲。

"冰箱也没了,别买容易坏掉的东西。"爸爸手里抓着扫帚说。

"孩子的爸,屋子就要拆了,不用扫了。"

"啊,对啊,那要不要把榻榻米也拆去卖了?"

两人齐声大笑起来,他们俩今天好像感情特别融洽呢。

门外这时突然来了客人。"有人在吗?"一个男人的声音从玄关传来,但从脚步声听来,似乎一下来了好几人。爸爸起身往玄关走去。

"喂,上原,你可没告诉我们要搬到冲绳去啊。"男人的声音听来有些慌张。

"啰唆!我干吗向公安报告,你有法院的命令吗?查案做笔录都要出于我自愿,不是吗?"

二郎从爸爸的话里听出门外那些人是警察。一定是他中午告诉刑警的内容传出去了。

"别这么说嘛。仲村明的案子成立之前,你得留在东京。"

"不要!我才不帮警察。"

"你到冲绳去干吗?我想你心里也明白,只要你一踏上冲绳本岛,二十四小时都会有人跟踪你的。"

"我是去八重山,在西表岛。放心吧。"

"普天间事件的民事诉讼还没过时效期呢。"

"那么久以前的事情别提了。再说你们也没证据。"

"你不是说不再插手基地问题了吗?"

"所以我说我去西表岛,谁管什么美军基地啊。而且我的祖先住在冲绳啊,为什么我回老家你们还这么……"爸爸的嗓门一下子提高了。

"革共同已经不恐怖了,他们什么都干不出来的,最多不过是搞搞内部纷争而已。我们害怕的是上原一郎啊。"

"别太抬举我了。我早就退休了。"

爸爸跟公安警察们你来我往，争论不休。

二郎觉得这群人的声音实在太吵，便擦过大人身边往门外跑去。原来爸爸从前还有过不少伟大的传奇事迹啊。其实爸爸不用写什么小说，哪天他要是肯写部自传，二郎倒是很愿意当他的第一个读者。

附近学校的钟声正在西边的天空回响，钟声向大家宣告，时间已经是下午五点了。几只乌鸦发出阵阵悲鸣。自己真要跟这条街告别了吗？二郎自问着，南方的小岛上，会听到什么样的鸟鸣呢？

就在这时，几个经常跟桃子一起玩的同伴从巷道对面走过，都是住在附近的同学。"有没有看到桃子？"二郎问。

"一点左右在车站看到她，说是有事要到四谷去。"一个同学回答。

原来桃子一个人到四谷的外婆家去了。

二郎心底浮起不祥的预感。桃子跟外公外婆提搬家到冲绳的事情，他们肯定不会坐视不管的。

# 31

从四谷三丁目车站走出来,新宿大道上宽敞的人行道显得非常热闹,往来交错的人影中,有人匆匆赶着回家,也有人正要前往繁华闹区。二郎身上的T恤早已被汗水浸透,他背着夕阳奋力往前奔跑。

现在来到这儿,与其说是去接桃子回家,不如说他自己也想见外婆一面。因为搬家计划进行得太快了,让他心里有点毛毛的。目前的情况有点像失控往前冲的小火车,二郎很想让车子暂时停下来。

来到堀内大厦楼下,二郎伸手按了对讲机。先是用人来应门,紧接着,就听到外婆沉重的声音对他说:"上来吧。"桃子已经向她报告了搬家的事情吧,外婆的口气听来就像在等待二郎的到来似的。

走进客厅,只见桃子抱着一个坐垫横躺在沙发上。她委屈地瞥了二郎一眼,立刻把脸埋进坐垫里。表妹加奈坐在她身边,两人像亲姐妹般紧靠在一起。

"为什么电话没人接啊?"外婆问道,"刚才到现在,我打了好几通电话到二郎家去,你爸妈都没接呢。"

"没电话了。"二郎在沙发上坐下来,"已经办好解约手续了。"

"是吗?"外婆惊讶地睁大眼睛问。

"家具、冰箱之类的也都处理完了。家里现在什么都没了。"

"你爸他究竟打算干吗？不管去冲绳还是去西表岛，也不先找个住所……"

外婆转身拿起电话拨出去。"你去一下中野，把阿樱……"外婆对着话筒发出指令。电话那端是妈妈的弟弟，也就是二郎的舅舅。

"反正，就算把阿樱一个人带来也好，那个人就随他去吧。你跟她说，要是不来的话，我也不放阿桃和二郎回去了。"

挂断电话之后，外婆满脸无奈。她重重地叹了口气，转身走回二郎身边。"你可不能跟你爸一起去哟。虽说他家祖上在冲绳住过，但他在那儿又没工作，就算要开店做生意也没资金啊。还有，你们的学校怎么办呢？外婆虽不知道西表岛在哪儿，但我猜那地方大概全校只有二十人吧。反正这事外婆坚决反对，为了你们的将来着想，搬到外地去肯定不会有好处。"

"妈说了，等我们满了十五岁，就可以不跟父母一起住。"

"连阿樱也说这种不负责的话！十五岁怎么可以？这种年纪，不是刚初中毕业，正要展开高中、大学的竞争呢……"外婆很气愤地说。

用人这时端着冷饮和点心走进来。桃子沉默着伸手拿了一块饼干，二郎也跟着拿了一块饼干。

"阿桃啊，你觉得怎样？还是不想转到学习院去吗？你外公以前当过理事，随时都能转进去哟。"外婆转脸向桃子问道。似乎在二郎来到之前，外婆就一直在劝说桃子。

"二郎也一起转学吧。这家里房间多得很，只要把储藏室移到一楼去，再做个简单的改建工程，马上就能隔出两间儿童房。你们暂时跟父母分开过也好，要是你妈非去冲绳不可的话，你们俩就留在这儿吧。"

二郎没说话，这问题不是他立刻能回答的，而且眼前正是他有生以来头一次被迫决定人生方向的时刻。

"那个什么学习院，不用担心。二郎和桃子都继承了堀内家的血统，只要按部就班学习，一定跟得上的。"

二郎脑中浮现学习院的制服，一想到自己穿上那种没有纽扣的高领外套，他不免感到一丝腼腆。只是，不论是离开父母生活，或是转学到私立中学，这一切对他来说似乎都很难以相信。

桃子坐起身子，用很认真的眼神看着二郎问道："哥，你打算怎么办？"

"桃子你呢？"

"我还在考虑。"桃子看起来真的很迷惘的样子。

外婆这时有事必须到店里去一趟。"我得去看一下账簿。你们俩就待在这儿啊。"说完，外婆就到楼下店里去了。

"哎，学习院好不好玩啊？"二郎向加奈问道。

"好玩啊。"加奈噘着嘴唇说。她正不断用手抚弄着桃子的头发。

"有没有不良少年？"

"没有。"

"有没有干洗店的小孩？"

"不知道。"加奈说着又摸摸桃子的面颊和鼻子，那动作看来不太像是表示亲热，反而有点像在玩弄玩具布偶。

"常有转学生转来吗？"

"很少，就是有，也是归国子女。"

应该是吧。二郎觉得一下子掉回了现实世界。不管外公外婆多么热心奔走，要转到这么有名的私立学校可不是容易的事。尤其他现在是小学六年级第一学期，这么不上不下的时期，明年一定会叫他参加中学入学考试吧。

"如果是我，我倒是很想到南方小岛的学校去看看呢。"加奈说，"而且住到乡下去的话，就请不到钢琴老师了吧？"

"什么意思啊？"桃子问。

"我对弹琴很厌烦。"加奈抱住桃子说。看来她很不喜欢上钢琴课。

三人正说着话，隆志和笃志回来了。隆志的运动包里插着网球拍，笃志抱着一个小提琴箱。

"哦，欢迎。"隆志老气横秋地向他们打着招呼。

笃志一看到二郎，立刻带着友善的眼神走到二郎身边。"来吃晚饭啊？"

"不是。"

"再给我表演几个后滚翻吧。"

"嗯，好啊。"

"这次你再呕吐的话，我要跟你脱离兄妹关系。"桃子说。二郎听了十分火大，伸出脚在妹妹屁股上踢了一下。

"喂，哥。"加奈很高兴地说，"阿桃和二郎说不定要搬到我们家来住哟。"

"是吗？"正要走回自己房间的隆志站住脚问道。

"阿桃的爸爸妈妈要搬到冲绳的哪个小岛去了，所以我们家可能要收养他们俩。婆婆刚说的。"

隆志瞥了二郎一眼。"哦！"他的嘴角似乎有点翘起来。

"还有，他们也要转学呢。"

"转到学习院？"隆志这下真的笑了起来，"外公以为现在还跟他从前念书一样。现在要是考试考不过，根本就别想转进来。"说完，隆志走出了客厅，笃志也跟在他身后走出去。二郎觉得自己并不受欢迎。

"好了，我也该在晚饭前把习题写好。"加奈说着站起身子，"对不起了，吃完饭我还要去上钢琴课。"

客厅里只剩下桃子跟二郎两个人，二郎抬头仰望，华丽的吊灯像冰柱似的从天花板垂下来。这整栋房子里大概没有日光灯吧。

"桃子，你打算怎么办啊？"二郎说，"看爸妈的样子，好像明天就要离开东京。"

桃子没有回答，只把脸埋进坐垫里。

"如果跟着去了，将来就不可能再回东京了吧。至少到中学毕业为止，都得在岛上生活呢。"二郎抓起另一个坐垫向桃子扔过去，"听说西表岛连个飞机场都没有，岛上几乎全是丛林，整个岛就是个野生岛。大概厕所也是那种需要污水车来抽的吧……"

"污水车来抽？"

"你没听过啊？不是用抽水马桶哟，是那种在地上挖个洞，大便全都堆在里面的厕所。"

"哇！"桃子皱起了脸。

"没有电玩中心，没有百老汇，没有中野广场，什么都没有！"

"连卖可乐饼的肉店也没有吧？"

"嗯，对啊。"二郎答道，肚子忽然响了一声，他觉得心情越来越灰暗，"桃子你觉得住到他们家来也行吗？"

"我还在考虑。"

"考虑那么久。"

"可是我很难决定啊。这个家里的小孩，要念书又要学技艺，看来挺辛苦呢。"桃子翻个身，郁闷地吐出一口气。

"反正我不打算进学习院。"

"为什么？"

"不可能适合我。"

"对啊，哥大概不适合那学校。"

"那桃子适合吗？"

"……说不定适合。"

"因为女生都喜欢假扮公主嘛。比如穿漂亮衣服，弹钢琴，吃蛋糕……总之就是喜欢飞上高枝吧。"

桃子踢了二郎一脚，不过并不怎么用力。

"将来，你就会变成那种俗气的女人，整天吵着要买哪种名牌皮包，或坚持非喝哪种品牌的葡萄酒不可。"

"我才不会。"桃子拉长了尾音说。

"会，一定会的！"二郎说着在桃子脚上敲了一下。

这时，用人突然伸进脑袋对二郎说："对不起，二郎少爷，你妈妈打电话来了。"厨房的门一块儿被推开了，烤芝士蛋糕的香味从门缝里飘出来。

二郎拿起分机话筒放在耳朵上。"你们在那儿干吗呀？"妈妈坚定的声音跳进二郎耳中，"刚才你舅舅来过了，不过又被我赶走了。妈妈是死也不会回四谷的家去的。所以啊，要是你们不回来，我就把你们留下喽。我们要搭明天中午十二点半的飞机，十一点会从家里出发。"

"这么快……"

"今天我已经通知学校说我们要搬家了。你们再这么拖拖拉拉的也没用。"

"老师怎么说?"

"没说什么。"

怎么会这样?……二郎觉得妈妈好像一切都豁出去的感觉。

"妈,桃子说她要住在这儿,而且要转学到学习院去呢。"二郎说。

"我可没说。"桃子连忙坐起身子说。

"你不是正在考虑吗?"

"讨厌!"

"不要在人家那儿吵架。"妈妈在电话里教训两人说,"反正我要挂电话了。想留在四谷当他们家孩子的,就留下吧。"妈妈没再多说什么就挂断了电话。

"喂,妈说什么?"桃子问。

"说桃子不回来也没关系。"

"骗人!"桃子踢了二郎一脚。这次踢得很用力。

"我要回家了。妈说要搭明天中午的飞机呢。"二郎站起身,桃子也跟着站起来。

"怎么搞的? 你不是正在考虑?"

"不考虑了。"

"那你打算怎样?"

"我也去冲绳。"桃子噘起嘴唇说。

"要是去跟外婆说,一定又会啰唆,给她留个字条吧。"

桃子走进加奈的房间去借签字笔和纸,不一会儿,加奈也跟着桃子一块儿走进客厅。二郎拿起笔写起来。

　　外婆:我们还是决定去冲绳。到了那儿之后再给您写信,请不要挂念。二郎敬上。

"我也要写。"桃子说着从二郎手里接过笔。

很高兴跟您香见,我会把浴衣当真宝的。桃子。

"喂,你写错字了。而且还写错了两个呢。"

"天啊!"桃子赶紧换张纸重写一遍,写完还在周围画了些花朵和心形图案。

"好羡慕啊!"加奈说,"我也好想到南方的小岛去呢。"加奈紧紧抱住桃子,伸手抚摩着她的头发。二郎看着加奈不禁联想,这女孩要是养了什么宠物,肯定整天抱着不放手。

笃志似乎听到二郎他们要离去了,也走进客厅来。"暂时不能跟你见面了。"二郎说完,当场在地上表演了几个后滚翻,笃志纯真地拼命鼓掌。

眼前这几个表兄妹虽然跟自己只有短暂的接触,二郎还是觉得很欣慰,因为至少还有几个跟自己血脉相连的人活在同样的天空之下。

接着,隆志也到客厅来了。"干吗?要回家了?你们决定要去冲绳了?"

"嗯,我想到南方小岛去生活也挺不错的。"

隆志没说话,转身走了出去。一分钟之后,只见他双手端着一个盘子又走进来。"一人来吃一口吧。"盘里盛着一块厚厚的汉堡肉,上面盖着一片融化了一半的芝士。二郎接过叉子,咬了一大口,其他三人各咬一口就把一块汉堡肉吃光了。桃子也鼓起两腮有滋有味地嚼着。

"要是有白饭就更好了。"桃子说。

"没时间了,别要求太多。"

"真羡慕你们呢。"隆志苦笑着说。二郎不太明白他的意思,但感觉得出,他并没有恶意。

"再会喽。"二郎抬手挥了挥。三个表兄妹也像印第安人似的一齐举起手。二郎再次凝视三人的面庞,这才发现他们长得可真像。

为了不让外婆发现,二郎和桃子悄悄地从大厦走出来。如果被外婆看到了,一定会拼命把他们留下来的。两人来到路上之后,又转头仰望一眼。太阳正要西沉,大楼的玻璃已被夕阳染得通红。

二郎跟桃子一路朝四谷三丁目车站飞奔而去。留在东京的时间只剩下今晚了。他看到星星已在东方的天空眨眼。

## 32

两人回到家,家里所有的家具摆设都已清理得一干二净。客厅看起来比平日更显宽敞,天花板上只有一个电灯泡发着亮光。爸妈正坐在榻榻米上吃便当,旁边还有几瓶塑料瓶装的清茶。

"哎呀,回来了。有炸鸡便当哟。还没变冷呢,一起吃吧。"妈妈对二郎说。她脸上喜气洋洋的,好像年轻了好几岁。

二郎正好想吃点白饭,便立刻揭开便当盒盖。刚才虽已吃过汉堡,但他又轻轻松松吃下了整盒便当。桃子也像跟他竞争似的埋头猛吃。拿起清茶喝一口,二郎觉得一下子神清气爽,原本堵在喉咙里的东西似乎全都被冲下去了。

坐在榻榻米上伸出两脚,二郎这才发现没有坐垫,窗帘也不知到哪儿去了,屁股底下有点凉飕飕的。他看了一眼阿明叔送他的手表,快八点了。原本放在客厅角落的电视机也不见了。

"妈,我的自行车呢?"

"两千日元卖掉了。"

只卖了两千日元?这个价钱令他有点生气,不过他倒是不在意妈妈自作主张处理了自行车。他站起身走向玄关。

"我到阿淳家去一下。"

"反正家里没被子了,你干脆到他家睡一晚吧。"

二郎没有接腔。他觉得妈妈现在的行为好像有点不正常。

出了家门,顺着小巷往前走,潮湿的空气迎着肌肤笼罩上来,四处都能听到猫叫。今晚这附近的猫儿似乎叫得特别厉害,二郎觉得它们像是在跟自己打招呼。

阿淳家的干洗店招牌还亮着,透过玻璃窗,他看到穿着运动服的老板正在烫衣服。

"阿淳在家吗?"二郎推开门问道。

老板露出笑容,说:"在楼上呢。"说着他还努了努下巴。

二郎对阿淳家很熟悉,便径自爬上二楼。阿淳正躺在床上看漫画书。在这闷热的夜晚,他光着上身没穿衣服。

"阿淳,我跟你说……"二郎把明天就要离开东京的事说了一遍。

阿淳连忙铁青着脸支起身子。"这么匆忙……"他看起来像是不知道说什么好的样子。

"我家里现在什么都没了,家具摆设之类的全卖光了,连被子都没了。"

"真的啊?"

"真的,真的。"二郎笑起来。不知为何,他甚至开始觉得有点骄傲了,这种不顾一切的行动,多少会给人带来一些快感,"明天中午就要搭飞机了,可是我家还没决定到了以后住哪儿。真不知我们这一家人会变成什么样呢。"

"你别说得那么轻松。"

"要不要去向井家?我还想再见他最后一面。"

"好啊……"阿淳从床上跳下来,抓起一件T恤套上身,"你也跟佐佐打个招呼嘛。"

"佐佐？"

"是啊。今天你去儿童福利机构之后，她跟我打听了半天，问你什么时候搬家，知不知道你的新地址之类的问题。"

"哦？"

"佐佐很喜欢你哟。"

"是吗？"说完，二郎的脸颊不禁有些发烫。但他也有点暗自得意，因为这并不出乎他的意料。

"长谷告诉我的。据说她从五年级就喜欢你了。"

佐佐的脸庞浮现在他眼前，她有一双亮晶晶的眼睛，以及圆圆的脸庞。

"至少给她打个电话嘛。就这样分别，将来你会后悔的。"

"后悔"这种字眼从阿淳嘴里说出，二郎感到很意外，没想到阿淳居然这么成熟。

阿淳拿着分机话筒交到二郎手里，他只好从阿淳的房间拨给佐佐。他的心脏怦怦跳个不停，这还是有生以来第一次打电话到女生家呢。

不过佐佐不在家，她妈妈用很温柔的声音告诉二郎，佐佐到补习班去了。

"哦，就是在早稻田大道上的那家补习班。林造也在同一家呢。"阿淳表示自己知道那地方，"那我们现在就走吧。"

阿淳热心张罗着，似乎想尽力扮演二郎好友的角色。

两人一块儿骑着阿淳的自行车奔驰在夜晚的路上。阿淳的背脊从T恤下露出一截，二郎忍不住捏了一下。"好痛哟。"阿淳笑着。看来今晚不论二郎做什么，他都不会生气的。

骑了大约五分钟，来到补习班门前。门外人行道上东一群西一群的学生，好像才刚下课的样子。

"喂，这个时候，在这儿干吗啊？"林造看到二郎和阿淳两人，忙跑上前来打招呼。二郎看他戴着一副眼镜，不免一惊。只见林造脸上架着一副时髦的圆形镜片眼镜。

"怎么回事？我可是第一次看到。"二郎指着眼镜问道。

林造不好意思地说："只有晚上才戴。"

"二郎明天就要搬家了。"阿淳说。

"不会吧？！"林造脸色大变。

"真的啊，二郎家里的家具什么的全都没了。"

"是吗？所以你特意来见我一面？"林造有点悲伤地说。

"你只是顺便的，是来见佐佐的。"

"不对。"二郎摇摇头，柔声对林造说，"我也是来跟你道别的。"他确实很高兴能在这儿看到林造。

三个人站着闲聊了一会儿，佐佐也从补习班里走了出来。只见她头发上绑着学校禁止使用的缎带，在路灯的照耀下，看起来成熟很多。

她一走出来就看到二郎，脸上露出惊讶的表情，同时马上涨红了脸。

"喂，快过去啊。"阿淳在二郎的背上推了一把。接着，二郎又听到阿淳的声音："笨蛋，你留在这儿。"林造似乎也想跟着二郎一起走过去。

二郎感到脉搏急速跳动起来。要跟她说什么呢？他完全没做好心理准备。

"嗨。"他举起一只手跟她打着招呼。

"晚上好。"佐佐说。那语气很有女人味,二郎从没在学校听她那样说话过。

"我明天要搬家了。"

"不会吧?"佐佐用手捂住嘴,"我还跟长谷她们商量说,要开个送别会呢。"

"我父母做起事来都很极端的。"

"这样啊……"

"我不会再去学校了,所以到这儿来,想跟你说声再见。"

"这样啊……"佐佐低下头,对这突如其来的会面,她好像不知该如何反应。

"那,我走了。"

"……哦,再见。"佐佐伸手拨一下额前的头发,飞快地看了二郎一眼。

二郎转身走回阿淳身边。

"你说了些什么?"

"说我明天要搬家了。"

"只有这样?"

"是啊。"

"还应该说些别的吧?"阿淳皱起眉头说。

"那说些什么呢?"

"比如说,我们要不要互相通信之类的。"

"哦,对。"

二郎重新走到佐佐面前,她正打开自行车上的锁。

"哎,佐佐,要不要跟我通信?"

"通信?"佐佐回过头,泛红的脸颊上露出微笑,"嗯,好啊。"

"等到了那边，一切安顿下来，我就会给你写信。"二郎觉得这段话好像电影台词。他不禁想嘉奖自己，因为他说得太流利了。

"谢谢。上原君，保重啊。"佐佐露出雪白的牙齿笑着。

二郎觉得很满足。这样就够了，他想，对小学生来说，已经无法期待更多了。

转过身走回来，他觉得很害羞，简直不敢抬眼去看阿淳的脸。

"接下来再去向井家吧。"

二郎跨上阿淳的自行车后座。林造决定在此跟他们分别了。

"那个眼镜挺适合你的。"

"是吗？"林造用手搔搔鼻尖，脸上露出欣然接受的表情。

"那再会喽。"

"嗯。"

阿淳用力踩起踏板，自行车往前走了几步，二郎回过头，看到林造仍然站在补习班门口，佐佐站在他身后望着自己。这时，一股酸酸甜甜的滋味涌上他的心口。

他朝佐佐挥挥手。她也把手臂举得高高的，向他挥动着。而站在她前面的林造，也不断向二郎摇着手。

"难道，你们家是夜奔吗？"向井这话听来很没礼貌，不过态度可是一本正经的。

"笨蛋，那样的话，就不会来跟你道别了。"二郎听了很火，语气也强硬起来，还用脚踢了向井一下。他们三个这时正盘腿围坐在向井的房间里。

"可是一般情况下，至少会跟全班打声招呼啊，而且还会带盒点心来呢。"

"放屁,什么点心?"

"礼节是很重要的哟。"向井老气横秋地说。

"其实你应该是小学十二年级的吧?"二郎斜眼瞪着他说。

"二郎可真会说笑。"向井笑起来,那模样很像中年老头儿,"不错啊,今晚就要分别了,我要送个礼物给二郎。"向井说着站起身,从抽屉里拿出一把瑞士军刀。

"这是町内儿童会一起去露营时发给我们的,我在东京根本用不着。"

看起来并不像价格高昂的东西,而且它只包含一把小刀、一个起子和一个开罐器,二郎就不客气地收下了。

"如果你要还礼,那个手表挺不错的。"向井指着二郎左腕说。

"当然不行,这是阿明叔送给我的。"

二郎忍不住把阿明叔送他渔船的事也说了,阿淳和向井都不由自主地探出身子。"你现在是船主啊?"向井看着二郎的眼神充满了敬意,这让二郎的自尊心感到非常满足。

"那我们暑假一定要去玩喽。"

"嗯,来吧,我会给你们写信的。"

"好想到海边游泳啊。我已经三年没去过海边了。"阿淳说。

"我爸死后,我一次都没去过呢。"向井说。

"那儿的大海很美吧?"

"嗯,海里还有热带鱼游来游去呢。"

三个人聊了一会儿有关冲绳的话题,当然他们谁也没去过,全都是凭着想象瞎掰罢了。但这样聊着聊着,二郎即将出发去冲绳这件事,还有将要跟同学分离这件事,都慢慢地变得真实起来。到了明天,隔在他们之间的距离将会超过一千公里呢。

正聊得高兴时，向井的祖母送了几个今川烧进来请大家吃，好像还是她特意跑到外面买回来的。

"对了，今天我在儿童福利机构看到黑木了。"二郎一边说一边鼓着腮吃点心，"他跑来跟我讲话，但我没理他。"

"别对他那么冷淡嘛。那家伙很耐不住寂寞的。"向井的眉毛变成了倒"八"字形。他一向同情黑木，因为他们俩都是在单亲家庭中长大的。

"别开玩笑了。这家伙背叛我们太多次了。他不是阿胜的手下吗？"

"他是太单纯了。只请他吃了几次饭，就不肯忘记对方的恩情。"

"才不是，他只是害怕阿胜罢了。"

"别这么说。今晚是最后的机会了，给他打个电话吧。那家伙其实对二郎很有好感的。"

有好感？别开玩笑了，二郎想。不过就在这同时，他脑中又浮起了另外的念头。二郎突然想对黑木说声"再会"，也想到好几句临别赠言，希望能当面送给黑木。二郎知道，黑木这孩子除了留在那个卖笑的母亲身边，没有其他路可走，照这样下去，他将来也只能进中野的中学，然后去当阿胜的学弟。

于是他抓起话筒，决定要大胆地嘲讽黑木几句。

# 33

黑木刚好就在他家的木造公寓里。他妈妈的工作是在酒吧陪酒，二郎打电话过去时，他正一个人待在家里看电视。二郎把搬家的事说了一遍，沉默几秒之后，黑木开口吐出一连串故意惹人生气的咒骂。

"我一想到马上不必再看到你，就觉得好愉快啊。""快到海里喂鲨鱼吧。"

这些都是二郎事先预料到的，不过黑木越说越过分，二郎也忍不住反唇相讥："那你给阿胜当一辈子手下吧。""祝你掉进小水洼里淹死！"

向井在一旁听着，听到最后，也不禁抓住二郎的手臂说："喂，都最后一次讲话了，别这么说了。"

二郎挥开向井的手，继续骂道："将来长大以后是要当流氓吧？你可真是前途远大。"

"你小子现在过来跟我决斗！"

"蠢货，谁要跟你打呀！"

"我会让你在半分钟之内趴到地上去。"

"你耳朵聋了吗？不是跟你说我不会理你了吗？"

"想逃啊？胆小鬼，怕我了吧？"

"你说什么？"二郎的火气一下子被点燃了，"我什么时候逃过？"

"那就这样，十分钟之后，到中野广场后面来！"

"少啰唆，我才不会去。"

"我让你好了，只用左手跟你打。"

"讨厌。"

"哦，哦，终于害怕了。我要到处去宣传喽，就说上原二郎是被中学生欺负得再也受不了了，所以逃到南方的小岛去了。"黑木用非常轻蔑的语气说。

"什么！"二郎虽然明白黑木是故意激他，但他的脸颊却逐渐发起烧来。

"来吧，我等着呢。"

二郎咬着牙，脑中思索着字句骂回去，不料黑木这时挂断了电话。

"怎么了？"身旁的两人问道。二郎向他们说明一番，向井安慰着说："别理他了。那家伙永远都是这种态度，其实他心里想的并不是那样。"

"自行车借我一下。"二郎说着站起身，"最后，我一定要把黑木踢到西天去。"

被黑木批评畏惧潜逃这事让二郎感到十分屈辱，另外，他也想趁最后的机会放手一搏。

"别这样。"阿淳也上来拉住二郎。

"不行，俗话不是说，死也要死得好看吗？"

"喂，二郎，你懂自己说的这句话吗？"向井皱着脸伸手抓着二郎的裤子。

"不用怕,我一定不会输!"

"不是这个意思。"

二郎跑出屋子。"喂,是玩真的?"向井叹口气低声说。二郎一口气跑下楼梯,另外两人紧跟在他的身后。

到了中野广场后面,黑木真的在那儿,而且不知他发什么疯,还用一条毛巾把右臂跟身体紧紧绑在一起。看来他是用单手一路骑车过来的。

"这是干吗?真的打算只用左手跟我打?"二郎看他一副瞧不起人的模样,火气更大了,"我可不客气的!"他隔着一段距离瞪视着黑木。

"你的头脑还是跟从前一样简单啊。"黑木翘起嘴角苦笑着,那语气跟电话里完全不同,眼神也显得很平和,"怎么,向井和楠田也来了?那正好,也让你们见识见识。"

二郎不懂黑木在说些什么。"你什么意思?难道你带什么东西来了?"

"不是,我不是跟你打,我要打的是阿胜。"

"啊?"二郎完全没想到黑木会这么说,他惊讶得说不出一句话来。阿淳和向井也皱着眉呆站在原处。

"现在我们到阿胜家去。二郎,你坐前面,我坐后面。"

"怎么会变成这样?"

"你老说我是阿胜的手下,要是就这样让你到西表岛去,我不是太不爽了?所以我要在你面前跟阿胜决斗。他右手不是折断了?我这样绑起来,是为了配合他啊。"

黑木说着在自己绑好的右臂上"砰砰"敲了两下,露出牙齿笑起来。

"那你应该早讲嘛。"二郎愤怒地对他说。但这一刻,他心底却涌起另一种情绪,他甚至觉得心中有几分欣喜。

"好了。走吧。"在黑木的催促下,二郎跨上自行车,黑木坐在他身后,两人的身体紧紧贴在一起,一股洗发水的气味飘进二郎鼻孔。这个爱作怪的家伙!二郎一边想一边用力踩起踏板。

"喂,小孩上床的时间到喽。"紧随车后的向井用悠闲的语调对大家说。

二郎忍不住笑了,黑木也跟着笑起来。

"我们大家一起打过去!"阿淳说。

"交给我办。"黑木说。

"去打受伤的对象,感觉上好有信心哟。"

"乱讲!我不是说要单手跟他打吗?"黑木嘴里虽这么说,但他并没生气。二郎回头看他一眼,发现他脸上的表情有点像中邪的人刚清醒过来。你可别到了现在才变得这么诚恳老实!二郎在心底埋怨着,要是你早点像现在这样,我们都会跟你一起玩的。

四个人一路穿过狭窄的巷道,朝着阿胜家骑去。二郎看一眼手表,快晚上十点了。要是现在被警察看到的话,肯定统统都会被带去辅导的。不过他觉得自己胆子变大了,现在要是被抓到,他大概能随口胡诌几个借口吧,如果混不过去,大不了拔腿逃走就是了。

阿胜的组合屋在院里建材堆的一角,屋里亮着苍白的日光灯,窗上依然贴着骷髅图案。黑木跳下自行车,先深深地吸口气,然后才迈步缓缓向前走去。

很快,窗上映出了屋内的人影,是因为里面的人听到碎石上的脚步声吧,二郎咕噜一声咽下一口唾液。

窗户打开了,阿胜伸出脑袋,他的右臂挂在一条三角巾上。

"哦，是黑木。"阿胜低声说完，马上发现二郎他们也来了，脸上露出不快的表情，"这是干吗，你们几个？"他愤愤说着，眼珠来回打量着眼前的四人。

"阿胜，我们比试一下。"黑木高高挺起胸膛说。

他已经豁出去了！二郎感到了黑木的气势，觉得黑木的手脚看起来比平常长了许多。

"啊？你还没睡醒吧？要说梦话的话，到被子里去说！"

"你不用担心他们几个。"黑木用下巴朝二郎几个人努了努，"他们只是来看热闹的。而且我也只用左手，你看，我都已经绑好了。"

听黑木那口气简直就像个大人，原来他那不良少年的模样都是假装的。

"浑蛋！这样就算公平了？我可是被石膏固定的啊，等我好了再来，到时让你玩个痛快。"

"那可不行。再说我也没那时间。喂，阿胜，来吧。你不是常说，打架是不能拖到明天的吗？"

"少看不起人，你这小学生！"阿胜的脸一下子涨得通红，转瞬间，他又变成那个面貌狰狞的中学生，尽管二郎早已看惯了，但每次看到他这样，还是会感到背脊发冷。阿胜脚上穿着室内的拖鞋，直接从窗口跳了出来。

"你这家伙也不嫌烦。每次都这样挑衅之后讨饶，讨饶之后又挑衅，这次我可不饶你了。"

"没关系，这次我不会讨饶的。"黑木低声说。

阿胜的脸变得更红了，看来好像已经气得无法控制。他的左手藏在身后，黑暗中，谁也看不清楚，但他手里好像抓着一根棒状的东西。

"黑木，小心！他手里好像有什么！"二郎说。

"我知道,是警棍。每次都是这样。"

黑木和阿胜彼此瞪着对方,一步步向前迫近。一声金属的摩擦声传入耳际,警棍突然伸长到五十厘米的长度。

"阿胜,这样很卑鄙。"二郎说。

"闭嘴!自己找大人帮忙,还偷袭受伤的人,你有资格说话吗?"阿胜用力在地面跺了一脚,挥舞着警棍向黑木扑过去。

黑木的脑袋一下就被打中了。警棍发出咻咻的怒吼,直接打在那毫无防护的脑门上。

"黑木,你在做什么啊?"

二郎伸手盖住眼睛。黑木竟然忘了右手已被绑住,打算举起右手抵挡警棍!

啊!二郎心底发出一声惨叫。

黑木捂着脑袋连连向后退了几步,二郎不由自主地向前冲去。

他的身体狠命地撞向阿胜,阿胜摁着右臂发出一阵呻吟,同时仰面倒在地上,一边不住地翻滚,一边露出痛苦的表情。

二郎追上去,在阿胜身上连踢几脚,只见他扭着身子在地上滚来滚去。二郎简直不敢相信自己会干出这种事!

"喂,上原,别这样。我的面子往哪儿放啊?"黑木猛地大喊起来。

"我明白了。那就饶了他。反正黑木不是阿胜的手下!"

"哪这么容易,不来点狠的算什么。"

"算了,不跟他打了。"

二郎感到肩头失去了气力。不知为什么,他觉得没什么好在乎的,阿胜这种人,根本不配跟他正面挑战。

他转身走到躺在地上的阿胜身边,抓起了警棍。"是你自找的。"

二郎说，"是你先找我们麻烦，我们只是正当防卫而已。"

"上原，等我骨头长好了，第一件事就是去折断你的手臂。"阿胜喘着粗气说。

"行啊，随时候教。不过我明天就要到西表岛去了。飞机票和船票都很花钱哟。"

阿胜皱起眉头露出不解的表情。

"我要搬家了，搬到南方的小岛去。所以我们不会再见面了。"

听到这儿，阿胜撑起上身，咬着牙努力从地上站起来。

"上次折断你手臂的叔叔，还记得吧？他后来进了监狱，不过他还有很多朋友在这附近，如果你再干什么坏事，我还是会托他们教训你的。"二郎夸张地恐吓着说。要是不吓唬阿胜一下，可能阿淳和黑木还会遭殃吧。

阿胜沉默地瞪着他。或许这段话多少能起一些作用吧。

"总之一句话，不要再找我们麻烦！再说你老是跟自己的后辈打架，也不像话嘛。"

二郎说着挥了挥警棍，棍子划破空气，发出咻咻的声音。转过脸，阿胜的目光正好跟他相遇，他看到阿胜的面颊轻微地痉挛着，二郎心底突然涌起一个残酷的念头。他举起警棍，朝阿胜脑袋敲下去。

阿胜伸出左手捂住脑袋，同时痛苦地弯下身子。

"喂，上原，你干吗啊？"

"烦死了，不如大家一起教训他。"这样拖拖拉拉地吵闹不休，实在令人厌烦，二郎想，反正不管怎么打闹，这已是最后一次了。

"你说些什么啊？这件事跟你没关系吧？"

"太有关系了。你知道我被他打过几次吗？"

"那也够了吧？"阿胜一副不屑的表情说，"你们这些家伙，太令我厌恶了。像你们这种小学生，通常要是受到中学生恐吓，都是会被吓跑的，但你们竟敢再三找上门来挑战。"

"是你先叫我们付一万日元，还命令我用自行车接送你，是你自己先提出一大堆莫名其妙要求的。"

"闭嘴！一般人第一次碰到这种事都会乖乖付那一万日元，这是常识，然后我就会饶了你们。"

"那种钱鬼才付呢。"

"废话少说，你们几个，快给我滚蛋吧！我看到你们就觉得刺眼。"阿胜满脸涨得通红，虽然站在黑暗里，却看得出他两眼布满了血丝，正拼命想把屈辱吞下肚。

"那你把我的篮球还来！"阿淳猛地从身后发出声音。

阿胜两眼充满怒气地转过身，走回自己房间，然后把篮球从窗口丢了出来。砰！砰！砰！篮球在碎石地面连跳了几下，滚到阿淳面前。阿胜呼地关上窗户，同时用力拉上了窗帘。

"喂，可以走喽。"向井说。

"嗯，走吧。"二郎说着把警棍朝夜空抛去。棍子像回力棒似的哗啦哗啦旋转着飞上了天空。远处的天际，高悬着一轮突兀的月亮。

明天晚上，自己将会在那遥远的南方小岛上欣赏这轮明月吧，二郎想，他不禁有恍如隔世的感觉。

"你干吗呀，二郎，好差事都被你抢了。"黑木解开绑住的右臂，转身跨上自行车。

"我要是不跳出来，你不是被打烂了？"二郎跨上后座置物架，双手搭在黑木肩上。

"浑蛋！本来是轮到我踢出一脚飞毛腿，刚好踢在阿胜的侧脸，让他满脸开花的。"

"你再说！"二郎戳着黑木的腋窝，两人都忍不住大笑起来。

二郎觉得很兴奋，好像连身子都变轻了。黑木可能也跟自己一样，所以正骑着自行车左拐右转在地上画着曲线。而另一辆车上的两个人，也是满脸笑容。

终于把阿胜打败了！真实的感觉这时才从二郎的体内不断涌出。他想起从前那段害怕得发抖的日子，真没想到最后竟是这样的结局。

车子骑到第一个十字路口，向井要跟大家分手道别了。

"二郎，保重。"

你老实告诉我，二郎在心底对向井说，其实你是个大人吧？

"偶尔也来个电话，把你在那边的情况报告一下。"

"嗯，我知道。"

向井朝他挥挥手，转身走远了。二郎和另外两人痴痴地目送着向井的背影。这可能是他有生以来第一次尝到和好朋友分手的滋味吧。

向井走远之后，剩下的三人继续骑着自行车在小巷里前进。黑木决定把二郎送到家，二郎也没表示反对。

紧接着，到了该跟阿淳说再见的时刻。自行车骑到楠田干洗店门前停下来，窗户突然被人推开，阿淳的妈妈从窗内伸出头来。"阿淳，这么晚，知道现在几点了吗？"她皱着眉头说。

"都怪向井，是他拉着不让大家回家的。"二郎答道。他把责任都推到向井身上。

"快去洗澡！就剩你了。"

"嗯，知道了。"阿淳抱着篮球，快步朝着后门跑去。"二郎，那再见了。"跑了几步，他回过头，向二郎挥挥手。

"再见！"二郎也向他挥挥手。两人道别的口气就像在跟对方说"明天见"似的。

二郎感到有点失落，没想到阿淳的态度这么冷淡。不过这样也好，他想，这样才像阿淳，如果他像念台词似的说上一堆客套话，那才让他脸红呢。

　　现在回想起来，跟自己共度最长时光的玩伴，就是阿淳。几乎从上幼儿园起，两人就每天玩在一起。不管在学校还是在家里，他们都对彼此了如指掌，各自有什么衣服、读过什么漫画、考试考了几分……都知道得清清楚楚。

　　"喂，二郎！"背后传来阿淳的声音。二郎转过头，看到阿淳从窗户伸出脑袋。

　　"你也要给我打电话哟。"

　　"我知道。"

　　"好了，快去洗澡吧。"阿淳妈妈的吼声从屋内传来。阿淳赶紧缩回脑袋。接着，窗里传出一阵跑过走廊的脚步声。

　　二郎心头感到几分温暖。离别不是悲伤的事，他想，离别只是相逢之后的终点。

　　他和黑木又重新骑上自行车。"好棒啊，上原，你马上可以到南方小岛去了。"黑木叹息着说。

　　"我可不是去观光，是要到那儿生活呢。"

　　"那就更令人羡慕了。"

　　黑木的话使他想起上次两人逃家的事。那次他们俩一块逃到江之岛。当时黑木曾对他说过"这种国家，真想赶快离开"。

　　"将来你想离家出走的时候，到我家来吧。"二郎说。

　　"嗯，不管写信也好，打电话也好，你一定要跟我联络。"

　　"上次我们一起到江之岛去，真好玩。"

　　"真的很好玩。我总共离家出走过四次，就数那次玩得最高兴。"

回忆起这段往事，二郎不禁叹了口气。他觉得现在才第一次跟真正的黑木交谈。眼前的黑木，态度那么沉稳，完全没有一点紧张的神情。

将来黑木会变成一个怎样的大人呢？他的外表出众，说不定会变成电影明星吧，但也可能只会当个平凡的工人、店员或是司机吧？

一路胡思乱想着，一转眼就到了自己家门口。二郎跳下车，伸手在黑木的背上拍一下。

"再见喽。"

"嗯，保重。"黑木向他微微举手打个招呼，一眨眼就消失在暗夜的路上。

比阿淳更干脆的道别方式啊！二郎想，但他觉得这样也不错，感伤是属于大人的专利，小孩是没有时间去感伤的。在孩子的心目中，"未来"的分量显然比"过去"更重要。

二郎觉得自己已毫无遗憾。今晚能跟这几个朋友见上一面，让他感到非常心满意足。

今天这一天好长啊！他站在家门口自言自语着。马上就要跟这附近的街道邻里告别了吗？他轻轻做个深呼吸，转头打量着周围，将来有一天，我还是可以再回来的，他想，再过六七年，他就能独自出门闯天下了。

十二岁的生日就快到了。自己马上就不再是个孩子了。他能感受到身体正在发生各种变化，也能确实地体会到，人生的第一扇门即将向他敞开。

二郎用力伸直了脊背，面向东京的夜空高高举起双臂，他觉得心底正升起一种即将摸到星星的错觉。

明天就要出发到冲绳去了，马上就要踏上那块崭新的土地了。

# 下 部
# 南方大作战

## 34

少女头上缠着类似加油头巾的饰物,她站在林间,正在向二郎招手。少女一身色彩鲜艳的原住民服装,脸庞长得有点像佐佐,但轮廓却比佐佐更清晰深刻。少女的眼睛闪亮有神,嘴唇厚实诱人,更引人注意的,是那丰满的胸部。"这儿,到这儿来。"女孩露出雪白的牙齿对二郎说。

一股甜蜜的感觉涌上二郎心头,真庆幸自己到冲绳来了,没想到竟会在这儿遇到如此可爱的女孩。他紧随少女身后,朝密林深处奔去,沿途尽是他从没见过的植物,浓密的枝叶遮住了天空,咯咯咯咯……不知名的鸟儿像在大笑似的喧嚷起来。

一眨眼的工夫,女孩的身影就不知跑到哪儿去了。"你在哪儿啊?"二郎大声问道。他拨开两旁的树木,朝丛林深处追去。忽然,林间跳出一个人影。"哇……"少女露出脸来。"二郎!"她带着恶作剧的表情对二郎微笑着。

二郎伸出手,不料却被人扭住了耳朵。好痛哟,不要啦……

"哥。"桃子的声音传进他耳中。二郎似乎感觉身体正缓慢地向上浮起,意识也逐渐苏醒过来。"你要睡觉的话,跟我换个位子吧。"身边的桃子拉着他的耳朵说。上飞机时,他跟桃子两人猜拳选座位,二郎赢了,所以坐到窗边的位子。

桃子和二郎都是第一次坐飞机。这班飞机是十二点三十分从东京羽田机场起飞的,空乘人员报告说,飞行时间大约三小时。听到这儿,二郎才觉得自己真的要远行了,心里不免有些紧张。

"喂,跟我换个位子啦。"

"好啦好啦。"桃子恳求的模样看起来挺可怜的,二郎决定把位子让给她。桃子伸直了身子,凝视着窗外的蓝天。二郎叹了口气,随手拿起座位前的杂志翻阅起来。彩色画页里有个身穿冲绳原住民服装的女孩正在微笑。噢,原来如此,刚才梦里出现的是她啊。二郎再次打量了女孩一番,这才发现她不太像佐佐,反而比较像姐姐。

离家之前,姐姐跟他匆匆交谈了几句。"要是你不想跟爸爸一起生活了,就打电话给我。"说着,姐姐把一张写着手机号码的小字条交给二郎。

"有件事,我还没跟妈说……我可能要结婚了。"姐姐面无表情,或许是想掩饰内心的感情,"那个人的年纪跟我差得很多,而且已经结婚了,爸为了这事发了很大的火。可是一旦喜欢上一个人,是没有一点办法的。二郎,你长大以后就会懂的。我觉得要是真的爱上一个人,有点像把人生赌进去的感觉。"

二郎静静地听着。姐姐为什么要告诉我这些呢?或许是弟弟这角色最不可能给她带来困扰吧。

他想起那次在大久保的旅馆街看到姐姐。她跟一个三十多岁的男人手牵手走在一起,当时姐姐脸上的表情是她从没在家人面前表露过的。难道就是那个男人吗?

但他并没多问,因为他觉得即使是姐弟,对这件事似乎也不能过问太多。

"姐，下个月我就满十二岁了。"

"嗯，我知道啊，恭喜你。"

"不是啦。你不是说过，等我满十二岁，你就把家里的事告诉我。譬如，你跟爸没有血缘关系之类的事情，我是指这个啦。"

"所以啊，等你满十二岁以后再说。"

"可是那时我不是不在这儿了？"

姐姐伸手捏了一下他的面颊。"哎呀，你有一百六十厘米了吧？"她故意岔开话题，说完，便走回自己房间去了。

下次不知什么时候才能看到姐姐了，她好像并不在乎身边一个亲人也没有。

"喂，我看到小岛了。"桃子说。

"在哪儿在哪儿？"二郎转身与桃子一起注视着窗外。"那么多小岛，根本不知道哪个是哪个。"

"已经飞过冲绳本岛了。要是你们看到两个大一点的岛，比较靠近的是石垣岛，比较远的那个是西表岛。"妈妈坐在隔着通道的位子上说。爸爸坐在她身边，正张开大嘴打瞌睡。

就在这时，窗外出现了两个大岛。在那蔚蓝的海洋当中，两个岛不像是漂浮在水里，更像是把森林剪成图画后贴在海面上。眼前所有景物的色彩都好鲜艳啊！这幅画面比二郎最初想象的美多了，内心的不安也随之消失得无影无踪。

机舱内响起了广播，叮嘱乘客把安全带系好。飞机即将降落。

不一会儿，机身开始缓缓下降，二郎感到胃袋好像被吊了起来，只好连连吞咽口水努力地忍耐着。桃子则不为所动，仍旧趴在窗口注视地面。

盘旋的机身大幅倾斜着，越过窗口，他看到了岛上的民房、晾在屋前的衣服，以及奔驰在公路上的车辆。

飞机不断向下，即将进入着陆状态。二郎的身子也像要放下轮子似的，不自觉地将两脚贴紧机舱。

咻的一下，喷气引擎声传入耳际，机身一阵晃动，总算在跑道上降落了。二郎有些讶异，因为他想象中的降落应该比这更安稳，没想到飞机的构造竟然这么原始。

机身朝向航站楼逐渐靠近。与羽田机场比起来，眼前这座建筑简直就像一座区民集会所。飞机停稳之后，舱门打开了，一阵燥热的空气瞬间扑进机舱。

"嗯嗯……"爸爸无意识地发出几声鼻音，站起身，伸个懒腰，却没想到脑袋砰地撞到机舱的天花板。

二郎跟随人群穿过通道，踏上扶梯，刺眼的阳光突然从天而降，他不自觉地伸出手往眉毛上一遮。这地方的梅雨季节好像已经结束了，夏日的大太阳正高挂在天空。

机上乘客陆续走进航站楼，二郎只带了一个随身背包，而他们全家的行李也只有三个皮箱，因为家里所有家当都已处理得一干二净。

接下来，我们要去往何处呢？二郎并不清楚全家今后的行程，他只知道，要去西表岛的话，好像得搭船去。

"一郎。"嘈杂的人群里突然有人向他们喊起来。转头望去，一个皮肤黝黑的老头儿正笑着向他们招手呢。

谁呀？二郎有点讶异。没想到居然会有人来迎接他们。

接下来的瞬间，二郎听到许多人连连发出叹息："哎呀，一郎，一郎啊。"

怎么回事？二郎觉得有点摸不着头脑。

"长得好像，长得好像啊，不愧是元仁的子孙。我一眼就认出来啦。"

二郎转头去看桃子，只见她半张着嘴呆站着不知所措。

迎接他们的有几十人，有上了年纪的，也有年轻人，还有穿着围裙的中年妇女，甚至还有被大人牵着的儿童。众人都是满脸笑容，迎上来把爸爸团团围住。

"欢迎欢迎，欧里投里！"

"身材好高啊。元仁也是这么富多马吉，毕竟是有血缘关系啊。"

这些人说着二郎听不懂的语言。富多马吉？这是日本话吗？

"要给你们添麻烦了。"爸爸低头行礼。跟在身后的妈妈也向大家弯腰致意，二郎和桃子只好跟着行礼。

"这是你儿子吗？很像，很像。"一名中年妇女热络地在二郎身上摸来摸去。众人的视线一下子全都集中到二郎身上。不对啦，我长得比较像我妈啦，二郎差点脱口而出。

"你女儿长得很咪拉卡吉。"众人打量完二郎，又围到桃子身边，二郎虽然听不懂他们在说些什么，却能感觉出，这些人似乎在赞美桃子。

看着身边这些人的面孔，二郎不免有点吃惊，因为一眼就能看出他们和爸爸是同一种人。每人脸上都是一对粗黑的浓眉、一双大大的眼睛，难道这是冲绳人特有的面貌？二郎纳闷着，暂且不说长相吧，但爸爸为什么会有这么多朋友在这儿呢？

"来吧，先到桑拉家里去吧。"

有人抢着提起二郎家的行李，也有人赶紧在前面带路。走出航站楼，门外停着好几辆汽车，二郎一家四口坐上其中一辆旅行车。一名警察这时走过来警告说："这里不准停车！"不知是谁向警察反驳"我们是来接元仁的孙子的",没想到警察听了这话,竟也露出好奇的表情,挤上来凑在车窗边向里面张望着。

"元仁是谁啊?"二郎低声向妈妈问道。

"你爸的祖父,也就是你的曾祖父。不过他早已去世了。"

二郎想不起接下来该问些什么,眼前这一切发生得太突然了,他觉得脑袋有点跟不上。

年轻司机驾着旅行车向前奔驰,二郎转过头,看到众人也分别搭上其他几辆车,紧紧跟在他们的车后。所有的人都是笑容满面,好像要迎接新年来临似的。

窗外就是大海,那一片蔚蓝是二郎从未见过的。海水在阳光的照射下,正不断闪烁着光芒。

桃子伸手摇下车窗玻璃,一股燥热的风吹进来,令人生出几分快感。干爽的风拂过肌肤,轻柔而不留痕迹。

说不定在这里能过得很不错呢。二郎虽然还没弄清整个状况,但冲着这暖风和大海,他觉得自己似乎能在这里过下去。

桃子微笑着发出一声叹息。二郎受到感染,也跟着叹了口气。

汽车载着全家人开上半山坡,在一间宽敞的住宅门前停下,屋子四周砌着石墙,院里种满茂盛的林木,而靠近房子的周围则开满了鲜红的花朵。

眼前这栋建筑的屋顶很高,二郎最先以为这房子有两层楼,没想到竟是一栋平房。跟东京的木造房子比起来,这儿的建筑方式似乎有些不同,因为房屋的四边都是斜面,而且前面也没有整面的墙壁,屋内的情形从户外看得一清二楚。不过这种建筑的通风应该不错。

车子停稳之后,一个弯腰驼背的老人从屋里走出来,身边还有个年轻人一路搀扶着。他差不多有一百岁了吧?二郎不禁睁大眼睛暗自讶异。

"桑拉，我们把上原先生全家都带来啦。"不知是谁大声嚷道，那个被称作桑拉的老人连连点头，同时发出"嗯嗯"的声音，而那原本满是皱纹的面孔更是皱成了一团。

爸爸的身子挺得笔直，他慢慢走向前，从屋外的阶梯登上露台，在桑拉面前跪下来。这一刻，两人的视线交会在一起。

"桑拉，好久不见了，见到您真高兴啊。"爸爸恭敬地说。

桑拉也对爸爸说了些什么，二郎只听到他的声音，却听不懂内容。接着，桑拉跟爸爸握住了彼此的手，周围响起一片热烈的掌声。

"欸，他是谁啊？"二郎悄悄在妈妈耳边问道。

"听说是元仁的朋友。"

"那其他人呢？"

"不知道，大概是以前认识的朋友吧。"妈妈悠闲地笑着说。

不可能吧，二郎想，爸爸应该一直都住在东京的啊。

"来，快上来，快上来。"

二郎被人推着登上阶梯，走进屋内，一阵奇异的气味飘进鼻孔，那股味道有点像线香混杂着什么油，再加上一点霉味，闻起来让人觉得很古老。他抬头仰望，粗如人体的梁柱呈现着柔和的曲线，更奇妙的是，这间屋里没装冷气，也没有电扇，却像寺庙般凉爽无比。

二郎随着大家一块儿朝着里面的房间移动，走到半路，他忍不住跑到厨房偷看一眼，只见里面挤满了身穿围裙的女人。一个女人看到他，微笑着说了声"欧里投里"，二郎不由自主地向那女人点了点头。

众人来到一间约二十叠大的房间，地上铺着木头地板，桌上已摆满各色菜肴，正中间的大盘里盛着一个猪头，房间里弥漫着美味的气息，站在一旁的桃子不禁发出一声赞叹。

"来,大家,乌洒嘎米索雷。"

"金罗西米宋那!"

中年男人们异口同声招呼二郎他们入席。

这些人在说些什么啊?二郎疑惑着,现在是要开始做什么呢?一个年轻男人拿起类似三味线[1]的乐器弹奏起来,接着,好几个人跟着乐曲唱起歌来。二郎完全听不懂他们在唱些什么。这里是日本吗?二郎看到爸爸笑得好开心啊。

这一切来得太突然了,二郎觉得眼花缭乱得令人无法承受。

---

1 日本的拨奏弦鸣乐器,源于中国的三弦。

# 35

人群一拨拨地赶来参加盛宴，每个人都会提到"元仁"这个名字。看来爸爸之所以这么受欢迎，是因为他是元仁的孙子。

"妈，元仁到底是什么人啊？"趁着有人在唱歌，二郎悄声向妈妈问道。

"就是你爸的祖父呀。"

"这我知道，我是说，他是干什么的？"

"我听说他是岛上传说中的抵抗者。"

妈妈噘着嘴答道。抵抗者？二郎正打算继续问下去，一个满脸通红的中年男人走过来劝他吃菜。"二郎，吃这个！"

男人把一盘热腾腾的菜肴放在他面前。二郎不好意思拒绝，只好举起筷子吃了一口。一股强烈的苦味充满口腔，二郎忍不住皱起眉头。

"哈哈哈，这是苦瓜，一种瓜类。二郎是第一次吃啊？"中年男人开心地大笑起来。"小弟弟还是大和仔哟。你想在亚衣马过日子的话，得先习惯苦瓜和泡盛[1]的味道哟。"说着,他端起玻璃杯喝起酒来。

"喂喂喂,二郎还是小学生啦。"另一个中年男人大声制止着。"还是喝欧力昂[2]吧。"男人端起一杯啤酒说。

"啊,不,谢谢。"二郎拼命婉拒着。这些人招待起客人来比爸爸还热情,居然向小孩劝酒!既然自己无法加入闲聊,那就努力多吃一点吧。除了苦瓜之外,其他菜的味道都很好,尤其是红烧肉,简直是人间少有的美味,放进嘴里根本不用牙咬,就立刻融化掉了。

"二郎很喜欢吃'拉富贴'哟。"一名中年妇女笑着对他说。这名字可得记住,二郎在心底对自己说。

他无意间转头看了桃子一眼,这才发现她和一群不知何时进来的女孩在聊天。女孩们都穿着围裙,可能是来帮忙做饭的,现在趁着空当跑出来看看热闹。

冲绳女孩的皮肤比较黑,因此脸颊看起来比较瘦小,再加上两道浓浓的粗眉,很有异国风情,也给人留下纯朴的印象。二郎心底泛起一丝甜蜜的感觉,如果向这些女孩说自己是从东京来的,一定会很受欢迎吧。

"喂,哥。"他看到桃子正在向自己招手,便摆出一副很酷的表情走过去。

"我们是赤蜂的后代吗?"桃子问了一个奇怪的问题。

"什么啊?什么赤蜂?"

"听说有个古人叫这名字。"

"噢。"

---

[1] 一种冲绳当地生产的蒸馏酒,也是日本历史最悠久的烧酒品类之一。

[2] Orion,日本一个啤酒品牌。

"好像是五百年前的人。"

"这种事我怎么会知道?"先是什么元仁,现在又是赤蜂,全都是二郎没听过的人物。

"你们在东京没有学过'远弥计赤蜂'这个人的历史?"一个女孩向他问道,"他是当年跟琉球朝廷打过仗的亚衣马英雄人物啊。"

"亚衣马是什么?"

"就是八重山。宫古岛以南全都算八重山,包括石垣岛和西表岛。不过这些地方虽然都算亚衣马,却跟冲绳不一样。"

"你说跟冲绳不一样,这里不就是冲绳吗?"

"是啊,但这里跟冲绳是不同的。"

二郎完全听不懂女孩们在讲些什么。眼前这一切来得太突然了,二郎都觉得脑袋有点转不过来,说实在的,就连自己现在坐在这儿,他都觉得不像真的。

"欸,你们有没有在路上碰到过艺人?"另一个女孩问道。

"我看过'早安少女'。"桃子说。一听这话,女孩们的眼睛一下子亮了起来。"她们怎样?她们怎样?"

"你只是在中野广场的出口看到吧?"二郎讥笑桃子。不过女孩们根本不在乎这些,光是听人描述亲眼看到艺人的经验她们就很满足了。众人围着桃子,专心地听她叙述着。

"我好想去东京玩哟。"

"我想去迪士尼乐园,还有原宿和台场。"

女孩们众口一致地叹息着。对这些冲绳女孩来说,东京似乎是个令人向往的地方。从这儿到那遥远的首都,需要坐三个小时的飞机,她们只有在电视里才有机会了解那个地方。

想到这儿,二郎忍不住想在女孩们面前炫耀一下东京的生活。

"我们家在堀内学园附近,出门随便走几步,就能看到艺人啦。"

"嗯,没什么稀奇啦。"桃子也跟着附和着。

"我家附近还有相扑部屋,我们常去看热闹哟。"

"对,譬如贵乃花[1]就常在路边练习跨步呢。"

"好棒啊。"女孩们露出羡慕的神色,二郎和桃子都觉得很满足。

不过二郎心里还有比这更重要的事情,那就是赤蜂。"喂,我们是赤蜂的子孙这事,你们从哪儿听来的?"二郎向其中看起来最年长的女孩问道。

"大人说的啊。大家都说,赤蜂的子孙,也就是元仁的子孙全家要回亚衣马来了。"

"元仁先生是做什么的?"

"呵呵……"女孩开朗地笑起来,"他叫自己的曾祖父还加上'先生'两个字。"

"好吧,我那个曾祖父是干吗的?"

"他为了废止人头税而加入战斗,后来被右翼的人开枪打死了,当时他才二十岁呢。那时他的爱人已经怀孕了,就是二郎的祖父,听说他早就在东京去世了。二郎,你对自己家里的事一点都不知道啊?"

"不知道。我爸没跟我说过。"二郎摇着头说。真没想到自己家里还有这么一段复杂的往事。"那人头税又是什么?"

"你真是什么都不知道呢。"

"我在东京又没学过。"

"人头税就是按人数征收的税金啊,就是这种税制让亚衣马人日

---

[1] 贵乃花光司,日本职业相扑运动员。

子过得那么苦。"

"哦。"二郎嘟起嘴,"那赤蜂呢?"

"赤蜂原本是大滨村的按司,家拉就是按司,是他带头起来反抗琉球朝廷的。"

"琉球王国在哪儿呢?"

"二郎你真的是什么都不知道啊。"女孩难以置信地笑着说,"冲绳这地方之前叫作琉球。国王就住在琉球,随意压榨亚衣马人民。"

压榨?这是爸爸常常挂在嘴上的字眼。

"哦,我懂了。"二郎点点头说。虽然他并没有真的听懂。这些人所说的冲绳,大概是指冲绳本岛吧,他对自己解释着,这里离本岛还有一段距离,而且也有这样的历史。

"这个,要不要吃?"女孩端起一盘冲绳开口笑送到二郎面前,他抓起来咬一口,就在这一瞬,阿明叔的脸庞突然浮现在他眼前。不知道阿明叔在牢房里正在想些什么?成了杀人犯之后,将来他会以怎样的心情活下去呢?

"好吃吗?"

"嗯,我认识一个在西表岛出生的叔叔,他常做给我们吃。"

女孩们听到二郎的回答,不约而同地露出欣喜的表情。"那二郎是亚衣马人哟。"说着,她们又向二郎身边更靠近了一些。

女孩们身上散发着香味,是一种混杂着太阳和大海的气味,也是东京女孩身上绝对闻不到的。女孩们的皮肤都被太阳晒得黝黑,个个看起来都很健壮,很像运动健将。

宴会进行到一半,大家决定到赤蜂的墓前参拜。"应该让祖先看看你全家人的面孔啊。"周围的大人提议着,爸爸苦笑着一下子站了

329

起来。没想到平日那么任性的爸爸，到这儿之后表现得如此听话，现在不论做什么都肯配合大家行动。

一群人分乘几辆汽车离开了桑拉家。时间已是傍晚七点了，太阳却仍然高挂在天空。女孩们跳上一辆小货车后面的货厢，南风吹来，吹得她们满头发丝乱飞，却也带来夏日的气息。眼前的景象多美啊！今年的暑假好像比往年更早到了。

车开了大约五分钟，来到海边附近的一座公园前。空气里飘浮着海水的气息，远处还传来阵阵浪涛声。公园正前方有一所小学。"你们在这儿上学？"二郎问女孩们。"嗯。"大家一齐点点头。校园的绿地上长满了青草，如果转学到这儿来也很不错嘛，二郎想。桃子看起来也很喜欢这所学校的样子，她正不住地偷偷打量着校舍和校园。二郎跟着大伙儿走进公园，不一会儿，一块高达人背的石碑出现在眼前，四周长满了各种南国植物。石碑正面刻着"远弥计赤蜂"几个字，看起来既堂皇又充满历史气息。几名中年妇女忙着把供品放在碑前，然后点起线香，众人便很自然地低头默祷。蔚蓝的天空下，浪涛声不断传进耳际。

这就是我的祖先吗？二郎心底涌起无限感慨，从小到现在，他从没想过血缘的问题，甚至连自己有没有祖父母也没注意过，对他来说，父母之前的时代是一片空白。现在，他才知道自己不但有祖先，而且祖先还是为这个小岛打过仗的英雄，他的内心充满了光荣和自豪。

他走到爸爸身边小声问道："这个叫赤蜂的人，是我们的祖先啊？"

"傻瓜，这种话你可别信。"爸爸笑着跟二郎耳语说。

这下二郎不知该说些什么了。爸爸的回答让他觉得眼前有一扇门突然被关上了。

"这故事是我爸自己宣扬出去的啦。我爸一向爱吹牛,他活着的时候说过的话全都是自己乱编的。"

二郎抬头打量着石碑。他忍不住叹息一声,怎么我们家都是这种人。

"其实赤蜂战败之后,全族都被杀光了,真不知我爸这故事从哪儿编出来的。"

没关系啦,反正这种出人意料的结局二郎早就见惯不怪了。

"不过你放心吧。元仁是你曾祖父,这件事是真的。"

"哦。"

"所以这故事相信一半好了,反正他应该也算是个斗士。"

"嗯,对啊。"

"而且岛上的人这么谣传,也是出于好意,我们就默认下来,也算是礼节啊。"

二郎决定接受爸爸的意见。传说这玩意儿,肯定都是后世子孙们创造出来的。

正说着,突然有一双手从背后放在二郎肩上。他回过头,看到桑拉拄着拐杖站在身后。

"一郎,元仁先生真是'乙甲猛',我还是'哇拉比'的时候,他就把我当'超弟'一样疼爱哟。"桑拉的声音又干又哑,他说的话二郎一个字也没听懂。

"桑拉,这孩子叫二郎啦。他身边那个高大的男人才是一郎。"一旁的中年男人苦笑着对桑拉说,"你刚刚才跟人家一起聊天的,一转眼就弄混了。"

二郎犹疑着不知该怎么接腔。"我都九十好几了,一天到晚总出错。"桑拉说，浅黑的脸上露出雪白的牙齿。

说完，桑拉又把刚才的话为二郎翻译一遍。原来他是说，元仁这人非常勇敢，桑拉小的时候，元仁把他当亲弟弟一样疼爱。

摆放好了供品，众人便一齐合掌祈祷。这是二郎出生以来第一次扫墓，他觉得有种莫名的兴奋，因为他一直都向往着这种平凡的活动。

赤蜂的石碑旁还有一块较小的石碑，大人告诉他那是赤蜂夫人古乙姥的坟墓。这对夫妻的感情大概很好吧，二郎想。

众人接着又到附近参观赤蜂雕像，二郎有点吃惊，没想到赤蜂长得跟爸爸那么像，不只是相貌，就连他全身充满魄力的神情，也跟爸爸属于同一类型。

"走，我们去看海。"一个女孩悄悄拉着二郎的袖子，说完还朝海边的方向努了努下巴。二郎毫不考虑地转身跟女孩离开了人群，他从刚才就有点魂不守舍，心里一直惦记着要去看海。桃子早已抢先一步朝海边奔去。走上通往海滨的小路，二郎发现沿途景致真是美极了。遥远的天空高挂在平缓的山坡对面，桃子一边不时从林木空隙里向他呼唤"哥，喂，哥！"一边雀跃地招手。

二郎快步追上去，猛然间，一轮夕阳伴着大海忽地跃入眼帘。"哇！"二郎不自觉地发出一声赞叹。这辈子不曾这么近距离地欣赏过南国的海洋！好耀眼啊，他觉得眼前一阵眩晕。

众人同时加紧脚步奔下山坡，一路跑到沙滩上。放眼望去，原来海面并不是单独一种颜色构成的，只见水面上白绿夹杂，浓淡相间，沙滩旁的岩石上攀挂着许多海藻。

桃子张开双臂又蹦又跳，二郎也兴奋得无法按捺，一跳就跳上了海滨的大石头。眼下的景色让他大吃了一惊，没想到海水这么清澈，就连海底都看得一清二楚。鱼儿正在水底游来游去，二郎觉得那景象清晰得像是在自己眼前。

女孩们顾不得脱掉拖鞋，立刻跨过石头跳进海里。那自然的动作让二郎羡慕不已。看来大海在这些孩子的日常生活里扮演着不可或缺的角色。

二郎也脱掉鞋袜跳下海，冰凉的海水带来舒适的触觉。

"现在可以游泳了吗？"他向周围的女孩问道。

"海水浴的季节早就开始了，这里三月就可以下海游泳了呢。"女孩们回答。

迫不及待的心情在他心底升起，今天回家以后赶快把泳裤找出来，他想，明天就到这儿来游泳。

女孩们还告诉二郎，石垣岛周围几乎全是珊瑚礁，海面那些绿色的部分其实是绿珊瑚。原来天下还有这么神奇的地方！二郎对整个世界的看法都变了。以后大家遇到烦心的事，只要到这小岛来心情就会变好啦。

这时，正在浅滩玩水的桃子突然脚下一滑，跌进了深及膝盖的海里，她胸部以下的身体立刻被水浸得湿透。

"啊哈，摔跤了！"二郎大声嘲笑着。听了他的话，桃子干脆鼓着面颊，把全身都浸泡在水里。"不理你了。"说完，她像是很惬意地在水里游起蛙泳。

"哎呀，过分的家伙，妈会骂你哟。"

"妈才不会为这种事骂我。"说完，桃子便转身朝着海湾外游去。眼前这幅图画的主角虽然是自己的妹妹，二郎却觉得美极了。只见在夕阳的照耀下，桃子像一只海龟似的悠然沉浮在大海里。

"喂，只有自己享乐，太过分啦！"二郎来不及脱衣就急着跳进海里。女孩们一齐咯咯地笑起来。他决定在众人面前大显一番身手，于是划动手脚游起了自由式。在水里睁开两眼，没想到眼睛一点也不痛，而且海水清澈无比，一眼就能望到遥远的前方。二郎不禁纳闷，从前去过的那些海滩到底是怎么回事？

不一会儿，妈妈也来了。桃子说得没错，妈妈并没责骂他们，只是抱着两臂站在一旁苦笑。海滩上，妈妈的身影看起来好年轻，二郎差点把她错看成了姐姐。

这天晚上，二郎一家四口借住在桑拉家正屋旁的另一栋小屋里。房子的东、南两面是整面的落地窗，如果拉开窗户，整间屋子有点像能剧的舞台。天花板上吊着一顶蚊帐，二郎这辈子还没进过蚊帐呢。他钻进去，听着院里传来各种虫儿的嘈杂鸣声，感觉像在野外露营。

晚上九点刚过，二郎就觉得眼皮好沉重，今天这一天可真长啊，二郎和桃子决定先上床睡觉，因为爸妈还在跟同乡聊天，而且夜深之后，来的客人更多了。

"西表岛那地方，会比这儿好吗？"关灯的时候，桃子突然开口说。

"不知道，大概跟这里差不多吧。"

"我问了今天来这儿的一个女孩，她说那里连电玩中心都没有。"

"你想打电动啊？"

"我也不知道。可是那女孩说，要是换了她，她可不想到那儿去。"

"噢。"听了桃子的话，二郎倒没什么特别的感觉。今天白天穿衣游了一圈之后，自己的原始本性似乎苏醒了。现在他对一切都无所谓了，反正除了跟着爸爸过日子，也没其他的选择，今后无论发生什么事，都不是自己的责任。

　　闭上眼，他的意识在五秒之内开始模糊。脑袋下面的枕头很硬，却让人感觉非常舒服。

# 36

第二天早上,一睁开眼,二郎就看到天花板上有一只壁虎。虽然他在百科全书上看过,但这还是有生以来第一次亲眼看到活生生的壁虎。壁虎紧攀在屋梁上,一动也不动,二郎盯着它看了一会儿,突然心生一计,想找个什么东西打它一下。他转过头四下张望,桃子还睡在身边,爸妈却不知跑到哪儿去了。两个被子整齐地叠放在角落,二郎想起了蚊帐,抬头去看,这才发现蚊帐也已经收起来了。他侧耳倾听,听到妈妈的声音从屋后传来。

二郎眼睛一刻也不松懈地盯着壁虎,同时悄悄爬起身,轻手轻脚地来到走廊。父母都在院里打包,两人忙着把锅子和水壶塞进一个陈旧的大型柳条箱里。

"你们在干吗?"

"搬家啊。早饭在厨房,快去吃,吃完过来帮忙。"妈妈对二郎说。

爸爸拿着一块塑料布正在包被子,包完再用绳子捆紧。

"要出发了吗?这个岛不是也挺不错的?"

"胡说些什么?快去吃早饭吧。"

"那个锅,还有水壶,是怎么回事?"

"别人送的。不要多问了。快去吧,把桃子也喊起来。"

二郎心里还有很多问题,但肚子真的很饿了,便照妈妈的吩咐走回房间。现在要怎样才能把桃子吓醒呢?他思索着,最好的办法就是抓只壁虎来放在她额头上。真巧啊,二郎想,房里正好有一张现成的椅子。

他蹑手蹑脚地把椅子搬到壁虎下方。先用这个垫脚,然后伸长手臂,大概就能抓到了,他盘算着,连大气都不敢出,低头爬上椅子。这只身长约十厘米的壁虎体形不大,全身肤色白得有点透明,一点也没有爬虫类的恐怖感觉。但是当二郎伸出手正要抓它的一瞬间,壁虎突然发出了叫声。

"啾啾啾,啾啾啾。"壁虎叫着。二郎从来不知道壁虎居然会叫!他大吃一惊,就在那一秒,壁虎迅速逃跑了,二郎还没来得及看清,壁虎就已消失在天花板的缝隙里。

完啦,他有点失落,早知如此不如把桃子叫醒让她瞧瞧,或让她听听壁虎的叫声也好。

二郎从椅子上爬下来,踢了踢熟睡中的桃子。"喂,已经早上啦。"说着,他故意把脚底放在桃子鼻尖上。桃子一睁开眼,一把挥开他的脚,转身趴在被子上。"今天要上学吗?"桃子用沙哑的声音问道。

"上哪个学啊?你可别想去中野的中央小学。"

"嗯……"桃子低声呢喃一阵,然后才支起身子,懒洋洋地坐在被子上梳理头发。

"吃早饭啦。爸跟妈在后面打包行李呢。"

桃子似乎还没清醒过来,也没再向二郎提出任何问题。

两人穿过正屋，走进后面的厨房，餐桌上摆着烤鱼和豆腐。"早安。"一个看起来像是这家主妇的中年妇女笑着向他们打招呼。虽说是中年人，其实年纪应该跟四谷的外婆不相上下。女人皮肤黑黑的，一头黑白掺杂的头发全都束在脑后。

烤鱼是一种叫作"咕噜空"的鱼。女人教他们徒手抓着头尾拿起来啃，除了鱼背上那根最粗的骨头，全身都可以吃下肚。二郎咬了一口烤鱼的背鳍，味道很香，有点像煎饼。女人眯眼笑着说："对对，就是这样吃。"饭碗里装的是小豆饭，味噌汤里放了很多海藻。

厨房的门刚好开着，二郎忍不住朝正屋偷看一眼。只见桑拉一个人背对着起居室的梁柱在吃早饭。他慢吞吞地用筷子挑一口饭放进嘴里，光是这个动作，差不多就花了五秒钟，然后才开始细细咀嚼，那磨牙的动作比老牛吃草还慢。二郎觉得他的模样比昨晚看起来更老了，简直像棵枯树，要不是知道大家都尊他为村中长老，二郎大概会觉得这老人很可怜吧。

"二郎君的爸爸在东京当作家啊？好厉害哟。我可是从来都没碰过书本呢。"中年妇女一面说一面帮二郎添上第二碗饭。

"啊！……是的。"二郎不知该如何回答，只能暧昧地点点头，看来大家对他家的情形还是有些误解。

"上原家血统养出来的啊，都是独立自主的人。不管是赤蜂还是元仁先生，都带头反抗国王，保护人民。就连一郎也一样啊，从前他也参加过反对美军基地的斗争呢。"

"是这样啊。"

"是啊,那是二郎出生以前的事了,他烧掉一架普天间[1]美军的军机呢,这可是很有名的。"

二郎和桃子相互望一眼,不约而同地耸耸肩。现在这种事已经不会让他们那么大惊小怪了。不过爸爸也真厉害,居然还能平安无事地活过来。

"八重山这地方的居民特别喜欢敢造反的人。因为这里从琉球朝廷时代起,一直都被人剥削压榨,凡是敢跟上面对抗的人,大家都喜欢。"

二郎默默地把饭拨进嘴里。如果她说的是真的,那爸爸在这儿的确会很受欢迎。

"西表和石垣比起来虽是个鸟不生蛋的小岛,不过将来我们会给你们送米和肉过去的,要多少有多少,别担心,搬过去住吧。"

"是……我知道了。"

"欸,欸,"桃子小声叫着二郎,同时推了推他的手臂,"你问她一下,电视可以看几台?"

"你自己问啦。"二郎不高兴地说。这时他突然想起一件事,东京家里的电视和冰箱都已经被爸爸处理掉了。今晚他们要怎么办呢?

"东京电视台那个《杰尼斯小子》的节目,这里看得到吗?"桃子问中年妇女。

"什么东京电视台!家里现在连电视机都没有。"

二郎叫了起来,桃子睁大了眼睛,手里的筷子也停了下来。接着,她像是绝望似的叹了口气。二郎心底开始升起不安,昨天一整天

---

[1] 普天间基地,位于冲绳群岛宜野湾市普天间川市中心,是驻冲绳美国海军陆战队的基地。

竟有点像是做梦一般。

吃完早饭，两人一块儿奔向正屋旁的小屋。门外有好多人，都在帮忙打包行李，也不知道他们是什么时候来的。"妈，"二郎跑到妈妈身边，轻声向她问道，"我们有地方住吧？"

"算是有了。但不知道是个怎样的地方。"妈妈慢条斯理地说。

"租的吗？"

"对，可是不收房租。桑拉帮我们打听来的，有人愿意把空房子让给我们住。"

二郎这才稍微放下心来。看来妈妈说的那房子并不是随便搭起来的茅草屋。这时，他看到爸爸把一个庞大的机器搬上小货车的货台。"那是什么？"二郎问。"发电机。"爸爸没好气地答着。二郎立刻又修正了刚才的想法，看来想要安心过日子，还不是那么容易的事。

眼前这些家具和杂物好像都是昨晚来的那些客人免费提供的。元仁在人们心中的影响力可真大！现在大家主动过来帮忙，也都是依靠祖先庇佑啊。他真的做梦也没想到，大家对他们东京来的这家人如此热情。

二郎也加入打包的工作，他发现那些行李里不但有旧衣服、拖鞋、餐具、台灯，还有脚踏车、榻榻米，甚至连海滩阳伞都有了；另外，除了两大包米之外，还有许多味噌和酱油。看到这些粮食，二郎又感到几分安心。

两辆小货车很快就装满了。这时，桑拉拄着拐杖走出来。大约只有三米的距离，却整整花了他十秒钟。他走到二郎面前停下来，用沉重的口吻对二郎说："一郎君。"

"不是的，我是他儿子……"才说了一半，二郎看到爸爸以眼神示意他不要再说。

"遇到困难的话,随时来找我,就把我当作自己的父母吧。"

二郎虽然没完全听懂,但从桑拉口气听得出来,这是一段惜别的嘱咐,也是温馨的叮咛。

他替父亲向桑拉低头致意,桑拉也连连点头。反正以后都住在相邻的小岛,一定还会再见的,二郎想。

一个中年男人不知何时跳上了小货车的驾驶座。看他被太阳晒得黝黑的皮肤,就知道他是渔夫。"那就出发吧?"说完,引擎发出了尖锐的声响。二郎和桃子坐上中年妇女驾驶的厢型旅行车,爸爸和妈妈也搭上其他车辆,一行人匆匆上路了。

桑拉朝着车队不断挥手,二郎和桃子也向他挥手道别,一只狗不知从哪儿跑出来,一路追着车队。对了,我们到了西表岛,说不定可以养只狗,二郎想。他一直很想要一只属于自己的狗。他仰望车顶的玻璃天窗,今天也是万里无云的蔚蓝天空。

车子向前大约奔驰了十五分钟,在一处码头前停下来。周围的人群更拥挤了。身强力壮的男人们忙着把行李搬下货车,以徒手接力的方式把行李送到船上。停在众人眼前的是一艘年代久远的渔船。看到这船,二郎突然想起阿明叔送给自己的渔船现在还停泊在舟浮。那艘船和这艘船应该差不多吧?

船上早已堆放了许多木块和木板,每当有人踏上船来,那些木材便随着船身摇来晃去。"小弟弟,第一次坐船吧?"一个中年男人拍着二郎的肩头问道。二郎点点头。"以后来回不知还要坐多少次呢。"男人露出被烟熏得焦黄的牙齿笑着说。

这些男人看起来好像要跟着全家一起搭船,二郎有些纳闷,便向妈妈求证。"他们是来帮我们修房子啦。"妈妈说。二郎这辈子还没碰到过这么热心的人,老实说,此时他心底充满了难以置信的感觉,这感觉远远超过了感谢的心情。

眼前的船旁边还有另一艘船,爸爸正在那艘船的操纵室里,弯着庞大的身躯专心研究驾驶座上的仪表盘。一个渔夫站在他身边,似乎正在说明着什么。二郎很好奇,立刻跳上那艘船,挤到爸爸身边去。

"爸,你要自己驾船啊?"

"有教官要给我上课。"爸爸看着仪表盘说,"上次亲手驾船,已经是十五年前的事了。"

"你搭渔船去过古巴啊?阿明叔跟我说过。"

"噢,阿明这家伙还蛮多嘴的。"

"我还听说你烧过美国军机,是真的吗?"

"谁告诉你的?"爸爸皱起眉头说。

"桑拉家的伯母。"

"烧的是轮胎啦,我只烧了军机的轮胎。真是的,这些人怎么把故事越传越夸张。"

是吗?原来如此。听爸爸这么说,二郎反而觉得心里踏实了些。不过说实在的,即使爸爸真的烧了一架飞机,他也不觉得有什么了不起。

不一会儿,两艘渔船载着二十多个人,浩浩荡荡地出发了。在震耳欲聋的引擎声中,船身缓慢地朝着入海处驶去。趁着难得的机会,二郎走到船头的甲板,弯身坐在行李堆上。桃子紧跟在他身边,也不知是不是因为害怕,她的手一直抓着二郎的衬衫。

有这么多人陪在身边,二郎觉得自己的胆子也大了许多。如果只有全家四口人,他肯定会很不安。周围这些被太阳晒得黝黑的男人,身上都充满了东京的大人所没有的野性。他们看起来好像很会打架的样子。

海风吹来,抚弄着二郎的发丝,他再次打量八重山的海面,这才发现大海好蓝啊!深蓝的海水清澈透明,二郎有点意外,没想到日本国土这么广阔,竟会有如此美妙的地方。要是阿淳和向井看到这片海,一定会惊讶得瞪大眼睛。

船头前方隐约可见一个大岛。二郎知道西表岛快到了。他在出发前早已查过地图。

"喂,你会不会觉得很可怕?"桃子问二郎。

"什么可怕?"

"这附近没有建筑物,全都是森林。"

"这里本来就是亚热带丛林嘛。"

二郎想起向井曾说过,西表岛是个原始岛屿,岛上还有西表山猫。

远处岛屿上方,一块乌云几乎遮住了半个岛。二郎有点讶异,因为刚才在八重山的时候,全岛都是大晴天,而现在,前面这岛上虽有两座山,但黑云却遮盖住了其中一个山头,云的下方似乎正下着大雨,而在附近的蓝天对照下,那块乌云看起来实在有点怪异。

桃子不自觉地咽了一口唾液。

"你干吗呀?"二郎用手肘碰她一下。

"那块云,好恐怖哟。"

"东京不是也有云?"

"话是没错啦。"桃子噘着下嘴唇说完,蹲下身子,用手肘撑着脸颊。

"我告诉你哟,以后可能还会遇到很多困难,你可别期待事事都照自己的意思。"

"就你一个人会装乖。"

"就算日子不好过，最多也只忍到十五岁嘛。妈不是说了吗？等我们满了十五岁，就可以选择自己喜欢的生活。"

"你还有三年，我可是还有五年半呀。"

是吗？还有那么久啊？不过就算是三年，现在想象起来，那也是很久很久以后的事呢。二郎默默地吸了一下鼻子，桃子仍旧撑着面颊。将来自己能不能考上高中呢？二郎突然想到这个问题，如果有机会的话，他是很想去上大学的。

"对了，学校的事怎么办？"桃子问。

"不要问我。"

"昨天那些女孩，你觉得这里有没有像她们那样的小孩啊？"

"有吧。"二郎随口答着。

桃子连连叹着气，受到她的影响，二郎也抑郁了起来。最近这两三天，他时而欣喜时而沉重，心情总是反反复复变化多端。

渔船载着大大小小一行人，逐渐靠近前方那个黑漆漆的大岛。

大约航行了一个小时，渔船总算靠岸了。"这里是白滨港。"一个中年男子告诉二郎，"东边那个叫上原港，因为地名就是上原。"

难道我们家的根源就在这个西表岛上？二郎觉得很好奇，立刻追着爸爸询问。"那姓涩谷的都生在涩谷？"爸爸没好气地反问他。

令人惊异的是，这里的港口周围什么也没有，除了水泥岸壁外，连一栋像样的建筑都看不到，至多就是附近有几户住家，跟石垣岛比起来，二郎觉得这里甚至可以叫作无人岛。但他很庆幸港口的位置在刚才那片乌云的背面，要不然现在一定下着倾盆大雨，他的心情肯定会更沮丧。

岸边已经有几个人等着迎接他们。这些人也开来几辆小货车和旅行车。爸妈忙着向众人问候致意，一眨眼工夫，船上的行李就被搬到货车上去了。于是一行人都跳上车，匆匆地朝着目的地出发。

二郎和桃子搭上一辆旅行车。沿途是一条铺得很平整的公路，车子开在上面，简直令人不敢相信这里是离岛[1]。只是路上不见一个行人，对面车道也不见一辆汽车。

"二郎、桃子，你们很快就会习惯这儿的生活的。"

"对了，除了岛上的小孩，这里还有从东京来的小孩，你们很快就会交到朋友啦。"

同车的几个中年男子看他兄妹俩都闭着嘴不讲话，便热情地跟他们搭讪。

"有东京来的小孩啊？"二郎问。

"有有有，还有大阪的、九州岛的。"

怎么会这样？二郎纳闷着。这个岛看起来不像会有很多小孩转学过来的样子啊。难道，这里还有其他跟爸爸一样的怪人？

不过比这更让他挂心的，还是学校的问题。"这儿有学校吗？"二郎问。男人们听了一齐哈哈大笑起来。"这里没那么乡下啦。"一个男人用力拍着二郎的肩膀说。

听了这话，桃子的表情总算比较轻松了。既然这样，如果他们俩一直吵着要上学，妈妈大概是不会反对的，至于爸爸怎么想就不管他了，二郎心想，不过这世界上需要为这种事操心的小学生，恐怕不多吧。

汽车很快就从铺着路面的公路驶进森林，一路不停地向前奔驰，两旁的树木枯枝不时碰撞着前窗玻璃，令人觉得好像是车身拨开了两边林木向前冲。

---

1 离岛是指日本除北海道、本州、四国、九州之外的岛屿。

远处传来"哈哈哈"像谁在大笑似的鸟鸣,四周的植物树叶都显得非常大。

"这里是丛林吗?"二郎问。

"啊哈哈哈。"男人们豪爽地笑起来,"丛林还在更里面。这里只是普通的森林啦。别担心,那块地原本是波间照过来的先民开垦出来的。不久之前,那儿还有村落呢。而当初先民之所以搬过来,也是因为有地下水,所以你不必担心啦。那地方还有以前开垦过的废田,只要再稍微下点功夫,青菜什么的马上就能采收了。"

照这么说,爸爸是打算到这儿来务农吗?从来不去上班的爸爸为什么要到这儿来种田?

"那里有没有电啊?"二郎问这话时有点胆战心惊的。

"没有,不过附近有电线杆,可以想想办法。"

听到这儿,桃子脸上又露出紧张的神色。不管她了,二郎想,我可没办法一天到晚关心妹妹的情绪。不过根据这些人的描述,自己原先还期待到这儿能用上抽水马桶,现在看来是无望了。难怪连房租都不收,只要不漏雨就该谢天谢地了吧。

沿着林间小路,不时可以看到几间缺墙少壁的旧房子。每当眼前出现这种破烂建筑时,二郎就感到心底一阵发凉。等到车子开过去,他才抚着胸口暗自欣慰。

"说起来,那也是我出生前的事了,西表曾经有过很多煤矿,当时这里很繁华。白滨海边那些没人住的空屋,就是当时留下的纪念品。"

"是吗?"

万一爸爸心血来潮想去重新开挖那些煤矿……这是很有可能的,到时他一定会叫自己帮忙。

一路上胡思乱想着,车子又往前开了几百米,突然前面眼界一开,像体育场那么大的一大块平地出现了,地上耸立着三栋像是沉睡了几十年的灰色平房,屋前围着一道高及人腰却濒临倾倒的石墙。走在最前面的那辆卡车停了下来。噢,就是这里啊?二郎此刻的感觉有点像被判了刑的犯人。事到如今,就算他嚷着不喜欢这儿也没人会理他的。反正,从现在起,他们要住在这儿了。

下了车之后,二郎抬头仰望天空。这块地的四周都被茂密的树木包围着,只有脚下的地面显得空荡荡的,也只有这里才晒得到阳光,部分地面长满了浓密的杂草,看起来像是前人留下的废田,田地旁还有像是水井的东西。

越过林木的缝隙,二郎看到附近还有几块开垦过的土地,据说从前村里曾住了大约十户人家。

"啊,这地方很不错嘛。"爸爸张开手臂大声说。

"嗯,不错。"妈妈在一边微笑着说。

是吗?二郎觉得妈妈的语气有点勉强。这种荒林野地,女人绝不可能喜欢的。二郎不知该说什么好,只觉得喉头干得要命,他又想到当初那些第一次踏上这块土地的先民,他们一定比自己更不知说什么才好吧。那时别说田地了,连条像样的路都没有呢。

二郎转头看了桃子一眼,只见她半张着嘴,一副不知所措的模样。光是冲着她没大哭起来这一点,二郎就觉得应该好好地表扬她一番。

这时,一个看起来年纪最大的男人突然大声吆喝起来:"好了,快动手吧。阿竹你负责修水井,宫城和中里负责厨房,我们得先吃饱肚子才行哪。志野你负责修厕所,要是踏板松掉可就糟了。剩下的人负责修理房子,地板最重要,全部都换新吧。"

男人刚说完话，发电机就响着"嗒嗒嗒"的声音转动起来。林子里的鸟儿一下子全被惊得飞走了。"呜……"电锯切断木头的声响也在林中四处回响。

三栋房子里有一栋面积最大，看起来也比较完整，众人便一齐钻进那间屋子，动手拆掉了破烂的雨窗，然后把地板全都掀起来。

二郎呆站一旁不知该做些什么。他觉得自己也该去帮忙，但又觉得还是去陪桃子比较好，如果让她一个人待着，说不定真的会大哭起来呢。

# 37

　　黄昏时分,虽说外面的天空还很亮,但因为四周树木长得非常浓密,屋里早已点上好几盏油灯。现在,这个荒废多年的林中旧村,随时都可能恢复生命,就好比一头正在接受复活手术的恐龙,即将轻轻挥动尾巴。房屋的修缮工作从早上一直持续到黄昏,或许因为人手充足,大家都已看到工程带来的惊人成果。地板和大部分的墙壁换新之后,房屋的外观立刻产生了巨大的变化。新木板的芳香使得原本弥漫在室内的霉味不再那么刺鼻。有个房间还铺上了榻榻米,这让二郎很高兴,因为至少这里可以任他在地上随意打滚。

　　房屋四周的杂草都被割掉了,刚来时那种荒废的形象也随之焕然一新。一个中年男子手里抓着电动剪草机,正在四处修剪。随着那尖锐的机器声,周围的树丛杂草都被一扫而空。

　　更令人惊讶的是,前后才花了几个小时,这栋破房子现在看来是如此雄伟壮观。也可能是心理作用吧,就连原先看起来很残破的梁柱都好像突然伸直变长了。

　　"从前建造的老房子,地基和梁柱就是比较结实。"妈妈一边说一边使劲地推着梁柱。如果是在早上,她肯定会担心房子一下子被她推倒,根本不敢碰梁柱。妈妈显然也已经感觉到房子发生了变化。

"房子是有生命的。"一个年纪很老的男人接口说,"如果没人住,房子马上就会变老,可只要有人住进来,它一下子又会年轻起来。"

二郎觉得这话说得很对。小孩也一样,要是没人管,小孩就会变坏。

虽然房子外观改变了,二郎心中的不安却没完全消失。因为他看到桃子尿急跑去上厕所,结果只看了一眼却不肯进去,而且坚持说自己可以再忍忍。厕所建得很原始,只是在地下埋一口大水缸,然后在上面盖一座小屋而已。后来桃子因为受到妈妈的责备,才一脸委屈地进去小便。

除了厕所,正屋外那间水泥建造的厨房也有问题。墙壁上早已长满青苔,不管用刷子怎么刷,都刷不掉那污黑的苔迹,而且地面是又湿又滑的泥土地,妈妈愿意在那种地方做菜吗?一想到这问题,二郎不由得担心起来。

众人正忙得不可开交的当儿,一个男人向二郎和桃子招招手,示意他们随他到屋后的林子里去。男人带着两人,来到一块一叠大的空地,这块地的四周竖着一圈矮小的石墙。男人告诉他们这地方叫作"御岳"。

"是天神降临的场所哟。只有女生才能在这儿祈祷,二郎你可不要跑进去。"

二郎不太了解那个男人说些什么,但他明白这里似乎是个神圣的地方。

"好久都没人管理这地方了,因为已经好多年都没祭司了。阿桃呀,你将来长大了,来当祭司,专门守着这地方吧。"

桃子支吾着不知该怎么回答。

八重山这地方连宗教仪式都跟东京不一样吗？二郎很讶异。

黄昏的天空逐渐变成淡紫色，来帮忙的男人们开始收拾工具要回去了。

"如果还需要些什么，随时跟我们说。只要是村子里能找得到的，即使没有新的，我们也会立刻送来。"一个男人开朗地笑着说。

妈妈低头行礼向大家道谢，爸爸也跟他们一一握手道别。

几辆汽车陆续发动走远了，现在森林里只剩下二郎一家四口了。寂静突然包围了过来，就连林间的鸟儿也不再啁啾。

二郎心中充满各种疑问：家里会装电话吗？这里的地址怎么写？别人的来信能不能收到？还有，我们什么时候能去上学？他想桃子心里一定有更多疑问。从现在起，我们真的要在这儿住下了吗？他看到一向弱不禁风的妹妹脸上露出流浪汉第一次出门的表情。

对于没有电的日子，二郎已经不抱任何希望。因为这不是他的力量能解决的。白天里，他听到一个中年男人问爸爸："要拉电进来吗？""不要。"爸爸立刻摇头说。这么重要的事，他居然不跟家人商量一下，就替大家做了决定。

"好啦，流了一身汗，烧水洗澡吧。二郎，去井边提水来。"爸爸伸个懒腰对二郎说。

"噢，知道了。"二郎觉得肚子饿得要命，但他还是乖乖听从爸爸的吩咐，因为他想，如果自己露出不满的表情而被桃子看到，家里的气氛一定马上变得很压抑。

"桃子和妈妈一起准备晚饭吧。石垣岛的那些阿姨送来的便当还没吃完，所以我们炒个饭，把炖菜热一下，然后再做个味噌汤……"

"是跟露营一样生火吗？"桃子有点担心地问。

"不是啦。有罐装煤气啊。刚才那些伯伯不是帮我们装好了？"

二郎和桃子都没听过罐装煤气这玩意儿，东京家里的煤气是由埋设在地下的管线送到家里来的。

二郎迅速地跑到井边提水，先把水桶从井口丢进去，再用辘轳卷着绳子把装满水的木桶吊上来。忙了大半天，他觉得有点不可思议，因为提水这件事跟自己昨天之前的日常生活很难联想到一起。

水桶装满之后，二郎把水提进厨房隔壁的浴室。铺着瓷砖的浴池看起来很陈旧，池底铺了一块木板脚垫。他来来回回跑了五趟，全身都被汗水浸湿了，浴池的水才只到脚踝的高度。二郎开始有点气馁，不知究竟还要跑几趟才能把池子装满。

这时，爸爸抓起一把斧头，把白天修房子剩下的木材劈成小块。二郎想，以后一定都得把这附近的树枝拿来劈成柴火吧。

井棚的屋顶吊着一盏油灯，周围聚满了各式各样的飞虫，其中还有二郎从没看过的巨型飞蛾。看着这些森林的虫儿飞舞得那么疯狂，二郎想，它们一定几十年没看过夜晚的灯光了。

提着水桶来回跑了二十趟，二郎觉得两条胳膊的肌肉都肿胀起来，而且已经有点不听使唤了。因为屋外的那口井很深，除了来回搬运之外，他还得花很大的力气把水桶从井里拉上来。

"爸，我提不动了。"二郎对正忙着生火的爸爸说，"可是水只有膝盖那么深。"

"毅力，要有毅力。"爸爸看也不看他一眼就开口教训起来。

"那你先示范一下。"

爸爸无言地瞪着二郎看了一会儿才说："好吧，今天就冲个凉算了。只要能泡到肚脐眼也够了。"

"冲凉？"

"你这平成出生的小鬼，没听过吟咏夏季的即兴诗哟。"

"我说啊,以后是不是每次洗澡都得去提水啊?"

"别露出那么痛苦的表情嘛。明天就会有人送电动马达过来啦。有了这个,我们家就能过文明生活了。"

"电呢?"

"有发电机。"

要过文明生活的话,还是拉电进来啦,发电机多吵啊!二郎噘起嘴很想跟爸爸理论。这时,一只飞蛾突然飞到他那嘟起的嘴唇上停下来,二郎急忙伸手乱挥,又连连吐掉几口唾液。爸爸在一旁看着笑个不停。

胳膊上不知何时已被蚊子叮了好几个包,二郎不停地搔来搔去,手臂上渐渐出现一堆抓痕,有点像海蜇黏在皮肤上。好不容易,洗澡水烧好了,爸爸脱光衣服跳进浴池,然后用小水桶舀起热水从肩上浇下去。

"这就是冲凉。从前人洗澡就是在大盆子里这样洗的。"

原来冲凉只是把汗水冲掉。二郎突然觉得发明淋浴的西洋人很伟大。

爸爸洗完之后,轮到二郎了,爸爸抓起水桶又去提了些水来,当然洗澡水早就变凉了,于是又加些柴火继续烧水,

走出浴室,二郎看到更衣处堆了许多毛巾。"这是哪儿来的?"二郎问。

"告诉你吧,"爸爸笑眯眯地对他说,"有个开民宿的,他欠了桑拉的钱,连夜逃走了,所以那间民宿里留下的家具杂物全都归我们了。"

原来是这样,所以家里才会有那么多套被褥,还有榻榻米、餐具和餐桌。

"桑拉欠了元仁这么多人情啊。"

"详细情形我也不清楚,因为有太多种传说了。有人说,那时桑拉的爸爸当村长,元仁替他挡子弹救了他;也有人说,元仁是为了刺杀坏政客才被右翼偷袭而死;就连桑拉自己的说法也是每回都不一样啦。"

"这样啊。"

"反正不管是元仁或是赤蜂,有关他们的故事都是后人想象出来的。"

"那有关爸爸的传说也一样吗?"

"嗯,没错。老爸不知道阿明叔和刑警跟你说了什么,不过你爸爸只是个普通人。"

但对于爸爸这番话,二郎完全不能同意。

"每个人心里都期待着传说。因为相信传说,人们才有梦可寻。"

二郎沉默着点点头。是啊,这道理他并非完全不能理解。

说到这儿,晚饭做好了,二郎忙着帮忙把饭菜端进正屋,妈妈则带着桃子去洗澡,爸爸跟二郎把餐桌放在铺着榻榻米的房里,并把菜肴排放在桌上。正屋那几扇窗户原本大概都是玻璃的,但现在全换成了纱窗,清风不断从窗外吹进来,令人感到神清气爽。

二郎突然很想喝杯冰麦茶,这才想起家里没有冰箱。

"这里没有冰箱呢。"

"对,没有。"

"我觉得我们很需要。"

"那我跟你的看法相差太远了。我觉得一点都不需要。"

"你不想喝冰麦茶?"

"那就把整壶煮好的麦茶用绳子吊到井里,用井水浸着,这样就行啦。"

二郎叹了口气。如果没有冰箱的话,洗完澡以后就没有冰淇淋可吃了,也不能自己做刨冰啊。还有,以后买了鱼和肉怎么办呢?难道以后每天都去买菜?

"这房子盖了多少年了?"

"谁知道,还不到一百年吧。"

"已经空了多少年呢?"

"据说矿坑是在二十世纪五十年代关闭的,之后,附近地区才开始凋零,所以整个村子变成无人村,是在三十或四十年前吧。"

"当时这里的人很穷苦吧?"

"不会啊。屋外有石墙,屋顶有红瓦,生活应该还可以吧。"

"从前的人不用电吗?"

"不知道啊。不过电线杆都架设到这附近来了,可能有用电吧。只是从前我家是不用电的。"

"为什么?"

"电力公司是抵抗者的敌人。"

二郎无力地垂下肩,抓起一块拉富贴放进嘴里。

晚上八点,桃子和妈妈洗完澡的时候,天色才逐渐暗下来。一只壁虎不知在哪个角落不断发出"啾啾啾"的叫声。家中的几盏油灯集中放在餐桌旁边,榻榻米的房间一下子亮得令人睁不开眼。

"他们送来的东西里还有风扇呢。"妈妈从里面的房间提着电扇走出来,但她走了一半,想起家里没插座,便停下脚,默默地又把风扇收进去。二郎想,家里要不要拉电进来这件事,还是想办法去说服妈妈吧。

全家四口围着桌子开始吃晚餐,二郎像挖土机似的不断把大盘子里的炒饭舀进自己碗里,还好炒饭的分量很多,不至于让他吃不饱,只是吃饭时桌上没人讲话,二郎也不知道该说些什么才好。

"水缸需要加盖,我明天立刻做一个。"爸爸嘴里塞满蔬菜天妇罗,一边嚼一边说。

"还需要一个舀水的木勺,不过暂时可以用锅代替。"妈妈答道。

"排水沟被埋起来了,得把沟挖开才行。"

"还有,该洗衣服了,需要盆和肥皂,最好是那种对环境无害的。"

餐桌上只有爸妈两个人在交谈,桃子似乎胃口不好,吃完一碗炒饭,她就不吃了。

爸爸和妈妈都没提上学的事。在这平常的日子,学校也没放暑假,自己却没去上学,二郎觉得多少有点罪恶感。

"明天要做什么?"桃子小声问道。

"桃子帮忙打扫家里,像柱子啊什么的,好好擦一擦,我想就会变亮的。"妈妈说。

"嗯。"桃子没什么兴致地回答。

"用刨子刨比较快吧?"二郎插嘴说,"要不然,涂点油漆,说不定也不错。"

"对了,油漆!我想把外面那个厨房涂成白色,孩子爸,你请他们送点油漆过来吧。"

"知道啦。要不要先到岛上的杂货店去看一下?"

"这岛上有没有书店啊?"

"没有,什么玩具店、章鱼烧店、运动用品店,全都没有。"爸爸面露喜色地说。

一家人正说着话,屋外忽然传来了汽车引擎声,一道车头灯在林子里发出光亮,似乎是什么人来了。二郎透过纱窗凝神向外望去,只见一辆有点脏的小卡车停在门前,一个头戴棒球帽的老人正从车上下来。

"哎哟喂,真的有人住在这儿啊。"老人扯着嗓门在门外嚷着。

妈妈起身拉开纱窗,直接从窗外回廊走到屋外。

"您是哪位啊?"

"你们是元仁的'一门'啊?是姓上原吧?我听说啦,听说你们到岛上来了,我老婆叫我来瞧瞧,看看是不是真的。没想到过来一看……哎哟喂,还有小孩啊。"说着,老人伸头朝屋里窥视着。

"对不起,请问您是哪位?"

"啊,我叫悠达啦。"老人脱下帽子弯腰行礼说,"我在白滨当渔夫。"

听到这儿,爸爸也站起身,从窗边走了出去。"晚上好。"他向老人打招呼。

"你就是一郎啊。真的是很'脉赛'哟。啊!'脉赛'就是身材高大的意思啦。啊哟,欢迎你到西表来。"听老人的语气,似乎十分欢迎二郎全家的到来。因为他脸上满是皱纹,所以完全看不出任何表情。

爸爸忙着请客人进屋里坐,悠达也没客气,立刻脱了拖鞋走进屋里。"在吃晚饭啊?早知这样,就带个菜过来了。明天我给你送咕噜空过来。"说着,悠达轻轻咳了一下,便盘腿在榻榻米上坐下来。

"真的吗?那真是太感谢了。"妈妈欣喜地拿出坐垫给客人,又忙着倒茶待客。

"我老婆跟桑拉是表兄妹,桑拉再三跟我们拜托过了,说是元仁一门要从东京搬过来,叫我们要好好照顾……"

"你说的'一门'是……？"妈妈在一旁问道。

"噢，一门，就是一族，一家人的意思啦。我跟东京人还是尽量讲大和的语言吧。"悠达一边说着一边环顾起屋里的摆设。"好久没看到油灯了，真令人怀念呢。我小时候这儿附近都是用蜡烛和油灯。"说着，悠达脸上露出了笑容。

"喂，不是有桑拉给的泡盛吗？拿出来吧。"爸爸对妈妈说。悠达丝毫没有推辞的意思。"加水喝吧。"他说着微微举一下手掌表示感谢。

"听说一郎也要捕鱼啊？"

"这本来不是我的职业，现在只要能让全家吃饱就不错了。"

"是吗？这阵子先把我家捕到的分给你吧。你接收的渔船是舟浮仲村家的吧？停泊港就登记白滨好了。"

二郎这时才想起阿明叔给他的那艘船，他想，应该早点去看看那船才对。

"我们这里的人偶尔帮他发动一下引擎，所以船应该没生锈，不过电路好像有点问题，明天我帮你检查一下。"

"舟浮离这里很近吗？"二郎问。

"嗯，很近啊。从白滨坐船只要十分钟左右。"

"啊，这是我儿子……"妈妈说着想把全家人都介绍一下。

"听说了，听说了，这是二郎跟桃子，你是阿樱。"悠达一个一个指着说，说完，露出焦黄的牙齿笑了起来，"不过，我听说你们还有一个女儿……"

"还有个二十一岁的女儿，叫洋子，留在东京。"

"是吗？这样啊，年轻女孩还是住在都市好啊。"

二郎心头突然浮起姐姐的脸庞，姐姐现在正在做什么呢？那个年纪比她大上一大截的男人真的会和她结婚吗？

"这里虽然靠海却能打到淡水,真是运气很好。战前搬到这儿来的那些人,他们虽然挖了水井,却只有盐水冒出来,真的很惨啊。"

悠达一边闲话家常,一边连喝了两杯加水的泡盛,他也不待主人邀请,就自己动手夹几块桌上的拉富贴放进嘴里。接着,他又转头对二郎和桃子表示以后就叫他"阿公"好了。"这种叫法在冲绳很普遍啦。"悠达大方地笑着说。二郎想起在石垣岛的时候,的确听到小孩对老人称呼:"阿公,阿婆。"

时间过得很快,转眼就到了九点半。"我该回去了。"悠达站起身说,"来,让我瞧瞧里面什么样子。"说着,他自顾自地在屋里巡视了一圈,甚至连壁橱都拉开看个仔细。

看起来这家伙似乎不太讲究礼貌和客套,二郎想。

"我家有缝纫机,明天拿过来。反正老婆说她不用了。"

"啊,真的吗?"听到悠达的话,二郎妈妈高兴得两眼发出光芒。

"妈,我们家没有电。"二郎在一旁小声提醒着。

"缝纫机是用脚踩的,没问题啦,二郎你大概没见过吧。"

悠达对他们家没电这事好像一点都不觉得稀奇,他又用手指了指油灯的灯罩。"你们需要的东西有灯油、柴火,还有蚊香……"悠达低声自语着,"最好还有一辆独轮车。"那口气就像一个乡下祖父正计划着怎样欢迎儿子全家人。

"明天再叫我老婆过来。"说着,悠达便从窗外的回廊走了出去。二郎这时才惊讶地发现,这栋屋子没有玄关,因为东、南两面的落地窗外都有回廊,大家进出都是经过那两面的窗户。

"啊呀,下雨了。"二郎听到悠达的声音。

他转头望向屋外,果然正滴滴答答下着雨,林中的树枝也随着雨点来回摇曳。

"要是漏雨的话,就来跟我说一声,我认识一个修船工,可以叫他过来。"

妈妈跟在悠达身后打算送他上车。"啊,没有伞。"她低声喊道。

"那再加一把雨伞。"悠达迅速地答道。大家觉得他接腔接得很巧,一齐大笑起来。就连桃子也露出了笑容,二郎这才松了口气。今晚要不是悠达到家里来玩,全家人一定都觉得搬进新家的第一晚是既漫长又难熬吧。

# 38

第二天从一大早起就是个艳阳高照的大晴天。前夜下雨的痕迹早已烟消云散,地面也看不出一丝潮湿的迹象,很显然,这是一块吸水能力卓越的土地。

二郎起床的时候爸爸已经开始干活了,他正忙着到井边提水灌满三个水缸。爸爸身穿T恤,衣服下跃动的肌肉清晰可见。原来爸爸这么强壮有力!二郎有点讶异,但另一方面,他更觉得爸爸就应该这样。要是搬到这儿还看到爸爸整日躺着鬼混,他一定会大声抗议的。

早饭桌上有一盘烤咕噜空鱼。"这哪儿来的?"二郎问。

"一早不知是谁放在厨房里的。"妈妈噘着嘴说。

"大概是悠达送来的。我还没起床时好像听到车子的声音,还有豆腐和鸡蛋也放在厨房了。这下可赚了。"

这个阿公怎么对我们这么好,二郎想,我们跟他又没有血缘关系。

味噌汤里几乎全是豆腐。二郎觉得这里的豆腐比东京的更有豆子香,而且分量也更扎实,更容易撑饱肚子。至于桌上那盘咕噜空鱼,现在已经变成了二郎的最爱,除了鱼背的脊椎骨之外,他把整条鱼连头带尾吃得一干二净。妈妈看了忍不住称赞他:"很好!"那口气有点像学校的老师。

吃完早饭,正要刷牙,二郎才发现家里没有牙刷和牙膏。

"我们出门买东西之前,应该先把需要的东西写下来。"妈妈说。

"是骑自行车去吗?"二郎问。他知道现有的新家当里面,只有一辆自行车。

"嗯,没办法走去啊。"

"我也想要一辆自行车。"

"是啊,如果有便宜的是很想买给你啊。"

"这种东西,自己做吧。"爸爸突然异想天开地说,"以后我们的生活目标是要自给自足。"

"那牙刷也能自己做?"

爸爸骨碌一下转过眼珠瞪着他。"二郎,到昨天刚剪的草地去玩摔角吧。"

二郎没接腔,他根本懒得回答。

爸爸握着刀正在切竹子,切好的竹条再一根根削成牙签。二郎想起向井送的那把军刀,于是他也拿起竹条跟着爸爸学做牙签。

二郎手里一边忙着,一边想起自己曾答应过向井他们,等安顿下来就要给大家写信。但现在连地址都不知道,就算他想写也没法寄出去。要不然,还是请悠达帮忙吧,他想,如果在信封上加注"悠达家转",大概就没问题了吧。

吃完早饭,二郎溜达到附近的几栋旧屋。走进一间屋里,四处散发着扑鼻的酸臭,许多家具和衣物散乱在地上,一些日常用品也被抛弃在屋里。

在一块坍塌的榻榻米下面，二郎发现一张旧报纸，他弯下腰轻轻抽出来，试图看清上面的日期。只见报纸上面印着"昭和四十一年六月三十日"，如果换算成公元，应该是一九六六年，这么久以前了！二郎觉得很难想象。

报上有一则很醒目的新闻：《披头士访问日本》。二郎只听过"披头士"这名字，其他都不太清楚。这则新闻里还记载着，披头士的公演场所是在武道馆。显然这则新闻跟远在西表岛的这个小村之间没有任何关联。

"哥。"桃子这时突然走到他身边，"我想回去了。"她的声音里充满悲伤。

"回哪儿去？"

"东京。"

"回到东京的哪儿？中野的家已经没啦。"

"那我去四谷。"

"现在说这个已经太晚啦。别任性了。"

"不是任性，这是儿童的人权问题。"

"你说些什么啊？谁告诉你的？"

"教务主任。上次爸爸被逮捕那天，我被叫到办公室去，有个教育委员会的人跟我谈过话。他说，搬到儿童福利机构去住是小孩的权利。"

"是吗？那你也有可能被送到中野的儿童福利机构去，黑木就在那儿呢。"

桃子从鼻孔哼了一声，很不满地抱起两条胳膊。"今天早上我醒来的时候，看到枕边有一只蜥蜴。"她嘟着嘴唇说。

"那大概是壁虎啦。它会吃苍蝇、蚊子，刚好帮我们除掉害虫啊。"

"我猜这附近大概也有蛇吧。"

"嗯，有吧。一定有。"

"哥你是男生，所以还没关系，我可是连走路都觉得很害怕啊。"

二郎站起来，从正面注视着桃子。"再忍耐一星期吧。要是过了一星期你还想走，到时候哥帮你去说。"

"怎么说呢？"

"如果不能全家一起回去，就让我们兄妹俩一起到四谷去，如果这样也不行，我们就到石垣岛桑拉家借住。"

"……我懂了，如果能去石垣岛，可能还不错吧。"

说到这儿，桃子催他快点回家。两人回到家里，看到爸爸光着上身手拿锄头，正在田里埋头苦干。

真是太阳从西边出来了！二郎打从心底感叹道。本来大人勤劳工作是理所当然的，他却不由自主地对爸爸露出崇拜的眼神。

站在一旁袖手旁观似乎有点说不过去，二郎也动手帮忙把割下来的杂草集中到一处。桃子则跟在妈妈身后帮忙打扫屋子。

不一会儿工夫，辛劳的成果便逐渐展现在他们眼前。二郎有点意外，没想到整理家园的工作这么有趣。眼看房子逐渐恢复了生气，原本暗淡无光的梁柱居然变得闪闪发亮。

就连林中鸟儿也一群群地聚集过来，或许因为它们已经很久没看到人影了，鸟儿们一排排驻足屋顶，叽叽喳喳地唱个不停。看到这幅可爱的画面，二郎不免感到怅然，如果眼前飞来的全是乌鸦，他就能毫不犹豫地回到东京去了。

这时二郎突然发现，屋顶四角都有个很像狗的兽类装饰，是他昨天没注意到的。那兽头睁着大眼，露出牙齿，颇有几分艺术品的味道,如果放在东京的杂货店里,一定会很受欢迎。二郎连忙问爸爸,才知道那东西叫作"风狮爷[1]",是用来辟邪的。其实家里已经有爸爸了,二郎想,哪个妖魔敢来捣乱啊?

中午,全家正在吃午饭的时候,悠达带着另一个男人来了。"哎哟喂,真的是跟悠达说的一样啊。"男人伫立在田中大声慨叹着。

中年男人名叫大城,肩膀宽阔,体态结实,年纪五十岁左右。大城并没开车,而是驾着一辆后面拖着货厢的耕耘机来的。他也跟悠达一样,大模大样地走进屋子,然后随意地四处打量起来。

"我虽是打鱼的,不过我老婆也种庄稼,以后我会分些蔬菜给你们的,要吃的话随时开口啊。因为我女婿的妹夫是桑拉的孙子啦。"

听起来他跟桑拉的亲戚关系蛮远的,但是听到桑拉的名字时,二郎还是有点吃惊。大城带来一个纸箱,里面装满了土豆、青葱和胡萝卜。妈妈高兴极了,连连向他道谢。大城脸上却露出困惑的表情,似乎不太明白妈妈为什么会高兴成那样。

众人闲聊了一阵,大城亲自走到田里向爸爸传授农作秘诀,只见爸爸满脸讶异,一面记笔记一面不时露出苦笑。二郎觉得很好奇,便走过去听大城说些什么。原来他正告诉爸爸,这里是山丘,最适合从事农作。

"那我就把耕耘机放这儿了。别客气,随便用吧。"大城对爸爸说。二郎大吃一惊,这耕耘机可是得花钱买的,跟那些蔬菜、白米完全不同啊。

---

[1] 设立在建筑物的门或屋顶、村落的高台等处的狮子像,用来替人、家宅、村落避邪镇煞。

"已经很旧了,所以一直丢在仓库里,今早我试了一下,还能动,所以就开来了。"

说着,大城开始指导爸爸操作机器,他脸上一点也看不出有恩于人的表情,而爸爸也接连向他问了几个问题,完全没有欠了人情的感觉,反倒是二郎在心里焦急地想,哎呀,你应该向人家表示点谢意啊。

难道八重山这地方的人都没有私人财产的观念吗?二郎有点纳闷,这些人只不过因为认识桑拉,就送来这一大堆东西给我们。

大城在二郎家待了不到一个小时,自己走路回家了。"我用耕耘机送你回家吧。"爸爸想送他一程。"只要走到县道,就能找人载我回家啦。"大城不慌不忙地说完,弓着庞大的背脊出门去了。

"喂,阿樱,要不要坐这个去兜风,顺便还可以购物。"

"嗯,要去要去。"

大城走后,爸妈两个人私下欢呼起来,然后一起爬上耕耘机。机器响起尖锐的引擎声,一路朝山坡下缓缓前进。

二郎和桃子看着父母离去,只得无奈地动手清洗餐具。二郎觉得,最近不只是爸爸,就连妈妈也不太管他们两个小孩,甚至根本不再为他们俩操心了。

洗完餐具,两人无事可做,觉得有点无聊,二郎摊开手脚躺在地板上,全身正好摆成"大"字形。窗外的风儿从室内穿过,再吹往户外。住在这地方,好像不需要冷气呢,二郎想,不过就算有冷气也没电啊。

桃子走过来,也在他身边躺下。"哥,能不能改成五天?"她仰着脸轻描淡写地问道。

"改什么?"

"就是你叫我忍耐一星期的那件事。"

"你这么没毅力啊。"

"你说,这会不会只是一个玩笑啊?等过了五天之后,爸妈突然告诉我们'搬来这里是开玩笑的啦'?"

"笨蛋,谁会花钱买飞机票开这种玩笑啊?"

桃子叹了口气。二郎望向屋外,蓝天灿烂得令人目眩,夏日的白云软绵绵地飘浮在天空,四处蝉鸣喧闹不已,吵得令人有点受不了。亚衣马的梅雨季节多长呢?二郎想,现在已经过完了吗?

"喂,要不要坐自行车去环岛一周?"他向桃子问道。

"你骑车载我吗?"

"嗯,可以啊。"

"那我要去。"

二郎穿着拖鞋走出门,跨上家中唯一的那辆自行车,待桃子在身后的座位坐好之后,他便踩起踏板向前奔去。这辆车似乎很久没加润滑油了,每踩一下,齿轮就发出吱吱声,而且当然也没附加任何变速装置。

车子穿过阴郁有如隧道的森林小路,驶上了铺着路面的公路,这段路似乎比记忆里刚来时的距离短得多。这时,二郎又发现另一件事,也是上次经过时没注意到的。原来路旁就是大海!从路旁甘蔗田间的空隙望去,蔚蓝的大海就在他们身边。

好不容易看到了海,他决定朝海边前进。面前这条弯曲的窄路,高高低低,一会儿上坡一会儿下坡,二郎骑着车上上下下前进。这段路的路面不太平整,整段路程顺着山丘蜿蜒崎岖,才一眨眼工夫,二郎就有点喘不过气来了。

"桃子,你先下来一下。"在一段上坡路时二郎对桃子说。桃子跳下来,从后面帮忙推车。不一会儿,两人来到一处小型的海滩,沙滩上一个人影也没有。

"这地方好棒啊。"二郎说。

"嗯,要是在这里建个别墅,那才棒呢。"桃子接口说,听那语气,似乎还是不赞成在小岛上住下来。

眼前的海岸是个浅滩,风平浪静,似乎很适合游泳。只是不知道这次有没有带泳裤来?不过就算没带也不要紧,他可以穿内裤直接下去游。这地方好像可以挖贝壳,因为满地都是空贝壳,有些贝壳甚至有拳头那么大。要是在东京被人找到这么一处宁静的海滩,肯定马上就被挤爆了。而现在,只有他跟桃子两个人独享这块世外桃源,二郎甚至觉得有点不好意思呢。

两人在沙滩上待了大约十分钟,又骑上自行车继续前进。两人都想到有人群的地方去,想看看中年男人以外的人类。

二郎重新骑回公路,用力蹬着踏板。四周都是蔗田,风儿吹来,甘蔗的枝干彼此碰撞发出咔沙咔沙的声音。

"甘蔗可以吃吗?"坐在车后的桃子问道。

"可以吧。要不然他们种这玩意儿有什么意思?"

"烤着吃?还是煮了吃?"

"不知道啦。"

一辆卡车停在蔗田里的农业专用道上,车旁有个中年男人,正坐在地上抽烟。二郎跟他都看到对方,彼此轻轻点个头。"喂,喂。"男人朝二郎叫了起来,二郎停下车子。

"你们是上原家的小孩吧?今晚我会带泡盛过去哟。"男人的口音很奇特。二郎不太确定他说些什么,只好暧昧地点点头,至于男人为什么会认识自己,二郎倒不觉得奇怪,他想,大概是悠达或大城告诉这男人的吧。

二郎再次踏上自行车,奔驰在蔗田里的小路上,骑了一会儿,来到一条沿途零星散列着人家的大路,路旁的水泥洋房全都漆着白墙。二郎和桃子看到那一排排晾在屋外的衣物,心底不觉生出一丝欣喜。毕竟看到还有别人在这地方生活,是件令人高兴的事情啊。

经过其中一家洋房门前时,一个中年妇女刚好抬头看到二郎。"这是哪家的孩子啊?"女人的眼里露出好奇的神色。因为才过了一天的关系吧,二郎想,他们搬到这儿来的新闻还没传遍全岛呢。

自行车继续前进,很快就驶入一条更宽敞的大路。虽说是大路,其实也只有双行车道。这一定是县道,二郎想。趁着路上没有汽车,他便在马路中央飞驰起来。速度越骑越快,"啊哈!"那种不顾一切的心情令他忍不住高喊起来。桃子则在后面紧紧抱着他的腰。整条公路上居然没有一辆汽车,这到底是个怎样的小岛?打从二郎生到这世上以来,还从没像这样,在一条没有任何障碍的马路上骑自行车呢。

大约骑了十分钟,二郎和桃子发现爸妈就在前方,两人坐着耕耘机正要从大路转进旁边的小路,但他们并没看到桃子和二郎。

"这两个人自己玩得这么高兴。"桃子愤愤地说。二郎也觉得货台上妈妈的身影看起来非常愉快,似乎早就忘了她的两个小孩。

就在二郎骑着车胡思乱想时,突然发现前面有个小村落,大约只有十户人家吧,还有个巴士站牌。站牌标志的后方还有个商店招牌,上面写着"平良商店"。

"这里有一家店!"桃子高兴地对二郎说,"哥,你有没有带钱?"

"有五百块吧。"

"我想吃点心。"

二郎也很想吃甜点,两人决定进去瞧瞧。他先把自行车停好,站在玻璃门外向店里张望着。里面一个人也没有,原本以为只卖吃的,没想到还有衣物和杂志。

虽然两人有点害羞,但还是鼓起勇气推门走了进去。店里没人出来招呼,陈列点心的地方连一个货架都没摆满,上面除了一些零食之外,还有两三种巧克力,再也没有别的东西了。货架旁边有个冰箱,里面有冰淇淋,还有一些肉。店内的光线很暗,气氛显得有点凄凉。桃子发现一旁还有些漫画杂志,便伸手拿起一本。"这个已经好旧了。"她低声说。杂志送到这儿来贩卖的时间一定会比东京晚吧,二郎想。

"这里大概不能站着读免费漫画了。"

"是啊,那可需要很大的勇气呢。"

二郎想起从前放学回家的路上,在那家批发漫画的旧书店"MANDARAKE"读得多过瘾啊,那种日子好像已经是很久很久以前的往事了。

两人各自选了棒冰和巧克力走到收银台前,转头向店里喊了一声:"有人吗?"一阵脚步声传来,接着一个脸色黝黑的中年妇女走了出来。她好奇地打量二郎和桃子半天。"你们是哪儿来的小孩啊?"女人一面用围裙擦着手一面问道。

二郎不知该怎么回答。总不能说自己是东京的小孩吧,他想。

"我知道了,是刚才来的那位上原先生家的孩子吧。很像,长得真像。"女人自作主张地解释之后露出笑脸,向收银机走过去。"他们买了很多东西哟,什么油漆啦、水泥之类的。"

"噢……"

"你们家离祖纳比较远。那地方很久以前有从波照间过来的先民住过。"

二郎不太了解她说的什么，只好安静地听着。

"那里到学校很远哟。你们应该是去上'蓝哄'小学，那里现在只有五个人，要是能再加进你们两个，大家一定很高兴的。"

她一个人说个不停。二郎不想再被她问来问去，付完钱，立刻就从店里走出来。

"她说五个人，是说学生人数啊？"桃子问。

"大概是吧。"

"不可能。"桃子脸上一副轻蔑的表情，说着，还挤了一下鼻子。

"反正我们也不一定去上。"二郎说。桃子轻轻叹息一声。

二郎一面骑车一面舔着冰淇淋。一时不知该往哪儿去，现在回家的话，肯定会被叫去帮忙做家事吧。

但是像这样一直骑在单调的大路上也没什么意思，二郎掉转车头，驶向旁边的小路。路边再次出现了整片的蔗田，头顶上的阳光毫不客气地照耀着，他觉得肌肤被晒得阵阵刺痛。再过几天，自己就会被晒得全身黝黑吧。二郎很想立刻换上一条短裤。自从升上五年级以来，他在夏季也是整天穿着长裤呢。

这时，远处传来一阵钟声，是他们所熟悉的钟声！学校的钟声！桃子条件反射般地抓紧他的T恤，二郎不由自主地从车座支起上身，想要看清蔗田对面的景象，但是角度太高了，只看到一片蔚蓝天空。他又坐回车垫，很自然地朝着钟声方向用力踩起踏板。

桃子沉默着没说话，但二郎多少能猜出她在想些什么。她现在的心情一定忧喜参半，一方面期待看到同龄的小孩，另一方面又有点担心见面时的情景。其实二郎自己也一样，内心有些退缩，连带着脚下也少了几分冲劲。

车子沿着农业专用道前进，不一会儿就骑到一个十字路口，眼前视野忽然变得十分开阔。在那段跟海岸方向相反的小路尽头,耸立着一所两层楼的水泥洋房。那就是学校!洋房前面还有一道校门!

"怎么办呢?"二郎向桃子问道,但她没说话。"要不要过去看一眼?"

"可以啊。"桃子的声音有点不安。

两人乘着自行车缓缓向前,二郎渐渐看清校门上的几个字是"南风小学"。刚才那个中年女人所说的"蓝哄小学"就是这几个字吗?

校园里一个人影也没有。不过这也难怪,现在是上课时间啊。

"现在是第几节课啊?"桃子问。

"不知道,大概是第四节吧。"

骑到校门前约十米的地方,二郎停下车,两人并肩朝着校舍走去。周围没有任何住宅,只有一个属于消防队的木造车库。桃子紧跟在二郎身后,一路想尽办法把身子隐藏在二郎后面。好不容易到了校门口,她却跑到门边躲起来,只伸出个脑袋窥视着门内。

"这里面可以跑步吗?"

"应该可以吧。这里是校园啊。"

"这里摔跤也不会受伤呢。"

"嗯,是啊。"

二郎想起了阿淳和向井,他突然很想向他们炫耀一下:这里的小学操场不是水泥地,也不是泥巴地,是草地哟。

更令人惊讶的是,全校明明只有五个学生,却有一座体育馆!另外,两层楼高的校舍里,竟有十几间教室!这学校的学生都不必占位子和排队吧,二郎想。

"有人来了。"桃子忽然低声对二郎说。只听一阵脚步踏过碎石子的声音,远远地看到一个女孩朝他们走过来。女孩手里拿着种花用的铲子和喷壶。二郎和桃子忙着想找地方藏身,不过女孩似乎看到他们了,她猛然停下脚步,站在原地不动。

"糟糕,被发现了。"二郎的身子紧紧贴着校门。

"几年级的?"

"那我哪儿知道。不过是女生。女的。"

桃子大模大样地伸头看了一眼。"哇,被看到了。"但她的语气里完全听不出一丝后悔。

女孩重新举步向前走来,脚步声逐渐靠近他们,待她再度停下来的时候,已站在二郎他们面前五米的地方。女孩身穿白衬衫和深蓝短裤,脚上一双粉红运动鞋,头上系着同色缎带,看起来有点像六年级学生。

"你们是白滨小学的?不会吧?我没见过你们,是从哪里转学过来的吗?"

系缎带的女孩问道,她的声音令人联想起木笛吹奏的乐曲。女孩的肤色虽是淡黑色的,脸上却没有乡下孩子那种土气。

"我猜错了啊?"女孩讶异地在二郎和桃子脸上来回巡视着,"那是来旅行的?但是这附近没有休闲别墅啊。"那口气简直就像大人在问小孩。

"跟你无关吧?"二郎不客气地说。这女孩真的很自以为是,他想。

"你说'吧',那是从东京来的?是来旅行吗?"

"来干什么都可以吧。"

"今天学校放假了?"

"跟你无关啦。"

"我是在问这个女生,今天学校放假吗?"女孩把脸转向桃子,露

373

出微笑。

桃子说不出话来，只能摇摇头。系缎带的女孩像外国人似的耸耸肩。"好吧，随便你们啦。"说着，抬起头望天空。

"刚才听那店里的老板娘说，这里只有五个学生，是真的？"桃子问道，语气里带着几分友好的味道。

"嗯，是啊。一年级一人，三年级两人，四年级一人，六年级一人。"

这么说来，这个女生是六年级了，二郎想，跟自己同年级。

"再顺便告诉你们，五人当中，有三人是老师的小孩。"

"真的？不太可能吧。"桃子说，语气里并没有嘲笑的意味。

"白井，在做什么？"

这时，又有一个声音传来。听来是大人的声音。二郎转眼望去，原来是老师。一个跟南老师年龄相仿的女人正朝他们走来。

"已经把肥料搬到花坛去了吗？"老师说到这儿才看到二郎和桃子。

"这是谁呀？哪个学校的学生？"

"好像是来旅行的。"系缎带的女孩回答。

老师把二郎他们从头到脚打量一番，眼中充满了疑惑。"你们的父母呢？"老师看着二郎的脸问道。二郎全身都是早上帮忙做家务时沾上的泥土，桃子跟他也不相上下，看他们这一身装扮，实在很难相信他们是来度假的孩子。更何况，二郎一脸紧张的表情，而桃子则不安地仰着脸看他。

二郎转过脸，拉着桃子回身就走。"等一下，站住。"他不理背后的呼喊，快步朝着自行车奔去。

"喂，你们是这岛上的孩子吗？为什么老师以前没见过你们呢？"

二郎没有回答，径自跨上自行车，蹬起踏板朝向来时的道路全力前进。

　　桃子静默着没说话，只用手紧紧抓着二郎的T恤。她的表情跟二郎不太一样，看起来好像还不想立刻离去的样子。

# 39

这天晚上，二郎家又来了好多客人。悠达和大城不但带来自己的老婆，还带了一群年龄跟爸爸相仿的中年男女，总共约二十人，大家都是在西表岛出生的，而且都跟桑拉有着或多或少的关系。客人各自提着酒、端着菜，自发地聚在二郎家里开起一场宴会。

有些客人挤不进屋子，就在回廊外面摆起桌椅，另辟一个户外派对。户外的桌椅也是客人自己带来的。"反正家里也不用了，就留在这儿吧。"带来的客人说。除了桌椅，还有人捐赠家具、农具和衣物。最让二郎高兴的是，家里又多了一辆自行车，而且还是迷你小车，以后桃子出门就可以骑车了。二郎也觉得很讶异，他没想到岛上居民出手都这么大方。悠达说："我们这里是'优异马路'啦。"接着他向二郎说明，"优异马路"是一种互相合作、共同生活的古老习俗。据说悠达年幼的时候，连他家房子都是岛民全体出动帮忙建成的。听到这儿，二郎终于了解为什么从踏上八重山以来，这里的人都对他们全家那么热情，有时甚至热情到多管闲事的地步。现在他了解了，住在这个岛上，就算是身无分文也能活下去的。

就像今天到家里来的这些客人，他们随意跑进跑出，简直就像在自己家里一样。有些人甚至也不跟妈妈打声招呼，就径自跑进厨房做起菜来。"哎哟，有鸡蛋啊。"说着，就自己动手敲破了蛋壳。这种不讲究客套的作风，二郎最初很不习惯，但现在他很快就理解，这就是所谓的优异马路。简单地说，也就是他们都没有私有财产的观念吧，他想，所有的东西都是属于大家的。

或许也因为这样，今天妈妈不像平日请客时那么紧张，也没忙着上菜换盘子。只见她一直坐在客厅里跟那群阿婆聊得很高兴。

"萝卜居然要三百块，吓死人了。"

"岛上没种的蔬菜，要多花些运费呀。"

"别买，别买，过几天就会有人送来啦。"

这样的想法一定是正确的，二郎想，因为家里现在所有的东西都是别人送的啊。

这天晚上还有件事也让二郎觉得很不可思议。这么多客人里面，居然没有一个人觉得他家没电有什么稀奇，大家都只是简单地说声"噢，这样啊"就不再谈这事了。

"我还是小孩的时候家里也用油灯啊。"

"对对，因为小孩的手比较小，家里人总叫我把手伸进玻璃罩去擦煤烟呢。"

"擦过，我也擦过。"大伙儿热烈地谈论着往事。

不过，对于二郎和桃子就学的问题，倒是有不少客人大表惊讶。因为爸爸睁着被泡盛染得通红的双眼向大家宣布："我不打算让他们去上学。"

"嗯，虽说这是个人自由，倒也没错……"

"不过，学校里有同龄的朋友一起玩，不也很好？"

"我是没去上过学啦。因为那时村里根本没学校。"

"那是战前了,现在不论哪个地区的小学都很不错呢。"

二郎和桃子一下子变成了众人瞩目的焦点。

"二郎,那你是怎么想的呢?"一个中年男人问道。

"我随便。"二郎嘴里支吾着,脑中却浮起白天看到的景象,那座长满草地的校园、开满花朵的花坛,还有那个一副自以为是却有点可爱的同年级女生……不,不是有点可爱,是非常可爱。

"我想去上学。"桃子明确表达了自己的意愿,妈妈听了赶紧苦笑着对她使眼色,好像在对她说,哎呀,怎么在这场合说这种话。

"喂,桃子,你看看美国,在世界各地挑起战争,还自以为是正义的化身,这就是思想教育的成果,日本只是美国人手里的一颗棋子啊。"

爸爸很久没演说了,现在又开始滔滔不绝地发表意见。岛上的人觉得很稀奇,都专心地倾听着,桃子却不理他,起身就往后面的房间跑去。那间屋子现在是储藏室,里面没有一个人。二郎也端着油灯,跟在她身后走进去。

"这可是儿童的人权问题!"桃子说着像要潜水似的向叠成一堆的被子趴下去。

"你别理他。爸爸嘴里说出来的话,没人搞得清是真是假。"二郎一面把油灯挂在天花板上,一面安慰着桃子。

"是吗?我们都已经搬到这小岛来了,这证明他是说真的,不是吗?"

"妈会帮我们想办法的啦,反正,你先忍耐一星期吧。"

桃子把脸埋在被子里,过了一会儿,只听她低声说:"那个南风小学,说不定很不错呢。"

"很远哟。从我们家到那儿,大概有三千米吧。"二郎一副不赞成的口气，但他心里想的却跟桃子一样。

"那个女生，大概是六年级的吧？蛮可爱的呢。"

"是吗？"

"她不是哥喜欢的类型吗？"

"才不是，那么自以为了不起的女生。"

桃子似乎看穿他的心思似的冷笑一声，二郎低头在枕头上轻轻捶了一拳。

"她是东京的小孩吧。因为她说的不是这里的方言。"

"噢，好像是……"要不是桃子提醒，二郎倒是没注意到这一点。这一刻，那女生清亮的声音突然在他心头苏醒过来，这么说来，她也是转学过来的喽？

"明天再去看看吧？"

"可以啊……不过碰到他们上课时间不太好，又会被老师看到。"

"看到也没关系啊，我们又不是逃学。"桃子好像什么都不在乎了。

二郎从鼻子里呼出一口气，原本叠成一堆的被子倒塌下来，他翻身在被子堆里躺了下来。外面那群阿公阿婆此时正齐声高歌，屋角的壁虎也像陪唱似的发出"啾啾啾"的叫声。二郎闭上眼，倾听着歌声，不一会儿，睡意便袭上他的眼皮。

第二天一早，全家决定一起去看那艘船。那艘阿明叔送给二郎的船，终于要发动引擎出海去啦。二郎爬上耕耘机后面载货的拖车，一路来到白滨港，只见悠达和大城早已等在港口，因为今天由他俩负责技术指导的任务。

"拴在这儿三年了，这船损耗得挺厉害的。引擎大概能够马上发动起来，问题是船身啊。"

大城的音量比平日高亢许多，一面说还一面把脖子向左、右两边扭动着，发出阵阵关节扭动的声音。二郎不免重新打量起大城，这时才发现他的两条胳膊跟木桩一样粗壮，一眼就能看出他是在海上讨生活的汉子。

众人搭上悠达的船朝舟浮出发了。"这个叫内离岛，那边那个叫作外离岛。"大城指着沿途的岛屿解说着。据说这附近以前也都是矿场。

"那已经是我出生以前很久的事了，那时光是白滨和这两个岛上，就住了三千人呢。当时的学校是矿场公司办的，私立的。"

这些形状似山的小岛从前虽然蕴藏着煤矿，现在却都成了无人岛。在阳光照耀下，岛上浓郁的翠绿显得格外生机盎然。

渔船在海湾里航行了二十分钟左右，终于到了舟浮。附近虽有几户民宅，但村子规模比白滨小多了。一行人穿过码头走上岸。"那个，就是那个！"大城指着前方说。随着所指的方向看去，只见一艘渔船被拉出水面，斜靠在水泥岸边。白色的船身虽然有点脏，却看不出一丝陈旧。尤其因为船头被高高拉起来，看起来颇为神气。原来这就是阿明叔的船。

二郎不由自主地朝那艘船奔过去，跑到船边，整艘船看起来好宏伟！二郎很自然地伸出手，在船身上面左拍拍、右拍拍，像是在向船打招呼似的。

船底黏着一堆像是贝壳的东西，还长了很多青苔，螺旋推进器上缠着许多海藻，二郎看到这情形，很想立刻动手把船身擦洗干净，然后重新油漆一遍，再把原本的船名"太郎丸"改成"二郎丸"。

"噢，这就是'太郎丸'啊，以后就是我的船了。"爸爸抱着胳膊说。他看起来显得很高兴。

"这是我的啦,阿明叔送给我了。"二郎气愤地说。他觉得现在不把话说清楚,说不定爸爸真的就把船当成他自己的了。

"呵呵。"爸爸从鼻孔里哼了一声说,"那在你会驾船之前,先租给我吧。租金就用我发的回数券[1]代替。是用来跟老爸玩摔角的回数券。"

"我才不要,你发的那些是什么玩意儿!"

正争论着,不知从哪儿跑出来一只狗。只见它脖上挂着项圈,一看就知道有人饲养。狗绕着这些陌生人,把每人都闻了一遍便转身跑走了。接着又来了一只羊,它"咩——"地叫了一声,隔着一段距离观望着众人。第三个出现在大家面前的,是一位拄着拐杖的阿公,他一路走到二郎身边停下脚步。"阿明啊?你长大了。"老人笑得满脸都是皱纹。

"您在胡说些什么?仲村家的儿子早就长大了,现在被关进监狱啦。这孩子是二郎,就是接收阿明那船的孩子。"大城苦笑着对老人说。"他脑子不行了。"说着,大城又向二郎挤一下眼睛。

就这样折腾了半天,舟浮岛欢迎二郎全家的仪式总算到此圆满结束。

悠达事先已为他们预备了刷子,于是二郎、桃子和妈妈便拿起刷子清洗船底,爸爸则随着大城上船检查引擎。

"我好想搭这船到很远很远的地方去哟。"妈妈一面洗刷一面兴奋地说。

"我们已经到了很远的地方,不是吗?"二郎很不可思议似的皱起

---

[1] 即折扣票,一种在日本使用非常普遍的日本车票,适用于JR和几乎所有私铁。

眉头。妈妈究竟是怎么一回事啊？他想，爸爸做事这么鲁莽，她也不管一管。

不一会儿，船底的贝壳和那些看起来很像青苔的海藻都被除掉了，这艘船终于要下海试航了。不过第一次只有爸爸和大城能上船。悠达先驾着自己的船离开码头，然后从船上抛出一根绳子，二郎接过来，交给站在甲板上的大城。"好了，可以啦，请你慢一点啊。"大城高声喊着。刚才的狗、羊，还有那个阿公，也跑到岸边来看热闹，但除了他们几个，再也没其他人了。

原本用来固定船身的木桩被移开了，重生的"二郎丸"稍微向旁边倾斜了一下，然后就像电视剧里那个雷鸟几号宇宙飞船一样，船底直接滑过地面，勇敢地冲向大海。当船滑到水泥岸边与海面交接处，只听"扑通"一声，船身便立即随着海水左右摇晃起来，远远望去，那船像是有生命的动物似的，正在为自己重返大海而兴奋得雀跃不已呢。

"阿明啊，你还是决定当渔夫啊？很好啊。"

刚才那个阿公站在二郎身后笑着说。上次桑拉把二郎看成爸爸，现在他又被这个老人看成了阿明叔，但是二郎心里一点都不在意，因为是被别人看成了大人啊。

"快点让我上船啦。"桃子叫喊着。

"我们还要在各处检查一下，再等一等吧。要是船沉了，小孩可是会没命的。"

大城头上卷着毛巾，从器械间伸出头来。爸爸坐上掌舵的位子，按照大城的指导发动引擎。

咕咕咕咕……船身发出一阵叫声，有点像一只胆小的狗在低鸣。"行了，行了，电池和线路接头都没问题。"大城说。两人又接连试了两三次，突然，一股黑烟从器械间里冒出来，紧接着，一阵强劲有力的引擎声响彻云霄，震得甲板似乎都要裂开了。

"发动了，发动了！"大城站起身高声喊道，他整张脸都被煤烟熏得漆黑，"喂！发动喽。"

他那张脸只有牙齿和眼睛是白的，实在太滑稽了，众人忍不住齐声笑起来。

爸爸似乎真有过驾船经验。只见那渔船溅起一道白浪，直朝外海驶去。桃子不禁睁圆了双眼说："原来爸爸会驾船啊。"

"听说爸爸以前在古巴，卡斯特罗还送过他一条船呢。"

"卡斯特罗是谁？"

"是个革命家。"

妈妈在一旁听着，忍不住扑哧一声笑起来。

悠达眼看渔船已经发动，便决定先回家，只留下大城陪伴爸爸练习。"二郎丸"在港内画着八字来回盘旋好几圈，聒噪的引擎声时高时低，响得很不平稳。直到渔船跑了好一阵之后，引擎的转动才变得比较平顺，刺耳的杂音也没了，只听阵阵清亮的引擎声不断传到耳畔。试航途中，渔船停了好几次，爸爸和大城则忙着在各处检查，好不容易航行状况才逐渐趋于平稳，就好比一匹不听话的野马，经过调教之后，才肯服从骑士的指挥。

渔船在港内热身航行了大约二十分钟，便转身驶回码头。靠岸的动作似乎需要很巧妙的技术，大城一直跟在爸爸身边教他。忙了大半天，船身总算碰到轮胎靠垫，靠岸动作才算完成。

"虽说十五年没开了，你还是开得很不错嘛。毕竟这是用身体学会的技术，不会那么容易忘记的啦。"大城连连称赞爸爸的技术。爸爸微笑的脸上全是汗水。

"这个舵有点毛病，不过你用一阵子之后，自然会变好的。反正现在能开动已经谢天谢地了。以后我们再把无线设备修理一下就没事啦。不过要等零件送来才能动手修。"

大城满脸都是煤烟，说着，他伸手敲了一下船身。

现在，终于轮到二郎他们上船了。妈妈一走上去就想找个能让她抓住站稳的物体。二郎看到甲板上有个箱子，里面收藏着捕鱼网。这可真是一艘渔船！他在心底叹道。

渔船很快就载着众人离开了码头。趁着机会难得，二郎走到视野宽阔的船头，享受着南方海上的暖风。海面一片平静，船身平稳地快速向前。很快地，他看到内离岛和外离岛并排呈现在他右手边。岛上的海鸟受到引擎声的惊吓，一齐飞向天空，这画面令人联想到丛林，实在很难相信从前这儿是人烟繁华的矿场，而且岛上那些野生植物看起来像是在拒绝人类的侵入。

船驶出了海湾，来到外海，只见四周一片汪洋，连一艘擦身而过的船只都看不到。二郎情不自禁地张开双臂。坐一艘船多自由啊，他想，无论想到哪儿去都没问题。

他希望自己也能很快学会驾船，因为他想驾着这艘船，到附近其他岛屿去探险。还要再过几年爸爸才会让他掌舵呢？大概要先拿到执照才行吧，是不是要先到驾船学校那样的地方上课呢？

他转过头，看到爸爸就坐在那张掌舵的椅子上。但他可从来没听说爸爸有执照啊。

唉，不管那么多了。他想，反正爸爸还不是开着耕耘机到处乱跑？在这岛上，谁都不会管那么多的。

爸爸的驾船技术好像已经恢复得差不多了，他甚至还想试测一下这船的速度极限，二郎听到引擎发出阵阵怒吼，船身开始急速向前奔驰。海面溅起无数浪花，纷纷洒落在二郎身上。烈日当空高照，他觉得水滴掉落在肌肤上的感觉真的很不错。

这天午后，二郎和桃子在厨房涂油漆。先用硬毛刷把水泥墙洗一遍，等墙壁干了之后，再用刷子蘸油漆涂上去。妈妈挑选的是象牙色，而不是纯白。也可能是因为那家店里只有这个颜色，反正稍带点米黄的白色涂在厨房墙上看起来很合适。如果是纯白色，不只刺眼，也让人觉得全身不舒服。

刷完墙壁后，爸妈又开着耕耘机出门去了。因为有朋友要送他们农具和钓竿，爸妈决定两人一块儿去拿。在八重山这地方生活，真的是一毛钱都不需要呢，二郎暗自叹道。

他转脸看桃子，只见她拿着刷子正在墙上描绘花朵。

"你在干吗呀？"

"你管我，反正最后都是涂成一个颜色嘛。"桃子还画了一只飞舞的蝴蝶。

"既然要画，我真想多用几种颜色，画得像壁画那样。"

听桃子这么说，二郎有点心动了，他也想画个哆啦A梦，还有宫崎骏的动画人物，他在学校一向喜欢上美术课的。

"可不可以用水彩啊？"

"哪有那玩意儿啊？搬家的时候都丢掉啦。"

"那你偷偷到小学去弄点来。"

"乱讲什么啊，那等于是小偷。而且水溶性的水彩一下子就被吸收掉了。"

"好无聊啊。"桃子叹着气弯身坐在小凳上，拿起刷子把油漆涂在刚画好的花朵上。

"早上去坐船的时候，你不是还兴高采烈的？"

"只有那时候啦。"

二郎不知该说什么。他知道桃子心里很想找玩伴,其实,他自己又何尝不是一样?

"涂完这里以后,要不要再去看看?"桃子问。二郎知道她说的是南风小学,根本不用问就能明白。

"涂完以后?就是涂到黄昏也涂不完的啦,而且外边那一面也要涂啊。"

"现在几点?"

"快四点了。"二郎说完摸了一下阿明叔送他的手表。

正说着,门外传来自行车的声音,还夹杂着人声低语。二郎和桃子彼此对望一眼。

"有人来了。"

"一定是哪个阿公或阿婆吧。"

两人侧耳倾听,听到有人在外面对话。"没有人嘛。""可是,好像有人住在里面。"听得出是小孩的声音。

二郎从小凳上跳下来,走到厨房窗边向外张望。只见门前树荫下,有几个骑车的小孩正打量着自己家。

"我想就是这里啊。"一个女孩的声音传来。接着,一个比较高大的人影从森林里出来,是昨天那个系缎带的女孩!

"平良商店的老板娘说那男生和女生是兄妹,全家人才搬到这个以前移民移居的旧村来呢。"

"?"

女孩抱着胳膊站在前面,后面跟着几个低年级学生。

桃子走到二郎身边,拉开纱窗探出上身,那动作就像在向大家宣告:我在这儿呢。

几个小孩同时看到她,齐声说道:"啊,有人在!"说完,众人脸上惊恐地呆站在原地不敢乱动。显然这群小孩都很紧张。

桃子抬头看了二郎一眼,似乎在对他说:快过去啊。于是,二郎从正屋旁边的厨房走出去,一步步朝那群孩子靠近。他不知该摆出什么表情,但他猜别人眼中的他一定是面孔板着的,桃子也紧跟在他身后走了出来。

"欸,你们真的住这儿啊?"快走到众人面前时,系缎带的女孩向他问道。

"是啊。"

"不会吧?简直难以置信啊。"

女孩的反应让二郎有点火大。"跟你没关系吧。"他不客气地说。

"你爸爸是做什么的?种田吗?"

"不知道,除了种田,也会打鱼。"

"是吗?"女孩噘起嘴,转脸朝他身后的桃子露出善意的目光。

"你们从哪儿来的?"

"东京。"桃子回答,"东京的中野。"

"是吗?我也是东京来的。港区的麻布。"

"好棒哟!高级住宅区,好像有很多艺人住在那儿吧。"

或许同是女生的原因,两人很快就聊得非常热络,旁边几个孩子也露出笑容,同时害羞地扭动着身躯。

"你们会转到我们学校来吧?从这里上学虽然有点远,不过别的学校更远呢。"

"还不知道。"二郎没好气地答道,因为这是他最不想听到的问题。

"还不知道是什么意思?"

"什么意思都没关系吧。"

"是这样的,我爸从前是激进派,他觉得学校这种地方,去不去都没关系。"桃子绕到二郎前面回答,这时妹妹显然比哥哥更懂得应对,"我妈也一样,觉得我们不需要接受国家提供的教育。"

"桃子!"二郎大声嚷着伸手去拉桃子的手臂,"不要说那么多废话啦。"

"你叫桃子啊。"系缎带的女孩说。

"嗯,我姓上原,四年级,我哥哥二郎是六年级。我是说,假如我们去上学的话。"

"我叫白井七惠,六年级。顺便也介绍一下大家吧。"这个叫七惠的女生说着,便叫身边几个低年级学生排成一列,"这是一年级的佑平,他旁边是三年级的朋子,他们俩是姐弟。这个也是三年级,叫健太,最后一个是四年级的春奈。全都在这儿了。再加上我,全校共有五名学生。"

"哈哈,真的是五个人。"桃子天真无邪地笑起来。"呵呵呵……"其他几个孩子也跟着她一起笑起来。看来这些低年级学生都很纯朴可爱。

"你们如果能来上学,我们就有七个人了。"

"我很想去啊。"桃子有点忸怩作态地故意摇晃着身子。二郎可没办法像她那么坦白。人在明知不可能的时候,就是很难放得开。这话真是太有道理了。

"可是,义务教育是到中学为止。一定得上学吧?"

"所以我刚才说了嘛。我爸不是普通人。"

"以前是激进派,究竟是干吗的?"

"我也不太清楚。他老是跟警察和区公所的人吵架呢。以前公安的人，还有催缴年金的人，整天都跑到我们家来。"

"年金的事跟这没关系吧？"二郎皱着眉头说，"不要废话了，免得被别人误会。"

"听起来很有趣啊。"七惠一副大人的口吻说。二郎觉得就是她这种爽朗的性格令他无法忍受。

"才不有趣呢。结果害我们一起受罪，到这个陌生的小岛来过石器时代生活……"

"哈哈哈。"七惠响起银铃似的笑声。

"跟你说哟，我们家没电。"桃子像是很得意似的说，"所以也不能看电视。"

"好厉害哟！""不可能吧？"几个孩子异口同声地嚷起来。二郎觉得羞死了，脸颊立刻热了起来。

"你们可以进来看看啊。"说着，桃子竟把大家请到家里，甚至还把别人送的冲绳开口笑也拿出来招待客人，几个小孩坐在回廊边上聊得开心极了。没想到桃子这么会交际，二郎有些吃惊，同时觉得自己太孤僻，心里不免有些沮丧，他只好一个人走回去涂油漆。

"哥，他们说这里没有补习班。"桃子不时跑来向他报告听来的信息。这种事不需要他们说我也知道，二郎想。

"也没有录影带出租店哟！"

就算有，我们家也没有电视和录影机啊，他想。

孩童的笑声不断在林中回响。这里或许已经几十年都没有孩童的欢笑了吧。

过去跟大家聊聊吧。二郎想。这念头一直在心底盘旋，但他两脚却始终站在原地。自己为什么这么死要面子？二郎实在想不通。

南风小学全校同学在二郎家待了一个小时左右。大家要离去时，二郎才走出来跟他们道别。"下次要是能在学校见面就好了。"七惠对他说。她说完转过身,头上的马尾呼一下飘浮起来。七惠跳上自行车很快地骑远了,几个低年级学生也紧紧追在她身后。二郎觉得这幅画面好动人,尤其是看到同年级的孩子,他突然觉得自己不再寂寞了。

然而,短暂的欣慰也同时给他带来忧郁,因为现在他很明确地知道,自己非常想去上学。这么一来,他就必须去向爸爸争取。但说实在的,二郎最近很悲观,因为自从全家搬到西表之后,他觉得爸爸变得比从前更像个原始野人了。

桃子的心情似乎突然变得很好,只见她哼着歌曲,拿起刷子涂着油漆。妹妹可真不错,二郎想,她这么容易满足。

这天晚上,二郎并没向父母提起白天的事。他本想单独跟妈妈说,但最近妈妈整天都跟爸爸黏在一起。桃子看了他好几次,似乎在催促他:哥,你快说啊。但二郎没理她,因为如果提起南风小学的学生到家里来看他们,那就无法跳过他和桃子的就学问题。不知为何,他总觉得现在还不是适当的时机。

如果向井在这儿,一定能想出更恰当的字眼来形容现在的状况吧……对了,是不是叫作"时机未到"?

时机未到啦,他用眼神告诉桃子。但他知道桃子一定没看懂自己的意思。

# 40

第二天,二郎家来了一只羊。那只羊是一个不认识的阿公牵来的。"给你吧。"阿公对二郎说。这岛上的人们是多么有人情味啊!二郎想。

"它是公的,挤不出奶,不过碰到需要的时候,可以把它杀了吃啊。"

阿公笑着提出一个恐怖的建议。开什么玩笑!这么可爱的羊,怎么可以吃掉?

桃子看到羊,高兴得几乎跳起来。以前住在中野的时候,她就一直吵着想养只狗,现在算是以另一种方式满足她的心愿。桃子想起自己心爱的小饰物凯蒂猫,决定把羊叫作凯蒂。

"笨蛋,哪有头上长了角的什么凯蒂?你可别想用宠物满足自己的梦想。这种动物,应该叫什么八木藏之类的才对。"

"我才不要。"桃子坚决表示反对。

"那叫柳生十兵卫,怎么样?"

"也不要。"

两人吵了半天也没结果,最后只好猜拳决定由谁给羊命名。

结果是二郎赢了。

"哈哈哈,就叫十兵卫,十兵卫!"

桃子狠狠地瞪着他,同时伸手抱住十兵卫的脖子。"可怜的凯蒂。"桃子说,显然她还不肯死心。

二郎用绳子做了一个宽松的项圈,把羊拴在田边的树旁。有了这只羊之后,周围的景色突然改变了,好像开了一朵花似的,整体气氛显得生气勃勃。原来树荫下多出一只白色的动物,会使人觉得好像多了一个太阳,尤其因为这动物是性格温柔的山羊,更令人心底增添几分沉稳。"咩——"每次听到羊叫,全家都不禁露出微笑。

有宠物陪伴的生活就是这样吧,二郎想。心情沮丧的时候,他只要摸摸十兵卫的背,心情自然就会变得很平静。

十兵卫正无忧无虑地低头吃着堆在一旁的青草。吃了这些草,羊应该就能得到足够的营养。"不过当然最好给它吃饲料草。"牵羊来的阿公说。听了阿公的话,二郎决定亲手开辟一小块草地,专门种植羊吃的饲料草,那位阿公也答应送些幼苗给他。

二郎对涂油漆这件事也越来越起劲了,现在正屋旁的厨房连外墙也都涂成了象牙色,原本破败不堪的外观早已一扫而空。厨房弄得漂漂亮亮,看了也赏心悦目。二郎想,要是厕所能改成抽水马桶的话,就更棒了。

爸爸最近像是中了邪,整天在田里拼命干活。除了种田,他还计划着出门打鱼,简直跟从前的他判若两人。二郎想起以前在中野的时候,爸爸整天躺着什么正事也不干,当然二郎并不是怀念那时的爸爸,只是觉得爸爸真的变得有点怪异,希望不会带给大家什么麻烦就好。

这天下午,白井七惠又到二郎家来了。这次她没骑车,而是乘着一辆迷你车来的。迷你车穿过森林小路来到门前,七惠坐在驾驶座旁的位子上,而坐在驾驶座上的,正是二郎那天在校门口碰到的女老师。

车子停在门前时,爸爸正在田里锄地,妈妈在屋里踩缝纫机,二郎和桃子正在粉刷厕所外面的墙壁。

看到车上的两人,二郎心底立刻升起灰暗的气氛。一定又是跟以前一样!他想,一场公务员跟爸爸的争执即将开始了——永远没有交集,永远是两条并行线的战争。

"您好,我是南风小学的教员山下。嗯,请问,您是上原先生吧?"老师走下车来,向爸爸行个礼,她虽面带笑容,却看得出是一脸紧张的神色。不过这也难怪,二郎想,她跟这岛上的阿公阿婆们不一样,学校的教师向来都得循规蹈矩地活着,像他家这种住进荒废空屋的怪异家庭,老师当然要保持警戒啦。

七惠看了二郎一眼,向他耸了耸肩,脸上表情似乎在说:不是我把她带来的。但二郎知道,一定是七惠向老师报告的。毕竟叫她不要到处乱说根本是个不可能的要求,七惠一定是把爸爸从前是激进派这事也跟老师说了吧。

"是这样的,您是最近搬过来的吧?请问您要什么时候帮小孩办转学手续呢……"

"那什么玩意儿,我们不会去办的。"爸爸瞥了客人一眼,继续做他田里的工作。

"要是能同时转进两个学生,我们这小岛上的学校真的是热烈欢迎呢。全校师生现在都引颈期盼……"爸爸没回答,也不知他到底听进去了没,只见山下老师继续说着。"听说,您的女儿是四年级,儿子是六年级吧?现在我们四年级和六年级是同班上课,如果他们转来，我们就可以分班上课了……"

"哼，啰唆的女人！"爸爸说着把锄头往地上一插，两腿跨开站得直直的。"不是跟你说了吗，我们不会去办转学手续的。"

瞬间，山下老师倒吸一口气。"请问，这是什么意思？"她向爸爸问道。

"就是说，我们不承认你现在说的义务教育。"说着，爸爸转动眼珠看了老师一眼，似乎是在窥视她的表情。

山下老师紧绷着脸正想说些什么，一转眼，看到二郎和桃子，她走到爸爸身边。

就在这时，妈妈从屋里走了出来。"您好。"她面带着微笑对客人说。山下老师像是松了一口气似的低头向妈妈行礼。

"二郎、桃子，你们先出去玩一下，还有那边那个女生，也一起去吧。"妈妈转头对七惠说："大家要当好朋友哟。"

二郎心底也松了口气。家里这种情况，他实在不想让外人看到，老实说，连他自己都不想看。他骑着自行车从后门出来，桃子坐在他后面，而桃子的小车则让七惠来骑，三个人决定到他上次发现的海滩玩。

自行车顺着小路前进，时而上坡，时而下坡，上坡时如果挺直上身，就能看到远处的大海。渐渐地，浪涛声越来越响亮，海鸟的叫声响遍四周。夏日的云彩轻巧地飘浮在天空，阳光仍像平日一样灿烂灼热。

到了海边之后，他们把自行车放倒在沙滩上。七惠的眼里闪起光亮。"哇，好美哟！这就是秘密海滩啊，我还是第一次来呢。"她说。

"什么啊？什么秘密海滩？"

"以前就听同学说过，听说在祖纳那边有个很美的海滩，就连当地人都很少去呢。因为离我们那儿很远，所以一直都没机会来。"

"哦？"

"原来上原君家就是住在秘密海滩附近森林里的那个神秘家族啊。"

神秘家族？听到这个名词，二郎一时找不出反驳的理由。他弯身从沙堆里捡起一根海上漂来的木头，朝向大海抛去。

"听四年级的春奈说，石垣岛上有个很了不起的大人物叫桑拉，据说他是你们的亲戚。春奈是学校里唯一在岛上出生的孩子，她爸爸当渔夫，所以能听到很多岛上的信息。"

"桑拉不是我们亲戚啦。听说是我们那个死掉的曾祖父对他有恩呢。"桃子说。她跟七惠好像已经变成亲密的好友，只见两人手挽着手站在一块儿。"还有，我们是赤蜂的子孙。据说他是八重山的英雄呢。"

"桃子，这种传说不能当真的。连爸爸都不相信呢。"

"可是，大家都这么说啊。"

"就算大家都说，也不能……"

"赤蜂啊，地域交流课的时候学过，附近的阿婆还到学校来跟我们讲故事呢。"七惠说。

"所以说，那是编出来的故事啦。"二郎捡起第二根木头抛出去，"对了，你家为什么搬到西表来？"

"不，不是搬家过来，是只有我一个人来。我妈刚好有个当画家的表姐住在这儿，我就被送到她家借住。虽说是画家，其实收入很少，也就做些手工艺品拿出去卖，现在我们生活就靠这些钱，另外加上我妈汇给我的食宿费。"七惠说着甩一下头发，秀气的脸上露出一丝严肃的表情。

这时一群海鸟在天空发出尖锐的叫声，七惠抬头看着鸟群说："在东京的学校时，我是个拒绝上学的学生。五年级上学期，我很厉害哟，一天都没去学校。我父母很烦恼，送我去咨询，又送我去上自由学校，结果都没办法解决问题，后来才想到不如离开都市，把我送到南方的小岛试试看。所以我就到这儿来了。去年秋天来的。"

七惠出人意外地说出自己的身世，二郎有点惊讶。不过仔细想想，清新脱俗的七惠在那个学校上学，这事情本来就有点怪。

"你在东京上的是公立学校吗？"二郎问。七惠说了一个学校的名字，是连二郎都知道的私立贵族小学。二郎心头突然浮现出几个表兄弟的脸庞。

"进那所学校之前，因为我爸工作的关系，我们住在伦敦。也就是说，我是所谓的归国子女。日本的学校根本不允许每个人拥有个人的想法，我真的很难适应。"

"听说归国子女都会被欺负呢。"

"那倒不是。"七惠挤一下鼻子说，"归国子女在港区很常见啦，问题是在海外的时候是不是进过日侨学校，我那时是学校里唯一进了外国学校的学生，所以同学都不跟我玩。"

"是吗？"

"其实我才不稀罕他们接纳我做朋友。简直就像一群白痴嘛，还有人拼了命为自己办庆生会呢。"

二郎似乎能够想象。他想，那种豪华的竞争一定比佐佐她们胜过千倍、万倍吧。

"我到这儿来以后，心情才变得比较平静。这里只有五个学生，谁也不可能排挤谁，而且这里也没有那种坏小孩。"

二郎突然想起了黑木。如果黑木到这儿来，也找不到斗气的对手了吧。

"这里有没有不良少年中学生？"

"没有，没有。"七惠微笑着摇摇头，"就算你染了头发，也没人看。这里的学生都非常纯朴天真呢。"

七惠看起来比她实际年龄大两三岁，可能是因为在外国住过，自然就表现得比较老成。要是向井在这儿，他们俩倒是旗鼓相当的一对呢。

"上原君的家为什么搬到这儿来呢？"

"因为激进派和警察一天到晚跑来我们家，我爸气得受不了。"

桃子说这话的口气有点像在告状，二郎轻敲她的脑袋一下说："不是告诉你，不要把家里的事叽里呱啦说那么多吗？"

"告诉我嘛，我都把自己的情形说得那么清楚。"七惠鼓着两颊有点不服气地说，"而且，反正这么小的村子，任何事都无法隐瞒啦。"

二郎吸一下鼻子。没办法，他想，只好挑重点告诉她了。

"我爸很久以前就说过，将来要搬到南方小岛去。因为我家的祖先就是来自冲绳……"

接着，二郎原原本本地告诉七惠，自己的父亲以前专门搞社运，从来都没正经工作过。之后，全家突然决定搬到冲绳来住，搬家时连教科书都扔掉了，来到这里，岛上的朋友送他一条船等，这一切事情都跟七惠说了。

"真是多姿多彩啊。"

"别开玩笑了！你也替我们想想吧。"

"你们还没把户籍迁到这儿来吧？山下老师已经跟竹富町镇公所联络过，向他们询问你们一家人有没有迁进来……要是没有你们当初的迁出证明，好像就不能办入学手续，老师现在很着急呢。搞不清

397

你爸究竟是怎么想的。"

"所以不是跟你说了吗？我爸那人才不管什么规定，以前在中野上小学的时候，他在学校也是个问题家长。"

"不过在这里大概没什么关系，反正大家都很随便。"

"是吗？"

"嗯，除了山下老师在横滨长大，性格比较认真之外，其他老师的神经都很大条，譬如校长，他就主张叫上原君和桃子先到学校上课，手续以后再办就行了。"

"哇，那我们可以去上学了！"

"你别太期待，我们得看爸怎么说才行。"

"对了，你打个电话到姐姐的手机嘛。叫她帮我们把迁出证明寄来啊。"

听桃子这么说，二郎这才想起姐姐。对了，不知道姐姐现在在做什么？她已经搬出中野的家去跟那个男人同居了吗？二郎突然很想听到姐姐的声音。

"你们还有姐姐啊。"七惠说。

"嗯，我叫她洋子姐，她今年二十一岁，已经是大人了。她一个人留在东京。"

"真不错啊。你们家兄弟姐妹共有三人。我只有一个人呢。"

"那七惠的爸爸妈妈，现在两个人一起在东京啊。"

"不，他们快离婚了。把我送到岛上来之后，两个人就立刻分居了，真是做得出来哟。"七惠带着讽刺的微笑转脸看着桃子，桃子显得有点不知所措。这女生明明是个小学生，却有非常冷酷的一面呢，二郎想。

"这附近有没有公用电话？"他向七惠问道。

"啊，对了，上原君家里没电话，也不能用网络吧？"

"我家连电脑都没有。不管了，公用电话在哪儿？"

"好像在平良商店。"

这么远啊！二郎叹道，为了打个电话，居然要骑十几分钟的自行车。不过他实在很想听听姐姐的声音。

"打到东京要多少钱呢？"

"很贵。三分钟最少三百块吧。我一向都不会主动打出去的。"

二郎深深叹口气，从裤子口袋里掏出零钱数起来，只够买一支棒冰。

"对了，上原君，家里给你零用钱吗？"

"以前是有啦。"他回答着，心里突然不安起来。以后家里会有现金收入吗？

"以后还是会给吧？"桃子也露出担心的表情。

"直接告诉你们吧，这里可是有钱没地方花。就算你有钱，也没东西可买。"七惠说起任何事都很会抓住重点，"以后要打电话可以到我家来，不过要趁我阿姨跟姨父不在的时候。"

"收到账单的时候不是会被发现？"二郎一向对小事很在意。

"没关系啦，就说是我打到东京去的。刚才不是跟你说了，他们夫妇都靠我妈寄来的寄宿费生活呢。就拿我姨父来说，自称是从东京来的环保旅游向导，其实还不是整天鬼混。"

听七惠的描述，现在她的生活环境似乎有点复杂。

"你要是到大原那边去就知道，这岛上从本土过来的人还蛮多的。譬如潜水教练啦、别墅老板啦，都是为了追求自然才从都市搬来的。"

"噢，物以类聚啊。"

"不过，搬到这个荒村来定居的，你家可是第一户哟。"七惠调侃地笑着说。

"讨厌!"

三人正说着话,突然听到一阵引擎声。什么人来了?二郎纳闷着从沙滩跑上小山丘,只见隔着两个小山坡的前面,一辆迷你车停在窄路上无法动弹了。

"喂,你的老师来了。"他对七惠说。

"她说不定也会变成你的老师呢。"七惠噘着嘴也爬到山坡上来。

"欸,小朋友们帮我推一下吧。老师以为可以过得去,原来是我弄错了。"

二郎和其他两人一起跑上前去,用力从车子前面往后推,不一会儿,车子总算以后退的方式回到原来的大路上。

山下老师连忙向三人道谢。她看着二郎和桃子,脸上露出复杂的笑容。

"上原君,你爸平常也是那样?"老师说话时显得有点困惑。

"老师如果是指他不肯承认公民的义务,那他一向都是这样的。"

听到二郎的回答,山下老师带着为难的表情抬头看着天空。"反正我还会再来的。"她像是安慰自己似的说,然后轻轻摸一下二郎和桃子的肩头。

七惠坐进老师的车子,两人一块儿离开了。

桃子抬眼看了二郎一眼。"快点回去说啊。"她埋怨着。

二郎没说话,伸手在桃子的脸颊上捏了一下。桃子立刻回了他一脚。

两人分别骑上自己的自行车朝家的方向前进。油漆还没涂完呢,二郎想。

# 41

　　第二天，有朋友来邀请爸爸一起去打野猪，爸爸很高兴，提着一根棍子就勇猛无比地跟着朋友出门了。据那位朋友说，野猪原是夜间活动的动物，但偶尔也会在白天出来游荡，通常这种笨猪一下子就会掉进陷阱里去。二郎听了有点不忍，这样它们不是就要死在爸爸的棍棒之下了吗？

　　吃午饭的时候，桃子趁爸爸不在家，向妈妈问起昨天的事。前一天黄昏的时候，悠达和大城又抱着泡盛到家里来。这已是家里连续第三晚大开宴会呢。二郎也就以这个理由做借口，没向妈妈提起上学的事。而桃子现在对他这个做哥哥的，似乎已不抱任何希望了。

　　"昨天你跟南风小学的老师说了什么？"

　　"嗯，这个啊。"妈妈垂着眼皮笑了起来，"你爸就是那老样子，对山下老师很不客气，他还跟老师说，没上学的小孩不知有多少万，就把你们算作其中两个吧。"

　　"太过分了，人家想要上学！"桃子涨红了脸抗议着。

　　"后来呢？"二郎问。

　　"老师好像也不知道怎么办。可能从未碰见过这种家长吧。"

"怎么这样说？好像这事跟你没关系似的。"

"还是等等再说吧。何况，你爸大概也不肯出钱给你们买教科书之类的。只要是国家的规定，他就是不愿遵守，像这样一直催他，只会让他更别扭啦。"

二郎深深叹口气。对抗的双方都不肯妥协的话，就很难有结果了。

"对了，跟你们说哟，妈妈真的很喜欢这个岛，大家对我们这么热情，什么都分给我们，这种生活叫作优异马路，知道吗？"

"知道，悠达跟我们说过。"

"真是太好了，大家都这么豪放。除了青菜和清洁剂比较贵之外，其他生活用品根本不要钱。只靠存款的话，大概可以过两三年呢。"

"我们家有存款啊？"

"这话问得很没礼貌哟。"妈妈用手指戳了一下二郎的额头，"阿格哈塔的生意可是很不错的。"

"妈，你在这儿会不会给我零用钱？"桃子问妈妈。

"我按照你付出的劳动给钱吧。"

桃子对妈妈这话不太了解，二郎便在旁边向她说明。只是，他有点怀疑，妈妈是真的喜欢这里的生活吗？那种在地下埋个大水缸的厕所，应该是淑女最害怕的东西啊。

"那我们帮你涂油漆了，我想要五百块。"二郎说。

"要那么多钱干吗？"

"不多啦，我想打电话给阿淳和向井。"

"已经想大家啦？"

"可以吧？只是听听他们的声音。"

妈妈耸耸肩。"好吧。"她低声说着，然后从皮包里拿出一枚五百硬币交给二郎。

二郎的心底浮起几分兴奋，现在他不必等七惠的家人出门以后才去打电话了，而且他一直很想听听阿淳和向井的声音。虽说才离开东京一星期，感觉上好像已经几个月都没看到他们了。"咩——"门外传来十兵卫的叫声。对了，还可以把自己养了一只羊的事情告诉大家，他们一定羡慕死了吧。

好不容易等到下午三点，二郎骑着自行车直奔平良商店，桃子也跟着上了车。在二郎的记忆里，从来不曾跟妹妹这样整天黏在一起过。如果自己是独生子的话，现在大概很寂寞吧，说不定每天只能自言自语呢。

二郎用力踩了一阵踏板，冒出满身大汗。二郎对这地方的闷热实在有点受不了，还好沿路一直有阵阵海风吹来，才让他稍微凉快一些。这里的风与都市里的热风不太一样，是从海上夹带着冷气吹过来的。路旁的蔗田里看不到半个人影，风儿吹得甘蔗发出沙沙沙的声音，好像在向二郎和桃子低语。周围一片鲜艳的翠绿，简直绿得令人睁不开眼。前方一道雪白的细沙小路，笔直地向前延伸，这景象真像一张风景明信片。二郎不免心动了，其实住在这儿也蛮不错的。

一路上仍然不见一辆汽车从对面驶来，到了平良商店门口，门外真的有一台黄绿色公用电话，以前二郎不曾注意到。不过电话的投币口塞不进五百元硬币，他只好到店里去换一百元零钱。"可是一百块硬币丢进去，也不会找钱。"桃子出人意料地表现了常识丰富的一面。"有人在吗？"二郎向店里招呼着。不一会儿，上次那个老板娘从里面走出来。

"哎呀，是二郎和桃子。"没想到老板娘这么快就知道他们的名字了,"你们穿几号鞋子啊?"一开口,她就没头没脑地问了一个莫名其妙的问题,"因为万一你们要去上学,学校指定的室内球鞋只有我这儿才买得到啊,我得早点去订货呢。"那口气简直就像是二郎的亲戚似的。

"这个,呃……"二郎一时不知该怎么回答。

"怎么?你爸还是不让你们去啊?真是的,尽管以前当过激进派,但不让自己小孩去上学,也未免太……"

她连这些都知道了?二郎讶异地想,这地方的人口到底有多少啊?

"对不起,我要打电话,想跟您换零钱。"

"噢,可以啊。"老板娘很爽快地答应了。二郎握着三个一百元和二十个十元硬币,伸手拿起公用电话的听筒。老板娘不知为何紧贴在他身后站着。"要打到哪儿啊?东京?东京是三分钟两百二十元哟。"老板娘这种超热心的照顾可是都市里不曾遇到过的。

二郎不置可否地应了一声,转头按了姐姐的手机号码。虽说是亲姐弟,二郎还是有点紧张。电话铃响了三次,姐姐才接起电话。

"姐,是我。"

"哎呀,还有个姐姐啊?"身后的老板娘插嘴说。二郎厌恶地瞪了她一眼,老板娘这才离开他身边,嘴里还喃喃地念道:"是吗?这样啊?"二郎想,明天一定整个村里都会知道这件事的。

"二郎?从哪里打来的?"电话那头的姐姐吃惊地问道。

"西表岛的公用电话。电话费很贵,我就长话短说。我们想转进这里的学校,请你去区公所帮我们申请迁出证明寄来,可以吗?"

"好,你把地址告诉我。我居然不知道自己家人的地址,听起来多奇怪啊。"

"可是我们现在没有地址啦。"

"没有?不会是住在野外吧?"

"不是,是住在一个旧村庄的空房子里,重新整修了一下。我想那房子现在没有门牌号码。"

"那水电怎么办?"

"接水用井水,电只有需要的时候用发电机,平常用油灯。"

"哼,过得很苦啊。"姐姐从鼻子里笑了一声。

"所以啊……"二郎说着转头朝店里张望,试图寻找老板娘的身影。刚好老板娘正在店里观察他,所以两人的视线立刻碰到一块儿。"对不起,"二郎大声对老板娘说,"能不能告诉我这里的地址?可以帮我收一下姐姐寄来的信吗?"

"嗯,可以啊。"老板娘从店里走出来,当场答应可以帮忙。但二郎心底又立刻升起了一份不安,她不会拆开信封偷看内容吧?

二郎提笔写下地址的这段时间,桃子很快地抢过话筒。

"啊,姐!是我。跟你说哟,爸到这儿以后,每天都在干活。很稀奇吧?还有,妈妈突然变年轻了,两人现在像一对情侣似的。"

桃子兴奋地向姐姐报告了一大堆事情,就连爸爸今天去打野猪,还有家里吃的菜都是别人送的,等等,全都说了。

"喂。"二郎戳了戳桃子,因为老板娘正在旁边偷听她讲话呢。

为了节省时间,二郎很快又抢回电话,把地址念了一遍。"嘟嘟嘟……"这时话筒里传来一阵机器声,因为钱快用完了。怎么办呢?二郎犹豫着,要不要再加点钱进去?

"姐,你搬家了吗?"

"预定下星期搬。"姐姐回答,语气在瞬间变得很低沉。

"搬到哪儿去?"

"惠比寿附近。好了，你们俩自己保重啊，别指望爸妈了。"姐姐很快又恢复了开朗的语调。不过二郎觉得她像是在强颜欢笑，好像希望快点换个话题。

"姐，你也保重。"

二郎正打算从口袋里掏钱出来，电话却被切断了。三分钟花了一百三十元，比七惠和老板娘说的价钱便宜一点。

老板娘这时紧跟在二郎身后，像是看穿了他心里的疑惑似的说："噢，你是打到手机啊。那就比较便宜点。"说着，还把计算电话费的方法说明了一遍。即使如此，三分钟还是花了一百多块，二郎觉得有点心痛。

"你姐姐要寄来的是迁出证明吧？"老板娘对二郎说，"收到了我也没法通知你，还是二郎君算好日子过来拿吧。"

"那就拜托您了。"二郎谦恭有礼地向老板娘弯腰行个礼。

接着，就该打给阿淳和向井了。二郎知道阿淳放学回家的路上一定会去乱逛，所以决定先打给可能立刻回家看店的向井。按了号码之后，他的心又活蹦乱跳起来，电话响了三下，向井的祖母接起电话。"你好，向井大宝堂。"那语气慢得简直像是时间都停顿了。

"呃，我是上原，请问向井君在吗？"

"在，在啊。"

二郎松了口气，还好他在家。马上就可以听到他的声音了，想到这儿，二郎心底升起一种类似感慨的情绪。然而，等了五秒、十秒……听筒里什么声音也没有，就连祖母呼叫孙子的声音都听不到。

"喂。"向井的祖母突然说。

"喂。"二郎也反射地回答。

"他在家啊。"向井的祖母说。

糟了,原来阿婆没去叫向井啊。二郎这才想起,向井的祖母好像早就有点痴呆了。

"对不起,请您叫向井君来接电话。我现在是从冲绳的公用电话打给他的。"

"啊哟,冲绳?这么远哟。那太麻烦你了。"

那慢吞吞的语气令人焦急。好了啦!快去叫吧,二郎心里呼喊着。

"总之,请您叫向井君来听电话吧。"

"好好,请等一下。"

阿婆终于去叫向井了。二郎看了一眼阿明叔送他的手表。这么一耽搁,至少浪费了一分钟。他无奈地又投了些硬币进去。

"二郎君,你那手表很不错嘛。"站在身后的老板娘说。

还在这儿!二郎实在没心情应付她了,只好假装没听到。

"你好,向井大宝堂。"不一会儿,向井的妈妈接起电话。怎么会这样?二郎很纳闷儿,向井到底在不在家啊?

"我是上原,向井君在家吗?"

"哎呀,上原君!阿婆说是国际电话,我还以为是外国人呢。"

"不是国际电话啦,是公用电话,是我从冲绳打的。"

"是吗?真是,这个阿婆,哈哈哈。"

"不要笑了,伯母,快去叫向井吧。"

"请你等一下啊。"向井的妈妈终于去叫他了。眨眼工夫,二郎就听到一阵脚步声,像是在跑过走廊。"哎哟,二郎啊?"十秒钟之后,终于听到了向井的声音。才几天不见,二郎觉得好像已经好久不见了,他简直高兴得想要跳起来呢。

"西表岛怎么样啊？你走了之后，这里马上就进入梅雨季了，每天都湿漉漉的，真让人受不了啊。"

哎呀，时间紧迫，别说这种大人的应酬话吧，二郎想。"我这里每天都是大晴天啦。大家都好吗？"尽管心里不以为然，二郎也只好顺着话题回答。

"黑木又出了问题，他在儿童福利机构寄住的时间延长了。"

"黑木？他又干了什么？"

"你走了之后，这里有人流传说'上原家全家趁夜晚逃走了'，他听了很气愤，就把那些散布谣言的人都打了一顿。"

"什么？为了这种事？"二郎心底升起一丝欣喜。黑木这家伙真不错。

"你在那里过得怎样？新学校已经适应了吗？"

"跟你说吧，我还没去上学呢。我爸就那老样子，为了学校的事，别扭得很……"

"哦？真不愧是社运的前辈，听说冲绳那儿很欢迎'左翼'人士呢。"

"别谈这种烦人的事了。"话筒里这时传来一阵"嘟嘟嘟"的声音，时间又到了，"对不起，钱用完了，帮我问候阿淳。等我有空再写信吧。"

"什么？你很忙啊？"

"农地里的事，还有一堆杂事，每天都有活儿要干啦。"

"勤劳少年啊，真令人感动。"

"你再说！"说到这儿，电话突然断了。阵阵蝉鸣从四周响起，除此之外，再也听不到其他的声音了。蝉鸣声波涛汹涌般地包围过来。二郎叹了口气。毕竟，东京离这儿很远呢。

他转过头，看到桃子正在吃棒冰。在他连连追问下，桃子表示是用自己的零用钱买的。于是，二郎逼着她把身上的钱掏出来，也买了一支给自己吃。

"室内球鞋，我先帮你们订啦。"

老板娘双手叉腰像是命令似的说。二郎只好把自己穿的鞋子尺寸告诉她。

兄妹俩重新跨上自行车。二郎一面舔着苏打棒冰一面踏上归途。他很兴奋，因为听到了向井的声音，不过那种瞬间的兴奋又在他心中勾起了阵阵乡愁。

他非常渴望有朋友一起玩，他希望身边能有那种跟他一起打棒球、玩电玩，彼此开玩笑的朋友。

想到这儿，姐姐那沉郁的声调又在心头响了起来。他问起搬家的事情时，电话那头的姐姐显得有点不自然。加上电话里看不见表情，更让二郎不放心了。

"姐姐会把那个叫什么的证明寄来吧？"桃子向二郎问道。

"嗯。"

"那我们就可以转学了。"

"嗯，希望可以。"

姐姐曾说要跟那个有家室又比她年纪大很多的男人结婚。这就是所谓的"不伦"吧。二郎实在不喜欢用这个名词，但现在连小学生都懂这名词的含义，他实在很无奈，难道她还没跟那个男人开始新生活就遇到什么困难了吗？

"欸，不如我们离家出走，到姐姐那儿去吧？"

"你说什么呀？"

"我是说，要是爸真的不让我们上学，我们就离家出走回东京去。"

二郎没有接腔。只有他们两个小孩,怎么能上飞机和渡船?

"不行吗?"

"跟你说吧,可能桃子你还不知道,姐姐好像要结婚了。"

"真的?"桃子睁大了眼睛,"跟谁?跟谁结婚?"她赶紧骑车追过来。

"我们不认识的人。"

"这件事,她在电话里没告诉我呀。"

"有些事就是亲姐妹也很难开口的啦。"

桃子又追着问了好些问题,二郎没理她。因为他自己也不清楚。老实说,他根本就不想深入思考这些问题。

二郎再度叹口气。身上又出了好多汗。头顶的太阳毫不体谅地散发着耀眼的光芒。

骑到半路,二郎想,反正回家也得帮忙做事,不如到别处逛逛。他掉转车头,漫无目的地朝海边骑去。穿过甘蔗田,他看到海滩前方有一片树林,林中有一栋老旧的小木屋,门前竖着一块满是煤灰的招牌,上面写着"星空下的露营场"。小屋的雨窗紧闭,看来不像有人住在里面。这座岛哪里都一样,到处都是空屋的小岛!二郎跳下车,打算向海滩走去,这时不知从哪儿跑来一只狗,脚步轻快地朝他们奔过来。这狗跟那天在舟浮看到的狗一样,跑到二郎和桃子身边胡乱嗅了一阵,又跑走了。顺着狗奔跑的方向看去,只见前面有个黄色帐篷,似乎有人在那儿露营。

"你好。"二郎正在纳闷着,突然听到身边传来一声招呼。他吃惊地转过头,看到一个蓝眼睛的外国男人站在二郎身旁。男人的身高跟爸爸差不多,二郎抬头望去,只见他脸蛋的正中央有个高挺的鹰钩鼻。这种人类,我可没见过!男人满头金发束在脑后,一脸胡须像是从没修过的样子。要是他身上再穿一件湿衣服,肯定会被人误会是海上漂来的流浪者。二郎不禁倒退一步。"你好。"他小声地答道。桃子则退到二郎身后躲了起来。

"你们是南风小学的学生吗?"男人微笑着用很怪异的腔调问道。

"不,不是。"

"我的名字叫班尼,从加拿大来的,现在是这个露营场的管理员。"

"对不起,我们马上出去。"

"No!No!不用出去。反正也没客人。老板到石垣岛去了,我根本不想干活。"

"噢……"二郎不知该说什么,所以闭上了嘴。

"孩子们叫什么名字?"孩子们?大概是问自己的名字吧?二郎在心底边自我解释着边报出了两人的名字。

"二郎和桃子,好名字!"

这个叫班尼的加拿大人露出牙齿笑起来,同时还把脑袋摇晃得像东北地方的摇头玩具。

"你们认识七惠吗?"

"嗯,认识啊。"桃子说,"白井七惠,昨天还到我们家来过呢。前天也来了。"

"是吗?七惠跟我是朋友,有时会带米给我。孩子们带什么来给我呢?"

听这男人的口气,似乎在向自己要东西。这外国人怎么这么厚脸皮,他们才刚刚认识而已。

"什么都没有。"二郎噘起嘴说,"我家都还靠别人送鱼、送菜填饱肚子呢。"

"噢,那我懂了,跟我一样。"

听了这话,二郎心底冒出一阵无名火,怎么说我跟你这流浪汉一样。

"那今天我送礼物给你们吧。"说完,班尼转身走回帐篷,从里面拿了一个东西走回来。"这个给你。"他对桃子说,然后把一条白色项链挂在她脖子上。

"哇!"桃子的眼中立刻放出光彩。

"是珊瑚哟。用海边捡来的珊瑚做的。"

项链上的珊瑚碎片都有婴儿小拇指那么粗,班尼在珊瑚上打了洞,再用染成蓝色的风筝线串在一起。珊瑚碎片约有五块,经过海浪和海沙几十年的冲刷,珊瑚表面已被打磨得十分光滑。只可惜是用风筝线串起来的,看起来有点粗陋。

"谢谢你,班尼。"桃子道谢时还特别称呼着他的名字。

"不客气。下次再来的时候,带点吃的给我。不过没有也没关系。"

这个外国人看起来倒不像坏人,只是有点怪。二郎的心情稍微开朗了些。如果爸爸打到了野猪,明天就带些猪肉来给他吧。

"为什么你会认识白井七惠?"二郎问。

"南风小学的学生都是我朋友啦。七惠会讲英语,所以我们更是朋友。"

原来如此,七惠的确说过自己是归国子女。

"你在这儿做什么呢?"接着换成桃子提问。

"雕刻。除了雕刻以外,整天就是看海打发时间啊。有时到农家去砍甘蔗，有时也打打工。"

帐篷周围的地上，随意散放着一些可能是用来雕刻的木材。二郎想起七惠的阿姨是画家，难道那些自称艺术家的人物都喜欢跑到这岛上来吗？

"难得你们来，我就让你们看看吧。"班尼带着二郎和桃子一块儿走回帐篷，拿出一些作品给他们欣赏。大部分都是面具，几乎全都是鬼神类的面孔。

"一个一万块，怎么样？"

"我怎么会有那么多钱？"

"只是随便说说而已啦。"

这外国人真令人难以理解。

二郎对着班尼打量起来。这年轻人看起来二十四五岁，身材瘦削，T恤袖子下的左臂隐约可见一个刺青图案。班尼似乎感觉到了二郎的视线，便主动掀起袖子让他看个明白。只见手臂上刻着"艺人"两个汉字。

"这是被冲绳的美国人骗了，我还以为是'明星'的意思呢。"

"嗯，要说是明星也算是啦。"

"下次我要刺一个真的'星'字。"

班尼满脸笑容，丝毫看不出一丝悔恨。这时小狗也跑过来，像它的主人一样露出牙龈。

"它的名字叫风狮爷。风狮爷，你们知道吧？"

"嗯，知道。冲绳的房子上都有的辟邪物吧？我家也有。"

"它不知是被谁丢掉的，我把它当成家人呢。"

风狮爷向大家摇着尾巴，二郎便伸手摸摸它的脑袋，又捡起一段掉落在海滩上的木棍抛出去。小狗非常乖巧，立刻跑出去把棍子捡了回来。二郎知道一般小狗不会这么听话,如果闻出棍子不是食物,立刻就会掉头跑走。

这时,七惠骑着自行车来了。"上原君,还有桃子也来了呀。"她身后跟着四个孩子,也就是说,全校同学都一起来了。

"怎么?为什么你们认识班尼?"七惠问道。

"不是啦,只是偶然路过而已。"二郎回答。

"是吗?我们每个星期都要来三次。因为也没别的地方好玩。"

"你们今天带了什么给我?"班尼问。一年级的佑平伸出手,手上抓着一个椭圆面包,大概是学校的营养午餐剩下来的。

"只有这个?"班尼接过面包忍不住埋怨了一句。

"班尼,你老是这样,自己没工作还那么多抱怨。"七惠抱着胳膊像个大人似的,"班尼是背包族,在环游世界的路上来到八重山,因为这里每个人都对他太热情了,所以就住下来啦。他已经到岛上半年了。"

"之前,我在横滨教英语会话,每小时三千块哟。"

"他好像已经有点日本人的味道了。"七惠挤了一下鼻子。

"你来日本以前去过哪些国家?"桃子问。

"美国。"

"什么!才到第二个国家啊。"二郎皱起眉头说。这样环游世界一遍得花几十年啊?

班尼撕开手上的面包,分一半给风狮爷。他似乎一点也不觉得向人要东西吃很丢脸。可能也是因为这样,才能在八重山住下来。

"呵呵。"七惠笑嘻嘻地看着班尼分面包喂风狮爷。二郎刚好跟她目光相遇,七惠对他说:"最近我们每天都见面呢。"听了这话,二郎觉得有点不好意思。

"欸，跟你说啊，今天我们打电话给东京的姐姐了，她会帮我们把迁出证明寄来。"

桃子拉着七惠的手臂说。这两人已经成了好朋友。

"那你们马上就能来上学了。"

"如果能说服爸爸的话。"二郎插嘴说，但他心里觉得这件事并不乐观。

"山下老师今天应该又到上原君家里去了，校长大概也会一起去呢。"

"真的啊？"二郎忍不住叹一口气。那爸爸大概正在老师面前无理取闹吧，现在还是不要回家比较好。

"来玩三角基地[1]吧。"三年级的健太向众人提议说。"来，来玩。"大家都表示赞成，一起动手在沙滩上画了几条线。班尼也拿出存放在他那儿的软式网球和一根有点像棒球棒的木棍。众人好像经常在他这儿玩游戏。

竞赛开始了，八个人加上一条狗，共分成两队。"现在多了两个人，好像在打真的棒球呢。"四年级的春奈眉开眼笑地说。原来如此，二郎想，原来这里每个人都是很可贵的。

班尼一挥棒就击出全垒打，他像是变成了孩子似的"哈哈哈"张口大笑，那种笑法就跟日本人大笑时一模一样。

风狮爷看着球飞了出去，立刻向前猛追，不过它很快就发现目标并不是食物，便又掉头而去。这只狗原来也这么没用啊。

二郎为了让大家见识一下自己的功夫，故意在打出全垒打之后翻个跟头抢上垒包。众人齐声发出赞叹。大家的反应让他感到很满足，

---

1 少数人在狭窄场地玩的简易棒球游戏。

而且他还看到七惠脸上露出"哇"的惊讶表情。

　　一群孩子玩得满身大汗，他们使劲叫喊，开怀大笑，自从来到这岛上之后，二郎从来都没这么开心过。他发现自己还是很想去上学的。

# 42

第二天一早就下着雨。一颗颗硕大的南国雨滴不断掉落在地面,发出阵阵声响,田里的土地受到雨水滋润,变成了黑色湿土,雨点持续打在田边简陋的排水沟里,溅起小小的水珠。

二郎把十兵卫送到隔壁的空屋避雨。"咩——"它不时发出一两声悠闲的叫声。等天气变好了,再给它做个小房子吧,反正可以到附近那些空房子去拆些木材来用。

家里果然开始漏雨了。就跟二郎当初预料的一样。他大致算了一下,屋顶总共有十处缝隙和漏洞。雨滴打在下面接水的盆子和水桶里,发出叮叮咚咚的声音,听起来很吵,所以他们在接水的容器里垫了抹布。二郎从没碰到过漏雨,原以为这种事会让人觉得很悲惨,却没想到完全不是这么回事。或许是因为已经适应这种原始生活了吧,二郎现在觉得只要能填饱肚子,其他一切都没什么大不了。

爸爸今天一直躺在地板上看书。"晴耕雨读才是人类原有的生活形态。"他一边说一边露出幸福的表情。妈妈则决定要向自制面包挑战,她把一块大木板铺在餐桌上,动手和起面粉来。桃子先是很有兴趣地在旁边观看,然后也加入了制作行列。

二郎没什么事可干，便独自坐在回廊边上削木材。他想做一根球棒，所以先锯了一段适当长度的木头，再用斧头劈掉木头的四角，设法把它弄成一根圆筒状。他对自己的手艺很满意，真没想到自己的手还蛮巧的。现在只要再用砂纸把球棒表面磨平，就算大功告成啦。七惠和同学们看到这成果，一定会对他肃然起敬吧。

眼前这幅画面，是任何一个幸福家庭的假日都能看到的景象。不过问题是，今天并不是假日。而在平日，普通家庭的爸爸应该是去公司上班，孩子则是去学校上学。

自己会不会赶不上学校的课业了？二郎有点担心。从他出生到现在，还从来没为这种事担忧过。姐姐真的到学校和区公所去过了吗？她心里应该很同情这对可爱的兄妹吧。

姐姐……昨天晚上，二郎又想起电话里听到姐姐郁闷的语调。是不是结婚的事进行得不顺利呢？老实说，他心底多多少少希望姐姐结不成婚，尤其是当他知道她是跟一个有家室的中年男人谈恋爱之后，即使自己只是个小学生，也觉得这件事不该进行下去。

脑袋里胡思乱想着，二郎继续制作手里的球棒。他听到森林对面有汽车引擎声逐渐传来。是悠达因为雨天不能出门打鱼而来看他们吗？二郎纳闷着向外望去，只见一辆大型的前轮驱动车出现在门前的田边。车中坐着两个穿西装的中年男人。

一种不祥的预感袭上心头。穿西装的人好像跟爸爸都处不好。他看清两个男人的表情，他们都板起面孔打量着二郎家的屋子。二郎似乎还听到他们嘴里发出"哎哟"之类的声音。

爸爸翻个身抬头凝视那辆汽车。妈妈也伸长了脖子向屋外张望。

男人们下车后撑起伞，慢吞吞地朝二郎家走过来。二郎只看一眼就知道他们不是岛上的居民，因为两人都是完全没晒过太阳的样子。

看他们一脸严肃的样子，二郎想，肯定不会是什么好事！

"呃，你好。"比较年轻的男人开口说话了，"请问你们是什么人？"这问题问得真是莫名其妙。男人戴着一副难看的眼镜，尖嘴猴腮的，一看就知道不是善类。

爸爸撑起身吸一下鼻子。"你们又是谁？"他不耐烦地问道。

"岛上办事处的人跟我们说，有一家人住进来了，所以过来看看……"年纪比较大的男人一面窥视着屋内，一面不客气地说，"你们难道是原告团的人？如果是真的，那你们违反规定了吧？"

天气十分闷热，男人却穿着一身双排扣西装，皮鞋上的金属装饰闪闪发光。

爸爸站起来，走到回廊边上。两个男人看到他那身高一米八的威武身躯，霎时露出畏惧的神色，闭嘴不敢继续啰唆。

"我在问你们是谁。"爸爸瞪着他们说。

年纪较大的男人涨红了脸，抬头看着爸爸说："东京的KD开发公司啊。你该知道吧？"

"不知道啊。"

"不要装傻啦。告诉你吧，工程虽然延期了，开发计划可没改变。看看你们这些人，简直就像流氓的讨债公司……"

"好，你说我们是流氓。"

"不是吗？你们的诉讼在一审就被驳回了。法律是站在我们这边的。"

听到这儿，爸爸挺起了胸膛。二郎丢下手里削了一半的球棒，赶紧从回廊边往回走。

"我们当然也预料到，你们还会再提禁止开发的诉讼，但像你这样非法侵占土地,可是违反规定的,这样会让法官心证[1]时产生不好的影响吧?"

男人说了半天,二郎觉得他们一定是搞错对象了。因为他从来没听过这些事,更何况,当初是桑拉叫他们到这儿来住的。

"难道你从哪里翻出什么土地所有权书来了?"戴眼镜的男人一面打量着刚修好的房子一面厌恶地说。

"不是,反正这里是空地,谁都可以住!"爸爸说完伸出手指,戳戳挂在廊檐的野猪皮。男人们这才发现眼前的东西,立刻露出了震惊的表情。"哪、哪有这种事……"他们很小声地自语着。

"路上到处竖着'反对开发休闲地'的牌子,好像就是指你们这群家伙吧。"

"这群家伙……?"戴眼镜的男人脸上浮起不快的神色,"我们可是尽量耐着性子跟你谈,哪有这样跟人家说话的?你不是市民团体的,那就是这岛上的居民喽。告诉你,我们可不管御岳是啥玩意儿,要是能用这当作反对的借口,那整个冲绳地区一座旅馆都盖不成了。"

御岳?二郎想起刚到岛上来的时候听人说过,那是祭祀森林之种的地方。但他现在越来越不懂这些人究竟要做什么,唯一可以确定的是,他们是来抗议二郎全家住在这儿的。

二郎转头看了妈妈一眼,她面带愁容地向他招招手。"你跟桃子到十兵卫那儿去吧。"妈妈俯在他耳边说。二郎刚好也不想留在这儿,便决定带着妹妹逃难。

---

[1] 法律术语,指法官通过对证据的审查判断所形成的内心确信。一切诉讼证据的取舍和证明力的大小,法律预先不做规定,而是由法官及陪审官根据内心确信进行自由判断。

"总而言之，至少把姓名告诉我们吧。我们都表明自己的身份了。"年长的男人苦着脸说，同时掏出一张名片送到爸爸面前。"哼，这玩意儿，谁要啊！"爸爸却不吃他这一套。

对了，这块地一定是属于谁的，二郎突然想到，其实这是当然的啦。也不能说因为这房子空着，就让我们随便搬进来自住啊。

他撑着伞走向关着十兵卫的空屋，一踏进那栋充满霉味的屋子，"咩！"十兵卫像是很高兴似的叫着迎上来，二郎伸手拉了一下它的胡子。

他从窗上的木条空隙间望出去，只见妈妈也走到回廊外加入了男人们的谈话。

"我们会被赶出这里吗？"桃子问。

"谁知道。"

"他们说什么旅馆，是要在这森林里盖旅馆？"

"你问我，我怎么会知道？"二郎噘起嘴说，"不过我觉得很奇怪。不管是田地或是这旧房子，应该都有真正的主人吧？"

"我以为是桑拉的。"

"从一开始，我就觉得很奇怪。"

"啊，去告诉桑拉家的人吧。"

"你去说！你走到海边，去对着石垣岛说吧。"

回廊外的男人们正摊开一堆文件，试图说明着什么。照常理判断，这块位于小山坡的森林地，应该是地价最高的抢手货，况且附近还有那片美丽的神秘海滩，从这儿只要步行几分钟就能到，那些休闲旅游业者怎么可能放过这么好的地方？所以，这块地现在一定已经属于哪个公司了，而那两个男人刚才说到打官司，二郎想，可能是因为岛上有人在搞反对运动吧？

"欸，如果我们被赶出去，会回东京吗？"桃子突然问道，她的语气带着一丝期待，"我觉得到石垣岛去也不错，要不然，平良商店附近也很好啊，那里一定有房子出租吧。"

"你想得真美！是爸做决定哟。我猜他一定会说，干脆住到鬼都不来的丛林里去算了。那种地方，到处都是蛇和水蛭，也不会有空房子，他一定随便找个洞穴住吧。"

二郎有点自暴自弃地开着玩笑。桃子轻蔑地看了他一眼，闭上嘴没再说话。

"更重要的是，被赶出去之前，肯定会有一场好戏，你觉得爸会那么容易听那些穿西装的摆布？他一定会大吵大闹的啦。听！"

就在这时，爸爸像是跟二郎约好了似的发出一声怒吼。"快给我滚！"那音量完全不输屋外的雨声，"你们这些资本家的走狗！这土地可是先民花了血汗开垦出来的结晶。你们这些东西，别以为自己能和乡下议员狼狈为奸，就能把这土地贱价收买然后随意处理，八重山可不是东京的殖民地！"

又来了……！二郎捂住脸。为什么不管到哪儿爸爸总是会惹麻烦啊？

爸爸跳下回廊揪住年轻男人的衣襟，用力推了一把。男人连着跟跄倒退好几步。"不要用暴力！"他声音里充满了恐惧。两个男人一齐朝汽车逃去。

"告诉你，我们要去报警。你这是非法侵占！我们在法律上站得很稳。不管你是为了保护自然还是有其他理由，反正我们按规定办事。"

年长男人骂完，把车子退回来时的道路，然后掉头扬长而去。屋外的雨势像在合唱似的突然提高了音量。十兵卫这时从身后轻轻咬住二郎的脑袋,他转过身,又扯一下它的胡子。

这天下午,一个警察单枪匹马来到二郎家。二郎第一眼看到这个警察,就觉得他跟东京的警察完全不同,因为他的外表看起来就是一副离岛驻警的模样,不只相貌不恐怖,身材也只是中等体形,而且年纪很轻,还长着像女人般的长睫毛。如果他当老师,倒可能大受女生欢迎——二郎不知为何会生出这种无关紧要的感想。警察脚穿高筒胶鞋,驾着迷你车出现在众人面前。在他到达二郎家之前,似乎已事先收集了不少情报,而且也知道二郎全家已在这空屋里定居下来。

"我在岛上问了很多人,上原先生,听说你们全家未经允许就在这儿定居了。"警察一面说一面用手帕拭去额上的汗水,"啊,忘了自我介绍,我是北东地区派出所的新垣。"说完,他向爸爸点头打招呼。这警察的态度倒是很亲切有礼,二郎想,或许因为岛上没发生过什么重大事件吧。

"级别是巡警啊?"爸爸站在回廊上俯视着警察问道,那语气似乎带着几分不屑。姓新垣的巡警脸上霎时露出不快的表情。"是,是巡警。才升上警官没几年啦。"说着,他戴上了警帽。

"年纪轻轻的,就当起走狗来了。我说你这家伙,看起来应该是八重山的人嘛。为什么不起来革命呢?"

"啊?"新垣巡警皱起眉头说。

"'啊'什么,内地这样随意压榨我们,你不觉得义愤填膺?不想到永田町去放把火吗?"

"别这样,呃……"

"傻瓜!我跟你开玩笑的啦。不过话说回来,你既是冲绳人,就不该给那些旅游业者当跑腿啊。"

"旅游业者的跑腿?"新垣巡警的脸上一下子变得通红,"是因为有人投诉土地被人非法侵占了,我才过来看看的。看样子,上原先生被投诉的内容是事实吧?难道你是东京那个'西表岛海洋与森林保护会'的成员吗?"

"我没听过,这什么组织,那么土的名字。"

"就是嘛。刚才还听悠达说,你是桑拉的朋友,还说你是赤蜂的后代。"提到赤蜂这名字,新垣巡警的语气里带着几分崇敬。

"既然知道,那就没问题了吧?"

"不行啦。未经别人同意随便住到别人的地上来,不太好啦。我听南风小学的校长说,你还不让小孩去上学,是吗?"

"嚇,这岛上的警官,还管别人家的教育方针啊。"

"我不是这个意思。我是说,如果你们要搬到岛上来住,政府有每个月两万租金的国民住宅,本籍是冲绳的小孩还有优惠措施。我是希望你按照正规手续办理,成为正式的岛民,这样你们就可以过文明生活啦,根本不必住到这种没水没电的荒村里嘛。"

新垣巡警这段话说得十分诚恳,说完,还不断眨着一双长睫毛。

桃子在客厅里也听到了这段话,她拉拉二郎的衬衫。"欸,他说有国民住宅。"桃子嘴角带笑地向二郎耳语着,显然她已经站在新垣巡警那边了。

妈妈这时端了一杯用井水冰镇的麦茶出来招待客人。巡警受到的待遇显然跟刚才那两个男人完全不一样。"啊,不好意思。"新垣巡警受宠若惊地在回廊边上坐下来,一口气喝光麦茶,"呃,可以再给我一杯吗?"巡警说,看来他还蛮平易近人的。

"借问一下,KD开发是干吗的?"爸爸盘腿坐在回廊边问道。

"他们是东京的一家休闲旅游公司,先是因为大原那边建的林间小屋式旅馆很受欢迎,所以这附近的地价也跟着上涨了,现在这里一直到森林后面的神秘海滩的土地,全是KD的。"

"哼,西表岛也有大企业进来投资了啊?"

"你们这块土地原是从波照间过来的先民开垦出来的,自从村子荒废之后,土地所有者也有点混乱不清,还是KD公司把这些土地所有者一个个找出来,从他们手里买下土地,可是没想到,东京那边有个律师事务所却领头发起反对运动,接着,市民团体也加进来……其实现在大原那边也有人在搞反对运动呢。"

妈妈又端了一盘冲绳开口笑来招待新垣巡警。二郎和桃子也跟着挤了过去,伸手抓起点心往嘴里送。"这是二郎和桃子吧?请你们多多指教。"新垣巡警亲热地看着他们说。二郎对他更有好感了,同时为爸爸的怪异行径感到抱歉。

"那岛民都是怎样的态度呢?"

"起初岛上的人都很赞成,以为开发会带来繁荣,而且就业机会也会增加。但后来才发现他们要把森林里的御岳也拆掉,大家当然就无法接受了……"

"是吗?他们要拆御岳?那可绝对不行!"

"市民团体提出过诉讼,可是因为破坏环境的证据不足,所以强制中止开发的要求被驳回了。"

"法院就是那样的地方。"

"不过市民团体还没放弃,现在正准备提出新的诉讼呢。岛上居民也分成赞成和反对两派,情势非常复杂呢。"

爸爸沉默地望着门外景色,同时不断抚摩着脸上没刮的胡子。

"你看这样如何?上原先生,我帮你查了一下,刚好国民住宅现在有空屋,你又是桑拉介绍的,肯定没问题,可以立刻搬进去住。"

"新垣君啊,"爸爸叫着巡警的名字说,"你是站在哪边的?"

"哪边？"

"你对休闲旅馆的建设，是赞成？还是反对？"

"哎呀，我的立场中立，哪边都不是。"

"那你总有自己的想法吧？或者因为派驻离岛一两年了，已经对什么都无所谓了？"

"对什么都无所谓的意思是……？"新垣巡警像是十分认真地嘟起嘴沉吟道，"嗯，那些想要保护自然的人，我不是不了解他们的心情，可是一想到这小岛的未来，我又觉得还是建造休闲旅馆比较……还有那些阿公阿婆，他们为了保住御岳，甚至还搬出灵媒来，这种做法，我觉得有点落伍了……"

"你这家伙，还算是亚衣马人吗？"爸爸近似怒吼地问。

"啊，不是啦，当然开发是有附带条件的，应该尽最大的努力维护自然环境。"

"不管御岳怎样都没关系？已经落伍了？"

"不是啦，所以说……"

新垣巡警被爸爸逼问得有点急了，不料爸爸又突然眉开眼笑地对他说：

"老实告诉你吧，我就是为了守护御岳才回西表来的。我可不会轻易撤退，你先去告诉KD公司和村公所，他们的对手不是别人，而是赤蜂的子孙上原一郎！"

新垣巡警听了脸色大变。"这是什么意思？"

"就是我说的意思。好了，快回去吧。下次你不穿制服到我家来玩的话，我大概会请你喝泡盛吧。哈哈哈。"

爸爸说完狂暴地笑起来。新垣巡警露出不可置信的表情。二郎回头看妈妈，只见她满脸不以为然地仰望着天花板。

二郎心底逐渐升起黑暗的气氛。什么为了守护御岳，真是说话不打草稿！还说什么赤蜂的子孙！上星期连自己都还在怀疑呢……二郎知道，爸爸又找到了新的斗争目标。

"喂，阿樱，快拿盐来。"爸爸像是很愉快地向妈妈喊道。

"不要。"妈妈冷冷地说，说完，也不理爸爸，便动手收拾杯盘。

新垣巡警一副不知所措的模样，他转头看着二郎，眼中露出求助的神色。二郎假装很成熟地向巡警耸耸肩。

"碰到我爸这种人，你根本不用理他啦。"——这句话差点从二郎嘴里冒出来。

# 43

　　自从听了新垣巡警的说明,二郎突然发现,原来自己身边就有很多反对开发休闲地的广告牌,公路两旁几乎随处可见,有些板子上还长篇大论地指出废水会对海洋造成何种的污染。

　　"这怎么念?"就连桃子也注意到那些广告牌了。

　　"破坏景观。也就是说,如果在这里建旅馆,风景会变坏。"

　　"如果建得像城堡不是很好吗?"

　　"那种童话式建筑,不应该建在这里啦。"

　　"但我大概不会反对。"桃子微笑着说。

　　"你一向都是照自己的需要做决定的,不是吗?"

　　嘴里虽是这么说,二郎心底也不免怀着一丝期待。如果他们从现在的住处被赶出去,到时候第一个可以考虑迁入的地方,就是村里的国民住宅了。

　　事实上,昨天他已瞒着父母去看过新屋了。因为驻警派出所刚好就在学校附近,他到派出所询问国民住宅的地址时,新垣巡警很热心,立刻到村公所的分所借来了钥匙,还自告奋勇地开车载他们一起去看。新垣巡警的住所就在派出所后面,房里相当凌乱,有点像学生宿舍。由于二郎他们事先没通知就闯了进去，新垣巡警显得有点慌乱。桃子忍不住问道："你不娶老婆啊？"这位娃娃脸的单身警官听了，整张脸一直红到耳根，连连摇着头说："还早啦。"

"你们的爸爸是个怎样的人啊？"一路上，新垣巡警不断找机会询问一郎。二郎想，这也难怪，那天爸爸说了那么多唬人的话，巡警离去之前，还叫他去跟业者谈判，让他一脸不安。或许从他被派驻到这儿之后，岛上还没发生过一件像样的事件吧。现在居然来了一个这么爱惹麻烦的问题人物！

"我爸以前是激进派，现在是无政府主义。"

桃子别多嘴啦！就是你爱啰唆。二郎在心里责备着。新垣巡警脸上顿时浮起忧郁的表情。

"真抱歉，我爸就是脾气不好，你不理他的话就没事。还有我们是赤蜂的子孙这件事，最好也别相信。"二郎费尽脑筋想了一段安慰的说辞。最近心烦的事太多了，他觉得自己讲话的口吻有点像向井了。

"这岛上随意搬来定居的人挺多的。像星空下的露营场那个外国人就是，而岛上居民都很大而化之，通常对小事都不计较。"

"你是说班尼吗？"

"是啊。他自己说是得到老板的许可，谁知道是不是真的。"巡警接着又告诉他们，以前也有很多人搬进丛林里定居，有些人从此就消失了。

"如果要认真找起来，说不定一下子可以挖出十几二十具骷髅哟。"说着，新垣巡警故意装出幽灵的模样。

"啊哟！啊哟！"桃子兴奋地叫喊起来。看来这巡警不仅脾气好，也喜欢跟小孩一起玩。

429

坐落在村外的国民住宅是水泥平房,虽然外观看起来很陈旧,但建筑本身却很牢固。据说是因为时常有台风,建筑构造必须非常坚固才行。更棒的是,这里离平良商店大约只有一百米,将来搬进来住之后,不论是购物或上学,只要走几步路就到了。

巡警带二郎参观的这户住宅隔间是三室两厅,室内弥漫着新榻榻米的气味,厨房看起来很整洁,厕所也装了抽水马桶。二郎看了很满意,桃子眼中也闪着光辉。虽然在别人眼中,这房子可能只算一间朴实的建筑,但和他们现在住的地方比起来,这屋里的一切设备都显得很豪华。

"只要办完手续,随时都可以搬进来住,二郎、桃子,你们俩回去说服爸爸吧。"

二郎突然觉得勇气倍增,因为遇到了这位愿意帮忙的巡警。而桃子也显然早已成为新垣巡警的粉丝了。

这天看完房子,二郎到班尼的露营场玩,路上顺便经过平良商店,刚好姐姐寄出的快递也到了。没想到从东京寄到这南方离岛的邮件只花了两天时间,二郎觉得日本的邮政效率实在是太棒了。他先谢过老板娘,当场拆开了邮包。首先映入眼帘的,是两件T恤,是姐姐送给他和桃子的。中野区公所发行的迁出证明复印件当然也放在包裹里面,除了这些之外,还有几张电话卡。二郎被姐姐这么贴心的做法打动,毕竟姐弟之情是很珍贵的。

不过姐姐在信里写道:"学校把毕业旅行预存的款项退回来了,就先由姐姐替你保管吧。"读到这儿,二郎不免担心起来,难到姐姐要把这笔钱据为己有? 那封信里还写道:

我见到二郎以前的班主任南老师,她向我表达了歉意。当初爸爸曾到学校抗议毕业旅行预存基金的问题，事后证明这件事的确有蹊跷。日教组[1]的职员后来出面调查发现，校长全家到夏威夷旅行是接受旅行业者全额招待。这等于就是拿回扣。南老师特意鞠躬致歉，说她很对不起上原君。老师还交给我一封信，我把它放在包裹里了。

二郎果然看到包裹里还有另一封信，信封上写着"上原二郎君收"。翻过信封，只见背面写着"南爱子"三个字。这就是南老师的来信！二郎迅速地拆开信封，信纸上写满了浑圆的女性字迹。

上原二郎君：

你好。一切都顺利吗？听说你们全家一起搬到冲绳去了。这件事发生得太突然，老师真的大吃了一惊，也没来得及给你开送别会，真抱歉，全班同学也觉得非常遗憾。

那边的生活还好吗？老师从前念书的时候去过冲绳一次。那清澈的蓝色海洋，还有雪白的沙滩，现在仍旧常常浮现在我脑海中。

言归正传吧。老师必须先向你说声对不起。因为这件事跟毕业旅行预存基金有关。记得有一次，上原君的爸爸到学校抗议毕业旅行预存基金过高。那时老师跟你说过，学校办的旅行不能跟一般旅行套餐相提并论，也还跟你说，你爸爸为这件事到学校来，让大家很困扰。但我现在跟你说实话，当时老师也觉得那金额的确不太正常，我相信其他老师一定也和我有同样的疑虑，只

---

1 "日本教职员组合"的简称，日本教员的工会组织。

不过大家都有点心虚,不想深入追究罢了。

事实上,老师们出差的时候,只要拜托那家旅行社安排,旅费都算得很便宜,服务也非常周到。个人休假去旅行的时候,他们的要价比一般定价低很多。换句话说,学校为了投桃报李,抬高了学生远足和毕业旅行的金额,这也是社会一般所谓的"共犯结构"(二郎自己查一下字典哟)。旅行社和学校在背后联手合作,向学生家长收取较高的金额。这是不该做的事情,但东京所有的学校几乎都偷偷地进行着。

所以说,其实那时上原君的爸爸投诉的是事实,但学校却很怕这种事传到外面去。当时我觉得校长那种紧张过度的反应有点滑稽,后来问了身边许多人才知道,原来校长全家都接受招待,免费到夏威夷去玩过,怪不得他会那么紧张呢。(笑)

那时,老师夹在学校和上原君的爸爸之间,确实非常烦恼,但老师现在却很后悔,为什么当时我没跟上原君站在一边。我身为教师,只想到自己跟同事的关系,却没有关心学生的感受;我一心只想把风波压下去,所以对上原君说了许多不该说的意见。当时我是被教务主任和学年主任逼得陷入一种慌乱状态。老师真的对你感到抱歉!老实说,我也想过,现在还来得及对校长表示不满,但我是个新手老师,真的无法鼓起这种勇气,老师觉得很无奈。从今天起,老师已经没有资格再对学生讲那些伟大的道理了。

将来,上原君长大了可能就会明白,成人世界里到处充满了这类欺瞒和骗局。大人在想到正义之前,优先考虑的是自己的利益。基本上,成人既胆小又投机。这一点,是老师必须承认的。像上原君的爸爸那样敢堂堂正正站出来表示异议的人,大概

一百万人里面只有一个人吧。我觉得你尽可以自己的父亲为傲,虽然我个人觉得他有点可怕。(笑)

我期待上原君这一代的孩子长大后,能够建立一个新社会,在这个社会里,所有提出正确意见的人不会再得到负面评价。当然,我们为人处世也必须讲求协调性,但是在错误行为的面前,协调性就变得毫无意义了。老师今后也会努力地抗拒那些不正确的行为,我想我至少会向那家旅行社表达我个人的不满吧。

信写得太长了,不好意思。上原君在班上的这一年多里,老师自认已经尽了最大努力,只是在最后那段日子,老师表现得不够好,对于这一点,我会深切反省。祝你身体健康。别忘了给班上同学写信哟。再会吧。

南爱子

二郎捧着信纸凝视了好半天。原来如此,原来爸爸是对的!但对于老师写的"你尽可以自己的父亲为傲",他倒是不以为然。二郎的胸中涌起阵阵暖意,南老师向他道歉了。一个成年人承认自己做错了……离开中野之前,学校是他心中的痛,现在这种感觉已从记忆里消失了。

这时,站在一旁的老板娘自己动手打开迁出证明端详着。"哎呀,迁出目的地写的是我这里的地址。不过没关系啦,哈哈哈。"

"有了这张证明,就能去上学了吗?"

"谁知道,要看爸怎么说。"二郎答道。"啊,对了。"他突然想起一个问题,便转脸问道:"老板娘,有人要在神秘海滩那片森林里盖旅馆,你是赞成,还是反对?"

"我反对。"老板娘皱着眉头说,"那种休闲旅馆,就算招来了内地游客,也只有他们那块地方才会繁华热闹啦。客人吃饭购物,都是在旅馆里,只有经营旅馆的企业才赚钱吧?如果是要建民宿或寄宿旅馆,我绝对赞成,但是休闲旅馆就……"

"他们还说要拆掉森林里的御岳,你觉得怎么样?"

"那绝对不行!"老板娘的眉头皱得更紧了,同时连连摆着手说,"他们最先在居民说明会里告诉大家,森林会保持原样,可是后来看他们发给大家的计划书里,竟然把御岳变成了游泳池。这些东京的开发商太过分了!还有村议会的议员,居然被他们收拢去了。"

说到这儿,她突然降低了音量。"村议会里有个叫座间的,他也是一家建设公司的社长,就是这个座间社长先弄到了整片土地,然后提供给开发商。而业者为了酬谢他,就把建设工程包给他做。这件事,这里所有人都知道啦。"

大人的世界的确很复杂,二郎想,这种欺瞒行为一定到处都在进行吧。

"要不要吃?"老板娘拿出鱿鱼干询问两人。二郎和桃子都接过一块啃起来。

"那个御岳是整个村子的守护神。要是内地人被人家拆了村里的神社,也会生气的吧,可是那些开发商居然毫不在意地说:'另外再造一个,怎么样?'"

"不过,到了最后还是会动工吧?"桃子问。

"谁知道呢。因为现在有人在搞反对运动,所以开工日期一直往后延,不过应该快开工了吧。我们只能拿法律做挡箭牌,什么也不能做。"老板娘一面伸手捶着肩膀,一面嚷着,"好讨厌,真受不了。"说完,便走到里面的房间去了。

"好像会动工呢。"桃子看起来似乎很高兴。二郎忍不住在她鼻子上捏了一下。

他突然又想打电话了。刚好手边收到了几张电话卡，二郎很想听听朋友的声音。他数了一下，五百块的卡片共有五张，总共两千五百块钱。

他决定先打给姐姐，向她说声谢谢。拨了姐姐的手机号码之后，电话立刻接通了。

"姐，是我，多谢你寄来的东西。"

"噢，是二郎啊。你等一下。"姐姐似乎正在工作，二郎听到她离开座位走出办公室的声音，"你们要跟爸爸争取，一定要去学校。"姐姐激励二郎说，但她的声音里好像缺少一点活力，"喂，你们在那儿生活得怎么样啊？"

"马马虎虎啦。"二郎不知该说些什么，只好随意地答道。

"应该有很多蚊子和苍蝇吧？"

"嗯，差不多。不过，会适应的啦。只要在这儿住上三天，蚊子都不咬你了。"

"是吗？"姐姐回答里混杂着叹息，她的身后突然传来救护车的声音，二郎的心头不禁浮起一个画面：东京市中心某座大楼敞开的窗边，姐姐正撑着两肘跟他讲电话。

"姐，这里也有国民住宅。据说只要我们提出申请，马上就能搬进去呢。"桃子把脸颊凑过来，对着话筒说。

"是吗？那不错嘛。"

"姐，发生了什么事吗？"二郎问。

"为什么问这个？"

"你听起来好像没什么精神。"

"没有啊。"姐姐开朗地说，听起来有点像在强颜欢笑。

"想念家人了吗？"

"别装得一副大人的样子跟我说话，我已经是大人了。"姐姐轻轻苦笑着，"那下次再聊吧。还特地打电话给我，多谢了。"

多谢了……平日总是懒得跟家人交流的姐姐，居然说了这句话，二郎觉得很意外。

姐姐很寂寞吗？那个向来好强的姐姐会感到寂寞？

二郎到达星空下的露营场时，七惠他们已经开始玩三角基地了，他亲手制作的那根球棒，大获好评，现在已经成了孩子们的共有财产。二郎后来又为佑平和健太做了一根比较轻的低年级专用球棒，从此两人就心悦诚服地整天跟在二郎身后。以前在东京时，二郎几乎没跟年纪比较小的孩子一起玩过，现在这种经历给他带来新鲜的感觉。偶尔他也把挥棒的心得传授给两个小朋友，看到他们技术进步了，二郎就像自己进步了似的由衷感到欣喜。碰到小朋友吵架发生纠纷时，他也会像个大哥哥般出面评理。其实二郎之所以愿意扮演这个角色，是因为这样在七惠面前很有面子。

今天一见面，七惠忙着向他报告说："上原君，今天有教育委员会的人会从石垣岛来哟。好像要和校长、山下老师一起到你家去呢。"

"哦，是吗？"二郎苦笑着叹口气说，"有地位的人出面，对我爸反而会引起反效果。"

虽然嘴里这么说，但他心底还是冒出了一丝期待。二郎想，不管是上学的事，还是这附近的土地问题，问题总是得一个一个去解决的。

"学校是没必要去的。"班尼在一旁插嘴说。

"你这话跟我爸说的一样。你们说不定可以成为好朋友呢。"

"那我一定要见见他。今晚就去你家吃饭。"

二郎没有回答,因为他觉得要跟班尼说明太麻烦了。

"对了,我阿姨说她想见上原君的爸爸。"

"我劝她最好不要,因为我爸是个怪人。"

"不是啦。我家那两个监护人都在搞反对休闲旅馆运动,他们是想听听你爸对这个运动的看法。"

"难道说,大家都已经听说上次开发商被我爸赶走的事了?"

"好像是一起参加运动的朋友告诉他们的。大家都在流传,说那个到神秘海滩的森林定居的人物,就是传说中的社运英雄上原一郎。"

原来是这样,二郎想,原来对从事那类活动的人来说,爸爸是举国皆知的名人啊!一种不祥的预感从他心中升起。他希望爸爸不要因为受人赞美,而跳出来干什么惊天动地的大事才好。

"你爸真的是那个传说中的社运英雄?"

"谁知道,都是我出生以前的事了。以前在东京的时候,他只是一个整天在家无所事事的父亲啦。"

"听来似乎很神气啊。"七惠看起来对这件事很有兴趣。

"哪里神气啊?"

"我爸整天就是上班,满脑子只想着升官。"

这样多好啊,二郎想,至少你爸不会突然嚷着要搬到南方小岛去住吧。

孩子们正玩着,忽然看到山下老师的迷你车出现在眼前,车上还有另外两个人。一位是校长,一位是教育委员会的人,七惠低声在向二郎说明。

"我就猜你们在这儿。"山下老师笑着露出雪白的牙齿,同时朝着山坡下面的海滩走过来。"校长,他们两个就是二郎和桃子。"

"哎呀，你们好。"女校长笑着向二郎他们打招呼。教育委员会的人是个长着粗眉毛冲绳脸的中年男人，也跟着向他们打了招呼。

几个大人看起来都很和气，不过表情里却带着几分僵硬。难道跟爸爸谈得不愉快？二郎想，其实这也不难理解，像爸爸这种随便搬进无人空屋居住的人物，本来就不是公务员欢迎的角色。

"我只问你们一句话。"教育委员会的老师对二郎说，"你们两个，不是不想上学，而是愿意去学校的，对吧？"

"愿意！"桃子大声从旁插嘴，"今天我姐把迁出证明之类的文件从东京寄来了。"

"是吗？桃子很能干哟！"

桃子听到老师称赞自己，立刻露出欣喜的表情。

"还有，本岛的驻警也带你们去看过国民住宅了，对吧？你们觉得怎样呢？"

"啊，是的。我觉得那地方很不错。"这次轮到二郎回答。

"这么说来，住宅和学校的问题，都得看你父母怎么决定了，对吧？"

二郎无言地点点头。看来他们还没说服爸爸。不知他是用什么理由把教育委员会的人赶出家门的。

"那这样吧。"校长接着对他们说，"四年级和六年级的班上已经替你们准备好课桌和椅子了，你们明天就可以来学校上课。"

桃子脸上顿时充满惊喜，她抬起头看着二郎。

"教科书已经有了。学校也会准备你们的营养午餐。本来应该要先办转学手续的，但教育委员会同意让你们以后补办，所以学校决定先让你们入学。你们俩随时都可以来了。"

二郎心中也充满了感激。但最让他高兴的，并不是自己现在有上学的希望,而是大家都对他们这么照顾。这些素昧平生的岛民,都为了他上学的事在操心,现在他知道自己并不孤单,心中顿时充满了勇气。

"不过等你们进学校以后,老师们就不能再帮忙了。因为老师并不能强迫你们到学校来,对吧?"

"是,我明白。"

"我的意思是说,希望上原君以后都能自觉去学校。因为从你们现在的住处到学校距离挺远的,你们可能会很辛苦。"

"老师,我们不能骑车去学校吗?"桃子问。

"不能,小学规定都是走路上学。"

走路的话,大概要一个半钟头吧,二郎想。但他觉得自己可以努力。

"上学是很重要的。"班尼把手放在桃子的肩上说,"小孩需要团体生活。"

这人怎么说得跟刚才完全不一样了?二郎冷冷地看着班尼,但他却一点也不在意,只顾着向山下老师露出讨好的笑容。"下次我去学校教大家英文,可以吗?"

"好啊,来吧。欢迎你来给我们上实习课,要算准午餐的时间来哟。"不待山下老师开口,校长便先回答了班尼的问题。看样子这外国人还蛮会见人说人话、见鬼说鬼话呢。

"那最好是午餐吃炒饭的那天。"班尼的回答引得大伙儿爆出一阵笑声,就连那只狗风狮爷,也随着大家的笑声露出了牙龈。

## 44

二郎在第二天早上六点醒了过来。他没定闹钟就自己起床了,因为他确信自己一定能够办得到,人只要出于需要,身体里自然会设下一个闹钟的。

桃子还在二郎身边的被窝里熟睡,二郎用力捏了一下她的鼻子。只听她一面呻吟一面睁开眼,瞪着二郎几秒后,意识很快就清醒过来。她低声问道:"几点了?"

二郎沉默着把自己的手表放在她眼前,桃子深深叹口气,一脚踢开盖在身上的毛巾被,翻身爬起来。

"大概得花一个半钟头吧。"桃子说。

"如果是用桃子的脚走,要花更多时间,所以我六点就起来了。"

两个人尽量小心,不弄出声响地换衣服。二郎穿上姐姐寄来的T恤,一股新衣服的棉织品香味从鼻端飘过。

他们又在背包里塞了些文具,便走出屋子。爸爸好像还在睡觉。

正屋旁厨房里的电灯亮着,两人一走进厨房,妈妈便惊讶地说:"哎呀,自己起来了?这么早!"停了几秒,她的表情又变成了苦笑。

趁着二郎和桃子并肩刷牙的这段时间，妈妈用刚煮好的白饭做了几个饭团，炉上的味噌汤这时正好也飘出阵阵香气。

前一天晚上，爸爸跟悠达和其他朋友一起喝酒的时候，二郎把妈妈叫到另一个房间，向她报告了中午发生的事情。说完，二郎有点紧张地向妈妈宣布："明天我们要去上学喽。"

就算妈妈反对，二郎也已打定主意要去上学，他根本没打算跟爸爸商量。尽管他觉得爸爸不太正常，但他也从没对爸爸感到畏惧。

妈妈温柔地看了二郎半响，突然觉得很滑稽似的，扑哧一声笑了出来。"可以啊。"妈妈答应让他们去上学了。"再说学校那些老师都那么好。你爸总有一天会答应的啦。"妈妈说。

二郎终于放心了。总算又向前跨进了一步，接下来要是能搬进国民住宅就皆大欢喜了。

跟妈妈谈完之后，桃子难得地对二郎露出了敬重的眼神，他不禁感到一丝满足。

洗完脸之后，二郎和桃子都拿起饭团囫囵吞下。饭团没包海苔，二郎却觉得味道好极了，一连吃下四个大饭团。从现在到午餐还有很长一段时间，二郎希望尽量把肚子填饱一点。

吃完早餐，两人走出家门。"路上小心啊。"妈妈像在东京时一样叮嘱两人。"小心什么？"二郎反问。妈妈这才想起路上根本看不到汽车。"野猪。"妈妈说完，三个人齐声笑了起来。

刚踏出家门，就听到十兵卫发出一声"哞"的叫声，接着，像是跟羊约好了似的，爸爸在屋里打了一个很响的喷嚏。二郎霎时缩了缩头，他跟桃子两人互看一眼，然后放轻脚步离开家门。

就算爸爸知道他们去上学，也不会生气吧，二郎想，今天放学回家之后，他也不打算跟爸爸说这件事。更何况，说不定爸爸早就知道了呢。他只是不肯表示赞同,也不打算阻止吧。反正走一步算一步,这也是为人处世的一种智慧啊。

穿过森林,两人走上甘蔗田间的小路,清晨的凉爽空气令人心旷神怡,二郎看到自己的影子拉得长长的映在眼前,天空还是一片很浅的淡蓝色。

几只鸢鸟正在头顶滑翔绕圈,不一会儿,它们看清了地面并没有猎物,才转身朝深山飞去。小路前方,有一只体形巨大的青蛙蹲在路中央,看起来一点也不怕人。二郎正要从它身上跨过去,青蛙这才跳到一旁。

"我们要不要来一段转学生致辞呢?"桃子问。

"至少得跟大家打声招呼吧。"

"我们说自己是从学习院小学转来的,怎么样?"

"笨蛋,全校学生早就认识我们啦。"

"这里的教科书,跟东京一样吗?"

"不知道。"

"营养午餐吃冲绳料理吗?"

"不知道。"

出了公路之后,两人依然快步向前疾行。二郎出门时忘了戴手表,所以也搞不清究竟已经走了多久。一路上,看不到一辆汽车往来,耳中唯一能听到的,就是鸟儿的叫声。

桃子一面往前走一面哼着歌曲。二郎知道那是一首卡通影片的主题歌。

"喂,我们好久没看电视了。"

"你这么一说,这倒是真的呢。"

"本来我以为这里的生活会更寂寞的。"

"是啊,谁想到每天晚上都有人到家里来弹三线。"

"等到下课时间,我们去看电视吧。"

"随便你啊。"

"会不会有卡通的录影带啊?"

"不知道。"

一路走来,两人正觉得有点无聊,忽然见平良商店出现在前面。店门还没打开,店里的玻璃窗和窗帘都拉得紧紧的。对了,二郎突然想到,不知老板娘有没有去订购室内球鞋。他瞪着店面正思索着,店后的木门打开了。老板娘手里提着垃圾袋走出来。

"哎呀,二郎和桃子,去上学啊?"

二郎停下脚步点点头。老板娘笑得牙龈都露出来了,高兴得就像她自己要去上学似的。

"请问,我们的室内球鞋,已经订了吗?"

"嗯,订了,订了。今天说不定会送来呢。放学回家经过这儿看看,钱以后再说啦。"

老板娘的话让他深切感受到,许多人都在祝福自己。

"对了,你爸要参加反对运动啊?"

老板娘连这消息也听说了?"不知道。"二郎答完便离开了平良商店。

好不容易走到这儿,剩下的路程已不远了。但仔细算算也还有一千米吧,以后每天都像在远足呢。要是把这种经历告诉阿淳或向井,不知道他们听后会是什么表情。二郎想,万一碰到下雨,还是留在家休息吧。按照爸爸的说法,就是晴耕雨读。二郎在心底安慰着自己。

转眼之间,天空就完全变蓝了,地上的影子也不再那么长了,这时,终于来到南风小学的门前。二郎从门外仰望校舍建筑上的时钟,七点四十五分。而他们离开家的时候是六点半。也就是说,两人在路上走了一小时十五分钟,比二郎当初预料的早了些。

"从明天起,我们可以多睡三十分钟了。"桃子说。但二郎却觉得,或许还是早点起床比较好,因为这段日子他可不想一早起来就在家里看到爸爸。

校园的角落里,四年级的春奈正独自在花坛边浇水。她一看到桃子,立刻蹦蹦跳跳地跑过来,桃子也急忙奔过去。其实她们两个昨天才见过面的,现在却为了重逢而兴奋不已。"今天轮到我浇水。""那我来帮你吧。"两人你一言我一语,快乐地交谈起来。

这时,办公室的窗户被推开了,校长伸出头来。"早安,欢迎欢迎!"听到校长这么说,二郎反倒有点不好意思。

"走了多久啊?"

"一小时十五分钟。"

"是吗?很辛苦吧,加油。"

其他几位老师也陆续来到校园里,大家都笑着向二郎表示欢迎,并且一一做了自我介绍。看起来这里好像没有很凶的老师,二郎想,大家的表情都那么温和。也或许是因为这里没有爱打人或拒绝上学甚至像黑木那样的问题学生吧,连带着连老师们的相貌都变得这么慈眉善目了。

正说着,一辆红色迷你车驶进了校园。是山下老师来了。老师一下车,立刻嚷着:"哎呀,好高兴啊。"说完,还故意用胳膊抱在胸前摆出一个可爱的姿势。

全校共有七位老师,包括一位专管校务的中年男人。换句话说,到昨天为止,这学校里的老师比学生人数还多呢。

学生们这时也陆续走进校门。一年级的佑平和三年级的朋子是姐弟，两人一块走进来。接着，七惠肩上挂着个购物袋来到大家面前，那模样有点像要到哪儿去购物似的。"啊哟！很好啊。"七惠一副长辈说话的口吻笑着对二郎说。

最后冲进校门的是三年级的健太。"喂，今天不是轮到健太负责打扫兔子窝吗？"教务主任一脸严肃地教训他说。健太大吃一惊地站住脚。"对不起。"他低下头。看来这学校该认真的时候还是挺认真的，二郎想。

"还不赶快去喂饲料。今天有早会哟。"

听到教务主任的吩咐，健太慌忙地朝着校园深处奔去。

二郎先到了校长室领取教科书，然后在山下老师和七惠的陪伴下，来到位于一楼最后方的六年级教室。这间教室的面积大约是一般教室的三分之二，室内只有两套课桌椅并排放着。二郎虽然早已想象过这种情景，但等他亲眼看到的那一刻，还是觉得有点怪怪的。一个老师带着两个学生，究竟要怎样上课呢？

空气里混杂着一股森林的气息。因为教室后面就是树木丛生的小山坡，山风正从那敞开的窗户徐徐吹来，窗外的鸟鸣也不断传入耳际。

教室的墙上贴了几张书法和图画，全都是七惠的作品，二郎忍不住站着欣赏起来。"不要那样一直看啦。"七惠不好意思地说。

"欸，你真的是走路来的啊？"七惠问。她尽量压低音量不让老师听到。

"嗯，是啊。"

"真是老实得有点笨。你可以骑车到我家来，然后把车放在我家啊。"

七惠半带讥笑的口吻让二郎很火大,他想,就是为了争这口气,他也要每天走路上学。

早上八点十五分,早会开始了,据说是专为欢迎二郎他们才举行的。全校学生走进校园排成一列,之后,校长走上讲台致辞表示欢迎。"我想大家都已经知道了,今天我们又多了两位新朋友,就是上原二郎和上原桃子两位小朋友,他们从东京转学到这儿来,就跟白井七惠一样。这两位小朋友也是第一次到岛上生活,大家都要帮助他们哟。"

校长没提两人转学的理由,接下来是二郎和桃子向全校师生致辞。二郎的性格原本不是那么容易害羞的,今天却因为人数很少,反而紧张起来。

"啊,嗯,是这样的,我是从日本来的上原二郎。因为对很多事还不熟悉……"

"哥,哥,"桃子突然扯着他的衬衫说,"是从东京来的,东京!"

啊?我说错什么啦?二郎抬头看向前方,只见大伙儿正笑个不停。

"对不起,我们是从东京来的上原二郎和桃子。"

站在一旁的桃子接着说下去,说完还向大家深深一鞠躬。这时连老师也跟着学生一起笑了起来。

走下讲台之后,听了桃子的提醒,二郎的脸颊热得几乎能从眼里冒出火来。不过教务主任这时走过来安慰他说:"反正冲绳以前就是琉球王国嘛。"

二郎跟桃子两人站在台前,听着全校齐唱校歌。歌词内容全都是赞美西表岛的自然环境,曲调很特殊,给人留下了深刻印象,二郎听到第二段就跟着一起哼起来。这时,他觉得自己真的成了学校的一分子。

第一节课是国语课。二郎打开全新的教科书，飘来油墨的气味。这学校的课本跟东京的不一样，他大致翻阅之后发现，内容虽然跟东京大同小异，却花了很多篇幅介绍冲绳的事物。

上课方式跟在东京也没什么分别，不过因为只有两个学生，还是让他觉得怪怪的。尤其自己座位四周什么都没有，令他感到很心虚，有点像没穿衣服的感觉。还有，老师和学生之间没有任何屏障，即使不想听课也不行，换句话说，在这里上课是没办法发呆的。

山下老师似乎看出二郎的紧张，她突然合上课本说："第一节课，大家随便聊聊吧。"七惠高兴得立刻拍起手来。"上原君，说说你以前的学校吧。"她说。

于是，应七惠的要求，二郎便开始介绍中野的中央小学，他提到了学生人数、教室设备、休息时间流行的游戏、中野的街道，还有百老汇的繁华景象，以及最近大量外国人到访带来的国际色彩。

没想到山下老师对中野也很熟悉，二郎感到很意外，不过他马上想起七惠曾说过，老师出生在横滨，后来在东京上大学。"我是因为对冲绳很向往，才主动参加这里的教师考试的。"老师的口吻有点像在跟朋友说话。

"北海道和冲绳的教师，大部分都不是当地人，这些教师就是所谓的崇尚自然派吧。"

"到这儿来不会后悔吗？"二郎问。

"不会。"山下老师摇着头说，"因为我很喜欢大自然啊。"

"骗人，骗人，上次老师还抱怨说，这里连个相亲聚会都办不成。"七惠开着老师的玩笑说。

三人同时笑了起来。二郎发现老师笑着的眼睛很像秋田犬。

第二节课仍然继续闲聊。二郎这才知道，因为七惠的脑筋很聪明，班上的教学进度早已超前许多。

"以前在那霸的时候，班上有三十个人，不管教什么，都得教好多遍，一直教到全班都听懂为止，但在这里就不会那样。"老师解释说，进度超前太多的话，国语课就会改成阅读课，而七惠则表示，她最爱读青少年小说。

听到这儿，二郎不禁有点担心起来，生怕自己会赶不上进度，而且他觉得七惠好像跟林造一样很会念书。

第三节是体育课，师生一起到体育馆去打羽毛球。对一个全校只有七名学生的学校来说，这座体育馆真是宏伟得有点奢侈。二郎在运动方面向来都很有自信，这次他使出全身本事，好好地表现了一番。

"从今天起，上原君就是我们的体育老师了。"山下老师说着，还用赞叹的眼光看着二郎，这使他有从心底生出自豪的感觉。

第四节课还是闲聊。二郎不禁有点担心，上课时间可以一直这样闲聊吗？不过这个钟头内，老师和同学把岛上情况简单向他说明了一番，所以这节课也可以算是社会课吧。

好不容易，午餐时间终于到了。这天早饭吃得很早，二郎早已饿得两眼发昏了。

学校里有一间空教室被指定为"午餐室"，全校师生每天中午都聚集到这儿一起用餐。"午餐是在哪里做的呢？"二郎忍不住问道。旁边有人告诉他，岛上最大的中学里有个营养午餐中心，这里的午餐是每天从那儿送来的。这天中午的菜单是红烧汉堡、沙拉和白饭。并不是冲绳料理。

看到久违的汉堡，二郎简直高兴得眼泪都快流下来了，桃子也开心得要命。"早上做些什么啊?"二郎向她问道。"聊天和游戏。"桃子说。看来整个学校的气氛都很轻松自然。

午饭后的休息时间,学生都到室外去玩躲避球。因为大部分成员都是女生和低年级学生,二郎玩起来觉得很没劲,但操场上的青草却让他心情得到休憩。他想,如果在这儿光脚跑步,那感觉一定很舒服吧。

第五、第六节课终于真的上课了。一节是理科的实验课,另一节是音乐课,教的是木笛吹奏。两科都有专用教室。二郎不免感到讶异,没想到这南方离岛上的设备竟然如此齐全。音乐教室里甚至还准备了成套的打鼓器材。看来国家的照顾倒是很周到呢,二郎想,虽然爸爸不一定赞成他的看法。

这天放学之后,有一节每周一次的课外活动课,叫"黄昏朗读"。每周的这个时间,学生利用广播室的麦克风向大家朗读一篇文章。山下老师告诉二郎,这也是一个地域性的社区活动,附近居民这时也会打开家里的窗户,跟全校学生一起听故事。二郎想,这种活动在东京是很难想象的,因为一定有人会嫌它是噪声。

这天负责广播的是三年级的朋子和健太,两人结结巴巴地开始朗读起来:

"很久很久以前,西表岛上有个英勇的武士叫庆来庆田城,他很喜欢养狗,有一天,他灵机一动,想到可以教狗去抓山猪……"

这是一个岛上广为流传的民间故事,内容并不是教人行善,而只是单纯的传说。七惠告诉二郎,光是八重山这个地方,就有好几十个这种传说故事。

"有时在'临时授课'的时间,学校还会请附近的阿婆到学校来讲故事哟。不过她们讲的话,我大半都听不懂。"七惠笑着说。

这儿就是故事里的小岛。二郎听着广播故事，脚下正朝着归途迈进，他突然反常地感到心中充满温柔的情愫。

转学第一天，非常充实的一天。二郎现在觉得，搬到这岛上来可真不错。

# 45

对二郎和桃子去上学这件事，爸爸果然没有表示任何意见。因为他决定干脆假装什么都没看见。第一天放学回家的时候，爸妈正在田里忙着。妈妈看到二郎他们，立刻堆起笑容说："回来啦，今天怎么样啊？"站在一旁的爸爸则像是没看到两个孩子似的继续拼命挥着锄头。第二天早晨正要出门的时候，二郎在厕所门口碰到爸爸。"喂，最近小弟弟金鸡独立的情形怎样？"爸爸故意用责问口吻问道，但他并没阻止二郎去上学。

二郎不懂爸爸心里究竟是怎么想的，他偷偷观察过爸爸的表情，并没在他脸上看出任何怒气，然而爸爸也没对上学的事表示赞同。换句话说，他是选择暂时对这件事不置可否吧。

"快点把十兵卫的小房子盖好哟。"

那天早上，爸爸只对他说了这句话。二郎听了，觉得自己肩头的某种压力似乎减轻了。

二郎和桃子都很喜欢上学。当然啦，正式上课之后，不可能整天都有开心的事，但是和在家帮忙种田比起来，学校生活可是有趣得多了。而最让他们兴奋期待的，就是每天的营养午餐。二郎从来都不知道美乃滋和番茄酱的味道竟然这么令人感动。因为自从搬到西表以来，家里每天使用的调味品就只有味噌和酱油。

上学唯一让他比较痛苦的事情，就是每天往返的路程。二郎查过地图，除非穿越丛林，否则根本没有其他捷径。所以他只能每天花上两个半钟头来回，除了靠两条腿，硬是一点办法也没有。虽说七惠提议骑车到她家，这主意确实令人心动，但他一向就不喜欢做偷偷摸摸的事，所以他还是拒绝了七惠的建议。另外，二郎也不愿被山下老师发现自己违规，更不想让老师为此看不起自己。

二郎不知道自己的转学手续究竟办得怎样了。说不定自己还不算这学校的正式学生呢，他想，不过反正只要住在岛上，是不是正式学生都无所谓。因为这儿无论做什么，都不是那么一板一眼地讲规矩，就像附近的阿婆会到学校来讲故事，或是班尼突然跑来教英文，还有，学校老师每天都穿着T恤来上班呢。

每天放学以后，二郎都到星空下的露营场去玩，有时那些从前在南风小学上过学的中学生，也大老远地跑来跟他们一起玩三角基地。这个地方没有像阿胜那样的不良少年，一个也没看到。岛上的中学生都很纯朴，有时还要求二郎或七惠讲些东京的事给他们听。二郎对这些中学生的印象很好。他很羡慕这些出生在岛上的人，因为他们从不在乎别人对自己的看法。

对了，说到那个班尼，他现在已成了二郎家的座上客。不知从什么时候开始，他也跟岛上那些朋友一起到二郎家参加宴会。爸妈似乎跟他很谈得来，二郎常看到他跟爸妈开玩笑。

二郎终于觉得自己在岛上的生活逐渐步入平稳的轨道了。

这天放学后回到家，家里刚好来了客人。男女总共五个人，正围着爸妈坐在客厅里。看他们谈话的气氛并不凝重,二郎猜想这些人大概不是来赶他们搬家的。而且客人还不时露出笑容,身上的服装也很随意,有些人头上还绑着头带,看起来有点像当地的潜水教练或休闲旅馆的老板。二郎站在室外向大家打一声招呼:"欢迎光临。"

"放学啦。我们正在府上打扰呢。"客人都用温和的目光看着他,并向他点头致意。

"这是二郎和桃子吧。"一名中年妇女转头对二郎说,"我是白井七惠的阿姨,听说过吧?我搬来岛上定居,七惠被她家里送到我这儿来寄住。"

"哦,是的。"二郎想起了七惠的描述。这就是那个指望她的寄宿费的阿姨。

"我们有事要拜托你父亲,所以到府上拜访。"

因为事先听七惠提起过,二郎立刻猜出这些客人的目的了,一定是为了那个反对建设旅馆的运动吧。这群人大概是想寻找志同道合的伙伴跟他们一块儿战斗吧。

希望他们不要搞得太激烈,二郎想,我好不容易才开始上学呢。

他心里嘀咕着,把背包放在回廊边,转身出去制作十兵卫的小木屋。木材全是从附近的空屋里找来的。冲绳经常有台风来袭,小木屋一定要造得很牢固才行。其实上次大城到家里来拜访的时候,已经帮他把小屋的骨架搭好了,现在只要把屋顶和墙壁钉上去就完工了。

不一会儿,桃子来到二郎身边。"喂,爸好像不高兴啊。"她皱着眉头说。

"为什么?不是找他搞反对运动?"

"话是不错啦。"

"那他们跟爸不是同志吗?"

"可是爸一副不高兴的样子。"

"妈呢?"

"很为难的表情。"

二郎很好奇,决定过去偷听一下。两人绕过屋后,在木制的后门旁边蹲下,耳边立刻传来大人谈话的声音。

"所以就是说,我们'西表岛海洋与森林保护会'是希望跟上原先生共同奋斗。我们先是在森林入口处竖起拒马[1],拒马前面造一座监视岗哨,无论如何也要想办法阻止KD动工……"

"因此,我们希望上原先生夫妇都能成为我们这个组织的成员,可能的话,更希望你们担负起领导的任务。"

"能跟参加过革共同的上原先生相识,真是我们的荣幸。我们跟东京的办事处联络过,那儿的律师先生高兴极了,还说这等于获得了百万援军。"

二郎从木门阴影处伸出头偷看了一眼,只见爸爸盘腿而坐,背后靠着梁柱,同时不断"咚咚咚"地用脑袋敲着那根柱子。真的,爸看起来真的很不高兴。

"听说阿樱女士以前也参加过这类运动,最后在成田斗争还……"

"我老婆跟这没关系。"

爸爸伸手把头发往上拢起,视线锐利地瞥了一眼保护会的成员。

"没关系啦,这没什么。"妈妈却在一旁轻松地说。

"对不起,提起了您从前的旧事。总之,有您搬到这儿来定居,我们真是太幸运了。请您绝对不要向KD的威胁低头,一定要跟他们

---

[1] 一种木制的可以移动的障碍物,阻止行人通过,战斗时也被用于封锁道路。

对抗下去。"

"有需要我们帮忙的地方,请您开口。不论是吃的或是日常用的,我们都……"

"谢谢你们的好意,我不接受施舍。"

"别那么客气嘛。"

"不是客气。"爸爸的语气显得很坚决,保护会的人都安静了下来。客厅里的气氛一下子变得很凝重,"咩——"门外的十兵卫这时却悠闲地叫起来。

"我已经不再从事任何运动了。"爸爸说着抱起胳膊,"有人说我是无政府主义者,那是他们自己猜错了。我只是不愿意照着国家或资本家的意思活下去,仅此而已。"

"那我们的想法跟你一样啊。我们不允许国家和资本家蛮横无理,从这个角度切入,我想我们可以找到从事运动的交点啊。"

"是啊,KD一直没把我们这个保护会放在眼里,现在如果能让他们明白,我们并没放弃付诸行动,这对我们帮助很大,所以我举双手赞成,先把上原先生拉到我们这边来……"

"哎呀,别急,别急。"一个留胡子的中年男人忙着制止女人发言。他似乎就是这群人的领导,"一下子说这么多,上原先生会觉得很为难啦。"

中年男人轻轻咳嗽一声,嘴角堆起笑容,一脸自信地说:

"上原先生,我们就打开天窗说亮话吧,我们是想提升这个运动的规模啦。目前西表和东京那边的保护会都是联手进行活动,可是很难引起外界的重视,换句话说,舆论一点都没受到影响。因此呢,我们想借上原先生的力量,表现出一点鹰派的色彩,这样媒体一定紧追不舍,而KD就不得不想办法对付舆论。而且,上原先生的名字才能让当权者感受到压力。再说得更露骨点吧,我们是想请上原先生当我们的贴身保镖啦……"

男人说到这儿,微笑着等待一郎的反应,女人们则不停点着头,好像在说"对对对"似的。

"我也了解您对革共同的内部纷争感到厌倦,但我们跟他们不一样,我们这组织是很团结的。"

"你是哪个分部的?"爸爸低声问道。

"不,我只是个搞市民运动的啦。在东京开一家小印刷厂而已。"男人突然提高了音量说。

"一个简单的市民运动人士会知道革共同的内部纷争?"

"我在报纸上看到的啦,电视也有介绍啊。"

"一个普通人不会注意这种事的。到底是哪个分部的?市谷,还是早稻田?"

"你到底在说什么呀?"男人的脸颊不断痉挛着。

"好吧,不管是哪个分部或只是一个普通市民,都没关系。"爸爸坐直身子,支起一只膝盖,"我现在对你们这种搞运动的再也不会同情了。你们是觉得左翼运动已经没搞头了,才又想到环境和人权,根本就是为了运动而搞运动。跟冷战后美国还在拼命寻找敌人一样。"

"哎呀,怎么把我们跟美国扯在一起!"一个女人睁大眼睛说。

"而且,环境和人权不是很重要的课题?"七惠的阿姨说,"再没有人站出来,冲绳就要遭到东京资本的蹂躏了。"

"我并不想扫你们的兴。若是冲绳出生的人这么说也就算了。但这是内地人自己对南方小岛怀有梦想,为了自我实践才从事的环保运动,根本就是多事!"

听到爸爸这段话,保护会的人脸色都变了。"您的意思是说,不是冲绳当地出生的,就没资格发言了?"七惠的阿姨不客气地抗议说。

桃子这时拉了拉二郎的袖子。"够了。"她沉着脸说。二郎也不想再听下去了。虽然大人们讲些什么,他不太了解,但是照这情形看来,爸爸似乎又在跟人作对了。

他想起搬到西表之前发生的那件事,那时阿明叔刚被逮捕,警察到家里来搜索,二郎记得爸爸说过,他已经不相信"左翼"运动,他以后都要单独行动。

二郎和桃子悄悄地离开后门口。爸爸不愿再参加反对运动,他不知道这对全家人来说是好事还是坏事。

"这下我们跟附近的居民没法做朋友了。七惠的阿姨一定很讨厌我们了。"桃子担心地说,她脑袋里想的是女人比较关心的问题。

"那有什么关系。反正我们跟悠达和其他岛民是好朋友啊。今天这些人都是从别的地方搬来的,不是吗?"二郎答道。不过这下可跟七惠阿姨的关系搞坏了,这一点他还是有点在意。

大人们的谈判似乎陷入了僵持的局面,大约过了十分钟,保护会的几个人一脸不高兴地离去。

客人走后,妈妈动手做晚饭,爸爸则忙着到井边提水。时间已是傍晚六点,太阳却仍旧高高挂在天空。二郎拿起榔头钉着小屋的木板,只听"咚咚咚"的声音在森林里不断回响。

桃子已把油漆提过来,打算帮忙涂上颜色。"还早啦。"二郎连忙阻止她。

这时,门外突然传来汽车的声音,好像是谁来了。二郎转眼望过去,只见一辆迷你警车驶过来,车上坐着新垣巡警。有什么事吗?二郎很喜欢他,所以心里很欢喜,但又想到爸爸不可能喜欢他的,万一他是来说搬家的事,那今天第二场没有结论的争执又要开始了。

汽车开到田边停下来。二郎看到驾驶座旁有个人影,而且是个女人!车门打开了,女人伸出修长的两腿,接着,她的脸一下子在车门上方露出来。

"姐!"桃子大喊起来。站在眼前的,真的是姐姐!二郎都有点怀疑自己是不是看错了。姐姐居然到他们这儿来了。

妈妈从厨房伸出脑袋,爸爸也从井边走过来。

桃子快步奔过去。二郎也丢下榔头,朝姐姐跑过去。就连十兵卫也紧跟在他身后跑过去。森林里的鸟儿几乎同时齐声高歌起来。

"哎呀,这地方不错啊。我还以为是更简陋的小房子呢。"姐姐打量着房屋周围沉着地说。

"你怎么来了?怎么会来这儿?"桃子满脸兴奋地紧跟在姐姐身边问道。姐姐却不回答。"这就是那只叫十兵卫的羊吗?"说着,姐姐伸手摸摸羊儿的脑袋。

妈妈走上前来,"欢迎啊,总算来啦。"她的脸上露出这段日子里最灿烂的笑容。爸爸站在石墙外朝姐姐招呼了一声:"噢,好久不见啦。"说完,用手指抹抹鼻子下方。

"你为什么到这儿来?"二郎问。

"这什么话啊。不能来吗?"姐姐一脸不高兴,可能是为了掩饰自己的羞涩吧。

"不是啦。"

"什么时候的飞机?"妈妈问。

"今天下午,四点到达石垣岛,正好有一班船要出发,就坐过来了。"

"你还真会找啊,一找就找到这儿了。"

"所以说,哎呀,是这位警察……"姐姐转过身子,只见新垣巡警手里提着一个大手提袋站在警车旁边。二郎也把他给忘了。原来是他送姐姐回来的。

"是这样的,洋子小姐在平良商店问路的时候,我刚好从那儿经过,而这段距离又不是步行可以到达的,就把她送来了。"新垣巡警红着脸说,"行李要放在哪儿?"

"啊,真不好意思。"姐姐伸手要把袋子接过去。

"不不,这很重,我帮你搬进去吧。"

"对不起,新垣巡警,我女儿麻烦你了。"妈妈露出诚惶诚恐的表情。

"哪里哪里,这么点小事。"

说着,新垣巡警便动作利落地把袋子搬到回廊旁边。看那行李大得像是要带去国外旅行,二郎想,姐姐这次不像是来玩的,难不成,她要在这儿住下了吗?

而更引他注意的,是新垣巡警那充满热情的言辞和行动。啊哟!二郎不禁惊讶地想,新垣巡警对姐姐有意思啊。只要看到他那张脸,就知道这是个一见钟情的男人!真看不出哟,二郎想,这警察也太老实了。

好久没看到姐姐,二郎觉得她跟从前有点不一样了。她脸上的神态显得比较安详,而且比从前更漂亮。

"那我就告辞了。"新垣巡警说完站直身子,向大家敬一个礼。

"新垣巡警,好不容易碰上,就在这儿吃了晚饭再走吧。"妈妈忙着留客人吃饭。

"不，哎呀，这么突然跑来吃饭太……"

"家里总是有客人来，所以都会煮很多饭啦。多几个人都不在乎，进来吧。"

"嗯，吃了再走吧。"桃子很亲热地过去拉他的手臂。

新垣巡警看了姐姐一眼。"请进啊。"姐姐说。新垣巡警脸上立刻洋溢着幸福万分的喜悦。

"吃了再走啦。我虽然不喜欢公务员，不过看在你帮了洋子的分上，就不计较了。"爸爸嘴角挂着笑对客人大声嚷着。

"好吧，那就打扰了。"

说完，新垣巡警紧张地从回廊进了屋子，然后正襟危坐地在客厅坐下。

"里面也很不错嘛，还重新装修过了。"姐姐走到每个房间看过之后高兴地说，"说不定比中野那个租来的房子还漂亮呢。"

"姐，你要待到什么时候？"桃子问。

"不知道。如果印象不错的话，说不定就不走了。"姐姐把手肘放在桌上撑着脸颊，连连叹了好几口气。

"那你的工作呢？"

"辞掉了。"姐姐干脆地答道。

"是吗？"

"对了，你们说这里没电，是真的啊。不开冷气睡得着吗？"

"这个地方通风很不错啦。因为在小山坡上面嘛。"新垣巡警不知为何竟代替全家回答着，"我们驻所附近是沼泽，所以湿气很重。哈哈。"说着，他还伸手抓抓脑袋。

"不过这种油灯的生活，实在是……而且连电视都没有，不是吗？"

"这些问题,只要搬进国民住宅都解决了。如果全家一起搬,可以优先安排哟。"

"对对,上次新垣巡警带我们去看过了。"桃子探出身子隔着餐桌对姐姐说,"离平良商店好近,买东西很方便,而且离学校也很近呢。"

"什么,都已经去上学啦。那就好。"

"如果有兴趣的话,洋子小姐要不要明天就去看看?我顺便还可以带你到岛上各处走走。譬如像大原啦、白滨啦,这岛上没汽车挺不方便的。"

"好棒哟,坐车兜风哟。"二郎用调侃的语调说。

"哎呀,为离岛居民服务也是我们驻所的重要任务之一啦……"

新垣巡警连对小学生讲话也是毕恭毕敬的口吻,姐姐看了忍不住在一旁嗤笑起来。

"来,多吃点啊。"

妈妈端着晚餐走进来。只见桌上摆着炸咕噜空鱼、熏山猪肉、苦瓜炒冲绳豆腐,还有食材丰富的味噌汤。

"这些东西都在哪里买的?"姐姐向妈妈问道。

"到目前为止,都是别人送的啦。"

"我也几乎全靠别人送的东西过日子呢。岛上生活就是这点好。现在年轻人也比从前增加了。洋子小姐若想找工作,岛上有些专门招待观光客的餐厅和特产店,你有兴趣的话,我可以帮你打听一下。"新垣巡警今晚说了好多话。不过,二郎觉得倒该感谢他的多话,这样才让很多问题都暧昧地混了过去,譬如说,这房子的土地问题,还有姐姐的工作问题……今晚如果只有全家人一起吃饭,说不定气氛会很尴尬呢。

"喂，来喝一杯吧。"爸爸把泡盛的瓶子放在桌上说。

"不了，我要开车，而且我还穿着制服。"

"你敢不喝我倒的酒？"爸爸故作生气地瞪着客人。

"没办法啦，喝酒会违反驾驶和执勤的法规呢。"新垣巡警老实地拼命婉拒着。

"那你跑进违法侵占住宅的人家吃饭就没关系吗？"

"啊！不是的，这……"

"爸，你不要欺负人家新垣巡警了啦。"姐姐忍不住埋怨起来。

"所以说，我今天来访，算是来劝你们搬进国民住宅……"

"行了，行了，跟你说不用理我爸。"

看来这位巡警真是非常老实。

今晚，全家总算难得地聚在一起欢笑聊天。一家人还是住在一起比较好，二郎想，这个家就像一个拼图玩具，有些碎片曾经遗失了，但现在遗失的碎片又被找了回来。

"这不错嘛。"姐姐突然抬头看着吊在天花板上的油灯说。

柔和的灯光照在姐姐脸上，而新垣巡警则频频羞怯地偷瞄着姐姐的脸。

这天晚上，二郎睡在里面的房间。姐姐和妈妈的讲话声夹杂着爸爸的鼾声不断传进耳里。

"已经全都结束了。"姐姐语气平淡地说。

"这样啊。"妈妈答道。

"东京也暂时不想回去了。"

"是吗？"

"男人最后都会跑掉的。"

"是吗?"

"不过我们家的爸爸跟别人不一样。"妈妈苦笑起来。

二郎现在才真正感觉她们是一对亲生母女。从他有记忆以来,这还是第一次看到两人把被子并排在一块儿睡觉呢。

# 46

第二天到了学校,二郎从七惠那儿听到一个令人担心的消息。据说保护会打算在神秘海滩上盖一座监视岗哨。

"哎呀,因为我家的监护人对环境问题太热心了啊。"七惠冷冷地说。

"我知道,昨天他们到我家来了。"

"听说上原君的爸爸拒绝加入他们?后来他们到我家开会,每个人都叽里咕噜埋怨了一堆,还说看错人了。"

"干吗这么说……"

"不用理他们啦。这群大人也不好好儿工作,只想把搞运动当成人生目标。"

"是吗?"

"这种事跟小学生很难说明白,反正我觉得他们自己没工作、没钱、不想出人头地,就以这个做借口,认为只要假借正义之名,就能让大家闭嘴。"

"哦?"二郎觉得七惠很了不起,竟能说出这段话来。

"我还听说,KD已经在准备重机械了。"

"重机械？"

"就是像推土机之类的机械啦。上原君家可能会有危险哟。"

"没关系，这样我就可以搬到国民住宅去了。"话虽是如此，二郎心里还是很不安。如果KD采取实际行动，爸爸一定会坚决反抗的。二郎绝不相信爸爸会退让，他甚至觉得很有可能爆发严重的流血冲突。

"还有，他们还给报社和电视台打了电话。叫他们过来采访关于反对运动的新闻。"

这些消息也让二郎很担心。看来这件事的影响范围正在逐渐扩大。

这天学校有一个短暂的级会，二郎便趁机询问山下老师对旅馆建设的看法。

"我坚决反对！"老师左右摇晃着一头短发，"村议会以为村里的税收会因此增加，所以对这计划很欢迎，但我觉得来度假的游客才不会在岛上花钱呢。而且为了这计划，竟不让岛上居民使用岛上最棒的神秘海滩，不是很过分吗？"

二郎觉得老师说得很对。把神秘海滩变成内地人的地盘，就算他这个才搬到岛上来的居民，也感到愤恨不平呢。"那村议会是赞成这个计划？"

"议会虽说是少数服从多数，但因为有个开建筑公司的村议员，名叫座间，他很有影响力，而今年八十岁的村长又是个好好先生，最后也被座间说服了。那个光头佬平时都住在石垣岛，我想他一定收了企业老板的红包……哦，可不要跟别人说这是老师说的。"说到这儿，山下老师俏皮地笑着耸耸肩，"对了，听说你姐姐来啦。"老师向二郎问道。

"老师怎么知道的？"

"听平良商店的老板娘说的啊，说是来了一个二十一岁的高个子美女，职业是造型平面设计师。"

"平面造型设计师啦。"

"老板娘是这么说的啊。"

村里居民都已经知道了？二郎讶异地想，这下姐姐也成了名人了。

放学后，二郎正在回家的路上前进，突然看见姐姐骑着一辆踏板摩托车在公路上飞驰。而且她居然没戴安全帽！姐姐一看到二郎和桃子，嘴里发出一声怪叫"哟——呵！"后立刻迅速地骑过来，绕着两人转了好几圈。

"姐，你在干吗？"

"环岛一周啊。这岛上真的什么也没有！"

"你的摩托车是怎么回事？"

"借来的。悠达的朋友骑来的，说是他家没人用了，叫我随便用。"

二郎觉得姐姐整个人好像一下子放松了，姐姐原来笑起来是这个模样。他甚至觉得有点眩晕，因为以前在东京的时候，姐姐一天到晚都是气呼呼的样子。

"听说你们上学要走一个多钟头？真辛苦啊。隔一天去一趟算了。"

"别跟爸说一样的话啦。如果搬进国民住宅，上下学时间就能缩短到十五分钟。"

"对了对了，早上我去看过了。那里全家五个人一起住，有点挤呢。"

"现在住的房子也不大呀。"

"但感觉上很宽敞。"姐姐故意空踩一阵油门,引擎声立即响彻云霄。

"姐,难道你很喜欢现在的家?厕所里都是堆肥,不是吗?"

"那个……新垣巡警叫我们先申请,姐弟几个人先搬进去再说。"

"真的?那就这么办吧。"

"我考虑一下。"

"不要啦。"

"对了,我载你们,来,坐在后面。"

二郎想,反正路上也没汽车,就听话地跨上了后座。桃子夹在他和姐姐中间,三人像暴走族似的挤在一辆车上。摩托车向前跑了几步,车座突然咚地向下一沉,"哟——呵!"姐姐又发出一声怪叫。她是怎么回事啊?二郎想。

摩托车向前奔驰了一会儿,一辆警车突然从后面追上来,一直追到摩托车旁,二郎看到车上的新垣巡警两眼睁得好大。"洋子小姐,请你停下来!"他摇开车窗嚷着,同时像鸟儿拍打翅膀似的乱摆着手。

"啊哟,新垣巡警,今天早上多谢你啦。"摩托车继续向前,姐姐一副若无其事的表情。

"你这样不行啦。岛上从没有人违反过交通规则,你现在马上要创造纪录了。"

"好啰唆啊,这种纪录早点打破,大家心情也轻松点吧?"

"别乱说啦。"

虽然身为警察,但新垣巡警表现得非常低姿态,二郎想,他一定是不想被姐姐讨厌吧。

姐姐这时总算很不情愿地停下了摩托车。"那能不能请你帮我把这对可爱的兄妹送回家？"她用高傲的口吻说。

"没问题啦。刚才有冲绳的报社记者和摄影师到岛上来了，他们在打听洋子小姐的家。而且还到处在问，是不是有一家人为了阻止休闲旅馆的建设，搬进神秘海滩的森林荒村里定居了。"

"是白井七惠的阿姨！"二郎忍不住大声嚷起来，"是保护会的人通知他们的。"

"二郎君，是真的吗？"

"嗯，白井告诉我的。他们说要叫媒体来采访，让这件事变成社会问题。"

"那可糟了。"新垣巡警摘下帽子像扇扇子似的摇来摇去，"我还没向局里报告呢。因为我觉得没那么严重啊。"

"那你跟记者怎么说的？"姐姐问。

"我先是故意假装不知道。后来他们用'反正只要调查就知道了'之类的话威胁，我只好跟他们说：'那家人只是暂住，他们马上就要搬进国民住宅去了。'"

"那不就得了？不用管他们啦，他们不是只是来采访吗？"

"那爸爸会上报纸喽？"桃子突然插嘴问。

"笨蛋，不是这个问题啦。"二郎用手指戳着桃子的额头说。

"要是变成新闻的话，局里一定不会不管的，KD那边的态度也会变强硬啊。"

"强硬是什么意思？"

"桃子好啰唆哟。"

正说着，平良商店的老板娘开着小货车过来了。只见那布满铁锈的车身来到大家面前，老板娘从车窗露出黝黑的面孔。

"哎呀，大家都在这儿啊。我刚刚才带报社的人到二郎家去。"

众人一下子全呆住了。这老板娘又来多管闲事！大家心底同时升起这个念头。她一定把上原家的事全抖出去了，譬如二郎父母从前都是激进派啦、前阵子不肯让小孩去上学啦之类的。

老板娘似乎感觉出众人眼中露出的责备，赶忙向大家解释着："他们说今晚要住在后面的民宿，还买了好多酒和下酒的零食，这种情形下，他们向我问路，我总不能不管啊。"

"没关系，谢谢你费心了。"姐姐勉强堆起笑容说。

"他们还问我，那家人在森林里怎么过活。我告诉他们说，都是岛上的居民送鱼送菜过活的。"

"没关系，真的。"

"噢，是吗？"老板娘露出牙龈笑着说。小货车的引擎像在大笑似的发出"咔咔咔"的震耳声响一路走远了。

"怎么办呢？姐！"二郎问。

"先回家再说吧。爸可能会跟记者吵架呢。"

"那可糟了。"新垣巡警脸色大变，"岛上从来没人被警察抓过，这纪录也马上要被打破了。"

姐姐猛地提高了车速，迅速向前飞驰而去。远远地可以看到她嘴里露出雪白的牙齿，可能她正在享受那种惊险的快感吧。新垣巡警不免担心起来，伸手抓起麦克风向前方喊道："前面那辆摩托车，减速慢行！"

姐姐不理身后的广播，只见她身子向前倾斜，并把形状美丽的臀部向后方微微翘起。

到了家门口，二郎看到爸爸在回廊边对着记者们热烈地诉说着什么。他有点像在发表演讲，一面说一面挥手动脚，充分展现肢体语言。记者则在一旁低头疾书,拼命做笔记。看那模样不像是在吵架。不,甚至还可以说,双方之间的气氛显得非常友好。记者一看到二郎,立刻抓起相机按下快门。

"啊呀,等一下,不要把我照进去。"新垣巡警用手挡在自己面前。

"你已经是我们家的老朋友啦。"爸爸开玩笑地和他打着招呼。

"驻警先生,请问你以警察的立场对这件事有什么看法?是默许吗?"年轻的记者转头向巡警问道。

"不是啦。记者先生,请不要误解。刚才我也跟你们说过了,这家人正在等待安排住进国民住宅,这儿只是暂时的处置……"

"你可不要随便帮我做决定。我是绝不会离开的,等着看我把东京那些资本家赶走吧。"说完,爸爸瞪着新垣巡警看了半晌,然后张开嘴豪爽地笑起来,"哈哈哈。"

"这么说,上原先生,无论发生什么事,你都决心要在这儿守护土地和御岳……"记者又重新转头向爸爸询问。

"不错!这里原本是波照间过来的先民开垦出来的地方。据我所知,有个村议员却把这儿贱卖给那个叫KD的什么玩意儿。老实说,我是不满意的,内地人别想这么随随便便侵略八重山。"

"是侵略吗?"

"废话!这不是侵略是什么?八重山本来一直都是八重山的人自己治理。后来划归给什么琉球王国,之后又变成萨摩藩[1]的傀儡,然后不知道从什么时候起,居然就被日本政府统治了。你听好,这个打

---

[1] 日本江户时代的藩属地,位于九州西南部,领地控有萨摩国、大隅国和部分日向国属地,此外琉球王国也受他们控制。

着开发休闲地名号来抢夺岛上土地的计划,可以说是继人头税之后的另一暴政,这个你一定要写出来!"

"您提到人头税,听说上原先生从前就是为废止人头税而战的上原鉴真的孙子,这是真的吗?"

"啊,对啊。你调查得很清楚嘛。"

"不过,有些人认为鉴真是恐怖分子。"

"恐怖分子?"爸爸睁大了眼睛,记者被他那模样吓得缩起身子,"嗯,就算是恐怖分子好了。在内地的统治阶层看来,算是恐怖分子吧。那又怎样?我觉得很光荣!"

"还有,我还听说,你是八重山英雄人物赤蜂的子孙。"

"是啊,我是赤蜂的子孙。你可以去问石垣的长老桑拉。"

乱讲!二郎听到这儿皱起眉头。你自己不是说过赤蜂根本只是传说吗?

姐姐脸上露出茫然的表情,因为她都没听过这些。妈妈一副与我无关的表情,转身走进厨房洗碗去了。

"这些我都写进报道里面,可以吗?"记者两眼闪耀着光彩,似乎觉得这个新闻很有价值。

"当然可以,篇幅要弄大一点,一定要帮我选张看起来像个男子汉的照片哟。"

"如果可以的话,希望你们全家一起照一张。"

"好啊。喂,阿樱同志、洋子、二郎、桃子,大家都要上报纸喽。"爸爸泛红的脸转过来对全家说。

二郎觉得这时的爸爸跟喝醉酒的时候没什么分别。

"我拒绝!"姐姐挺起胸膛大胆地反抗着,"不要随便把我当成同志。我可不知道你们这是在干吗。反正我完全不想跟谁对抗。"

"对不起，我方的意见还没统一。"爸爸举起一只手道歉说。

"那就只照上原先生一个人吧。"摄影师答道。于是爸爸决定站在屋子前面照相。

眼看爸爸手拿锄头，两腿叉开站在屋前，二郎不禁暗暗叫苦，就是这副德行要上报纸啊？他实在想不透，为什么每次碰到这种事，爸爸就变得这么兴奋？

"真是疯了！"姐姐气愤地说，"二郎、桃子，不要管爸了，我们搬到国民住宅去吧。"

"要是真的这样，可帮了我大忙呢。"新垣巡警喜极而泣地说。

# 47

在西表岛的东北地区，有一块旧日村庄的遗迹，名叫"神秘海滩的森林"。最近，有一家人从东京搬到这儿，非法住进了其中一栋屋子，这件事已引起当地的注意。这户人家同时对外表明，他们反对即将在这块土地进行的休闲胜地开发计划，决定要跟开发商展开正面对抗。

搬到这儿来居住的，是上原一郎和他的家人。上原一郎的祖父原本是石垣岛人。"八重山应该属于八重山人，绝不允许东京资本家为了赚钱而破坏这里的自然！"上原一郎说。他现在所住的林中旧屋，是由石垣岛和西表岛的岛民合作帮他修建的。上原一郎全家打算在这栋没水没电的屋子里，过着自给自足的生活。

"为了打破冲绳遭受内地压榨的支配结构，最好的办法就是大家都拒缴税金。"过去曾经从事社运并小有名气的上原一郎想法非常激进，一九八五年普天间"幻象机烧毁事件"发生时，他曾被列为重要证人并受到警方调查。这次森林里的御岳即将面临被拆除的命运，上原一郎对这计划的评语非常不客气，他说："这等于是踩蹋冲绳文化，也是一种侮辱信仰的行为。"另外，针对这项休闲胜地开发计划,以东京的市民团体为重心组成的"西表岛海洋与森林保护会"也一直不断进行着各种反对运动。但是上原一郎决定单独行动,他表示:"我要另树自己的反对旗帜。"岛上居民也认定他是"赤蜂的子孙",并支持他们全家继续住在建设用地的森林里。岛民都认为:"这是现代版的赤蜂之变[1]。"

至于全力推动休闲胜地开发计划的村议会,则对上原一郎的行为表示困惑,村议会说:"从没听过这号人物,现在正在进行调查。"而大型开发企业"KD开发公司"(总社位于东京)却否认即将重新评估工程,他们宣称:"上原一郎显然是非法占有,我们要求他立刻撤出。"关于这次事件究竟最后会如何解决,岛上居民都非常关心。

"天呀!"

站在平良商店门口的二郎摊开报纸后发出一声大叫。刊在社会版的新闻篇幅比他想象的大多了,而且爸爸的全身照居然是彩色的!这下上原家在森林里的生活不但要呈现在全世界的眼前,还会被贴上"反对开发休闲胜地"的标签。

"二郎君的爸爸好神气哟!"平良商店的老板娘看起来似乎很高兴,今天还是她主动把报纸拿给二郎看的。

"嗯,So cool!我也希望有这样的爸爸!"七惠这么说着,眼神充

---

[1] 一五〇〇年,石垣岛酋长远弥计赤蜂,为反对琉球朝廷征税而引起的抗争。赤蜂最后虽然战败,但八重山地区的人民至今仍对赤蜂怀有强烈思慕之情,并视之为民族英雄。

满向往。

"嘿嘿嘿。"桃子似乎并不反对七惠的说法。

"你白痴啊？"二郎在天真的妹妹脑袋上戳了一下，"这下爸更得意了，就像在东京时一样，会把敌人抓起来丢出去哩。"

"二郎就是喜欢穷紧张，嗝。"姐姐坐在摩托车上悠闲地喝着可乐，"跟法律作对终究不会赢的啦。所以不管怎么样，我们最后都会住进国民住宅，这不是很好？"

"就是因为赢不了才糟糕啊，就是因为不肯低头，所以才惹来那么多麻烦。"

"你好像跟谁很像啊。"

"讨厌，姐还不是一样。你什么时候开始变得这么像爸了？"

"怎么可能像他，我跟他又没血缘关系。"

"哎呀，洋子，是真的吗？"老板娘听到这儿，立刻露出好奇的表情。

"是啊，我妈是单亲妈妈……"

"这种事不要在这儿说啦。对了，白井，都是你阿姨把媒体叫来，才会变成这样的。"二郎向七惠埋怨着。

七惠则睁大眼睛反驳道："不是啦。我阿姨叫他们来，是因为自己要建监视岗哨，想叫记者来采访。结果提起上原君家的事情，还有岛民都很反对，报社觉得这些比较有趣，反而不再理会保护会了。我阿姨为了这事还很不高兴呢。"

"反正她本来就不该提我家的事。"

"哟，二郎君。"正说着，悠达和大城驾着小货车从他们面前经过，"你爸这下可有名啦。"车上的两张脸都挂着笑容。

"啊，是……"二郎迟疑着不知该怎么回答。

"哈啰，各位，都在干吗？"就在这时，班尼带着他的狗来到大家面前。他似乎是来购物，但也可能是来讨东西的。

"噢，你就是二郎的姐姐。早就听说过了，一直很想见你呢。"班尼故意很夸张地张开两臂走过去拥抱姐姐。而姐姐露出很受不了的表情勉强跟他敷衍一番。

"喂，班尼先生，你这是干吗？"没想到这时新垣巡警也驾着警车来了。二郎不禁纳闷，这个岛明明挺大的，怎么大家都冤家路窄地聚到这儿来了？

"洋子小姐，这家伙是住在露营场的怪洋人，你一定要小心点。"

"不用担心，我是绅士，尤其在美女面前，我更是绅士。"班尼说着捧起姐姐的手，很快地亲了一下。

"干……干吗啊？"新垣巡警涨红脸跑了过去，挤进他们两人中间。那动作简直就像在向大家宣示自己很喜欢上原洋子。

"新垣君，把那个什么班尼抓起来吧。"大城开玩笑说。姐姐抽回手，往二郎的衬衫上用力擦了两下。

"对了，这是什么？"

班尼伸过头来看着报纸问，因为他也想知道新闻里写些什么。二郎请七惠向他解释。七惠便英语和日语夹杂着开始向班尼说明。

"对对对，这新闻，可害惨我了。"新垣巡警转脸对姐姐说，"局里看到报纸，立刻打电话来责问：'你到底在干些什么？'因为KD去请议员帮忙，而那个议员好像又去逼迫我们局长。欸，洋子小姐，你可不可以去劝劝令尊啊？"

"不可能啦。我爸不会听我的。"姐姐冷冷地说着，一副事不关己的表情仰头喝光罐里的可乐。

"哎呀，这样下去，有可能会执行强制撤出。"

"这不是民事案件吗？警察不能介入民事案件的，不是吗？"

"要是KD去报案，就很难说了。局里现在唯一的希望，就是避免事情发展到这一步。"

"你们是想多一事不如少一事吧。"

"不是啦。"新垣巡警很气愤地反驳着。

"我是支持洋子小姐的。"班尼突然插嘴说，"请你们继续住下去。"

"我跟你说啊，占据那块土地的是我爸爸，你想要交朋友的话，去找我爸啦。"

"我跟你爸爸已经是好朋友了。"

"你究竟打的什么主意啊？"新垣巡警不高兴地瞪着班尼说。看来这件事情发展得越来越混乱了。

"喂喂！"这时又有人大声嚷着走来。二郎只知他是住在附近的中年男人，但不知他的名字。

"我刚从石垣岛回来，同一条船上，还有电视台的人哟。他们四五个人搭一辆大型旅行车来的，车上还装了摄影器材。都是东京人呢。还向我打听上原先生家在哪儿，我就画了一张地图告诉他们了。"

"谢谢，多谢你告诉我们。"姐姐冷冷地说。

旁边一群人你看着我，我看着你，不知如何是好，就连那只像风狮爷的狗也加入人群看着大家。

"哎呀。"新垣巡警重重地叹口气，"糟了。现在又来了电视台的人。电视上一播出来，全国都知道了。"

"反正先去瞧瞧吧，大家都到后面来。"大城指着货车后面的货厢说。

众人都像中了蛊似的静静地爬上货车。反正一直待在这儿也不能解决问题,只是货车一下子载这么多人,应该违反交通规则了吧?但新垣巡警似乎满腹心事,所以也没多说什么。

"我们也会上电视吧?"桃子说。

"等一下!"平良商店的老板娘突然嚷着跳下了货车,"我去化个妆,等一下啊。"

"不等了,不等了。"悠达冷冷地答道。老板娘只好板着脸重新爬上货车。

紧接着,小货车和迷你警车,再加上姐姐的摩托车,三辆车排成一列,一路朝神秘海滩奔驰而去。在路前方的遥远尽头,烈日的浮影正不断地闪烁摇曳。

到了家门口,电视台的访问节目早已展开。只见摄影师在一旁高举录影机,爸爸正在灯光的照耀下接受访问。而手里拿着麦克风进行访问的,是一名女记者。

"哦哟,这种场面我可是第一次看到。"

"电视台的人看起来果然很有气质呢。"悠达和身边的人你一言我一语,连连发表着感想。

人群前方还有两个男人,一看就知道他们不是电视台的,因为两人正忙着在二郎家门外和田里照相。不一会儿,两人走到二郎身边,手里握着笔记本向众人问道:"我是从《中央新闻》那霸分社来的,请问这儿有没有这个家里的人?"《中央新闻》是一家全国性的大报,连二郎都知道这家报纸。

"没有。"姐姐当场撒了个谎,"我们都是来看热闹的。"

这两人似乎比电视台晚来一步,现在正在排队等待采访。看来这新闻受到同行关心的程度远远超过了大家的预料。

"那各位都是岛上居民,可以请你们发表一下看法吗?"

"说什么看法，我们可说不出有深度的东西。嘿嘿嘿。"悠达不好意思地答道。

"啊，不能给我照相哟，今天可不能照。"平良商店的老板娘回答得有点牛头不对马嘴。

"我们都支持上原先生。这是一场正义之战！"班尼突然上前一步对记者说。

"正义之战？"

"对，上原先生是代表八重山民众起义的。"

姐姐皱了皱眉头。班尼主动向记者们解释人类与自然共存有多么伟大。这家伙！二郎想，他只是露营场的寄生虫，居然摆出一副岛民的嘴脸来了。

新垣巡警觉得自己不太适合待在这地方，所以暂时躲进警车去了。他觉得这样可以假装正在监视违法侵占的情形。

这时，爸爸在采访中讲得口沫横飞，声音大得连隔得老远的二郎都听得一清二楚。

"他们要是敢把御岳拆掉，我就烧掉神社向他们报复！如此一来，KD必须负起所有责任。因为御岳的重要性早已深植八重山人的精神深处！"

他在说些什么呀？二郎想，简直就像在跟警察讲话似的。不过那个电视记者的确很懂得诱导爸爸发表意见。

"我觉得上原先生现在的生活方式，也可以看成正在实践某种反权威运动的'慢活'（slowlife）。"

"噢，对啊。这话说得不错！拒缴税金的日子可真是某种类型的慢活。"

这下爸爸一定马上又成了国税局的敌人吧，二郎想。

姐姐似乎不想再跟眼前这一切扯上关系,她转身走到十兵卫的小房子前,抓起一把干草喂它吃。"咩——"十兵卫显得十分高兴。妈妈则忙进忙出给媒体记者端茶送水。

电视台的访问结束后,爸爸还在继续接受报社记者的访问。这时七惠的阿姨和保护会的其他成员也来了。

"喂,什么时候才来采访我们啊?我们从刚才到现在一直在海滩上等着呢。"她抓着电视台的人很不服气地抱怨着。

"是我们向电视台提供的情报呢。"

"对啊,按顺序应该先采访我们啊。"

一个故意把运动衫领子竖起来的男人看起来像是导播,他看了自己的手表一眼。"真糟糕!"男人心不在焉地低声说,"对不起,回程的船快出发了。这录影带必须在今天编好,才能赶在晚间新闻播出,你们那边的采访只好等下次了……"男人说着搔着脑袋,脸上露出歉疚的神色。

"什么……"保护会的中年妇女们一齐叫起来。

"太过分了。我还去找了村议会的会议记录传真给你们呢。"

"真对不起,我想我们还会再来的,到时候再来请教吧。喂,明美、阿金,要走了。"

电视台的人逃跑似的迅速地钻进旅行车。保护会的一群人满脸愤慨地看着他们走远了。

七惠的阿姨瞪着二郎说:"喂,你爸这是在讥笑我们市民运动吧?简直跟我们认真做事的人作对嘛。"

这种话跟我这做儿子的说有什么用……二郎想,但他又觉得眼前这种气氛下,最好还是不要反驳,于是他低下头,含糊地说了声"对不起"。

"七惠,你在这儿干吗?再不好好念书你妈会骂你哟。"阿姨接着转移目标,把火气发到七惠身上。

"那有什么关系!我爱待哪儿是我的自由。"七惠倒是不怕她阿姨,"阿姨你才应该好好找个工作吧?"

七惠的阿姨满脸涨得通红,二郎在一旁看了不免有点提心吊胆。七惠不怕回家以后被她阿姨修理吗?

风狮爷这时突然朝着保护会的人狂叫起来,因为它直觉这些人都是坏人。真没想到平日乖乖听话的风狮爷,竟突然露出这么凶狠的模样。

"喂,叫这狗不要再叫了。"

"狗叫是它的权利。"

"别乱说了!"

"嗯,我就告辞了。"新垣巡警走下警车对大家说。

"你不是警察吗?怎么不取缔他随便放狗出来呢?"

"真糟糕,他们好像是说今晚新闻就会播出?"新垣巡警的脸色十分阴暗。

"你没听清楚他们说的吗?"

"喂,新垣巡警,要走啦?反正顺便嘛,吃了饭再走吧。"姐姐说着走了过来。

"可是我得回驻所写日志……"

"那我在这儿吃吧。"班尼说。

"那……我等一会儿再回来。"

"你们这些人,根本没就把市民运动放在眼里!"听到这儿,七惠的阿姨终于发飙了。

风狮爷也叫得更大声了,而爸爸却根本不管周围的噪声,依旧口沫横飞地在那儿发表意见。

"上原君,我也在你家吃饭可以吗?"七惠用询问的眼光看着二郎问道。二郎当然立即点头答应了。

眼前这场闹剧究竟如何收场呢?二郎实在很担心,他无法相信这件事能够圆满地解决。

# 48

电视的影响力之大远远超过人们的想象，现在二郎终于逐步体会出这项事实。

先是有一群岛上居民前赴后继地跑来参观二郎家。这些人包括不同地区的渔民、农民，还有那些后来搬来的新岛民，譬如潜水教练、民宿经营者，除此之外，还有岛上其他学校的学生也跑来看热闹。

特别值得一提的是那些阿公阿婆，他们可不讲究客套。"哦，这里，就是这里。"说着，他们便主动走进屋子，甚至在回廊边坐下来休息一阵。最近爸爸经常出门捕鱼，所以总是由妈妈出来招呼这些不速之客。

"那块土地本来就不是谁的，拿去买卖才是怪事呢。"一个客人说。

这话虽然没什么道理，但听在耳里，却使人心里感觉非常舒服。

阿公阿婆们来参观的时候，必定也会带点食物来。上原家的存粮也因此越来越丰富。"现在就是被人切断粮道，我们也还可以坚持很长一段时间呢。"妈妈暗自欣喜地说。

紧跟在参观民众之后，是像海啸般连日赶来的各路媒体记者，包括报社、电视台，还有杂志社。其实他们只要派一名代表来采访就足够了，但这当然只是受访者的想法。可惜的是，这个国家的各路媒体总是担心落后别人一步，否则他们就感到不安。不过也好在媒体竞争激烈，所以岛上的民宿和旅馆最近天天客满，老板们各个心情大好，在路上看到二郎时，还会拿些纪念品和T恤送给他。

几乎所有媒体对上原家都表示同情，但另一方面，他们也都在背后搞些小动作，譬如到村公所或警察局，甚至到KD开发的办公室去追问："你们究竟要让那家人住到什么时候？"

说起来，岛上的世界非常小，岛上居民也没什么心眼，所以每次这类消息很快就会传进二郎耳里。就拿昨天来说吧，听说有家杂志记者到村公所逼问他们："快告诉我们强制撤出的日期。"

"媒体都是唯恐天下不乱啦。"姐姐厌烦地说，"看到别人吵架，他们会觉得吵得越厉害越有趣。"

二郎认为姐姐说得很对。因为他在平良商店看到电视里整天都在反复播放爸爸的激烈言论。画面要是被警察和税务机关的人看到，肯定会让他们对爸爸很生气的。

而最让二郎觉得电视具有影响力的理由，是爸爸在一夜之间成了知名人士，最近甚至还有观光团搭乘当天来回的巴士到森林里来拍纪念照呢。

这件事终于惹恼了爸爸，他马上在附近道路入口处竖了一块"禁止入内"的招牌。招牌的照片很快就上了报，旁边还故意登了一篇误导读者的报道，题目是"全面对抗即将展开"。

二郎对这一切感到很不安，他忍不住在放学路上给向井打了一个电话。"我爸的事，你们那儿听说了吗？"二郎问。

"哦，二郎啊？学校里每天都在聊这件事。你爸现在差不多算是明星了。"

二郎很沮丧。这下爸爸一定会更加卖力演出了。

"据我推测啊，都是因为你爸很有卖点啦。你看他身材那么威武，两道眉毛又粗又神气，但笑起来却又有点可爱，所以，媒体是舍不得放过他的。"

"你怎么像在说别人的事……"

"本来嘛。你看那个什么保护会的人也被访问了，可他们只是很普通的环境保护团体啊。好没意思啊，每个人额头上绑条布条，简直就是刻板模式。"

"什么是刻板模式？"

"就是那种到处都能看到的家伙，缺少新鲜感嘛。"

"不是因为这样吧？"

"不，我觉得就是这个理由。啊，对了，二郎你也上电视了，只是脸上被打了马赛克。"

"打马赛克？"

"是啊，因为你是小学生嘛，必须顾虑你的隐私权啊。好可惜。"

二郎深深叹口气，挂断了电话。他突然也想听听阿淳的声音，所以给他拨了电话。

"好厉害，你爸真是太厉害了。每天都上电视呢。"阿淳一接到电话就兴奋地嚷起来。

"我知道啊。"

"我现在仔细看看，才发现你爸长得好神气！"

"阿淳，别跟我说这些啦。"

"是真的呀！你看他先向摄影机瞪一眼，然后大吼'什么税金，不缴！'我妈看了都忍不住鼓掌呢。"

日本全国各地都有这种不负责任的观众吧，二郎想。

"有个主持人还说,今年的流行语大赏已经决定了,一定就是这句话。"

不要那么轻易决定啦,这种事情……

二郎此时有点明白事情为什么会演变成这样了。因为爸爸正好符合人们的兴趣所在,就像以前,多摩川曾经出现过的那只海豹[1]一样。

"暑假我们会去看你啦,从现在到暑假,你好好加油吧。"

"别开玩笑啦。"二郎忍不住提高嗓门。

不过听到了好朋友的声音,二郎心里总算比较踏实了。而更让他高兴的是,爸爸并没受到大家的唾骂,甚至还出人意外地获得大家的支持。

"来,吃棒冰,桃子也吃。"

打完电话,平良商店的老板娘满脸堆笑地拿出一支棒冰交给二郎,要请他吃。

"真是多亏二郎的爸爸,最近我们生意真好,因为媒体的人都到这儿来休息啊。今天上午,所有的面包和饭团都卖光了。"

"是吗?"

"等下我还会送点东西到你家去哟。"

"谢谢。"桃子天真地向老板娘道一声谢。二郎没说话,只吸了一下鼻子。看来爸爸现在是被岛上居民推着向前走了。

二郎和桃子回到家时,看到一大群媒体记者守候在森林入口处。虽说最近每天都会看到相同的景象,但今天这群人却好像有什么事,看起来乱哄哄的。一个记者看到二郎他们回来,立刻向前打招

---

[1] 一只在东京多摩川被发现的髯海豹,因为稀奇难得而备受人们喜爱,之后便以此河名来命名。

呼：" 喂，好像KD开发的负责人和村议员等下会来哟，你爸有没有说什么？"

"不知道，我们去上学了。"二郎打算继续前进，但记者挡在面前，他只好停下脚步。

"有情报说，他们要搭三点的船过来，你爸打算怎样？能不能帮我问问？"

"啊……？"

"喂，不要把小孩牵扯进来啦。"旁边另一名记者责备着，"我们不是说好了，不要问小孩的意见。"

"我不是在问他们意见啊。我只是想请他们传话给上原。"

空气一下子凝重起来，桃子不由自主地躲到二郎身后。

"这就违反我们的约定了，你还跟他家的大女儿说过话吧？"

"只是随便聊聊啦，连天气也不能谈吗？"

两名记者恶狠狠地瞪着对方。

"反正啊，大家已经说好了，除了他们夫妇之外都不准采访。你要是不能遵守这个约定，就不让你参加记者会了。"

"浑蛋，只是让你当干事，可没叫你这样管东管西！"

"没有你这样跟人说话的吧？"其中一人涨红着脸说。

"最先报道这则新闻的是我们。你们是后跟来的，还有什么好说的。"

"别再吵了，小孩都在这儿呢。你这大人有点羞耻心吧。"又有一名记者加入了争吵。

"你说羞耻心？把那家店里饭团全买光的，是你们报社吧？"

"我们现在是在说这件事吗？"

"就是这件事！"记者激动得口沫横飞。

二郎看到桃子几乎要哭出来了,他推开记者,带着桃子往前走。二郎现在隐约明白了每一则新闻背后的恩恩怨怨。总而言之,新闻记者最重要的职责,一是不能让别人抢到独家,二是必须会抢位子。

回到家门口,爸爸正在回廊边剖鱼。他手里抓着一条青色鳞片的怪鱼,看起来很恐怖。

"你爸抓来的哟。今天晚饭把它做成生鱼片。"妈妈在一旁崇拜地看着爸爸。

"欸,二郎,我也去捕鱼了。"姐姐满脸得意地抓着咕噜空鱼的尾巴。

"我也去了,洋子小姐很会钓鱼呢。"班尼在一旁插嘴说道。至于他为什么会在这儿,二郎倒是不太在意。

"反正我闲着也没事,就跟去啦,很好玩哟。我还练习了驾船,如果撑起帆来,我大概能驾得不错。"

"什么!你都差点撞到岩石上去了。"爸爸嗤笑一声说。

"我是初学者啊,没办法啦。"姐姐反驳着,看来她心情很不错。

姐姐以前那么讨厌爸爸的,现在居然愿意跟他一起出海?这到底是怎么回事啊?

"二郎,你在岛上的中学毕业以后,就去当渔夫吧。我当你的帮手。"

"这种事你可不要随便帮我决定。"二郎噘起下嘴唇说。

"大自然真是太棒了!以前住在东京的时候没考虑过都市以外的生活,来到这儿之后,才知道这种生活真不错。每天早睡早起,汗流浃背地工作,这才是人类生活的基本模式吧。"

这真不像从姐姐嘴里说出来的话。以前她每天都弄到三更半夜才回家,早上也是一直睡到中午才起床呢。是因为环境改变,人也跟着改变了吧。二郎想，譬如爸爸就是很好的例子啊。他到了西表岛之后，每天都在干活呢。

二郎有点理解姐姐态度改变的理由了。其实她也跟自己一样，有生以来第一次看到爸爸这么努力，现在他们才知道，爸爸那一身强壮的肌肉可不是为了好看。二郎和姐姐现在不得不对爸爸另眼看待了。

"媒体也跟去采访我们捕鱼的情景了。"姐姐说。

"为什么？"

"他们说想要向大众介绍我们自给自足的生活，可是我想他们只是想让画面有点变化吧。他们是搭悠达和大城的船跟去拍的，悠达他们也不客气地收了船租。"

悠达和大城脸上都露出欣喜的神色。二郎想，下次得叫他们请客才行。

"不过后来他们问到船只执照和渔业权的事情，可就很难回答了。"

"是吗？"

"谁知爸却挺起胸膛大声说：'这种玩意儿，没必要！'"

"谁去申请什么许可啊，不管是坐船还是抓鱼，都是个人自由！"爸爸说着笑了起来。

"说得对！"班尼也在一边不负责任地点头称是。要是按照最近新闻发展的模式来看，媒体一定很快就会去向警察或渔业公会打小报告吧。而爸爸现在手里的牌，只剩下鬼牌了。

不一会儿，突然有大批人拥进森林里唯一的那条小路。摄影师和背着灯具的工作人员全都倒退着往后走，而灯光聚集照耀之处，则是一群穿着西装的男人。一眼望去就知道，这是KD开发的人来了。他们的周围环绕着大批媒体记者。

"哼！这些企业的卒子，来了也是白来。"

爸爸哼的一声站起身，从回廊边走到院里站住。KD开发的男人们神情紧张地一步步走到爸爸面前。他们总共有三个人，都是中等身材，爸爸看他们的时候必须低头俯视。

几支麦克风一齐伸到爸爸和男人们之间。"不要推啦。""让开！"挤在后面的记者都在努力挣扎。

三人中看起来比较有地位的中年男人，从牛皮信封里取出一张纸递到爸爸面前，然后用很沉重的口气说："上原先生，这是这块土地的产权书，请你看清楚。"

"是谁跟谁谈过之后决定的？国家？县政府？无论跟谁说过，反正这不过是一张废纸。"

爸爸嘹亮的嗓音响遍四周，他面带微笑地在男人们面前挺起胸膛。转瞬间，镁光灯一齐发出闪光。

"那我要宣读最后通告了。"中年男人再拿出另一份文件，像颁发奖状似的把纸摊开。媒体记者连忙把麦克风举到男人头顶。男人轻轻咳嗽一声，开始宣读文件。

"有关撤出的最后通告。兹将敝社'KD开发株式会社'在西表岛东北地区进行之土地开发事业的开工日期，定为本文件送达后三日之内，请上原一郎先生尽速从所占房地撤出，如不遵照通告行动，敝社在开工同时亦将执行房舍拆除，对于因此而造成的家具财产之损失，敝社一概不负责任。此外，阁下如以静坐等行为表达抗议，敝社将立即采取法律手段制止。特此通告。平成十七年六月十八日。通告人：KD开发株式会社总经理神山一郎。通告代理人：田口正仁。被通告人：上原一郎先生。"

"烂文章！找不到更好的律师了吗？"说着，爸爸两手叉腰，下巴往外一翘,"不用说什么三天啦,明天就来吧。这样太浪费各位记者的出差费了吧。哈哈哈。"

这时所有的镜头都对准了爸爸,或许是因为他仰头大笑的画面很吸引人吧。

"总之,我们已经通告过了。请你收下文件。"中年男人脸色铁青地说。

"谁收啊。这玩意儿……"爸爸抓过文件,一下子就撕成两半。记者们脸上都露出了兴奋的表情。

"各位,都看见了吗?拍照了吧?敝社已经完成最终通告。各位都是证人。"男人的声音颤抖着。对这个上班族来说,爸爸这种人的存在简直是一种灾难。男人们转过身,很快地走出庭院。记者们继续举着手里的麦克风,希望爸爸能够讲几句话。

"喂,上原先生。"三个人里面只有那个秃头男人停下脚步,他转脸向爸爸说,"我是村议员,名叫座间。"

男人身上虽然穿着西装,但整体给人的印象却像个乡下暴发户。说实在的,这个脸色微黑的老头儿还是穿工作服比较合适。

"哦,就是你!就是你这建筑公司的社长,把这块土地三文不值两文地收购之后再拿去转送给KD的。"

爸爸向前一步,把脸凑近这个叫座间的社长,瞪着他看。

"不,哎呀,不要那么生气嘛。"座间社长低声说,"我现在要跟你说的跟KD没关系啦。我是以一个岛民的身份向你提议啦。我自掏腰包付你搬家费,你不要再闹了如何?"

"喂,各位记者,先不要走。这里有个大坏蛋呢!"爸爸大声嚷起来。正要离去的记者又转身走回来。

"他就是那个开建筑公司的村议员。刚才他想用钱收买我。"

"乱讲，乱讲！我什么都没说。"座间社长用力摆着两手表示否认。记者又一拥而上挤了回来。

"你给我记住！"座间狠狠地瞪了爸爸一眼，跨着大步离去了。

"让开！让开！这事跟我无关。"

那说话的口吻完全不像个村议员，反而令人联想到黑社会人物。记者一下子围上来，挤得座间寸步难行。

"哼！"爸爸不屑地从鼻孔里笑出两声，但这下他又多了一个敌人。

这时，二郎突然发现新垣巡警正愁眉苦脸地呆站在一旁。"上原先生，有没有办法让这件事和平解决呢？明天开始，县警局的支持部队就要到这儿来了。"

"可是，只要没人报警，警察不能介入民事纠纷的，不是吗？"妈妈问。

"如果想要找麻烦，很容易找到理由的啦。你看，无照驾驶，对吧？还有不实记载公文书，你们的迁出目的地写的是平良商店的地址，这太夸张了啦。"

"啊，那是我写的。"姐姐说。

"洋子小姐，连你也……"

"那把我也抓去好啦。我住在露营场也没有许可啊。"班尼说。

"你为什么会在这儿啊？"

"哼，冲绳的警察跟东京差不多嘛。"

"局长是从东京调来的专业警官。"

"你不会很气吗？就连冲绳的每个角落都被永田町支配了。你觉得没关系吗？"爸爸问。

"有时当然是很气愤啦……"新垣巡警垂下眼皮噘起嘴唇说。

爸爸不怀好意地笑笑说:"算了,先吃饭再说吧。"说完,便请巡警进屋里来。

"我跟你说,你可别被我爸做工作。"二郎把手搭在巡警的背上说。新垣巡警太善良了,二郎真有点替他担心呢。

晚饭端上桌的时候,悠达来了,家里又跟平时一样开起一场盛宴。三线弹奏的乐曲传入耳中,姐姐随着曲调跳起舞来,新垣巡警在一旁目不转睛地欣赏着姐姐的舞姿。

三天后,家里会变成什么样呢?二郎想,自己就是在这儿胡思乱想也于事无补。于是,他也加入了舞蹈的行列。跳了几步之后,他觉得跳舞还蛮有趣的。

国家这玩意儿,就算没有也可以吧?不知为何,二郎的脑中突然升起这个念头。

# 49

　　第二天开始，森林前面的路上有警车来驻守了。这次来的不是新垣巡警开的那种迷你车，而是从岛外运来的大型四门轿车。穿制服的警官们整天坐在车里监视着往来人群。不过因为停在附近的媒体车辆更多，所以感觉上倒没有特别紧张的气氛。

　　在隔着一段距离的远处，还有一辆伪装成一般车辆的警车停在那儿。因为二郎放学回家经过那部车前面时，看到车里有人拿着照相机给他拍照。这一定是公安，二郎想。虽然他还只是小学生，却已对这种事很敏感了。

　　电视新闻每天都有后续报道，更多的闲杂人等也不断地从本土跑来岛上参观。这些人还包括了一些左翼和右翼人士。左翼团体一来，也不征求爸爸的同意，就想表达他们也是同志，还准备在二郎家门口拉起反对开发旅游休闲地的条幅，最后跟警察发生了争执。

　　爸爸对这些东京跑来的左翼团体可是一点也不买账。"不要利用冲绳来搞反政府运动！"他低声警告着，这些专搞活动的人听了，紧绷着脸很不高兴。

　　二郎直觉上也很不喜欢那些人，因为这种趋炎附势的做法令他觉得恶心。

爸爸跟右翼人士的交手过程非常火爆。一开始，右翼的宣传车开到家门口，车上一个穿迷彩装的老头儿通过麦克风大声喊道："你凭什么说要火烧神社？"爸爸听了很火大，立刻提了一桶水泼过去。

"这种右翼的普通人，根本没资格谈神社！"爸爸骂道。

双方即刻陷入一场混战，警察只好赶紧跑来调解。闹了半天，双方好不容易都同意只动口不动手，改在媒体面前进行辩论。接着，经过了半个小时的吵闹之后，也不知怎么回事，双方竟彼此拍拍肩膀，变成了好朋友。

"上原先生，还是你独行侠厉害！"右翼团体的人说完这句话便离开了。

看来最后是江湖之间的惺惺相惜战胜了思想的分歧。二郎这时才知道，人类在芸芸众生当中识别自己的同类，其实是一种本能。

这天刚好是星期天，二郎决定跟爸爸一起出海捕鱼。不，其实是二郎主动要求爸爸带他去的，因为那条船原本就是二郎的，而且他早就想尝试一下钓鱼的乐趣。

妈妈、姐姐和桃子听说他们要出海，也决定一起跟去，于是全家都上船了。自打姐姐高中毕业之后，二郎全家还没一起出门过呢。妈妈开心地直嚷着："哎呀，好难得哟！"大家不约而同地微笑起来。

全家人都走了，家里只好请班尼和七惠，还有学校同学帮忙照看。因为第二天就是KD通告撤出的最后期限了，以防万一，爸爸还跟班尼约好，遇到紧急状况时，请他燃放信号弹通知他们。班尼脸上露出从未出现过的严肃表情，一副身负重担的模样。

媒体记者原本也想跟着全家出海，但被爸爸拒绝了，记者们只得退而求其次，一起跟到码头拍摄渔船出港的情景。

"桃子，挥挥手。"一名女记者要求着。

站在甲板上的桃子很听话地挥了挥手。霎时，周围响起一阵咔嚓咔嚓按快门的声音。桃子看起来很得意的样子。

"照片会登在报纸或杂志上吗？我好想留一份做纪念哟。"

"傻瓜，就是刊登了也会把你的眼睛遮起来了啦。"

二郎说的是实话，他在平良商店看过体育报上刊载的照片，他们几个家人的眼部都被画上了黑线。

警察看到爸爸要出门打鱼，却假装没看见。"喂，你们不来确认行动啊？"爸爸向便衣的公安刑警打招呼。"讨厌，把你回来的时间告诉我！"刑警没动身子，只露出厌烦的表情。

在前往码头的路上，爸爸把公安没有一起跟来的原因告诉了二郎。因为如果他们跟着出海，必然就会目睹爸爸无照驾船，而在媒体面前他们又没有当场取缔。爸爸无照驾船这件事，公安的上层现在并没指示他们处理。所以如果他们跟着上船反而为难，而且警察要出海，还有义务要向海上保安厅报备。这么一来，事情就更复杂了。说来说去，都因为警察也是政府的公务员啊。

渔船驶出海湾之后，海水变得更清澈了。海底的一丛丛珊瑚都看得一清二楚，而且整片海面呈现着绿宝石的色彩。

"哇，怎么会这么美丽啊！"桃子睁大眼睛叫起来。

"听说是因为珊瑚经过海水长年的侵蚀，细小的碎片都沉到了海底，而这些碎片反射着阳光时，海水就变成这样的颜色。"姐姐向桃子解释着。听说是上次出海时悠达告诉她的。

海风徐徐吹来，令人心旷神怡。轻柔的波浪在夏日阳光的照耀下，不断地闪烁着光辉。几只海鸟正在头顶的天空盘旋飞舞。这里简直就像天堂啊！二郎有点无法相信回家之后还得面对强制撤出的问题。

全家除了爸爸留在驾驶舱之外,其余四个人都在船头的甲板上席地坐下,众人不约而同发出几声赞叹,显然大家都觉得眼前这一刻是幸福的瞬间。

"欸,你们知道南波照间岛吗?"妈妈问孩子们。

"不知道。"三个人回答道。

"在波照间更靠外海的地方,还有一个小岛,地图里面没有的,那就是南波照间岛。"

"哦,就是爸常常说的,那个八重山的秘密乐园。爸还说,八重山的人都守着这秘密,不愿让内地人知道呢。"姐姐说着把一双修长的腿伸出来放在甲板上。

"我也听爸说过。原来那岛叫南波照间啊。"

以前在东京的时候,二郎常听爸爸说起将来要搬到那个小岛去住。当然他一直以为爸爸是开玩笑,从来没把这话当真过。

"那个岛啊,没有任何人统治,也没有战争,大家都过着自给自足又自由自在的日子。"

"好棒哟!那里算是日本吗?"桃子问。

"不是。所以说那里不是一个国家,只能算个社区吧,只是很多人聚集在那儿而已。因为大家都不愿让它变成哪个国家的领土,所以一直拒绝标示在地图上。"

"哦?还可以这样啊?"

"傻瓜,只是传说啦,怎么可能是真的?"二郎对桃子说。说完,他翻身躺在甲板仰望天空。蔚蓝的天上一片云也没有。偶尔迎面飘来几粒水滴,洒在身上令人觉得很舒服。

"可是,我现在看到这片大海,突然觉得那传说可能是真的呢。"

妈妈说。

"嗯……是啊,也对啦。"二郎也有点相信这个传说了。

"的确,住到南方小岛来之后,物欲逐渐消失了。"姐姐的表情看起来很愉快,"然后,就不需要政治和经济了,国家也就没有存在的必要啦。"

"好难懂啊。"桃子皱起眉头说。

"只要有人想赚大家的钱中饱私囊,即便只有一个这样的人,政治和经济就会随之诞生。如果不是因为有人想赚大家的钱,政治家或资本家根本没必要存在。因为我们就算没钱,只要大家一样穷,照样可以过得很幸福啊。"

"越说我越不懂了。"

"桃子还想搬回东京去吗?"妈妈问。

"很难说。"

除了桃子之外,其他三个人都忍不住大笑起来,而且笑了很久都没法停下来。

二郎觉得肩头一下子变得好轻松。现在他才明白,以前自己实在活得太用力了。而现在这种解脱的感觉又究竟是怎么回事?他忍不住深深叹了口气,这口气可说是他有生以来叹得最沉重的一口气。

他站起身张开两臂,让风吹遍自己的全身。桃子看他似乎很舒服的样子,也学他张开了两臂。"我也来。"姐姐也跟着站起来。最后,连妈妈也摆出同样的手势,四个人就像风筝一样迎风招展。

"你们几个在干吗呀?这样空气的阻力会变大的。"爸爸坐在掌舵的椅子上高声说道。

"我觉得搬到南波照间去住也好。"姐姐说,"爸不是想去吗?"

"哼,那地方让你们住太可惜了。"爸爸轻笑一声说。

爸爸的皮肤已被太阳晒得黝黑，他现在看起来就像一名天生的渔夫，全身上下已闻不出一丝东京的气息，二郎觉得爸爸已回到属于自己的地方。

"二郎，让你操纵一下，过来。"爸爸对他招手说。

"嗯，我来，我来。"

二郎握住舵轮，没想到这玩意儿如此轻巧！他感到有点意外。即使是一道非常微弱的波浪，经由舵轮传递到他手里的力道却很强劲。他把全身力量都用在两只脚上，双眼瞭望前方。"你又长高啦。"爸爸在身边对他说，二郎也有同感。

船锚抛在珊瑚礁的缝隙之后，众人便着手钓鱼。船身停泊的海域是一片浅滩，海水清澈见底，只见鱼儿优雅地在海中游来游去，海流漂过珊瑚表面，带动珊瑚来回摇曳。

姐姐上次已出海钓过一次鱼，所以今天很迅速地准备好钓竿，抛出渔线。那动作非常熟练，而且不到三分钟就钓到了一条鱼。那鱼看起来有点像大型金鱼，全身的色彩非常鲜艳。

"二郎，看到了吗？看到了吗？"姐姐得意地笑着说，"我是不是很有这方面的天分啊？真不好意思。呵呵呵。"才说完，姐姐又连着钓上来三条鱼，全都活蹦乱跳的，丢在甲板上。

"二郎你也来试试。"姐姐催促着。

二郎抓起钓竿将渔线抛向珊瑚礁下的暗处，因为他觉得那儿似乎是鱼儿喜欢藏身的地方。然而，等了五分钟，浮标始终没动，虽然看到很多鱼在下面游，却都不肯上钩。

"因为你心有杂念啦。要不是像我这样心无旁骛的人，鱼是不会对你敞开心扉的。"

"姐,你太吵啦。"

两人正说着,爸爸也钓起了一条大鱼,看起来至少有十公斤那么大,鱼的脸长得很丑,据说叫作拿破仑鱼,一眼看去就是热带鱼的模样。

"这很难勾起我的食欲。"

"这种话应该等自己钓到了再说,不是吗?呵呵呵。"姐姐紧追不舍地调侃着二郎。

"喂,我也要钓。"桃子吵着说。但船上只有两根钓竿,她闲在一旁觉得很无聊。

"等我钓到再说。"

"什么时候会钓到啊?"

"大概要等到下星期吧。"姐姐说。二郎听了心里更加不高兴了。

就在这时,二郎觉得自己的渔线像被什么东西用力拉着。"来了!"他大叫起来。渔线的前端有个巨大的黑色阴影,钓竿被那个物体拉扯得几乎要折断了。这可是一条大鱼!姐姐和桃子都从船舷伸出身子,眺望着海中的猎物。

"喂,要回去啦。"耳边突然传来爸爸的声音。

"我钓到了,我钓到了!"二郎拼命卷着渔线。

"把线切断,情况紧急!"

这句话让二郎转过了头,他看到爸爸的下巴向天空指了一下。顺着他指的方向往小岛看去,一道红色烟幕笔直地冲上天空。是信号弹!二郎感到背上传过一阵冷战。

"怎么回事?不是还没到最后期限吗?"

"我怎么知道,反正是发生了什么事吧。"

二郎毫不痛惜地用剪刀剪断了渔线。那条幸运的鱼儿一眨眼便消失在珊瑚后面。爸爸迅速地奔进操纵室。"抓紧啊。"说着，船头便朝着小岛的方向快速回转，船身随之剧烈倾斜，引擎也发出阵阵怒吼。

"太卑鄙了吧，趁着我们都不在家，太卑鄙了。"

姐姐脸色苍白地大声咒骂着，桃子紧紧抱住了妈妈。这时，天空又升起一枚信号弹。一个闪亮的光点拖曳着黑、红两色组成的烟柱，像火箭般直冲云霄。

班尼没事吧？还有七惠和学校的同学们……二郎心头泛起一阵悲哀。天空里的海鸟却不管人类的心事，一路嘎嘎叫着追了上来。

渔船快靠岸时，远远就看到大城赶来迎接。站在岸上的他一边挥手一边急得连连跳脚。

"快，赶快！座间那浑蛋用卡车运来了油压挖土机。"大城说着接住爸爸抛过去的绳子，绑在码头的船墩上。

"那个死要面子的老头儿！这次在KD面前脸丢大了，所以他现在带着自己公司的年轻伙计来拆房子啦。"

二郎眼前浮现那个秃头村议员的脸。他和KD开发暗中联手搞鬼的事，现在整个岛上的居民都知道了。

"警察呢？还有媒体呢？大家都只在一旁看热闹吗？"妈妈问。

"不知道。我只知道赶快跑到这儿来。大家快上车吧，坐那个耕耘机来不及了。等下再叫人来把它开回去好了。"

"班尼呢？还有七惠呢？"姐姐问。

"也不知道。现在有新垣君负责看守，他们应该还没动手。"

二郎全家都跳上小货车后面的货厢，车子沿着公路向前猛冲。"要是被拆了怎么办？我们就无家可归了。"桃子说着像是快要哭出来了。原本期待搬进国民住宅的桃子，现在竟为那房子操起心来。

其实二郎也跟桃子一样。这几天他突然对那栋房子生出了感情，因为自己为它花了那么多心血，现在它就像自己的家人般。再说还有十兵卫的小房子，那可是他亲手盖起来的啊。

车子渐渐驶近森林入口，原本守候在森林前面的媒体记者都不见了。几辆空着的旅行车停在那儿，像是蝉蜕皮后留下的空壳。几名便服警察不时朝着森林小路的另一端张望着，不知那头正在进行什么行动。

"喂，怎么回事？"爸爸向警察问道。

"上原先生，对不起，这件事我们无法介入。没有伤者出现的话，我们也不会踏进土地一步。"

"我是在问发生了什么事。"

警察指了指小路的另一端。众人转眼望去，只见靠近耕地入口处，围着一群媒体记者，而挡在他们面前的，是一道蓝色墙壁。

"建设公司的人用蓝色塑料布把里面遮住了。因为这是私人土地，我们无权侵入，这一点请您谅解。不过我们叫辖区警察跟他们说了，先让里面的孩子都出来。"

"是吗？了解。"

几名记者正往梯子上爬，企图看清屋里在做些什么。蓝色塑料布这时则传出了阵阵重机械的声音。

"建设公司事先也没料到里面有小孩吧。他们先是吓了一跳，不过好像已经不能打退堂鼓了。"

"是吗？"爸爸转身正要往小路走去。

"我说，上原先生啊……"警察叫住爸爸，"你可真奇怪，本来听说你搬到冲绳来了，我们还很紧张，以为上原一郎又复活了，这下可是冲着美军基地来的，却没想到你跑到西表岛跟这种烂中介和建筑行业作斗争，看来是我们的上司紧张过头了。"

爸爸沉默地看着警察，半响，他才吸了口气答道："我是在追寻乐园，仅此而已。"

"哈哈，乐园啊，活这么大把年纪了，还相信有这种东西啊？"

"无法追寻乐园的人，跟你说了也是白说。"爸爸说完便转身朝小路的另一头奔去，家里其他几个人紧跟在爸爸身后。媒体记者这时也发现了爸爸的身影，一起冲过来围在他身边。

"里面好像要进行强制撤除工程了，您是否要继续抵抗？"

"他们没遵守通告的期限，您对这件事有什么看法？"

记者们争先恐后提出一连串问题，蓝色塑料布的另一端除了重机械的声音外，还夹杂着人声和风狮爷的狂吠声。

"你们是在这里看热闹吗？那里面还有小孩啊。"

"有几个人正要从海边抄进去，还有岛上的驻警也在设法说服那些人。"

"讨厌，让开！"爸爸大声吼道。

他推开记者直接走到塑料布墙前面。那块塑料布并非只是挂在墙上，而是用一层铁丝网罩在外面，高度约有三米。"准备得很周到嘛。"爸爸使劲朝那块蓝色塑料布踢了一脚，外面的铁丝栅栏虽摇晃几下，但四周都用铁丝绑着，所以整面墙丝毫不受影响。

"喂，二郎，站到我肩膀上来，看看里面！"

"嗯，知道了。"

爸爸蹲下身子，二郎光脚踏上他的肩头。"起来喽。"爸爸说着站起身来。二郎觉得自己的眼睛一下子长高了，甚至还生出错觉，以为自己突然变成了巨人。他伸手抓住栅栏向里面窥视，只见挖土机正伸出铁爪插进屋顶。二郎见状大吃一惊。

"爸,里面正在拆房子!"

"你快进去,我也马上就来。"

二郎用力在爸爸肩头一蹬,朝向栅栏扑过去。"二郎,小心啊!"背后传来妈妈的声音。他的腿已经跨过栅栏,并向铁丝网背面跳下去。落到地面的瞬间,他滚倒在地,不过又立刻一翻身爬了起来,快速地朝向屋子跑去。

门前有五六名身穿工作服的男人,还有两台重型机械,一台是挖土机,另一台是推土机,两台机器都吐着黑色废气四处游走。院中的石墙已被推土机推倒了。岂有此理!二郎心底叫道,这可是当初移居到此的先民亲手砌起来的啊!耕地里看得出履带轧过留下的痕迹,显然挖土机已从田里横越而过。

好不容易跑到了家门外,二郎往里面一瞧,全身都变凉了。只见班尼和几个孩子全都死命地抱着客厅的梁柱。"住手!""快住手!"众人齐声叫喊着。二郎惊讶得一个字也说不出来。他实在很难相信眼前的景象。风狮爷仍旧不断地向挖土机狂吠不已,十兵卫则胆怯地躲在自己的小房子里,整栋屋子陷入天摇地动的状态。

屋前的空地上,二郎看到座间社长正对着新垣巡警怒吼。

"你到底帮谁?难道你要帮助那些非法侵占的外人?"

"总之请你先停手,这样孩子们很危险。"新垣巡警则使出全身力气设法阻止座间和他带来的几个人。

二郎跑进了家门。

"上原君!"七惠一看到他便大声叫起来,"他们这几个人好过分啊,突然跑了进来,就要动手拆房子。"

朋子和春奈正擦着脸上的泪水。佑平和健太则咬紧牙关不让眼泪流下来。

"我一个人留在这儿就够了,大家都先出去吧。"班尼说,同时拿出绳子把自己的身体捆在梁柱上。

二郎胸中突然涌起一股暖流。不久之前,这些人都还只是陌生人,而现在,他们已经成了自己的伙伴,正拼命地想帮助自己保护家园。

就这时,重机械的声音停了。操纵机械的男人从座位上滚出来,摔得四脚朝天。众人一齐转头望去,原来是爸爸!爸爸把那个工人从座位上拉了下来。

"你这浑蛋!"

年轻工人看起来有点像暴走族,他涨红着脸从地上爬起来扑向爸爸,只见他右臂一挥,笔直地朝爸爸打过去。

爸爸没有躲闪。一声沉重的撞击声传入众人耳中,男人的拳头直接命中爸爸的脸颊。那一瞬间,在场的人都倒吸了一口气。

"……喂,你看到了吧?是他先伸手打人的。"爸爸低声说着,嘴角浮起了微笑。这时他的眼中露出了凶狠的光芒。他伸手抓住工人衣襟,轻而易举就把那尖下巴的男人举到头顶上。

"哎呀,"新垣巡警大声嚷着朝两人跑过去,"不行,不行啦!"

男人脑袋朝下地从空中飞了过来,正要跑过去的新垣巡警很不幸地被击中了,两个人一齐倒在地上。新垣巡警蜷着身子趴在地上呻吟着。

爸爸不再理会地上的两人,转身朝座间慢慢走过去。他用力摆动肩头,大步向前迈进,二郎觉得爸爸看起来有两米那么高。

"喂!你,你,你不可以使用暴力。"座间社长故意虚张声势挺起胸膛说,但那声音尖厉得几乎破音,膝盖也不住地颤抖。

"你们在我的乐园里干的好事!"爸爸一直走到座间面前,把脸贴近他说。

"你说什么？这可是KD开发的土地。"

"那你是KD养的狗喽？"

"什么！你这外面跑来的野人。"

"上原先生，别这样啦！"新垣巡警好不容易从地上爬了起来，摇摇晃晃地走到两人之间。

"喂，警察，把他抓起来！他对我们年轻工人动武。"座间社长一脸激动的表情说。就在这时，几名记者已穿过海边的森林跑了过来，其中还有背着摄影机的电视台人员。

"喂，各位记者先生，请过来照相！这就是刚才打架的现场。这个非法侵占者把我们的工人打倒了。不过我先把话说清楚，今天并不是KD开发叫我们来的，我们只是善意的第三者。因为这位从东京来的前激进派全家，不，不是前激进派，他现在仍是激进派，他们全家企图妨碍我们岛上的开发活动。休闲开发计划对离岛来说是梦寐以求的愿望，只有从外地搬来的人才会反对这种计划。他们这些人打着什么保护环境、慢活什么的一大堆宣传标语，从事他们的反对运动，阻止当地的开发活动，可是等到他们自己小孩中学毕业了，就用家庭因素当借口，马上搬回内地去了。这家人也一样，他们根本不打算在这儿住一辈子，反对运动只是内地人自我满足的手段啦！"

座间社长一面夸张地指手画脚一面对记者诉说着。铁丝栅栏不知什么时候已被拆掉一段，外面那些记者全都拥了进来。他们抬头看到被挖土机戳穿一半的屋顶，全都惊得目瞪口呆。

"我们会一直住在这儿，上原家一辈子都住在这儿！"姐姐突然向前踏出一步。众人的视线立刻转到她身上，只见她红着两眼说："那休闲开发公司打算在这儿开一辈子的旅馆吗？其实他们的目的是赚钱,等到没钱可赚的时候,他们才是立刻掉头走人呢。类似这种废墟,日本全国都有!"

"说得对!开发是没有止境的,人类对金钱的欲望也是没有止境的。"班尼解开身上的绳子,从梁柱边走到座间社长面前,对他伸出食指左右摇晃着说。

"说得好听!那你们就在这种没医院、没商店的岛上住一辈子看看吧。"座间社长口水四溅地反驳道。

"所以你就搬到石垣岛去了?"大城一步踏到座间面前说,"你这种人,是你抛弃了我们的岛!"

"你说什么呀?我只是因为工作关系暂时离开啦。我的户口登记在这儿,税金也是在这儿缴啊。"

"下次选举可有趣了,座间先生。"

"闭嘴!下次选举的时候,这里已经跟石垣市合并了,选区也要改了。"

"别跟他啰唆了!"爸爸说着走过来,把大城和班尼推到自己身后,"我们继续吧。"说完,爸爸便把座间抓起来扛在肩上。

"不行啦!"新垣巡警跑过来紧抓着爸爸说,"你要是被逮捕就麻烦了,不是吗?留下您太太和洋子小姐她们在这儿怎么办呢?"

记者们这时也赶忙过来劝架。"上原先生,唯有暴力这件事,我们是无法坐视不管的。这件事我们可得详细地报道出来。"说着,几名记者一齐帮忙把座间抬了下来。

"哼,那今天就饶了他吧。"爸爸说着拍拍两只手。

座间社长喘着粗气推开人群。"喂,走了!把挖土机和推土机开出去。"他向部下指挥着,说完自己也跳上卡车,同时拉开车窗,朝外面吐了一口唾液。

"明天就是最后期限,到了明天KD就要去报警,然后你们都会被逮捕。我可是好心想先帮你们解决问题。"

"蠢猪,别再不服输啦!"姐姐大吼一声。二郎对姐姐的强悍感到很吃惊。她才真的像是爸爸的女儿呢。

重机械再次发出吼声,并且缓缓地向院外移动。屋顶的大洞赤裸裸地展现在众人眼前。风狮爷激动地追着重机械,一路跟在后面狂吠不已。座间社长的卡车发动引擎向前驶去,就在那一瞬间,风狮爷猛地朝卡车前方冲过去。

"汪!"一声尖锐的惨叫传进众人耳中。那一声濒死的叫喊,将永远回荡在人们耳中。

"风狮爷!"班尼的脸色唰地变成惨白,急忙向前奔去。

卡车发动引擎扬长而去。风狮爷则静静地躺在地上。

"风狮爷,风狮爷!"班尼跪下身子,紧紧抱住风狮爷的身体。二郎和其他人也迅速地跑过去。

鲜血从风狮爷嘴里流出来,它紧闭着双眼,身子一动也不动。因为它已经失去了生命。

"哇……"佑平和朋子张开嘴大哭起来,桃子和春奈也忍不住流下眼泪,健太和七惠铁青着脸站在一边,妈妈和姐姐连忙走上前,把几个正在哭泣的孩子拉到身边紧紧抱着。

大颗成串的眼泪不断从班尼眼中流下,他用悲伤的声音反复地喃喃自语,二郎似乎听到他说的是"Oh my god"。

众人呆呆地伫立着,好一会儿,没有任何人开口说话。

风狮爷的尸体被毛毯包着,埋进了森林御岳旁的泥土里。"我可以在这儿立个十字架吗?"班尼向大家问道。众人当然立即点头表示赞同。

"这里可能会被KD挖出来。"爸爸说。

"所以这块地绝不能让给他们。"班尼答道，他的脸上露出了从不曾出现过的严肃。

"孩子们，呼唤它的名字吧！叫名字可让它转世。这是这儿的习惯。"大城对大家说。几个孩子听了，齐声喊起风狮爷的名字。

"风狮爷，风狮爷，风狮爷！"

二郎眼中的泪水终于夺眶而出，七惠的眼睛早已变得红肿。

不一会儿，众人开始动手修理屋顶。其实严格来说，这只能算临时的应急措施。因为大家只是拿一块塑料布把屋顶盖了起来，几名在场的记者也过来一起帮忙。

"KD大概很着急。因为警察不肯接受他们报警……座间可能因而感到压力很大——虽然KD并没直接对他说什么。"一名记者突然开口说。

"是这样？"爸爸问。

"其实KD从一开始就已把损失报告写好了，可是警察总是找出各种理由推托，不肯受理他们报案，而且还暗示他们最好私下解决。"

"为什么呢？"姐姐问。

"不客气地说，这种纠缠不清的麻烦案件，警察才不想插手呢。现在大家的注意力又都集中在这件事上面，万一弄不好，警察会被说成是企业的走狗，只会让警察的形象变得更坏，不是吗？"

"任何事情都有黑暗的一面啊。"姐姐哼了一声说，"警察可真会自我陶醉呢。"

一旁的新垣巡警听到这话低下头，躲在人群一角。

"不过新垣巡警可不坏。真的，我很感谢你。"

"嗯，真的很感谢你。今天多亏你保护这些孩子呢。"

姐姐和妈妈都异口同声对巡警表示慰问，桃子也走到他身边，温柔地摸摸他的背，二郎则走上前，对巡警说了声："今天多谢你了。"

爸爸却一直沉默着没说话。二郎原以为他会表现得更激动、更愤怒的，但他只是走进田里，查看着被重机械压坏的耕地，然后拿起锄头把还能修复的部分恢复原状。爸爸的静默反而令他显得有点恐怖。显然爸爸是正在拼命压抑着内心的情感，如果有人现在跟他说些什么，他的怒气一定会立即爆发出来的。

黄昏之前，悠达和平良商店的老板娘，还有许多岛上的居民都到二郎家来表达慰问之意。每个人都对座间社长感到气愤，而且都叹息着岛上竟然选出了这种议员。

不久，学校的老师们也来了，他们似乎很担心学生的安全。"真对不起，以后我们要禁止学生到这里来了。"校长用坚决的口吻说。爸爸和妈妈也表示完全接受校长的意见，因为她的决定是正确的。爸爸还很诚恳地向校长道歉，并且自责地表示不该让几个小孩留下来看家。

森林保护会的人倒是没有任何消息，或许他们对媒体再度忽视自己觉得很生气吧。

这天晚上，爸爸突然对妈妈说："阿樱，今晚你带着孩子们到悠达家去吧。"听爸爸的口气，好像已经下了什么决心。

"明天就找新垣君帮忙，去办好申请入住国民住宅的手续。本来我最不喜欢麻烦公家的人，但是现在情况紧急，利用公家也是一种战略啊。这里只留些日常生活最起码的必需品，其他东西都带走吧。粮食也带走，十兵卫交给班尼好了。就这么办吧。"

全家人听了爸爸的话，都露出难以置信的表情。爸爸是打算一个人继续奋斗下去！这想法已从话里清楚地传达到每个人心里。

"洋子，听清楚了吗？"妈妈转脸向姐姐说，"就这么决定了，二郎和桃子就交给你了。"

姐姐却没弄懂妈妈的意思。"……什么意思啊？"

"妈妈要留在这儿。因为我跟你爸是夫妻啊，而且大家也认为我们都是搞活动的。你们知道吗？从前我当学生的时候，外号是'御茶水的圣女贞德'哟。因为我被防暴警察用高压水枪喷水不知喷过多少次呢。"妈妈带着一丝调皮的眼神说。

"不行！你在说什么？"

"对啊，只想让自己快乐。"

爸爸和姐姐同声表示反对。

"我也要留下来。二郎，桃子就托付给你了。"姐姐说。

"不可能吧？叫我们小孩自己过活吗？"二郎不假思索地反问道。

"不会有问题的！如果托你的话，一点问题也没有。你已经不是小孩了，不是吗？"

"洋子，你不能这样！你要照顾二郎他们啊。"

"阿樱，你也不能这样。你是他们的母亲，不是吗？我要叫你自我批判喽。"

"可是两个人总比一个人好啊。"

"那三个人比两个人更好吧。"

"洋子你不能这样。"

"为什么不能？"

全家人随即陷入一场论战。"那我也留下来！"二郎坚决地说，可是没人理他，只见三个大人各自挺出身子反驳着对方，二郎和桃子闲在一边简直插不上一句话。

"茶!"后来还是爸爸下达一声号令,妈妈才不大情愿地去倒茶。桃子这时早已睡着了,可能是因为白天紧张了大半天,心情好不容易松懈下来的关系吧。二郎拿了一条毛巾被替她盖上。

在争论了将近一个小时之后,爸爸和姐姐屈服了,决定让妈妈留下来陪伴爸爸。

"就这么决定了,二郎,你们要听姐姐的话哟。"妈妈说。

"嗯。"二郎心里虽然不太满意,却也无计可施。当小孩真的很吃亏,他想。

姐姐叹了口气。"我也很想去丢个汽油炸弹啊。"她有点不服气地说出惊人计划。

二郎忍不住向爸爸提出自己的看法。"既然岛上的居民都反对,KD应该会放弃吧?"他的疑问里仍旧怀着一丝希望。

爸爸凝视着空中,脑中正搜索着适当的字句。接着,他喝了一口茶,才开口对二郎说:

"二郎,这世界上有些事情是可以采取抵抗到底的手段,促使它慢慢发生变化的。譬如奴隶制度、争取公民权运动等,都是这样。平等并不是具有仁心的权威者主动赋予人民的恩惠,而是要人民从抗争中去争取的。如果没有人站出来争取,社会永远都不会改变。而你老爸就是其中的一人。懂了吗?"

二郎沉默着点点头。

"你不必跟爸爸学,你只要按照自己的想法活下去就好。爸爸的肚子里啊,有一种自己也没法控制的虫子,我要是不照那虫子的意思做,就会变得不像自己。总之一句话,你老爸是个傻瓜啦。"爸爸说完像在嘲笑自己似的翘起了嘴角。二郎有点吃惊,因为他没想过爸爸会对他说这些。姐姐也在一旁露出讶异的目光。

妈妈却垂着眼皮笑起来。"来，现在我跟你爸要准备明天的事了，孩子们快点到悠达家去吧。"说着，妈妈站起身动手收拾茶杯、茶壶。

姐姐仰面躺在地板上，手脚撑开像个"大"字。"天花板破了一个洞呢。"她自言自语似的低声说。

二郎扶着桃子把她拉到回廊边，然后帮她穿上鞋子。桃子已经睡得像个洋娃娃，二郎只好把她背到耕耘机前，横放在车后的货厢上。

接着，二郎又把三个人的被子也堆上货厢。姐姐一个人爬上驾驶座。"真没想到还会轮到我来开这玩意儿。"她喃喃自语着露出苦笑。

耕耘机离开了家园。二郎和那堆被子一起躺在货厢上。耕耘机发出咔嗒咔嗒的声音向前驶去。

肚子里的虫子？爸爸的话又在二郎耳边响起。

爸爸很清楚自己是不会赢的，但即使如此，他还是决定奋力抵抗。现在无论从哪个角度来看，二郎都觉得这件事不可能会有圆满的结果。爸爸这次一定会被警察逮捕的。

如果真的有南波照间那样的地方就好了，二郎想，爸爸在那儿就能自由自在地活下去。那是一个比波照间更靠外海的秘密乐园！

天空里的星星正不断闪烁着光芒。

# 50

第二天学校早会的时候,校长跟大家谈起昨天的事情。"同学们暂时都不能再到上原君家里去了。"校长脸上带着微笑,语调却坚定得不容商量。接着,校长又向学生们解释事件发生的原委。

"上原君全家经由石垣岛的长老桑拉介绍,搬到这个岛上来住。而他们所住的那块土地,不知在什么时候变成东京一家休闲开发公司的财产了,因此现在才会发生强制撤出的问题。"

二郎听到这儿,心中一点羞愧的感觉都没有。他知道眼前这些人都是跟自己站在一边的。而且这个学校的师长对事情毫不隐瞒,他不禁从心底生出尊敬的感觉。要是自己还在东京的学校,老师肯定对这类纠纷绝口不提,并且尽可能地瞒着学生。

"究竟谁是谁非?老师和岛上居民现在还不知道答案。因为这里也有些人是支持建设旅馆的。不过有一件事,老师现在可以告诉大家,那就是,你们小学生分内的事,是学习。小孩不应该插手大人的事。每个大人的内在都是善恶并存的,小学生不该跟着大人瞎起哄。如果现在有什么事让你怀疑或感到奇怪,请你把这件事记在脑子里,等到自己长大成人之后,再用自己的头脑判断,老师希望你们将来都能长成一个站在正义这边的大人……"

听了校长的话,二郎觉得深受鼓励。他并不认为自己的爸爸算是站在正义这边的。爸爸不愿受人支配,想靠自己的力量活下去,这些都是他自己单方面决定的。

回到教室之后,山下老师走过来对二郎说:"刚才驻警来电话了,说是你们今天就可以搬进国民住宅,所以你今天放学回家要到国民住宅那儿去。老师这下总算比较放心了。原本我还在担心,要是座间那个老头儿胆敢伤害上原君或是桃子,老师一定要跟他算账的!"老师说着半开玩笑地比出一个空手道姿势。二郎很开心,他觉得自己真的很喜欢这所学校。

七惠也向他报告了保护会那边的情形。

"他们现在心情糟透了。据说保护会的人去座间建筑行抗议过,结果他们推说'现在很忙'就把保护会的人赶了出来。我个人的看法是认为,我阿姨那群人就是想叫别人对他们低头。而最简便的办法,就是打着正义的旗帜到处找碴儿。因为你看嘛,那个团体的领袖一直都在东京,他跟这个岛根本没有任何关联。"

听了七惠这番话,二郎打从心底对她大感佩服,因为这根本不像同龄者的发言。哪天一定要想办法让七惠跟向井见上一面,二郎想。

这天在学校上课,二郎实在无法专心听讲。因为今天是KD到家里强迫爸妈撤出的日子。爸爸看样子是打算抗拒到底。今天家里一定又像昨天那样,会再度出现打斗场面,而爸爸最后一定会被逮捕的。

第六节课一结束,二郎立刻奔出了校门。桃子这天只有五节课,她已经先回家了。

"等我啦!"七惠从后面追上来说,"你要去神秘海滩,对吧?我也要去。"

"老师会骂你的。"

"没关系，没关系，反正大家都已经去了。"

七惠提议先经过她家，二人骑她的车到国民住宅，然后二郎在那儿换乘自己的自行车。

两人骑上七惠的山地自行车从她家出发，车子后面并没有货架，七惠只好站在车轮架上，抓着二郎的肩膀。二郎还是第一次载着桃子以外的女生骑车。虽说家里现在遇到天大的麻烦事，但不知为何，他的心底却不断涌起一股甜蜜的感觉，全身也感到有些燥热。一股女孩的香味传进鼻孔，甜蜜又充满诱惑。

"上原君，升上中学以后，你还要留在岛上哟。"七惠说。

"嗯。"二郎简洁地答道。他正汗流浃背地拼命蹬着踏板。

好不容易到了国民住宅，姐姐和桃子并不在家，但是大门却没上锁，二郎丢下书包，跨上自己的脚踏车，跟七惠并肩骑车往森林方向飞奔而去。

二郎支起上身，使出全身力气踩着踏板。"等等，不要丢下我呀！"七惠喘着气从后面紧追上来。靠海这边的天空阳光普照，但山上的天空却是乌云密布。

阵阵暖风从前方迎面吹来，二郎的汗水也不断从鼻头滴落下来。

森林前面的路上，车辆像手链上的珠子一样蜿蜒相连，除了媒体的旅行车和警车之外，还有几辆大卡车，可能是专为运送挖土机和推土机而开来的。路面早已被车辆塞得水泄不通，另外还挤满了人，热闹的气氛有点像在赶集。

"哎呀，二郎君，二郎君。"平良商店的老板娘一看到二郎，便伸直背脊向他招手，脸上露出一丝不安的神色。

"刚才啊，KD和座间建设的人才走进去。听说你爸在小路前面放了一个拒马。"

正说着，悠达也来了。"这可就没办法了。可惜啊，这场斗争注定是会输的。二郎快到我们家来吧。在这儿看热闹万一受了伤可不好。今晚你们兄妹就住我家吧。"悠达愁眉苦脸地把手放在二郎肩上。健太和春奈这时都站在悠达身后。

"桃子呢？还有我姐呢？"

"她们到海边去了。据说要从海滩那边绕进去。"悠达脸色苍白地指着海边方向。

"好。了解。"二郎说完转过身，也打算跑到海边去，身后却传来老板娘坚决的声音："不能去啊！警察说了，今天要是有人使用暴力，就要把他抓起来。这种场面，小孩不能去看啦。看了心里会难受吧？"

二郎转回头说："老板娘，我没关系啦。我已经看惯了逮捕的场面啦。因为我爸妈以前都是搞运动的啊。"

老板娘一时说不出话来。二郎不理她，径自向前奔去。七惠紧跟在他身后。两人接连翻过几座小山坡，来到了神秘海滩，二郎先是爬上岩石，再伸手把七惠拉上去，两人并肩跑进森林，一面用手拨开两边的树枝一面前进。风势似乎越吹越强，林中的树木不断摇曳，发出沙沙沙的声音。不一会儿，前方隐约可见几道人影，仔细看去，原来是几名记者，肩上背着照相机，正打算从树荫里偷拍强制撤除的情景。二郎这时发现姐姐和桃子也挤在记者群中。

"姐。"他叫了一声。

姐姐脸色泛红地回过头。"二郎，爸好像真要动手。"

二郎走上前望着，只见爸爸站在拒马前面，手握木棒，双腿叉开,很神气地伫立在那儿。爸爸身旁还有一个人,是个身高跟爸爸差不多的男人。

"班尼!"二郎大叫一声。

"是啊,劝他也不听,说是要去打风狮爷的敌人呢。"

"那也不必在外面流浪的时候干这种事啊……"

"班尼说他是犹太人呢。详细情形我也不太清楚,不过听说犹太民族已经失掉自己的土地,现在都分散在世界各地,所以班尼说他绝不能从这儿逃走。"

班尼的侧面显得英勇无比,即使隔着一段距离望过去,也能看出他脸上的神情,二郎觉得他的鹰钩鼻好像变得更高了。

"妈呢?"

"在家里面。好像已经用绳子把自己绑在柱子上了。"

"好厉害。"七惠在旁边激动地说,"比我们家那个只会买名牌的阿姨强多了。"

这时一名记者过来向他们搭讪:"你们看了KD中午召开的记者会吗?"

"没有,我们家没电视。我弟弟他们去上学了。"姐姐回答。

"他们拼命想让你们父母扮演坏人的角色,说他们夫妇从前都被逮捕过,还说最初搬到这儿来的时候,不让小孩去上学之类的事情。"

"那也没关系,我们全家人的感情都很好。"二郎连忙在一旁点着头。

"不过KD那边的人很狡猾。今天之所以预定下午四点才开始强制撤出作业,就是为了避免午间新闻里播出现场画面。本来电视台还要求他们从下午两点开始呢。可是他们没同意。"

"是吗?"姐姐冷冷地答道。

"警察那边现在把事情硬塞给辖区了，县警局和公安的人也撤了，显然就是不想看到那种场面啦。而且还有更过分的呢，警察到现在还不肯接受报案。"

记者那种自以为是的语调让二郎相当不满。这些媒体记者，绝大多数都是抱着看热闹的态度，其实他们心里是期待事情闹得越大越好。

森林上空逐渐布满厚厚的云层，这时，KD的现场主管拿着手提麦克风讲话了。他要求屋里的人自动退出来。

"这里是KD开发株式会社，现在向持续非法占据本公司土地的上原家发出最后通告，请立即撤除拒马并且离开现场。否则我们不但要拆除拒马，也将行使除去地上建筑物的权力。"

"啰唆，我就要住在这儿！这里原来就是我们祖先的土地，我不允许资本家随意处理！"爸爸大声回答。他的声音响亮无比，听起来震耳欲聋。

拒马的另一端放着几个大型阶梯，上面站满了举着照相机的记者。电视台的灯光正对着爸爸，各种照明设备照得整个森林金碧辉煌，不免令人生出坐在圆形大剧场的观众席里的错觉。

"现在要进行撤除拒马的作业了！"

重机械的柴油引擎发出阵阵咆哮，废木材堆成的拒马正摇摇欲坠。因为推土机已经开到拒马前。

二郎突然注意到，拒马对面的地上铺着许多树枝，看起来像块软垫。这究竟是做什么用的呢？二郎觉得很纳闷儿。

正思索着，推土机已经触碰到拒马了。二郎看到推土机伸出铁臂，钢铁闪着冰冷的颜色。半边拒马的废木材很快就被压扁得只剩原来的一半高度。戴着头盔的工人走上前，打算徒手把剩下的一半拆掉。

爸爸和班尼依旧动也不动地站在原处。他们抬头挺胸,伸直背脊,两脚使劲踏着大地。

拒马像溃决的堤坝般倒了下来。推土机的引擎更响了,剩下的半边拒马也应声倒下,推土机继续向前,朝向院子里开去。

镁光灯像发疯了似的闪个不停,二郎身边也此起彼落地不断响着快门的声音。

爸爸和班尼依然没有退缩的意思,两人都正面迎着推土机。"啊!"桃子忍不住尖叫起来。"爸!快逃啊!"姐姐也大声嚷着。

接下来的那一瞬,推土机突然向前倾倒。车顶还剩一部分,铁臂却不见了。只听"轰"的一声,穿着履带的重型机械居然脑袋朝下栽进泥土里。发生了什么事?在场所有的人都一时无法理解究竟是怎么回事。大家都无法相信发生在眼前的情景。

一阵尘土从地底扬起。轰隆一声巨响从地下传来。推土机除了车底之外,其他车身部分全被树枝缠住,才一眨眼工夫,就从地面消失了。众人这时才好不容易清醒过来,原来推土机掉到陷阱里去了。

"看到了吧?当年在成田把警视厅第四防暴队的喷水车弄倒的,不是别人,就是我。怎样,害怕了吧?哈哈哈。"爸爸大声吼叫着。这个家伙,居然只花一个晚上就挖了这么大一个洞?二郎觉得爸爸简直像超人。

班尼在爸爸身旁高兴得乱跳乱叫。"我们成功了!"他叫着。

"来吧,这里就只有一条路。你们的烂铁已经把路遮住了。剩下的重机开不进来啦!接下来就是肉搏战了,来吧!"爸爸半蹲着身子不断挥动手里的木棒。那模样有点像黑泽明电影里那些维持正义的武士。七惠半张着嘴筒直看呆了,姐姐和桃子也一样。爸爸的姿势多么神气啊！二郎想，虽然他以前在东京整天无所事事，而且常干些令家人为难的事情，但只要看到眼前的爸爸，从前的一切都可以忘掉了。

"看你干的好事，你这浑蛋！"戴着头盔的座间社长这时涨红着脸走出来，"这推土机多少钱你知道吗？还没买保险呢。"

"到了这节骨眼还在担心钱哪？你该担心司机的身体吧？"

推土机的司机这时已被同伴从大坑里拉出来，只见他脸色苍白，全身不住颤抖着。其他的工人也都是一脸不可思议的表情，似乎全都被爸爸的气势吓倒了。

"你有什么资格妨碍我做生意？我们只是做些小本生意，一点一滴做些从公共建设或企业承包分来的工程，不管岛上那些人怎么说，要不是我们把建设工程弄到岛上来，这种离岛，永远就是只有百姓和渔夫的穷村子。"座间社长气得要命，涨红着脸不断愤愤地怒骂着。

"那又有什么不好？这里的人靠打零工和捕鱼已经过活几百年了。说什么为了这个岛，你只是想趁机自肥吧？"爸爸挥着手里的木材反驳座间。

"少废话！跟内地人比起来，这点小钱算什么。八重山这里连一个开宾士车的都没有，钱都被内地人吸干了。你这浑蛋，浑蛋！"说着，座间社长激动地捡起一根树枝朝爸爸抛过去。那姿态看在眼里实在令人觉得很可悲。

"是吗？原来你也被压榨了。那你应该叫躲在后面的KD出面哪。这些卑鄙的内地人，居然叫雇来的工人去赶人，应该叫他们到这儿来呀！"

"上原一郎，这里是冲绳县警局八重山分局，你的行为已构成暴力妨碍公务和损毁器物，请立即认罪并弃械投降吧。"

这时手提麦克风里突然传出警察的广播。大约十名穿着制服的警察,绕过地上的陷阱跑进院子里来。新垣巡警也在其中,而且手里还拿着一根很长的警棍。那是一种尖端用金属做成弯叉的警棍,是专门对付暴民用的。新垣巡警的脸色惨白,一副可怜兮兮的模样。

"终于来了啊。这些资本家的走狗,我对当官的可不会手软。"

爸爸的表情里没有丝毫怒气,反倒有些愉快似的故意张开大嘴恐吓那些警察。

"放下武器!你不可能打赢的。"

"当官的可别太骄傲。不动手打打看怎么知道?"爸爸脚跟紧贴着地面向前滑行几步,然后猛地一挥木棍,新垣巡警手里的警棍立刻应声掉落地面。

"妨碍公务执行!我们要举发你了!举发!"一堆警棍从四面八方伸过来,但爸爸轻轻松松地就把一堆警棍挥到一旁,完全一副武士派头。

可惜班尼却只是一个平凡的背包族。这时三名警察一起围了上去,立刻将他手里的木棍打落在地。警察们又一齐把他压在地上。"不要,不要!"班尼拼命抗拒着。

"啊!"桃子尖叫着捂住脸。"班尼,"姐姐也高声大叫起来,"干得好,你成功了!"

"把网子拿来,盖住上原!"

两名警察提着大型的绳网一步步靠近爸爸。他们打算与手拿警棍的警察两面包抄袭击。

爸爸身后的警棍突然向前伸出,他伸手挥打警棍的瞬间,绳网便从他头顶抛了下来。

大型的网绳在空中张开,长宽各约两米。爸爸举起手想把它挥开,却不幸被它从头罩住了。

"抓住他！"

五六名警察一齐扑上去，把爸爸推倒在地，接着几名警察往他身上压。

"啊！"周围发出几声既像叹息又像惊叹的叫声，森林里不知何时早已挤满了人，记者们都不约而同地向前奔去，拼命按着快门。

爸爸被绳网捆住，全身都无法动弹了，镁光灯的闪光像下雨般洒在他身上。班尼的双手也已被铐上手铐，他全身上下都是泥渍。

很快地，留守在家里的妈妈也被拉了出来。她在屋里似乎也做过一番奋力抵抗，两名警察正紧紧地挟持在她的左、右两边。妈妈两眼直视前方，警察想用外套帮她遮住脑袋，但妈妈用手挥开了，同时无言地回头瞪了警察一眼。

姐姐红着脸背过身子紧紧咬住嘴唇，桃子早已哭成了泪人，七惠脸色苍白地低下了脑袋。

"你这浑蛋，这就是你的结局！"座间社长扛着一把斧头走到爸爸身边骂道，"看清楚了，我要让你没办法再住进来！"说完，他便跑进屋子，举起斧头朝那回廊边的柱子横空一扫，只听到霹雳一声响，屋顶随之晃动不已。

"社长，也不必现在就动手吧……"新垣巡警为难地跑过去，想阻止座间继续乱砍。但座间完全不理会巡警，接连在柱子上砍了五六下，柱子终于发出一声惨叫，拦腰折断了。屋顶突然倾向一边，屋瓦上的风狮爷应声掉落地面。

"哇哦！"就在这一瞬，班尼突然发出一声狂吼，只见他用力推开身边的警察，戴着手铐便向屋里奔去。警察也连忙追上去。"怎样？要打架？"座间社长吓得连连后退，但嘴里仍旧不饶人地问。班尼从回廊边跑进了屋子，穿过客厅直奔后院。班尼究竟要做什么呢？

森林里的人群全探出身子观望着屋里的动静。十几秒过去了，原本紧追在班尼身后的警察居然一齐倒退着走出屋子。众人脸上尽是狼狈，并摇着双手说："别这样，别这样。"座间社长不只吓坏了，更连忙从回廊边跳下来。

很快地，班尼的身影出现在众人面前。他举着一个塑料大桶，把桶里的液体从头顶浇下来，同一只手里还握着一个家里用来点油灯用的打火机。

二郎全身不寒而栗。班尼把家里发电机的汽油倒在自己头上了！

"各位，立刻离开这里，否则我就要点火了。"班尼显然非常生气，但他的愤怒跟爸爸的愤怒不太一样。那是一种复仇的民族才有的怒气，无论任何人都能感觉得出这愤怒是从他心底发出的。

塑料桶里的液体倒光了，班尼丢开空桶，缓慢地从回廊边走出来。围绕在他身边的警察紧跟着他，班尼走到院子正中央，举起打火机放在自己脸旁。

"班尼先生，太危险了，请别这样。"新垣巡警恳求着。

"记者都让开！"一名年老的警察动手推开记者，"看热闹的也让开，快让开！"

"班尼，这家伙不值得你这样。你还有很多其他的事要做。"爸爸探出脑袋对班尼说，"这种做法太悲惨了。我们的灵魂不能为这点小事屈服！"爸爸说着举起戴着手铐的手，放在脑袋上比了一下。

"对啊，班尼，不能为这种人送命。"妈妈也挣扎着大声嚷道。

"班尼，不要！"姐姐从森林里奔向前去。"班尼，快别这样。"二郎也紧跟姐姐身后。"班尼，班尼！"众人齐声喊起他的名字。

这时，天空突然掉下几粒大颗的水滴打在二郎头上。他抬头仰望，下雨了。吧嗒，吧嗒，雨点不住地打在头顶。众人仰头看了一眼，都忍不住缩起了脑袋。

转眼之间，巨大的雨点接二连三地滴落下来，轰然巨雷不断地在林中回响。一场大雷雨像是几百万桶水一下子被打翻了似的倾盆而下，眨眼间，众人的脚边就出现了积水。

这时院中有个人影正在移动，是新垣巡警！他猛地朝班尼扑过去，袭中了班尼的腰部，紧接着，泥水四溅，两个人同时倒在地上，一两名警察立刻扑上前。

"抓住他的手！"

"抢下打火机来！"

几名警察一齐压在班尼身上，只见他一双长腿不断挣扎着踢来踢去。"这浑蛋！"一名警察可能太气愤了，忍不住用手肘撞击着班尼的脸颊。

"喂，你干吗啊！"姐姐立刻跳过去，一拳打在警察背上。

"洋子小姐，别这样。"新垣巡警赶紧爬起来制止姐姐。

雨下得更大了。众人都被雨淋得湿透，连眼睛都无法睁开，四周甚至听不到任何人声。

爸爸盘腿坐在地上，嘴里喃喃地说着什么。二郎知道他在说什么，他一定是说：凭我的意志是不会跟你们走的，妈妈也弯着身子蹲在地上。

数名警察分别动手抓住爸妈的衣服，拖着他们走过滑溜溜的耕地。爸爸妈妈全身都是泥巴，拖到半路，妈妈一只脚上的球鞋掉了下来，桃子赶忙跑去捡起来追上去。她竟连哭泣都忘了。班尼的腰上拴着一根绳子，嘴里还塞了麻布手套，两名警察紧紧挟着他的两腋，一路把他拉出去。

记者们蜂拥而上，镁光灯不停地在三人的脸上闪着。爸爸脸上露出不羁的微笑。看到他那张被强光照成雪白的脸,二郎觉得爸爸跟自己之间隔得好远好远。他这辈子都不会改变自己的生活方式吧,二郎想。

二郎也跟着众人紧追爸妈身后。悠达和平良商店的老板娘赶上来拍拍他的肩膀,但什么话都没说。二郎也没说话,只是连连点着头。潮湿的头发黏在额头,每个人看起来都有点像陌生人。

大量的雨水一下子找不到出口,全都朝山下流去。森林里那条独一无二的小路,现在变成了一条小河。

倾盆大雨之中,爸妈和班尼被推上警车带走了,记者们立刻包围住KD开发建设的工地负责人,伸出麦克风:"请您说几句话。"

负责人颤抖着嘴唇说:"各位记者先生小姐,大家都看到了,我们可是完全没动手。企图用暴力解决问题的,是违法侵占土地的人。我们公司是受害者,是受到损害的一方。很遗憾这件事没能私下以和平的方式解决。关于建设旅馆的问题,我们认为已向岛上居民充分说明,并已获得岛民的理解。目前建设工程虽已延后,但从明天开始,我们将进行准备工作,即日就要开工。"

"御岳也要拆掉?"挤在记者当中的大城突然高声问道。

"敝社的开发计划一向对自然环境考虑得相当周到,虽然有人说我们的排水设施会对海洋造成污染,但我们委托第三方机构进行了调查,结果发现并没有问题。"负责人不理大城,继续向媒体发言,"所以在此恳请各位记者先生小姐,务必秉持公正的态度报道……"

"喂,没法回答我的问题吗?"

"你也够了吧?"座间社长赶紧跑过去抓住大城的手臂,"观光客变多了,岛上也有好处啊。"

"有好处的是你吧。渔夫的小孩把船扔了不说,现在又变成内地人的走狗啦？"

"你说什么！"

两人立刻扭打在一起。岛上的居民连忙上前劝架。

"算了，没用啦。"

"我们都已经放弃了。"

岛民们看起来都被折腾得很累了。

雨势依然没有减弱，海边甚至吹起了阵阵强风，整个森林都被吹得摇来晃去。

"上原君，回家吧。"七惠向二郎招手说。桃子和其他学生正站在七惠身边。

二郎走回自行车旁，跨上车，冒着大雨踩起踏板。学生们都沉默着。二郎看到佑平正在跟侧面吹来的狂风奋斗，便骑到佑平身边，替他挡住风势。

不一会儿，悠达的小卡车从后面追上来。"都抬上来吧。"他说。孩子们便照着吩咐，把七辆自行车全部搬上货厢，几个低年级学生挤进驾驶座旁的位子上，七惠和二郎两人钻到车后货厢上的空隙里。

卡车再次发动了。二郎缩着身子遥望车后的景色。一切都是灰色的，天空、大海、远山还有道路，全都是灰色的。尤其是那片深灰的大海，看起来浩瀚无边，令人心底发慌。

二郎突然很想看些有颜色的东西。即使是一块麦当劳的招牌也不错呢，他想。

雨点毫不留情地打在这座南方小岛上。

# 51

这天晚上,二郎在国民住宅里过夜。家里那张矮脚小桌上,摆满了岛上居民送来的菜肴,兄妹三人吃都吃不完。

爸妈和班尼今晚暂时住在码头附近的公民馆。"海上风浪太大,船都不能出航了。"平良商店的老板娘过来向二郎他们通风报信。据说警察负责监视他们一晚,第二天才会把爸妈和班尼送到石垣岛的警察局去。

"听新垣君说,只要没什么大问题应该不会被判刑的。虽说警察已经准备好起诉书要将他们送检,但听说好像有种处罚叫不起诉?最后大概就是判不起诉啦。"

二郎对老板娘的看法有点怀疑。他觉得妈妈应该是没什么大问题,但是爸爸的问题可大了。

班尼被逮捕了,二郎只好把十兵卫牵回来,拴在国民住宅的屋檐下。"咩——"羊儿悠闲地叫着,好像从没发生过任何事似的。二郎打算第二天把它带到学校去。他想,只要向校长恳求,学校一定会答应让羊住进校园的。附近的居民也一定会拿些饲料来喂羊,在这个岛上,无论碰到什么事,大家都会彼此帮忙的。

二郎洗了个煤气烧的热水澡，又上了抽水马桶的厕所，终于享受到久违的文明生活。日光灯亮得刺眼，让他反而不太习惯。只可惜家里没有电视，耳中能听到的只有户外的雨声。

白天上演的那出攻城记肯定是今天的大新闻吧，二郎想。全国民众会用怎样的眼光来看爸爸呢？大家会觉得他虽然讨厌，却也令人同情吧。二郎对这件事的看法非常冷静，他想，一个男人站出来向警察和企业挑战，观众看到这种场景一定感到痛快、有趣，但却没人想去扮演那个角色。这些坐在电视前的大人，从没向谁挑战过，将来也不会向谁挑战，他们只会躲在安全的角落看热闹，道貌岸然地评论，最后甚至还发出几声冷笑。绝大多数的大人都是这样，二郎想，只有爸爸是例外。

"这红烧猪肉真好吃。"姐姐嚼着拉富贴说，"下次我要请平良太太教我做。"

"今晚这道苦瓜好像也很好吃呢。"桃子说着，嘴里塞满了她平日不喜欢吃的苦瓜。二郎也连着添了两碗饭。

原以为自己今晚不会有食欲的，没想到胃口反而这么好。二郎心中有一种奇妙的解放感，今天哭过也叫过，他觉得好像已把什么东西吐掉的感觉。

"爸妈会不会来住这国民住宅啊？"桃子边吃边问。

"不会吧，起码我知道爸是宁愿死也不肯接受公家照顾的人。"姐姐把嘴里的腌萝卜嚼得嘎吱嘎吱响。

"那怎么办呢？"

"大概再找块地造一栋房子吧。"姐姐的语气有点像在说陌生人的事情。

"可是日本已经没有空地了，再说，不管哪块地都是有主人的啊。"二郎插嘴说。

"嗯,是啊。国家这玩意儿真讨厌。连这种南方小岛也要管。跟你说啊,我才不要什么年金和健康保险,我只希望国家不要管我。"

"呵呵,你这话跟爸说的一样。"

"父女嘛,当然一样。"姐姐说着翘起嘴角,就连那表情也跟爸爸一模一样。

"姐,你真的跟爸没有血缘关系?"二郎问道。但是话才出口,他的心脏就怦怦地跳起来。他没想到嘴里一不留意,就把这句话说出来了。

"真的啊。从生物学上来看,我跟他完全没有任何关系。"姐姐把茶倒在白饭上,一口气把碗里的饭拨进嘴里。屋外的风吹得铝窗摇来摇去。二郎和桃子继续默默地低头吃饭。

"对了,二郎已经满十二岁啦?"姐姐突然问道。

"下星期才满。"二郎这才想起自己的生日是在下个星期。最近身边发生了太多事,连自己的生日都忘得一干二净。

"我答应过你,等你满了十二岁,我就会告诉你。"

"嗯,随便啦。"二郎说。他这话是真心的,现在姐姐要不要告诉他都无所谓了。

"我们的妈妈啊……"姐姐放下饭碗,低声向他们讲起故事来,"妈二十岁的时候,在某个学生运动的分部里跟学生领袖谈恋爱。按照妈的说法,那时只是她自作多情。因为那时的她,是个太纯洁也太容易被感动的年轻人。也就是说,她那时是被人洗脑了。不过妈本来就是个千金小姐啊。后来,她跟那个领袖之间有了孩子,也就是我啦。"

听到这儿,二郎不知如何作答,只好不断把白饭往嘴里拨。

"那个时代的观念都认为彼此束缚的爱情很落伍,所以妈就隐瞒了自己怀孕的事。后来她被送到另一个对立的分部去当密探,也就是在那儿,她遇到了我们现在的爸爸。"

姐姐平淡地叙述着。她支起手撑着面颊,眼睛注视着空中。

"最先妈妈是把他当作敌人,但爸跟一般的左翼不同,他不是反政府,而是反国家,而且他是做比说更积极的人,所以妈渐渐地喜欢上了他,也因此,她开始觉得自己原来的分部只会争权夺利、搞内部斗争,越来越令她无法信任,所以她拒绝再向他们提供情报,而那些人反而把她当成叛徒,要求她自我批判。同时,她怀孕的事情也被发现了,那些人就强迫她去堕胎。当时妈妈精神上可能受到很大的压力吧。我想,人在年轻的时候,想法一定比较单纯……所以,妈就失去了控制,拿刀子去刺杀那个领袖。那时她才二十一岁,也就是我现在的年纪呢。"

桃子悲伤地垂下眼皮,二郎吞了一口唾液。原来如此,以前阿胜说的那些原来是真的。不过现在他并没对妈妈感到失望,而且他也从来没讨厌过妈妈。

"后来,妈离开了自己所属的分部,向警察自首。当时那个男人只受了轻伤,照一般状况来说,应该可以获判缓刑的,但因为妈从前游行被逮捕过,而且我们这国家对搞活动的人都很严苛,所以她生产之后,进监狱被关了半年。我是在警察医院出生的。"

说到这儿,姐姐嘻嘻地笑起来。真亏了她这当事人能够描述得这么轻松,二郎想,而且事实并不像他以前想象的那么可怕。

"妈被关的那段时间,爸爸就负责照顾我。爸爸原本就很爱妈妈,所以她出狱之后,两人就结婚了。爸还是跟从前一样,继续兴致勃勃地搞他的运动,妈妈却从那条路退了出来,因为她觉得自己很容易受人影响,所以决定暂时只跟着爸走。我的看法是觉得啊,妈其实一直都是爸的粉丝啦。否则怎么会跟他到现在?对吧?跟这么不正常的人在一起。"

二郎觉得姐姐说得很对。妈妈就是爸的粉丝,所以才决定一直跟着他。

"爸现在还是激进派吗?"桃子很不安地问道。

"呵呵,虽说他在警察的眼里永远都是危险人物,但他不是说过他对革命已经不抱任何希望了?……所以啊,我觉得他现在只是一个绝不肯服从国家的个体,同时也是厌恶当权者更甚于虫蛇的个体。"

姐姐像是觉得自己这话很有趣似的。二郎想,她现在一定也是爸爸的粉丝吧。

那么自己呢?二郎在扪心自问。爸爸的性格里有一种顽强难搞的特质,如果有人问二郎,将来是否也想变成爸爸那样,他的答案是否定的。但当他摆脱了儿子的身份,再回过头来看爸爸,他的特质里确实也有吸引二郎的部分。这是无法否认的事实。譬如今天,爸爸挥舞着木棒站在建设公司和警察面前的模样,他大概一辈子都不会忘记。看到爸爸英勇的姿态,二郎真想向日本全国宣布:这是我爸爸!

"我明天就去找个临时工作,不管是土产店或咖啡店,总会有份工作的。"

"姐,你真的愿意?"

"嗯,我会养你们的。反正在这岛上也不需要什么钱。"

有亲人在身边毕竟是温暖的,二郎的心头热了起来,他突然很想再吃一碗饭。只要不会饿肚子,只要能跟亲人在一起,无论住哪里都一样啊。

就在这时,大门外突然传来停车的声音。厨房窗上可以看到门外闪着红色灯光。是一辆警车!在一片大雨声中,他们听到有人下了车,一直走到玄关外敲起门来。

姐姐起身去应门。门外站着新垣巡警,他身穿斗篷,脸色显得很苍白。

"是这样的,我想不太可能,不过还是请问一下,洋子小姐的爸爸有没有来这儿?"

"为什么会来?他不是跟新垣巡警一起在公民馆?"姐姐反问道。

"那你们也没看到班尼先生吧?"

"当然啊。发生了什么事吗?"

"请等一下。"

新垣巡警走回警车旁,拿起无线通信麦克风。"这里是一号车的新垣,上原一郎和班尼两名嫌犯都没来过国民住宅。我会继续在附近搜索。"

"喂,新垣巡警,发生了什么事?"二郎也跑到玄关问巡警。

"这下可糟了。"新垣巡警踏上玄关的三合土,摘掉警帽后掏出手帕,一边擦脸一边说,"上原先生和班尼先生失踪了。"

"失踪了?"

"简单地说,就是逃走了。趁我们一个不留意,就从窗户逃走了。"

"怎么这么笨!你们不是有十个人?"姐姐不客气地连连数落着。

"不是啦,谁想到那么大的风雨,他们竟会计划逃走。而且他们被捕之后都表现得很配合啊,所以我们就……"

"就怎样?"

"也可以说是庆功宴吧,或者说是慰劳会……"

姐姐皱起了眉头。"就是说,大家开始喝起泡盛酒啦?"

"这个请你千万别告诉外人。"新垣巡警表情痛苦地合掌拜托着,"上原先生和班尼先生也都喝了。"

"这就更不对了。那我妈呢?"

"上原太太反正马上就会被释放,而且又是女性,所以我们就把村公所里的值班室让给她一个人用了。"

"八重山的警察可真悠闲啊。"姐姐冷笑着说。

"因为我们都是第一次碰到这种案件嘛。大家敞开心胸聊起来,才发现上原先生和班尼先生都这么热爱八重山,连我们那个出生在石垣岛的上司都很感动呢……"

"真是好人啊,说不定我也能跟他变成朋友呢。"

"真抱歉……"

"这不是很好吗?本来这种事报纸连一栏新闻都懒得登的,而且像这种为了保住不动产,把自己关在屋里不肯出来的事情,在东京可是家常便饭啊。逃走了也没什么大不了啦。"

"可是这件事现在全国都知道了……"

姐姐两手叉腰深深叹口气。"好吧,我跟你一起去找找看。可是要到哪里去找呢?"

"我们已经派人到KD开发和座间村议员的家里去守着了。"

"没用的!他不是那种会去攻击个人的人。你们可别看不起我爸哟。"

"对不起……"新垣巡警戴好警帽,弯腰向姐姐道着歉。

"我也要去。"二郎跟在两人后面说,但却被姐姐制止了。

"已经很晚了,二郎和桃子留在这儿看家。万一爸到这里来了,就到平良商店借用电话,打到我的手机来。不能让爸逃走。"

"知道了……"二郎不大情愿地答道。

"真不知我爸在干吗。从这儿逃走又能怎样？"姐姐说着披上一件防寒夹克。

新垣巡警则赶紧接口为自己开脱："是啊，所以我们才会大意啊。"姐姐听了狠狠瞪了他一眼。

"这可糟了，这可糟了。"巡警念咒语似的喃喃自语着。

"那就先到我妈那儿去吧。"姐姐说完，转身领先在前，出门去找爸爸了。

二郎默默地看着两人上了路。他转过脸，和桃子彼此看着对方。

"爸究竟要干吗？"

"我怎么知道，问我也没用。"

真是的！事到如今爸究竟想要干吗？关于那块地的纠纷，他应该知道自己是不可能战胜对方的。

"难道他想到丛林里去过自给自足的生活？"桃子说。

很有可能，二郎想。一想到这儿，他就觉得很抑郁。原始的野性已在爸爸体内复苏，他可能不费吹灰之力就能在热带森林里开出一片天地来呢。

"要是真的这样，我可不会跟他去。"

"我也一样。"二郎说。

两人走回屋子，一起动手收拾餐具，放在洗碗槽里清洗起来。两个人都没再开口说话。

不一会儿，二郎停下手里的动作，直起了身子。他转头看了桃子一眼。只见她也静静地站着，似乎正倾听着什么。

二郎觉得在雨声里好像夹杂某种低沉的重音。这声响的余音有点像地鸣，在家里萦绕不已。

接着，又是一响。烟火吗？脑中忽地掠过这念头，却立刻被否决了。下这么大雨的晚上,怎么可能?

炸药……?二郎心底小声地自问,同时感到背脊一阵发冷。

"好像什么爆炸……"桃子脸色变得惨白,尾音也拖得好长。

轰隆!这回他可听清楚了。没错,就是爆炸声。

一定是爸爸!除了爸爸还会有谁?二郎的心脏猛地急速跳动起来。

## 52

二郎套上拖鞋跑向屋外，也有其他住户出来。

"怎么回事？""什么声音啊？"众人纷纷彼此询问着。

靠南边的地平线方向可以看到一片赤红。在整片漆黑的夜空里，只有那块天空被浓烈的暗红撕裂了。

"失火了！失火了！"

"那边没有民宅吧。"

"那里是座间建筑行堆材料的地方。好像还有KD的组合屋办公室。"

听了众人的议论，二郎感觉一阵眩晕。这绝对是爸爸干的好事！这下他肯定要被送进监狱了。

焦急的情绪令二郎坐立难安，他也没撑伞便跨上自行车，冒着大雨向前冲。远处隐约传来当当当的钟声。

沿着没有路灯的公路向前奔驰，二郎连着追过好几辆汽车，坐在这些车里的，大部分都是赶去看热闹的民众。在今天一天之内，爸爸竟让这些人两度聚集在一块儿！这大概创下小岛有史以来的纪录了吧。

消防车一路鸣着警笛从后面追赶过去。岛上的青年消防队员都紧紧攀附在消防车边缘。接着,一辆迷你警车开到二郎身边,姐姐坐在驾驶座旁的位子上。

"二郎!"姐姐摇开车窗大声说,"难道是爸干的吗?"

"不知道。大概是。"

听了他的回答,姐姐用手抱住自己的脑袋。驾驶座上的新垣巡警也紧绷着脸,一脸紧张。

"妈呢?"

"妈也失踪了。"

不会吧?二郎很想大喊一声。

"那我们先走了。"

警车响着尖锐的引擎声向前冲去,车身渐行渐远,引擎声也逐渐变小。

二郎支起上身用力踩着踏板。强劲的雨毫不留情地打在他身上。不过还好是碰上这样的天气,他想,火势一定很快就会被控制吧,至少森林里的草木不会被引燃。

呼吸越来越急促,他觉得喉头好干,于是便张开嘴接了点雨水,视线完全变模糊了,二郎简直看不清自己身在何处。

脑中一片空白,他已经完全无法思考。


好不容易赶到了爆炸现场,附近早已挤满看热闹的人,少说也有上百人。不过更让二郎吃惊的,是现场早已被灯火照得辉煌灿烂。啊,对了,媒体记者今晚也被大雨留在岛上了,转念至此,二郎才恍然大悟,他们听到爆炸声怎能不立即赶来呢?

大火已差不多完全扑灭,只有一辆卡车仍旧冒着黑烟,一阵阵橡胶烧焦的臭味飘来，而那间组合屋办公室也因为当初建造得偷工减料，整面墙壁已倒塌，屋顶也掉落到地面。

一些记者抓着麦克风在进行实况转播，也有些摄影记者对准救火人员抢镜头，一名官阶看起来最高的警察则被记者团团包围接受访问。

"炸药管制的实际状况究竟如何？"

"我们正在调查。"

"座间建设的社长在哪里？"

"KD的负责人在不在这儿？"

"他在宿舍，请不要抢着说。"

"详细说明一下事情经过啦。"

"为什么会逃走了？"

"我们现在也是一团混乱啦。"警察提高音量大声说。

"不能这么说话吧。"

"最起码也把受损状况告诉我们哪。"

"跟你们说啊，我们现在只有十个人，因为船不能出海，局里也就无法派人支援。仅有的十个人没办法顾到全部啦。"

"送检的不是只有三个人？你们有十个人还啰唆什么！"

"哎呀，讨厌！别妨碍搜查！"警察的怒气终于爆发了，"人手不够，没空跟你们啰唆！"

"简单地说，就是嫌犯全都跑了，对吧？不要把火发在我们身上啊。"

"不过最少也该拉一条'闲人勿进'的绳子吧？这是封锁现场的基本作业，对吧？要不然你们没法保住证据。"

"太没经验啦，这些乡下警察，自己先吓昏了。"

"那也随便啦,不过这里怎么有酒味?"

"讨厌,讨厌!"警察推开记者,转身走向青年消防队员,"喂,公路上要拉封锁线,过来帮个忙。"

"啊?封锁线?要去看守吗?这么深更半夜的,没办法啦。"消防队里领头的队员一面搔着脑袋一面厌烦地说,"而且,这跟我们无关吧?"

"这可是岛上的大事啊,你们不该过来帮帮忙吗?"

"大事啊……如果是凶恶的犯人倒也罢了。可是上原先生是桑拉的朋友啊,他又不会危害岛上居民,而且只是烧了座间的卡车和推土机……"

"算了,不找你们了。"

警察涨红着脸转身走了。二郎这时发现,警察的指挥系统居然还没建立起来,现在这里表现得最惊恐的竟是这些警察!只见他们手忙脚乱地东奔西跑,却没看到一个真正有用的角色。

"二郎。"姐姐这时发现了二郎,连忙跑过来说,"还好,听说没人受伤。其实我只担心这一点。"

"爸妈究竟到哪儿去了?"

"谁知道。我本来还期待他们干脆逃到古巴去算了。如果去了古巴,我们将来还可以去找他们。"

姐姐这话倒是挺实在的。二郎觉得她说得很对,爸爸在日本生活实在很辛苦,因为他不懂得向人低头。

"喂,班尼在那里。"突然,看热闹的人群里发出一声叫喊。在场的人都转头去看。

"就躺在那棵树下!天太黑了,刚才没看到。现在我才发现,那不是班尼吗?"

"在哪儿？马上把他抓起来。"

新垣巡警领头带了几名警察跑过去。媒体记者都紧跟在后头，灯光立即照了过去。二郎也跟着姐姐一起向前跑，两人拨开人群，拼命向前推挤。真的！班尼就躺在前面材料堆旁的树丛里，似乎在躲雨。

"班尼！"二郎喊着他的名字。班尼抬起头，对二郎露出微笑。

"慢着！"警察忙着制止人群前进，"大家都让开！说不定他身上有危险物品。"

众人脑中立刻联想到炸药，媒体记者和看热闹的人群都吓得连连后退。二郎和姐姐却没退后，两个人一齐走到人群的最前排。

"我什么都没带。"班尼说着坐起身子，把T恤拉起来给大家看。

"是你干的吗？"一名警察问道。

"是的。是我一个人干的。我要为风狮爷报仇。"

"找到了，把他抓起来。"

警察们冲上前，把班尼从地上拉起来。班尼完全没有反抗，镁光灯接二连三亮起来。

"上原夫妇在哪儿？"

"以牙还牙，以眼还眼，大不了把我驱逐出境。"

"不是问你这个。上原夫妇在哪里？"

"到山里去了。他们要在那儿开垦土地住下来，请不要再追他们了。那两个人是自由的。"

"别乱讲，快从实招来！"一名警察抓着班尼的衣襟摇着他说。

"是真的，丛林不属于任何人。"

"怎么可以？那里是准国家公园。是属于国家的。"警察抬头望天无奈地嚷着，"天呀！叫我们明天上山打猎吗？我们要怎样跟局里解释啊?"

"班尼先生,你怎么逃走的?"一名记者问道。

"是这样的……"

"不用告诉他,现在就带你去问案。"

班尼在警察的环绕下被拉向警车。这时,他那比旁人大一号的脑袋突然转过来,对着二郎眨了一下眼睛。真是的,他还有这种闲情逸致!二郎想。

雨点终于变小了,风势也不知什么时候完全停止了。"明天会是大晴天哟。"有人像是嘲笑警察似的说。周围的人连着发出几声苦笑。

二郎仰望天空,他意外地发现,深夜里居然能够看出云朵的轮廓。云层上方似乎正吹着风,只见朵朵云彩快速地由西向东移动。

背后不知是谁拉了一下二郎的衬衫。他转过头,发现桃子站在身后。

"啊……"他竟把妹妹忘得一干二净!二郎正要开口说对不起,桃子却先把食指放在唇上对他说声:"嘘!"然后很认真地向他使了一个眼色:快来!

"干吗啊?"二郎问,但桃子并没多作解释。

二郎和姐姐彼此相视一眼,便跟着桃子离开人群。岛上居民正逐渐散去,各自踏上归途。

两人跟着桃子来到材料堆的一角,大城的小卡车停在那儿。

"二郎,我送你们回家吧。"大城害怕被旁人看到似的装出不自然的轻松表情说。

怎么回事?二郎有点儿纳闷,但还是照着大城的吩咐,把自行车搬上货厢,然后,三个人也一起挤上去。小卡车立即发动向前驶去。

"桃子,干吗啊?发生什么事了?"姐姐问。桃子溜转眼珠看看周围。

"别卖关子了,现在又没人会听到。"二郎性急地催她说。

"是这样啦……"桃子斜过身子小声地说,"我知道爸妈在哪儿。"

"在哪儿?在哪儿啊?"姐姐和二郎紧张地问。

"哥出门之后,爸到国民住宅来了,叫我去找悠达和大城。然后我就和大城到了这儿,爸妈和悠达一起到白滨港去了。"

"怎么回事啊?说清楚点嘛。"二郎追问着。

"爸妈说,他们等下要到南波照间去了。"

"南波照间?"二郎和姐姐齐声叫起来。

"对!就是妈以前说过的那个小岛。爸妈要跟姐和哥道别,所以让我来叫你们。"

"你说的是真的?"姐姐挤一下鼻子问道。

"真的。听说为了让爸逃走,班尼故意扮演诱饵的角色。但谁也没想到他居然会引爆炸药,大家都吃了一惊呢。"

"桃子,他们是跟你开玩笑的吧?"

"怎么会?"桃子有点意外地鼓起两腮。

"南波照间是神话里才有的地方啊。"

"这话你跟我说也……"

"对了,妈也要去吗?"

"是啊,最先是爸打算一个人去。跟妈提起这个计划之后,妈也要跟去……"

姐姐重重叹息一声。"桃子,那你觉得这样好吗?"

"他们说,在南波照间造好房子之后,立刻就来接我们。"

"哦,是吗?"姐姐没好气地说,"真是一对幸福夫妻!"她低声说着在货厢上躺下来。"啊,月亮出来了!"姐姐很突兀地发出一声轻叹。

二郎抬头望向天空,小雨仍然继续飘落,分散的云彩在空中四处飘动,一轮圆月正从云层缝隙间露出脸庞,似乎要向人间散放慈爱。

"这简直像个笑话,我要是跟东京的朋友说,大家一定不会相信的。"姐姐边叹着气边说,显得非常沮丧。

二郎不知该说些什么。原来如此,他想,原来他们决定要去那儿。说实在的,他曾经预料到这种结局。因为从他们抛弃东京的那一刻起,全家人之间就已建立了某种默契。即使没有团聚在一块儿,即使没有每天彼此交谈,但全家人似乎还是在彼此身边……

"南波照间啊?"姐姐又说一遍那个地名。

大城的小货车笔直地沿着无人公路继续前进。

卡车来到码头,悠达也在那儿。他正把一个装着粮食的纸箱交给爸爸。

"喂,洋子、二郎,你们已经听桃子说了吧?就这么决定了。"爸爸在月光下露出白齿笑着说。

"只是短暂分别,我们一定会来接你们的。"妈妈也快乐得像个小女孩。

"喂,你们是认真的啊?"姐姐皱着眉站在岸边说,"干出这种事,明天你们一定会被通缉的。"

"管他的。反正我们已经逃出日本了。哈哈哈。"爸爸像平日一样满不在乎地说,"对了,班尼好像干得有声有色啊。悠达打电话回去打听,真没想到他竟然引爆了炸药。这家伙也真算条汉子!"

"你们这不是太乱来了?把班尼也扯了进来。"

"那家伙是依自己的判断行事,应该不会后悔的。"

姐姐紧闭着唇,默默地摇摇头。其他人继续忙着装货。大城从自己的卡车上背着一袋米走下来。"这是送别的礼物。"他说着把米袋交给爸爸。

"难道你们不阻止他啊?"姐姐问悠达和大城。

两人脸上露出讶异的表情,似乎觉得她提出这种问题很奇怪。

"一郎家的祖先都是在海上讨生活的啊。"悠达说。

"对啊,对啊,只要在亚衣马的大海上,不论到哪儿都能活下去。"大城说。

姐姐像是失去了全身的力气,当场蹲下了身子。

"洋子,别这种表情嘛。爸爸妈妈没做错任何事情,"妈妈说着从船上下来,走到姐姐面前蹲下来,"不偷、不骗、不妒、不欺、不为虎作伥,这几条,我自认都一直遵守着。如果说我们做过哪件事不合常理,那就是我们没有迎合世俗而活。"

"这不是最重要的吗?"

"不对,世俗的格局太小了,既不能创造历史,也无法拯救人类,更没有正义与准则。世俗只能向那些不敢加入战斗的人提供慰藉啦。"

"你在这儿跟我说这些也……"

"来,站起来。"妈妈把姐姐拉起来拥抱着她,然后俯在她耳朵上说了些什么。

"嗯,我也觉得生到这世界上来很幸福。"大家只听到姐姐的回答。

"桃子。"妈妈接着把妹妹叫过去,紧紧抱住她说,"妈妈跟你约定,一定马上回来接你。"

"嗯,我会在这儿等着。"桃子实在是很纯真,她对父母是完全信任的。

"二郎。"最后妈妈把二郎也叫过去抱住他,手臂才伸到二郎背后,她就睁大眼睛惊讶地说,"哎哟,你又长高了。"

"是啊。搬到这儿之后,他已经长了五厘米,连我都吓一跳。"姐姐说着走过来,站在二郎身边。二郎看着身高一百六十五厘米的姐姐,她眼睛的位置只比自己高一点儿而已。

"下次再看到你的时候,一定比我和洋子都高了吧。"

"所以在他超过爸之前快点回来哟。"姐姐开玩笑地说。

"我瞧瞧,我瞧瞧。"爸爸说着也从船上下来,走到二郎身边,"什么啊,还是个小孩嘛。"爸爸亲热地笑着,伸出手在二郎头上乱摸了几下。

"二郎,以前已经跟你说过,不要学爸爸,因为你爸爸做人有点极端。不过,你绝对不能长成一个卑鄙的人,也不能长成一个看人脸色的人。"

"嗯,我知道。"

"心底觉得不对,就要勇于挑战。即使败了也不要紧,还是要站出来对抗,就算是与众不同,也不必在意,不要害怕孤独,这世界上一定会有人理解你。"

"这说的是妈吧?"

"没错,本来我是想让她留下来的,可是她吵着非要跟去……"

"这样你们也比较放心吧?"妈妈对着三个孩子说,"有妈跟在他身旁,你们就不必担心了,不管什么事,最后都会有我帮着踩刹车啦。"

是吗?二郎想,那你为什么以前都没踩刹车啊?他在心底嘀咕着,却没把这话说出口。

"真的有南波照间这地方啊?"桃子问。

"有。"爸爸毫不迟疑地答道。他那语气坚定万分,简直让人听了会以为就在这一秒,波照间的太平洋外海上又突然冒出了一个这样的小岛。

天上的云雾不知何时早已散去,雨势也已停歇,海上风平浪静,月光下的海面正在闪烁摇曳,虽然整个大海看起来还是一片漆黑,却像有生命似的散发着光彩。阵阵雾气偶尔飘过水面,那景色简直美极了,美得令人觉得离现实太远,二郎脑中甚至浮起一丝怀疑:这是一场漫长的梦吧?等到睡醒之后,自己还是在中野的家里吧?

究竟现在是在梦中,还是在现实里呢?现实里的东京?梦中的南方小岛?在温暖的夜风拥抱中,他的意识几乎大半都被幻想吸引而去。为什么眼前的别离一点也不令人悲伤?就连九岁的桃子,也对父母的远去表示理解。为什么我们就这样默默地目送他们离去?

"那我们要走了,大家都保重啊。"妈妈说完走上船去,爸爸摆出敬礼的姿势,转身走进驾驶舱。引擎声响了起来,照明灯朝着大海方向射出亮光。

悠达解开拴在岸边的绳子向船身抛去,"依稀得奇!"二郎听到他说了这样一句话。那一定是"一路平安"的意思吧。

船身离开了岸边。"一路平安!"桃子大声说。

"保重啊。"姐姐挥着手说。

二郎也想说些什么,但脑中一下子想不出什么道别的词句。左思右想一耽搁,船已经离开岸边三十多米了。

"那个,是我的船。"他嘴里突然冒出这句话,"一定要还给我啊。"

这一瞬,爸爸突然微微地转过头,也不知是否听到了他的声音。

妈妈则比刚才更用力地向大家挥起手来。

　　船身很快地驶出海湾，驶向大海。在一片雾气茫茫的海面上，船影时隐时现，渐行渐远，船身也越来越小。

　　岸边的几个人目送着船走远，直到船身消失在海平面上。

　　看着船走远的这段时间，二郎听到膝盖关节响了两次，他觉得自己好像又长高了一点。

# 53

二郎拿起香松撒在热腾腾的白饭上,然后用筷子把第三碗饭拨进嘴里。香松是家里自制的,先把鱼骨炸酥磨碎,再跟柴鱼屑混在一起。

"迟到了我可不管。"姐姐一面收拾餐具一面没好气地说。"没关系,我跑步去。"二郎嚼着满嘴食物。桃子今天在学校轮值喂兔子和十兵卫,早就出门上学了。

味噌汤里放了很多冲绳豆腐,二郎一口气全都倒进嘴里。姐姐的厨艺很不错,她总是能把家里现有的材料做成两道菜,而且也很懂得节省,就连萝卜叶都舍不得丢,用来做泡菜。

"二郎,晚饭只要把米洗好就行了。"

"嗯,知道了。"

二郎每天也尽心地帮着做家事。兄妹三人相依为命在岛上过日子。上星期,姐姐在大原港附近一家土产店兼餐厅找到了工作,由于最近是观光季节,白天的工作非常繁忙。

吃完早饭,二郎动手洗好自己的餐具,背起书包,跟着姐姐一块儿走出国民住宅。她上下班都是骑摩托车。

"姐，载我到半路吧。"

"不行，要遵守校规。"姐姐现在已经完全一副家长的派头了。

二郎只好快步奔向学校，经过平良商店门口时，老板娘正好在门外打扫。

"早安。"

"啊，二郎，早啊。我们家的洋芋快长芽了，你回家时顺便拿些回去吧。"

"嗯，知道了，谢谢。"

岛上居民仍和从前一样热情，每天都有人分些食物给他们。这种即使没钱也不用担心的日子是多么难能可贵啊！难怪连二郎也忍不住想学着爸爸大声说：政治经济都是没用的东西！

二郎从书包里掏出一个信封，是他昨晚写给佐佐的信。他没忘记自己答应过佐佐要跟她通信，但因为每天实在太忙了，一直没时间写信。自从搬进国民住宅之后，日子总算稳定下来，他才有时间慢慢地构思。不过因为姐姐和桃子都喜欢在旁边偷看，所以二郎是一只手遮着写完这封信的。

原以为写信的过程会让他感到很浪漫，但实际动手写起来才发现事实并非如此。老实说，二郎现在心里比较在意的是白井七惠，而佐佐应该也跟他一样吧。十二岁少年的心意，改变起来是很快的。

"老板娘，我要买邮票。"二郎说。平良商店里面卖的东西真是无所不有。

"哦，要多少钱的？"

"装在信封里的信，寄到东京要多少钱？"

"这玩意儿，不管寄到日本全国哪里都一样价钱啦。"老板娘说着哈哈大笑起来。

二郎买了一张八十元的邮票贴在信封上，然后投进店前的邮筒里。信的内容是这样的：

佐佐木香织样

　　拜启

　　你好！我过得还不错。猜想你已经看到了，最近电视新闻上介绍的那家人，就是我们全家。那个拿着木棒乱挥的人，是我爸；紧抓着家里的梁柱不肯放手的，是我妈；还有那个动手在警察背上打了一拳的，是我姐姐。至于桃子，我想你认得出她。还有一个走路摇摇晃晃的外国人，那是班尼，他是我们的朋友，是个在全世界流浪的加拿大人。

　　我们在神秘海滩的那个家已经没了。很可惜，但我也没别的办法。那栋房子没水没电，住在里面的生活有点像露营，很有趣，不过我想还是抽水马桶的厕所比较好啦，而且最好有电视。现在我们住的是月租两万块的国民住宅，我跟姐姐，还有桃子三个人一起住。房子还不错。但是爸爸妈妈没跟我们在一起。这件事我下次再详细地写给你。因为这不是一两句话能说清楚的。不过我父母都活着，请你放心。新闻里说他们到丛林里去了，那是骗人的。

　　搬到岛上来之后，我学到了各式各样的经验。譬如种田啦、捕鱼啦，还帮山羊盖了一座小屋子。另外，我也学会一点驾船技术，我现在就连耕耘机也开得动哟。这些经验让我觉得自己好像变成大人了。不过对我影响最深的，还是跟岛上居民变成了好朋友。这岛上的人都很好，看到我们有困难，就会立刻过来帮忙。即使没困难，他们也主动地帮我们做这做那，还会免费送一大堆食物给我们，这在东京是很难想象的事，但在这里却稀松平常。我想，可能是因为这里没有那种只想着自己好处的人，所以大家才那么热情。住在东京的时候，爸爸常说："组织这玩意儿是不需要的。"（我爸是无政府主义者，这名词的意义请你去问向井吧。）现在我似乎了解爸爸的意思了。人类要是没有欲望，就不需要法律和武器了。可能这只是一种理想的境界，但当我看到这岛上的居民时，心里真的产生这种感觉。如果全世界只有这个小岛，那一定永远不会有战争的。

这里的学校生活很愉快。我的班主任老师山下是一个年轻女老师，人很好，跟南老师差不多，她笑起来的时候眼睛有点像秋田犬。六年级只有两个学生：我和另一个叫作白井七惠的女生。她是从东京的麻布搬来的有钱人家的小孩。这女孩有点像大人，成绩很好，也很世故，她很爱照镜子，也有很多衣服，虽然我并不是很喜欢她，但因为只有她这个同班同学，我尽量努力不跟她吵架。我们全校共有七个学生，其他五人都比我年级低。这里没有像黑木那样的坏学生，也没有像向井那样的老油条，学校里养了兔子和山羊，校园里面长着青草，所以午休时间我们都是光脚在校园里玩。

祝你健康。请向南老师和全班同学问候。我的信写得不好，真不好意思。可是光写这样，就花了我一个钟头的时间呢。请你有空也回信给我。

上原二郎

二郎向来不善于写作文，但他还是遵守约定给佐佐写了这封信，因为他觉得守信很重要。

二郎沿着公路跑向学校，跑到半路，刚好与一辆载着建材的卡车擦身而过。卡车扬起一片尘土，朝着森林的方向飞驰而去。旅馆建设工程大概快开始了吧。二郎家在神秘海滩森林里的那栋房子已被拆掉了，整个森林也被栅栏围了起来。保护会的人虽在附近竖起反对的招牌，但工程是不可能因此而停止的。座间社长听到爸爸离开岛上的消息心情大好，据说他前几天还在小酒馆跟大城大吵一架。

上课前五分钟，二郎冲进了校门。办公室的窗户敞开着，二郎从窗下经过时向室内的老师们打声招呼。

"早上有没有多吃点啊？第四节课的时候肚子可不要咕咕响啊。"校长和他开玩笑。

走进教室看到七惠，两人先随便聊上几句，大部分都是"昨天晚上看了富士台的连续剧吗"之类的内容。上原家从三天前起，终于有了一台旧电视，当然也是别人送的。

不一会儿，上课钟声传遍整座校园和体育馆。二郎班上先是一段简短的级会时间，老师总是利用这段时间跟他们随便聊聊，通常都是闲话家常。山下老师从没提过二郎家里的事，这让他感到很安心。因为老师的态度似乎告诉他，那个事件算不上什么大问题，二郎也因此放下一颗忐忑不安的心。现在整个小岛都已把上原全家当作他们的乡亲了。

今天第一节课是数学，山下老师在黑板上写了一些方程式题目，叫学生们自己演算。"我得到理科教室去准备一下，你们先做这几题。"老师说着走出了教室。南风小学是一所追求慢生活的小学。

"咩——"十兵卫在校园的角落叫着。二郎不经意地看了它一眼，这时他才发现白色的羊背后，长满了茂密的绿色植物，他继续往外面望去，夏日的蓝天一直延伸到无边的天际，令人看得眼睛发痛。他呆呆地望着天空，连黑板上的习题都忘了做。

就在那片蓝天之下，爸爸和妈妈正在某处生活……

父母双双逃走和班尼点燃炸药这两个事件，似乎正逐渐淡化。八重山整个岛上有种想法正在扩散：反正也没人受伤，而且事情都结束了，就这样算了不好吗？KD开发和座间建筑始终保持沉默，可能是因为不想过分刺激反对派吧。对于让嫌疑犯跑了这件丢脸的事，警察也不提，好像是盼着风声快点过去。班尼被逮捕之后送到县警局总部拘留，或许因为岛民们联合提出了减刑请愿书，所以他最后可能会被判得很轻。据那位前来做笔录的律师说，班尼甚至还有缓刑的希望。

警察对外公开的说法，都说二郎的父母逃到西表岛的丛林后失去了踪影。而事实上，事件过后第二天早上，警察确实也到山里去找了半天。不过那只是表演给媒体看，搜寻工作只进行了一天就放弃了。因为到目前为止，已有无数人消失在那片亚热带丛林里，警察认为要在里面找人根本是不可能的任务。

岛上居民都知道爸妈已经离开了西表岛，也不知大家是从哪里听来的消息。就连新垣巡警在海边看海时也说："二郎的爸妈要是过得幸福就好了。"

大家都谣传，爸妈已经到了波照间岛。岛上那些阿公阿婆还说，桑拉已经拜托波照间的长老，请他帮爸爸找一块空地。而村公所和警察局却没去认真追查这件事，可能他们不想没事找事吧。而且爸爸离开，对谁都没害处啊。那些不想负责的人在心里一定都这么想。睁只眼闭只眼是最聪明的办法，反正这里也不是东京，这里是亚衣马，一个家庭在这儿自由生活，是不会有任何问题的。

"不是到波照间去了吗？"桃子听到这消息有点不满。"太好了，这下可以放心了。"姐姐却露出轻松的神色。二郎找出地图来查看，才发现波间照是日本最南端的小岛。从地图上来看，是像痣那么小的黑点。那个岛上的居民一定比西表更熟悉彼此。

"波间照还是留起来吧。"二郎安慰着桃子说。最后的乐园要留到最后享受啊。现在最好还是留着不用。

听到爸妈消息的那天黄昏，三兄妹一起到海边去看海。"真是的。"姐姐低声说。她抓起一根小浮木，像抛回力棒似的抛向南面的天空。阵阵海浪声传来，有点像爸爸的笑声。

爸爸又开始耕田了，也到海上捕鱼了吧，二郎想。像爸爸这种身强体健的人，应该很适合过他现在的生活。人类没有财产的时代要比拥有财产的时代长得多。那段无产的记忆有点类似人类早已退化的尾巴，而这段记忆现在却仍旧色彩鲜明地残留在爸爸的身体里。

按照你自己喜欢的方式活下去吧，二郎对着大海低声说，并不是非要住在一起才算家人啦。

二郎家的三兄妹每天过着健康无事的生活。桃子现在对园艺很有兴趣，她在家里的小院辟出一块花坛，还编织着小女孩的美梦，说要在四周种上很多很多花儿装饰家园。

姐姐来到岛上之后变得比从前更漂亮了。每天也没化妆，却只见她的肌肤闪着光泽。新垣巡警还是一往情深地爱慕着姐姐，每天的午饭时间他必定到姐姐上班的餐厅报到，不过姐姐对他的态度很平常。现在全岛上下都很关心这对男女的恋情，不知将来会如何发展。

二郎的身体比从前更强壮了。连他自己也能感觉出胸口和手臂正在逐渐长出肌肉。不久前，他在保健室量过身高，已经一百六十二厘米了。现在正是他的成长期，所以他整天都觉得肚子好饿，不管吃得多饱，过不了三小时，肚子又开始咕咕叫了。

这天放学后的课外活动，轮到二郎跟七惠负责黄昏朗读。在校长的建议下，他们决定把《赤蜂物语》念给大家听。

这本书是校长在爸妈离开岛上的第二天送给二郎的。

"我觉得这本书你可以读读看。大家不是说赤蜂可能就是上原君的祖先吗？"

校长当然不可能完全相信这个传说，老实说，二郎也一直认为这故事是大家想象出来的。不过在念完故事书后，他却发现赤蜂跟爸爸实在太相像了，这种偶然令他惊讶，也让他感慨命运的奇妙，假设爸爸不是赤蜂的后代，那是老天爷故意让这些相似的人降生到世界上来吗？

刚念完故事的那段时期，二郎兴奋极了，逢人便说赤蜂跟爸爸是同类，即使他现在已经恢复冷静，但他对赤蜂的热情依然没有消失，因为这本有关赤蜂的故事书，使他对爸爸有了更深入的理解。

二郎坐在广播室的麦克风前开始朗读故事。透过扩音器，他的声音乘着夏日的凉风飘送到附近的家家户户。

"这是发生在五百三十年前的故事，八重山群岛的南方外海里，有个漂浮在海上的小岛，叫作波照间岛。有一年，岛上遭到有史以来最强烈的台风侵袭。暴风雨之后，海岸附近有一艘外国大船触礁了。船长和水手都是身材高大的洋人。为了寻找修理船只所需的木材，船长带着部下登上了小岛。

"船长一行人向森林前进，他们在林中发现一个小型广场。场中有座石块围起的祭坛，一个身穿白色和服的女孩正在专注地祈祷。这祭坛叫御岳，是专门用来祭祀岛上神明的地方，祈祷的女孩则是专门奉祀岛神的女祭司。

"那年从初春开始，每天都是烈日当空的晴天，岛上的农作物差不多全枯萎了,岛民正为生活而担忧。因此,女祭司整天都关在御岳里不断祭拜,祝祷神明帮助大家早日丰收。御岳所在的这片森林,除了市集的日子之外,平常只有祭司可以进去。对男子的限制更是严格。

"这天祭司正在祈祷,林中却突然闯进一群长相陌生的外国大男人,年轻的女祭司当场昏了过去。

"船长也吓了一跳,连忙把祭司抱进小茅屋里去,并命令身边的水手说:'回船上去把兴奋剂拿来!'"

念到这儿,二郎把麦克风交到七惠手里,由她继续朗读。

"昏过去的女祭司做了一个梦。她看到天空降下一道光芒,岛神站在那道光里对她说:'你可能会怀上神的后代。这孩子将来会成为八重山的救世主,你安心地把他生下来吧。'

"女祭司醒来的时候,身边一个人也没有,她也没把这件事告诉别人。时间过得很快,十个月又十天过去了,女祭司生下一个男孩。婴儿长了一双蓝眼睛,还有一头红头发,岛上居民都议论纷纷,谣言四起。'这不是人的子孙,是妖怪的后代。'但女祭司却神色镇定地告诉那些故意找麻烦的岛民说:'不,这是神的孩子。天神告诉我,他将来长大之后会变成这个岛的救世主。'

"女祭司的态度坚定自若,岛上居民也就没办法再说什么。

"这个红发婴儿在岛民的爱护下渐渐长大,大家都叫他'赤发'。大约长到十岁的时候,赤发的身高开始迅速增加,到了十五岁,他已经变成身高将近两米的大男生了。赤发不只身材魁梧,也从母亲那儿继承了强烈的灵感。'今天在东面海上可以捕到很多鱼。''今年种植麦粟能够丰收。'他向岛民发出各种预言,而且百发百中,充分展现他的预言能力。于是,不知从什么时候起,岛民们对他的称呼从赤发变成了'高贵的领袖',大家都对他非常敬重。

"体弱多病的女祭司去世后,高贵的领袖还学会了西洋船只和农具的制作方法,岛民们对这位领导的信赖也比从前更深了。那些农具后来甚至还成为岛民以物易物的本钱,因为农具给岛民带来了从前无法种植的稻米和蔬菜。

"'高贵的领袖给我们带来财富,他真是一位富有的高贵领袖啊!'

"岛民们为了表示更高的敬意,将称呼再度改成了'远弥计[1]赤蜂',后来,他的名声甚至远播到八重山以外的其他小岛。"

即使小学生也看得出,故事里的赤蜂其实就是那个西洋船长和女祭司所生的小孩。二郎读到这儿甚至还大胆推测:爸爸的红头发就是来自赤蜂的基因。不过因为二郎是黑发,所以他又觉得这假设似乎不太正确。

赤蜂后来决定离开波照间岛。因为当时八重山群岛之一的石垣岛上,出现了群雄割据的状况,而其中的大滨村缺少强势的领袖坐镇,于是村民们决定到波照间岛,把大名鼎鼎的赤蜂请来帮助他们捍卫家园。

说到大滨村,不免令人联想起桑拉。怪不得桑拉他们对赤蜂那么尊敬呢,二郎这才恍然大悟,同时想起上次看过的赤蜂铜像,长得真像个野人。

七惠又把麦克风交给二郎,由他继续念下去。

"赤蜂来到大滨村之后,教导村里的年轻人制作锄头和镰刀,村中的农作效率因此大为提高。他又教大家在村子周围建起石墙,以便抵御外来的攻击。村民从此可以安心地努力工作,大滨村很快就变成

---

[1] 远弥计为冲绳方言的富有之意。

一个丰衣足食的村庄。

"但这时却有个领主全家眼看赤蜂受到人民爱戴而大感不悦。他们就是宫古岛的仲宗根丰见亲和他儿子长田大主。这对也是从南波照间移居到宫古岛的父子,二人心中期待自己将来能统治整个八重山群岛。长田大主原本就认识赤蜂,而且两人还是朋友。

"'再这样下去,我们就没办法统治八重山了。去把赤蜂杀掉!'

"在父亲的命令下,长田大主想出一个谋杀赤蜂的计谋:先把妹妹古乙姥嫁给赤蜂,然后出其不意趁他熟睡的时候砍下他的首级。赤蜂跟古乙姥也是从小认识的,所以这门亲事立刻就得到双方的同意。赤蜂跟古乙姥算是青梅竹马,两人从小就很喜欢对方。

"结婚之后,这对夫妻无论做什么都在一起,即使是摘花点灯,两人也形影不离。村民们都称赞他们是一对模范夫妻。

"所以,当哥哥命古乙姥去暗杀赤峰时,她不禁大吃一惊,当场拒绝了哥哥的命令。

"'这是父亲的命令!你敢不听?'

"'就算要跟你脱离兄妹关系,我也不干,我跟赤蜂是夫妻啊!'

"后来,古乙姥真的与娘家断绝了关系,而且全族人都把她当成敌人,她也因此永远无法再回到宫古岛。

"赤蜂知道实情之后,对古乙姥更加敬爱,而且比从前更爱护她。他对妻子说:'亲爱的妻子啊,不管将来发生什么事,我都不会离开你。'

"从此,这对夫妻的感情比从前更为亲密。"

古乙姥就是妈妈嘛……念到这儿,二郎不禁陷入深思。如果一对父母相爱,他们的子女也会活得很幸福呢。不知为何,二郎竟得出这个令他有点害羞的结论。

赤蜂的故事从此处逐渐进入高潮。长田大主刺杀赤蜂的阴谋失败的同时，冲绳的首里王国正想把宫古岛和八重山群岛全都收归到自己的版图内。于是王国踏出第一步：要求各岛领主每年必须向王国进贡。而各地领主因为害怕首里王国的力量，也只得乖乖地听命，只有赤蜂一人坚决拒绝接受命令。

哈哈，就跟爸爸一样，不肯缴税金嘛……二郎忍不住笑了起来。

"长田大主和他父亲听说赤蜂不肯进贡，认为这是打倒赤蜂的大好时机，便渡海到冲绳去向国王自请出兵讨伐赤蜂。

"'赤蜂为人凶暴，八重山人民都对他畏惧万分，恳请大王派兵协助消灭赤蜂。'

"长田大主的请求正好帮琉球朝廷找到一个派船进攻的借口，他们大可树起扫荡极恶领主的旗帜，正大光明地向赤蜂宣战。

"不久，琉球朝廷派出四十六艘军舰，载着三千名士兵朝向石垣岛出发了。途中还在久米岛和宫古岛加入援兵。这场战争成为八重山有史以来规模最大的战争。

"琉球朝廷的军队在长田大主率领下，到达大滨村的海湾。而在海边的小山坡上，古乙姥正领着众多女祭司排好阵形，使出全身力气向朝廷军队高声念起咒语。

"'上天响起愤怒的雷鸣，上天燃烧诅咒的火焰！'

"'琉球的恶魔退下，琉球的恶魔退下！'

"沿着大滨村海岸站满了人，除了赤蜂带领的年轻士兵外，还有全村的老弱妇孺，他们也都人手一支竹箭，准备全力抗敌。因为这场战争关系着全岛是否陷入敌手，所以村民都抱着必死的决心。

"朝廷的军队分析在这种情形下,他们无法轻易登陆,所以便按照随军女巫的指示,暂时待在海边,等待夜晚来临。他们还想到一个诱骗村民的计策,先在无人的小船上绑上火把,然后让船漂往岸边,待岸上的人群被火把分散了注意力再趁机登陆。

"结果这个计策成功了,朝廷的军队一口气登上了陆地。赤蜂军阵脚大乱,士兵接二连三阵亡。

"朝廷军队不但人数众多,还拥有购自大和的盔甲与大刀,而赤蜂军却只穿着单薄的服装,手里的武器只是一支捕山猪的短箭。由于两军的战斗实力悬殊,所以胜负在一夜之间就决定了。战胜的朝廷军队还点火烧毁民房,沿途残杀老弱妇孺。

"'快出来,赤蜂,否则我们要把村民全都杀光!'

"赤蜂这时只带了几名亲信镇守在城内,眼看朝廷军队如此残忍地杀害百姓,为了拯救村民,他只好丢下手里的长剑,带着古乙姥一起走出城门。

"两人立刻被拉到敌军大营,统帅当场宣布将他们斩首示众。

"'这两个谋反的罪人,统统推出去斩首!'

"赤蜂猛地抬起头说:'谋反是指臣下背叛了君主,但我可从来不承认自己是朝廷的臣下。你们这些人的领主,才是谋杀老王篡夺权位的谋反罪人!太可笑了,居然叫我谋反罪人。凡是以武力灭人的,将来也一定被人消灭。记住,首里王国将来一定会灭亡!'

"听到这儿,长田大主赶紧打断他的话。

"'赤蜂,让你到琉球去太便宜你了,你就跟那个背叛父亲的古乙姥一起赴死吧。'

"赤蜂笑着回答:'蠢货!总有一天,你的子孙跟那个琉球恶魔都会被重税压倒,他们将掉进地狱般的痛苦深渊。我的理想是要建立一个人民不受重税压榨的世界。你们现在就是杀了我,我的灵魂还会继续活在南方海里那个遥远的波照间岛上。每当南风在这小岛上吹起时,也就是我的灵魂带来的自由之风。'

"赤蜂和古乙姥当场被斩首而死,两人的尸体被抛弃在于茂登山下的底原密林里。据说,两人弃尸的地点后来长出了一株圣紫花树。每年夏天,树上都会开出两朵紧紧相依的花儿。

"赤蜂和古乙姥的故事到此结束。这段史实后来被称之为'赤蜂之乱'。

"然而,赤蜂虽死,他的预言却依然留存。

"后来,日本强占琉球。

"赤蜂是热爱自由的,他那不愿接受强迫和压制的灵魂,至今仍不停地向人间吹拂着南风。"

朗读时间结束了,二郎接着播放下课的钟声。

他打开窗户,室外正好吹着南风。

这风儿是爸爸吹过来的吧……

二郎奋力吸了一口风儿,吸得胸口满满的。

**文治**
磨铁图书旗下子品牌

**更好的阅读**

| | |
|---|---|
| 出 品 人 | 沈浩波 |
| 出版监制 | 潘　良　于　北 |
| 产品经理 | 胡马丽花　单元皓 |
| 版权支持 | 冷　婷　郎彤童　李泽芳 |
| 封面设计 | 609工坊 |

关注我们

官方微博：@文治图书
官方豆瓣：文治图书
联系我们：wenzhibooks@xiron.net.cn